细雪

日 谷崎润一郎 著

竺家荣 译

ささめゆき

たにざき

じゅんいちろう

天津出版传媒集团

天津人民出版社

果麦文化 出品

目录

上
卷

一

"末子[1]，来帮下忙！"

幸子从镜子里看到妙子从走廊走到自己身后，便将刚想往脖颈上擦粉的粉底刷塞了过去，也不看妙子，却仿佛在打量别人似的凝视着面前的镜中映像——镜子里的自己穿了件和服长衬衣，衣领压向后面，露着云鬓飑飑的后脖颈。

"雪子在下面做什么呢？"幸子问道。

"在看着悦子练钢琴吧。"

难怪楼下传来练习曲的曲调，一定是雪子刚梳妆停当就被悦子缠住，硬被拉着看她练琴的。悦子这孩子，只要有雪子陪着，哪怕妈妈外出她也肯乖乖地待在家里，可是今天妈妈和雪子、妙子三个人要一块儿出门，她就有些不高兴了，直到听说下午两点钟开始的音乐会一结束，雪子就会赶在晚饭之前独自回家来陪她，这才勉强不闹了。

"哎，末子，关于雪子的婚事，又有人来提亲了呢。"

"是吗？"

妙子用粉底刷给姐姐抹上厚厚的白粉，从脖颈一直抹到肩头，妆出明艳的粉白色。幸子虽然没有屈着背，但因为长得胖瘦得体，

1　方言中对家里最小孩子的称谓，这里原文使用的是关西方言。——译者注（如无特别说明，书中脚注均为译者注）

从肩头到后背裸露的身子显得脂凝玉滑，秋日阳光射在浑圆的膀子上面，那腴润的肌肤，看着就觉得紧致而有弹性，一点也不像三十多岁的人。

"这次是井谷老板娘来说的媒。"

"哦。"

"是个拿薪水的，听说是 MB 化学工业公司的职员。"

"能挣多少呀？"

"每月的薪水是一百七八十元，加上花红，大概有二百五十来元吧。"

"MB 化学工业公司的话，应该是家法国公司吧？"

"是呀——你连这个也晓得啊，末子？"

"这种事情嘛，当然知道啦。"

比起两个姐姐来，身为小妹的妙子在这些事情上知道得更多，因此在这种事情上，她对于两个有点出人意料，仿佛不怎么谙悉世事的姐姐是打心眼里瞧不大起的，说到这些事情的时候总是一副老大姐的口气。

"那家公司的名字我连听都没听说过——听说总公司在巴黎，是家实力很雄厚的公司呢。"

"在日本也有啊，神户的滨海大道上不是就有一栋他们的大厦吗？"

"是啊，听说他就在那里上班。"

"他懂法语吗？"

"嗯，人家是大阪外国语大学法语系毕业的呀，还在巴黎待过一阵子呢。除了正职外，晚上还在夜校兼做法语老师，每月光薪水差不多就一百来元，再加上这一块儿，每个月得有三百五十元呢。"

"家产呢？"

"家产倒是没什么家产，他在乡下有个老母亲，住在早年传下来的祖屋里，再就是他自己住的六甲那边的房子和地皮，就这些了。六甲的房子是分期付款买的小型文化住宅¹，不用问就晓得值不了多少钱。"

"不过也算是省下了房租钱，赶上人家每个月四百多块钱的生活水准了。"

"不晓得雪子会怎么觉得呢。要说家累，对方只有一个老母亲，还住在乡下，不会来神户给他们添什么麻烦的。他本人四十一岁，听说还是初婚。"

"为什么四十一岁了还没结婚？"

"说是因为太看重长相，结果就耽误下来了。"

"这个理由好像有点滑稽哟，可得仔细地调查调查。"

"对方倒是起劲得很呢。"

"雪姐的照片拿给人家看了？"

幸子上面还有个长房姐姐叫鹤子，所以妙子从小便以"二姐"来称呼幸子，称呼雪子则是"雪子姐"，但叫得快了"雪子姐"就被吞掉一个音节，听起来成了"雪姐"。

"先前给过井谷老板娘一张照片，结果井谷自作主张拿给对方看了，对方好像还很中意呢。"

"那对方的照片有吗？"

楼下钢琴声仍在响着，估计雪子一时半会儿不会上楼来，于是

1　20世纪初在日本出现的一种东西方混合样式的集合住宅，因1922年在东京上野举办的纪念和平博览会上展出的名为"文化村"的十四栋样板房而得名，但在关西语境中，多指一种联排式的两层木结构经济型公寓，有些设施（如浴室）是分层共用的。

-4-

幸子拿起口红笔努了努嘴说道："喏，最上面靠右的那个小抽屉里，你拉开来看看。"她努着樱桃小口，就好像要和镜子里自己的脸接吻似的："看到了吧？"

"看到了——这张照片给雪姐看过没有？"

"看了。"

"她怎么说？"

"还是那副样子呗，只说了句'哦，这个人呀……'，其他什么都没表态。末子，你觉得怎么样？"

"看照片的话感觉很一般啊——也许是个不错的男人吧，不过这副样子，怎么看都是那种工薪族的类型啦。"

"那是啊，人家本来就是嘛。"

"对雪姐倒是有一个好处：可以跟他学点法语了。"

面部妆容大体就绪，幸子正准备解开印有"小槌屋和服店"字样的柿漆纸包[1]的带子，突然又想起了一件事，对妙子道：

"对了，我好像有点'缺B'，你下楼去吩咐一声，叫人先把注射器消消毒。"

脚气是阪神地区[2]常见的地方病，大概由于这个缘故，这一家人从当家的夫妇俩到今年刚上小学一年级的悦子，每年夏秋之际必定会生脚气，于是便养成了注射维生素B的习惯，近来甚至连大夫都不去看了，家里常备着高效的"倍他新"[3]注射液，没什么症状的

---

1   用厚的和纸刷上柿核液或漆，再压出折痕并折成四方形包袋样，用它来包裹东西可以起到一定的防潮防虫作用，一般用来收纳和服及梳妆用具。

2   大阪和神户两地合称为阪神地区。

3   德国拜耳公司早年生产的一种维生素B₁注射液的商标名，据称通过皮下或肌肉注射可治疗脚气。

时候家人之间也会互相打上一针，要是身体稍感不适就把原因都归咎于缺乏维生素 B，也不知道谁起的头，全家人都将原因不明的身体不适症状统统称作"缺 B"。

听到楼下的钢琴声停歇了，妙子便将照片放回抽屉，走到楼梯口，没有下楼，只是朝下面张望了一下，大声喊道：

"喂！有人吗？太太要打针，快把注射器消消毒！"

二

井谷太太是一家美容院的老板娘，美容院位于神户东方大饭店[1]附近，幸子姐妹她们常常光顾那里。因为听说这位老板娘喜欢给人说媒，幸子之前就拜托她替雪子留点心，还将雪子的照片拿给了她。前几天幸子去她那里做头发，等手上的活儿告一段落，她便瞅空对幸子道："夫人，一起去喝杯茶吧？"她将幸子邀至东方大饭店的大堂，和幸子说起了这件事情。她说：

"这事没来得及和您商量一下，实在抱歉，但是我怕拖拖拉拉地会错过一段佳缘，所以就把您放我这里的雪子小姐的照片拿给对方了，那大概是一个半月之前，后来好一阵子对方都没音信，我也就差不多忘了这事。其实对方应该是在这段时间里对府上的情况进行了一番调查，包括大阪的长房、二房您这里、雪子小姐本人和她念过书的那所女子中学，还有雪子小姐的书法老师

1　日本最早的西式酒店，明治三年（1870 年）开业，1995 年阪神大地震时被毁，后于 2010 年重建开业。

和茶道老师那里，好像也都去打听过了，对于府上的情况可以说是一清二楚，包括上次报纸上登出来的那件事情，我跟对方解释说是报纸登错了，结果对方还特意跑到报社去了解，总算搞清楚了。我跟对方说，最好当面接触一下，自己来判断人家到底是不是会做出那种事情的人。对方说得很谦逊，说是和莳冈家身份相差悬殊，再说一个靠微薄薪水过日子的人压根儿就没敢奢望一位大家闺秀肯嫁给自己，即使嫁过来也难免要受穷吃苦，实在于心不安。我说，万一天赐良缘，两人真能成对呢，岂不是再好不过的事吗？所以不管怎么样我得试着说合说合。据我了解，对方一直到祖父那辈，早先是北陆一个小藩领[1]的家老[2]，祖上传下来的宅第现在乡下还保留了一部分，所以从门第上来讲也算不上特别悬殊。当然了，您府上是世家望族，早年在大阪说起莳冈家来那不是响当当的啊？不过请恕我说句不中听的，要是一味地拘执于从前，那到头来只会误了雪子小姐的终身大事，所以依我看只要条件差不多就将就一下吧，您觉得怎么样？对方眼下虽然薪水不高，不过毕竟只有四十一岁，难保说将来不会再涨的呀。况且那家公司不像日本公司，时间上比较自由，多接一点夜校教书的活儿的话，每月挣个四百多元轻轻松松的呀，所以结婚后家里雇个女佣完全不成问题。至于人品方面，他是我二弟的中学同学，从小就很了解，所以我弟弟说绝对可以打保票。不过话是这样说，还是您府上亲自派人去调查一下最好啦。要说他拖到这么晚才结

1　日本旧时"五畿七道"之一，指若狭、越前、越中、越后、加贺、能登、佐渡等七藩，相当于今天日本海一侧的新潟、富山、石川和福井等四县地域，明治维新后于1871年实行"废藩置县"，将全国的藩统统撤并为县。

2　旧时大名家中统管藩政的重臣。

婚的理由嘛，据说完全是因为太看重长相，没有其他的原因，这点我想应该是可信的。对方在巴黎也待过，年龄也四十出头了，要说从来没有接触过女性当然是不大可能的，不过据我上次见到他时的印象，确实是个很正派的上班族，一点也没有那种拈花惹草的感觉，像这种特别看重长相的人，往往这方面倒是把持得特别紧呢。可能是因为巴黎那样的地方也见识过了，所以反倒希望娶一个十足日本味儿的漂亮妻子，至于穿上洋服相称不相称的倒无所谓，关键要性情文静，举止稳重，仪态大方，能把和服穿出韵味来，相貌当然不用说了，最重要的是手脚要好看——这些条件，依我看您府上的雪子小姐是再适合不过的人选啦！”

　　一边要照顾因脑中风而长年卧床不起的丈夫，一边还经营着美容院，同时把一个弟弟培养成医学博士，今年春天女儿也考入了目白的那所大学[1]，这个井谷太太自然比起一般妇人来脑筋要机灵好多倍，而且为人处世玲珑圆融。不过另一方面可能是商人的习性使然，身上少了点女性的娴雅气质，说话不大懂得含蓄、不怎么绕弯子，心里想什么就直不愣登地说什么，当然从她的本意来讲并无半点恶意，所以有时候情急之下难免将实情也不加掩藏地倾露出来，却也不会令听者心生反感。幸子一开始听到井谷太太照她惯常那种急三火四的脾气快嘴快语一通说，也暗自觉得这个人似乎不靠谱，但听着听着便明白了，她完全是出于好心，是她那种不输男人的好张罗爱揽事的秉性的自然流露。关键在于，她的话条理清晰、无懈可击，把人说得服服气气的。临分手时幸

1　即日本女子大学,创设于明治三十四年(1901年)。根据"二战"前的日本大学令,
　　原则上不认可大学招收女生入学,故全国仅有东京女子大学和日本女子大学以
　　"大学"命名,但在法律上仍视其为专科学校。

子对井谷太太表示，此事自己还须赶紧和长房商议一下，随后还会尽可能对男方的情况做些调查。

和幸子挨肩儿的大妹雪子，已经三十岁了却仍旧没有结婚，不免让人怀疑其中可能有什么深层的原因，其实并没有什么特别的理由。硬要说理由的话，主要还是因为雪子本人以及长房的大姐鹤子、二姐幸子，都深受父亲晚年的豪奢生活以及莳冈家这个名号——旧时的世家望族——所累，家人总想给她找一个门户相当的夫婿。一开始上门说媒的人络绎不绝，她们都觉得不满意而回绝掉，慢慢地人家也就有了情绪，前来说媒的几近绝迹，与此同时莳冈家的家境则是每况愈下，所以井谷太太说不要"一味地拘执于从前"，确实是站在她们的立场为她们着想的忠告。莳冈家的全盛期不过也就持续到大正[1]末期，现如今也就只停留在一部分大阪人的记忆中而已。其实更加准确地讲，在莳冈家看似全盛的大正末年，由于她们父亲在生活以及经营上的放纵无度，其恶果渐渐显现，已经陷入了困境。不久父亲死了，家里不得不缩减经营规模，尔后又将自幕府时代[2]就开设于船场[3]的历史悠久的店铺转让给了别人。幸子和雪子始终难以忘怀父亲在世时的那段日子，每当路过那幢充满往昔风情的土仓样式[4]的店铺——现在已经被改建成了西式大楼——门前，总要忍不住向暗幽幽的门帘后面恋恋不舍地觑上几眼。

1　日本第一百二十三任天皇的年号，由明治改元而来，从 1912 年始至 1926 年止，后改元昭和。

2　指最早由镰仓时源赖朝所建立的武家统治，从镰仓时代延续至江户时代，一直到明治维新才解体，前后共存在约 680 年。

3　位于现在的大阪市中央区北部，历来为大阪的商业及金融中心。

4　类似土仓一样不露木头、四壁涂以厚厚的泥浆和熟石灰的建筑，具有防火耐湿的功效。

膝下无子、只有四个女儿的父亲，晚年载翼退任，将一门之长[1]让给了入赘的长婿辰雄，又为二女儿幸子招了个上门女婿，然后让她住到分家去了。而三女儿雪子之所以颇为不幸，一来是因为已届结婚年龄，但父亲未及为她觅得良缘便撒手而去，二来她与大姐夫辰雄之间总有些龃龉。辰雄是银行家的公子，入赘前自己也就职于大阪的一家银行，虽说继承了岳家的名分，但管事的实际上仍是岳父和店里的掌柜。岳父死后，他不顾妻妹和亲戚们的反对，将只要再撑一撑兴许就能维持下去的店铺连同名号拱手转让给了原本是莳冈家下人的一个同行，自己仍回银行当他的银行职员去了。辰雄的性格和行事果敢张扬的岳父截然不同，他做事稳重，但也有点过分谨小慎微，他思前想后，觉得自己本就不太擅长经营，现在要想走出经营困境，并且重振家业，肯定做不到，所以才做出了这样一个相对保守的抉择，这也是他顾虑到自己的身份，为了谨遵赘婿的责任不得已而做的决定。但雪子太留恋过去了，对姐夫的做法很是不满，她觉得故去的父亲肯定和自己抱有同样的想法，身在九泉之下也会指责姐夫的这种做法。恰巧这时候——此时父亲过世没多久，有人前来说媒，姐夫便热心地怂恿雪子结婚。对方是丰桥市一个大财主家的长公子，本人还是当地一家银行的董事，姐夫任职的银行正好是那家银行的大股东，由于这层关系，姐夫对对方的人品、经济状况等了如指掌。其实说起丰桥市的三枝家，从门第方面来讲完全无可挑剔，对眼下的莳冈家来说甚至是高攀了，男方本人也十分正派，因此还在相亲之前，两家就已经谈得差不多了，谁知

---

[1]　指日本旧民法规定的具有户主身份并须承担相应法律权责的人，1945 年该规定被废止。

相亲时雪子见到了对方本人，却怎么也不愿意嫁他，倒不是挑剔对方的容貌什么的，而是觉得那人实在给人一种乡下土豪的感觉，人倒是老实随和，但那气质一看就是腹中空空。后来一打听，说是他中学毕业时生了一场大病，就没有继续升学。雪子心想，自己从女子中学一路到英文专科都是以优秀成绩毕业的，而对方估计在学识方面要比自己差很多，一旦嫁过去，只怕将来夫妇之间做不到厮抬厮敬。再说虽然身为长子，将来可以嗣续家产，生活上有保障了，但是要在丰桥那样一个小城镇过日子，肯定会枯燥无聊得一塌糊涂，在这方面幸子比任何人都更心疼雪子，她公开表示不愿看到雪子遭那样的罪。而身为姐夫的辰雄却认为，妻妹虽说很有学养，但过分因循守旧、畏首畏尾不肯向前看，思想观念十分传统，所以适合在一个外来诱惑冲击较少的乡村小镇过安稳的日子，他断定雪子本人对这桩亲事应该不会有什么异议。孰料出乎他的意料，这时候辰雄才发现，表面上内向、腼腆害羞、不善言辞的雪子竟然有着不可貌相之处，她绝不是那种只知道一味顺从的女子。

不过话说回来，雪子既然内心不同意这桩亲事，趁早如实说出来便没事了，可是她始终没有给出一个明确的回答，及至事情迫临还是没有向姐夫和大姐说明，只对幸子吐露了自己的想法，一来是因为姐夫太热心了，她实在难以开口拒绝，但更主要的还是她那心里有事不爱说出来的坏癖性。所以，姐夫以为她不反对，男方自打相亲之后也一下子来了劲头，表示诚心诚意，恳愿美事玉成。事情到这一步已经没有退路了，雪子这才表示自己其实并不愿意。听到她开口拒绝，姐夫和大姐费尽口舌反反复复地进行劝说，她还是不肯吐一个"嗯"字。原本以为九泉之下的岳父也会为这桩亲事而高兴的，哪承想会是这样的结果，辰雄别提多失望了。更为难堪的是，他对男家以及居中为这桩亲事说合的银行上司实在没办法解释，急得直冒冷汗。要是能说出令人信服的理由倒也罢了，雪子却只不过是嫌弃人家长得土气、没文化，用这样摆不上台面的理由将一桩不可再得的大好姻缘回绝掉，只能怪雪子太任性了，要是往坏处想的话，别人甚至还会以为雪子是存心让她姐夫陷入窘境呢。

从此以后，姐夫算是领教了个中苦处，彻底歇了心，人家主动上门来给雪子说媒，他自然乐意应酬一下，不过要说到主动撮合或者让他说说个人意见什么的，则是尽量避免。

三

雪子迟迟没有结婚的另一个原因，就是井谷太太谈话中提到的"报纸上登出来的那件事情"。

那还是五六年前的事。当时只有二十岁的小妹妙子，和船场另一户世家望族、从事贵金属生意的奥畑家的儿子谈上了恋爱，最后离家出走。他们觉得，按照寻常的做法想要在雪子之前结婚几乎是不可能的，于是两个年轻人商量下来竟使出了这样的奇招。虽说是出于诚心诚意的相爱，但是双方家庭都无法容忍这样的事情，很快就找到他们，将二人分别领回了家。本来事情很快也就解决了，可偏偏不凑巧，大阪有一家小报馆将这件事情登载了出来，并且登载时张冠李戴，把妙子写成了雪子，年龄也写成了雪子的年龄。当时，莳冈家面临两难的选择：要么为了维护雪子的名誉而要求撤销报道，但这样做很有可能反而坐实了是妙子做过那件事，产生不利后果，显然不是明智的做法，要么只能装聋作哑视若不见。作为一家之主的辰雄左思右想，最终觉得，不论会给犯错的当事人带来何种影响，也不能棒打枣树李树挨，让没犯错的人莫名其妙受冤枉，于是向报社提出撤销报道的要求。结果报馆登出来的不是撤销启事，而是更正启事，不出所料地将名字订正为妙子。辰雄原想事先征询一下雪子的意见，可又觉得即使征询，本就不怎么愿意和自己说话的雪子肯定也不会做出明确的答复；而要是和雪子、妙子一起商量的话，利害关系相左的两妻妹之间说不定会产生纠纷，所以就只同妻子鹤子说了自己的想法，反正一切后果由自己单独承担。其实说实话，在他脑子里，即使牺牲妙子，也要为雪子洗清冤屈，以此让雪子转变对自己的态度。这种潜意识可能也多多少少起了一点作用，因为对于莳冈家的入赘女婿辰雄来说，雪子是最让他头疼的，这个表面上稳重老实的妻妹，从来不肯对自己敞开心扉、真心相待，他永远不知道她心里在想什么，所以辰雄想借这个机会取悦她一下。但结果事与愿违，雪子和妙子都对自己大为不满。雪子认为，报上刊载的报道出了错，那是自己运气不好，只能自认倒霉，即使刊登撤销启事往往也只是在最不起眼的角落里登那么一小块，不会有任何效果，照自己的想法，不管更正也好怎么样也好，总之她不想自己的名字再一次在报纸上出现，那样只会给自己带来更多不快，所以最明智的做法就是置之不理。姐夫想为自己挽回名誉，她当然很感激他，但这样一来，会给末子妹妹带来什么影响？在这件事情上，末子妹妹固然做得不妥，但毕竟两人都还年轻，难免权衡不周、行事草率，所以应该指责的是管教不周的双方家庭，至少姐夫对于末子妹妹是推卸不掉责任的，甚至自己也不能说没有一点责任。

这样说并没有钻牛角尖的意思，只要是对自己有所了解的人一定会相信自己的清白，区区小报上的那种八卦消息对自己没有多大的杀伤力，但末子妹妹万一因为这件事情而破罐子破摔，自甘堕落成为不良少女，那怎么收场啊？姐夫做事就爱认死理，不大通人情。按说这件事情最最利害攸关的人是自己，但姐夫压根儿没有同自己商量一下就自说自话地做了，实在太独断专横了。而妙子对此事也有她自己的看法，她觉得姐夫想维护雪子姐姐的名誉是理所应当的，但是不登出自己的名字也完全可以通过其他途径达到目的呀，对方只不过是家小报馆，想想办法、使点手段，就一定能让对方屈服，偏偏这种时候姐夫却舍不得花钱，这就是姐夫的不对——妙子当时的思维方式已经远远超出了她的年龄。

因为登报这件事，辰雄觉得没脸见人，以致向公司递交了辞职报告，但说到底此事与他"不相干"，所以最后不了了之，但是雪子遭受的无妄之灾却没办法补偿了，只有几个人偶然注意到了那则更正启事，知道她是无辜的，即使这样，她有一个那样的妹妹这一事实却不胫而走，尽管雪子坚信清者自清这个道理，但这件事情客观上还是让她的婚事变得更加困难了。不过，且不说雪子心里怎么想的，表面上她始终是一副"那种八卦消息根本伤害不了我"的态度，也没有因为这事而与妙子产生感情的隔阂，相反在姐夫面前还袒护妙子。以前，这姐妹二人就经常轮着班从上本町九丁目的长房大姐家到位于阪急电车芦屋[1]川站附近的二姐家小住，自打出了这件事之后，两人去得更加频繁了，有时候还两人一同前往，甚至一住就是半个月。幸子的丈夫贞之助原先是注册会计师，每天往返大阪的事

1　即芦屋市，日本兵库县东部一地名，大致位于大阪与神户的中间。

务所上班，除了自己的薪水，每月还从岳家分得的资产里拿出一点来贴补家用。贞之助的性情同可丁可卯的长房大姐夫大不一样，虽说毕业于商科大学[1]，却对文学特别感兴趣，有时候自己还写写和歌[2]什么的，加之对两个妻妹也不像长房大姐夫那样负有监管责任，因此从各个方面来讲，雪子她们对他从来没有那种敬而远之的心理。不过有时候雪子姐妹俩住的时间太长了，他也会顾及长房那边的感受，提醒幸子道："她们是不是该回去了啊？"幸子则每次应道：这种事情大姐自然能理解的，完全用不着我们操心，眼下长房那边孩子也多，家里住得又挤，两个妹妹时不时地过来住上一阵子，大姐反而能轻松一些呢。反正随她们去，爱住多久就住多久，不要紧的。于是渐渐地，两边轮着住便成了雪子她们的一种常态。

这样过了数年，雪子的境况没有什么特别改变，而妙子则发生了谁都没有想到的变化，并且还对雪子的境况或多或少产生了一些影响。原来妙子读女子中学的时候就擅长手工，有空的时候喜欢裁剪布块布条扎布娃娃玩，技艺日渐精进，作品还被放上了百货公司的货架。她的作品，有法国风格的，也有纯日本情趣、极富歌舞伎风格的，还有其他风格的，但无论哪种，都显现出她独具一格的创意和才技，让人不由得心慕手追，而这些正反映出她平素的艺术修养，她的兴趣广涉电影、戏剧、美术、文学等多个领域。她制作的

1　此处应指东京商科大学，其前身为创立于明治八年（1875 年）的商法讲习所，于 1949 年更名为一桥大学，并改制为新制大学，其商学部被公认为日本最优秀的商学部。

2　与汉诗相对而言的用语，是产生于奈良时代的日本传统诗歌形式的总称，包括长歌、短歌、旋头歌、片歌等，其后只有短歌仍存于世，因此现在一般所称和歌实际上专指短歌。

小玩意儿玲珑可爱，博得了越来越多人的喜爱。去年，在幸子的热心张罗下，妙子还租借心斋桥附近一家画廊的场地举办了一次个人作品展。一开始，妙子嫌长房家孩子多，吵闹得厉害，就跑来幸子家里扎布娃娃，慢慢地便希望有一间像模像样的工作室，于是在与幸子家相距大约只有半小时路程的同一条电车线路沿线的夙川松涛公寓[1]租了一间屋子。长房的大姐夫不赞成妙子成为一名职业女性，对她在外面租房子更是持反对态度。这时候又是幸子出面打圆场，她说，有过那么点不良名声的妙子恐怕比雪子更不容易成婚，如今她找到点事情做对她来讲或许不是件坏事，至于租房子也只是用于工作，并不等同于夜宿在外，恰巧自己有位亡友的遗孀手上有公寓出租，一番拜托之下对方向自己推荐了这处地方，那里离自己家近，也便于自己时不时地过去看两眼。经过她这番解释，此事总算以先斩后奏的形式办妥了。

性格爽朗的妙子完全不像雪子，她时常会蹦出些妙句或者开个玩笑什么的，但自从闹出离家出走的戏码，她变得有些忧郁了，常常闷着头想心事，幸好制作布娃娃为她打开了一个新的世界，最近又一点一点恢复了以前的开朗模样。从这一点上来说，幸子的预见还真是对了。妙子每月从长房那儿拿零用钱，制作的布娃娃又可以卖出不错的价钱，手头自然宽裕起来，有时候挎个令人惊奇的新款手提包，有时候穿双漂亮的时髦皮鞋，一看就是舶来货。大姐和幸子不由得替她担心，教她要存些钱。其实根本用不着两个姐姐教，她可是一点都不含糊，早就存下不少钱，有一次还将邮政储蓄的存折拿给幸子看，并叮

---

[1]　属兵库县西宫市，夙川流经其境，两岸的住宅区为县内有名的高档住宅区，西宫市与芦屋市邻接。松涛公寓的原型应是位于西宫市相生町的西式出租公寓"甲南庄"，谷崎润一郎在他的其他作品中也有提及。

嘱幸子不要让大姐知道，还说什么"二姐要是缺零用钱的话，我借给你"。幸子吃惊得张大了嘴巴，半晌没有合上。

有一天，别人提醒幸子说："看到您家末子姑娘和奥畑家的启公子在凤川的河堤上散步呢。"幸子听了吓一跳。就在不久之前，有一次妙子从口袋里掏手绢时，一支打火机一块儿掉了出来，幸子觉察到妙子背着家人偷偷抽起了香烟。本来二十五六岁的人抽抽烟也没啥好多说的，但是两件事情一联系起来，幸子忍不住把妙子叫来追问，妙子爽快地承认确有其事。再刨根究底地问下去，妙子说自从那件事情以后，她和阿启就一直没有联系，上次作品展的时候，奥畑也来参观，而且买下了最大最漂亮的那件作品，从此以后，两下又开始了来往，尽管来往，但始终保持着纯洁的关系，再说实际上见面的次数很少很少。妙子还说，自己已经长大，不再是从前的那个自己了，希望姐姐相信自己。然而，幸子还是对她在外面租房子产生了一丝不安，心想万一出点什么事情，自己对长房那边不好交代。简单地说，妙子的这份所谓工作完全取决于她的心情，加上已然小有成就，令她一下子有了一种艺术家的感觉，并不是每天有规律地工作，而是有时连续休息几天，劲头上来了又一口气干一通宵，第二天脸孔浮肿着回到家里。起初家里不让她在公寓里过夜，后来渐渐地行不通了，上本町长房那儿、芦屋的幸子家，还有凤川的公寓，妙子什么时候去哪里，什么时候应该在芦屋，从来没有事先告诉过幸子，幸子对其行踪完全无法掌握——想到这里，幸子觉得自己真的太糊涂了。于是有一天，她趁妙子不在公寓，便去那里找那位朋友的遗孀，不露痕迹地向对方打听妙子的情况。那位女主人说，妙子小姐近来可了不得呀，已经有两三个徒弟跑来跟她学手艺呢，看上去像是家庭主妇和小姐，有时也有男客来，都是扛着纸箱来取运成品或者送货的。妙子小姐干起活来就沉浸其中停不下来，常常是一干就干到凌晨三四点钟，因为没有备置被褥什么的，只好抽着烟坐等天亮，然后乘坐头班电车赶回芦屋。女主人所说的在时间上全都对得上号。她还说，妙子小姐原先租的是六席[1]大的日本式房间，最近换了套更大的。幸子过去一看，是间西式房间，还附带一间四席大的日式小房间，小房间里摆满了参考书、杂志、缝纫机、碎布料以及其他原材料和尚未完成的半成品，墙上还用图钉钉着许多照片，俨然是个艺术家的工作室，虽然看上去有些杂乱，但毕竟是年轻姑娘的工作场所，房间里的色彩给人一种朝气蓬勃的感觉。屋子里打扫得也很干净，物品归置得有条不紊，烟灰缸里一个烟头都没有，抽屉和信件袋里也没有发现任何可疑的东西。

幸子本来担心会看到个把不宜的物证，所以出门的时候心里还在打鼓，犹豫着到底要不要去。及至亲眼看了，终于彻底放下心来，较之前更加信任妙子了。这样又过了一两个月，幸子也就渐渐将这件事情淡忘了。

这天，妙子去了夙川不在家，奥畑竟突然登门，托下人进来禀告说："特来拜见太太。"两家在船场的时候就是近邻，熟络得很，幸子没法子跟他假痴假呆地装作不认识，只得请他进来一见。一见面，奥畑先是表达歉意："突然造访，实在失礼，其实是有件事情想前来恳请您体谅。"接着他便说道："那年我们的举动确实太过激了，但绝不是出于轻浮的心血来潮，尽管后来我们不再来往了，但

1　指榻榻米草席，在传统的日式住宅中也是表示居室面积的单位，一席即一张榻榻米大小，标准尺寸为长180厘米、宽90厘米，面积约1.62平方米。

是我和末子小姐说定了，我们会坚持下去，一直等到取得父兄们的谅解为止。家父家兄开始的时候误会了，以为末子小姐兴许是那种轧了坏道的女孩，但后来晓得了她是个正派并且很有艺术才华的女孩，也晓得我们的恋爱是纯洁的，所以他们现在不反对我们结婚了。不过我听末子小姐说，因为雪子姐姐的亲事还没有定下来，要等她的亲事解决了之后才可能答应我们俩结婚的事，所以我和末子小姐商量后，特意来恳请您的关照。我们不急着结婚，我们会一直等待适当的时机到来，只是我们想让姐姐您晓得，我和末子小姐已经有约在身，同时也请您相信我们，我们的感情是纯洁的，有机会的话，还想请您替我们跟长房的姐夫和姐姐说说情，假如能够如愿以偿，那就感激不尽了！我晓得，姐姐您最理解我们，而且对末子深表同情，所以我才不揣冒昧地前来恳托您啊。"听了奥畑的这一番话，幸子只能敷衍道"您讲的我晓得了"，然后不置可否地将他打发走了。奥畑所说的并没有超出幸子的想象，所以她不怎么觉得意外。说老实话，其实幸子早就想到了，两个人的关系既然到了被小报拿来八卦的地步，最明智的做法便是同意他们结婚。她觉得，长房的姐夫和姐姐到头来一定也会这么想的，只不过顾虑到可能会对雪子的心理产生影响，这件事情还是先往后拖一拖吧。

送走奥畑后，幸子走进会客厅，独自坐到钢琴前，左一本右一本地翻着琴谱，随意弹起来。觉得无聊时，幸子便用弹钢琴来打发时间，这已经成了她的一个习惯。她一面弹琴，一面估摸着妙子去夙川也差不多该回来了，果然此时，妙子一脸若无其事地走进会客厅。看到妙子回来，幸子停下手来叫了一声"末子"，接着说道："奥畑家的阿启刚刚走。"

"是吗？"

"你们的事我晓得了。你暂时先不要提这事，反正我会帮你们想办法的。"

"嗯。"

"要是现在提出来的话，雪子就太可怜了。"

"嗯。"

"你明白了吧，末子？"

妙子似乎有些尴尬，只得强作镇静，只顾"嗯、嗯"地随声附和。

四

妙子和奥畑最近又开始来往的事，幸子一开始没有告诉雪子，也没有对任何人说起。一天，妙子和奥畑又一起出去散步，从夙川去香栌园[1]，中途正要穿过阪神国道[2]，刚巧雪子乘坐阪国巴士[3]在这里下车，两相撞了个正着。此事雪子一点也没有声张，隔了半个月，妙子主动将这件事告诉了幸子。这样一来，要是再瞒着雪子，妙子会遭到不必要的误会，于是幸子便将前些日子奥畑上门拜访的经过告诉了雪子，同时再三解释道，将来只有同意他们两个结婚这一个选择，不过眼下还不急，要等雪子的亲事解决之后再轮到妙子，到那时，还得雪子一同出力去说服长房那边，取得他们的谅解。幸子

1　位于西宫市内夙川中下游流域，为大阪地区的高档住宅区。

2　后改称第二阪神国道（即国道43），昭和二年（1926年）开通，与第一阪神国道并行。

3　运行于阪神国道上的巴士线路，昭和六年（1930年）正式开通。

一边说一边小心翼翼地观察着雪子的表情，雪子却显得很平静。她听完幸子的话后表示，假如仅仅因为姐妹俩结婚顺序的原因，那完全没有必要将妙子的亲事往后延，不如让他们两个先结婚，自己不会因为晚于妹妹结婚而受到打击，更不会抛弃希望，因为自己有一种预感，幸福的日子终究会到来的。这番话给人的感觉，既没有讥讽的味道，也不是嘴硬不服输。

但不管本人怎么想，姐妹俩依照顺序出嫁才是人之常情，况且妙子的婚事几乎已成定局，所以雪子的亲事更得要加快了。然而雪子的婚事之所以久拖不决，除了前面提到的那些原因以外，还有一个原因也加剧了她的不幸，就是她是羊年出生的"羊女"。一般来说，马年出生的女人遭人厌嫌，而羊年出生的人不受待见这种迷信是关东地区所没有的，所以东京人可能会觉得奇怪。但是在关西地区，人们普遍认为羊年出生的女子没福气、嫁不出去，特别是商贾之家，很忌讳和属羊的女子婚配，甚至还有"别让'羊女'抛头露面"的俚说，因而在商工发达的大阪，人们历来对"羊女"有种厌嫌心理，长房的大姐就不止一次说过雪子妹妹婚嫁不顺许是被这种迷信害的吧。数次失败之后，姐夫和姐姐们渐渐明白，再也不该提什么苛刻的条件了。之前因为雪子是初嫁所以要求男方也须是初婚，后来改成了只要对方不拖带着孩子再婚，也可以考虑，后来条件又降为有孩子也可以，只要不超过两个，年龄嘛，即使比二姐夫贞之助大一两岁也没问题，只要外表看上去不显老……就这样将条件一点一点降了下来。雪子本人的意见则是，只要姐夫和姐姐们都认可，叫我嫁谁我就嫁谁，对这些条件也没意见，只不过对方如果有孩子的话，最好是一个相貌招人喜欢的女孩，这样嫁过去以后自己才能发自真心地疼爱孩子。另外，考虑到假如嫁一个四十多岁的人，大体上对方也没啥荣华富贵的机会了，经济状况不指望再有进一步的改善，而且自己早早丧夫的可能性很大，所以并不要求对方是个富室大家，但至少须有一定的生活保障让自己可以安度晚年。雪子的这两条补充意见，长房和二房都认为有道理，于是就一并加进了择偶条件中。

井谷也就是在这样的情形下给提的亲。除了家产一条不大符合外，大体来讲对方各方面的情况和女方的条件都相差不大，况且男方才四十一岁，比贞之助还年轻一两岁，还没到前途无望的年龄。虽说年龄比姐夫稍大一点也无妨，但比姐夫年轻自然再好不过了，说起来也好听嘛。最突出的一点，对方是初婚，原先女家估计这一条怕是绝无可能，因而已经不抱什么希望了，当然这也就成为最具吸引力的一条，甚至担心以后很难再有这样的机会。换句话说，尽管其余方面的条件不尽如人意，但光是初婚这一条，就足以"一美抵十丑"，轻轻松松抵消掉了所有的缺欠。幸子估摸着，尽管对方不过是个工薪族，但毕竟受过法国教育，对法国的美术、文学等多少了解一些，这一条兴许会比较合雪子的意。说起来，不怎么熟悉的人都以为雪子是个拘执于日本传统的姑娘，那只是从她的服饰、姿容以及言谈举止方面得出的表面认知，其实并非如此，事实上雪子眼下正在学习法语，在音乐等方面，她对西洋艺术也比对日本艺术理解得更加深入。通过 MB 化学工业公司的关系，幸子托人暗地里对濑越这个人进行了了解，还从其他方面做了点调查，无论公司内部还是公司外面，对他的品行没有一个人说不好的。幸子觉得，良缘说不定就在眼前了，正打算过些天就去和长房商量呢，一星期前，井谷突然乘坐出租车来到位于芦屋的幸子家，照例用她那火急火燎的口气，催问日前提起的那件相亲之事考虑得怎么样了，并且将对方的照片也送了过来。面对井谷的催问，幸子不能说正要去和长房商量，那样的话会显得自己做事太慢条斯理了，情急之下只能回复她说，长房那边也认为这确实是桩很理想的亲事，眼下正对对方的情况进行调查，大概再过一星期就可以答复了。井谷表示："这种事情越快越好，要是府上有意向的话，还望抓紧进行。濑越先生天天给我打电话，一再催问'还没消息吗?'，还把他的照片拿来要我给府上过目，顺便打探一下情况，所以我只好来跑一趟啦。既然这样，那我就一星期后再来府上恭听好消息。井谷简明扼要地说清了来意，只待了五分钟便坐上等在门口的出租汽车匆匆离去。"

幸子不管遇到什么事情总是上方[1]人的做派，不急不慌，措置裕如，即使是事关雪子终身幸福的大事，她依然觉得急不得，否则就太鲁莽轻率了。然而这一次，她实在是被井谷太太催逼得紧，于是一改往常行动迟缓的做派，第二天马上就去了上本町的长房那里，将事情经过跟大姐大致说了一遍，并且特意说明了对方急等回复。谁知大姐的性情比幸子还要笃悠悠，对这种事情尤为慎重，说是条件倒还不错，不过还得和丈夫商量一下，如觉得可以再找征信所去调查一下，然后再派人去对方的老家了解一下情况，一听就是费力耗时的做法。可既然长房大姐打算这么办，看来这件事情一个星期给出回复是无望了，弄不好得耗费一个来月呢，幸子打算想办法再拖上个把月。昨天是说好了的一星期期限，此刻门外又停了出租汽车，幸子心里就咯噔一下情知不妙，不出所料正是井谷来了。幸子连忙告诉她，昨天再一次催促长房那边，说是大体上没有问题，不过还有几处调查得不周到，请再等四五天。井谷不等幸子解

释完便将话头接了过去，并且阻断了幸子的退路："要是大体上没什么意见的话，细节可以放到后面继续调查，让双方当事人先见见面怎么样？不用摆什么正式相亲的排场，由我出面邀请双方吃顿晚饭，长房那边无暇光临也没关系，只要你们夫妇陪同出席就行啊，男方那边可是一本正经盼着哩！"

井谷心里其实在想，这姐妹几个也太自以为是了，人家倒是热心地为她们奔走办事，她们却拖拖拉拉得这么笃定，究竟有什么打算呀？不就是因为这家人做事如此不爽利，雪子的婚事才给耽误掉的吗？必须让她们睁开眼睛面对现实了！这么想着，她毫不客气步步紧逼地将了幸子一军。幸子不是不清楚她的心思，于是假模假样地问见面时间。井谷说，也许日子定得仓促了一点，明天正好是星期日，假如定在明天的话，濑越先生和我都很方便。幸子说明天已经有了别的安排，对方马上说那么就后天吧。这样一来，幸子不得不姑且应承下来，说好暂定后天，等明天中午前后再打电话告诉明确答复，这才把井谷送走。昨天说好的明天，也就是今天，得打电话给人家一个确切回音。

"喂，末子……"

幸子对穿在身上那件衣裳不满意，一把扯脱下来扔在一边，露着里面的长衬衣。她正要打开另一个纸包，刚才停了片刻的钢琴声又从楼下传来，她像是猛地想到什么似的嘀咕道："有件事情，还真是犯难呢。"

"什么事情呀？"

"出门前还得给井谷老板娘打个电话。"

"为什么？"

"她昨天又来过了，说是今天就要把相亲的事敲定下来！"

"她这人老是这样。"

"她说，不是一本正经的相亲，只是一起吃个便饭，还要我们千万不要有什么顾虑，就允承下来吧。我跟她说今天不行，她就问明天怎么样，我实在是推托不了啦。"

"大姐那边怎么说？"

"大姐接的电话，她让我们陪同你雪姐去，还说要是他们去了，将来就没有回旋的余地了。井谷老板娘也说，只要我们陪同去就可以了。"

"雪姐什么态度啊？"

"唉，犯难就犯难这个呀。"

"她不愿意去吗？"

"她倒没有这样说。不过她觉得昨天跑来提出今天就要相亲，好像也太草率了吧？但到底去还是不去她没有明确表态，也搞不清她的真实想法，她只说最好再多了解一下对方的底细什么的，不管我怎么劝说，她都没有答应说去。"

"那怎么回复井谷老板娘呢？"

"就是说呀！要是不给她一个充足的理由，人家肯定会追究的。不管这次的结果如何，要是惹恼了她，人家以后再也不愿意替我们留意相亲的事，那可就不好办了。哎，末子，你也帮我劝劝你雪姐，就算今明两天不去，也想法子让她答应这四五天里和对方去见个面好不好？"

"我可以试着说说看，不过，雪姐既然那样说了，我猜她可能不一定会答应去。"

"那也说不准，她只是不满对方这次的要求太突然了，心里面好像并不是很抗拒，万一顺利的话，也许她会同意去呢。"

这时候，纸拉门被拉开了，雪子从过道走了进来。幸子赶紧住了口，心里却在打鼓，刚才的对话弄不好已经被雪子听见了。

五

"二姐，你是要系这条筒带[1]去吗？"看到妙子正在身后给幸子系腰带，雪子问道，"这条筒带……呃，是什么时候来着，好像上一次去听钢琴演奏会时，你系的也是这条吧？"

"嗯，就是这条。"

"当时我坐在你旁边，二姐每次呼气的时候，筒带的腹部这块儿就'叽叽'地响。"

"我自己怎么不晓得呢？"

"因为声音很轻。不过，你每次呼气，我耳朵就听到'叽叽'的声音，真叫人难受。我看系这条筒带去听音乐会不合适。"

"那……系哪条好呢？"

幸子边说边打开衣柜，取出好几个柿漆纸包摆开摊子，刚解开纸包，妙子挑了一条观世水纹[2]图案的腰带说道："系这条吧！"

"这条合适吗？"

"这条可以，这条可以，就系这条吧！"

雪子和妙子都已穿戴停当，只有幸子还没有拾掇好，所以妙子就像哄孩子似的满口说好，并且拿着这条腰带又走到姐姐身后，捣

1　女性使用的和服腰带的一种，采用双层筒状织法，带幅宽约 30 厘米，带内无布质衬芯，多系于和服正装及礼服。

2　即涡形花纹，为能乐世家观世大夫家族自定并袭用的家族纹样。

鼓了一阵替她系紧。幸子重新坐到镜台前，可刚一坐下突然发出一声怪叫：

"这条也不行！"

"怎么了？"

"什么怎么了？你们听听，这条腰带也'叽叽'地响呢。"

幸子说着还故意呼出一大口气，腰带贴紧腹部那地方便又发出"叽叽"的声音。

"真的，是在响呢。"

"那就系那条露草图案的吧。"

"那条不晓得怎么样……末子，麻烦你帮忙找找看那条吧。"

姐妹三人，只有妙子穿的是洋服，她麻利地在那堆散乱的纸包中翻着找着，终于找出那条腰带，又走到姐姐身后去帮她系。幸子一只手按住穿入结扣的鼓形腰带，站起来试着呼吸了两三次，说道："这下好像可以了。"说着取下衔在嘴里的细绦带，穿进鼓形结，不想刚一收紧，腰带又发出"叽叽"的声音。

"怎么回事，这条腰带也不行！"

"真的呢，扑哧哧哧！"

每次幸子的腹部发出怪声，姐妹三人便几乎一同笑翻。

"哈哈哈哈，看来简带系不得，这种腰带就是不行呢。"雪子说。

"不，不是简带的问题，应该是质地的问题。"妙子说。

"可是，近来的简带不都是这种质地的吗？用这种质地再加上简状织法，更加容易'叽叽'地响。"

"明白了，二姐，我晓得了。"妙子又找出另一条腰带，"系这条试试看，这条的话应该不会发出怪声了。"

"这条不也是简带吗？"

"你就照我说的试试看嘛。我猜到发出怪声是什么原因了。"

"已经一点多了，再不抓紧就赶不上了。像今天这样的音乐会，正式演奏时间肯定不会太长的。"

"话是这么说，雪子妹妹，可腰带的毛病不是你提出来的吗？"

"这话没错，可是专程去听音乐会，要是耳边老响着这种怪声，不是太煞风景了吗？"

"唉，真费事！系了解解了系的，都几遍了还没有搞定，我汗都冒出来了。"

"瞧这话说的，我才遭罪呢。"妙子跪在姐姐身后，一边收紧腰带一边说道。

"针在这里打吗？"

阿春端着盘子走了进来。盘子里盛着消过毒的注射器、盒装"倍他新"注射液、酒精瓶、脱脂棉还有护创胶布之类。

"雪子妹妹，劳驾了，快帮我打针。对了，"幸子说道，又冲着转身出去的阿春的背影吩咐道，"你去叫汽车吧，告诉他十分钟后开过来！"

每次都是雪子为幸子打针。此刻，她熟练地用轮锉划断注射液瓶颈，将注射液抽出，接着将犹自站在镜台前把腰带衬芯往鼓形腰带结里塞的幸子的左臂拽过来，将袖子拉到肩头下，用蘸了酒精的脱脂棉在她胳膊上擦拭几下，然后灵巧地将针头扎了下去。

"哎哟！好痛！"

"今天兴许是有点痛，因为时间来不及了，不能像往常那样慢慢地扎进去。"

浓烈的维生素B的气味瞬间在整个屋子里弥漫开来，雪子拿起一块护创胶布按在扎针处，然后在胳膊上拍了拍，又捏住胳膊轻轻揉了几下。

　　恰好此时，妙子起身说道："我这边也系好了。"

　　"这条腰带的话配哪个带扣好呢？"

　　"就那个就可以啊。快点吧，快点吧！"

　　"别这么一个劲地催呀，再这么催下去，都要被你搞得晕头转向啦！"

　　"二姐，这条腰带怎么样？你吸几口气试试。"

　　幸子照着妙子所说，接连呼吸了几下。

　　"哎，这回真的不响了。末子，这是什么道理啊？"

　　"因为是新腰带所以就会'叽叽'地响，这条腰带是旧的，用到后来料子慢慢变柔顺了，所以就不响了呀。"

　　"噢，原来是这么回事啊。"

　　"稍稍动动脑子想一想呀。"

　　这时候，阿春从过道跑进来说道："太太，您的电话，是井谷老板娘打来的。"

　　"哎呀！坏事了，忘记给她打电话了！"

　　"哎，汽车好像来啦。"

　　"怎么办？这下怎么办？"幸子用近乎央求的语气连声叨咕，雪子却假装糊涂，好像这事跟自己完全不相干似的。

　　"哎，雪子妹妹，怎么答复人家呀？"

　　"怎么答复都行啊。"

　　"可是，要是不编个充足的理由回复她的话，她那个人是不会善罢甘休的。"

　　"那你就斟酌着回复她就好了呀。"

　　"要不我就跟她说，明天不方便，会面的事请她改日再约？"

"嗯。"

"这样可以吗？"

"嗯。"

雪子坐在那里垂首低眉，站着的幸子无法从雪子的面部表情上读出她的心思。

六

"悦子，阿姨去啦！"

临出门时，雪子朝西式会客厅里张望了一下，对着悦子喊了一声。悦子正和年轻女佣阿花一起摆弄着玩具在玩过家家。

"在家乖乖待着，晓得吗？"

"阿姨，给我买的玩具晓得的噢？"

"晓得，就是前些日子看到的过家家的餐具对吧？"

悦子管长房的大姨叫"姨妈"，而将两个年轻的姨妈称作"阿姨"和"小阿姨"。

"天黑以前一定回来呀，阿姨！"

"嗯，一定。"

"一定啊！"

"一定！你妈妈和小阿姨去神户，你爸爸在那里和她们汇合了一道去吃晚饭，阿姨回来和悦子一块儿在家吃饭。今天有回家作业吗？"

"要写一篇作文。"

"那你不要玩过头了，玩差不多了就去写作文，阿姨回家后帮你看看。"

"阿姨、小阿姨，拜拜！"

悦子送她们到玄关，顾不上换鞋，穿着拖鞋就走下泥地，蹦蹦跳跳地沿着庭院的石板路，一直追到大门口。

"要回来呀，阿姨，不要骗我呀！"

"一件事情要讲多少遍呀？晓得啦。"

"阿姨，你不回来，悦子会生气的，晓得吗？"

"唉，真烦人，晓得了晓得了！"

嘴上这么说，其实雪子对于悦子这般的依恋自己还是很受用的。不知为什么，这孩子即使妈妈外出也没有这样黏缠，可每逢雪子外出，她就会磨个没完没了，非要这样那样地提些个条件才肯罢休。雪子不愿在上本町的长房家久住，经常跑来芦屋这边，看在外人眼里自不必说了，就是雪子自己也觉得，主要是因为和长房的大姐夫处不来，再就是两个姐姐当中她和二姐幸子意气更加相投，但近来她开始意识到，事实上自己对悦子的疼爱可能超过了上述两个原因。一旦意识到了这一点，她对悦子的疼爱便更加无微不至了。长房的大姐曾悻悻地埋怨说，雪子只顾疼幸子妹妹的孩子，对我家孩子就一点也不疼爱，弄得雪子不知道怎么接口才好。其实说句实话，雪子就喜欢悦子这个年龄的、像悦子这种类型的女孩子，长房家有好几个孩子，但只有一个今年才刚两岁的幼女，其余都是男孩，他们引起雪子关注的程度显然就跟悦子不能比了。雪子很小的时候母亲便去世，十年前父亲也死了，如今她在长房大姐家住上一阵，在芦屋的二姐家住上一阵，没有固定的住所，所以即使明天就喜结良缘嫁作人妻，也不会有那种特别留恋家庭的感觉。不过，一旦结了婚，与一向同自己关系最亲近且最靠得住的二姐幸子就见不到面了。哦不，幸子应该还能见到，但是悦子就见不到了，即使能见到，那时的她大概已不再是昔日的悦子了，之前自己对她潜移默化的影响、无私倾注的疼爱，大概都会被忘得一干二净，她也会蜕变成一个完全不一样的悦子了吧。想到这些，雪子不由得羡慕起幸子来，同时又不免黯然神伤，因为幸子身为母亲可以永远独占这个少女的爱。作为结婚条件，雪子曾经提出，如果所嫁的人是二婚，希望对方有一个讨人喜欢的女孩，原因即在于此。不过即使嫁入符合这个条件的人家，自己成为比悦子更加可爱的女孩的继母，却也不见得能像疼爱悦子一样疼爱那个孩子，想到这一层，尽管婚事一再蹉跎，雪子并不像旁人所以为的那样感到凄惶，她甚至想，与其勉勉强强嫁给一个不怎么如意的男人，倒不如一直留在芦屋，替幸子分担一分母亲的职责，这样也可以慰藉一下自己的孤独。

据实来讲的话，雪子和悦子两人的感情之所以会这样亲密黏缠，或许多少和幸子的安排有些关系。比方说，家里原先备有一间屋子是给雪子和妙子姐妹俩住的，由于妙子常常将这间屋子当作自己的工作室，幸子便有意让雪子和悦子住到了同一个屋子里。悦子的房间在楼上，是间日式屋子，有六席大，在榻榻米上放了张低矮的儿童用木床。之前，每晚都是由女佣在床边铺上被褥，陪伴悦子睡，后来就换成了雪子陪，雪子将一床折叠式的谷草床垫再加上两个木棉床垫，摞成和悦子的矮床一样高，铺在床旁边，晚上和悦子一起睡。打那以后，悦子生病时的护理、功课复习、练习钢琴、上学带的盒饭、下午的零食等育儿功课，也统统从幸子手上渐渐转到了雪子的手上，其中的一个原因当然是这些事情雪子操持起来比幸子更加得心应手。悦子这孩子，外表看上去蛮壮实，脸色也红扑扑的，好像很健康的样子，但似乎遗传了母亲的体质，抵抗力比较差，动不动就淋巴结肿了，或是扁桃体发炎了，还经常发高烧，遇到这种时候，往往连着两三天彻夜不眠，时不时地给孩子换冰袋、换湿布，别人都觉得吃不消，也只有雪子能扛得住。三姐妹中，雪子长得最瘦弱，胳膊腿的粗细跟悦子差不多，看上去就像是得了结核病似的，这也是她迟迟没有结婚的原因之一。尽管这样，但她的应激抵抗力却是最厉害的，有时全家人一个接一个地患上流行性感冒，唯独她安然无恙，而且从小到大都没有生过什么大病。在这方面，看着像是最结实的幸子，其实和悦子一样徒有其表，最弱不禁风，照顾病人的时间稍稍长一点，自己也病倒了，反而需要别人来照顾她。说起来，幸子生长的时期正是莳冈家家业最昌盛的时期，集父亲的宠爱于一身的她，尽管现在已是七岁孩子的母亲，却依旧改不掉娇气任性的毛病，精神上和体质上都缺少坚忍性，因而时常要反过来让两个妹妹提醒和责怪。幸子就是这样的秉性，不光是照顾病人，基本上连照管孩子她都不擅长，甚至还会经常真的动起气来和悦子吵嘴。外面有传闻，说幸子将雪子当家庭教师对待，不肯放她走，以至于亲事迟迟谈不成，甚至还有人说，即使遇到条件不错的对象，也被幸子从一旁搅黄了。风声传来传去传到长房那边，大姐当然不可能误会幸子，但背地里还是忍不住埋怨幸子，觉得是幸子将雪子当成自家的重要帮手，所以才不希望雪子回长房来住。贞之助也意识到了这一点，曾经劝幸子说："雪子妹妹住在我们家当然没问题，可要是过分介入到我们三个人的亲子关系中来就不大好了，是不是让她和悦子稍稍疏远一点？万一悦子将来不跟你亲而只跟雪子妹妹亲近，那怎么办？"幸子却觉得是贞之助想多了，她说："悦子年纪虽小但很机灵，别看她平时老缠着雪子妹妹，实际上还是和我最亲，真要遇到什么事情，她晓得非缠住我不可，而且她也清楚雪子阿姨迟早是要嫁人的。有雪子妹妹在，我也可以省下不少照顾孩子的精力，真的是帮我们大忙了，不过这终究是雪子妹妹出嫁之前的暂时性安排。其实我是觉得，雪子妹妹既然喜欢照料孩子，眼下就先让她照管一下悦子，也好让她暂时忘记一下自己亲事不顺的不幸。末子妹妹可以把做布娃娃当一件事情来做，还能有收入，好像还偷偷地跟人私订了终身，而这些雪子妹妹却一无所有，说得过分一点，连自己的安身之处都没有，所以我觉得她实在太可怜了，才存心让悦子充当她排忧解愁的工具呢。"

不知道是不是雪子体谅到了二姐的这番用心，总之每当悦子生病的时候，她那种知疼着热关怀备至的献身精神，连母亲和护士都绝对做不到。还有的时候悦子独自在家，必须有一个大人留下来照看她，雪子总是主动承担起这份差事，让幸子夫妇和妙子放心地外出。像今天星期日，依照以往雪子也是留在家里陪悦子的，可在阪急御影[1]那里的桑山府邸有一个小型私人集会，现场将聆听到雷奥·希洛塔[2]的演奏，姐妹三人都收到了邀请，别的集会雪子会情愿放弃，但今年这样的钢琴演奏是非去不可的。幸子和妙子已经说好，演奏会结束后和去有马山远足[3]的贞之助会合，然后三人在神户吃一起晚饭，而雪子放弃了去神户吃晚饭，独自先回家。

1　即阪急电车御影车站一带，位于神户市东滩区，与芦屋、住吉等同为高档住宅区。

2　乌克兰裔犹太人钢琴演奏家，1929 年受邀赴日本东京音乐学院任教，在日期间经常从事钢演奏琴活动。

3　昭和十一年（1936 年）左右起，远足开始在日本风行一时。

七

"咦，二姐怎么还不出来？"

姐妹两个已经在大门口等了有一会儿，却迟迟不见幸子出来。

"都快两点钟啦！"

出租车司机打开车门，站立在车门旁恭候着客人，妙子咕哝着朝车子走过去。

"这电话也打得太长了呀。"

"还没挂断呢？"

"想挂也不让挂呀，估计二姐也心烦得坐立不安呢。"雪子又像是与己无关似的打趣说，"悦子，去跟你妈妈说，少讲几句，快点出来吧！"

"雪姐，我们先上车吧。"妙子一手搭在车门上说道。

"还是等等吧。"雪子一向对于长幼之序颇为自律，她回了一句，没有同意。妙子不得已，只能站在汽车前等着。她看到悦子跑进了屋子，于是开口道："我刚听说了井谷老板娘说媒的事。"她压低了声音，因为不想让司机听见。

"是吗？"

"照片也让我看了。"

"是吗？"

"雪姐，你怎么考虑？"

"光看照片我也讲不清楚呀。"

"可不是嘛，所以还是去跟对方见一见吧。"

"……"

"人家既然一本正经提出来了，假如雪姐硬是不去的话，二姐可就为难了。"

"可是，哪有这么仓促的道理啊？"

"行啦，早猜到你会这么推托的……"妙子刚说到这儿，门口传来"啪嗒啪嗒"的脚步声，同时响起的还有"哎呀！手绢忘记了，谁帮我去拿一下，手绢！手绢！"的嚷嚷声。幸子一边将露出在外的衬衣袖子往里塞，一边大步冲出门口，对着二人喊道："让你们久等啦！"

"等半天啦，真受不了。"

"别那么说好吗？我总得找个合适的理由才好回掉人家……好不容易才挂断呢。"

"好了，好了，这事以后再听你解释。"

"快上车吧！"跟在雪子身后的妙子催促道。

幸子家距离芦屋车站约有八九百米，她们有时候像今天这样为了赶时间而乘坐汽车，有时候则慢悠悠地散步前往。天气晴朗的日子，三姐妹穿上出门的衣裳走在那条当地人称之为"水渠路"[1]、靠山一侧与阪急铁路线并行的大路上，三人结伴袅袅而行的丽姿特别惹人注目，路人都忍不住要看上几眼。那一带临街的商铺人人都认得三姐妹，并且时常背地里谈论她们，但很少有人知道她们的真实年龄。幸子因为有了个女儿悦子，所以也不大刻意地掩藏自己的年龄，即使这样，看上去顶多只有二十七八，何况还没出嫁的雪子，往多里说也不过二十三四，至于妙子，有时竟还被人家误为是十七八岁的少女，故而大家都称呼雪子她们"小

1　这条道路从亘连神户、西田和宝塚三市的上原水源池一直贯通至神户市的会下山净水场，地下是引水渠，昭和六年引水渠工程完成后在其上面敷设道路。

姐"或者"姑娘",其实按真实的年龄说起来,这样称呼未免有点好笑了,但是谁都没有觉得有什么奇怪的。姐妹三人都特别爱穿颜色鲜艳、花样入时的衣裳,倒不是因为穿了艳丽的衣裳才让人显得年轻,事实上是她们的姿容和体态充满了青春魅力,只有那种艳丽的衣裳才和她们般配。去年贞之助带她们三姐妹还有悦子一道去锦带桥[1]赏花时,曾拍过一张三姐妹并立在桥上的照片,还写了首俳句描述其时情形:

翩翩三姊妹
锦带桥上留倩影
并立惊花客

不过,三姐妹也并非长得完全肖似,她们各具特征、互为烘衬,但又有着极为明显的相似之处,让人一看就能感觉到她们是亲生的姐妹。首先是身材略有差异,幸子个头儿最高,雪子次之,然后是妙子,一个比一个略矮一些,三人一同走在路上的时候,光是这一点便俨然成了一道风景。从衣裳、妆饰和气质方面来讲,最富日本韵味的是雪子,最具西洋情调的是妙子,幸子刚好介于两者中间。论容貌的话,妙子长着一张圆脸,五官分明、眉目清秀,配上一副丰满敦实的身板,雪子则正好相反,细长的鹅蛋脸,身子纤巧婀娜,幸子则像是萃集了两个妹妹的优点于一身。而要说到穿着,妙子基本上都穿西式服装,雪子总是一袭和服,幸子夏天多穿洋

1　位于日本山口县岩国市内的锦川下游,日本三大名桥之一,建于延宝元年(1673年)。

服，其他季节穿和服。至于三人的相似之处则是，幸子和妙子都像她们的父亲，平常总是一副开朗可亲的样子，唯独这一点雪子跟她们不一样，看上去似乎静娴内秀、愁黛微锁，但不可思议的是，即使这样，她仍俨然宫中或将军家的上房丫鬟一样，穿着装扮起来那种富丽华贵的绉绸和服与她更加相称，颜色素雅、隐纹碎花的江户风尚 [1] 就不适合她。

平常她们去参加音乐会，也总是穿戴得整整齐齐的，更不用说今天是去出席私人招待会，更是竭尽全力打扮得格外艳丽，加上今天又是个秋高气爽的响晴天气，三姐妹从汽车下来、走上站台的时候，候车的人全都情不自禁地扭头看向她们。正好是星期日的下午，开往神户的电车里空荡荡的，就在姐妹三人挨次坐下来时，雪子注意到，坐在对面的一个中学生正羞赧地将视线从自己身上移开向下俯去，与此同时双颊涨得通红，好像两团火似的。

八

悦子尽兴地玩了一阵过家家，然后让女佣阿花去二楼自己的屋子替她拿来练习本，在西式会客厅里开始写作文。

这幢宅子大部分是日式房间，但有两间是西式的，分别是餐厅和会客厅，两间邻接，全家人团聚或者接待客人时，都在这两间房间里，因而一天的大部分时间都是在这里度过的。会客厅里

摆着一架钢琴，还有一部收音留声一体机，冬天会在屋子里点起暖炉取暖，因此天一冷，大家更愿意聚集在这儿，屋子里显得格外热闹。悦子平常除非家里来了客人或者自己卧病在床，否则不到夜里她是不会回自己屋子的，基本上都待在这间会客厅里。楼上她自己的那间日式卧房里摆了一套西式家具，是卧室兼学习室，可是无论学习或玩过家家，她都爱待在会客厅里，还把上学的物品以及玩具等丢得满屋子都是，有几次客人突访上门，结果弄得一阵忙乱。

傍晚时分，门铃响起，悦子扔下铅笔跑出门去迎接。雪子手里果然提着一包给悦子买的玩具，悦子紧跟在雪子身后跑着进了会客厅。"作文还没写完，现在还不能看！"悦子慌不迭地将练习本翻过来盖在桌子上，同时急不可耐地说道，"让我看看给我买的东西。"说完便拆开纸包，将玩具在沙发摊了一溜。

"谢谢阿姨！"

"是这个吧？"

"嗯，就是这个。谢谢阿姨！"

"作文写好了吗？"

"不行，不行……"悦子抓起练习本，将它紧紧抱在胸口，一下子躲了开去，"不让您看是有原因的。"

"什么原因？"

"呵呵呵，因为我里面还写了阿姨的事情！"

"写我也没关系啊。快给我看看。"

"等一会儿……等一会儿再给您看，现在不行。"

悦子告诉雪子，她的作文题目叫"兔子的耳朵"，里面写到了阿姨，要是现在拿给阿姨看怪不好意思的，所以想等自己睡下以后再让阿姨慢慢看，不对的地方请阿姨帮忙改正，她第二天起个早，上学之前再誊抄一遍。

雪子知道幸子她们吃过晚饭还要去泡泡电影院什么的，到家会很晚，所以吃完晚饭就和悦子一起泡了澡，八点钟就回卧房去了。悦子年纪小，睡兴却不大，爬上床后神经仍高度兴奋，每晚习惯了总要闲扯小半个钟头才能入睡，为此，哄她安静地入睡也是雪子每晚的功课之一。雪子得费好大的精力陪悦子东拉西扯，往往哄着哄着自己也慢慢地沉入了睡乡，有时候干脆一觉睡到大天亮，有时候则睡上一觉后再起身，穿着睡衣再披上件褂子，不吵到悦子悄悄地下楼去和幸子她们喝茶聊会儿天，贞之助有时也会参加进来，并拿出干奶酪和白葡萄酒，大家都喝上一杯。雪子时不时地会肩膀酸痛，今天痛得特别厉害，睡不着，心想反正幸子她们回家还早，不如利用这段时间帮悦子看一看作文。她见悦子响着鼻息睡得很香，便起身翻开放在床头灯旁边的练习本，看起了那篇作文。

兔子的耳朵

我养了只兔子。这只兔子是别人抱来的，说"送给你吧"，就把它给了我。

家里养了猫和狗，所以我就把兔子养在玄关口，和猫狗分开。每天早晨去上学的时候，我都会抱抱这只兔子，爱抚它。

上星期四，我早晨去上学的时候走到玄关口一看，兔子一只耳朵竖着，一只耳朵耷拉在旁边。我对它说："喂，怎么回事？那只耳朵也竖起来呀！"可是兔子毫无反应。

我说："那好，我来帮你竖起来。"我用手把它的耳朵竖了起来，可是一放手，它马上又耷拉下来了。我跟阿姨说："阿姨，您帮兔子把耳朵竖起来吧。"阿姨就用脚夹住兔子的耳朵，帮它竖起来了。可是阿姨的脚一松开，那只耳朵还是一下子耷拉下来了。阿姨说："这只耳朵真奇怪！"说完她笑了。

看到这里，雪子马上拿起铅笔把"阿姨就用脚夹住兔子的耳朵"这句话里的"用脚"两个字划掉了。

悦子的作文在学校一向属于优秀的，这篇作文也写得很有趣，雪子只是借助字典帮她纠正了几个字的拼写，整篇作文从语法上讲没有什么问题，不过让雪子犹豫不决的是怎么改掉"用脚"这个词，最后她将"阿姨就用脚……耷拉下来了"那句话改成了：

……阿姨也试着扶起兔子的耳朵，帮它竖起来，可是阿姨一放开那只耳朵，它又耷拉下来了。

其实最简单的就是将"用脚"改成"用手"，可当时自己确实是用的脚，考虑到不能教孩子写假话，便故意改成了这样含糊其词、模棱两可的叙述。想想若不是自己趁早发现，稀里糊涂地让悦子拿到学校里给老师看到，岂不是丢人现眼，雪子不由得有点后怕。尽管这样，想到悦子竟然将这种谁都不会想到的细节也写进了作文，又忍不住独自想发笑。

说起这"用脚"的由来，其实是这么回事——

大约半年前，幸子家的邻居——准确地说，就是背靠背前后院子相连的两户人家——搬来了一户姓施托尔茨的德国人，两家院子的临接处只隔着一道网眼粗疏的铁丝网。悦子很快就和施托尔茨家的孩子们熟悉起来，一开始就像动物互相嗅识体味似的，各自将鼻子贴在铁丝网上瞪大了眼睛打量着对方，很快便钻过铁丝网你来我往了。德国人家的老大名叫彼得，是个男孩，中间是个女孩，名叫露丝玛莉，最小的名叫弗里茨，也是男孩。老大彼得看上去约莫十岁或十一岁，露丝玛莉岁数和悦子差不多，不过西洋人往往个头长得高，实际年龄有可能比悦子小一两岁。悦子和他们兄妹三个尤其是露丝玛莉相处得不错，每天放学回到家，总是跑出屋子在院子里的草坪上跟她一块儿玩耍，露丝玛莉起先对悦子直呼"悦子"，后来不知是谁提醒了她，才改称"悦子小姐"，悦子则袭用她父母和兄弟称呼她的爱称，也管她叫"露米小姐"。

施托尔茨家养了一条德国指示犬[1]和一只全身乌黑的欧洲纯种猫，另外还在后院用纸板箱养了只安哥拉兔子。悦子因为自家也养狗和猫，所以一点也不稀罕它们，但对兔子却非常好奇，经常和露丝玛莉一块儿给兔子喂食，有时还摸摸它的耳朵、将它抱在怀里，后来便向幸子提出来，自己也想养兔子。幸子最初有些犹豫，心想饲养小动物当然不是坏事，可她对兔子的饲养方法毕竟不太了解，万一养不好死了岂不叫人痛惜，家里光是养狗"乔尼"和猫"铃子"就已经够费事的了，要是再加上一只兔子，那就更麻烦了，况且为了不让兔子被"乔尼"和"铃子"咬死，还得把它圈起来分开来养，可家里也没有合适的地方呀。正在踌躇，经常来家里清扫烟囱的工

---

1   猎犬的一种。狩猎的时候，如果发现了猎物，指示犬会用身体姿势来提醒猎人并告知猎物的方向。

人不知从哪里弄来一只兔子，说是送给悦子的。虽说不是安哥拉种，只是只普通的兔子，但全身纯白，很是讨人喜爱。悦子和母亲她们商量下来，觉得要隔开狗和猫，只有玄关口的那块泥地上是最安全的了，于是便将兔子圈起来养在那里。兔子不像狗和猫，它只会一睁一合那对红红的眼睛，人和它搭话，它却毫无反应，家里大人们都觉得好笑，认为它和人类没有一点点互动，只不过是个胆小如鼠又奇妙的生灵，而不像狗和猫那样会引发人对它产生一种感情。

悦子作文里写的就是这只兔子。雪子每天早晨叫悦子起床，负责她的早饭，帮她确认该带的学习用品有没有装进书包，并送她出门上学去，然后再钻进热被窝躺上一会儿。那天早晨，深秋的寒气沁凉刺骨，雪子在睡衣外面又披了件纺绸袍子，脚上只穿了一双短袜，卡子都没有扣，就送悦子来到玄关口。悦子好几次试着将兔子一只耷拉着的耳朵竖起，却怎么也竖不起来，于是向雪子央求道："阿姨，您帮它竖起来呀。"雪子怕她上学迟到，想赶快出手帮一把，又不太敢去触碰那软塌塌的东西，便抬起脚，用穿着袜子的脚趾夹住兔子的耳朵将它提起，可刚一收回脚，那只耳朵又倒下了，耷拉在脸颊上。

"阿姨，这个地方怎么不对了？"

第二天早晨，悦子看到雪子改过的地方，不解地问道。

"这多不好呀，悦子，用脚夹兔子耳朵这种事情就用不着写出来了嘛。"

"可是，您不是用脚夹的吗？"

"唉，用手去碰那东西很恶心。"

"噢，"悦子仍是一脸不解的神情，"那把原因写出来不是就行了吗？"

"话是这么说，可这种举止怪异的样子怎么能写下来呢？老师看了还以为阿姨多粗鲁呢！"

"噢。"悦子似乎还是没能完全明白。

九

"要是明天不方便的话，16 日那天刚好是个大吉日，要不就定在 16 日，您觉得怎么样？"

前几天，幸子临出门时被井谷打来的电话缠住，对方的这番话让她实在找不出理由推托，只能答应下来。可是，好说歹说让雪子吐出"那就去见一见也可以"这句话，却费了两天的工夫，并且还是附带条件的，就是依照井谷原先的提议，由她邀请双方吃顿便饭，尽量避免那种男女相亲的感觉。时间是 16 日下午 6 点钟，地点在东方大饭店，出面邀请者是井谷和她在大阪一家铁器店国分商行工作的二弟村上房次郎夫妇——房次郎同濑越是多年的旧友，这次相亲还是由他最早提出并牵的线，所以当晚会面他是非出席不可的。濑越那边，要是他一个人出席未免有些孤闷，可是这种场合又不宜特地请老家的亲戚赶来，幸好濑越有一位同乡兼学长，正巧在房次郎工作的国分商行担任执行董事，名叫五十岚，便由房次郎出面相邀，请来作陪；女方这边则是贞之助夫妇和雪子三人，宾主总共八个人。

为了当日的会面，幸子和雪子二人提前一天去井谷开的美容院做头发。幸子因为只想将烫过的头发再定定型，于是就让雪子先做，她等一下再做。这时井谷觑了个空弯腰来到她跟前说道：

"嗯，有件事情得拜托您哩……"

井谷说着，将脸凑近幸子的耳朵："其实这种事我想不说您也晓得的，就是明天请您务必尽量打扮得素淡一些。"

"嗯，这个我晓得。"

井谷不等她说完立即抢着说："我的意思可不是稍稍素淡一些噢，真的，您最好就不要再涂脂抹粉什么的啦。雪子小姐固然也很美，可是她的脸细长，感觉就好像不那么精神，跟您在一起就要稍稍吃点亏了，何况您又是这么的美艳动人，即使不涂脂抹粉也容易引起人家关注。所以明天无论如何请您想法子打扮得看上去老个十岁十五岁的样子，尽量反衬一下雪子小姐，不然的话，本来有希望成的事情，就因为您陪在旁边，说不定也不成了呢。"

类似的警告幸子已经不是第一次听到了。迄今为止，她几次陪雪子去相亲，经常听到人家悄悄议论说"那位姐姐倒是又时髦又可爱，妹妹好像有些内向沉闷呢""那位姐姐显得多年轻，容光焕发、光彩照人的，相比之下妹妹就黯然失色了"，甚至有人直言劝告说："让长房的大姐陪同就可以了，二房那位姐姐还是不出席的好。"每次听到这样的话，幸子总是忍不住辩解，你们不懂得欣赏雪子啊。没错，像我这种开朗、洋溢着青春活力的面容或许称得上时髦，可是这样的面容世上比比皆是，一点也不稀奇。拿自家妹妹来夸赞也许有些不妥，不过，要说真正像昔日养在深闺人不识的千金小姐那样，被人呵护备至，在娇风暖日之中长大成人，气质内秀，浑身透着一股楚楚风情的古典美人，不就是我家雪子妹妹这样的姑娘吗？假如不懂得欣赏这样的美、不敢展开追求，那雪子妹妹也绝对不能嫁给那样的人。嘴上这样说，其实幸子内心还是抑制不住窃喜，她带着一种优越感骄傲地对丈夫说："我陪雪子妹妹去相亲的话，会帮倒忙的。"贞之助呢，有时候会顺着她说："那就我一个人陪她去好了，你不必去了。"有时候则正儿八经地提醒她："不行，这样还不行，最好再素淡些，否则人家又要说你抢了妹妹的风头了。"再三叮嘱她修一修妆、换一身衣裳。幸子当然看得明白，丈夫也因为有这样一个如花似玉的妻子而心花怒放哩。因为这层原因，幸子有一两次真的就没有陪雪子一起去相亲。不过，基本上雪子去相亲总是由她充任长房大姐的代表，所以没办法，只好出席。再说，如果她不出席，雪子往往也不愿意去相亲。每逢这种时候，她就尽量把自己打扮得很朴素，尽管这样，由于她平时穿戴的衣裳和配饰大都很艳丽，再怎么努力效果也有限，所以往往事后还是被批评"那样子还不行"。

"好、好，大家都这样提醒我，我晓得啦，不用您开尊口，我准备好了明天就粗缯大布的去。"

等候室里只有幸子一人，外人是不会听到她们两人的对话的，可是，这间屋子和紧邻的屋子之间只有一道帘子相隔，帘子又正好卷着，雪子就坐在隔间的椅子上烫头发，透过镜子反射，两人可以清清楚楚地看到头顶罩着一台烘发机的雪子的样子。大概是井谷以为雪子头上罩着烘发机，应该听不见她们在说什么，可是两人说话的样子雪子同样从镜子里看得清清楚楚，她正抬起眼皮子盯着两个人看，似乎在琢磨她们谈些什么，幸子担心雪子会不会从两人的口型中推测出说话的内容。

相亲当日，雪子在姐姐和妹妹的相帮下，3点钟起就开始梳妆打扮了，贞之助也十分起劲，提早将事务所打烊赶回家来，挤在化妆室里凑热闹。他对女性的和服纹样、穿着程式还有发型等饶有兴趣，喜欢陪赏女人梳妆打扮，但还有一个重要原因，她们没有时间观念，每每因此而吃苦头，所以他要尽到督促的责任，不能延误了约定好的下午 6 点的相亲时间。

悦子放学回来，一进家门就丢下书包跑上楼，冲进门就说："听说阿姨今天要去相亲哩。"

幸子吓了一跳，她看到镜子中雪子的脸色霎时变了，赶紧装出毫不介意的样子问道："这种事情听谁说的？"

"今天早晨听春姐说的——是吗，阿姨？"

"没有这回事！"幸子抢过话头答道，"今天井谷老板娘请妈妈和阿姨去东方大饭店吃饭。"

"是吗，可爸爸怎么也去呢？"

"你爸爸也受到邀请了呀。"

"悦子！你下楼去，"雪子对着镜子说道，"你到楼下叫春姐上来一下，你不用上来了。"

平常雪子叫悦子走开，她总是不听，可是这会儿她听出来雪子的口气有点非同一般，于是乖乖地"嗯"了一声，便下去了。

"小姐您有什么吩咐？"不一会儿，阿春虚怯怯地拉开门，双手撑在门槛上，看得出她早已从悦子那里听说了什么，此时脸色都变了。贞之助和妙子看到情势不妙，赶快躲开不见了人影。

"阿春！今天的事你为什么要跟悦子小姐讲？"

今天相亲这事幸子记得并没有对女佣们说过，不过自己似乎的确有所疏忽，没有特意防着她们一点，所以她觉得自己有责任当着雪子的面质问阿春。

"阿春……"

"……"

阿春头也不敢抬起，浑身打着哆嗦，那样子分明是在求饶："我错了！"

"你什么时候跟小姐讲的？"

"今天早晨……"

"为什么要跟她讲这个？你想什么呢？！"

"……"

阿春今年才十八岁，十五岁时进到莳冈家当女佣，现在是上房的贴身女佣，所以几乎就跟家人一样，幸子她们同她都很亲近，悦子有时候甚至称呼她"春姐"。她刚来时，不知怎么地就在她名字后面加了个"姐"字，叫习惯了也就一直这样叫下来了，悦子有时昵称她"春姐"，有时则光叫她"阿春"。悦子每天上学放学要穿过阪神公路，那里交通事故频发，所以必须有人接送，这个差事基本上都是由阿春承担。

在幸子的仔细盘问下，终于弄清楚，原来是今天早晨阿春送悦子上学的时候在路上同悦子说的。这个平常和婉可亲的女佣，被主人一顿斥责，一下子变得垂头丧气、可怜巴巴的，不禁让旁人觉得又好气又好笑。

"唉，前几天我打电话的时候，你们也在场，这点是我不够小心，不过你们听到了——其实今天也不是一本正经的相亲，就是几个熟人小范围的会餐而已，这个你应该晓得的——就算听到了也不应该随便讲呀！不管什么事情，总有该讲和不该讲的。那种还说不好怎么回事的事情，可以随便去跟小孩子讲吗？你什么时候来我家的？又不是才来一两天，这点道理还不懂吗！"

"不光是这件事，"雪子接上去说道，"你平常就嘴快，用不着你讲的事情也爱多嘴多舌，怎么惯成这么个坏毛病？"

姐妹俩你一句我一句地数落了一通，阿春俯着身子，一动也不敢动，也不知道她究竟听进去了没有。"好了，你去吧。"主人发了话，可她仍像死人那样一动不动，"你可以走了！"再三催促之下，她好不容易才用轻得几乎听不见的声音认了错，然后起身离去。

"平常就提醒过她，真是的，怎么这么爱嚼舌根子呀！"幸子见雪子气仍未消，一边窥伺着她的脸色一边说道，"还是得怪我不小心，打电话的时候不让她们听见就好了，可是我哪里想得到她会跟孩子去讲啊？"

"电话当然是一方面，前些日子我们老是在春姐她们在的时候谈论相亲的事，我当时就有些担心呢。"

"我怎么没印象啊？"

"有过好几次呢。比如我们正在说着，春姐进来了，当时谁都停住不说了，可是她走出屋子，人还在门外呢，这里就又高声谈论起来，肯定就是那时候被她听了去的。"

事实上，前些日子有几次晚上 10 点钟左右，趁悦子睡熟了，贞之助、幸子、雪子，有时候还有妙子，几个人聚集在会客厅里谈论起今天相亲的事情，阿春不时端茶送水，从餐厅那边走进会客厅。餐厅和会客厅是紧邻的，只用一扇三折拉门相隔，门缝连手指都伸得进，人在餐厅可以清楚地听到会客厅里的说话声，更何况夜阑人静时分听得尤其清楚不过了，除非故意压低了声音说话。但当时谁也没有意识到，只有雪子注意到了，不过说句实话，要是雪子当场提醒一下就好了，现在再说也已经于事无补了。雪子本来说话声音就轻，当时谁都没有觉察到她说话声特别的轻，可她不提醒，谁又会想到这上面去呢？幸子忍不住想——阿春那种翻唇弄舌的人的确让人讨厌，而像雪子这样老是该说的时候不说也实在叫人头疼。但转而一想，"高声谈论起来"这句话雪子用的是敬语，可见她的责怪是冲着贞之助的，回想起来她当时之所以没有提醒大家，应该是顾忌到贞之助而觉得有所不便，这样一想幸子也就无法埋怨她了，事实上贞之助说起话来声音又尖又响，在那样的场合最容易被人听了去。

"雪子妹妹既然意识到了，当时给大家提个醒就好了。"

"最好是以后不要在那些人面前谈论这种事情。我不是拒绝相亲，可是每次让那些人笑话又吹了又吹了，我实在受不了。"

说到这里，雪子的声音一下子带了点鼻音，从镜子里可以看到一滴眼泪从她脸上滚了下来。

"话是这么说，可到现在为止没有一次是被男方拒绝的呀？这个你最清楚了，每次相亲后，不都是对方起劲地来要求敲定，结果倒是我们觉得不满意而吹掉的吗？"

"可是，那些人才不会这么想。假如这一次不成，她们肯定就以为是男方拒绝了我们，即使不这样想，他们也一定会起劲地到处声张的，所以……"

"好了好了，不说了，这事就到此为止吧。的确是我们的不是，以后肯定不会再有这样的事了。瞧你，别把脸哭花啦。"幸子想伸手给雪子拭眼泪，又怕反而引得她更加泪涟涟的，便没有去拭。

十

躲在侧屋书房里的贞之助，看看时间已过了 4 点，几个女人还没有梳妆完毕，开始担心时间有点紧了。蓦地，他听到前院里八角金盘的枯叶"啪嗒"响了一声，像有什么东西掉落其上，他倚着桌子伸手拉开槅扇一看，刚才还晴朗的天空飘起了阵雨，细密的雨脚仿佛断线似的淅淅沥沥敲打着屋檐。

"喂！下雨啦！"

贞之助跑进正屋，走在楼梯半中间就嚷嚷起来，随后闯进化妆室来。

"真的下雨了。"幸子望着窗外说道，"不过这是阵雨，马上就会停的，远处的天边不是还晴着吗？"

话音才落，眼看着窗外屋檐上的瓦片已经全淋湿了，雨声也由"啪嗒啪嗒"变成了"哗啦哗啦"，大雨狂泻起来。

"如果还没叫汽车的话，得赶快叫了！一定要跟对方讲清楚，5点一刻必须到！下雨了，我穿西服去，藏青色那套行吗？"

每逢雨天，芦屋这一带的出租车就成了香饽饽，一车难求，幸好有贞之助提醒，赶快打电话雇了汽车，姐妹三人也梳妆完毕，可到了5点20分车子还没有到。雨越下越大。电话打遍了各家出租车行，回复却都是：今天是吉日，有几十对结婚的，刚好又碰上下雨天，所有车子全都出车了，只要一返回来立即给您派过去。算了一下，车子直开神户的话，只要能够保证5点半出发，约好的6点钟应该也赶得及。谁料5点半都过了仍不见出租车影子，贞之助急得坐立不安，心想必须赶在井谷来催之前先打个电话跟对方解释一下。电话拨通东方大饭店，井谷那边说男方人已经到齐啦。此时车子终于来了，时间也只差5分到6点，又碰上雨势正大，出租车司机打着伞将他们一个一个接上车，幸子的脖颈还是挨了几颗冰凉的雨珠。上车坐定后，幸子猛地想起，前一次，还有再前一次雪子相亲的时候，也不巧都碰上下雨天。

"哎呀，实在不好意思！迟到了半小时……"在衣物寄存处碰上出来迎接的井谷太太，贞之助赶紧先不住地道歉，"今天赶上了吉日，结婚的人多，加上突然下起了雨，我们雇的汽车左等右等就是来不了，所以……"

"可不是嘛，我来的路上，就看到好几辆坐着新娘的汽车呢。"

井谷说着，趁幸子和雪子在寄存外套，向贞之助递了个眼色，将他叫到了一旁："您请这边走，我介绍您跟濑越先生他们认识。先请问一下，关于濑越的情况莳冈家是不是都已经调查清楚了?"

"哦，这个嘛，是这样的，有关濑越先生本人的情况已经调查清楚了，的确是个十分优秀的人，对此我们都觉得很满意，只不过长房那边还在调查他老家的情况。说实话，大致都已经有所了解了，据说基本上没有问题，就是还有一份委托征信所调查的报告还没有收到，所以想请您和对方再等个一星期左右呢。"

"原来是这样。"

"承蒙您费心了，是我们这边耽搁了些时间，实在抱歉得很，只是长房那边还是改不掉那副老旧做派，做起事来总是慢吞吞的。不过您的心意我非常理解，对这桩亲事我也非常赞成。如今的时代，要是还依照过去的老一套做法，只会让雪子的婚期越来越远，所以我是竭力主张只要本人确实优秀，其他方面的调查适可而止就行了。今晚会面之后，只要双方当事人没有意见，我看这次很有希望成啦。"

贞之助和幸子事先对好了口径，所以先是很得体地做了一番解释，但在后半还是率直地说出了自己的真实想法。

时候已经不早，双方在大堂简单进行了介绍，随后八个人一起乘电梯来到二楼的小宴会厅。餐桌的两头分别坐着井谷和五十岚，然后一边是濑越、房次郎太太和房次郎，另一边是雪子、幸子和贞之助。昨天在美容院商量时，井谷提议一边由濑越坐中间，房次郎夫妇分坐左右，另一边让雪子坐中间，两边是贞之助夫妇，但幸子建议稍微改改，今天八个人便是依照幸子建议的席次落了座。

"没想到我今天有幸作陪参加这个盛会……"五十岚看看时机差不多，便一边用汤匙舀着汤一边挑起了话头，"我和濑越君是同乡，若是论年龄，各位一眼也能看出我是濑越君的前辈，不过我们并不是校友，硬要扯上点关系的话，小时候我们两人的家在同一个村里，住得很近。今天能作陪参加这样的盛会，本人实在是荣幸之至，同时又深感承当不起，惶恐得很哩！说实话，硬把我拉到这里来的不是别人，正是村上君，这位村上君怎么形容呢……村上君的姐姐井谷老板娘那可是口才了得，一点也不亚于男人，她的这位弟弟跟姐姐比起来也是不差分毫，一样的能说会道，他对我说：'能够受邀参加今天这么有意义的宴会，你还不痛痛快快地答应？那不是太不给面子了吗！这种场合一定得要有个长辈出席，你可不要跟我耍什么滑头，找借口推托噢！'被他这样软硬兼施地一说，我也只好从命啦。"

"哈哈哈哈，董事先生，"房次郎接口道，"您嘴上这样说，可是参加今天的宴会没有让您不愉快吧？"

"哎呀！在这个宴席上千万不要称呼什么'董事先生'啦，今天晚上我们忘掉跟业务有关的事，彻底放松开来，好好享受一下美食吧。"

幸子想起自己少女时代，船场的莳冈商店里也有这样一位滑稽可笑的秃头掌柜。如今，一般大商店都改成了股份公司，"掌柜"升格为"董事"，和服加围裙被西装取代，船场话也不说了，改说通行的国语，不过其待人接物的秉性以及自我定位，跟身居公司要职的管理者比起来，更像是商店里的伙计。从前，无论哪家商店都会有那么一两个态度谦恭、能说会道、善于揣摩主人心情、每每能把人哄逗得心情愉悦的掌柜或伙计，井谷今天晚上请来这样一位人物，看得出是有心让他来制造气氛的，以免冷场。

濑越笑嘻嘻地听着五十岚和房次郎你一言我一语地说笑。贞之助和幸子觉得濑越与他们此前凭照片所想象的差不多，不过和照片相比，本人看上去略显年轻些，感觉顶多也就三十七八岁。人长得还算五官周正，就是似乎不够明敏，一副朴实寡言的样子，一如妙子的评价：感觉很一般。而且，他的仪容、身高、体格、穿衣、领带的品位等，各方面都非常普通，一点也看不出曾经在巴黎受过熏陶的样子，当然也不至于令人生厌，完全是那种稳重踏实的小职员类型。

贞之助觉得第一印象还算合格。他主动跟对方搭讪道："濑越先生在巴黎待了有几年？"

"待了整整两年，不过那是很久以前的事了。"

"哦，那是什么时候去的？"

"大约是十五六年之前去的，那时候我刚从学校毕业没多久。"

"那么，毕业以后就到了这家公司就职吧？"

"不是的，现在这家公司是回国以后才进来的。我当初去法国时并没有想过今后的职业规划，完全是漫无目的的。说起来，父亲去世的时候，留下了那么一点财产，虽然还称不上什么遗产，但总算让我得以按照自己的意愿自由地做一点想做的事，所以我当时就拿着这笔钱出国了。如果硬要说出国目的的话，一来是想把法语水平再提高一点，再有是假如能在那边找到合适的工作，索性在法国就职待下去，当时就是抱着这样很笼统很模糊的想法，不过两个目的都没有达到，所以完全就成了一次漫游。"

"濑越君是个与众不同的人哪，"房次郎在一旁解释说，"大多数人去了巴黎都不愿意回来，濑越君却彻底勘破了巴黎的浮华，反而更加思念起日本来，最终还是回来了。"

"哦，那是为什么呀？"

"我也说不清什么原因，大概是一开始抱的期望太高了吧。"

"到了巴黎，对日本的优秀就有了更加深入的理解，最终还是选择回国——这绝不是什么坏事。大概也是出于这样的原因，所以濑越君还是对内蕴着纯日本式风情的小姐情有独钟吧？"五十岚一边打趣，一边朝坐在桌子对面、倏地羞怯怯地低下头去的雪子飞快地瞟了一眼。

"可是回国后能够进现在这家法国公司工作，说明濑越君的法语还是很优秀的。"贞之助说。

"也不见得。这家公司虽说是家法国公司，但员工大部分都是日本人，只有管理层里有两三个法国人。"

"这么说，讲法语的机会很少啊？"

"一般只是在 MM[1] 的轮船进港时，我们才会去码头跟对方讲上几句法语，不过业务上往来的法文信函一直是由我起草的。"

"雪子小姐现在还在学法语吗？"井谷问道。

"是的。因为姐姐在学法语，我是陪着去的。"

"老师是哪里的，是日本人还是法国人？"

"是法国人。"

雪子刚说了一半，幸子接过去说道："是一位日本人的太太。"

幸子很清楚，本来就少言寡语的雪子，在大庭广众面前往往话也说不利落，何况像今天这样的场合，全要用"委婉有礼貌"的东

1　指法兰西火轮船公司，当时法国两大远洋邮轮公司之一。

京话应对，更是会笨嘴拙舌地说不好，很容易在语尾的郑重语气上露破绽，幸子自己虽然东京话说得也不标准，但她总能使些技巧将句尾巧妙地蒙混过去，从而使自己的大阪腔不那么惹人注意，这样无论应付什么话题她都能显得比较自然。

"那位太太会讲日语吗？"濑越直视着雪子的脸问道。

"哦，一开始是不会讲的，后来一点点会了，现在已经讲得非常流利了。"

"那样反倒不好，"幸子又抢过话头说道，"本来说好我们上课的时候不讲日语的，可结果就是做不到，到头来还是一大堆的日语。"

"我有时在隔壁屋子里听你们上课，三个人都是，几乎从头到尾全在讲日语。"

"什么呀，哪有的事？"幸子转过头来冲着丈夫，情不自禁地用大阪话辩解道，"我们也讲法语的呀，只是您在隔壁听不见。"

"也许吧，偶尔也讲几句法语，不过但凡讲法语的时候，总是一点都不自信，声音轻得就像虫子'吱吱'地哼唧，隔壁屋子当然听不到啦，这样子恐怕一辈子也学不好外语——大概太太小姐们学外语都是这个样子的吧？"

"哎呀，看您说的……我们不光是学法语呀，老师还教我们许多东西呢，比如怎么做菜啦、做西点啦，怎么织毛线啦，我们讲日语的时候就是在探讨这些呀。前些日子您不是就对乌贼这个菜相当满意，还要我们多学些其他的菜式吗？"

夫妇两人的对话一时变成了余兴，引得大家都笑了。

"您刚才说的乌贼这个菜是怎么回事啊？"房次郎太太饶有兴趣地问道，于是众人围绕着这个话题又议论了好一阵。幸子解释说："这道法兰西料理的做法是，在乌贼里放入西红柿一起煮，再加少许大蒜将味道吊出来。"

十一

幸子此前便发现，濑越的酒量非同一般，侍者一次次地给他斟酒，他都一饮而尽。房次郎看上去似乎一点都不会喝酒，五十岚已经喝得耳根发红了，每次斟酒到他跟前他都摇摇手表示不能再喝了，只有濑越和贞之助旗鼓相当，脸不红，仪态也照常。据井谷说，濑越并不是每晚都独酌，不过他对酒不反感，碰到合适的场合往往还喝不少呢。幸子觉得会喝酒倒谈不上是缺点，因为她们姐妹几个早年丧母，父亲晚年的饭食都由她们照管，每晚都陪父亲喝上一点。故而从长房大姐鹤子开始，姐妹几个都能喝几口，加之两个上门女婿辰雄和贞之助算得上是"晚酌党"，若是滴酒不沾的人，他们反觉得少了些情趣，总归是多少有点嗜好的人一起生活才有意思。当然，酒后失态就自当别论了——虽说雪子没有提过这样的要求，但幸子以自己的同理心推测，雪子心里肯定也是这样想的。再说了，像雪子这种喜欢将想法滴水不漏、全部闷嘴葫芦一样藏在里面的人，倘若不让她时不时一块儿喝上两杯，借以发散一下，岂不是越来越孤闷抑郁？相反地，男人若娶了雪子做妻子，假如不能陪她以酒解解烦闷，也会让她憋闷得受不了。想到雪子如果嫁给一个滴酒不沾的丈夫，作为旁人的幸子似乎也感同身受地觉得孤闷和可怜。于是这晚，为了免使雪子闷头不语，幸子又是使眼色指着面前的白葡萄酒杯，悄声说道："雪子妹妹，稍稍喝一点。"同时自己也示范地抿上两口，又是在侍者耳边低声吩咐："给我旁边这位也倒点葡萄酒。"

雪子呢，看到濑越喝酒的那个劲头，暗暗示意自己也要更加阔朗一些，于是时不时地趁人不注意抿上几口白葡萄酒，只是刚才来时被雨淋湿了的袜子，这会儿仍湿答答的让人感觉很难受，以至于那种醺醺之意始终无法潜上头来，臻至陶然之境。

濑越的视线钉在雪子身上，只是假装没有在看她，此时便借着酒的由头问道："雪子小姐爱喝白葡萄酒？"

雪子低下头去，用一个浅笑略略掩饰。

"嗳，也就喝个一杯两杯的。"幸子替雪子将话头接了过去，"濑越先生酒量不错呢，您能喝多少？"

"这个嘛，要喝的话大概能喝上一两斤吧。"

"喝醉了会不会展露一招绝活儿？"五十岚插进来道。

"不过我一向没啥兴趣爱好，喝醉了顶多就是比平常话更多一些吧。"

"那么，莳冈家的这位小姐呢？"

"小姐会弹钢琴，"井谷介绍道，"莳冈家的几位小姐在音乐方面都对西洋的感兴趣呢。"

"不，也不全是西洋的。"幸子连忙解释，"我小时候学过古琴，现在正想着再捡起来呢，因为最小的妹妹近来开始学山村舞[1]，所以接触古琴还有三味线曲子的机会也多起来了。"

"哦，末子小姐会舞蹈？"

---

[1] 日本舞蹈的一个流派，由出身大阪的舞蹈设计师山村友五郎在研究和借鉴观世流的能乐基础之上创始的一种乡土风格的舞蹈。

"是呀，看起来好像是赶时髦似的，其实她从小就是学舞蹈的，现在不过是重拾以前的爱好罢了——您是晓得的，我那个妹妹呀灵巧得很，舞蹈动作一学就会一点就通，或许是因为小时候就学过舞蹈的关系吧。"

"专业性的我说大不好，不过这种山村舞的确很不错。动不动什么都学东京的样其实很要不得，我们必须大力提倡这种乡土艺术。"

"是啊是啊。这样说起来，我们的董事先生——哦不，五十岚先生您呢？"房次郎边挠着头边问。

"五十岚先生擅长歌泽小曲[1]，已经练了好多年了。"

贞之助接口说道："这种小曲，像五十岚先生这样的高手可能自当别论了，不过，据说初学的时候特别想唱给别人品评一下，所以总会忍不住跑去色情茶馆显露显露，是不是这样啊？"

"是呀是呀，的确如此，日本小曲的缺点就是不适宜在家庭演唱——不过我是例外啊，我学歌泽小曲的动机可不是为了博得女人的迷恋，这方面我可一向规矩得就像铁板一块，是不是啊村上君？"

"没错，因为我们是买卖铁器的嘛。"

"哈哈哈，说到这个我倒想起一件事情，正好向几位太太请教一下。哦，诸位都随身带着那种便携式的粉盒，那里面就是普通的香粉吗？"

"是呀，里面装的就是普通的香粉。"井谷接过话头问道，"怎么了？"

1　三味线曲子的一种，是在江户末期于江户地方流行的端歌的基础上吸收加入一中调（净琉璃流派之一，由京都艺人都大夫一中于 17 世纪首创）演化而成。

"是这么回事。一星期前，有一天我乘坐阪急电车，一位盛装的太太刚好坐在我旁边上风口的座位上，她从手提包里掏出粉盒，就像这样'啪嗒啪嗒'地在鼻子这块儿扑粉，我一下子忍不住连着打了两三个喷嚏，这是怎么回事？"

"哈哈哈哈，不会是当时五十岚先生的鼻子刚好不舒服吧？这可说不好是不是粉盒的问题啦。"

"要是只此一次的话，我也这样认为，可是之前也有过同样的经历，这已经是第二次了。"

"啊，这倒是真的。"幸子说，"我就有过两三次，在电车里打开粉盒补粉，结果弄得旁边的人直打喷嚏。根据我的经验，越是高级的香粉就越是容易这样。"

"嗬嗬嗬，看来还真是的呢。嗯，这次遇见的太太应该不是您，不过再之前几次遇见的太太，弄不好，会不会就是您呢？"

"真的，说不定就是我。哎呀，那真是太对不起啦！"

"这种事情我还是头一次听说，"房次郎太太说，"下次我也要在粉盒里尽可能装些高级的香粉试试看呢。"

"什么呀，这种事情如果流行起来那可太要命了。我只想拜托，以后夫人太太们乘坐电车，要是下风口有其他乘客，千万不要使用香粉。莳冈太太刚才同我打过招呼了，可之前遇到的太太，害得我连打两三个喷嚏却装作若无其事，真是岂有此理！"

"噢，我小妹跟我说，她有一次乘电车，看到有位男士的西装领子上马鬃都钻出来了，恨不得过去把它拔掉呢。"

"哈哈哈哈！"

"哈哈哈哈！"

井谷说："记得小时候棉袄里的棉絮钻出来了，就老是想往外揪呀揪的。"

"大概人都有这种奇怪的本能，喝醉了酒谁都忍不住想按别人家的门铃，车站的站台上写着'禁止擅自触动按钮'，却反而引得人想要按一下，所以呀，只好尽量克制自己不要往前靠近。"

"哎呀呀，今天晚上真是笑个没停。"井谷舒了口气说道。饭后的水果已经上了桌，众人的交谈似乎意犹未尽。

"莳冈太太，"井谷道，"我想说的是另外一件事情，不晓得您有没有注意到，近来的年轻太太们——哦不，莳冈太太您就非常年轻，她们跟您比起来应该算是下一代的太太吧，也就是两三年前才结婚的二十来岁的那些太太们——她们呀，怎么讲呢，无论在经济方面还是育儿方面，好多人都非常讲究科学，脑子也灵活，我真是感觉好像跟她们身处两个时代呀。"

"是呀是呀，您说得一点没错。现在女子中学的教育方法也和我们那时候的教育方法完全不同了，看看如今的年轻太太，我也感觉跟她们似乎不是活在同一个时代呢。"

"我有个侄女，小的时候就离开乡下投靠到我这儿，在我的监护下读的神户女中毕了业，最近她结了婚，在阪神的香榉园那边组成了自己的家庭，她丈夫在大阪的一家公司里上班，月薪九十元，另外还有些花红，乡下老家那边每月也补贴他们三十元的房租，全部收入平均每个月有一百五六十元。我老是担心他们那点收入每个月怎么够安排，到他们家里一看，月底发下来九十元工资，她丈夫拿回家后马上分装进几只准备好的信封里，每只信封上标明煤气费、电费、服装费、零用钱等，这样来计划和安排下个月的开销，感觉日子过得紧巴巴的。可是，我被邀请去她家里吃晚饭的时候，他们居然用心地做了好多精美的菜来招待我，真出乎我的意料，屋子里的装饰也很有设计感，没有一点点寒酸的感觉。但是在有些方面他们又特别算计，上次我和她一同去大阪，我把钱包交给她让她买票，结果她买的是回数券[1]，把余下的券留下自己用。这真叫我不佩服都不行啊，我居然还号称是她的监护人、还在担心她怎么过日子，简直滑天下之大稽，想想就惭愧呀。"

"一点不假，比起现如今的年轻太太来，倒是做母亲的这辈人不懂得该怎么花钱哩。"幸子附和道。

"我家附近也有一位年轻太太，家里有个两岁的小女孩，我前些日子因为有点事上她家去，站在门口说了一会儿话，她客气地邀请我进去坐坐，我进去一瞧，她家没有女佣，可屋子照样收拾得井井有条。还有，我总觉得像她们这种年轻太太大多数即使在家里也总是穿着洋服，坐的是椅子，也不晓得是不是真的这样？总之那位太太我看平时总是穿的洋服。那天，她把一辆婴儿车放在屋子中央，把孩子放在车里，不让她到处乱动。我逗着那孩子，那位太太跟我说，不好意思，麻烦您替我照看一下，我去给您泡茶。隔了一会儿，她端着沏好的红茶来了，顺便还把面包泡在牛奶里煮烂了喂孩子吃的奶糊一块儿端了过来，谢了我，然后请我喝茶，自己也在椅子上坐了下来。可是坐下没一会儿的工夫，她看了看手表说：'哟，下面要播出肖邦演奏的曲目了，太太您也一起听吧。'她打开收音机，一边欣赏音乐，一边手上也没闲着，拿起调羹喂孩子吃奶糊——从头到尾，一点点都不浪费时间，又要跟客人聊天，又要欣赏音乐，还要喂孩子吃东西，三件事情同时进行，真的是太聪明能干了。"

1　即联票，多枚乘车票或入场券等组成一套，一次购买按次使用，较每次单独购票略优惠。

"现在的育儿方法和以前完全不一样啦。"

"那位太太也这么说——她还举了个例子，说她母亲时不时地跑来看孙子，这倒没什么，可她已经给孩子养成了不抱的习惯，老人一来就把孩子抱在手上不肯放下，等老人走后孩子就要哭闹一段时间，不抱不行，为了让她重新养成不抱的习惯可是费了老大的劲呢。"

"说起来，如今的孩子也不像从前那样爱哭爱闹的了。带孩子上街的时候，假如孩子绊倒了，只要他能自己站起来，就不要去扶他，做妈妈的就当没看见，只管往前走，孩子反而不会哭，会自己爬起来往前追的。"

晚宴结束后，众人来到楼下的休息室。井谷对贞之助夫妇转告了濑越的恳请："如蒙容许的话，濑越先生说想跟雪子小姐单独聊个十五二十分钟，可以吗？"由于雪子不反对，于是两人就找了别处坐下来聊，其余的人又闲扯了一阵。

"刚才濑越先生和你聊了些什么？"坐汽车回家的时候，幸子问道。

"问了不少。"雪子吞吞吐吐地回答，"可是，也听不出个完整的意思。"

"噢，他是在测试你的智商 [1] 呢。"

"……"

车外雨势渐弱，像春雨那样淅淅沥沥地下着。雪子大概是先前喝下的白葡萄酒这会儿上头了，她只觉得双颊像火烤似的发烫，汽车行驶在阪神国道上，她用微醺的游移不定的眼神，恍恍惚惚地望着车窗外柏油马路反射出来的纵横交错的车灯。

1　19 世纪 30 年代初智商测试传入日本，有一个时期成为一种大众流行游戏。

十二

第二天傍晚，贞之助回到家，跟妻子刚打了照面便道："今天井谷老板娘去过我事务所了。"

"她到您事务所有什么事吗？"

"照她的说辞是，'本来应该到您府上去拜访的，正好今天因为来大阪办点事情，就想着到您府上跟太太说不如跟您说更加直接，所以事先也没联系，就突然这么冒昧地跑来造访了'。"

"那，她跟您说了些什么呀？"

"算是好消息。坐下来慢慢说吧。"贞之助将幸子领进自己的书房，向她详述经过——

据井谷说，昨天晚上贞之助他们三人回家之后，其余人在饭店里继续聊了有二三十分钟。总体来说，濑越本人非常积极，对雪子的性格、容貌都十分满意，就是觉得雪子看上去好像有点弱不禁风，担心她是不是患有什么病。另外，井谷的弟弟房次郎之前曾去雪子就读过的女子中学调查她以前的学习情况，看到成绩表上缺课次数比较多，也猜测她学生时代是不是常常生病。——对此，贞之助的答复是：学生时代的事情不清楚，常常缺课的问题如果不问妻子或妻妹本人，自己什么也无可奉告，但至少自己认识雪子以来，从来没见她像模像样生过什么病。没错，雪子确实身材纤弱、精瘦精瘦的，完全不属于那种强健的体质，但四姐妹中也就她从不伤风感冒，论起吃苦耐劳来，除了长房的大姐外也顶数她最厉害，这一点自己绝对可以保证。不过，就她那副弱不禁风的样子，之前也有人怀疑她有结核病，所以对方有此担心也是正常的，为了使对方放心，回去以后马上和内人以及妻妹商量，并征得长房的同意，请大夫给她做一次健康诊察，最好是拍张 X 光片让对方过目一下。听了贞之助的解释，井谷连声道其实不用那么麻烦，有您这番解释就足够了。贞之助说："哎，这种事情还是有个明确说法更好，再说我虽然保证雪子健康，但毕竟没有听过大夫的意见，借此机会做一下健康诊察，不论哪方面大家可以放心了，相信长房也是这样想的。"叙述完，贞之助又对幸子说："从你的角度来讲，看到 X 光片、一目了然地清楚雪子妹妹没有任何问题，想必也很高兴吧。"他还补充说道："万一这次说亲又不成功，去拍张 X 光片备着，我想也绝不会没意义的，省得下次再被人家怀疑有结核病嘛。估计长房那边也不会反对。所以，明天就陪雪子妹妹到大阪大学附属医院去诊察一下吧。"

"中学的时候缺课那么多，是什么原因？难道那时候生什么病了吗？"

"哪里呀，那时候的女子中学不像现在这样严格，爸爸老是撺掇我们逃学，带我们去看戏，我也经常随他一块儿去看戏的，要是查一查我以前的学习情况，缺课的次数大概比雪子妹妹还多呢。"

"那么，做透视的事雪子妹妹会同意的吧？"

"可是，不用非去大阪大学附属医院也可以吧？栉田大夫那里就行啊。"

"噢，对了，还有件事——她这儿的斑……"贞之助用手指着自己的左眼梢向幸子示意，"也成了问题。井谷说她一点也没发现，倒是男人们对这种细小的地方看得特别仔细。昨天我们走了之后就有人说了，说小姐的左眼梢这块好像有块色斑，随即有人附和说他也发现了。还有人说那不是色斑，可能是光线造成的阴影。在场的人各有各说，也吃不准到底怎么回事，所以井谷问我到底有没有斑。"

"昨天晚上我就隐隐约约看到那块斑了，当时心里还嘀咕呢。真是不凑巧，果然出了问题。"

"对方倒没有把它当成什么大事。"

雪子的左眼梢——准确地说是左眼睑上方、眉毛下面——近来时不时地隐约现出一块阴影，有时出现，有时又消失了。贞之助他们注意到这个还是三个多月前，至多也就是半年前，当时他曾问过幸子：雪子妹妹的脸上什么时候冒出那么个东西来了？幸子也是最近才发现的，雪子脸上以前没那个东西。即使最近，也不是一直有，有时候想看个究竟，它却淡得几乎分辨不出，甚至完全消失不见，有时候又会忽然显得很浓，持续个把星期。后来幸子注意到，颜色深暗的时候，似乎恰好是雪子月事前后一段时间。幸子最担心雪子自己对此是怎么想的，毕竟是自己的脸，最先注意到这东西的肯定是本人，但愿它不会给她本人带来什么心理上的影响。雪子之前对于自己的婚姻大事一再延宕倒并没有悲观绝望，因为她内心对自己的容貌很自信，可要是发现冒出来这么个意想不到的缺陷，她又会做何感想呢？幸子暗暗担心，可又不好贸贸然地当面询问，只能时不时地不露声色地察言观色，然而雪子的言行举止并无任何异样，看上去就好像根本没有注意到自己脸上冒出一块色斑，或者根本没有将它当回事。有一次，妙子拿来一本两三个月前出版的妇女杂志，问："二姐这个你看过吗？"幸子接过来一看，那本过期杂志的生活问答栏里刊登了一封读者来信，有位二十九岁的未婚女性也在为这种与雪子同样的症状而烦恼，这位女性说她是最近才注意到这个问题的，一个月里脸上的色斑时淡时浓，有时则完全消失不见，一般在月事前后会特别明显。对此编辑的答复是：您这种症状是适龄期未婚女性常见的生理现象，完全没必要担心，绝大多数人结婚后就会不治而愈，即使不结婚，可连续注射少量雌激素，一段时间后基本也能祛除。知道了这个医学知识，幸子顿时放下心来。其实她自己也曾有过类似的情况，数年前她刚结婚不久，嘴唇周围长出一圈黑黢黢的雀斑，就像孩子吃包子沾了一嘴馅儿似的。找大夫一看，说是服食阿司匹林过敏，不用治疗也会自愈的。于是没有采取任何措施，随它去，大约过了一年便完全消失，以后没有再复发过。联想起此事来，幸子觉得姐妹两人说不定都是那种爱长色斑的体质，因为自己有过类似的经验，而且当时嘴唇周围的雀斑比雪子眼梢上那块色斑要深得多，最后也痊愈了。因此她对雪子的斑本就不怎么忧心，加之读了杂志上的问答，这下算是彻底放了心。不过，妙子之所以拿来那本杂志，目的就是想让雪子看到。雪子表面上看起来没有任何异样，可保不定心里在独自胡思乱想呢。所以妙子想让雪子看看："瞧杂志上都这么写着呢，雪姐你用不着担心，结婚后自然就会好了。当然了，结婚前能痊愈就更好啦，所以也不妨去看看大夫。"不过妙子深知雪子的脾气，绝不会轻易去看大夫的，所以打算找个机会劝一劝她。

幸子没有跟任何人说起过雪子脸上的色斑，和妙子这是第一次说到这件事情。幸子知道妙子和自己一样也在为这件事替雪子心烦，这里面除了同胞姐妹的情谊之外，妙子还有她自己的算计，只要雪子的婚事还没有着落，自己和奥畑的婚事就不得不往后拖。对此幸子当然不无察觉。既然如此，这本杂志该由谁拿给雪子看呢？二人商量下来，觉得还是妙子拿去比较好，要是幸子拿去了，会显得太一本正经，说不定还会让雪子起疑心，以为是贞之助帮着出的主意，还不如让妙子若无其事地提及比较合适。

此后有一天，恰好雪子脸上的色斑看着特别明显，这天她正一个人在化妆室里照镜子，妙子像是很偶然地走进来，看着雪子凑上前去，轻声说了句："雪姐，你眼角下那块东西用不着担心的。"

"嗯。"雪子并不接茬，只用鼻子应了一声。

"这事妇女杂志上有过文章的，雪姐看到没有？要是没看到，我拿给你看好吗？"妙子低着头说道，竭力避免和雪子的视线相触。

"说不定看到过。"

"哦，看到过啊。杂志上说了，这种症状一结婚就会没的，打针也能祛除掉。"

"嗯。"

"雪姐你晓得的？"

"嗯。"

妙子看出雪子不大愿意别人谈论起此事，所以显出一副避而不谈的冷淡样子，可是她那个"嗯"毕竟是肯定的"嗯"，看来是怕别人知道她背地里读这类文章觉得有些狼狈，才故意装成这样的。

妙子本来小心翼翼地试探着雪子，这下便感觉轻松无顾忌了，于是大胆劝说道："既然看过那文章，为什么不去打针试试呢？"雪子似乎仍不愿意多谈，对妙子的建议依旧用"嗯""嗯"的鼻音来敷衍。一来雪子是生就了这种性情，假如别人不硬拉着她要她去，她自己不会主动跑去一个素不相识的皮肤科大夫那儿求诊，再者此事纯粹是旁人暗暗在替她瞎操心，她自己对这斑块压根儿就没怎么在意。可不是嘛，就在妙子向她建议后的某一天，悦子像是也发现了，她好奇地注视着雪子的脸大声问道："哎呀，阿姨！你眼睛周围怎么了？"令人尴尬的是，当时除了幸子还有好几个女佣在场，屋子里霎时间变得鸦雀无声，岂料雪子却出人意料的平静，支吾了几句就糊弄过去了，神色不改。幸子她们最为担心的是雪子脸上斑块明显的时候和她一道上街散步或者逛百货公司。姐妹两个觉得，仍待字闺中的雪子眼下最惹人注目了，即便不是去相亲，只要打扮得整整齐齐的出门，说不定就会在哪儿被人撞见。所以月事前后一个星期最好老老实实待在家里，即使出门，也得设法化一化妆，不要让人看出脸上的斑块，可是雪子对此却一点也不上心。幸子和妙子认为，雪子的脸本来适合化浓妆。然而在斑块显现的日子，香粉涂多了，当阳光斜刺着射在脸上时，反而会透出白腻腻的粉底下那块暗褐色的阴影，所以这段日子里应该薄施香粉，而多抹些胭脂在脸颊上。但是雪子向来不喜欢抹胭脂（她之所以被人家怀疑得了结核病，原因之一就是她这种白惨惨、整张脸缺少红润的化妆，而妙子正好相反，香粉可以不涂，胭脂是非抹不可），每次出门总是涂着厚厚的香粉。也是合该她倒霉，偏偏出门时撞上了熟人。有一次妙子和她一道乘电车，见这天雪子脸上的斑块特别明显，妙子便悄悄掏出胭脂递了过去，说道："抹点这个吧！"可是妙子这边纯属瞎起劲，雪子那边根本就无动于衷。

十三

"那，您跟她是怎么解释的？"

"有什么说什么，我就照实跟她说的嘛——那个斑不是一直显现的，不必往心里去，有本杂志就是这么写的，在其他杂志上也读到过类似的文章。不过既然对方有此担心，我想要不这样，反正打算去拍 X 光片，顺便让大阪大学附属医院[1]的皮肤科大夫给诊断一下，看是不是像杂志上说的那样能治好的。我跟她说，既然对方可能会觉得这是个障碍，那我们也不会什么反应都没有，所以我一定会想办法劝说雪子去看一看的。"

贞之助觉得，雪子一个月当中有大部分时间都住在二姐家，因此长房的大姐夫妇俩自然不会注意到这个情况，而已经知道了这个情况却一直听之任之没有采取任何措施，这就是二房也就是幸子和他的失职。可是，毕竟这个情况是最近才出现的，此前几次相亲从未被视作什么问题，加之贞之助根据幸子之前雀斑自然而然痊愈的经历，所以有点轻视了。至于幸子，她觉得雪子脸上的斑块什么时候显现是可以根据计算提前预测的，只要将相亲的日期避开那几天就可以了。不承想这次井谷催促得太急了，同时幸子也有些大意，认为即使相亲时雪子脸上的斑块还没有彻底消退下去，也不至于那么明显，结果偏偏就被人看出来了。

今天早晨，等丈夫去事务所上班之后，幸子悄悄地探问了一下雪子昨晚相亲的感受，得到的答复是，乐意听从姐夫姐姐们的安排。幸子心想，好不容易事情朝着成功方向迈进了一大步，可千万不要因为说话不当再把事情弄拧了。当天晚上，她等悦子睡着后，把贞之助也支开了，然后小心翼翼地将拍 X 光片和看皮肤科大夫的想法提了出来，出乎意料，雪子爽利地答应了，说只要二姐陪同，去医院让大夫看一看也好。话说这之后，雪子眼梢上的斑块却眼看着一天天地转淡，几乎褪得看不出来了。幸子想，反正得找大夫

1　大阪大学附属有两家公共医院，即医学部附属的医院和齿学部附属的医院，根据作品内容判断应为前者，其全称应为"大阪大学医学部附属医院"。

看，倒不如等下次斑块明显的时候再去。可是，贞之助却似乎被井谷的伎俩煽动起来了，他急火火地想赶快把事情促成。于是第二天便赶往位于上本町的长房家，报告了这次相亲的大致经过，同时催促长房尽快查清男方的身世。向大姐说明了准备带雪子去大阪大学附属医院就诊后，隔了一天，他就带着雪子一同去了大阪，走之前还故意在女佣面前说是带雪子去三越百货公司买东西。

内科和皮肤科的诊断结果都如事先预料的，没有任何问题。X光片等了些许工夫后当天就显影出来，胸部一点阴影也没有。隔了几天，诊断报告寄达，血沉[1]值13，其他反应均为阴性。皮肤科那边，诊察结束后大夫将雪子叫到一旁，冷不防说了一句：得赶快让这位小姐结婚呢。幸子说起曾在杂志上看到通过打针可以治愈的文章，大夫说打针虽然能治愈，不过对她这种程度的色斑效果如何就不好说了，还不如早点结婚，结婚是治疗色斑的最佳方法——看来杂志上读到的文章所言不假。

"那么，这些东西你给井谷老板娘送去吧？"贞之助说。

幸子答道："我送去当然也可以啊，只是人家既然是觉得您办事麻利才专门来找您的，所以还是您送去的好。我倒不是因为觉得她对我见外了心里有什么不痛快，说老实话，我是受不了那种急三吼四的做事方式，跟她不晓得怎么讲呀。"

"是吗？这还不好办，我也做做官样文章，给她就完了。"

第二天，贞之助先从会计师事务所打了个电话，将大致情况说

1　即红细胞沉降率，指血液中的红细胞在一定条件下的沉降速度，临床上某些生理性因素和病理性因素会导致血沉加快，因此沉降过快对某些疾病（如活动性结核、急性炎症、恶性肿瘤等）或有提示作用，正常值的参考范围为女性低于 20 厘米 /60 分钟。

了说，随后将 X 光片和诊察报告用挂号快信寄给了井谷。次日下午4 点钟左右，井谷打来电话，说一小时后前往拜访。5 点钟，井谷准时来到贞之助的事务所，一进门就道："首先我得谢谢您昨天寄来的那些东西，多谢啦！我下午就转交给濑越先生了，濑越先生说：'让对方准备了这样详细的诊察报告，还郑重其事地去拍了 X 光片，真的非常抱歉。这下当然就彻底放心啦，只是我这边实在是太失礼了，务请井谷太太向对方转达我的深深歉意。'"一番客套之后，井谷又说："实在不好意思开这个口，是这样：濑越先生想和雪子小姐再单独见一面，不要像上次那样仓促，而是从从容容地聊上个把小时，不晓得府上能否应允？濑越先生虽说已经这把年纪了，可是至今未婚，在这方面就好像初出茅庐，一点经验都没有。上次不知怎么的有点紧张局促，连自己当时说了些什么都不记得了，加上雪子小姐也是腼腆内向的性格……哦，腼腆内向倒没什么，只是上次第一次见面，大概有点拘束磨不开吧。所以这回就是大家见一见面，双方都无拘无束地放开了聊聊。如蒙府上应允，就在阪急冈本[1] 附近的寒舍会面怎么样？毕竟饭店或餐馆那种地方太惹眼了。会面的日期嘛，对方希望能在下个星期日前后……"井谷最后又补充道。

"你觉得怎么样？雪子妹妹会答应吗？"

"雪子妹妹应该没什么，就是不晓得长房那边会怎么说，会不会觉得事情还没有个明确的说法，最好不要接触过深？"

"对方的用意，不知道是不是想再观察一下脸上那块色斑到底明显不明显？"

1　神户市东滩区一地名，随着大正九年（1920 年）阪急电车冈本站开通，该地区逐渐形成一大型郊外型住宅区。

"对啦，肯定是这样！"

"既然如此，那见一面不是挺好的吗？现在的话，那块斑正好几乎一点也看不出，不让人家看岂不是亏了嘛，最好让人家明白平常也不过就是这个样子。"

"是呀，要是回绝了人家，还以为我们真的有什么问题才怕让人家看到呢。"

夫妇二人经过如此这般一番商量，第二天，因为担心在家里打电话弄不好又会引出什么麻烦，幸子特意跑到附近的公用电话亭给长房大姐打了个电话。不出所料，长房大姐就是觉得为什么非要一而再再而三地见面，害得幸子花了五通电话费[1]才将事情原委解释清楚。可是大姐推托说，话虽如此，但在亲事究竟如何还不明确之前，要不要让双方单独见面她也不好说，得等晚上姐夫回家商量之后明天再答复。翌日，不等长房打来电话，幸子先跑去公用电话亭又挂了通电话，姐夫总算是同意让他们见面——当然附带有时间、地点、监督等诸多条件。回到家里跟雪子一说，雪子很爽快地答应了。

见面那天，幸子捧了一束鲜花作为礼物，陪同雪子来到井谷家。井谷沏了红茶，先是四个人坐下来闲聊了一会儿，然后井谷将濑越和雪子引至楼上，自己折回楼下和幸子边聊边等。本来说是聊个把小时，结果聊了大约一个半小时，两人才从楼上下来。到离开时，濑越又继续待了片刻，幸子姐妹俩告辞先走。因为是星期日，考虑到悦子在家，于是两人直接去了神户，在东方大饭店的大堂里

1　当时日本的公共电话通话费是五钱，只能通话三分钟，自大正十三年（1924 年）4 月起施行，超过三分钟须续费才能继续通话。

喝了一会儿茶，幸子一面喝茶一面向雪子问起和濑越聊天的情况。

"今天聊得很畅快。"

雪子也难得毫不扭捏地详细介绍了两人长聊的情形。濑越先问起四姐妹之间的关系，问为什么雪子和妙子在长房那边住得不多，倒是经常住在二房这边，又问到妙子的那次登报事件，以及事件的后续结果，等等，问得不可谓不仔细，雪子则尽量做了答复，但从头至尾没有说任何可能引起人家对长房的大姐夫产生误解的片言只语。濑越还说，不能由他单方面提问，雪子希望了解些什么也可以向他提问。雪子拘谨不问，濑越便主动自我介绍起来，说什么相较于现代气息的女性，他追求的是具有古典风情的女性，结果使得自己的婚姻大事一直延宕至今，能和雪子小姐这样的人缘遇实在是不胜惶恐，他说了两三遍"高攀不上"。至于婚恋经历，他说自己从未和女性有过任何瓜葛，只有一件事情想坦诚告知，接着讲了一件令人稍觉意外的事——他在巴黎的时候，曾同一个在百货公司当售货员的法国姑娘有过一段交往，具体经过他没有详述，反正最后是被那个女的骗了，他之所以陷入严重的思乡愁绪，还有对于纯日本式风情的强烈憧憬，就是那次受骗的反作用的结果。濑越还告诉雪子说，这件事情只有他的朋友房次郎知道，对其他人今天还是头一次谈起，他还向雪子保证，请她相信他和那个法国女子的交往是纯洁无瑕的。

雪子告诉幸子的情形大致就这些。至于濑越为什么要坦诚地对雪子说出自己的感情经历，其用意不用问也十分明白了。

第二天，井谷紧迫不舍地给贞之助又打来电话，感谢昨天提供了那样合适的机会，说濑越先生已经没什么好犹豫的了，昨天他仔细看了雪子小姐脸上的那块色斑，正如府上所说的，完全算不上什么问题，他能否有幸成为雪子小姐的夫婿，现在就静候府上的佳音了。在传达对方意思的同时，井谷也没忘记催问长房那边的调查结果怎么样了。从井谷这边来说，这桩亲事从开始提起到现在已经一个多月了，前些日子她前往芦屋拜访的时候，还有之后几天在东方大饭店相亲的时候，女方家跟她说的都是"再等差不多一个星期"，不承想一等就是这么多天，叫人实在等得不耐烦了。其实，幸子开始去同长房商量这桩亲事，仅仅是十天半个月之前的事情，即使她更早去同长房商量，那边对于征信调查这类事情向来严阵以待，绝对不可能很快就给出结论的。换句话说，只因为井谷催促得紧，幸子便随口说了个"一星期"，贞之助也只好顺着她的口径说，问题就出在这儿。事实上，长房那边前往濑越原籍的乡公所索要他家户口本的誊本，两三天前才刚刚寄到，至于到征信调查所出具调查报告，还有去男方老家调查情况，就更需要时间了，大致在最后确定之前，出于慎重考虑还会派人到男方的老家去进行实地调查。所以事到如今，贞之助夫妇俩陷入了非常难堪的境地，除了一个劲地"再等四五天""再等四五天"采取拖延外，完全无计可施。这期间，井谷到芦屋来催问过一次，到贞之助位于大阪的事务所也去催问过一次，还说这种事情越快越好，免得夜长梦多，倘若觉得合适，年内就可以举行婚礼。后来，她大概是实在等得不耐烦了，竟然直接打电话给从未谋面的大姐鹤子催问进展情况，大吃一惊的大姐随即打电话告诉了幸子，幸子仿佛亲眼看到了比自己还要慢条斯理、问一句话往往要考虑五分钟才回答的大姐接到井谷电话时那副不知所措的样子，不禁觉得好笑。井谷在电话里照例又抛出了"夜长梦多"这句话，舌尖口快地对大姐进行了一番劝说。

十四

不知不觉间，日子进入了12月。一天，下人禀报说长房的太太来电话，幸子便去接电话。大姐在电话里说："前阵子说起的那桩亲事，因为调查费了不少时间，总算把大致情况都弄清楚了，我今天到芦屋去看你。"刚要挂断电话，那头又补了一句："不是什么好消息，你先别高兴。"其实用不着后面这句，幸子一听到大姐在电话里的声音，立刻就已经意识到这回亲事又要吹了。她挂掉电话回到会客厅，一屁股坐进扶手椅，独自叹着气。这样的事情迄今记不清有过几次了，每次都是到了最后关头又被叫黄，幸子差不多已经习惯了，所以她也从没泄气，但这次不知什么原因，虽说算不上是一桩特别叫人惋惜的亲事，可她内心深处却分明感到一种特别的失望，也许因为之前几次自己和长房立场相同，都赞成回绝对方，而这次自己还满心以为总算能佳缘成遂的缘故吧。毕竟这次还有井谷这位热心人从中推动，所以包括自己在内，参与度就不同以往，贞之助他们以前基本上都采取置身事外的态度，顶多也是被动地当当差，但这次他也非常卖力，两边周旋。而且雪子这次也一改以往的姿态，那么仓促的相亲她都同意去，两次单独会面的要求她都答应了，甚至对拍X光片以及看皮肤科大夫的要求也没有显露出不悦，顺从地接受了，这样的表现可以说是雪子不曾有过的。也许是期待结婚的心情多少变得急迫起来，才导致了如此大的态度转变吧。还有，对于眼梢的那处斑块，她表面上似乎毫不在意，其实这对她的心理还是有些影响的吧。总之，出于种种原因，这次幸子是无论如何都希望相亲成功，而且也尽力在促成。

因此，在没有和姐姐见面听她详细解释之前，幸子仍抱着些许期冀，觉得总能够想想办法的，对这次的亲事并没有彻底绝望。等到听了详情，才不得不告诉自己，事情确实不可挽回了。大姐可不像幸子，她孩子多，她是趁着上面几个上中学和小学的孩子回家之前，利用下午这一两个小时抽身来芦屋的，因为她知道雪子恰好下午两点钟要出门去学习茶道。两人坐在会客里谈了约一个半小时，看到悦子放学回家，大姐便顺势告辞："怎么去跟人家说，就全拜托你们二位啦，你和贞之助妹夫好好商量商量。"

据大姐说，濑越的母亲十多年前死了丈夫，自那以后一直待在老家，由于有病，几乎从不出门，儿子濑越也不怎么回乡探望，老太太的日常生活由她亲妹妹——也是位寡妇——照料。老太太的病对外说是中风，可是据进出她家的货郎等人透露，其实并非中风，而是精神病，见到自己的儿子也不认得。在征信调查所的报告里，对此事也约略有所透露，长房那边对此放心不下，于是又特意派人去乡下调查，果然如此。一番解释之后大姐又说："亲朋好友们出于关心，煞费苦心地帮忙牵线提亲，结果给外界的印象好像每次都是让长房这边给搅黄了，说实话我心里真不是滋味，我们也绝对不想这样的。时已至今，我们不会还固执地拘泥于门第啦家产啦什么的。其实对于这次这门亲事，我们也认为非常合适，很想促成这件事情，才派人去乡下调查的，但这精神病家族史可不同于其他问题，所以也只能死心了，你说是不是？说起雪子妹妹的亲事，不知什么道理，总是碰上这样那样不由我们意志为转移的障碍，到最后不得不告吹，真是奇了怪了。看来雪子妹妹这个人实在没有缘分，我就觉得羊年生的这种话不能一概斥之为迷信呀。"

大姐刚走，就看见雪子揣着一方品茗时抹拭茶具兼作垫布的绸巾走进了会客厅，刚巧悦子到隔壁施托尔茨家的院子里去玩了，幸子便趁着这个机会对雪子说："刚才大姐来过了，跟你前后脚地才走。"说完稍稍停顿了一下，雪子一如往常，只应了声"嗯"，便不再言语。

没办法，幸子只得接下去说道："那件事情，看来不行了。"

"哦？"

"他家老太太……说是中风，其实据说得的是精神病呢！"

"是吗？"

"要是这样的话，那还真的成问题了。"

"嗯。"

"露米姐姐，来呀！"远处传来悦子的声音，接着就看见两个小姑娘从草坪向这边跑来。于是幸子低声说道："行了，我就先和你说一声，详细的以后再告诉你。"

"阿姨回来啦！"

悦子跑上露台，站在会客厅的玻璃门外，露丝玛丽紧跟着也跑了过来，挨肩往悦子旁边一站，套着米色毛织短袜的四条嫩白细腿并排立在那儿。

"悦子，今天风大，怪冷的，你们就在屋里玩吧！"

雪子说着站起身来，从里面打开玻璃门："露米姑娘也请进来呀。"她说话的声音和往常别无二致。

雪子这边算是轻松过去了，但贞之助那边可不是一时半会儿就能咽下这口气的。傍晚时分贞之助一回到家，听幸子跟他叙说了长房大姐专程来反对这门亲事的经过，脸上顿时露出了不满的神情，心想这次又要回绝人家啊？由于这次井谷选定自己作为居间交涉对象，随着事情的一步步推进，贞之助对这门亲事逐渐积极和投入起来。他甚至打算，要是长房又搬出什么门当户对啦体面啦那套不合时宜的陈腐论调来，他就亲自出马，好好劝说姐夫姐姐一番，促令他们改变想法。他想好的理由是，此次的相亲对象濑越是初婚，而且看上去也比实际年龄小很多，和雪子在一起并不显得有什么不自然，或许从其他方面来说今后还可能有条件更好的相亲对象，但不能不说这两条还是具有明显优势的。及至幸子将来龙去脉从头到尾给他说了一遍，贞之助一时仍转不过弯来。不过，左思右想之后，他终于想明白这件事长房是绝不会同意的。倘若姐夫问他："既然这样讲，那你能保证和有这种家族病史的人结婚后，丈夫和将来的孩子绝对不会出问题吗？"贞之助也不敢保证呀。去年春天也曾有过一次类似情况，对方也是一个四十来岁的初婚者，家里又是大财主，当时全家人都很积极，连下聘的日子都商量好了，忽然听到一个消息说男方另有一个关系混乱的女人，为了遮人耳目才娶妻结婚，莳冈家于是匆忙取消了婚约。看来给雪子提的亲，到最后关头似乎总会碰上这种奇奇怪怪的事情，为此，长房的姐夫姐姐们变得更加小心谨慎。毕竟，由于待字闺中，女方以苛刻的条件，企想着从那些跟自己不甚般配的人选中挑选一个理想的夫婿，才反而会上当，其实客观地想一想就应该明白，大凡年过四十而初婚的豪富之人，肯定都有些个异于常人的短处嘛。

就像濑越，或许就因为有着这种家族病史这个不利条件，所以至今还没有结婚吧。不过他显然并不是存心欺瞒的，设身处地站在他的立场上想想，他可能认为既然对方费了那么长时间，还专门跑去乡下老家调查，肯定知道自己母亲的情况，应该是在明知这一情况的前提下同意和自己进行下去的，所以他才会谦卑地表示"地位相差太悬殊了""高攀不上"等，可以感受到他的感激之情。现在濑越所在的 MB 公司，他的同事们都在传着濑越就要和一位名门闺秀结婚的消息，他也没有否认，莳冈家甚至听到外面流传说"平常做事那样认真的一个人，最近变得心神不宁的，连工作也不安心了"，贞之助听到这样的议论，不由得对濑越产生了怜惜，濑越也算得上是个绅士，竟平白无故地要受这样的委屈。所以说，假如早点调查早点回绝对方，就不至于发生这些事情了。此事先是在幸子手上耽搁了一阵，等到长房接手后也没有迅速推进，最不应该的是，为了不让事情中断，在这段时间里一直对人家说已经差不多调查清楚了，十之八九不成问题，让对方始终抱有希望，当然自己也不是无凭无据随口这样说的，因为心里确实希望这桩亲事能够圆成，然而从结果上说，却相当于演了一出恶作剧，自己难辞咎过。关于这一点，与其责备幸子和长房，贞之助首先只能责怪自己的轻率。

贞之助和长房的姐夫一样，都是入赘身份。此前他都尽量不介入妻妹的亲事，这次无意中被卷入，虽说最终告吹是难以避免的，但自己办事马虎不精也是原因之一。这件事不光给当事人留下了不愉快的印象，会不会进而加剧妻妹的不幸呢？想到这一点，贞之助嘴上不说，心里却觉得非常对不起雪子。其实不只是这一次了，如果说在相亲这件事情上，男方回绝女方不算什么，而女方主动回绝男方，无论找多么漂亮的理由、多么婉转的托词，对男方来说都是一种耻辱的话，那莳冈家已经让许多人记恨了，加之每次都是由于长房大姐和幸子她们不通人情的拖拉做派，吊足了人家的胃口，到最后又回绝人家，自然就更加招人怨恨。贞之助担心的是，这样的事情一次又一次发生，不仅让莳冈家受到外界怨恨，还可能招人诅咒，导致雪子这辈子都找不到幸福。就眼前来说，幸子这次肯定不愿意出面去回绝人家，看来贞之助不得不主动认领下这件倒霉的差事，去向井谷解释，请求她谅解，多少也算弥补一下自己的过失。

但怎么解释呢？事既至此，也顾不得濑越怎么想了。可是他们同井谷今后还要打交道，无论如何也不能让她心生怨恨。还有，考虑到井谷为这次的事耗费了许多时间和精力，其间光是往芦屋的莳冈家和大阪的贞之助的会计师事务所就跑了不少回。她经营着美容院，生意上的事情就够忙乎了，为此还雇了好多学徒，但她仍抽出时间不辞辛劳地来回奔走，果然像人家说的那样，是个热心人，这可不是光凭着一股子寻常的热情和义气就做得到的，别的不说，光是出租车费以及其他零零碎碎的开销她就肯定花了不少钱。贞之助在临回家前提出一切招待费用应该由男女双方分担（名义上是井谷出面请客），可是当下就被她拒绝了，分文不肯收取，说这次由她招待。考虑到这桩亲事如能办成，后面少不得仰仗她张罗多多操心，将来会有机会算笔总账送她一份厚礼的，所以当时就没有坚持，但现在就不能再姑置不论了。

"真的，送钱吧，人家不会接受，除了送礼品，没有别的办法。"幸子说，"可现在一时半会儿也想不出送什么东西好。这样行不行？您先空着手去打招呼，送礼的事，我和大姐商量一下，买些她心爱的东西亲自上门送去。"

"你专拣美差事干！"贞之助有些不乐意，但最后还是同意了，"好啦，就这么办吧。"

十五

进入 12 月后，井谷那里突然不再催促，也许是看出来形势有几分不妙吧，这反倒有利于女家提出回绝。贞之助怕风声走漏，因此没有去美容院，他先打电话给井谷，说想去她在冈本的家里拜访，同时问清了她什么时候在家。到了傍晚，他比平常下班时间稍稍晚些出门，从事务所直接去了冈本。

他被迎进屋里。屋子里虽然点着灯，但是一盏落地灯，加之罩着深绿色的灯罩，投射出一大片晕影，使得屋子的整个上半部都十分昏暗。昏暗之中看到井谷的脸，她窝在一把扶手椅中，脸上的表情看不清，对于没有沾染上会计师的油滑气，又不失文学青年的淳良品性的贞之助来说，此时的氛围正适合开口说事情。

"今天是为了一件非常不便启齿的事情特来拜访您的。长房那边后来对濑越先生老家的情况又做了一些调查，别的方面都没什么好挑剔的，就是老太太的病……"

"怎么了？"井谷微微歪着头问。

"本来听说只是得了中风，可是，派人去乡下一调查，哪晓得像是精神上的毛病哪！"

听到贞之助这样一说，井谷的语调顿时变得怪里怪气的，慌乱地接口道："啊，是吗？"随后又一边点着头一边重复了好几遍："原来是这样啊。"

贞之助最初仅仅只是怀疑井谷会不会之前就知道精神病这件事，联想到前一阵子她那样使劲地催促，现在眼见她一副狼狈不堪的样子，就不能不让他断定，她是早就知道的。

"假如让您产生什么误解就太不好意思了，今天把这件事告诉您，绝不是责怪什么。我也考虑过，本来似乎可以转弯抹角地找些似有似无的借口来委婉地回绝才符合常情，只是这次承蒙您这样鼎力说合，如果我们不直截了当说出这样一个让您谅解的理由，感觉实在对不住您。"

"是啊，您的心意我完全明白，怎么会误解呢？应该怪我没有好好调查，轻率地说媒，实在抱歉！"

"哪里哪里，您这样讲我们可就太承受不起了。我们痛心的是外界总有人觉得莳冈家过分讲究门第那老一套的谱，哪怕遇到合适的良缘也一个个地回绝掉。其实完全不是这样，这次的事情也是出于万不得已，外面的指责我们是不会理会的，但至少得请您谅解啊！千万不要因为此事而生气，今后还得有劳您多多关照呢。这些话只是向您交个底，濑越先生那里就请您代我们婉言谢绝了吧！"

"您讲得太恳切了，真不敢当。我本来在猜测府上的意图，精神病的情况还是第一次听说，以前完全不知情啊！幸亏府上做了仔细调查。不，既然是这个缘由，您的意见十分有道理，对方固然会很扫兴，不过我会向他们好好解释的，这个还请您放心。"

贞之助听了对方机敏的应答，心里一块石头落了地。谈话一结束，便匆匆告辞。井谷一边送他到门口，一边再三声明自己一点都没有不高兴，反倒觉得很抱歉，还说她一定再给雪子物色良缘，弥补这次的失败，你们等着，像雪子小姐这样的人品，根本不用担心，一定能觅到如意的郎君。她还要贞之助回去转告太太。从井谷平常的做派可以看出，她这些话倒不像是虚情假意的，看来回绝亲事并没有伤害她的感情。

几天以后，幸子去大阪三越百货公司买齐了送礼的和服衣料，亲自送到井谷家，井谷还没有回家，就请她家里的人转达来意，留下礼物离开了。隔天幸子收到井谷寄来的一封言辞恳切的致谢信，信的正文说由于自己办事不周，非但事情没有办成，还白白浪费了府上许多精力，现在反倒叫您如此破费，实在于心不安。附笔还一再表示一定要弥补这次的失败。又过了十来天，眼看就要过年了，傍晚时分，一辆出租汽车急急地停在芦屋幸子家门口，井谷在门口喊了声："特地拜访，我就不进屋了！"不巧那天幸子正好感冒了卧床休息，贞之助在家，他硬是把正在门口准备离去的井谷请进会客厅，聊了一会儿天。贞之助说起濑越的情况，表示他是个人才，只因为这样的原因而未能结亲，非常可惜。他的身世实在值得同情，他大概还以为女家老早就知悉了自己母亲的病状。井谷劝慰道："濑越先生一开始莫名其妙地谦虚客气，并不怎么上心，后来才积极起来，现在看起来，说不定就是因为他母亲生那个病而有所顾忌吧。"贞之助表示："说起来，还是因为我们这边没有抓紧时间调查才导致那样的误会，怎么讲也算是我们的疏忽。"随后，贞之助又搬出和上次同样的台词："请千万不要因此而怀有什么误解，今后还要请您继续多关照呢。"井谷听了这句话，忽然压低声音，试探地说道："若是府上不嫌对方孩子多，眼下倒有一个现成的说亲对象。"贞之助看出她是有备而来，今天来访其实就是想介绍另一门亲事，便探问其究竟。原来是大和下市某银行的一个分行经理想续弦，对方家里有五个孩子，最大的男孩在大阪上学，第二个是已成年的姑娘，不久就要出嫁，家里只剩三个孩子，因为是当地的首富，生计自然不成问题。不过家里有五个孩子，而且又住在下市，贞之助觉得根本谈不到一块儿去，只听到一半就有些意兴索然了，井谷看到他这个态度，就说："这样的人家我晓得你们是绝对不会同意的。"便就此打住了。不过，为什么她要介绍这种条件这么差、明知肯定不会被接受的相亲对象呢？会不会是她心里不大痛快，有意提出这样的人选来暗暗讥讽雪子：这才是和你最般配的姻缘呢！

送走井谷之后，贞之助上楼去看幸子。幸子躺在床上用毛巾敷着脸，在吸蒸汽[1]，吸完之后，用毛巾擦拭了一把眼睛和鼻子，问道："听说井谷老板娘又来啦？"

"嗯，你听谁说的？"

"刚才悦子来告诉我的。"

"啊，这还了得！"

刚才贞之助和井谷在会客厅里谈话时，悦子悄悄地走进来，坐在椅子上听。贞之助对她说："小孩子不该听这些话，你到别处去吧。"将她支开了，她肯定是躲在隔壁餐厅里偷听到的。

"到底是女孩子，对这类事情就是好奇。"

"有五个孩子吧？"

"这也跟你说了？"

"是呀，是呀。大儿子在大阪上学，大女儿不久就要出嫁。"

"嗯。"

"大和下市人，什么银行的分行经理。"

"真没想到，全都听去了！"

"可不是嘛，以后如果不加倍小心的话，还要出大乱子呢，幸好今天雪子妹妹不在家。"

每年年底到正月初三这几天，雪子和妙子都会回到长房那边去过年。雪子比妙子先走，昨天就回去了，想到要是雪子在的话，不知道又会闹出什么事情来，夫妇俩总算松了一口气。

每到冬季，幸子总是犯支气管炎，大夫曾警告她说弄不好会转成肺炎，因此她往往一睡就睡上个把月，只要稍稍有点感冒，就加

1　一种患者通过距离口鼻约 10 厘米的专用蒸汽吸入器或水罐，将加热的蒸汽吸入，以改善上呼吸道的血液循环、减轻局部炎症的治疗方法。

紧提防，幸好这次只犯到咽喉就控制住了，体温也逐渐恢复正常。年关越来越近，已经是 25 日了，她打算再在屋子里待一两天，这天正坐在床上翻看新年的杂志，妙子走进来向她告辞，说要回长房那边去了。

"怎么啦末子，不是还有一个星期才过年吗？"幸子带着几分诧异问道，"去年你不是除夕才回去的吗？"

"是除夕回去的吗？我不记得了。"

妙子近来为了开春举办第三次个人作品展的事，一直在忙着赶制布娃娃。一个月前，每天大部分时间都待在夙川那边的出租公寓，同时又不肯放弃学习舞蹈，每星期还得去一次大阪山村舞传习所。幸子觉得似乎好久没有和妙子拉拉家常了。幸子知道长房要把两个妹妹叫回大阪去过年，她绝不想把她们留在身边，可是妙子比雪子更不愿意回长房，现在她突然提早来辞年，这就有些奇怪了。倒不是恶意猜测她和奥畑之间有什么约会，只是淡淡地有些惆怅，觉得这个早熟的妹妹一年年长大，真的变成大人了，今天竟然要从最推心置腹的人身边离去了。

"我的活儿刚干完，回大阪后，打算每天去学舞蹈。"妙子直截了当地说。

"现在学的是什么？"

"因为要过新年了，正在学《万岁舞》。二姐能伴奏吗？"

"嗯，还能大概记得些。"幸子随即哼起了三味线曲子，"谨祝青春永驻，万寿无疆，治下国泰民安。叮咚锵！新年大甩卖喽……"

妙子合着拍子，立起身来做出一个姿势。

"二姐，请等一下。"她急急忙忙地跑进自己卧室，脱下西服，迅速换上和服，拿着舞扇回来。

"叮咚、叮咚、叮咚锵！叮咚、叮咚、叮咚锵！美女、美女，京都美女呀……请尝尝大鲷鱼、小鲷鱼、大鰤鱼、鲍鱼、蝾螺[1]、蛤蜊呀，美女在叫卖啦。走过这个摊，再瞧那旁的货架上，金线织花缎子、粉红绫罗绉绸，咚锵咚锵！缎子绉绸啦……"

曲子里的"美女、美女"的歌词以及配合着"咚锵咚锵"的三味线和音唱起"叮咚、叮咚、叮咚锵！"来十分有趣，幸子姐妹小时候就把它当作口头禅似的唱，所以直到今天还记得。现在再唱起这地呗[2]，二十年前船场时代的往事便历历在目，已故双亲的容貌依稀浮现在眼前。当初妙子也学过这支舞，每逢新年，妈妈和姐姐弹着三味线，妙子跳着《万岁舞》，她一边唱着"正月初三，寅时天刚亮，咚锵，惠美须神[3]走上街头……"，一边右手食指直指着天空，那天真可爱的舞姿，就像昨天的事情那样出现在眼前。现在拿着舞扇在自己面前跳舞的人，就是二十年前那个小妹妹吗？（这个妹妹和她上面那个妹妹，至今都还待字闺中，九泉之下的父母会用什么样的眼光看待这事呢？）想到这里，幸子不由得热泪盈眶了。

"末子，新年你几时回来啊？"幸子没有强迫自己忍住快要涌出来的眼泪。

"初四那天回来。"

"那么你新年跳《万岁舞》吧，得好好练练呀，我也把三味线

1　一种拳形海螺，分布于日本北海道南部以南及朝鲜半岛的海中礁岩。

2　三味线音乐的一种，日本关西地方称呼以京都歌谣（包括三味线组歌、谣曲、净琉璃、筝曲等）为代表的关西地方歌谣为"地呗"，以区别于江户歌谣。

3　日本民间信仰中的"七福神"之一，以前京都大阪地方的习俗，正月商人早朝串街行商时举着的招牌上印有惠美须神图案，以祈福德。

再练一练。"

自从幸子成家搬来芦屋居住之后，就不像以前那样有许多客人来贺年，何况两个妹妹又都回大阪去了，所以近年来每逢新年，总感觉冷清空落，好像丢了什么东西似的。对夫妇俩而言，偶尔居室静好是蛮不错，但悦子就觉得非常无聊，日夜盼着阿姨和小阿姨早早回来。元旦那天下午，幸子取出三味线，套上义甲弹奏起《万岁舞》，接连温习了三天，最后连悦子都把歌词记住了，每每演奏到"金线织花缎子、粉红绫罗绉绸……"之处，她便也和着曲调唱起："咚锵咚锵!"

十六

妙子这次的个人作品展租了神户的鲤川画廊[1]，连续举办三天，由于在阪神地区交游甚广的幸子暗中为她活动，大部分作品第一天就预售一空。第三天傍晚，幸子带着雪子和悦子到会场帮助收拾，等到残余事务完了，走出会场的时候，幸子说道："悦子，今晚叫你小阿姨请客，你小阿姨现在是财主啦!"

"该请客，该请客。"雪子在一旁帮腔，"去哪里吃呢? 悦子，想吃西菜还是中国菜?"

"可是，钱还没有到手啊。"妙子想推脱也推脱不掉，笑嘻嘻地说道。

1　由大塚银次郎于昭和五年（1930年）在神户市元町鲤川设立的画廊，为当时文化人聚集的沙龙。

"这好办，末子，我先替你把钱垫着。"幸子知道除去一切费用之外，妙子手里还有许多当场卖得的现款，所以想让她请一次客。可是，妙子这个现代派的老练姑娘——井谷并没有这样议论过她，只议论过自己的侄女——不像幸子，这种场合被人起哄一抬轿子，就轻易破钞了。

"好吧，那就去东雅楼吃中国菜吧，那儿最便宜。"

"末子真小气。大方点嘛，请我们几个去东方大饭店吃顿烤肉怎么样？"

东雅楼在唐人街，是一家广东小饭馆，店头还零售熟制的牛肉和猪肉。四个人走进饭馆，一个站在账台旁边付账的年轻西洋女子向她们招呼道："晚上好啊！"

"啊！是卡捷琳娜小姐，真是巧遇啊。我来给你们介绍一下，"妙子说，"这位就是我上次说起的俄国姑娘卡捷琳娜小姐。这是我二姐，这是我三姐。"

"噢，是吗？我叫卡捷琳娜·基里连科。我今天去展览会参观了，妙子小姐的布娃娃全部卖光啦，恭喜恭喜！"

"小阿姨，那个西洋人是谁？"悦子等她走开后问道。

"她是你小阿姨的徒弟。"幸子替妙子答道，"说起来，我在电车上常常遇到她。"

"长得很招人喜欢吧？"

"这个西洋人爱吃中国菜呢。"

"她是在上海长大的，吃中国菜是行家呢。她说，吃中国菜一定要到一般西洋人不去的看上去脏兮兮的馆子去吃，那里的菜才好吃。在神户，东雅楼排得上第一呢。"

"她是俄国人吗？看上去不像俄国人。"雪子说。

"嗯，是俄国人。她在上海一所英国人开办的学校读过书，在一家英国医院里当过护士，还和一位英国人结过婚，还生了个孩子呢。"

"啊？她多大年纪？"

"这我就不晓得啦，谁晓得她是比我大呢还是比我小。"

据妙子介绍，卡捷琳娜一家住在凤川松涛公寓附近一栋简易的小洋房里，楼上楼下总共四间屋子，有一个老母亲和一个哥哥，一家三口住在一起。过去妙子和卡捷琳娜只是在路上遇见时点点头打个招呼，有一天，卡捷琳娜突然来到妙子的工作室拜访，说是想学做布娃娃，特别是日本式的布娃娃，要求妙子收她做徒弟。妙子应承后，她当场就称妙子为"老师"，弄得妙子很不好意思，请她改称自己"妙子小姐"。这件事情生在一个月前，自那以后，两个人就亲近起来。最近一段时间妙子去松涛公寓时，常常会顺便上她家串门。

"前几天，卡捷琳娜就要求我介绍你们了，她说：'我经常在电车里遇见您的两位姐姐，已经很面熟，她们长得太漂亮了，我喜欢她们，无论如何请您介绍我们认识一下。'"

"他们靠什么生活呀？"

"听说她哥哥在贩卖羊毛织品，但是从她平常的情况看，家里境况应该也不怎么宽裕，不过卡捷琳娜和她英国丈夫离婚的时候拿到过一笔钱，据她自己讲，她就靠这笔钱生活，不依赖她哥哥。她身上的衣服穿戴什么的也还都很整洁。"

桌子上有悦子爱吃的炸虾卷和鸽蛋汤，还有幸子爱吃的烤鸭，那是将烤鸭皮和蘸了黄酱的大葱丝卷在薄饼里吃的，这些菜肴都盛在锡制食器里，摆满了一桌，她们边吃边谈论着卡捷琳娜的事。卡捷琳娜的孩子从照片上看是个四五岁的女孩，由她父亲抚养，现在已经回到英国去了。至于卡捷琳娜为什么要学做日本式的布娃娃，究竟是出于她个人的兴趣爱好还是另有想法，想来靠此营生，就不得而知了。不过，就一个外国人来说，她那双手非常灵巧，脑子也机敏得很，对于和服的质料、色调的搭配等等，理解起来都非常快。至于说她在上海长大，那是因为俄国革命期间全家人失散了，她便跟着祖母逃到上海，她哥哥由她母亲带到日本，在日本的中学里读过书，有一点汉字基础。她喜欢和崇拜英国，她哥哥和母亲则十分喜欢和崇尚日本。走进她家里，楼下一间屋子里挂着日本天皇和皇后的照片，另一间屋子里挂着尼古拉二世[1]与皇后的照片。她哥哥基里连科的日语讲得很流利，而卡捷琳娜来日本后没多久日语也说得相当纯熟了，她老母亲说的那一口日语却滑稽和难懂，每次都会让妙子觉得头疼。

"那位老太太的日本话实在没法听，有一次她本来想说'对您不住啊'，因为她的发音很滑稽，说得又快，结果说成了'您哪里住啊'，我就回了她一句子'我是大阪的'。"

妙子最善于模仿，学谁像谁，每每引得大家都发笑。基里连科这位老太太的言语举止被她模仿得惟妙惟肖，尽管幸子她们从未见过这位西洋老太太，但是已经完全想象出那副滑稽的样子，于是哄地都笑开了。

"那位老太太可是了不得，她还是帝俄时代的法学士呢，她说：'我的日语很差，不过我会说法语和德语。'"

"她家以前可能是贵族吧，她有多大年纪了？"

1　俄罗斯帝国末代皇帝。

"怎么说呢，大概六十多岁吧，可是一点也不显老，人可精神呢。"

两三天后，妙子回家又搬出老太太的故事逗两个姐姐。妙子那天去神户元町[1]买东西，回家时在"约海姆"[2]喝茶，不一会儿，老太太和卡捷琳娜一起走了进来，告诉妙子说他们要去新开地[3]聚乐馆[4]的屋顶滑冰场去滑旱冰，并竭力怂恿妙子和她们一块儿去。妙子不会滑冰，老太太说她们教她，保准一教就会。妙子对这类运动颇有自信，便跟着她们一同去了，练了一小时左右，基本上就掌握了其中的门道，老太太夸奖说："您滑得很好，我简直不相信您是第一次滑冰。"让妙子吃惊的是，老太太一踏上冰场，立即飒爽英姿地滑开了，她速度迅猛，完全不输年轻人，到底是久经锻炼的老手了。她不仅姿势准确，动作稳当，而且还时不时地表演一些惊人的绝招，令在场的日本人都为之瞠目结舌。

后来有一次妙子很晚才回家，说"今天卡捷琳娜邀我上她家去吃晚饭了"。她说俄国人食量惊人，一开始端出一道冷盘，随后是几道热菜，肉和蔬菜的分量都很足，面包花式繁多，妙子吃了一个冷盘就已经差不多饱了。尽管妙子再三说自己吃饱了，吃不下了，

1　神户市中央区东海道本线元町车站以南的商店街，自明治初期开始繁盛，逐渐成为神户最具代表性的商业区。

2　位于神户市神户区三宫町二丁目三零九番地的德式甜品店，由德国人卡尔·约海姆于大正十二年（1923 年）创设。

3　位于神户市兵库区凑川公园东南，是填平凑川后形成的一片狭长的土地，故名"新开地"，汇集有为数不少的剧场、影院等，是当时神户市屈指可数的娱乐场合之一。

4　位于新开地大街与多闻街道交叉口的西北角，原为剧场，后被松竹映画公司收购并改造为综合性娱乐设施，一、二楼为电影院，三楼则是溜冰场。

但主人还是不停地问："这个怎么样？"一个劲地劝她吃菜，还嗔怪她吃得太少了。她们自己也大吃特吃，中间还喝了不少日本酒、啤酒和伏特加。哥哥基里连科这样吃倒也罢了，卡捷琳娜也是又吃又喝，老太太也是能吃能喝，不亚于她的儿子和女儿。到了9点钟，妙子打算回家了，主人不放她走，拿出扑克牌来玩了一小时扑克，到了10点钟，又端出夜宵来，光看就已经看饱了。可是，主人们照样又是一通吃喝，他们喝酒的方式是将酒倒在喝威士忌用的那种玻璃小盅里，与其说是一口喝下去，不如说是将酒倒进喉咙里的。日本酒不用说，连伏特加这类烈性酒也是直着脖颈往嘴里倒，还说不这样喝的话就没有味，他们的胃实在是骇人。俄式菜肴看不怎么对妙子的胃口，唯一让她觉得挺别致的是一道用小麦粉揉成的又像中国馄饨又像意大利奶汁烤菜的汤菜。最后妙子说："她们还要我代为邀请你们，你们愿不愿意下次一道去呀？"

那阵子，卡捷琳娜时常为妙子充当模特儿制作布娃娃，她扮成一个亭亭玉立的姑娘，梳着个结棉髻[1]，身穿一领长袖和服，手里拿着毽子板。妙子不去夙川的时候，卡捷琳娜就到芦屋的家里来接受妙子的指导，这样一来，自然就和莳冈全家人也熟络了。贞之助也和她熟识了，还说她具有当演员的潜质，不妨去好莱坞碰碰运气。可是，卡捷琳娜缺少美国人的那种粗野劲，却具备一种日本妇女周旋酬酢的安详柔顺气质。纪元节[2]那天下午，他们兄妹俩说要远足

1　日本的未婚女子多梳的一种发型，在岛田髻的基础上饰以彩色发带并插上簪子。

2　日本为纪念传说中神武天皇即位而设立的公共假日，依据《日本书纪》所载即位日期换算成太西历定为每年2月11日，1948年废止，1966年恢复、改名为"建国纪念日"。

去高座瀑布¹，路过幸子家门口，便顺便来串门。基里连科穿了一条灯笼裤，跟在妹妹后面，两人没有进屋子，绕到院子里在露台上坐了下来，他和贞之助是初次见面，互相寒暄了一番，喝了两三杯鸡尾酒，聊了大约半小时便告辞。

"这样一来，倒想再见一见那位发音古怪的老太太啦。"贞之助开玩笑说道。

"真的，末子姑娘常常学她的样子给我们看，尽管还没有见面，倒像已经见过面了呢。"幸子一边表示赞同，一边自己也觉得好笑起来。

十七

这样你一言我一语地说说笑笑，一开始谁也没有当真应邀去做客，但经不住妙子的一再提及，渐渐地也便萌生了好奇心，加上人家再三邀请，弄得她们不好意思推却，最后终于答应去基里连科家做客。

时令虽已交春，但正当汲水法会²期间，天气寒冷，对方邀请全家都去，想到回家一定很晚，不能带悦子去，雪子要陪伴悦子留在家里看家，所以只有贞之助夫妇和妙子三个人去了。他们在夙川车站下了车，朝山冈方向走去，穿过旱桥，向前一直走了五六百

1　位于芦屋川支流高座川的上游。

2　日本奈良东大寺二月堂每年农历二月（二月一日至十四日）举办的法会，期间的二月十二日半夜从堂前的若狭井中汲水（称为香水）运至本堂，传说人饮此水后可百病皆愈。现汲水仪式已改为西历3月12日。

米，走到别墅区的尽头，就是田垄了。对面山冈上有一片松林，山冈下有几栋简易的小洋房挨挨挤挤地排列在那里，其中一栋最小的、白墙刚刚粉刷过、看上去仿佛童话故事里的插图那样的房子，就是基里连科家了。卡捷琳娜一见他们到来，马上出门来迎接，将他们让进楼下那两间相连的屋子的里间。宾主四人围着铁炉坐下来，顿时把屋子挤得连转身的地方都没有。四个人分坐在长椅的两端和唯一一张沙发以及一把硬木椅子上，要是不小心转动一下身体，很可能就会碰到火炉的烟囱，或者将桌子上的东西撞掉到地上。楼上大概是母子三人的卧室，楼下除了这两间屋子外，里面好像还有一间厨房，外面那间则似乎是餐厅，大小几乎和里间一模一样。贞之助他们真担心那里怎么能坐下六个人，可奇怪的是家里只有卡捷琳娜一个主人，她的哥哥和那位经常被提到的老太太始终没有露面。西洋人晚饭时间一向比日本人迟，由于事先没有问明进餐时间，也许来得太早了，但此时窗外已经暗下来了，家里却还是静悄悄的，餐厅里一点准备也没有。

"这是我的处女作，请指教。"卡捷琳娜从三角搁架的下面一层拿出她第一次尝试自己做的舞姬布娃娃给客人看。

"啊！这真是您做的吗？"

"是的。不过毛病很多，都是妙子小姐帮我纠正的。"

"姐夫，您看这条腰带的图案，"妙子说，"这不是我教给她的，是卡捷琳娜小姐自己设计、自己画出来的。"

布娃娃系的那条两端垂到地上的长腰带，大概是她从哥哥基里连科那里得到的启发，是在黑底上用特种油性颜料画出来的将棋中的桂马和飞车等棋子的图案。

"请看这个。"卡捷琳娜取出她在上海时拍的照相簿，"这是我以前的丈夫，这是我的女儿。"

"这小姑娘活像卡捷琳娜，是个小美人呢。"

"您觉得是这样吗？"

"是的，真的很像。您不想见到您的女儿吗？"

"她现在在英国，没法见面。"

"在英国什么地方晓得吗？你要是去英国，能见到这个孩子吗？"

"那就不晓得了。可是我想见她，说不定我会去英国和她见面。"

卡捷琳娜似乎并不怎么伤感，她可能只是随便说说。

贞之助和幸子肚子已经饿了。两人偷偷看了一下手表，互相以目示意，等到谈话告一段落时，贞之助开口问道："怎么，你哥哥今天晚上不在家吗？"

"哥哥每天晚上都回来得很晚。"

"你母亲呢？"

"妈妈去神户买东西了。"

"噢，是这样……"

贞之助心想，老太太会不会是去采买做菜的食材了呢？可墙上的挂钟敲过了 7 点，老太太仍没有回来，到底怎么回事，真叫人摸不着头脑。妙子觉得今晚是自己将姐夫和姐姐硬拉来的，她该负责，心里开始不安起来，也顾不上规矩不规矩了，只管朝隔壁那间毫无准备的餐厅偷偷张望。卡捷琳娜大概是觉察到了什么，她看到小炉子里的煤燃烧得很快，便一个劲地往炉子里添煤。四个人都不开口，肚子越发感觉饿得慌，总想找个什么话题说说，可是又觉得无话可说，只听到炉子里"呼呼"的燃烧声。这时候，一条混种的狩猎指示犬用鼻子顶开房门进来了，它挑选了一个挨近炉子、人们脚与脚之间的空当处，将头搭在前腿上，舒舒服服地趴了下来。

"鲍里斯！"卡捷琳娜叫了一声。可是那条狗只是朝她翻起眼皮瞅了一眼，并没有移动位置。

"鲍里斯！"贞之助也无聊地叫了它一声，在它弓屈的脊背上抚摸了几下。又过了大约半小时，贞之助突然开口说道："卡捷琳娜小姐，是不是我们搞错了？"

"什么呀？"

"末子姑娘，是我们听错了吧？万一我们听错了话，可是给主人添麻烦啦。总之，我们还是就此告辞回去吧？"

"我绝对没有听错话。"妙子回答，"喂，卡捷琳娜小姐……"

"什么呀？"

"那个……还是让二姐说吧，我都不晓得说什么才好了。"

"幸子，这时候你的法语不就可以派上用场了吗？"

"末子姑娘，卡捷琳娜小姐懂法语吗？"

"她英语讲得很流利，不过法语就不懂了。"

"卡捷琳娜小姐，I... I'm afraid..."贞之助结结巴巴地憋出一句英语，"You are not expecting us tonight..."[1]

"为什么？"卡捷琳娜睁大了眼睛，用流畅的英语质问道，"今天晚上我们要招待贵客，我可是一直都在恭候你们的光临呢。"

到了 8 点钟，卡捷琳娜起身走进厨房，随后从厨房里传来"噼里啪啦"的声响，不大工夫，她就端出许多菜肴拿到外间的餐厅，然后将三位客人请进了餐厅。贞之助他们走进去一瞧，桌子上已经摆满了熏三文鱼、盐渍鳀鱼、油焖沙丁鱼、火腿、奶酪、苏打饼干、肉饼以及好几种花色的面包，简直就像变魔术一样转眼之间都

1　英语: 恐……恐怕您没有料到我们今晚会来府上拜访吧……

准备停当了，见此情形，局促不安的三人方才沉下气来。卡捷琳娜独自忙碌起来，给三人轮流沏了几次红茶。肚子空空的三位客人快速而又假装从容地吃起来，由于菜肴太丰盛了，再加上主人殷勤地劝客，很快就感觉吃饱了，吃剩的东西还偷偷扔给了桌子底下的鲍里斯。

这时候，外面"砰"的一声，鲍里斯立即向门口飞奔而去。

"可能是老太太回来了。"妙子低声对姐夫和姐姐说。

走在头里的老太太手里提着五六包买回来的东西，穿过门口悄悄地走进了厨房，随后卡捷琳娜的哥哥基里连科领着一位五十来岁的绅士走进餐厅。

"晚上好！不好意思我们已经吃上了。"贞之助说。

"请便、请便。"基里连科搓着手连声招呼。作为西洋人，他明显身材瘦削了些，那张羽左卫门[1]般的长脸上，双颊被春天夜晚的寒风吹得通红，他和他妹妹说了几句俄语，三位日本客人只听出"妈妈奇卡、妈妈奇卡"几个单词，猜想这大概是俄语中对母亲的爱称吧。

"刚才我和妈妈在神户碰头一道回家的。还有这位……"他边说边拍拍那位绅士的肩膀，"妙子小姐认识吧？是我的朋友渥伦斯基先生。"

"是的，我认识。这是我姐夫和姐姐。"

"这位先生大名是渥伦斯基吗？《安娜·卡列尼娜》里面也有这个人哩。"贞之助说。

---

[1] 指第十五代市村羽左卫门（1874—1945），容貌俊美，是大正、昭和时代的代表性歌舞伎男演员。

"噢，是呀，您记得没错。您爱读托尔斯泰的作品？"

"托尔斯泰和陀思妥耶夫斯基的作品日本人都爱读。"基里连科对渥伦斯基说道。

"末子，你和渥伦斯基先生是怎么认识的？"幸子问道。

"他就住在附近的夙川公寓里。他特别喜欢小孩子，不管谁家的孩子他都喜欢，只要说起'喜欢小孩子的俄国人'，在那一带可是鼎鼎有名呢，那儿的人都不叫他'沃伦斯基'而称呼他'爱孩子斯基'。"

"他太太呢？"

"他没有太太。或许有过一段伤心的经历吧。"

不错，渥伦斯基看上去就是个爱孩子的人，他眼角漾着两道亲切、略带点害羞的、凄凉而含笑的眼神，外眼梢攒布着细细的鱼尾纹，默默地听着别人谈论他。他比基里连科生得魁梧，肌肉紧实，皮肤被晒成棕色，一蓬浓密的灰白头发，眼珠子乌黑，看上去倒像日本人，感觉有点像一名船员。

"悦子姑娘今晚没来吗？"

"是的，她还有课外作业要写呢。"

"真可惜，我跟渥伦斯基先生说今天晚上要让他看一个非常可爱的小姑娘，所以才把他邀过来的。"

"啊，太不凑巧了。"

这时候，老太太走进了餐厅来打招呼。

"今天晚上我真高兴。妙子小姐的另外一位姐姐和小姑娘怎么没有来呢？"

贞之助和幸子听到她那发音不准的日语，对着妙子差一点笑出来，只好强忍着不与妙子的视线相对，可是看到妙子脸朝着别处拼命装作若无其事的样子，还是忍俊不禁起来。这位老太太说是老太太，但不像一般西洋老太太那样肥胖，她的背影看上去很轻盈，脚上穿的是高跟鞋，两条纤长的腿，走起路来"咯噔咯噔"的，像只鹿一样轻快。嗯，说是粗犷也未尝不可，完全可以想象妙子所说的她在滑冰场上那英姿飒爽的样子。她笑起来的时候能看出缺了几颗牙齿，从脖颈到肩膀的肌肉有些松弛，脸上也有不少皱纹，不过皮肤非常白皙，粗看的话根本看不出皱纹和肌肉松弛，比她的实际年龄几乎年轻二十岁。

老太太将餐桌收拾了一下，然后将她刚买回来的食品摆上桌子，有牡蛎、咸鲑鱼子、酸黄瓜、用猪肉鸡肉和肉禽肝脏等制成的香肠，还有几种面包。隔了一会儿酒上来了，主人热情地向客人劝酒，又是伏特加又是啤酒，还有倒在啤酒杯子里的烫热的日本酒。俄国人当中老太太和卡捷琳娜爱喝日本酒。正如贞之助担心的那样，宾主共七人一桌子根本坐不下，卡捷琳娜站在没有生火的壁炉跟前，侧身靠着炉台，老太太一边张罗一边趁隙伸长手越过众人的肩头拿吃的。由于刀叉等餐具不全，卡捷琳娜不时地用手抓着吃，偶尔被日本客人看到，她便涨红了脸，因此贞之助他们极力装作没看见。

"那个牡蛎不要吃。"幸子偷偷对丈夫说。同样是生牡蛎，但明显不是经过特别挑选的深海牡蛎，从颜色上就可以看出是从市场上买的便宜货，这些俄国人却满不在乎地大嚼大吞，在这一点上只能说他们比日本人野蛮多了。

"啊，真的吃饱了，什么都吃不下了。"日本客人避开主人的目光，偷偷将吃剩的东西扔到桌子底下喂鲍里斯。贞之助喝了不少混酒，已经有点醉意了，他指着墙上挂在沙皇旁边的那幅壮丽建筑高声问道："这张照片是什么地方呀？"

"那是皇村[1]的宫殿，是沙皇在彼得格勒[2]（他们从来不说'列宁格勒'）附近的一座离宫。"基里连科说。

"啊，这就是著名的皇村？"

"我家离皇村很近，我每天都看见沙皇乘坐马车从那里出来，还听得到沙皇说话的声音。"

"妈妈奇卡……"基里连科喊了一声。他请母亲用俄语解释，然后继续说道："并不是真的听到坐在马车里面的沙皇的说话声，而是在两边距离近到马车经过时，仿佛能听到车里的人的说话声似的。因为我们家就在皇村旁边。那时我还小，只隐隐约约记得是这样的。"

"卡捷琳娜小姐呢？"

"我那时还是在读小学，什么都不记得了。"

"隔壁那间屋子里挂着日本天皇和皇后的照片，诸位的用意是什么？"

"哦，那是应该的呀，我们白俄[3]现在的生活就是托了天皇陛下的福呀。"老太太的神情突然严肃起来。

"白俄都这样认为，和共产主义对抗到底的是日本。"基里连科说了一句又接下去道，"你们对中国怎么看？这个国家现在是不是已经变成了共产主义国家？"

"这个……对于政治我们都是外行。总之，日本和中国的关系

---

1 意为沙皇的领地，"十月革命"前一直是俄国沙皇的避暑地。

2 1703年由沙皇彼得大帝下令建造，1712年建成，初名圣彼得堡，俄德开战后于1914年起更名为彼得格勒，1924年为纪念列宁改名为列宁格勒，1992年苏联解体后恢复原名圣彼得堡。

3 指"十月革命"后，支持白军、反抗苏维埃政权，失败后逃亡国外的俄罗斯人。

不好，这很不幸。"

"你们觉得蒋介石怎么样？"渥伦斯基手里一直在把玩着空酒杯听别人闲聊，这时候他开口了，"您对于去年12月西安发生的事件怎么看？张学良把蒋介石捉起来了，可是没有杀他，而是把他放了，这是为什么？"

"这个……感觉不像报纸上说的那么简单吧？"

贞之助对于政治，特别是国际上的突发事件非常感兴趣，报纸杂志上刊登的那些知识他都具备，但是出于对时局的戒忌，他始终站在第三者的立场上，小心谨慎地不轻易说出自己的想法，以免招致无妄之灾，尤其面对这些不知底细的外国人，他就更加不会随便发表意见了。但是，对于他们这些被逐出祖国的流亡者来说，这类国际上的大事件与他们的命运息息相关，不可能置之度外。他们互相之间对这类问题又讨论了好一会儿，渥伦斯基似乎最了解这方面的消息，并且有自己的见解，其余几个人只是倾听他的议论而已。

为了让贞之助和其他人都听懂，他们尽量说日语，可是，渥伦斯基在讲到比较复杂的问题时，又讲起了俄语，基里连科便充当翻译。老太太不仅听着男人们发表议论，自己也积极参与进去，每当她说到起劲之处，说出来的日本话就更加古怪走样，谁也听不懂了。

"妈妈奇卡，您还是说俄语吧。"基里连科提醒她。

后来不知道为了什么，议论变成了母女之间的争执——贞之助他们当然不清楚原委。老太太开始攻击英国的政策和国民性，卡捷琳娜奋起反驳，她的理由是自己虽然出生在俄国，但是被逐出俄国，到了上海，后来在英国人的培养下长大成人，英国学校给了她知识，没有收过她一分钱的学费，她从学校毕业后当上护士，挣了钱，一切都是拜英国所赐，英国有什么不好呢？老太太的理由则是卡捷琳娜年轻不懂事。母女俩争得越来越激烈，脸色都变了，幸亏基里连科和渥伦斯基在中间调停，两个人嘟囔了一阵才算完事。

后来贞之助他们又到隔壁屋子里去闲扯了一阵，玩了一会儿扑克，不久又被叫回餐厅。可是，即使是山珍海味，日本人也吃不下去了，只能扔到桌子底下喂鲍里斯。唯独酒没有客气，贞之助和基里连科以及渥伦斯基一直豪饮到结束，丝毫没有露怯。

"您小心点啊！您的脚步都摇摇晃晃走不稳了。"过了11点，穿过田埂走在回家的路上时，幸子提醒贞之助道。

"啊，凉风吹在脸上真舒服！"

"真的很凉快。一开始我心里还七上八下的，她家里只有卡捷琳娜一个人，等了老半天，吃的喝的什么都没有，肚子早就咕噜咕噜饿了呢。"

"就在那时，东西一样一样变出来了，结果我们都像饿死鬼一样地狼吞虎咽起来。说到俄国人，他们的胃怎么那么大，喝酒我是没有输给他们，不过吃东西真不是他们的对手啊。"

"不过，我们都应邀去了她家，老太太好像很高兴。他们住在那么小的房子里，还请客吃饭，俄国人真好客。"

"他们这些人的生活毕竟单调无聊，所以愿意和日本人交朋友吧。"

"姐夫，渥伦斯基这个人……"跟在两个人两三步后面的妙子在黑暗中开口说道，"听说有过一段伤心事：他年轻时有个爱人，革命爆发后，两人就断了音信，过了几年才得知那个爱人去了澳大利亚。于是他赶到澳大利亚去找她，终于找到了，和她见上了面，可是没过多久她就生病死了，所以渥伦斯基后来立志不结婚。"

"原来是这样，听你一解释，感觉他的确是这样子的人。"

"他在澳大利亚历尽艰辛，做过矿工，后来经商发了财，据说现在有五十万块钱呢，卡捷琳娜哥哥的买卖多少也是由他出资的。"

"哎呀，哪里来的丁香花的香气？"走到别墅区的冬青篱笆处，幸子闻到一阵丁香花的香气。

"哎，樱花还得等上一个月才开啊，我等得心都焦了。"

"我等得心焦了。"贞之助学着老太太的腔调故意用走样的发音说道。

十八

野村巳之吉　　　　　　　　　明治廿六年9月生

原　籍 | 兵库县姬路市竖町二十号
现住址 | 神户市滩区青谷四丁目五五九号
学　历 | 大正五年东京帝国大学农科毕业
现　任 | 兵库县农林科水产技师

家庭及亲属关系

大正十一年娶田中家次女德子为妻，生一男一女。长女三岁时死亡。妻德子昭和十年患流感死亡。其后长男昭和十一年十三岁时死亡。父母均已去世。有一妹，嫁入太田家，现居东京。

3月下旬，幸子的中学同学阵场太太寄来一张日记本大小的照片，照片上的人在照片的衬纸背面用钢笔亲笔写了上面这些说明事项。收到照片之前，幸子实际上已经将这事忘记了。说起来，那是去年11月底濑越那桩亲事没什么进展的当口儿，有一天在大阪樱花桥十字路口遇见阵场太太，两人站在十字路口聊了半个来小时。闲扯中提到雪子，阵场太太说："哦，听说您那位妹妹还没有结婚吧？"幸子就说："要是有门当户对的，还望帮着给介绍介绍。"此时幸子回想起自己当时是这样说过的，不过当时濑越的事看似有望说成，因此幸子这话一多半是出于应酬敷衍。可是阵场太太似乎当了真，后来还特意写信来询问雪子的近况，并且说那天自己一时疏忽，忘了告诉幸子一件事情，就是自己丈夫的恩人、关西电车公司总经理滨田丈吉的表弟野村巳之吉死了妻子，眼下正在物色续弦对象，滨田托她做媒，还把野村的照片给了她，于是一下子就想到了令妹。虽说丈夫和野村不认识，但因为有滨田作保，人品方面应该没什么问题。不管怎样，先把野村的照片另件寄上，假如有意的话，可根据本人亲笔写在照片背面的事项进一步调查，倘若觉得合适，请来信告知，以便随时介绍。信中还表示，这种事情本来应该亲自登门到府上当面说的，又怕强人所难，所以先写信问一声。第二天就收到了她寄来的照片。

幸子收到照片后，马上回信表示感谢，但是鉴于去年井谷说媒的那次教训，这次无论如何不敢轻易允诺，所以她在回信中开诚布公地写道："承蒙关心，不胜感谢，但此事还请容我们一两个月后奉答，因为不久前别人介绍了一门亲事刚告吹，考虑到舍妹的心情，还是暂时搁置一段时间再提这个话题比较合适。再者，此次希望慎重再慎重，在充分调查之后，如果确实觉得合适，再烦劳您介绍。如您所知，舍妹婚期延误已久，假若频繁使其相亲然却每每无果而终，我这个当姐姐的总觉得她怪可怜的。"

信寄出之后，幸子便和贞之助合计，这次要从从容容地亲自仔细调查，合适的话再和长房商量，然后告诉雪子。不过说实话，幸子对于这桩亲事并不怎么积极，当然，还没有调查谈不上好坏，对方有没有家产，信中只字未提，光是看照片背面的那些说明就可以看出，各方面条件比濑越差得多。首先是对方年龄比贞之助还大了两岁，其次是续弦，前妻生的两个孩子虽说早已死了，这方面无须在意。不过在幸子看来，雪子对这桩亲事的反应肯定不会怎么好，因为若说相貌的话，从照片上看十分显老，老气横秋的样子。虽说照片和实际多少会有些差异。可是，为了请人说媒而寄来的照片就这副样子，估计本人比照片还要老相，肯定不会比照片更显年轻英俊。倒不是非得要求对方是位美男子，年龄比贞之助大也无妨，只是当两个人站在一起喝交杯酒的时候，众人眼前的新郎竟是个老态毕显的人，不仅让人替雪子感觉可怜，连为这件事奔走的幸子夫妇在列座的亲戚朋友面前也抬不起头来。当然，要求对方像一般的新郎那样朝气蓬勃显然不现实，但至少希望他是一个神清气爽、面色红润的人。幸子越想就对照片上的这个人越是上劲不起来，自然也没有积极去调查，这一搁置就过去了个把星期。

随后幸子突然想起来，上星期信封上注明"内有照片"的信送来时，雪子曾看到一眼，她会不会觉察到什么？要是她已有所觉察，自己却不和她说破，倒好像故意要向她隐瞒什么似的，容易引起误会。濑越那桩亲事告吹后，雪子表面上还和往常一样，看不出有什么变化，但是心理上多少会留下些阴影，幸子的本意是不想马上提起另一桩亲事，生怕刺激到她。可是，现在雪子已经看到那封信，假如她知道什么地方寄来了照片，可是二姐却不大大方方地跟自己说，从而将幸子的一片苦心误解为背着她在搞什么花招，那不是无事生非吗？因此，幸子想，不如尽早将照片拿出来让雪子看，看看她会是什么反应，这也不失为一种办法。

这天，幸子要去神户买东西，正在楼上化妆室里换衣服，看到雪子走进来，便装作突然间想起来似的说道："雪妹，有人又寄来一张照片。"不等雪子回答，马上从衣柜的小抽屉里取出照片递给她，还加了一句，"背面的说明你也看一看。"

雪子默默地接过照片，端详了一下，又看了背面的说明，问了一句："是谁寄来的？"

"你记得阵场太太吧？就是我中学的那个同学，她以前的旧姓[1]叫今井。"

"嗯。"

"前些天在路上遇见她，聊到你的事情，我托她帮着物色一个对象，她放在心上了，所以寄了这张照片来。"

"……"

"不用马上回复她。说实在的，这次本打算先好好调查清楚之后再跟你讲的，但是怕你以为我瞒着不跟你讲，所以想还是先让你看一眼。"

雪子将照片往博古架上一搁，走到门外走廊上，靠着栏杆呆呆地望着楼下的庭院。幸子对着她的背影继续说：

"你现在什么都不用想，要是看不上眼，干脆不理会这件事就完了。因为是对方特地来说亲，本来打算先调查一下。"

1　按照日本现行法律的规定，男女双方结婚后户籍上只保留一个姓（通常是男方的姓），另一方的姓自动消失，也就是一般所说的妻从夫姓，女性以夫家的姓作为自己正式的姓，而婚前的娘家姓相应地称为"旧姓"。

"二姐！"雪子好像想起了什么，慢慢转过身来朝向幸子，嘴角上勉强挂了一丝微笑说道，"如果说是提亲的话，有什么尽管跟我讲好了。人家一个一个地来提亲，对我来说，总比谁也不上门的好，这样才感觉日子有盼头呀。"

"是吗？"

"只是相亲的事，希望详细调查之后再进行，其他的就不用想那么多那么复杂啦。"

"是吗？有你这句话，即使再辛苦我也感觉值呀。"

幸子梳妆停当之后，说了声晚饭以前回家，就独自出去了。雪子将姐姐脱下的居家服挂在衣架上，将腰带和带扣收拾好放在一边，然后靠着栏杆欣赏院子里的景色。

芦屋这一带原先都是山林和农地，大正末年才逐渐开发扩大为市区。这个院子虽说不算大，但也植有两三棵粗壮的松树，多少还留有些许以前山林的样貌，西北角紧挨着邻居家的庭院，透过那边的树丛可以望见六甲一带的山峰和丘陵。雪子偶尔回到上本町的长房家住上四五天再回到这里，就有一种心旷神怡的感觉，仿佛转世重生一般。此刻她站在那里往下俯瞰院子，南边是草坪和花坛，再过去是一座小巧玲珑的假山，开着白色小花的麻叶绣线菊，从假山石缝中倒垂在水池上方，水池中干涸无水，池壁便成了断崖。右边挨着水池的樱花和紫丁香正绽放。樱花是幸子的最爱，她巴望坐在自家院子里就能观赏到樱花，哪怕院里只有一棵也好，为此几年前就种植了这棵樱花，每当樱花绽放，便兴冲冲地在树下摆好矮几，铺好毡子，但不知道什么原因，樱花生长不好，每年只稀稀落落地开出几朵花。紫丁香今年却像春雪一样盛开了，散发出扑鼻的香气。紫丁香的西面有两棵还没发芽的楝树和梧桐树，楝树的南面有一丛法国人称之为"色瑞嘉"的灌木。教雪子她们法语的法国人塚本太太来到日本后，发现在她的国家几乎到处可见的"色瑞嘉"这里竟从来没有看到过，得知这个院子里有这种树，连称太稀罕了，并为之欣喜得不知怎么好，于是雪子她们也关注起这种花来。翻开《法和辞典》一查，原来这种灌木日本称之为萨摩山梅花，是虎耳草科的一种灌木，这种花总是在麻叶绣线菊和紫丁香开过以后，和侧屋边窄围墙下的重瓣棣棠同时开花，现在才刚长出几片嫩叶。萨摩山梅花对面就是舒尔茨家的后院，中间只隔着一道铁丝网围墙。午后的阳光照射在围墙边梧桐树下的草坪上，悦子和露丝玛莉正蹲在那里玩过家家。雪子靠着栏杆从楼上望下去，板床、衣柜、椅子、桌子、洋娃娃等杂七杂八的玩具一览无遗，两个小姑娘高声说话的声音也听得清清楚楚，可是她们两个不知道雪子在看她们，只管忘我地玩着。

露丝玛莉左手拿着一个男娃娃说："这是我爸爸。"右手拿了一个女娃娃接着说："这是我妈妈。"她把两个洋娃娃的脸贴在一起，嘴里"咂"了一声，最初不知道是什么意思，俄而一想，原来是让两个洋娃娃接吻，她自己发出声音来表示接吻的声音。接着，她又说了一句："孩子来了。"一边说一边从代表妈妈的女娃娃裙子底下取出一个婴儿娃娃，连做了几遍，每次都会说："孩子来了，孩子来了。"这句好理解，她说的"来了"应该是指"生下来了"的意思。据说西洋人教育孩子时跟他们说，婴儿是鹳鸟衔来放在树枝上的，可是看到露丝玛莉的举动，显然她知道婴儿是从大人肚子里生出来的。雪子一直悄悄地望着两个孩子的举动，独自忍俊不禁。

十九

幸子和贞之助以前旅行结婚时，在箱根的旅馆里闲聊起饮食好恶，贞之助问幸子最爱吃什么鱼，幸子说最爱吃鲷鱼，一下子把贞之助说乐了，因为他觉得鲷鱼实在再普通不过了。可是幸子却认为，无论是形状上还是口味，鲷鱼是日本最具代表性的鱼类，不爱吃鲷鱼的人哪里像日本人。之所以这样认为，是因为在她心目中，她家乡关西产的鲷鱼是最美味的，因此她的家乡也就是最有日本气息的地方，在她潜意识中很是为此而骄傲。而若是问她最爱什么花，她会毫不踌躇地回答说是樱花。

远在编纂《古今和歌集》的往昔，日本就有数百上千首吟咏樱花的诗歌，古人期盼樱花开放，并为它的凋谢而叹惋，于是不约而同一遍又一遍地吟咏这种伤怀情感。幸子少女时代读这些诗歌时觉得平淡无奇，并没有什么特别感受，但随着年龄增长，才深切地领悟到古人的期花和惜花绝不是在玩弄文字"风流"。所以每年一到春天，她就怂恿丈夫、女儿和两个妹妹去京都赏樱花，这数年来一直未中断过，已然成了这一家人的恒例。贞之助和悦子因为工作和读书，还有不去的时候，幸子、雪子和妙子三姐妹则从来没有缺席过。就幸子而言，惋惜樱花的凋谢也含有惋惜两个妹妹青春不再的意思。每年赏樱花的时候，她嘴上不说，但心里总会暗暗思忖：和雪子妹妹一同赏花，今年怕是最后一次了吧。幸子的这种心情，雪子和妙子似乎也觉察到了，虽然她们两人不像幸子那样关心花事，但私下也早已将赏花当作了一种享受。连旁人都看得出，汲水法会刚刚结束，她们姐妹几个就期盼着樱花开放，并且开始计划起赏花时穿哪件和服、系哪条腰带，甚至配哪件衬衣来了。

樱花季节一到，京都那边就会来信告知哪几天花开得最盛，不过为了将就贞之助和悦子，她们只能挑星期六和星期日过去，还要担心凑得上凑不上樱花盛开的日子，碰上风雨的天气，她们还会像古人那样悯惜被雨打风吹的樱花是否了无生气。照说在芦屋也可以观赏樱花，乘上电车，从车窗望出去，哪里都能看到樱花，并不是只有去京都才能赏樱。但是对于幸子来说，鲷鱼如果不是出产自明石[1]的就不好吃，樱花如果不是京都的，看了也感觉和没看一样。去年春天，贞之助反对去京都，提出不妨偶尔换个地方试试，于是她们改到锦带桥去赏樱，回家以后，幸子就像丢了什么东西似的，总觉得这个春天压根儿就过得不像春天似的，硬缠着贞之助非要再去一趟京都，好不容易才赶上了观赏御室[2]的晚樱。按照惯例，他们每年总是星期六下午动身，在南禅寺的"瓢亭"[3]提早吃晚饭，欣赏同样是一年一度不可不看的京都舞蹈大会[4]，归途去祇园[5]赏夜樱，然后在麸屋町的旅馆住一晚。第二天去嵯峨[6]和岚山[7]，在中之岛[8]附近的临时茶棚里吃自己带去的盒饭，下午返回京都市区，再去平安神宫的

1　位于兵库县南部，濒临明石海峡，附近海域盛产鲷鱼。

2　御室指位于京都市右京区的真言宗御室派大本山仁和寺，因创建早期，当时的宇多天皇出家在此居住，由将其所住居室称为"御室"而演变为代指该寺。

3　南禅寺位于京都市左京区，瓢亭是南禅寺门前的一家怀石料理餐馆。

4　日本政府迁都东京后，京都为了当地振兴而于明治五年（1872年）开始，每年4月1日至30日举办舞蹈大会，由祇园的艺妓和舞伎表演各种传统舞蹈。

5　祇园是京都市东山区鸭川以东、以八坂神社为中心的地带，近代以降为著名花街。

6　嵯峨位于京都市右京区，延历十三年（794年）桓武天皇迁都平安京（相当于今京都市中部）后，此处成为历代天皇的游幸地。

7　岚山位于京都市西部大堰川南岸，是观赏樱花和红叶的名所。

8　中之岛位于京都市大堰川中的洲汜，著名观光景点渡月桥即位于此处。

神苑赏花，赏樱的整套例行节目这才算完成。不过有时也会斟酌情况，让两个妹妹和悦子先回芦屋，贞之助和幸子则在京都再多住一晚。之所以要把平安神宫¹作为赏樱之旅的压轴节目，是因为神苑的樱花被认为是洛中²最美的，最值得观赏。圆山公园³的垂樱树龄太老了，开出来的花颜色一年比一年淡，如今除掉神苑的樱花，没有任何一处的花可以代表京洛春天的花。所以，他们每年赏樱之旅的第二天下午，从嵯峨一带返回到市内，特意选在春日的太阳将要落山之时这样一个最有余韵、最令人怅惜的黄昏时分，拖着玩了大半天早已疲惫不堪的双腿，来到神苑的樱花树下徘徊踟蹰。池边、桥堍、街角、回廊的檐下，在每一棵凄冷地独放的樱花树前，停下脚步观赏，叹息，向樱花献上依依难舍的惜别之情。回到芦屋家里，整整一年，只要闭上眼睛，那每一株樱花的颜色、每一棵樱树的姿态，随时都在眼前复苏，她们就这样一直等到第二年的春天。

今年，幸子他们挑选了4月中旬的一个星期六和星期日去京都。长袖的友禅染⁴和服，悦子一年也穿不上几次，去年赏花时穿过，今年穿着已经嫌小了，平素她就穿惯西式衣服而不喜欢穿和服，加上尺寸不合身，就更加的不自在，而且今年还特别给她化了一个淡妆，容态也大变样了，走起路来还得提防漆皮绳带的木屐滑脱。在"瓢亭"的茶室里坐下时，悦子便又使出了平常穿西式衣服

1　平安神宫位于京都市左京区冈崎西天王町，奉祭桓武天皇和孝明天皇。

2　日本人喜欢将京都比作中国的古都洛阳，称之为"京洛"。洛中即京都市内的意思。

3　圆山公园位于京都市东山区，是夜间观赏樱花的名所。

4　一种染色文化的技法及其样式，是在丝绸上用写实的手法染出色彩绚丽的山水、花鸟等图案。

的习惯，大襟敞开着，两只膝盖露在了外面。

"悦子！你看看你，简直就是个'弁天小僧'[1]。"大人们取笑她。

悦子拿筷子还不熟练，仍是小孩子那种古怪的拿法。再加上穿的是长袖和服，宽大的袖子给手肘带来不小的麻烦，一举一动都感觉和穿西式衣服时不一样，举箸夹东西很是别扭。她去夹盛在一只八寸[2]木制方盘里的慈姑，结果没夹住，慈姑滑落在地上，从檐廊一直滚到院子里，在青苔上滚了老远，大人们哈哈大笑起来，悦子自己也笑了，这是今年赏花之旅中的一大趣谈。

第二天早晨，她们先到广泽池[3]边，那里有一棵樱花树的树枝低垂在水池上方，幸子、悦子、雪子和妙子四人依次并立在那棵樱花树下，贞之助取出徕卡照相机给她们拍了一张合影，背景取的是遍照寺山[4]。说起那棵樱花树，还有一段回忆。有一年春天，她们来到广泽池边，一位手里提着照相机的绅士请求允许他给她们姐妹拍个照，拍了两三张之后，他再三道谢，并说如果拍得好，一定把照片寄来，当场就抄下了她们的住址。十天后，照片果然寄来了，其中有一张拍得特别出色，照片上幸子和悦子并肩伫立在樱花树下，出神地凝视着池面，以池水的涟漪作为背景，拍的是母女俩的背影，特别含蓄而有别韵。母女俩神情迷离地望着池水的样子，花瓣掉落在悦子衣袖上的那种风情，不假雕琢地刻画出春天即将逝去的惋惜之情。从此以后，她们每年来赏花，总忘不了要到广泽池畔那

1　歌舞伎世话狂言《青砥稿花红彩画》中的出场人物，第三幕中有弁天小僧男扮女装出场的一幕，此处系指悦子穿衣露膝、不像个女孩子，故有此喻。

2　1寸等于3.3333厘米。

3　位于北嵯峨，方圆约一公里，是赏花和赏月的名所。

4　位于广泽池北岸，因池畔建有遍照寺而得山名。

棵樱花树下去凝望一番，并且留下倩照。幸子还记得池边路旁的墙根下有一株造型优美的山茶树，每年开出深红色的花，所以她每年也要去那里驻足一番。

登上大泽池[1]堤岸，一路经过大觉寺[2]、清凉寺[3]和天龙寺[4]，今年她们照例又来到渡月桥[5]堍。京洛地方的樱花时节人山人海，其中有一道特殊风景，那就是人群中夹杂着许多身穿清一色深色民族服装的朝鲜妇女，今年也不例外，走过渡月桥，便看见河岸边的樱花树下，三三五五的朝鲜妇女蹲在那里吃午饭，其中有几个酒下肚之后开始手舞足蹈起来。幸子她们去年是在大悲阁[6]、前年是在桥堍下的三家轩，吃自己带去的盒饭，今年选择在"十三拜"[7]供奉有虚空藏菩萨的法轮寺[8]所在的那座山上吃午饭，然后往回再次走过渡月桥，穿过天龙寺北面的竹林。大人们一面跟悦子打趣说："悦子呀，这里就是'麻雀的家'[9]呢！"一面朝着野宫那个方向走去。下午刮起了风，

1　位于广泽池西面、大觉寺境内东侧，原为嵯峨天皇离宫内的苑池。

2　位于北嵯峨，古义真言宗的大本山，原为嵯峨天皇的离宫，后改为寺院。

3　位于大觉寺西南，净土宗知恩派的寺院，原为嵯峨天皇的皇子源融居住的山庄。

4　位于清凉寺南面，临济宗天龙寺派的总本山，原为足利尊氏为后醍醐天皇祈福之所。

5　架于大堰川上的铁桁架混凝土桥，昭和五年（1929年）竣工，大堰川从此处以下称为桂川。

6　全称为大悲阁千光寺，位于大堰川南岸山路渡月桥以西的岚山山腹。

7　日本民俗，每年农历三月十三日，年满十三岁的少男少女为祈愿获得智慧和德福而参拜虚空藏菩萨，参拜后必须从渡月桥上走过，否则菩萨所授的智慧和德福会消失。

8　位于渡月桥以南的岚山东麓，寺中本尊为虚空藏菩萨坐像。

9　日本学校低年级语文课本中收录有童话传说《被剪去舌头的麻雀》，其中说到麻雀的家是在竹林中，故此处大人们对就读小学二年级的悦子开玩笑说"这里是麻雀的家"。

天气突然转凉了。走到厌离庵时，庵堂门口的樱花纷纷飘落在三姐妹的衣袖上。然后，她们再次经过清凉寺的山门，从释迦堂前的电车站乘坐爱宕电车回到岚山，第三次来到渡月桥北垅，稍事休憩了片刻，便雇了一辆出租汽车来到平安神宫。

走进神宫大门，从正面瞻望了太极殿，然后从西边的回廊跨进神苑。一进神苑，便是那几株闻名海内外的红花垂樱了，姐妹几个一直挂念着今年那几株樱花开得怎么样了，会不会来迟了没赶上怒放的盛况。每次来到这里，还没跨进回廊，她们就开始兴奋和不安，今年还是抱着同样的心情走进大门，一抬头便看到夕照下的天空一片红云，姐妹几个不约而同发出一阵"哇——"的赞叹。这一瞬间成了两天赏花之旅的高潮，这瞬间的欢欣，将她们自去年春天过后一直期待到今天的情感全部释放了出来，她们这才如释重负，感到不虚此行，赶上了红花垂樱的盛开，但愿来年春天还能一睹此花。只有幸子一人心里暗自思忖，等到明年赏花时，雪子说不定已经出嫁，樱花年年都会怒放，但雪子最美好的处女时光今年大概是最后一年了。想到这里，不免觉得伤感，但是为雪子着想，她宁愿让自己伤感。其实，去年春天、前年春天，每次站在这樱花树下，幸子心里都默念着但愿此行是最后一次和雪子妹妹一道赏花。然而今年又能这样和雪子一起站在这棵樱花树下赏樱，真是不可思议呀！这样一想到，幸子又觉得雪子太可怜了，以至于她都不忍正视雪子的面孔。

樱花树的尽头，有几株刚发芽的枫树和橡树，还有修剪成棒棒糖形状的马醉木。贞之助让她们三姐妹和悦子走在前面，自己拿着徕卡照相机跟在后面，走到白虎池[1]畔菖蒲丛生的地方，或者人影

---

1 位于平安神宫内西神苑，池内植有菖蒲。

从苍龙池[1]的卧龙桥石上倒映在水面的地方，以及她们从栖凤池[2]西侧的小松山踏上小径，四个人一起站立在樱花树枝张展开来景致极佳之处等每次拍照留影的地方，都会给她们拍几张照。每年走在这些地方，总有许多素不相识的人上前来要给她们几个拍照，通情达理的人会先打个招呼征得她们的同意，不明事理的人则找个机会偷偷地拍几张。她们对于去年在什么地方做过什么事情记得清清楚楚，连一些无聊的细枝末节都记得，例如在栖凤池东边的茶室里喝过茶，在楼阁那顶桥的栏杆旁边抛麦麸喂过金鲤。

"妈妈，快瞧新娘子！"悦子突然喊起来。

幸子抬头一看，原来是一对刚刚举行了神前结婚仪式的新婚夫妇从斋馆里走出来，新娘刚上汽车，后面道路两旁拥着不少看热闹的人。老远望去，只能看到玻璃车窗里闪烁着新娘白色的头巾和穿了华丽礼服的背影。其实在这里遇见举办神前结婚仪式的新婚夫妇今年已不是第一次，之前也遇到过，每次遇见，总会令幸子有所感触。可是雪子和妙子却意外的平静，有时还夹杂在看热闹的人群中等着新娘从斋馆出来，过后告诉幸子新娘长得什么样，穿着什么样的服饰等。

这天晚上贞之助和幸子留在京都过夜。第二天，夫妇俩同去造访幸子父亲生意兴盛时期在高尾寺[3]内修建的尼姑庵不动院，和院主老尼闲扯起亡父生前的事迹，度过了半天的清闲时光。这里是赏枫的名所，现在季节还早，树上只泛出少许的新绿。院子前

<hr>

1　位于平安神宫内中神苑，池上架有卧龙桥。
2　位于平安神宫内东神苑，池上建有观景楼阁。
3　位于京都市右京区高尾町，属真言宗东寺派所有，不动院则是谷崎润一郎杜撰的架空名字。

面引水管旁边有一棵花梨树，树上冒出一朵含苞待放的花蕾，不愧是个名副其实的尼姑庵。夫妇俩一边看风景，一边品尝山泉，清冽甘美的山泉让他们情不自禁品饮了数杯，趁太阳还没有落山，走了大约两公里的坡路来到山脚下。归途经过御室的仁和寺，明知那里的复瓣樱还没有开，幸子还是央求贞之助去樱花树下歇歇脚，尽管看不到复瓣樱，但是想吃寺内那抹上花椒酱的烤豆腐，贞之助知道进到寺内一番磨磨蹭蹭的天就擦黑了，那样还得在京都再住一晚——每次照例都是这样，他早已有所领教，于是果断放弃嵯峨、八濑大原[1]、清水等几个赏樱胜地，赶到七条车站乘上电车，已经是傍晚5点多了。

　　两三天后的一个早晨，贞之助上班去了，幸子到他书房整理屋子，看到桌子上摊着一页写废的信笺，笺末空白的地方用铅笔写了这样一首诗：

华服衬佳人
最是繁红满京洛
偏倚嵯峨樱
——4月某日于嵯峨

　　幸子在中学时代也一度热衷写诗，近年来受丈夫的影响，想到什么也会随手在笔记本上写下几句，自娱自乐。此刻读了这首诗，不由引发了她的诗兴，便将数日前在平安神宫赏花时默吟了一半但还未及整理的诗篇，经过一番斟酌，凑成如下一首诗：

1　位于京都市左京区比睿山麓，留存有众多名刹、史迹。

想是惜花人
一瓣两瓣落袖中藏
原是春去也
——平安神宫见落花

她用铅笔将这首诗写在丈夫那首诗后面的空白处，然后搁回了原处。贞之助傍晚回家，也不知他有没有注意到，反正他什么也没提，幸子自己也忘记了这事。第二天早晨，她再去书房整理屋子时，发现那张信笺仍像昨天一样摊在书桌上，贞之助在她写的诗下面又添了一首新诗，大概意在建议她是否可以改成这样：

朱樱怒放时
赏花却是惜花落
且将永念驻

二十

"悦子她爸，差不多就行啦，您那样子拼命干会累坏的。"
"可是，我一干起来就停不下来呀。"
贞之助本来想利用今天这个星期日邀幸子再去欣赏京都的初夏风光，尽管他们上个月刚刚去那里赏过花。可是，幸子今天一大早起来就感觉不舒服，手脚乏力，贞之助只好作罢，下午便埋头在院子里拔草。
当初买下这所宅院的时候，院子里本来没有草坪。之前的房主人忠告说，这块地即使种了草也长不好，贞之助不听，硬是铺上了草皮，在他的精心打理之下，如今总算才有了点草坪的样子。不过跟别人家的草坪比起来，明显生长不良，草皮泛绿总比别人家要来得晚。因为是自己坚持要种的，所以贞之助拾掇草坪是最上心的。草皮生长不良的原因之一，就是每当初春草籽刚刚发芽的时候，麻雀就飞来啄食。发现了这个情况之后，贞之助每年从初春起就严防麻雀，看见它飞来就扔石子，将它驱走，还要求全家人都把驱赶麻雀当作一项工作来做，为此他的妻妹们常常说："瞧，姐夫扔石子的季节又到了。"遇到风和日丽的天气，比如像今天，他就会头戴一顶宽檐草帽，身穿作业服，一会儿挖草坪上冒出来的野荠菜和车前草，一会儿推着一台割草机，"喊里咔嚓"地修剪起草坪来。

"悦子她爸，马蜂！马蜂！一只大马蜂！"

"在哪儿？"

"在那儿，飞到那边去了。"

露台上像往年一样用苇帘搭了一个遮阳棚。幸子坐在棚子下一张白桦木制成的椅子上，一只马蜂掠过她的肩头，绕着放置在那只中国产瓷墩上的芍药花盆"嗡嗡"地飞了两三圈，朝白平户[1]那边飞去了。贞之助埋头拔草，沿着铁丝网逐渐钻进苦竹和橡树那一片茂叶的绿荫中，从幸子这边望去，只看到白色杜鹃花丛上露出的那顶大草帽的帽檐。

"马蜂倒没什么，蚊子才叫厉害哪，戴着手套还给叮了！"

"所以嘛，您就歇一歇吧。"

"没事。你不是说身体不舒服吗，怎么样啊？"

1　杜鹃花的一种, 漏斗状的白色小花瓣, 内缘有绿色斑点。

"躺在床上浑身觉得难受，这样坐在屋外，倒稍稍感觉舒服一些了。"

"浑身难受，到底怎么个难受法呀？"

"脑袋发沉，恶心想吐，手脚没力气，感觉要生一场大病似的。"

"瞎说什么呀！是你神经过敏。"说到这里，贞之助突然像松了口气似的高声道，"好了，收工了！"

他"唰唰唰"地拨开竹叶挺起身子，随即扔下手里挖车前草的小铲子，脱下手套，用他那被蚊子叮咬过的手背拭去额头上的汗，使劲伸了伸腰，转过身走到花坛旁边，拧开水龙头洗了洗手。

"有没有止痒膏？"他搔着红肿的手背走上露台。

"阿春，去把止痒膏拿来！"

幸子对着屋子里高声喊道。贞之助趁这工夫又走到绿植中，将枯萎了的杜鹃花一一掐掉。这些白色的杜鹃花四五天前开得最盛，现在差不多已经枯萎了大半，看上去脏兮兮的，不堪入目，尤其因为是白花，盛极之后就开始发黄，就像黄色的废纸屑一样，贞之助看不过去，便将它们一朵朵全都掐掉，剩下像长须一样的花蕊也仔细地摘掉了。

"喏，止痒膏拿来了。"

"噢。"贞之助应了一声，又继续掐了几把残花，"这院子不打扫干净怎么行？"

贞之助走到幸子身旁，刚接过止痒膏，目光扫到幸子的眼睛忽然叫了起来："哎呀！"

"怎么了？"

"你到亮的地方来。"

太阳快要落山，苇棚底下更阴暗，贞之助将幸子拉到露台边上，让她站在落日的斜晖中。

"哎，你的眼睛怎么这么黄啊！"

"发黄？"

"是啊，眼白是黄的。"

"嗯，会不会是黄疸？"

"有可能噢。这两天吃过什么油腻的东西吗？"

"昨天不是吃的牛排吗？"

"对了，那应该就是这个原因。"

"我晓得了。怪不得我老是觉得胸口恶心，还想吐，肯定是得了黄疸。"

幸子一开始听到丈夫那声"哎呀"，不由得吃了一惊，及至想到可能是得了黄疸，倒不那么担心了，心里一块石头落了地。说起来似乎滑稽，她的眼神中甚至流露出了一丝庆幸。

"嗯、嗯，"贞之助将自己的额头贴到妻子的额头上，"发烧倒没有，不过不小心的话症状加重就麻烦了，最好还是卧床休息。不管怎么样，请栉田大夫过来给诊断一下吧。"

栉田是屋川车站附近一家私人诊所的开业医生，他诊断精准、医术高超，因而是这附近一带最有人气的大夫，每天忙到晚上 11 点多钟还在东奔西走地出诊，饭也顾不上吃，因此要请到他出诊也很不容易。每当确需栉田大夫来家里诊治时，贞之助总是先打电话给他诊所一位姓内桥的资深护士，请她帮忙安排，尽管这样，要是估摸着病情不那么严重的话，一般他都不会依照指定时间上门来的，有时甚至干脆爽约，所以打电话时必须夸大其词才能将他请来。这天晚上也是，等到夜里 10 点钟过后仍不见到来，贞之助说："看这样子栉田大夫又要爽约了。"正在猜测，将近 11 点钟时，门外响起了汽车的刹车声。

"没错，这是黄疸病。"

"昨天吃了一大块牛排。"

"这就是发病的诱因！牛排吃太多了。每天喝点蚬子[1]酱汤会好的。"

栟田大夫说话就是这么直截了当，也因为他实在太忙，所以总是简单地诊察一下，然后便像一阵风似的走了。

第二天起，幸子就在卧室里时而躺着，时而起来走动走动，虽然感觉不那么难受了，但并不见很快好转。原因之一在于天气，入梅之前的天候，说下雨又不下，说放晴又不晴，异常闷热。不过即使不这样，连续晴上几天，热得让人无处可躲，同样难受得不得了。幸子两三天没洗澡了，她换下满是汗臭味的睡衣，又唤来阿春拿酒洒了点酒精的热毛巾给自己擦拭一下后背。正在这时，悦子从外面走进来，开口就问："妈妈，壁龛里插的花叫什么花？"

"那是罂粟花。"

"我怕那花。"

"为什么？"

"我看见那花，感觉好像要被它吸进去呢。"

"真的哎！"

小孩子的话真可谓一语中的。这几天幸子待在屋子里，脑袋总感觉像受到重压一样不舒服，自己仿佛知道原因却就是讲不出是什么原因，经悦子无意间这么一说，好似一下子就被道破了。现在看

1　蚬子是低脂肪海产品，同时富含优质蛋白质、膳食矿物质和维生素，故被认为有助于黄疸的治疗。

来，壁龛里那枝罂粟花确实就是幸子浑身感觉不舒服的罪魁祸首。这花开在院子里很美，可是单独一枝插在花瓶里，摆在壁龛中，对在面前，不知道为什么却让人有些害怕，"感觉好像要被它吸进去"——这话说得非常贴切。

"真的，我也有同样的感觉，可是大人反而讲不出这样的话来。"雪子也很欣赏悦子这句话，连忙将罂粟花拿开，把燕子花和红百合搭配在一起，盛在一只水盆里端了进来。可是幸子对这盆花也感觉厌嫌，索性什么花都不摆放，叫丈夫为她挂上一幅清爽的和歌挂轴。尽管季节早了一点，但还是挑了香川景树[1]写在诗笺上的一首《岭上骤雨》——"爱宕岭上雨，浊水奔涌下山来，亵渎清泷川"——挂在壁龛里。

卧室里的陈设改动或许产生了一些效果，第二天幸子就感觉好多了。下午3点多钟，门铃响了起来，接着像是有客人走进屋子的脚步声。少顷，阿春上楼来禀告："丹生先生的太太来了，还带了两位太太，一位姓下妻，一位姓相良。"

幸子和丹生太太好久未见了，她两次前来造访，可巧幸子都不在家，没能晤面。要是她独自一人来访，可以请她上楼到屋子里坐一会儿，可是幸子和下妻太太并不熟悉，还有相良太太，以前连姓名也没有听说过，一下子倒不知道怎么应对才好。这种时候，让雪子代她去会客本来是最合适的，可是雪子绝对不愿意去见她不熟识的人。而假如推说生病不见，让客人吃闭门羹，又太对不起一次两次专程来看望自己的丹生太太，加上幸子闷在屋子里也十分无聊，于是便吩咐阿春去跟客人解释一下，就说女主人身体不适，在家静

1　活跃于江户晚期的歌人，培养了众多优秀的歌人，其影响一直迨及明治时代。

养，衣着不整，先将客人请进楼下的会客厅坐一会儿。她自己急急忙忙坐到化妆镜台前，在几天没有好好梳洗的脸上抹了一层香粉，然后换上一件整洁的单衣，等她下楼迎见客人时，客人已经等了足足半个小时了。

"我来给您介绍，这位是相良先生的夫人，"丹生太太指着身穿纯美国式服装，一看就知道是刚刚从国外回来的那位夫人说道，"她是我中学同学，她先生在日本邮船公司[1]工作，之前一直生活在美国的洛杉矶。"

"幸会幸会。"幸子一边招呼，一边立即后悔了，看来不该下来见这几位客人。她一开始就有过踌躇，自己因身体不适，面容憔悴难看，到底要不要在这种时候去见一位陌生客人？更不承想见的还是这样一位时髦的夫人。

"听说您病了？是哪里不舒服？"

"得了黄疸病，您看，眼底发黄是吧？"

"可不是嘛，很黄呢。"

"您感觉很不舒服吗？"下妻太太问。

"是呀，不过今天已经好多了。"

"真不好意思，这种时候还来打搅您。丹生太太，您怎么这么冒失呢？我们在门口告辞就好了嘛。"

"哎呀！这怎么好埋怨我呢？莳冈太太，其实是这么回事，是相良太太昨天突然跟我说的，说她对关西一点都不熟悉，所以我就答应给她当专职向导，问她想去什么地方看看，她说她想结识一下典型的阪神地方的太太。"

---

1 日本最大的轮船公司，创业于明治十八年（1885 年）。

"哎哟，您说典型，是哪方面的典型呀？"

"给您这样一问，我倒说不好了。总之，是各方面的，我想来想去，觉得还是您最符合。"

"别开玩笑啦。"

"反正，既然您是最合适的人选，所以明明晓得您有点不舒服，我们还是冒昧地过来打搅您了。哦，还有……"

丹生太太去解开一进屋子就放在琴凳上的包袱，拿出两盒个头硕大、红艳艳的西红柿，说："这是相良太太送给您的。"

"哦哟！这么好的西红柿！这是哪儿产的？"

"这是相良太太自己家种的，这么好的西红柿哪儿都没得卖呀。"

"可不是嘛……请问相良太太的您府上是哪里？"

"北镰仓。我去年回日本的，不过在家里只住了一两个月。"

相良太太说话用词还有语调都怪怪的，既不是关西腔，也不是东京山手圈的有闲贵妇人们说的那种腔调，幸子不会模仿，要是让擅长模仿的妙子听到估计才有意思呢——想到这里，她自己也觉得好笑。

"这么说，您是去什么地方旅行了？"

"哪里，住了一阵子医院。"

"怎么，生什么病了？"

"极度的神经衰弱。"

"相良太太生的是富贵病呢。"下妻太太插嘴道。

"不过，那儿的圣路加医院[1]听说可以一直住下去的是吧？"

1　即圣路加国际医院,位于东京中央区明石町,由美国圣公会传教士鲁道夫·特斯勒创立于明治三十四年(1901年)。

"那里靠近海边，很凉快，特别是接下来天气热了会更加觉得舒适，不过离中央市场近了些，经常能闻到一股鱼腥气，还有本愿寺的钟声，也感觉太吵了。"

"本愿寺改成了那样的建筑[1]之后，还撞钟吗？"

"照样撞。"

"总感觉像是哪儿在拉汽笛。"

"加上教堂里也敲钟。"

"唉，"下妻太太突然叹了口气说道，"我到圣路加医院去当个护士吧，你们觉得怎么样？"

"说不定真的不错呢。"丹生太太轻描淡写地附和道。

幸子曾经听说下妻太太家里夫妇关系不怎么和睦，总觉得眼前这两个人的一问一答似乎别有含意。

"对了，我听说得了黄疸病，把饭团子夹在胳肢窝里会好的。"

"哎呀，这么稀奇古怪的偏方您也晓得啊？"相良太太一边点燃打火机，一边诧异地看着丹生太太。

"说是把饭团子夹在两个胳肢窝里，饭团子就会把黄疸的颜色吸附过去了。"

"那饭团子想想就够脏的。"下妻太太说。

"莳冈太太试过这偏方没有？"

"没有，我还是头一次听说有这样的偏方，我只晓得喝蚬子汤对治疗黄疸病有帮助。"

"反正都不怎么费钱。"相良太太道。

幸子大致已经觉察出来，她们三人带了一份礼物来，便一心

1　原为日本佛教西本愿寺派寺院，后建筑风格改建为印度寺庙风格。

以为主人会留她们吃晚饭了，这是自己先前万万没有估计到的，想到离晚饭还有约两个小时，她觉得自己得应酬这两个小时真是要了命了。碰到像相良太太这样的人是最让幸子感觉头疼的，她不善于和性格、举止、言谈以及服饰装扮等从头到尾全都是地道东京做派的太太周旋。在阪神本地的那些太太们中间，幸子算得上是能说东京话的人之一了，可是，在相良太太面前她却不知怎么地踌躇起来——不是怯阵，而是觉得东京话实在寡淡无味，所以她故意不说东京话，而是一口地道的关西话。还有，丹生太太平常和幸子在一块儿说的都是大阪话，今天或许是出于作陪的缘故，竟然也是满口东京话，简直像变了一个人，感觉十分的生分。丹生太太虽是地道的大阪人，但是她是在东京读的女子中学，和东京人打交道多，东京话讲得好毫不奇怪，可是幸子和她交往了这么长时间，一直不知道她的东京话竟讲得这样好。今天的丹生太太眼神也好，嘴唇的翘曲也好，吸烟时食指和中指夹着卷烟的姿势也好，完全没有了往常的温雅气度——大概讲东京话首先就应该体现在表情和动作上，否则就同东京话大相违和了，但是落在幸子眼里，就像一个人的人品突然间就落了价。

幸子这个人，平常身体即使有一点不舒服，也能耐着性子敷衍人家，唯独今天听着三人闲扯，觉得莫名的烦躁，心里一不高兴，人就更加无精打采，不知不觉地显露到脸上来了。

"喂！丹生太太，不好意思得很，我们还是告辞吧！"下妻太太意识到了什么，一边说着一边站起身，幸子也没有勉强挽留。

二十一

　　幸子的黄疸病并不严重，可是拖了很久也没有痊愈，等到稍稍好转已经是入梅之后了。这天，长房的大姐打电话来探问病情，还告诉幸子一个意外的消息，说是姐夫将升任东京丸之内分行经理，他们不久就要收拾东西离开上本町，全家搬去东京居住了。

　　"那你什么时候走啊？"

　　"你姐夫说他下个月就走，因为要先去那里找房子，我们随后再过去。不过，孩子们学校那边还需要办理些手续什么的，但最晚8月底以前也得走了。"

　　大姐说着说着声音渐渐转成了哭腔，透过电话听筒也听得十分清晰。

　　"这消息你们早就晓得了吧？"

　　"哪里，真是太突然了。你姐夫说，事前他一点都不晓得。"

　　"下个月走的话实在太仓促了呀。大阪的房子怎么办？"

　　"怎么办，还一点都没顾得上考虑呢。我们做梦也没有想过搬到东京去呀。"

　　平常打起电话来就没完没了的鹤子，快要挂断时又滔滔不绝地讲开了。她说她从小一步也没有离开过大阪，到了三十七岁这把年纪却不得不离开，想想就令人伤心——她扯七扯八地又说了差不多有半个小时。

　　按鹤子的说法，亲戚和丈夫的同事们全都祝贺他这次荣升，却没有人能体谅她的心情，即使偶尔吐露一言半语，听的人无不一笑了之，说她脑筋古板，思想陈旧，没有人愿意认真听她倾诉。的确，就像人家说的那样，又不是漂洋过海去到国外，或者交通闭塞的穷乡僻壤，而是调到东京市中心的丸之内去工作，搬去皇城生活，又有什么好感伤的呢？她也尽力这样去想，并自己劝慰自己。可是，想到这就要离开大阪这块早已生活惯了的土地，又会情不自禁地伤心落泪，连孩子们都笑她。

听了鹤子的一番话，幸子也觉得好笑。一方面，鹤子的心情她不是不理解，因为母亲去世早，作为家里的长女，鹤子很早就接替母亲承担起照顾父亲和三个妹妹的责任，后来父亲也去世，等妹妹们长大成人的时候，她已经结婚有了孩子，又和丈夫一起为了挽回败落的家道花费了不少心血，在四姐妹中她吃苦最多。另一方面，鹤子接受的是旧式教育，在她身上直到现在还保持着旧时千金小姐的气质，如今大阪中产以上人家的女性，如果说三十七岁却一次也没有去过东京，简直是奇闻，但鹤子事实上真的一次都没有去过。本来大阪地方的家庭主妇就不像东京的妇女那样会到处旅行，幸子和下面两个妹妹自京都再往东就几乎没有踏足过，尽管如此，在学校举办修学旅行或有其他机会时，三姐妹还是去过一两次东京，唯独鹤子因为要操持家务，根本就没有空闲时间出门旅行。再说她觉得哪儿也比不上大阪，看戏有雁治郎[1]，上馆子可以去"播半"[2]或"鹤家"[3]，对她来说，这就心满意足了，不愿意去陌生的地方，即使有机会，她也会让给妹妹们，自己情愿留在大阪。

这位大姐现在住的上本町的宅子，是一栋典型的大阪式古旧建

[1] 指初代中村雁治郎，关西地方的代表性歌舞伎演员，容貌俊美，被誉为表演世话物（反映市井故事的作品）的第一人。

[2] 大阪代表性的料亭（经营日本料理的高级餐馆）老铺，原位于南区末吉桥通三丁目（今中央区南船场三丁目）。

[3] 大阪代表性的料亭老铺，原位于东区今桥五丁目（今中央区今桥四丁目）。

筑，走进高高的围墙门，是带有棂子窗的正屋，微弱的阳光从门口的泥地穿过中庭，一直衍射到后门，整个宅子里即使在大白天也是暗沉沉的，只有那擦拭得锃亮的铁杉木柱子在昏暗中发着光。幸子她们不知道那栋房子是什么时候建造的，说不定是一两代以前的祖先盖了作为外宅或者留给自己退休后居住的，又像是为子孙分户独立或者租借给别的亲戚居住而建造的。到了父亲晚年的时候，原先住在船场店铺里的姐妹们随着当时住宅和店铺分开的社会新潮，搬进了这所宅子。虽然她们在这里居住时间并不太久，但因为幼年时，亲戚们借住在里面时就曾来过几次，父亲又是死在这个宅子里的，所以对她们而言这所宅子有着特殊的意义。幸子认为大姐对大阪恋恋不舍的乡土情结中，恐怕有很大的成分是对于这所宅子的追忆。尽管幸子也觉得大姐思想陈旧，但是当她突然接到那通电话时，也不免吃了一惊，因为这意味着今后再也不可能走进那所宅子了。尽管平常背地里和雪子、妙子议论过那所宅子阳光又差，又不卫生，不知大姐一家为什么愿意一直守在那样的房子里，要是我们的话，住到第三天恐怕就会脑袋发胀。不过，倘若一旦彻底失去大阪这所老宅子，对于幸子来说，也似乎相当于完全失去了故乡的根据地，由此产生一种难以言表的失落。按理来讲，从长房的姐夫放弃世代经营的祖产而甘当一名银行职员的那一刻起，就应该知道他随时可能被调动去别的分行工作，姐姐也随时可能离开现在住的这所宅子。然而大姐本人也好，下面的几个妹妹也好，都糊涂到从未想过有这种可能性。八九年前，姐夫曾一度要被调去福冈当分行经理，辰雄向上面申请说，鉴于家庭的原因离不开大阪，自己宁可不晋升不提薪而留在目前的位置上。银行方面同意了他的请求，那之后也顾及辰雄的赘婿身份，似乎默认了他可以不调任外地。尽管没有得到这样的明确保证，但他一心以为自己可以永远待在大阪了。所以这次调动对于大姐夫和大姐他们来说，不啻晴天霹雳。其中的原因，首先是银行高层发生了变动，经营方针有所调整，其次是辰雄觉得这次虽说是要离开大阪，但调动意味着自己今后有可能进一步高升，因此也不再执意留在大阪。在他看来，同辈一个个高升，唯独自己这么些年来依旧吴下阿蒙，显得太窝囊了。再有一个因素则是，家里孩子多了，生活开销也一个劲地上涨，加上经济波动景气不再，大姐家已经不再像以前那样可以靠着岳父的遗产安心生活了。

幸子本来打算立即去探望因为即将远离故乡而心情郁悒的大姐，同时也看看那值得留恋的老宅子，可是一直抽不出时间，磨磨蹭蹭过了两三天。这天大姐又打电话来，告诉幸子说她这一去不知道哪天才能回大阪，这里的老宅子暂时交给音老头一家照管，稍许收他们一点房租。还有 8 月已近在眼前，再不收拾收拾实在是不行了，所以这段时间每天都钻在库房里。自父亲去世后，家里什物全都堆在仓库里，对着这些杂七杂八、堆积如山的东西，只是呆呆地看着，不知道从哪里着手好，其中有些东西自己肯定不需要了，可是幸子也许会有用处，所以希望幸子抽空过去看一看。她在电话里提到的那个"音老头"名叫金井音吉，是父亲在世时滨寺别墅里的仆人，现在他的儿子娶了媳妇，在南海高岛屋百货公司工作，他自己也安享晚年之福了。其后两家仍一直有来往，所以这次就决定将老家的宅子交给他照管。

幸子接到第二通电话后，第二天下午就去了上本町。到了那里，站在中庭就看见对面的库房门大敞着，她走到左右对开的两扇门那儿，叫了一声"大姐！"然后走了进去。时值蒸暑的黄梅季节，鹤子蹲在霉味浓重的二楼，用毛巾包着头，正埋头收拾东西。她前后左右堆着五六只旧木箱，箱子上贴了"春庆漆[1]胡桃足食盘二十套""汤碗二十套"等标签，旁边还有一只开着盖子的长方形衣箱，里面塞满了一只只小盒子。鹤子仔细地解开每只盒子上的绦带，内中有的是志野烧[2]茶点盘子，有的是九谷烧[3]酒壶，检查过后，再一一放回原处，分拣出哪些是要带走的，哪些要存放起来，哪些是打算处理掉的。

每当幸子问她"大姐，这个不要了吗？"，鹤子总是心不在焉地"嗯、嗯"应答两下，便又自顾自地低头收拾。幸子无意中看到大姐从盒子里取出一方端砚，不由得想起父亲当初买这方砚时的情形。父亲一向缺乏书画古董的鉴别力，只要开价高，便认为是真品，为此常常受骗上当。这方端砚就是一个经常往来的古董商送来的，开价几百元，父亲也不还价就买下了，这是幸子亲眼看到的。当时还是个孩子的她，心里直怀疑这方砚台竟然要卖几百元，父亲既不是书法家又不是画家，买了这方砚台派什么用处呢？还有一件更加荒唐的事：幸子清楚地记得，父亲在买这方砚台的同时，还买了两块刻印章的鸡血石料，当时父亲买下这两块石料准备送给一位后来成为他的好友、会写汉诗的医学博士，祝贺他还甲[4]，而且选好了吉祥的词句请人雕刻。岂知篆刻家将石料退了回来，说这块鸡血

1　一种油漆方法，在木板上先以黄、红等着色，再涂以透明漆以显出木纹，据传为日本室町时代的漆工春庆所发明。

2　日本美浓国（今岐阜土县岐地区）烧制的陶器，其特征是表面涂有厚厚的乳白色不透明长石釉，多为茶器。

3　日本石川县九谷村地方烧制的陶瓷器。

4　即满六十周岁。

石料混有杂质，无法刻。因为花了大价钱买的，父亲舍不得扔掉，于是就长期塞在一个什么地方，后来幸子还曾看到过几次。

"大姐，不是还有两块鸡血石料吗？"

"嗯……"

"那个怎么处理呀？"

"……"

"喂，大姐！"

"……"

鹤子膝上搁着一只小木盒，上面写着"高台寺莳绘[1]文书盒"字样，她用手指使劲插进盒盖的缝隙，想把盒子打开，幸子的问话她压根儿就没有听见。

幸子不是第一次看到鹤子这样子，不管人家和她说什么，她都争分夺秒地只顾忙自己的事情，不熟悉的人见了都佩服她是个勤劳能干的主妇。其实大姐并不是个精明的人，碰到什么事情，开始先是茫然失措，不知怎么办才好，过了好一阵子，又会鬼使神差地忙碌起来。这种情况看在旁人的眼里，还以为她真是个不顾一切、任劳任怨的好妻子，其实她是因为过度的神经兴奋，导致自己都不知道究竟在做什么。

傍晚时分，幸子回到自己家，和两个妹妹说起鹤子大姐时说："大姐这人真可笑，昨天还在电话里呜呜咽咽地跟我说，她眼泪汪汪地向人诉苦，谁都不理睬她，无论怎么样希望我过去和她聊聊，可是我今天到了她那里一看，她在库房里埋头收拾东西，我叫了她

1　京都高台寺内收藏有丰臣秀吉夫妇生前珍爱的日常生活用具，其上饰有极其华丽的黑漆泥金绘，图案多为秋草、菊桐，因藏于高台寺故称之为"高台寺莳绘"，是典型的日本桃山时代的泥金绘纹样，被视为珍贵的文化遗产。

几声，她连一声都没搭理我。"

"大姐就是这样一个人。"雪子说。

"可是，你看着吧，等她一松劲，肯定又要哭唲呼啦的了。"

隔了一天，鹤子打电话给雪子，让她回去一趟。雪子说这回就回去看看她到底怎么个样子。一星期后，雪子回来了，跟幸子说："东西差不多都收拾好了，不过大姐还在鬼使神差地忙碌个不停呢。"说着忍不住笑了。

据雪子说，这次把她叫回去，为的是姐夫、姐姐要去名古屋的父母家辞行，所以让雪子回去看家。雪子去后，夫妇俩第二天星期六下午就动身，星期日深夜回到家，到今天已经五六天了，在这几天里，鹤子做了些什么事情呢？她每天坐在桌前练字，问她干吗要练字，她说这次回名古屋辞行，辰雄家以及其他亲戚朋友家都设宴招待他们，所以得写信道一下谢。对于鹤子来说，这是件大事，特别是辰雄有个嫂子——辰雄胞兄的妻子——字写得非常漂亮，道谢信的字想要写得不输给她，那就得抓紧练字。平常给名古屋那位嫂子写信时，桌子上也是摊满了辞典和尺牍文范，草书的每一笔画都查清楚了才下笔，措辞用语也都仔仔细细地斟酌，而且还要先打草稿，一封信就得写一整天，更何况这次要写五六封信，光是打草稿就不是件轻而易举的事情，所以大姐整天在抓紧练习，时不时地还将草稿拿给雪子看，问雪子写得行不行，有没有疏漏，直到今天雪子离开时，大姐才总算写好一封信。

"大姐就是这个样子，要是去银行那些个董监事家里辞行的话，两三天前就开始自言自语地背诵准备要说的话了。"

"可是，她说话也真滑稽，说什么去东京这件事太突然，前些日子伤心得直掉眼泪，可是现在已经完全做好了心理准备，感觉没什么大不了的，要去不如趁早去，非叫亲戚朋友大吃一惊不可。"

"大姐就是这样一个人，只有这样她活得才有劲嘛。"姐妹三人你一言我一语地拿鹤子作为话柄来打趣。

二十二

辰雄 7 月 1 日起在东京的丸之内分行上班，所以 6 月底就先去了东京。他暂时借住在麻布一个亲戚家里，一面自己找房子，一面也托了人帮忙找。不久来信说在大森找到一栋房子，于是基本定了下来，就住到那里去。妻儿们等过了 8 月的地藏盆祭[1]后，乘坐 29 日星期日的夜车去东京，辰雄提早一天在星期六回大阪，全家动身的当晚就在车站和送行的亲戚朋友告别。

从 8 月初开始，大姐鹤子就每天到一两位亲戚以及银行方面的熟人家里去辞行，等到该去的地方都去过之后，最后来到芦屋的幸子家住了两三天。这几天时光，可不是程式化的辞别，而是姐妹四人难得亲密无间的欢聚，以此来尽情咀嚼抛别故乡前最后一刻那份难以割舍的情愫。前一阵子，她为准备搬家像打了鸡血似的连着忙碌了好几天，现在，她准备把所有的一切统统忘到脑后去，因此将房子交给了音老头的妻子照管，自己只带了最小的三岁女儿让保姆背着，无牵无挂地来到芦屋。姐妹四人聚在一起，不用顾虑时间，轻松自在地一起聊天、一起消磨时光，这已经是多少年来都不曾有

1　日本民俗，农历七月（西历8月）二十三日、二十四日两天大人领着儿童们祭祀地藏石像，为石像化妆、供奉鲜花糕点等并诵经念佛，主要流行于关西一带。

过的了。回想起来，以前鹤子来芦屋的次数屈指可数，即使来了也仅仅待上一两个小时，还是抽出家务的空隙时间来的。幸子到上本町去，也因为被长房的几个孩子缠住，总没有时间和鹤子好好说话，至少姐妹俩各自结婚以后，就没有过聊聊体己话的机会，因此姐妹俩都热切地盼望着这一天，可以将她们从少女时代直到现在积攒下来想说想问的话聊个痛快。可是一旦这一天到来、大姐真正来了芦屋之后，她似乎是将十几年来做妻子的辛苦一下子全都爆发出来。最让人咋舌的是，她一来就差人叫了一位按摩师，成天就待在楼上卧室里彻底地放松自己，躺在床上享受着按摩带来的舒爽。幸子想到大姐没怎么好好游玩过神户，本来打算请她到东方大饭店或是唐人街的中菜馆吃顿饭，姐姐却推托说待在家里比上哪儿都舒服，山珍海味也比不上家里的茶泡饭，哪里都不想去，当然天气闷热也是一个原因。最终连头带尾三天，姐妹之间根本没怎么好好聊聊天，就这么无所事事地过去了。

鹤子回去之后又过了几天，动身的日子已迫在眉睫，只剩下两三天了。这天，一位老太太——亡父的妹妹，大家称呼她"富永家姑妈"——突然来到芦屋。幸子从未见过这位姑母，这么热的天气，特意从大阪跑来芦屋，想必有什么事情，这点幸子早就看出来，并且大体已经猜出了她的来意。果不其然，正像幸子所猜测的，老姑母是为雪子和妙子的事情来的。以前，因为长房住在大阪，两个妹妹在大阪长房那边住一阵子、在芦屋幸子这边住一阵子，什么问题都没有，但以后就行不通了，因为她们两个在户籍上是属于长房的家人，理应随长房全家搬家一同去东京生活。雪子用不着另外准备什么，明天就可以回上本町，和大姐家一起去东京，妙子因为有工作，需要收拾安排一下，多少耽搁些个时日问题也不大，不过一两个月后也得离开神户，这并不是不让她继续工作，去东京后她仍旧可以做她的布娃娃，其实这种工作去东京反而更加有利，大姐夫认为妙子的工作既然已被社会认可，只要她认真工作，就同意她在东京也拥有自己的工作室。老姑母说："这事本来鹤子小姐上次来这里的时候就应该提出来的，但是那次她只是来放松一下调养身体的，所以不想谈这个颇让人头疼的话题。事到如今她和我说'还望姑母去说一下，辛苦您老人家了'。我今天就是受了鹤子小姐的委托才来的。"

姑母说的这件事，在听说长房要搬去东京那天起，大家就知道早晚有一天会被提出的。作为当事人的雪子和妙子，尽管嘴上没说什么，可是心里都很愁闷。按说当初知道鹤子一人忙着搬家，姐妹俩本来不用吩咐就该去上本町帮大姐收拾东西的，可是她们却尽量避着不去，雪子总算被叫回去一星期，妙子却推说近来特别忙，一直待在自己的工作室里，连芦屋都很少回，还是鹤子到芦屋来小住的那几天里才回来待了一个晚上，至于大阪那边则一次都没有回去过。究其原委，是他们都想先发制人，借此来表明自己不想去东京而想留在关西的态度。姑母还对幸子说："这些话只在你这里讲，雪子小姐和末子姑娘为什么不愿意回老家，据说是和姐夫合不来，可是辰雄姑爷绝不是雪子小姐她们想的那样的人，他对两个妻妹没有一点点恶感，只因为出身于名古屋的世家，思想比较古板。拿这次搬家来说，假如她们执意留在大阪，不和长房一块儿搬到东京去，会让外人觉得不成体统，说得不好听些，这也关乎他这个当姐夫的脸面呀，所以要是她们两个不听劝说，鹤子小姐夹在中间就左右为难不好办了。我今天来就是想恳求你，因为你讲话她们两个听得进去，所以想请你好好地劝劝她们。你千万不要误会，这样说绝不是把她们不回去的原因归咎于你幸子小姐，毕竟她们两个已经是懂事的大人了，都可以结婚做太太了，她们要是不愿意回长房那儿去，旁人无论怎么劝说都没有用，总不能像对付小孩子那样不由分说地把她们领回去，这点是毫无疑问的。商量来商量去，还是决定请你出面劝劝她们，因为别人的话都比不上你的话管用，所以请你千万不要推辞。"临了，姑母还用旧时大阪地界特有的既谦恭又文雅的船场古董腔问了一句子："雪子小姐和末子姑娘今天都没在家吗？"

"妙子近来一直忙着做布娃娃，很少回家。"幸子听到姑母的老古董腔后一下子被吸引了，情不自禁也跟着用老古董腔应和道，"雪子在家，把她叫来好吗？"

雪子刚才听到姑母在门口说话的声音，早就躲起来了，幸子估计她可能躲在楼上的屋子里，上楼一看，隔着帘子就看到她果然躲在六席大的那间卧室里，坐在悦子的床上，低头沉思。

"姑母终于还是来了。"

"……"

"雪子妹妹，你怎么打算呀？"

尽管日历上已经立秋，可是这两三天又回暖了，闷热得和伏天没什么两样。待在不透气的屋子里，雪子身上难得穿了一件乔其纱的连衣裙，她知道自己这种纤弱欠丰满的体型不适宜穿西式衣裳，所以即使夏天她一般也是穿和服，腰带系得端端正正，只有十来天热得实在挨不过的时候，才像今天这样穿一件西式衣裳。尽管这样，这件衣服她从中午穿到傍晚，只穿半天，而且只在姐姐和妹妹面前穿，连贞之助都不给看。不过有时候，贞之助碰巧看到雪子穿了这身衣裳，就会猛然感觉当天的天气确实热得叫人受不了，而看到雪子那藏青色乔其纱连衣裙下面瘦削的肩胛和臂膀，以及仿佛寒气逼人的玉色肌肤，顿时觉得汗都没了。雪子自己当然不知道，可在旁人眼里，她这种装束无异于一帖清凉剂。

"姑母要你明天回去，和大家一起动身去东京。"

雪子默默地低着头，两条袒露的臂膀好像被剥光了衣服的日本布娃娃那样低垂两侧，光着的双脚踩在悦子玩的橡皮足球上，脚底热了，便翻滚着球再踩另一边。

"末子呢？"

"末子因为工作关系，没有叫她立即过去，不过随后也是非回去不可的，听说这是姐夫的意思。"

"……"

"姑母的话虽然讲得很婉转，但话里话外还是说是我留住你不想让你走，所以她今天是特意来说服我的。我晓得这样会让你委屈，不过也请你考虑一下我的处境……"

幸子虽然也怜惜雪子，可是动不动就被人指责说自己利用雪子，把雪子当家庭教师来使唤，也让她非常反感。长房那么多孩子，大姐全凭自己一双手一个个都拉扯大了，自己只有一个女儿，却还照管不了，得用个帮手——要是别人都这样想，甚至雪子也多多少少这么想，并且以功劳者自居的话，那就太伤幸子做母亲的自尊心了。不错，眼下雪子确实是个得力帮手，可是一旦雪子走了，自己不见得就教不了悦子，何况雪子迟早是要出嫁的，不可能永远依靠她。雪子一走，悦子自然会感觉失落，但她并不是个完全不懂事的孩子，短时的孤寂失落总能够克服的，绝不会像雪子单方面所顾虑的那样又哭鼻子又撒娇。自己不过是想安慰耽误了婚事的妹妹，并不想留住雪子和大姐对抗，现在既然长房派人来领雪子回去，还是劝雪子听从指示才是。再说了，让雪子先回去试试也好，这样可以让雪子还有外人都好好看一看，没有雪子，自己照样能做得很好。

"我想这次你还是看在富永家姑妈的面上，回去吧。"

雪子低垂着头不说话。她心想，幸子既然主意已定，自己除了听从别无他法——这从雪子垂头丧气的样子也看得出来。

"即使去东京，也没有说一去不回呀，对吧？上次阵场太太来说媒，一直搁置到现在还是没有给人家回复，要是相亲的话，你不就得回来吗？不管相不相亲，肯定会有机会让你回来的。"

"嗯。"

"那么我就对姑母说雪子妹妹明天一定回去，这样行吗？"

"嗯。"

"决定了的话，就打起精神来，去和姑母见一见吧。"

在雪子擦脸化妆、将乔其纱连衣裙换成和服单衣的时候，幸子先下了楼去会客厅回复。

"雪子马上下来，她很懂事，已经答应回去了，待会姑母见了她，那些话就不要再说了。"

"是吗？那我这次就算没白跑一趟啦。"

姑母心情舒畅，加之贞之助也快回来了，幸子劝她留下来吃了晚饭再回去，她连连说道："不了不了，还是早点回去让鹤子小姐好放心。可惜没有见到末子姑娘，还烦请幸子小姐替我好好劝说劝说呀。"太阳快偏西的时候，姑母回去了。

第二天下午，雪子跟幸子和悦子道了一个小别，便告辞走了。她的行装很少，因为住在芦屋，有些外出衣裳姐妹三个可以根据需要相互换着穿，她自己的东西只有两三件单衣和衬衣，再加上一册读了一半的小说，她用一块绉绸包袱将这些东西包起来，让阿春提着东西送她到阪急电车站，这副轻装出行的样子看上去就好像出门旅行不过两三天。昨天富永家姑母来的时候，悦子正在施托尔茨家玩，晚上才得知这件事，也许事前告诉了她阿姨只是短时间回去帮个手，很快就回来，所以正如幸子希望的，悦子没有紧紧追着雪子。

动身那天，辰雄夫妇领着十四岁的大孩子及以下总共六个孩子，加上雪子，全家九人，连同一个女佣、一个保姆，总共十一人，来到大阪火车站乘坐晚上8点半发车的夜车。幸子本来是要去车站送行的，不过担心如果她去了，大姐说不定又要一把眼泪一把鼻涕地出洋相，所以故意没有去，让贞之助独自前去。候车室里早早地就聚集了一大堆人，将近百名送行者中有受过上代关照的艺人，还夹杂着新町和北新地[1]的老板娘和老艺妓，虽然这气派已不及从前，但依旧显示了一个薪传有自的富室大家离别故土的隆重场面。妙子躲躲闪闪地始终没有回过长房家，直到长房一家临登车前才赶到火车站，在人群中和大姐夫大姐匆匆告别。当她从站台走向检票口的回家路上，听到有人在后面招呼她："失礼得很，请问您是莳冈家的千金吧？"

妙子回头一看，原来是新町有名的舞蹈好手、老艺妓阿荣。

"是的，我是妙子。"

"妙子小姐，您排行第几？"

"我是最小的妹妹。"

1　均为大阪的花柳街，新町位于大阪市西区，北新地位于大阪市北区曾根崎新地至梅田一带。

“哎呀！原来是末子姑娘，长这么大了啦，中学已经毕业了吧？”

“是啊。”妙子笑了笑应和道。

由于经常被人当作中学刚刚毕业还不满二十岁的小姑娘，妙子早已熟练掌握了如何应对这种场合的技巧。不过，在家业全盛的时候，这名老艺妓——实际上她当时就已经一大把年纪了——常常到船场的家里来，全家人都亲热地叫她“阿荣姐”，那时妙子虽只有十来岁，但毕竟已是十六七年前的事了，稍稍一想，就知道妙子现在绝不可能那么年轻，这是谁都能想得到的。妙子这样想着，不觉好笑起来。不过今天晚上她头上的帽子和身上的衣裳都特别少女，这一点她自己很清楚。

“末子姑娘今年多大啦？”

“早就不像您说的那样年轻了。”

“您还认识我吗？”

“认识，您是阿荣姐吧？您到现在还一点没变，还是以前那个样子。”

“哪能不变呢，已经是老太婆了。末子姑娘为什么不去东京呀？”

“暂时还要在芦屋的二姐家住一段时间。”

“哦，是吗？长房的姐夫姐姐走了，会觉得很孤寂吧？”

妙子走出检票口，和阿荣分了手。走了不到两三步，又被一位绅士叫住了。

“您不是妙子小姐吗？好久不见了。我是关原啊。这次莳冈兄高升，我来给他送行。”

关原是辰雄的大学同学，他在高丽桥那边的三菱集团下属某公司工作，辰雄入赘时他还没有结婚，经常到莳冈家来玩，和鹤子姐妹们混得蛮熟络的，结婚后被调到伦敦的分公司去工作，在英国一待就是五六年，两三个月前才刚刚调回大阪总公司。妙子听说了他回国的事，不过两人已经八九年没有见面了。

"我刚才就认出来是末子小姐了，"关原不再一本正经地称她"妙子小姐"了，而是恢复了从前的称呼，"好久不见，最后一次见面到现在有多少年啦？"

"恭喜你这次如愿回国。"

"谢谢！在站台上一眼就看出来是末子小姐，不过你还是这么年轻，所以……"

"呵呵呵。"妙子还是像刚才对付阿荣那样敷衍着。

"这样说来，和莳冈兄一起上火车的是雪子小姐了。"

"是的。"

"哎呀我错过了，连招呼都没打，你们两位实在太年轻啦。说起来或许有些失礼，在国外时回想起在船场那时候的事情，以为这次回国，雪子小姐不用说，连末子小姐怕也早已结婚，成了贤妻良母了，听到莳冈兄说两位都还没有结婚，自己都不敢相信我离开日本竟然已经五六年了，简直像做了一场梦。这话怕要得罪了，不过确实有点莫名其妙。哪晓得今晚一见面，雪子小姐也好，末子小姐也好，两位都还是这么年轻，真让我大吃一惊，差点怀疑自己是不是认错人了呢。"

"哈哈哈！"

"真的，绝不是当面恭维，确实是的，这么年轻，没有结婚也一点都不奇怪了。"

关原感慨万千似的将妙子从头打量到脚，又从脚打量到头。

"对了，幸子姐呢？"

"二姐没来，她怕姐妹分手时哭哭啼啼地出洋相。"

"哦，原来是这样。刚才大姐和我打招呼的时候眼睛里还含着眼泪哩，她到现在还是那样的性情。"

"让大家见笑了，去东京有什么好哭哭啼啼的呢，对吧？"

"不，不会的。这么多年了，终于又让我看到了日本女性的优良品性，好怀念啊……末子小姐留在关西不去东京吗？"

"对，因为还有点事情……"

"嗯，是啊是啊，我听说末子小姐现在成艺术家了，了不起！"

"得了吧，这就是你从英国学回来的腔调？"

妙子想起关原爱喝威士忌，似乎他今天晚上已经喝过一两杯了。当他邀请妙子去附近喝茶时，妙子巧妙地推托了，随即朝车站方向快步走去。

二十三

拜启：

别后每天忙得连写信的时间都没有，耽迟问候，请见谅。

动身当夜，火车一开动，大姐就忍不住眼泪夺眶而出，她只好把脸藏到卧铺帐子后面。随后秀雄侄儿又发烧腹痛，一晚上上了好几趟厕所，闹得大姐和我整夜都睡不好。更糟糕的是大森那栋房子的房东突然毁约，其实这事在出发前一天就接到了东京方面的通知，但事到临头也毫无办法，只能按计划动身来东京，暂时借住在麻布的种田家里，眼下我们还是住在这儿。你想想，全家十一口人突然来到他家，给人家添了多少麻烦！一到东京就请了大夫来给秀雄侄儿诊治，说是大肠炎，昨天起总算病情稍有好转。房子的事经多方托人分头打探，好不容易在涩谷的道玄坂找到一栋，是新盖的出租房，上下两层，楼上三间屋子，楼下四间屋子，庭院、绿植等一概没有，房租每月五十元。虽然还没有去看过房子，但是能够想象出那狭小的样子，这么一大堆人可能无法全都住下，不过顾忌到种田家的困难，即使将来得另外再找房子，眼下也只好暂时先过去住下再说了，所以姐夫决定这个星期日就搬到那边去。那里的地址是涩谷区大和町，听说下个月就可以安装电话。姐夫去丸之内上班、辉雄侄儿去中学上学都比较方便，而且听说那个地方空气清新，对身体健康有好处。

先即此匆匆告安。

雪子

9月8日

贞之助姐夫、悦子、末子请一并代为致意。

又及：今早的风刮到肌肤上，感觉东京已经完全是秋天了，不知你们那里怎么样？望各位保重身体。

这天早晨，关西地区一夜之间变得秋高气爽。悦子已经上学去了，幸子和贞之助面对面地坐在餐厅的椅子上看报，报上刊载着

"我军军舰载机空袭汕头潮州"[1] 的消息。幸子闻到从厨房里飘过来咖啡的香气。

"秋天啦！"她将视线从报纸上离开移开，抬起头来对贞之助说道，"您不觉得今天的咖啡特别香吗？"

"嗯。"贞之助应了一声，依旧专心读着展开来的报纸。这时候，阿春端来了咖啡，托盘里还有一封雪子寄来的信。

幸子正在惦念她们去东京已经十多天了，收到信便立即拆开。看到忙乱中抽空写下的字迹，马上想象出大姐和雪子等人的日子有多么忙碌。信里提到的那位种田，是大姐夫的胞兄，在商工省[2] 当官，幸子她们还是十几年前大姐结婚时和他见过一面，现在连他长什么样子都不记得了，大姐和他见面的次数应该也不多。因为姐夫上个月就曾借住在他家，这次又带了一大家子在他家里吃住，姐夫和他是亲兄弟倒是无所谓，大姐和雪子第一次去陌生地方投奔夫家的亲戚，况且对方家里又是长辈，总感觉非常的不便，再加上孩子生病，得请大夫，更是给人家添了许多麻烦。

"信是雪子妹妹寄来的？"贞之助手里端着咖啡杯，好不容易才放下报纸问道。

"我就在琢磨，为什么去了这么多天都不来信报一声平安，原来那边遇上事了！"

1　日中战争全面爆发后，日军于 1937 年 9 月 9 日从陆地和海上先后向汕头、潮州地区发动猛烈轰炸，一直持续至 1939 年 6 月 21 日汕头沦陷，其间共出动 397 批次、803 架次，投弹约 800 枚，炸死炸伤百姓 1300 多人。

2　日本负责商业和矿业相关行政事务的机构，昭和十八年（1942 年）改组为军需省和农商省，日本战败后一度恢复原有设置，昭和二十四年（1948 年）更名为通商产业省。

"什么事？"

"喏，您看看……"幸子将信递给贞之助。

又过了五六天，从东京寄来的感谢送行及住址变更的通知终于姗姗来迟。雪子自从写过那封信以后再没有来信，倒是星期六那天晚上去东京帮忙搬家兼问候的音老头的儿子庄吉，星期一早上回到大阪，受托专程来芦屋报告情况。他当天赶来报告的内容是：昨天星期日顺利搬好了家，东京的出租住宅建筑质量粗糙，远远不及大阪，特别是纸榻扇等附属设施相当低劣；楼下四间屋子中，一间大约只有两席大小，四席半的有两间，还有一间六席；楼上三间屋子里，八席大的大屋子一间，四席半和三席的各一间。因为东京尺寸八席的榻榻米只相当于关西这边的六席，六席则相当于四席半，所以总体来说房子十分简陋且狭小，唯一可取之处是新建的，给人一种亮堂堂的感觉。房子方向朝南，阳光充足，比上本町的阴暗老宅子卫生多了；家里虽然没有庭院，但附近都是些高级住宅和公共花园，环境清静优雅；还有，走出门没几步到道玄坂就是繁华的商业区，有好几家电影院，孩子们似乎对每件事都觉得新鲜，都在庆幸能搬到东京来，秀雄的病也痊愈了，这个星期就要去附近的学校上学了。

"雪子妹妹怎么样？"

"身体很好。秀雄闹肚子时，雪子小姐照顾病人比一般护士还内行，太太佩服得不得了。"

"以前悦子生病的时候，她也照顾得很周到，我想大姐一定多亏她帮了忙呢。"

"不过遗憾的是那房子没有闺房，目前四席大的那间屋子既是几位少爷的书房，又是雪子小姐的卧室，姑老爷也说要是不早点换个大点的房子，给雪子小姐单独一间屋子，就太委屈她了。"

庄吉这个人话比较多。说到这儿，他又忽然压低嗓门说："雪子小姐回去以后，姑老爷很高兴，想留住她不让她再离开，他对待雪子小姐可小心呢，丝毫不敢触怒她，而且处处讨好她，我都看到了。"

听了庄吉的报告，幸子对于东京方面的情况也能想象出一个大概了。不过，雪子还是没有来信。想到雪子虽不像大姐那样，但是也把写信当作是一件大事，不肯轻易动笔，加上没有自己独用的屋子，不能安安静静地写信，幸子考虑了一下，便对悦子说道："悦子，给你阿姨写封信试试。"她让悦子在妙子印着布娃娃的明信片背面写上三言两语寄了出去，可雪子依旧没有回音。

二十日过后，到了花好月圆的中秋佳节，贞之助便提议说："今晚写封集锦信寄过去怎么样？"大家一致赞成。吃过晚饭，贞之助、幸子、悦子和妙子都聚集在供着赏月果品的那间日式会客厅外的檐廊上，让阿春磨墨，摊开卷纸，贞之助写了一首俳句，幸子和悦子也各写了一首，妙子不擅长这些，于是画了一幅松林悬月的水墨画。

> 丛云移步去，团坐庭中款款看，明月挂松梢。——贞之助
> 团圆明月夜，洒下清光照倩影，却顾少一人。——幸子
> 今夜月色好，皎皎洁洁照全家，阿姨东京看。——悦子

接着就是妙子的水墨画。幸子那首俳句本来在"洒下清光照倩影"后面接的是"唯恨少一人"，悦子原来写的是"月儿圆又亮，团团圆圆全家赏，阿姨东京赏"，贞之助帮她们改成了现在这样。

最后逗趣说"阿春也得作一首"，想不到阿春提笔就写下一首：

团圆中秋夜，拨开丛云天上挂，初赏团团月。——阿春

字写得非常小，而且奇丑。幸子随后拔了一根供月的芒草，剪去芒穗，夹在卷纸中一起寄了出去。

二十四

这封集锦信寄出去没多久，就收到了雪子的复信。信上说："高兴得一遍又一遍读着来信，太感动了。中秋那天晚上，独自在二楼赏了月。读了来信，不由得想起去年在芦屋家中赏月的情景，仿佛就在昨天一样浮现眼前。"信中情绪显得有些伤感，而这之后又是好久没有来信。

雪子走后，幸子决定让阿春睡到悦子屋里，阿春的被褥白天就收在悦子的矮床下面。才过了半个月，悦子不喜欢阿春，叫阿花替换掉她，又过了半个月，阿花也遭到厌嫌，又换成了做饭的阿秋。悦子不像别的孩子那样一哄就睡，她入睡前总要兴奋地闲扯上二三十分钟，女佣们陪不了这么长时间，多在悦子入睡前便自顾自地打起瞌睡来，悦子便不高兴了。悦子越是烦躁就越是睡不着，半夜跑到走廊上，使劲拉开移门，冲进爸爸妈妈的卧室，嚷嚷道："妈妈，我睡不着！"一边哭闹一边还诉苦："阿春真可恶，她'呼噜呼噜'打着呼噜睡着啦，讨厌！真讨厌！我想杀死她！"

"悦子！你这样闹反而更睡不着了。不要硬逼着自己睡，你可以试着想想：睡不着也没关系，想着想着就睡着啦。"

"可是，我要是现在睡不着，明天早晨会困得起不来……不是

又要迟到了吗？"

"嚷嚷什么，这么大声音！轻点！"幸子训斥了她几句，然后陪着她回到床上躺下，哄她入睡。可悦子依旧无法入睡，她哭着叫喊道："睡不着！睡不着！"惹得幸子也火了，又将她训斥一顿，这下悦子哭闹得更凶了。屋子里闹成这样子，女佣却照样睡得死死的，浑然不晓。这种情况已经发生不止一次了。

说起来，最近幸子也总觉得心里烦躁不安，不过没有打针。现在又到了"缺 B"的季节，家里的人似乎多多少少都显现出缺 B 的症状，悦子会不会也是这个原因？幸子琢磨着，用手去按按悦子的胸前，试着号了号她的脉，感觉心跳好像有点慌悸。第二天，幸子不顾悦子怕痛，硬是抓住悦子给她打了一针"倍他新"，之后每隔一天打一针，打了四五次，心悸现象消失了，走路也轻快了，身体疲软的状况似乎也好多了，但是失眠却更加厉害。幸子思忖这情形还不至于请大夫来诊治，只打了通电话给栉田大夫请教了一下，按嘱试着每晚临睡前给悦子吃一片"阿达林"[1]。一片"阿达林"吃下去不见效，吃多了药劲又过头了，早晨睡不醒。见悦子睡得香，幸子也不喊她，让她睡个够，结果一觉醒来，看到枕头旁边的闹钟，就哭喊起来："今天又迟到了！这么晚去，难为情，没法上学啦！"既然这样，让她早点起床以免迟到，悦子又会说："我昨天晚上一点也没睡着。"然后使起性子来蒙上被子可着劲睡，等到醒来又哭着喊迟到了。悦子对待女佣们也变得喜怒无常，不高兴起来动不动就迸出些极端的话，像"我杀了你！"之类。另一方面，她正在发育长身体，食欲较之以前反而减退了，最近更加明显，小小的碗每

1　德国拜耳公司生产的一种催眠、镇静药。

顿只吃一两碗，吃菜也变得像老年人一样，只爱吃咸海带、冻豆腐之类，或者将汤倒在饭里搅着吃泡饭。悦子喜欢那只叫"铃子"的母猫，吃饭的时候也让它蹲在自己脚边，还给它喂各种各样的东西，稍许油重一点的菜便喂给"铃子"吃。明明这样，可有时候又瞎矫情讲起卫生来，一会儿说猫碰到自己腿了，一会儿说苍蝇飞上餐桌了，一会儿又说女佣的衣袖拂到她了，筷子要让人冲洗两三遍，侍候她的人知道她的古怪脾气，开饭前就将一壶热水放在桌上。她最怕苍蝇，不要说苍蝇沾过的东西，即使没有碰过，但只要飞得近了些，让她看到，就说可能沾过了，坚决不吃，要么就固执地追问旁边的人，真的没有碰过吗？有时候，筷子夹东西没有夹住，掉在刚洗干净的桌布上，她也嫌脏，不肯送入口中。

有一次，幸子带她到水渠路散步，看到路旁有一只爬满了蛆的死老鼠，已经走过那里一两百米了，这时她走到幸子身边，像探问什么可怕的事情那样压低声音问道："妈妈，我踩到那只死老鼠没有……衣服上有没有沾到蛆？"

幸子吃惊地觑了一眼悦子的神情。因为母女俩为了避开那只死老鼠，特意绕了五米多路走过去，怎么可能踩到它呀。

还在上小学二年级的小姑娘，会得神经衰弱症吗？在此之前幸子从未担心过这种事情，最多也只是数落悦子几句，但自从死老鼠这件事之后，她感到事情似乎有些严重，于是第二天就将桛田大夫请到家里来了。大夫说："小孩子得神经衰弱症也没什么稀奇的，悦子姑娘好像也是这个病，不过不用担心，没什么大不了的，我介绍一位专科大夫来看看，我就负责治脚气病好了。西宫的神经科大夫辻博士不错的，我打电话让他今天就过来一趟。"

傍晚的时候，辻博士来了。稍事诊察后，又和悦子一问一答聊了一会儿，最后诊断悦子就是得了神经衰弱症，并且提了几条建议：首先必须治好脚气病；服些助消化的药物以促进食欲，纠正偏食；上学的事可以斟酌情况，不妨让她迟到早退，但是不应换个地方去疗养，那样会耽误孩子的学业，因为上学也是一种精神寄托，有助于排除头脑里各种杂念妄想；不要让病人兴奋；即使说怪话也切忌恶声恶气地训斥，要态度温和地开导说服。让博士叮嘱完之后便回去了。

悦子这场病，很难说是因为雪子离开芦屋而造成的，幸子也不愿这样想，但是碰到突发情况，不知道如何对付、急得想哭的时候，她就会想，要是雪子在，一定有办法耐心说服悦子，让她乖乖听话的。幸子不由得想，此次事情非同一般，只要讲清楚原委，想必长房也会同意让雪子回来帮一阵子忙的，或者不开口向长房要人，只要将悦子的病状写信直接告诉雪子，雪子看到了，不等姐夫姐姐同意，飞也会飞回来，这是一定的。可是，万一被别人说雪子刚离开不到两个月，自己就认输搬救兵了……尽管幸子不是那种十分要强逞能的人，但是一想到这些也踌躇起来，最终决定还是看看情况再说，但愿自己能应付过去，她就这样一天天的硬撑下来。而贞之助是不赞成把雪子叫回来的。说起来，像吃饭时用开水一遍又一遍地烫筷子消毒，掉在桌布上的东西不肯吃，这些其实都是幸子和雪子的习惯，是她们自己先这样才不知不觉中导致悦子也养成了这种习惯，贞之助曾经指出过这种做法不妥，容易把孩子教成脆弱的神经质，要求她们改正这种习惯。他说，尽管确实有些不卫生甚至冒险，你们也应该当着孩子的面把苍蝇碰过的东西吃下去，用实际行动告知孩子即使这样也不至于生病，可你们却一味强调消毒，不重视有规律的生活，这是错误的，让孩子过有规律的生活比消毒更加重要。尽管贞之助经常这样提醒，但是毫无效果，幸子觉得像丈夫那样身体健壮、抵抗力强的人，对于她们体质弱易生病的人缺少同理心。贞之助认为因为筷子沾有细菌而得病，这种概率可能连千分之一都没有，为这种几乎不可能发生的事情而恐惧，吃一顿饭要洗好几遍筷子，反而会使得孩子的抵抗力越来越差。幸子则认为女孩子不必过于强调规律，而应当重视培养她的优雅风度，贞之助说那是旧思想，在家里，就餐时间就是就餐，玩游戏时间就是玩游戏，都得依照科学规律的方式进行，不可以乱来一气。幸子开玩笑说贞之助是不讲卫生的野蛮人，贞之助则反驳说："你们这样消毒也没有消毒到点子上呀，因为你根本不晓得究竟在什么地方碰过什么脏东西，所以说你们是曲解了欧美式的卫生观念，上次你们不也都看到俄国人毫不在乎地吃生牡蛎了吗？"

　　贞之助在家里一向采取放任主义，特别是在女儿的教育问题上，他基本都是听凭幸子的，但最近因为日中战争的情势恶化，有朝一日可能要让妇女参加一些非战斗性的作战支援任务，考虑到这一点，他担心今后如果不把子女培养得强健一些，恐怕什么事情也干不了。有一次，他无意中看到悦子在和阿花玩过家家，悦子拿来一个旧的注射针头，有模有样地往充填着稻草的洋娃娃的胳膊上扎，贞之助心想这种游戏太不健康了，完全是那种所谓"卫生教育"的流毒，从此更坚定了他要设法纠正这种教育方法的信念。但问题的关键在于悦子最听雪子的话，而雪子背后又有幸子的支持，假使干预不巧的话，很可能引起家庭纠纷，所以他一直在等待机会。现在雪子离开了，从这一点上说，贞之助觉得未尝不是件好事。因为贞之助私底下一向对雪子的境遇很是同情，女儿的教育固然重要，但如要插手就不得不考虑雪子的感受，考虑她精神上可能会受到打击，他不想雪子感觉自己被当作了外人而变得乖僻，又不想让她觉得自己成了窒碍，从而有意回避悦子，但这是很难做到的，现在这个问题自然而然地化解了，只要雪子不在，妻子是比较容易对付的。

于是他劝导幸子说："我和你一样觉得委屈雪子妹妹了，假如她自己想回来，我不反对，但如果是因为悦子的事情把她叫回来，我不同意。我晓得，在照管悦子方面她已经很顺手了，她要是回来，肯定是帮你大忙了。不过要让我说的话，悦子像现在这样患上神经衰弱症的原因，在于你们姐妹俩的教育方法。所以，暂时的困难还是忍一忍，正好借这个机会将雪子妹妹在悦子身上积下的负面影响去掉，然后慢慢地、顺其自然地改变一下教育方法，所以说这一阵子雪子妹妹不在倒是好事呀。"

到了 11 月，贞之助因公去东京出差两三天，第一次上涩谷拜访了长房。孩子们已经完全习惯了新的生活，东京话也说得很流利了，在家和学校能熟练地用两种方言交流。辰雄夫妇和雪子见了贞之助很高兴，提议说如果他不嫌房子狭小不舒畅的话，干脆就住在家里。可是家里地方实在太小，而且贞之助已经在筑地订好了旅馆，为了不拂姐夫全家的盛情，他只住了一夜然后还是住旅馆去了。第二天，辰雄和几个大一点的孩子们都出门了，趁雪子上楼拾掇屋子的时候，贞之助对鹤子说："雪子妹妹好像挺安心的，看来一切顺利呀。"

"唉，看上去好像什么事都没有，其实……"鹤子答道。

鹤子告诉贞之助，打从搬来东京之后，雪子妹妹很主动地帮着做家务、照管孩子，当然这一点现在也还是这样，不过她常常一个人独自闷在楼上那间四席大的小屋子里，几乎不下楼，有时候好长时间也看不到她的影子，鹤子便上楼去找她，只见雪子坐在辉雄那张矮桌旁，或是托着下巴在沉思，或是抽抽噎噎地在哭泣。这样的事情最初大概十天里发生一次，近来越来越频繁了，每当这种时候，即使她下楼来，也会半天不说一句话，动不动就当着别人的面掉眼泪。辰雄和我对雪子妹妹都很小心谨慎的，想不出有什么地方惹她不高兴了，想来想去，大概还是她留恋关西的生活，也就是人家称之为思乡病的那种情况吧。为了给她解解闷，我们劝她再继续学习茶道和书法，可是她根本听不进去。鹤子还说："经过富永家姑母劝说，雪子妹妹总算顺从地住回来了，我们真的都很高兴，但是想不到这件事情对雪子妹妹来说却这样痛苦难受。假如待在这儿难受到成天以泪洗面的话，我们只好另想办法了。可是，我就是想不通，雪子妹妹到底为什么这么讨厌我们呢？"说到这里，鹤子自己也哭了出来："虽说我们也有些怪怨，不过，看到雪子妹妹左右想不开钻牛角尖的样子，我们是又可怜她又同情她。既然她这么思念关西，我在想，不如遂了她的心愿还是让她回去吧。虽说辰雄不会同意她一直待在芦屋，不过眼下这儿房子实在太拥挤了，在找到一处宽敞点的房子搬进去之前，考虑让她暂时回关西，哪怕是十天半月的，也许会让她精神上得到一些慰藉，振作一点，当然了，这话还得找个合适的借口说出来才行。总之，雪子妹妹现在这个样子太可怜了，我看了实在受不了，她自己可能不觉得什么，旁人看不下去啊！"

听了大姐的一席话，贞之助只能回答说："那样的话，您和姐夫就太为难了，不过这事幸子也有责任，实在不好意思了。"关于悦子生病的事，他当然只字未提。回到家里，他和幸子说起东京之行，幸子问到雪子的情况，贞之助觉得没什么好隐瞒的，便将鹤子的话一五一十学了一遍。

"我也没想到雪子妹妹竟这样厌恶东京。"

"归根到底，也许是她不愿意和姐夫住在同一个屋檐下吧。"

"也有这种可能。"

"哦，她想见悦子呢。"

"这个那个的，应该是多种原因集合在一块儿了吧。雪子妹妹这个人，本来对东京就水土不服。"

幸子想起雪子从小就忍受力强，遇到再不称心的事情也不会吭声，而是独自一人抽抽噎噎哭泣，此时此刻雪子那副倚着矮桌吞声饮泣的样子仿佛已经浮现在了幸子眼前。

二十五

至于悦子的神经衰弱，除了按时给她服用溴化钾帮助镇静之外，还采用了饮食疗法，知道中国菜虽然油腻但悦子爱吃，幸子也就随她去了，再说多吃也可以增加营养。入冬以后，悦子的脚气病好了。学校的老师让她不要担心功课，恢复健康才是首要事情。几方面的因素产生了协同效果，悦子的神经衰弱过了一阵子逐渐好转，这下幸子也用不着求人帮忙了。但自从听到东京的消息后，幸子总觉得不和雪子见上一面，就始终放心不下来。

现在回想起来，幸子感到富永家姑母来芦屋交涉的那天，自己对雪子的做法太冷酷了，自己不该用那种命令式的语气和她说，好像要赶她回去似的。既然妙子可以有两三个月的宽限，于情于理自己也应当为雪子多争取些时日，至少给她一点时间好让她排解一下惜别之情，自己却没有那样做。那天不知为什么，自己莫名其妙地有一种强烈的没有雪子也照样应付得了的赌气情绪，结果导致了那样冷酷无情的态度，可是雪子却连半句不满的话也没有，老老实实顺从了。一想起来，幸子就觉得雪子实在太可怜了。雪子那天显得轻松愉快，仿佛出门短期旅行似的只收拾了一点点行装动身，是因为幸子对她说过"肯定会找机会让你回来的"。现在再回过头来看已经十分清楚，自己当时随口那么一说的话，雪子完全信以为真了。在雪子来说，因为幸子说了这样的话，自己就有盼头了，所以才顺从地跟着大姐一家去东京，好让长房称心如意，可那之后幸子这边却毫无动静……再说只有她一个人跟了去，却没有人盯着妙子要她回去，她至今还留在关西……雪子心里肯定会这样想——就我一个人犯傻，上当受骗了。

幸子觉得大姐既然能这么想，姐夫那边应该问题不大，只是不知道自己的丈夫会说什么，说还是暂时等一等的好。还是说反正这四个月来悦子的情况已经稳定下来了，雪子妹妹要是回来住上十天半月的没有问题？不管怎么样，她打算一到春天就和丈夫商量一下这事。正巧这时候——正月初十左右——她收到了许久没有下文的阵场太太寄来的信。信中写道："去年寄去的照片上的那个人，不知考虑得怎么样了？您当时说不便马上答复，希望稍过一阵子再说，所以这边一直等着。是不是令妹没什么兴趣？倘若没有缘分，烦请您把那张照片寄回；倘若有几分意思，那么现在也还不嫌迟。对方的情况不知你们后来调查过没有？大体上就像照片背面本人亲笔写的那样，其他没有什么特别值得奉告的，唯有一点说明漏掉了没写，就是本人没有什么家产，全靠薪俸生活，这一点还祈海涵。或许由于这个原因，令妹不太满意吧？至于府上的情况，对方全都调查过了，令妹的容貌似乎他也在什么地方见过，所以无论等多久他都愿意，他还托滨田先生向我表示，希望我为他说合。所以，要是能让他们二人见上一面，在滨田先生面前我也有面子了。"这样一封信对于幸子来说，正所谓"过河恰有舟船来"。于是幸子写信告诉鹤子有这样一桩亲事，先听听姐夫和姐姐的意见，信里附上前些时候野村巳之吉的那张照片和阵场太太这次的来信，并且说明阵场太太急于想让双方相亲，可是雪子妹妹由于上次相亲失败，便表示不先调查清楚就不愿相亲，姐夫和姐姐如果同意的话，就由我们负责火速调查如何？

　　这封信寄出后大约隔了五六天，姐姐极其难得地寄来了一封长长的复信。

　　拜复：

　　　新年好！贺信寄得迟了，祝你们全家新年愉快！我们这里人生地不熟，完全没有感到新年的气氛，忙忙碌碌地就过了正月初七。听人家说过东京这个地方冬天很难熬，谁承想天天都刮恶名昭著的西北风，入冬以来，那分寒冷劲真的是有生以来第一次碰到，今天早晨连毛巾都冻住了，变成了一根棍子，摸上去"嘎巴嘎巴"地响，这种事情在大阪从来没有碰到过。同样是东京，若是在旧城区可能还好些，我们这儿地势较高，挨近郊区，所以特别冷，家里人一个个都感冒了，连女佣也病倒了，只有我和雪子妹妹稍好些，就鼻子塞了几天就好了。不过同大阪比起来，这里尘埃少，空气清新，这也是事实。我这样说的依据就是，在这儿和服的下摆不容易脏，一件衣服穿个十天仍然不怎么显脏，你姐夫在大阪衬衣穿三天就脏了，在这里一件衬衣穿四天也不成问题。

关于雪子妹妹的亲事，一直以来劳你操心了，实在感谢得很。那封信和照片我即时给你姐夫看了，商量下来，你姐夫近来似乎想法有了变化，不再像以前那样吹毛求疵了，此事原则上听凭你们处理。不过，一个农学士到了四十几岁仍只是个水产技师，估计今后薪水也不大可能再增加，前途也到此为止了吧。再说家里没什么财产，今后的生活也不怎么乐观。但是，只要雪子妹妹本人同意，你姐夫决不会反对。相亲一事，如果本人有意，可以随时找个适当的时机。关于这个问题，本来应该先仔细调查，对方既然希望早点见上一面，详细的调查不妨往后延一延，尽快让双方先见见面也好。贞之助妹夫也许已经跟你讲过了，我正为雪子妹妹的事头疼不已，想找个机会送她去你们那里，昨天稍稍跟她透了点口风，真是立竿见影，她听到能回关西，马上同意相亲，今天早上一下子恢复了精神，脸上重新露出了笑颜。我真是无话好说了，她就是这样一个人。

你那里只要把日期大致定下来，我这边随时可以打发她动身。我对她说相过亲后四五天就要回来，其实是让她多住些日子也无妨，这个我会说服你姐夫同意的。

来东京后一封信也没有给你写，一写起来就拉拉杂杂地写这么长。天气还很冷，此刻后背如同被泼了一瓢凉水，拿笔的手都快冻僵了。芦屋那边很暖和吧？千万保重，切勿受寒感冒。

　　代向贞之助妹夫问候。

　　　　　　　　　　　　　　　　　　鹤子

　　　　　　　　　　　　　　　　正月十八日

　　幸子不熟悉东京，跟她讲涩谷、道玄坂附近什么地方，她没有切身感受，只能凭空想象曾经一度透过山手电车车窗远远看到的郊外景象——由溪谷、丘陵和杂树林盘互交错，参差错落于其间的屋宇，在它们后面则是一望无际、澄澈得甚至让人有种寒意的万里晴空，那是和大阪完全不一样的自然环境。当她读到信里"后背如同被泼了一瓢凉水""拿笔的手都冻僵了"等词句，想到万事依循旧规的大姐在大阪的时候，即使冬天也从来没有用过暖炉，虽说上本町的会客厅里排了电线、安了电热炉，但实际使用也仅仅只是在有来客的时候，并且还是冷得实在受不了的天气，平常家里都烧火盆取暖。每年正月里幸子过去贺岁，和大姐面对面坐着闲扯的时候，都是"后背如同被泼了一瓢凉水"一样的感觉，好几次一回到家里就感冒了。照大姐的说法，大阪人家开始普及暖气设施还是大正末年的事情，连一向喜欢铺张奢侈的父亲也是直到他去世前一年才在卧室里装上了煤气炉，但装上以后，他却说生炉子容易上火，实际上根本没怎么用，不管多冷的天气，幸子姐妹几个都是靠火盆长大的。大姐的话没错。幸子和贞之助结婚几年后搬到芦屋，从那时才开始用暖炉，一旦用上暖炉后，离了它简直无法过冬。回想小时候仅凭一个火盆过冬，简直感到有些不可思议。可大姐搬到东京之后似乎还是墨守成规，幸子不由得想，大概只有雪子那种先天健壮的人才能扛得住，换作自己，恐怕早就害上

肺炎或者别的什么毛病了。

　　要敲定相亲的日期，因为阵场太太和野村中间还隔着一个滨田，联系起来很费事，不过既然知道对方竭力盼望在春分之前相亲，因此正月二十九日幸子就写信到东京，让他们马上把雪子送回来。幸子想到上次打电话闹出了点小风波，所以这次让丈夫在侧屋书房里装了一部台式电话机。二十九日才发出的信，三十日下午就收到了大姐寄来的一张明信片，上面说两个小的孩子同时得了流感，四岁的小女儿梅子很可能是肺炎，闹得全家不得安宁。本来应该请个护士，可是家里地方狭小，没有住的地方，加上雪子妹妹当初照顾秀雄时比护士还出色，所以就没有雇护士。很对不起，可否请你转告阵场太太暂缓几天。不久又来了封信，说梅子果然是得了肺炎。得知这个情况，幸子心想这显然不是十天八天就能见分晓的事，只得将实情通知了阵场太太，希望延期。对方早就说过，等多久也没关系，所以用不着担心，只是想到被利用来代替护士的雪子又碰到这件倒霉的差事，就觉得她真可怜。

　　就在相亲延期的这段时间里，原先委托征信所调查的报告书送来了。报告中称，野村的职位是高等官三等，年俸三千六百元，加上奖赏，每月大概有三百五十元；他父亲那一代在老家姬路开旅馆，现在那里没有留下什么房产；有一个胞妹，嫁给东京一位姓太田的药剂师；在姬路还有两个叔父，一个是古董商兼茶道宗匠，一个是注册处的司法文书，另外就是关西电车公司那位总经理、他的表兄滨田丈吉，那是他唯一值得夸耀的亲戚，也是他的靠山。（而且还是阵场太太的"恩人"，她丈夫以前据说是给滨田家看门的，滨田资助其上学读书，所以是恩人。）报告书除了上述内容，还调查出昭和十年他前妻确实是因为得流感而去世，和本人在照片背后所写的说明相符，两个孩子的死亡原因也不是遗传病。再有，关于本人的性格等，贞之助通过两三条线索打听到，没有什么突出的缺点，不过却有一个古怪的毛病：据在兵库县政府工作的一位同事说，野村时常会突然开始自言自语，而且说的话毫无意义，听得人完全摸不着头脑，一般是在他认为旁边没有人的时候才会这样，尽管本人以为没人听到，但其实经常被人家听到，现在他的同事们没有一个不知道这事，连已故的前妻和孩子也知道他这个毛病，经常开玩笑说爸爸真奇怪。举个例子来说，有一次他的一个同事上厕所，后来有人上了隔壁的蹲坑，不一会儿就听见那边接连问了两声："喂！您是野村先生吗？"他刚想回答："我不是野村，我是某某。"但忽然发觉那正是野村本人的声音，心想大概他又在自言自语了，而且肯定不晓得隔壁有人，觉得他怪可怜的，便忍着不吭声，可是等了好久，最后等得不耐烦了，就先离开厕所，幸好没有被对方看到面孔。野村意识到隔壁有人走出去，心里或许暗暗觉得"糟了"。但他不知道那人究竟是谁，之后也只好若无其事地照常工作。尽管自言自语，不过他说的都是些无聊的废话，不带恶意，当然听到的人多少会觉得有点突兀和可笑，还有他的自言自语虽然是脱口而出，但并非完全不受控制，身边有人的时候他就不会自言自语，而当他以为没人而毫无顾忌地拉开嗓门高声说的时候，假如碰巧有人在背后听到，一定会吓一跳，以为他发神经呢。

他的这个毛病并不会特别给人添麻烦或者引起不愉快，因此也不至于酿成什么大问题。不过，选来选去，又何必选这样一个人做夫婿呢？尤其是那副尊容，说是四十六岁，可是看照片似乎比实际年龄要老得多，老气横秋的样子简直像五十多岁了。幸子认为这是最大的缺点，她断定雪子肯定看不上眼，一见面就注定会吹，这是不言而喻的。鉴于这个原因，幸子对这次相亲也不起劲。不过，因为要以此作为让雪子回芦屋的理由，所以表面上相亲之事不得不进行——这就是幸子夫妇的本意。既然明知不会有什么好结果，夫妇俩商定不必告诉雪子对方有自言自语的怪癖。

二十六

"今天乘坐'海鸥号'[1]动身。雪子。"

悦子从学校回到家，便帮着妈妈和阿春一起布置供娃娃的架子，这时候，这封等待已久的电报送来了。

关西地区的女儿节在习惯上比其他地方要迟一个月，本来应该再过一个月开始，可是四五天之前幸子收到雪子的来信，说是这几天就将动身，恰好那时妙子给悦子做了一个菊五郎[2]饰演的《道成寺》[3]造型的布娃娃，于是幸子心血来潮，对悦子说："悦子，把这个布娃娃和女儿节的娃娃供在一起吧，布娃娃们也都欢迎你阿姨回来呢。"

"为什么？妈妈，女儿节不是下个月吗？"

"桃花还没开呢，"妙子也插嘴道，"不按照季节供娃娃，不是说对女孩子的婚姻不利吗？"

"没错，小时候妈妈经常这样讲，过了女儿节就要把娃娃收起来，不过，推迟了不行，但提前供是可以的呀。"

---

1 运行于东京和神户之间的特快列车，昭和十二年（1936年）开通。

2 指第六代尾上菊五郎，日本著名歌舞伎演员，幼时曾从名演员第九代团十郎学艺，大正时期以后风靡一时，死后被追授日本歌舞伎界的第一枚文化勋章。

3 全称《京鹿子娘道成寺》，为根据道成寺传说改编而成的歌舞伎舞蹈剧目。

"是吗？还有这种讲究，这我就不晓得了。"

"好好记住吧，要不然，就枉为见多识广的末子姑娘了。"

家里这套娃娃，还是当初悦子第一次过女儿节的时候在京都的"丸平"[1]定做的。搬到芦屋以后，每年到了这个节日都把它们摆在楼下那间全家人团聚的会客厅里，那间屋子虽说是西式的，可大家都觉得娃娃摆在那里最合适，所以供娃娃的架子每年都摆在那间屋子里。幸子为了让时隔半年才回到芦屋的雪子高兴，建议提前一个月过女儿节，从阳历3月3日提到阴历三月三日，可以供奉一个月，这段时间雪子大概一直都能待在芦屋。她的建议被接受了，所以阳历3月3日的今天就开始摆设娃娃了。

"瞧！悦子，你妈妈的话说中了吧？"

"真的，今天果然来了！"

"你阿姨和娃娃在节日这天一同来了。"

"真是吉兆。"阿春说。

"这回要嫁人了吧？"

"悦子，你这话在阿姨面前不准说，晓得了吗？"

"嗯嗯，晓得了。"

"晓得就好。阿春也小心点，否则又要闹出上次那样不愉快的事情来了。"

"是，明白啦！"

"反正这事你们都晓得了，不过也不能当着她的面说。"

1　指"丸屋平藏"，始于江户时期专门制作和销售各种人偶娃娃的老铺，第三代平藏曾于明治二十二年（1889年）巴黎世界博览会获得金奖，连日本皇室也是其忠实客户。

"是……"

"打个电话告诉小阿姨一声可以吗？"悦子兴奋地说。

"我给您去打吧。"阿春接口道。

"悦子，你自己去打吧。"

"嗯。"悦子答应了一声，飞快地跑到电话间，拨通了松涛公寓。

"……嗯，是的，是今天……小阿姨早点回家吧？不是'燕子号'[1]，是'海鸥号'……阿春去大阪接阿姨……"

幸子正在将一顶缀有璎珞的金冠往宫廷女官娃娃的头上戴，听到悦子兴奋的声音，对着电话间喊道："悦子，跟你小阿姨讲，要是有工夫请她去大阪接一下！"

"喂，妈妈说要是小阿姨有工夫，请去车站接一下……嗯，大阪9点钟左右……小阿姨去吗？那阿春就不用去了吧？"

妙子完全明白幸子叫她去大阪火车站接雪子的用意。去年那位富永家姑母来劝说雪子回长房的时候，讲好两三个月以后也要把妙子叫到东京去的，可是到了东京，长房那边一直乱糟糟的，根本顾不上叫妙子回去，就此搁置了下来，妙子也因此过得比以前更加自由自在了。正因为这样，她觉得仿佛自己一个人走运而让雪子倒霉，有点对不住雪子，所以从情理上讲也非要去火车站迎接不可。

"要不要给爸爸也打个电话？"

"你爸爸就快回家了，不用打了。"

傍晚贞之助回到家里，知道了这件事情，觉得一别半年，现在自己也很想念雪子。尽管有一阵子他并不希望雪子回来，但现在

1　运行于东京和大阪之间的超特快列车，昭和五年(1929年)开通。

感到有点内疚了，因此他细心地吩咐女佣们准备好洗澡水，好让雪子一回到家就能入浴。又说晚饭她一定在火车上吃过了，不过临睡前还得吃点东西，便叫人取出两三瓶雪子喜欢的白葡萄酒，亲手抹去瓶子上的尘埃，查看出厂年份。大家劝悦子早点睡，明天好好和阿姨说说话，可是她无论如何不听，直到9点半，才叫阿春带她上楼。不久大门的门铃响了，悦子听到狗奔向大门的声音，叫了一声："啊！是阿姨！"又跑下楼来了。

"阿姨回来啦！"

"雪子小姐回来啦。"

"我回来了。"雪子站在门口的泥地上，"去！"的一声喝退了摇着尾巴扑向她的"乔尼"。由于坐火车的劳累，她的容颜和提着衣箱跟在她后面走进来的妙子——近来她精力特别充沛——的气色一对比，显得特别憔悴。

"给我的纪念品在哪里？"悦子早已自己动手打开皮包，翻看里面的东西，马上发现一束千代纸和一盒手绢。

"听说悦子近来在收集手绢？"

"嗯，是的，谢谢阿姨！"

"下面还有一样东西，你找找看。"

"有了有了，是这个吧？"悦子说着掏出一个盒子，盒子外面裹着银座阿波屋[1]的包装纸，打开来，里面是一双红色的漆皮鞋。

"啊呀！真好看！鞋子还是数东京的好啊。"幸子将它拿在手上看了又看，"快好好收起来，下个月赏樱花的时候再穿。"

---

[1] 位于东京京桥区银座西八丁目四番地（今中央区银座八丁目四番地），专营日本传统鞋类的老铺。

"嗯。谢谢阿姨！"

"怎么，悦子等急了的原来只是纪念品呀？"

"好了好了，把这些东西拿到楼上去吧。"

"今晚我和阿姨一块儿睡。"

"晓得了，晓得了。"幸子哄着她说，"阿姨现在要去洗澡了，你和阿春先去睡吧！"

雪子洗完澡，已经快12点了。贞之助难得和她们姐妹三人一起聚在会客厅里，听着火炉里的柴火发出"噼噼啪啪"的燃烧声，围坐在那张摆了干酪和白葡萄酒的小桌子旁，喝着酒，唠扯起来。

"这里真暖和。刚才在芦屋车站一下车，就感觉和东京不一样呢。"

"关西的汲水法会已经开始了。"

"天候差那么多吗？"

"差得远哩。首先东京的空气接触到皮肤上不像这里的空气那么柔和，那里出了名的朔风真叫厉害。两三天前我去高岛屋百货店买东西，回家时走过皇居外壕那条路，一阵风吹来把纸包都刮跑了，我赶紧追上去，那纸包却一个劲地往前滚，怎么也追不上，后来下摆又让风吹起，一只手还得按住下摆。东京的西北风真是要命！"

"不过，去年我在涩谷打搅一宿的时候，想到孩子们学东京话学得真快。那时是11月，搬到东京去才不过两个来月，长房的孩子们一个个的都讲着一口东京话，而且年纪越小讲得越地道。"

"到大姐那样的年纪恐怕就不好了。"幸子说。

"当然不行了，关键是大姐根本不想学。上次她在公共汽车上用大阪话和我说话，乘客都盯着她看，弄得我很不好意思。可是，那种场合大姐脸皮真厚，尽管人家都看着她，她依旧毫不在乎地讲着她的大阪话，居然还有人夸赞她'大阪话说得蛮不错'呢。"

"大阪话蛮不错"这句东京话的腔调，雪子学得很像。

"上了岁数的妇女脸皮都很厚。我认识一个大阪堂岛的艺妓，已经四十多岁了，她告诉我说，她去东京乘坐电车的时候，故意用大阪话高声说：'下车啦！'这么一叫，车子肯定得为她停下。"

"辉雄侄儿就说他不愿意和他妈妈一块儿走路，因为他妈妈说大阪话。"

"小孩子们大概都那样。"

"大姐不会把去东京只当作一次旅行吧？"

"嗯。和待在大阪的时候不一样了，无论做什么，没有人批评指责她，她爱怎么样就怎么样，轻松惬意得很呢。再说东京那个地方，尊重妇女的个性，不用受社会风气的拘束，比如穿衣服吧，尽可以挑自己喜欢的穿，这些都比大阪文明。"

也许是多喝了两口葡萄酒的关系，雪子像孩子一样活泼高兴，话也比往常多了。尽管她嘴上没说，不过看样子时隔半年又能回到关西这块土地的那种幸福感——在芦屋的会客厅里和幸子、妙子深更半夜欢谈的幸福感，藏都藏不住。

"我们可以睡了。"贞之助提议道，见大家仍在起劲地聊，于是他又起身去劈柴。

"我还想着过些日子也带我去趟东京呢，不过他们涩谷的房子太小了，到底打算什么时候换房子呢？"

"那就说不上了。好像不像在找房子的样子。"

"这么说来，不打算换房子了？"

"也许吧，去年还说房子这么小，实在挤得不行，得换个房子，可到今年这话就不怎么提了，大概姐夫姐姐的想法又变了。"

接着雪子又说出一件令人意外的事情，虽然没有从姐夫姐姐口中听到过只字片语，但这是她自己观察下来得出的结论。他们夫妇俩最初那么不情愿离开大阪，可最终还是下了决心去东京的根本原因，是姐夫希望更有出息、争取更高的职位。让他产生这种欲望的动力，则是因为一家八口人靠亡父的遗产已经支撑不下去了，说得夸张一点，他们开始感到生活拮据了。初到东京的时候，还抱怨房子小，住了一阵子后，心境渐渐起了变化，觉得这样住下去也并非不可忍受。最主要的大概是被每月五十元的房租打动了吧，姐夫和姐姐动不动就把什么房子尽管小但是便宜极了这种话挂在嘴边，大概这么自我暗示的结果，慢慢地就着了房租低廉的道，索性安心住下，不再想搬家的茬了。以前住在大阪的时候，多少还得顾虑一下名声，到了东京，反正没人知道"莳冈"什么的，无谓的摆阔挣面子，还不如多想办法多多生财地好——姐夫的观念渐渐地已经彻底转成了这种实利主义，这也毫不奇怪。这样说的证据就是，他这次升任分行经理，薪水增加了，按理说经济上应该稍稍宽裕了一些，可是，用大阪时代的眼光来看的话，反而变得吝啬了。大姐理解姐夫的心思，省吃俭用到了极点，每天餐桌上的东西明显节省了。本来，要给六个孩子准备吃的就不是件简单事，单说买菜，动脑子和不动脑子就能相差不小，说句难听的话，家常吃饭菜式也不能再像在大阪时那样了，炖菜、咖喱、萨摩杂煮汤等等，尽量只做这类使用食材不多的菜式，但是保证大家都能吃饱。比如牛肉，家里几乎从不吃火锅，每次都做成那种吃到嘴里只有薄薄一两片的菜式。当然，偶尔晚饭也会让孩子们先吃，大人们随后另开一次饭，吃的是不一样的菜式，姐妹两人陪着姐夫慢悠悠地享用，东京的鲷鱼虽然味道不够鲜美，但也只有这种时候才能吃到生鱼片。事实上，这顿饭与其说是为姐夫而做，不如说他们夫妇俩看到老是让雪子陪着孩子们一起吃大锅饭太可怜，才特意这样用心安排的。

"看到大姐他们的样子，觉得就是那么回事啦。总之，看着吧，那个家肯定是不会搬。"

"哦，原来是这样。没想到去了东京之后，大姐他们的人生观也完全改变呢。"

"雪子妹妹的观察应该没错。"贞之助说，"趁去到东京这个机会，彻底抛弃过去那种虚荣心，切实响应勤俭储蓄[1]的号召，姐夫有这种想法也是很自然的，说给谁听也是件好事呀。那栋房子虽然小，但只要想忍受的话，还是对付得过去的。"

"不过既然这样的话，早点讲清楚多好。到现在还时不时地说没有雪子妹妹的房间总不合适，老是跟我这样解释，实在可笑。"

"我说，人一下子是改变不了的，多少还是要个面子的嘛。"

"那么小的地方，我以后非去不可吗？"妙子提出了她最关心的问题。

"这……末子妹妹去的话，连睡的地方也没有呀？"

"这么说，暂时大概还可以不过去是吧？"

"反正，末子妹妹的事情好像他们现在已经忘记了。"

"喂！大家都睡吧。"壁炉上的台钟已经敲响了两点，贞之助仿佛大吃一惊似的站起身来说道，"雪子妹妹今天也累了。"

1　昭和十三年（1937年）日本的国民精神总动员中央联盟发表《家庭报国三纲领》，号召全体国民购买国债、勤俭储蓄、厉行节约等。

"相亲的事还得再商量一下。好吧，明天再说吧。"

雪子没有理会幸子这句话，起身先上楼去了。走进卧室一看，悦子床头那张矮桌上摆满了刚才她给的那些东西，连阿波屋的鞋盒子也摆在那儿，人却已经呼呼地睡熟了。雪子看着灯影下悦子安详的睡容，再次感到有一股喜悦涌上心头，那是回到这个家的喜悦。阿春在悦子和自己那个铺了草垫子的被窝中间睡得像死人一样，雪子叫了她两声，又推了两三下将她叫醒，等她下了楼自己才就寝。

二十七

阵场太太来信说，相亲的时间和地点随后奉告，但 8 日那天是黄道吉日，希望能安排在那一天，所以幸子才把雪子叫了回来，打算 8 日前去相亲的，可是 5 日的夜里发生了点意外，又一次要求延期。事情是 5 日那天早晨，幸子陪着两三个之前约好的朋友去有马温泉[1]，探访一位病后在那里疗养的太太。本来乘坐电车去就好了，她们却乘公共汽车越过六甲山前往目的地，回家时乘坐的是神户至有马的电车，结果当天夜里幸子睡进被窝，突然见红，并且疼痛不止。把栉田大夫请来一诊断，说是像流产先兆，马上拜托他转请专科大夫来看，果然和栉田的诊断一样，第二天早晨就流产了。

幸子半夜里开始叫痛时，贞之助就卷起自己的铺盖，始终坐在

1　位于芦屋市西北六甲山的北面山麓，据称为日本最早有记载的温泉地，相传当地自建久二年（1191 年）即建有温泉寺。

幸子枕头旁边看护，第二天在做流产的善后时，他才稍稍休息了片刻。尽管妻子的痛苦已经有所减轻，但他没有去上班，一直在卧室里待着。他双肘支撑在圆火盆边，两个手掌叠放在火筷子头上，一整天就无所事事地低头枯坐在那儿，有时候抬起头却发现幸子眼泪汪汪地望着他，只能看着妻子劝慰道："算了，过去的事情不要去想了。"

"您能原谅我吗？"

"原谅你什么？"

"是我太不小心了。"

"哪儿的话，我倒觉得前途一片光明呢。"他尽量讲得轻松些，可是妻子听了眼睛里的泪水却怎么也憋不住了，夺眶而出，顺着面颊淌下来。

"您这么说，可实在太可惜了呀。"

"不要再去多想了，你很快还会怀上的。"

这样的对话夫妇俩一天里要说上许多遍。贞之助凝视着妻子那惨白的脸色，也掩饰不住自己的沮丧心情。

实情是这样的，幸子最近连续两个月没来月事，因此她猜想着自己也许是怀孕了，可是悦子出生都快十年了，大夫曾经说过如果不动手术的话可能就不会再生育了，所以她又觉得未必是真的怀上孕，于是麻痹大意而出了乱子。她知道丈夫还想再要个孩子，尽管自己不会像大姐那样儿女绕膝，但身边只有一个女儿，有时候也会感觉冷清。要是怀孕的话，实在是求之不得，所以到了第三个月，为了慎重起见，就打算找大夫看看。那天同伴提议乘坐公共汽车翻越六甲山的时候，她曾想到是不是小心一点的好，可一转念又嗔怪起自己来，觉得自己是痴心妄想，一时侥幸心理占了上风，心想大家都有兴趣尝试一下这个提议，自己还是不要唱反调了。由于这样一个情由而产生的麻痹大意最终造成了不幸，所以其实问题也不是出在她一个人身上。一经栉田大夫指出太可惜了，幸子也开始后悔起来，为什么这种时候还约人去有马？为什么当时漫不经心地乘坐公共汽车？想着想着便情不自禁哭了起来。丈夫安慰她："本来以为你不能再生育所以已经不怎么抱希望了，但是现在证明你还是能怀孕的，所以不但不应该难过，反而让我对将来充满了希望。"她看出丈夫尽管嘴上这样说，内心其实也非常失望，但仍这样温柔体贴地安慰自己，越是这样，幸子越觉得对不起丈夫，怎么说也是自己的过失呀，况且还是无法挽回的重大过失。

第二天，贞之助打起精神照常上班去了。幸子独自一人睡在床上，尽管后悔也没有用，可还是禁不住钻进牛角尖里胡思乱想。本来是喜逢好事，偏偏倒了这样的霉，虽说她不想让雪子、悦子还有女佣们看到自己哭泣，但当一个人独处的时候，眼泪还是忍不住地流下来。假如自己不那样粗心大意，到11月孩子就可以出生了，明年今日逗弄婴儿时，婴儿应该已经会笑了。这次准是个男孩，要真是这样的话，丈夫不用说，悦子也会非常高兴的。要是自己当时不知道倒也罢了，可是明明已经有了一点预感，为什么还要乘坐颠簸不稳的公共汽车呢？也许一时找不到理由拒绝，可是说声自己随后单独赶过去汇合不就行了吗？何况要找个理由的话，多少理由都找得出，为什么当时就没那样做呢？千不该万不该，自己不该那样麻痹大意。要是真像丈夫说的那样有幸再怀上一胎的话，当然再好不过了，不然的话，无论过去多长时间，自己还是会自责的：唉！要是胎儿活着的话，现在该有这么大了。这件事情怕是永远也忘不掉了，自己会悔恨一辈子了。就这样，幸子一而再再而三地强烈地自责着，悔恨自己对丈夫和失去的胎儿所犯的无法弥补的罪过，一次又一次地热泪盈眶。

阵场太太那边已经一再延期，按说只要去个人回绝一下就行了，可是贞之助不认识他们，对方又每次都是由阵场太太出马交涉，她丈夫阵场仙太郎一次也没有露过面。因此，六日晚上由贞之助出面写了一封快信给阵场太太说："一再要求延期，敬请见谅！因为内人感冒发烧，抱歉得很，8日之约，只得暂缓，但再次重申：此次延期没有别的原因，只是由于内人生病，望勿误解！病情并不特别严重，请再等一星期左右应该就没问题了。"信寄出后，不知道对方是怎样理解的，7日下午阵场太太突然来访，说什么"一则问候，二来顺便听听消息，万望见到您家夫人"。女佣传进话来，幸子没辙，只得将阵场太太请进卧室。因为幸子觉得让对方看到自己确实卧病在床的样子，就不至于有什么误会了。稔熟的老同学一旦见面，幸子一下子生出一种亲切感，心想索性将事情原委讲清楚，于是先表示歉意然后说道："正当喜事临门，在信上只能那么说，可是我觉得对你不该隐瞒。"接着将五日夜里以来发生的意外事故大致说了一下，同时倾诉了自己的悲痛心情，最后还叮嘱道："这件事情只告诉你，男家那边还请你帮我掩饰一下，不过实情既然如此，还希望对方不致见怪才好。好在现在恢复得还算可以，大夫也说一星期后就可以外出走动了，所以希望按照目前这个情形另外再订一个相亲的日期。"幸子说罢，阵场太太接口说道："这真是太可惜了！您丈夫该多失望呀！"话刚说出口，瞥见幸子的眼圈又红了，赶紧掉转话头："要是一星期后能恢复，那就定15日那天相亲你看怎么样？"她还解释说："今天早晨收到快信，先去男家商量了一下才赶来你这儿的，这个月从15日到24日是彼岸会[1]，要避开，8日之后只有15日那天还可以，15日要是不行，那就得拖得到下个月去了。从今天起，到15日刚好一个星期，就定下来那天相亲吧？其实，我也是受了滨田先生的委托来和你商定日期的呢。"经她这样一解释，幸子再也无法推托，心想既然大夫也说一星期后基本上就没事了，哪怕稍稍有点勉强，出门应该可以的吧，所以她没来得及和丈夫商量一下，就原则上答应下来，然后送走了客人。

哪里知道，幸子此后的恢复情况虽说尚可，可是到了14日又见了一点红，她只好一会儿在床上躺着，一会儿下地稍许走动走动。贞之助多少还是有些不安："这样满口应承下来行吗？"但情况既然如此，相亲席上又不能出乖露丑，所幸阵场太太已经知道实情，于是贞之助出了个主意，就是事先和阵场夫人说清楚原因，届时幸子不参加，由贞之助单独陪同雪子前去相亲。可是，这个办法似乎不妥，因为幸子假如不去，就没有人为双方做介绍。雪子担心姐姐再出什么意外，说："用不着为我的事情而硬撑，顶多请求再延期一个星期好了，就算万一吹了，也没什么大不了的。这种时候偏偏出这个意外，也许是本来就没有缘分。"雪子这么一说，反而更加激起了幸子前一阵子由于伤心而被冲淡了的对妹妹的同情心。雪子的亲事每次都出现状况，从来没有一帆风顺过，说这次也将发生波折虽然为时尚早，但是正当担心不要出事的时候，却先是长房的侄儿生病，耽误了一段时间。侄儿的病刚好，竟又碰上流产这样的倒霉事，弄得幸子心里不由得害怕起来，觉得连自己一家人都卷

1　佛教的法事活动，春秋各有一次，在春分和秋分当日及其前后各三天里举行，以念经和上坟等为主要内容。在日本，始于平安初期，至江户时代已成为大众化的独特的佛教仪式。

进那冥冥之中一直缠着雪子不放的命运中去了。雪子自己倒似乎一点也不在乎，这样的雪子，幸子越看就越发觉她可怜、更加同情她。因此，14日早晨贞之助上班前再三叮嘱不让幸子参加相亲，幸子却坚持想去，两人谁也说服不了谁，相持不下。下午3点钟左右，阵场太太打电话来问："您身体这几天怎么样啊？"幸子狠狠心回答说："嗯，大致已经不碍事了。"对方马上紧逼道："那么明天下午没问题吧？"并且告诉幸子，会面时间定在下午5点钟，地点是东方大饭店的大堂，这是野村定的，希望这样办。东方大饭店只是碰头地点，在那里简单寒暄几句，喝口茶，然后换个酒楼去吃晚饭，至于去哪家酒楼尚未决定。虽说是相亲，但不想很一本正经的，不过就几个人会个面，所以晚饭地点可以待明天碰头时再商定。野村方面就他一人参加，我们夫妇俩作为滨田的代表陪同参加，您那里是三位，双方加起来一共六人。幸子听了阵场太太的简单介绍，终于下定决心参加。当对方追问"那么，这件事就这么定下来了吧？"时，幸子打断她说道："身体差不多算是恢复了，不过明天还是第一次外出，而且偶尔还是有点见红，只是这事不便启齿，可否请你多费点心，尽可能不要多走路，距离再短也还是乘坐出租汽车，只要能体谅到这一层，这边就一点问题也没有了。"幸子再三郑重其事地拜托了阵场太太。

这个电话打来时，正好雪子不在家，为了明天的相亲，她去井谷的美容院做头发去了。等雪子回到家里听了幸子的转述，别的倒都应承，只是听说会面定在东方大饭店后面露难色，因为上次和濑越相亲也是在东方大饭店，现在又是同一个地方，倒不是怕不吉利或别的什么，而是不情愿被那里的男女服务员记起去年相亲的情形，用"哟，那位姑娘又来相亲啦"的眼光看自己，引起不快。最初幸子听到阵场太太提出会面地点定在东方大饭店的时候，也曾担心雪子可能会不同意，现在雪子既然提了出来，幸子知道不换个地方雪子肯定会不乐意，于是走到丈夫的书房里给阵场太太打电话，跟她说了实际情况，请对方考虑一下改个地点。两小时后，回电来了，阵场太太在电话里说："和野村先生一再商量，东方大饭店要是不行的话，一下子还想不出别的合适的地方了，其实也可以直接到酒楼去会面，不过要是这边单方面决定了，又怕你们那边又出问题。你们那里要是有更好的提议，请告知一声。不过我要冒昧地说一句呀，东方大饭店只是个临时碰头的地方，雪子小姐要是能将就一下就再好不过了，只是不晓得那样子行不行呢？其实也用不着那样顾虑重重的。"

恰巧这时候贞之助回家了，夫妇俩商量的结果，认为还是尊重雪子的意见为好，于是再打电话请对方对这边的坚持己见加以体谅，希望对方改一改地点，对方则说要好好考虑一下，等第二天再决定。15日早晨，电话来了："东亚饭店[1]怎么样？"这才最后将碰头地点定了下来。

二十八

相亲当天，彼岸会已过，天气还有些寒冷，虽然没有刮风，天色却阴沉沉的。贞之助早晨一起身，首先问妻子有没有见红，这是他最关心的。下午他早早地就回了家，又问道："没有见红吧？要

1　原位于神户市北野町四丁目，明治四十年（1907年）开业，昭和二十五年（1949年）因火灾烧毁，其旧址现为神户外国俱乐部。

是感觉不舒服，现在回绝人家也不是不可以呀，今天的差事我一个人也可以应付的。"幸子每次都回答一点点好起来了，血已经出得很少了。其实，昨天晚上几次来回书房打电话，走动多了，出血量又多了起来。由于她好几天没有洗澡，每天只是简单地洗洗脸和脖颈，坐到梳妆台前对镜一看，明显是贫血的样子，连自己都觉得消瘦得厉害。前不久井谷还提醒她陪同雪子相亲时务必要打扮得朴素些，幸子想，现在这副憔悴的样子倒正合适。

等候在东亚饭店大堂的阵场太太一看幸子夫妇拥着雪子走进来，立即走上前招呼说："幸子姐，介绍一下您的先生呀。"然后回头叫了她丈夫一声，向他招了招手。她的丈夫仙太郎距离她只有三两步远，拘谨地站在那里，她一招手他赶忙过来同贞之助寒暄道："初次见面，我是阵场。内人一向承蒙关照，多谢了！"

"哪里，应该是我们受到关照。这次又承蒙您夫人热心说亲，我们感谢还来不及呢，特别是今天还单方面提出了许多要求，实在对不起！"

"我说，幸子姐……"这时候阵场太太压低声音，"野村先生就在那边，可以给你们双方介绍了，不过我们只是在总经理家见过一次面，交情并不深，所以有点别扭。关于他的情况我们也不是很清楚，所以希望你们有什么问题还是请直接问他本人好了。"

阵场不声不响地站在一旁听妻子悄悄说完这番话，然后弯下腰，仿佛接受什么被赠予的物品似的恭敬地伸出一只手对贞之助说道："您这边请。"

介绍之前，幸子夫妇就看到一个曾经在照片上见过的绅士模样的男人独自坐在大堂的椅子上。他将烟头扔进烟灰缸并转动着碾灭火星，大概因为性急，碾了两三次，然后才站立起来。他的体格出乎意料地顾长，很结实，可是正如幸子担心的那样，人看着比照片上的还要老相，简直是一副小老头样。头发虽然没有秃，可是大半已经花白了，并且稀稀拉拉地鬈曲着，显得有些邋遢；脸上好几道皱纹，看上去至少得有五十四五岁了，野村的实际年龄只比贞之助大四五岁，可是看着却似乎比贞之助要大十岁还多。至于和雪子就更没法比了，雪子的外貌看上去比实际要年轻七八岁，顶多也就二十四五岁的样子，两人在一起，简直就像一对父女。带妹妹来和这样一个男人相亲，光是这一点，幸子忽然就觉得自己像是做了亏心事似的。

双方介绍完毕，六个人围着桌子唠扯起来，但是话不投机，聊得不起劲，时不时出现冷场，大概是因为野村这个人不易接近，作为陪客的阵场夫妇对野村又非常客气的缘故，场面有点尴尬。从阵场这边来说，对方是他恩人滨田的表弟，态度自然就客气，但似乎有点过分谦卑了。本来像这种场合，贞之助夫妇颇有一套应付冷场的本领，但幸子今天因为身体原因兴致不高，贞之助受到妻子的影响，情绪也多少显得有些低落。

"野村先生在县政府里主要从事哪方面的工作啊？"

谈话从这里打开了一个突破口，野村介绍他的工作主要是指导、视察兵库县香鱼的生产情况，全县哪里的香鱼鲜美，龙野[1]和泷野[2]的香鱼情况等。这中间阵场太太一度将幸子叫到旁边，站着讲了几句，回过头来又和野村咬了咬耳朵，然后去电话间打电话，打完电话又把幸子叫了过去，像是有什么事情商量。等阵场太太回

1　位于兵库县西南一地名，产于市内揖保川的"龙野香鱼"是当地名产。
2　位于兵库县加东郡、加古川上游，为旅游景点。

到席上，幸子又将贞之助叫到旁边，贞之助问什么事，幸子轻声回答："就是会餐地点的事。您晓得山手的中国餐馆北京楼吗？"

"不晓得。"

"野村先生常去那里，他希望在那里会餐。中国菜倒也没问题，不过今天我坐椅子不合适，想要个日式的包间，北京楼是中国人开的，据说也有一两个日式包间，现在阵场太太打电话去预约了。您看这样安排可以吗？"

"只要你觉得没问题就行。你最好不要一会儿坐下一会儿站起来的，安静一会儿。"

"可是人家叫我过去呀？"幸子说完上了趟卫生间，过了二十分钟才回到座位上，脸色似乎更加苍白了。这时候阵场太太又叫幸子，贞之助忍不住了，站起身来说："我去。"他对阵场太太说："内人身体还没有恢复，有什么事请您对我说吧。"

"噢，是吗？现在来了两辆汽车，一辆野村先生和雪子小姐还有我坐，另一辆车子你们二位和我先生坐，您看这样行不行？"

"这个……是野村先生这样要求的吗？"

"不，不是的，我只是在想我这样安排不晓得妥不妥当？"

"那……"

贞之助不由得生出一股不愉快的感觉，但他竭力克制着不让它显露在脸上。今天幸子忍受着肉体上的痛楚，同时多少冒了点风险出来相亲，这事不仅昨天就告知了对方，而且刚才还一再透露出话风。可是阵场夫妇听了连半句安慰或同情的话也没有，这就使得贞之助十分不满，也许因为今天是个吉庆的日子所以故意避免说那样的话，但是私下对幸子表示一下关心总可以的吧？他们夫妇两个也太不通情达理了。至于阵场夫妇那边兴许又是另一种心情——相亲的事一拖再拖，今天才总算碰到一起见个面，幸子那边多担待着点也是理所应当的，何况不是为别人，是为自己的妹妹呀。阵场夫妇完全出于热心操持这件事情，所以在他们看来，姐姐为妹妹的亲事忍受点身体的不适算不了什么，要是把这当作是施惠于别人，那就完全认错目标了。贞之助觉得也许是自己的偏见，他们夫妇应该不会像井谷一样抱有这样一种想法：这是在给一个耽误了婚事而一筹莫展的大姑娘说媒，正因为这样，施惠于人的是他们。但对方这样想的可能性也不是不存在。据幸子说，阵场是关西电车公司的电力科长，而公司的总经理是滨田，由于这层关系，他拼命奉承野村以表示自己对滨田的忠诚，别的事情他都不会放在心上，这样解释或许最合理。至于要求雪子和野村同车，究竟是阵场太太想出来的主意还是野村的授意，那就不得而知了，不过就目前来讲，这样做毕竟有些不合常规，贞之助觉得这几乎是对他们的一种侮辱。

"您看怎么样？雪子小姐要是不反对的话……"

"怎么说呢，雪子就是这样的性格，当面她可能什么都不会说的。其实要是事情进行得顺利，这样的机会今后有的是。"

"是的，是的。"阵场太太已经觉察到贞助的脸色不大对劲，皱着鼻子苦笑了一下。

"再说他们两人如果坐在一辆车里，雪子肯定更加不好意思，一句话都不肯说，我觉得反而不好。"

"噢，是啊……不是，我也就是一时想到的，提出来供你们参考而已。那就再考虑吧。"

可是，贞之助生气不仅仅是因为这件事，北京楼这家餐馆在国营铁道元町车站那边的高台上面，因此他问了问汽车是不是停在餐馆前面，得到的回答是"没有问题，您请放心"。结果到了那里一看，不错，汽车是停在餐馆前面，不过那儿面对着从元町开往神户的火车站的高架铁道线北侧的那条公路，必须爬上好几级相当陡的石阶才能走到餐馆门厅，从门厅还得走上二楼。幸子由贞之助搀扶着，落在后面慢慢走了上去，一上到二楼，站在走廊上眺望大海的野村对幸子夫妇也全然不关心，只管兴高采烈地说："怎么样，莳冈先生，这里的景色很不错吧？"

"果然不错，居然让您发现这么好一个地方。"站在野村旁边的阵场随声附和道。

"从这里往下俯瞰港口的市容，会有种像是到了长崎的异国情调呢。"

"就是就是，的确是长崎的情调。"

"唐人街的中国餐馆我也常去，却不晓得在神户还有这样的好地方。"

"这里离县厅[1]很近，所以我们经常来，这儿的菜也相当不错。"

"噢，是吗？说起异国情调，这家餐馆的建筑样式倒像中国的港式酒楼，煞是别致，不是吗？这里的栏杆、栏杆上面的雕饰，还有屋子里的陈设，都别具一格，非常雅致。"

"像是一艘军舰进了港。"幸子强打起精神来应酬道，"不知是哪个国家的军舰呢？"

此时去楼下账房打交道的阵场太太一脸为难的样子，匆匆上楼来了。

"幸子姐，真对不起，餐馆的人说由于日式包间已经客满了，

1　日本各县(相当于我国的省)行政机构的办公厅舍，类似的用法还有(东京)都厅、(京都或大阪)府厅、(北海)道厅。

要我们在中式包间里将就一下。先前打电话的时候他们满口应承，保证给我们预留一间日式包间的。唉，这里的服务员全是中国人，我电话里都叮嘱了好几遍，看来他们还是没有完全听懂我的话。"

贞之助上楼的时候看到正对着走廊的一间中式包间已经准备就绪，就感觉有些奇怪。要说是服务员听错了话，那就不能责怪阵场太太，可是接电话的如果是那样不靠谱的服务员，为什么不更加谨慎一点呢？归根结底，还是阵场太太对幸子不够关心体贴，才会出现这样的结果。还有她丈夫以及野村，对于餐馆方面没有履行约定，一句质诘的话也没有，只顾着一个劲地称赞这地方风景好。

"那么，就在这里将就一下好吗？"阵场太太不容分说地用双手攥住幸子的手，仿佛小孩子死乞白赖地讨要东西似的样子。

"可以啊，没问题的，这个房间也不错嘛。真的，让我们得知了这样一个好去处。"幸子反倒担心丈夫心里不高兴，叫了丈夫一声，说道，"什么时候带悦子、末子她们也来吃一次好吗？"

"嗯，这里能看到港湾里的轮船，孩子们应该会喜欢的。"贞之助仍然难掩一脸的不愉快。

大家围着桌子坐下，野村坐在雪子对面。日本酒、绍兴酒和冷盘一端上桌，晚餐便正式开始了。阵场谈起最近报纸上纷纷刊载的德奥合并[1]，顺便又聊了聊奥国总理舒施尼格辞职和希特勒进入维也纳的事情，女家方面的人只偶尔插上几句，大多是野村和阵场两人一唱一和。幸子尽管装出若无其事的样子，可是两次查看——一次在东亚饭店，一次在入席前——出血量都比在家里的时候明显增多。这自然是由于走动多的缘故，还有是因为坐在又高又硬的椅子

1　指 1938 年纳粹德国吞并奥地利的事件。

上很不舒适，她一边忍着心里的不快，一边又担心出洋相，情绪怎么也昂爽不起来，可是又没有办法。贞之助越想越生气，可是他看出妻子在拼命忍耐，如果自己再板着脸不说话，反而更加给她增添负担，于是，他不得不借着酒劲尽量不让席上冷场。

"对了，幸子姐喝点应该没问题吧。"阵场太太给男客敬酒时，顺便过来也给幸子斟了杯酒。

"我今天不能喝。雪妹，你来点吧。"

"那么雪子小姐请……"

"既然这样，我喝这个吧。"雪子边说着，边尝了尝那杯加了冰糖的绍兴酒。

看到姐夫和姐姐兴致不高，加上野村从对面不时直瞪瞪地盯着她看，雪子害羞得头也不敢抬，瘦削的双肩好像洋娃娃似的缩成一团。野村已经有了几分醉意，话越来越多，也许是对着雪子这样一个女子，让他兴奋的缘故吧，他似乎十分骄傲有滨田丈吉这样一个亲戚，滨田这个名字不离口，阵场说起滨田也是满口"总经理、总经理"的，暗示滨田是如何庇护他这位表弟。最让贞之助吃惊的是，野村不知道什么时候已经把女家的底细调查得一清二楚，雪子本人就不必说了，连雪子的姐妹、已故的父亲、长房的姐夫和大姐，还有妙子的登报事件，所有有关莳冈家的情况他全都知道，当贞之助出于客套表示"有什么不明之处，不管哪方面，您尽管问好了"的时候，他果真提了好多细节问题。从两人的一问一答中贞之助发现，对方为了了解雪子的情况，各方面都打听到了，说不定这是因为有滨田做他后台的缘故，许多人在帮他卖力地调查，从他的口气中听得出，井谷美容院、栉田大夫的私人诊所、塚本的法国太太、雪子以前的钢琴老师那里……每个地方他都叫人调查过了，和濑越的相亲为什么没有成功，甚至连雪子在大阪拍 X 光片的事他都知道，除了井谷，再也想不出他是从什么途径打听来的。（说到这个，井谷有一次曾对幸子说过："某方面派人来了解雪子小姐的情况，在无伤大雅的范围之内，我都告诉对方了。"还有雪子这次回芦屋以后，脸上那块褐色斑完全消失了，因此幸子今天还颇为安心，觉得这种事情井谷不至于对别人讲，不过当时还是有点提心吊胆。）贞之助专心承担着应承之责时，看出来了野村有严重的神经质倾向，觉得像他这种性格，有自言自语的怪毛病也就不足为奇了。还有，从刚才的样子来看，野村似乎一点也不知道女家的本意，满心以为这桩亲事一定能成功，所以才那么寻根究底地仔细盘问，他那有说有笑的样子和先前在东亚饭店初见面时判若两人，而且越来越兴高采烈。

贞之助他们的本意只是想适可而止地结束这场会面，早点回家。不料临回家时又发生了一件为难的事情，原来回大阪的阵场夫妇先用汽车送贞之助他们回芦屋，然后他们自己再乘阪急电车回家。汽车叫来了，出去一看，只有一辆，因为野村的家在青谷，和贞之助他们同一方向，虽说要绕道多跑一些路，但阵场请求让野村同车回去。贞之助知道走国道一条直线回家和绕道青谷再回家的路程相差很多，况且青谷那条路崎岖不平，坡道又多，一路上颠簸得厉害，想到对方一再不体谅人家的难处，现在又是这样，心里气愤得不行。每当汽车急转弯的时候，贞之助就惴惴不安，为妻子担心，也不知道坐在后座的妻子会是一副什么表情，可是三个男人坐在前排，又不便回头去看。车子开到青谷附近时，野村忽然提出："各位就在这里下车吧，请到我家坐一坐，喝杯咖啡好吗？"他的态度十分诚恳，推辞再三还是没推辞掉。他还再三表示："虽说只是个简陋的蜗居，但是胜过北京楼呢，坐在屋子里，可以看到整个港湾，也算是不可多得的景致了，请进去实地感受一下吧！"阵场夫妇也在一旁替他帮腔道："既然这样恳切地邀请，无论如何也要进去坐一下啦！听说他家里除了一个老婆子和一个女佣之外，没有其他人，用不着顾虑什么的，趁此机会正好观察一下他的居住情况，也好作为参考。"贞之助心想，这话虽然说得没错，但毕竟这事关乎相亲，不征求一下当事人雪子的意见自己不便贸然拒绝。再说，他或许还有一分心虚，觉得这桩亲事到底会怎么样还不好说呢，说不定将来因为别的原因而有求于人家，再说不给阵场夫妇留点面子也不大妥当。这些人吧，虽说不大为别人着想，但待人还是蛮热情的。就在这个当口儿，幸子开口道："那我们就稍稍叨扰一下喽。"贞之助便顺势答应了。

可是，从下车的地方到野村家也有一二十丈[1]的距离，而且是又窄又陡的坡道，路不好走。野村这人非常浮躁，来了劲就像个小孩似的兴奋异常，一进到家里立即叫人打开可以眺望大海的那间屋子的窗户，让大家参观他的书房，随后又领大家参观了所有房间，连厨房也没有漏掉。这是一栋简陋的专供出租的平房，总共有六间屋子。野村还拉着大家去看设有佛坛的约有六席大小的餐厅，里面供着他前妻和两个孩子的照片。阵场一走进屋子，便忙不迭地奉承道："真是个好地方，从这里眺望海景果然比北京楼更佳！"其实这屋子几乎就建在高崖边上，人在走廊，感觉就像身体突出于悬崖一样，令人油然而生恐惧之感，贞之助就觉得换作自己的话，住在这样的房子里面无论如何也不得安心。

---

1   1丈等于3.3333米。

匆匆喝过咖啡，坐进等候在外面的汽车。

"今天晚上野村先生好像特别高兴是不是啊？"汽车一开出，阵场就说道。

"可不是嘛，从来没见过野村先生像今天这样滔滔不绝地讲话，到底是因为身旁有位年轻漂亮的姑娘呀。"阵场太太附和道，"幸子姐，野村先生的意思不用问也清楚了，接下来就全看你们这边了。没有家产确实是有点不足，不过有滨田先生做后台，万一有个什么，生活也不至于发生问题，关于这一层，需不需要让滨田先生做出更加明确的保证啊？"

"啊，不必了，谢谢您，真的多多有劳您了。还是等我们商量商量，征求一下长房的意见再说吧。"贞之助回答了两句客套话。不过，临下车的时候，又觉得有点稍稍过意不去，因此再三道歉道："今晚实在太对不起你们二位啦！"

二十九

隔了一天的 17 日早晨，阵场太太来芦屋拜访，听到幸子由于前天抱羞外出结果又躺倒了，这次她总算诚惶诚恐地坐在床头跟幸子聊了半小时，关心了几句才回去。据她说，她今天是受了野村先生的重托特意前来的，野村先生的生活状况，看过他家里的情形以后也大致可以想象到了，现在因为是独身，所以还住在那种地方，要是结婚的话，他说打算找个像样些的房子住。尤其是雪子小姐要是肯嫁过去，他愿意为了雪子小姐付出一切。他还说他的境况虽说不是很宽裕，但不让雪子小姐感到生活拮据这一点他是绝对做得到的。还有，滨田先生那里她也去过了，滨田先生对她说："野村既然那样执着，就请你鼎力促成这桩亲事吧！他家里没有什么家产，嫁给他的人挺可怜的，得想个办法，这件事情就交给我吧。现在要我做出什么具体保证固然不大方便，不过只要有我在，生活上绝不会叫对方受苦的。"滨田先生这样的人物既然许下这种诺言，总可以相信了吧。野村先生这个人其貌不扬，一副让人敬而远之的面孔，但是性格非常温和，据说对前妻很宠爱，前妻去世前他细心服侍的样子让旁人看了都感动。那天晚上去他家，餐厅里不是还摆着他前妻的照片吗？要找一个人的缺点，肯定是数不过来的，不过女人只要得到丈夫的关爱那就是最大的幸福，这一层还望好好考虑考虑，尽可能早点给个答复。

幸子早已为拒亲安排好了伏笔，她表示："雪子一切都愿意听我们的，她本人应该没问题，关键在长房那边，我们也不过是作为长房的代理，野村先生的身份调查之类一概都是长房那边进行的。"将责任全部推到了长房身上，为的是不让对方怨恨雪子。说完这些，便将客人打发走了。过后因为身体仍然不舒服，按照大夫的劝告，需保持绝对安静，所以也就没有急着马上征求雪子的意见。

相亲之后第五天早晨，刚巧卧室里只有幸子和雪子姐妹两人，幸子借机试探道："雪子妹妹，那个人你觉得怎么样？"

"嗯。"雪子应了一声，便没了下文。于是幸子将阵场太太大前天来访时说的那些话转述给她听。

"尽管对方讲得那么好听，可是我们雪子妹妹这么年轻，那个人看上去那么显老，这一点你到底怎么觉得呢？"幸子一边说一边观察着雪子的脸色。

"不过，要是那个人的话，我想大概什么事情都会由我说了算，想怎么过就怎么过吧！"雪子终于憋出这么一句来。

雪子的"想怎么过就怎么过"这句话，幸子不问也知道究竟是什么意思。雪子是想说，她什么时候想来芦屋玩就能什么时候来。一般女子结婚后，不大可能有这种自由的，但如果嫁给那个老头，这一点小任性应该不成问题，雪子说这句话大概是想表示她总还有这样一点点安慰。但假如带着这样的心情结婚，那娶她的人肯定会受不了。不过，那个老头对于这样的要求说不定也同意，会说："没关系。"可是一旦嫁了过去，也许就不会那么轻易允许她出来玩了。再说尽管雪子嘴上这样说，但按照她的性情，要是让那个老头的爱情一束缚，没准马上就把芦屋这边的人丢到脑后了，等到孩子出生就更不用说了。想到对方那样诚心诚意愿意娶因耽误了婚期而犯愁的妹妹，从某种意义上讲，还应该感谢人家呢，不屑一顾地嫌弃人家，似乎有点过意不去。

"真的，这倒是值得考虑。雪子妹妹要是有这样的心意，其实也不见得不好。"话头一点点转到这方面，正想着继续套出一个究竟的时候，雪子笑嘻嘻地说道："不过，如果一个劲地吹捧我，我可吃不消。"她巧妙地将话头岔开去，然后不再接这个茬了。

至于东京方面，第二天幸子便躺在床上简单地写了封信向他们报告了相亲的经过，但是大姐没有回复。

彼岸会期间，幸子一会儿躺一会儿坐的。这天早晨，她被春天的晴空吸引，拿了一个垫子放到卧室外的走廊上坐着晒太阳，无意之间看到雪子从露台走向草坪，刚想叫她，随即意识道她是送悦子去上学回来想在闲静的院子里歇息一会儿的，便忍住了没叫，只是隔着玻璃默默望着下面。只见雪子绕着花坛走了一圈，查看一下池边的紫丁香和麻叶绣线菊的枝叶，抱起走到她跟前的"铃子"，蹲在修剪得圆圆的栀子树下。因为是从楼上往下看，所以只见雪子一次又一次俯下头用自己的面颊亲抚猫咪，但看不到她脸上的表情。不过，雪子现在心里在想什么，幸子完全琢磨得出来，雪子大概预感到不久长房又要将她接回去，所以在和这院子里的春光惜别，也许她在祈祷但愿自己能继续留在这里，看到马上就要盛开的紫丁香和麻叶绣线菊吧。本来东京的大姐并没有来信叫她哪天回去，可是她却惴惴不安地担心着今天会不会来通知，明天会不会来通知，一心只想在这儿多待一阵，她的这种心理，旁人都看出来了。人不可貌相，幸子知道这个害羞的妹妹其实很爱外出，如果自己能出去走动走动的话，也想每天陪雪子出去看电影或者吃茶点。可是雪子等不了，前些日子天气好，她就邀请妙子陪她去了趟神户，在元町一带漫无目的地逛马路，好像不这样就不舒心，而且总是她主动打电话给松涛公寓的妙子，约好碰头地点，然后兴高采烈地出去，对自己的亲事倒似乎一点也没有放在心上。

经常被雪子拉出去的妙子，往往到幸子枕边来绕着圈子诉苦，说什么近来正逢工作紧张，下午最宝贵的时间被拉出去陪她玩，实在吃不消。有一次她来报告说："昨天出了一件可笑的事情……"事情原来是这样：

昨天傍晚妙子和雪子一块儿去元町散步，在铃兰商店买西点，雪子突然一下子紧张起来，对妙子说："末子，怎么办……来啦！"问她："你说来啦，是谁来啦？"她还是慌里慌张地说："来了呀！来了呀！"正在莫名其妙的时候，在里边咖啡室里喝咖啡的一位素不相识的年长绅士走到雪子面前，殷勤地招呼道："要是方便的话，请赏光去那边喝杯茶，坐上一刻钟可以吗？"雪姐更慌了神，面孔涨得通红，手足无措地喃喃着："这个、这个……"什么话也说不出来。那位绅士站在那里又问了两三遍："怎么样？"看到彻底无望，便深深地鞠躬行了一个礼，说声："非常对不起。"然后走开了。雪子连声催促说："末子姑娘，赶快赶快！"急急忙忙让妙子包好点心，慌不迭地跑出店门。问她："那人是谁呀？"她说："就是上次见过面的。"这才明白大概就是上次相过亲的那个野村了。

"雪姐那个慌张劲真是少有，好好地回绝人家不就行了吗？她却只会慌里慌张地说'这个、这个'的。"

"这种时候雪子妹妹完全不上台面呀，到了这个岁数，还跟个十七八岁的小姑娘似的。"

幸子顺便打听妙子问了雪子什么话，雪子对那个人的看法怎么样，说了些什么。妙子回说："我问她怎么想的，她说婚姻大事听凭大姐和二姐做主，她们叫我去哪里，我就去哪里，可就是那个人不行，不是我太任性，这桩亲事拜托末子姑娘跟二姐好好说说，务必替我回绝掉！"妙子也是第一次遇见野村，看上去他比听说的还要老，她也吃了一惊。妙子觉得这样一个老头，雪姐当然不愿意嫁他了，她猜测雪子拒绝的理由就是因为这个。然而雪子对于男方的外表相貌并没有说什么，倒是提起相亲那天晚上被野村硬邀去他在青谷的家中时，看到佛坛上供着他前妻和两个已故孩子的照片，心里很不愉快。雪姐认为尽管明知嫁过去是做填房，可是让人家看他前妻和孩子的照片，没有人会高兴的。一个单身男人私下供着亡妻和孩子们的照片，为死者祈祷冥福，那种心情可以理解，但现在把相亲对象邀请了去，就用不着把那些东西放在显眼的地方吧？然而野村事先没有将其收起来，反倒故意把她领到佛坛前，岂不是荒唐？仅就这件事情来讲，可以看出那个人对女子的细微心理一点也不懂，因此雪子对他感到特别厌嫌。

又过了两三天，幸子勉强可以外出走动了。这天午饭后，她梳妆打扮了下，就对雪子说："那么我去阵场太太那里回绝人家啦。"

"嗯。"

"那件事情前几天末子姑娘跟我讲了。"

"嗯。"

幸子早就打好腹稿，搬出长房不赞成的那套说辞，婉转地拒绝了这桩亲事。回到家里，对雪子只说顺利办妥了，别的没有细说，雪子也没问什么。

到了清明节，阵场太太寄来了北京楼的账单，附言称："冒昧得很，账款请分担一半。"幸子立即将钱款汇了过去，就此彻底了结了这件事情。

以上种种经过，幸子都写信报告了长房，长房还是毫无音信。幸子开始点拨劝导雪子："雪子妹妹来这里已经一个月了，长久把你留在这儿，弄得以后要来不能来，反倒麻烦。反正下次还要来，不如还是先回去一阵子？"可是，4月3日的女儿节每年照例要开茶会，邀请悦子学校里那些小朋友来做客，茶会上的馅饼和三明治往常都是雪子亲手做的，所以雪子答应过了女儿节之后才回东京。哪里知道，女儿节一过，听说祇园的夜樱再过两三天就要盛开了。

"阿姨，看了樱花再回去吧！不看过樱花绝不回去，好不好？阿姨！"悦子一遍又一遍地央求道。

不过，这次挽留雪子最热心的却是贞之助。贞之助说："既然已经待到今天了，不去京都看过樱花就回去，雪子妹妹肯定会留下遗憾的，再说每年的例行赏花少了一个重要角色，那也太煞风景了啊。"其实，他心里有他的想法，自从那次流产之后，幸子一直多愁善感，夫妇俩在一起偶然谈起胎儿的事，她就掉眼泪，为此贞之助很伤脑筋，这次想趁此机会让幸子和两个妹妹去京都赏樱花，好稍稍排解一下她的愁闷。

去京都的日子定在9日、10日（星期六和星期日）两天。但一直到出发前一天，雪子都没说走也没说不走，照例是磨磨蹭蹭地不明确表态，等到星期六的早晨，她才和幸子、妙子一同走进化妆室，开始打扮起来。化妆完毕，雪子取出东京带来的衣箱，从箱底抽出一个纸包，打开绳子展开纸包，原来是早就专为赏樱准备好的衣裳。

"我说呢，雪姐把赏樱花穿的衣裳都带来了。"趁雪子不在屋里时，妙子走到幸子身后，一边给幸子系腰带，一边笑着说。

"别看雪子妹妹不声不响的，什么事情都得依照她的想法来不可。"幸子接口道。

"看着吧，一旦有了丈夫，肯定把丈夫管得服服帖帖的！"

在京都赏樱花时，贞之助发现幸子即使在人山人海中遇见手里抱着婴儿的人，都会忍不住悄然落泪，这让贞之助很头疼。因为这个原因，夫妇俩今年没有在京都多逗留，星期日晚上和大家一同回了家。两三天后的4月中旬，雪子动身回东京去了。

中
卷

一

幸子自从去年得了黄疸之后，养成了经常对镜观察自己眼白的习惯。从那以后，到现在又一年了。今年院子里的白色杜鹃花盛开期已过，现在到了枯萎的时候。这天，她坐在白桦木椅上，从露台上俯瞰傍晚时分院子里的初夏景色——露台上仍像往年那样搭着遮阳的苇棚。忽然，她想起去年丈夫发现她眼白发黄也是这个时节，于是走下露台，像丈夫去年那样将萎了的杜鹃花一朵朵揪掉，心想既然丈夫不愿看到发萎的杜鹃花，她打算把院子拾掇得干净一些，好让一小时后即将回家的丈夫看了高兴。才弄了半小时，背后响起长齿木屐的声响，阿春一脸的怪模样，手里拿了一张名片，踩着踏脚石走过来。

"这位来客求见太太。"

是奥畑的名片。没错，这个年轻人前年春天时曾经一度造访过，幸子本来不许他和妙子来往，并且从来不在女佣们面前提起他的名字，可是从阿春那副装模作样的神情看，显然她知道那次登报事件，还知道他和妙子的关系，说不定心里还在胡思乱想呢。

"我就去，你先带他到会客厅坐。"

幸子的手让花蜜粘得黏黏糊糊的，她先上楼去盥洗室洗掉手上的花蜜，又往脸上略施脂粉，然后下楼来到会客厅。

"让您久等了。"

奥畑上身穿了一件一眼就看得出是纯英国制的手织毛料白色上

衣，下身穿了一条灰色法兰绒裤子，看到幸子走进会客厅，他带着几分装腔作势的样子急忙从椅子上站起来，做出一个立正的姿势。他比妙子大三四岁，按说今年也有三十一二岁了，上次见面时还带有几分少年的模样，这一两年里似乎又长胖了点，逐渐有了几分绅士的体态，不过他那笑嘻嘻地窥视幸子脸色、稍稍抬起下巴像是申诉什么似的带点鼻音说话的样子，仍然带着几分"船场少爷"的娇媚气。

"好久不见。早该过来拜访一次，可是没有得到您的同意，也不晓得该不该来。从府上门前来回走过两三遍，始终没敢登门……"

"哎呀，真是抱歉，为什么不进来坐一坐呢？"

"我胆子小呀。"奥畑一下子安心了，皮笑肉不笑地答道。

奥畑心里的想法无从知道，可是对于奥畑这次来访，幸子的心情却和上次有些不一样，因为最近她几次从丈夫那里听说，奥畑家的阿启已经不是从前那个纯情的年轻人了。贞之助由于交际关系，出入花街的机会也不少，时常会从那些地方听到有关奥畑的消息。据说奥畑经常出没于宗右卫门町[1]一带，不仅如此，他似乎还搞上了一个艺妓相好。贞之助说："阿启那种行为，不知末子姑娘晓不晓得，要是末子姑娘还打算等雪子妹妹婚事有了着落就和他结婚、阿启也愿意守约的话，你最好还是提醒一下末子姑娘。阿启那种举动假如是出于他和末子姑娘的婚事得不到认可，等得彻底失去了信心才自暴自弃的话，倒也不是不可以理解，只不过他信誓旦旦的所谓'真心谈恋爱'的幌子就靠不住了，更要紧的是当今这种非常时期，这样做应该说也是极不谨慎的。我们一向

1　当时大阪有名的娼妓聚集区。

是他们两人背后的同情者，但阿启那种行为要是不改，我们就不应该再为他们两人的婚事出力了。"不要说贞之助为这件事暗暗着急，幸子也旁敲侧击地问过妙子，可是妙子却说："奥畑家从阿启的父亲那一辈起就和花柳界关系很熟，不光是阿启，阿启的伯父和哥哥都喜欢上那种色情茶室喝花酒。再有，正如姐夫看到的那样，阿启也是因为我们两人的婚事不顺利，才步了他父兄的后尘的，他正值精力旺盛的年龄，我觉得他那样子也是没办法的事。至于说搞上了相好的，倒是头一次听说，说不定只是流言蜚语，要是有确实的证据，那自当别论，可我不相信会有那样的事情。不过在战争期间闹出这样的事，难免会招来不谨慎的指责，而且还会招致别人的误解，所以我会忠告他，以后不要再去那种地方了。他这个人，我说的话他还是听的，让他别去，应该不会再去。"妙子态度冷静，并没有因此而埋怨奥畑，而且表示奥畑的行为她早已知道，不值得大惊小怪，反倒使得幸子有些不好意思。贞之助说既然末子姑娘这样信任阿启，我们又何必多管闲事。尽管他嘴上这样说，但还是放心不下，利用各种机会向那方面的渠道打听有关阿启的消息。也许是妙子的忠告产生了效果，最近不大听到阿启出入那种地方的消息了。贞之助正暗暗为此高兴，半个月前的一个晚上，10点钟左右，贞之助乘车送客人从梅田新道去大阪火车站的半路上，借着车头的灯光，恰巧看见喝醉了酒、步履踉跄的奥畑扶着个女招待从跟前走过，他顿时意识到奥畑又偷偷去那种地方鬼混了。当天晚上，他把这事讲给幸子听并再三叮嘱，不要告诉末子姑娘，因此幸子对妙子只字未提。

　　此刻，和这个年轻人面对面坐着，大概是心理作用吧，幸子感觉对方的表情以及说的每句话都缺乏诚意，不由得也产生了她丈夫所说的"近来对那小子没什么好感"的想法。

"雪子妹妹吗？是呀，各方面都在关心她，说媒的一直不断。"

奥畑一再询问雪子的亲事，可能是间接催促早点解决他和妙子的婚事吧，这大概就是他来访的目的，幸子这句话说的也是这件事。到底能给他怎样的答复呢？上一次她采取的是"先听听看"的策略，没有给对方许下任何诺言，现在丈夫的想法已经有所改变了，她说话就更得小心谨慎。尽管他们夫妇俩并不想阻止奥畑和妙子结婚，但是已经不愿意再被奥畑视为两个恋人的理解者和同情者了，所以言语之间就要让对方不再存有这样的误解。幸子心里正想着，奥畑忽然正了正坐姿，用大拇指将过滤嘴香烟的烟灰掸在烟灰缸里，说道：

"其实，今天是为了末子小姐的事情不得不来求见姐姐。"他依旧称呼幸子为"姐姐"。

"哦，什么事情？"

"我想，姐姐一定晓得的，末子小姐近来去玉置德子那个学校[1]开始学做西服，这倒没什么，不过这样一来她做布娃娃的热情就逐渐冷下来了，最近几乎完全停止了原先的工作。我不清楚她到底有什么想法，为此问了她一下，她说她不想再做布娃娃了，打算专心学做西服，将来就专做那一行。现在因为接了不少布娃娃的订单，而且带着徒弟，没法一下子歇手，不过将来早晚会把这摊子逐步让给徒弟，自己专做西服，她说姐姐们都同意她这样，她还想让家里送她去法国待个一年半载的，在那里弄个专业头衔回来。"

1　原型应为创办于昭和七年（1932年）的田中千代服装学园，是日本早期的西式服装裁制学校之一。

"噢，末子姑娘对您这样说的吗？"

幸子早就听说妙子利用做布娃娃的余暇在学做西服，可是奥畑刚才这番话她还是第一次听到。

"是呀，末子小姐的行动我本来无权干涉，不过末子小姐完全凭借个人的才能干出那样一番事业，她独创的艺术风格也得到了社会的认可，现在她说歇手不干，不晓得究竟出于什么考虑。要是单纯歇手不干，那还好理解，但是改行做西服，就叫人不好理解了。她说出的理由是布娃娃做得再好，毕竟只是一时的流行，很快就会过时、无人问津的，而西服是人人要穿的日用必需品，永远不会过时。话是这样说，可为什么名门闺秀一定要靠做西服赚钱呢？就快要结婚的人，也用不着寻求什么独立生活的技艺吧？我尽管没什么出息，但也不会让末子小姐将来在金钱上觉得拮据的，劳动妇女的那种工作，还是不要去做的好。本来末子小姐心灵手巧，不想闲在家里什么事也不做，这种心情可以理解，目的不在于赚钱，只是出于对艺术的爱好做点什么的话，既高尚，名声又好，做布娃娃是大家闺秀或者阔太太们的余技，说出去一点也不丢人，所以我还是希望她放弃做西服。这也许不是我一个人的意见，说不定长房和您也是这样想的。我对末子小姐说：'我先把话放在这里，不信你去商量一下试试。'"

奥畑平常说话特别慢，以显示他那纨绔少爷的身份气派，听起来让人很不舒服，今天大概是神经高度兴奋的缘故，说话的语速比平常快了许多。

"谢谢您好意提醒我们，不过这件事还得好好问一下末子姑娘本人。"

"是呀，务必请姐姐过问一下。我提这种要求或许有点过分，要是末子小姐真的想那么做，能不能请姐姐劝她放弃成见？还有出国的事情也是，我并不是反对她去法国，要是学点更有意义的东西，还是很值得去的，说句失礼的话，出国费用由我供给好了，而且我自己也想一块儿去呢。不过，假如是为了学做西服而去，我是无论如何难以赞同，而且我觉得姐姐也不可能赞成的，所以还请姐姐务必加以劝阻。末子小姐要是想出国的话，结婚后再去也不迟，我想还是那样更合适。"

这件事如果幸子不当面问清楚，妙子这个计划究竟是出于什么考虑，她也是无法想明白的。而眼前这个年轻人，竟然大言不惭地以妙子未来丈夫的身份自居，听着不仅令人反感，而且实在可笑。实际上奥畑的算计是，他拿这件事来请幸子帮忙，很可能会博得幸子的同情，推诚相待地和他一起商量，弄得好的话也许还会让他和贞之助见面，所以特意选了现在这样一个时点。"末子小姐的事情"说完，他没有马上告辞，仍在变着法儿试探幸子的态度。幸子则尽量避免接触核心问题，一味敷衍应酬，说多谢他对妙子的关心，竭力用待客的口气和他周旋。听到外面传来皮鞋踏地走路的声音，好像是丈夫回家了，幸子赶忙过去打开门，说声："嗳，阿启来了。"

"他来做什么？"贞之助站在玄关的泥地上，听完幸子悄悄凑在他耳边的简短说明，接着又说，"我就没必要和他见面了吧？"

"我也觉得没这个必要。"

"那你随便应付他几句让他回去算了。"

奥畑又磨蹭了半小时，看到贞之助始终不露面，只得客气一番后，恭恭敬敬地起身告辞了。

"没有好好款待，实在失礼了。"幸子将他送出门时只说了这样一句，也没有解释丈夫为什么不见他。

二

假如奥畑的话属实，幸子总觉得有些东西不能理解。妙子最近工作还是很忙，她早晨基本上和贞之助、悦子同一时间就外出了，晚上则是最后一个回到家，而且差不多三天里总有一天在外面吃了晚饭才回来。所以当天晚上幸子找不到和她说话的机会，第二天早晨，贞之助和悦子离家后，妙子随后刚要出门，幸子将她叫住，来到会客厅里，对她说："我有话问你。"

妙子丝毫不否认奥畑对姐姐讲的关于她打算不再制作布娃娃、改行做西服的想法，以及打算去法国学习一年半载的计划，可是细细追究下去，幸子才明白原来其中另有原因。这是妙子反复思考的结果。

她厌倦做布娃娃，是因为自己已经是大人，不能老是做小姑娘喜欢做的那种稍显幼稚的工作，她想做点对社会更有意义的事。从自己的天分、爱好，以及善于掌握事情的门道等各方面考虑下来，学做西服对自己最合适不过。她自很早起就喜欢做西服，缝纫机也使用自如，平常参考《时装园地》和《时尚》之类的外国时装杂志，自己的衣服不消说，连幸子和悦子穿的衣服也是她缝制的。要说学习，就不是从一张白纸学起，而且进步也一定会更加快，只要坚持下去，她自信将来能成为一名自食其力的劳动者。至于奥畑说什么做布娃娃是一种艺术，做西服则是不登大雅之堂的劳动妇女的生计之类，妙子只能报之以一笑。她说她不贪图虚名，也不计较做西服是不是低人一等，阿启说出那样的话，只能证明他不识时务、看不清形势。如今早已不再是陶醉于做那种哄骗小孩子的布娃娃的时代了，即使女子，此时不做一点紧密结合实际生活的工作，不是很可耻吗？幸子听她这么一说，觉得很有道理，半句反对的话也说不出口。不过，幸子推测妙子抱有这样坚决的想法，大概是心底里已经讨厌奥畑这个纨绔青年了。归根到底，她和奥畑的关系既然报上都报道过，对姐夫、姐姐以及社会上而言也得争口气，不能和对方干脆利落地一断了之。虽然嘴上不想认输，但实际上她对那个年轻人已经绝望，可能是打算有机会就解除婚约。她要学做西服，就是想到一旦婚约解除，自己必须独立生活，为此不得不及早做好准备。但奥畑不明白妙子的深刻用意，所以不理解一个名门闺秀为什么还要自己出去挣钱，想着做一名劳动妇女。尽管这只是幸子的猜测，但这样解释的话，一切就都顺了，妙子想去法国的用意也可以理解了。她的本意固然有深造裁制西服技术的想法，但主要目的还是想趁出国的机会离开奥畑，如果奥畑和她一同出国岂不是事与愿违，她一定会找个什么借口独自去的。

不过再仔细一想，幸子这种猜测似乎也只猜中一半，另一半并没有猜中。幸子希望妙子不用别人劝说，最好自觉地和奥畑断绝往来，而且相信她有这份判断能力，所以幸子尽可能不说刺激她的话，只是绕着圈子旁敲侧击问些问题。不知道究竟是妙子的本意呢还是她逞强不服输，将她表面上若无其事所讲述的种种综合起来看，只能得出一个结论，就是她目前还不打算抛弃奥畑，不久的将来或许还会和他结婚。照她的说法，奥畑这个人是典型的船场少爷，是个身无长物的无聊男人，这点她现在比谁看得都清楚，根本不用贞之助姐夫和二姐提醒。本来八九年前爱上奥畑的时候，自己还是个虑事不周的小姑娘，确实不知道阿启是这样一个人。不过恋爱这东西不是单凭对方有没有价值而成立或告吹的，对于有了感情的初恋对象，至少不能出于极其功利的理由而抛弃他。自己爱上阿启那样没出息的人，也只能认命，而不后悔。只是想到和阿启结了婚，生活问题确实让人担忧。阿启目前是奥畑股份有限公司的董事，要是结婚的话，据说他大哥还会分给他一些动产和不动产。他本人把社会想得很天真，一向无忧无虑，可是妙子却担心他这个人将来会落得身无分文。就眼下来说，他的生活也并不收支相抵，每月花天酒地的账单以及做西服和杂用的花销数额巨大，听说他经常缠着他妈妈让她拿出压箱底的钱补贴自己。妈妈在世时好说，万一有个三长两短，他大哥绝不会听任他那样挥霍无度。不管奥畑家有多少家产，阿启是家里的三子，既然他的哥哥成为当家户主，他就不大可能分到多少财产。特别是他大哥不赞成他和妙子结婚，所以更不能抱太大希望。即使分到一笔较为可观的财产，考虑到他天生爱做投机生意而且很容易上当受骗，最后说不定会被兄弟们抛弃，有朝一日连饭都吃不上。妙子担心他落得个如此下场，到时候被人家在背后指指点点说："这下看到了吧？"所以她打算在经济上完全不依赖阿启那点靠不住的收入，自己学成一技之长，不仅能够独立生活，还能够长期供养他，这才是她想靠做西服自立的根本动机。

与此同时，幸子也从妙子的谈话中大致听出来，她早已经抱定决心，不让长房将她领回东京。本来在这件事情上，长房的姐夫姐姐连一个雪子都应付不了，目前根本无意叫妙子回去，这是不久前雪子也说起过的。现在长房即使想叫妙子回去，妙子多半也不会应承。听到姐夫自搬去东京以后变得越来越吝啬的消息，妙子觉得自己手里多少已积攒下几个钱，还有做布娃娃的收入，东京方面完全可以减少每月寄给她的生活费。长房六个孩子都已经长大，雪子姐姐又需要长房照顾，那笔负担确实不轻，所以她想帮长房的姐夫和姐姐减轻一些压力，打算不久的将来不要他们的生活津贴，完全靠自己独立生活。只是有两件事情必须得到长房姐夫和姐姐的应允：

一件是允许她明年去法国学习，另一件是寄存在姐夫那里的父亲留给她的妆奁钱，请姐夫拿出一部分或者全部给她做出国经费。她不知道姐夫那里为她存了多少钱，估计在巴黎待上一年半载的生活费和来回的船钱大概是够了，所以无论如何希望长房同意拿出来给她，万一自己因出国而把那笔钱花光，弄得妆奁钱一分不剩，她也绝不怪怨别人。以上这些想法和计划，希望二姐在适当的时机转告长房，求得谅解，为了请求解决这件事，妙子还准备自己去东京和姐夫大姐谈一次。至于奥畑说出国费用由他供给，其实他目前没有那样的实力，妙子知道得比他自己还清楚。也许他指望哀求他母亲来出那笔费用，但是妙子不想在婚前接受对方的恩惠。即使将来结婚，阿启的财产自己一概不碰，也不让他碰自己的，她只打算用自己的钱出国。同时，妙子还希望说服阿启老老实实地等着她回国，以后再也不要到二姐这里来说这种让人讨厌的话，所以她请求幸子不要管这件事。

贞之助认为，既然末子姑娘考虑得那样周到，就不用我们再多嘴了，不过我们得弄清楚末子姑娘的决心究竟认真坚决到什么程度，假如确实没有问题，再为她向长房积极疏通好了。这件事情就到此告一段落，之后妙子仍旧每天忙得不可开交。按照奥畑的说法，妙子近来做布娃娃不甚起劲了，但她自己并不这样认为，她说她确实不愿意再做布娃娃，但是一来因为订货的人很多，二来自己也想多积蓄几个钱，还有则是因为生活开销渐增，所以她近来反而更加埋头苦干了。对她而言，这份工作迟早要放弃，所以想趁现在多做一些作品，于是干劲鼓得足足的。在这段时间里，她每天不仅要抽出一两个小时去位于本山村野寄的西服学院（院长名叫玉置德子）上课，同时还一直在学习山村舞蹈。

她学舞蹈不单是出于兴趣，似乎还抱有一种野心，即将来能获得袭用师傅艺名的资格，成为在舞蹈上独当一面的师傅。她基本上每星期去第二代山村咲[1]开办的练功房学习舞蹈一次。山村咲是第四代市川鹭十郎的孙女，通常人家称呼她为"鹭咲师傅"，当时大阪有两三家号称"山村"的舞蹈世家，山村咲是其中传授最最纯古风舞蹈的一家。她的练功房开设在岛之内叠屋町小胡同里一间艺妓屋的楼上，由于这个原因，来学习的人大多是艺妓，只有极少数外人，特别是正经人家的姑娘更是鲜少前来。妙子平常总是提了一个装有舞蹈扇子以及和服的小型皮包来这里，在练功房一隅换上衣裳，一边等候轮到她上场，一边夹在艺妓们中间观看师兄师姐们的练习，和熟识的艺人、舞伎交谈几句。要是知道妙子的实际年龄，她这种举动就没什么奇怪的了，不过所有在场的人包括山村咲师傅都把她看成是二十岁上下的一个既沉着又机灵的小姐，弄得她自己反倒不好意思。到那里学舞的弟子们，无论内行或外行，都慨叹近来上方舞蹈逐渐有被东京舞蹈压倒的趋势。长此以往，乡土艺术将一蹶不振，为了将这一艺术传统发扬光大，不少社会人士对山村舞蹈寄予了莫大的期望。那些热心的援助者还特地组织了一个"乡土会"，每个月在神杉律师的遗孀家中举行一次练习，妙子也参加了这个会，并且经常去练舞。

　　每当妙子练舞时，贞之助和幸子他们就带着悦子一起去观看，因此和乡土会的人也熟识起来。由于这样一层关系，今年4月底妙子受了乡土会干事的委托，来商借芦屋用于6月份汇报演出的

1　原型应为第二代山村良久，后文市川鹭十郎的人物原型应为第四代市川鰕十郎，"鹭咲师傅"实为"鰕良久师傅"。

场地。实际上从去年7月份以来，由于时局原因，乡土会的活动便暂时停止了，近来有人出来说像这种研究性质的活动，只要自己谨慎一些，仍不妨进行。不过每次活动都去打搅神杉先生家又不太合适，于是有人提议换个地方举行。幸子他们本来就喜好张罗这一类事情，就说只要乡土会不嫌弃芦屋缺少神杉邸的那套设备，提供场所没问题。神杉家里有表演专用的桧板拼接舞台，还配有音响，可是要从大阪运到芦屋来实在不便，贞之助只得撤掉楼下那两间毗连的西式房间中间的屏风，将两间房间打通用作练习场地，又把屋里的家具统统搬空，餐厅后面再竖起一道金色屏风作为舞台，会客厅则作为观众席，来客坐在地毯上观看，化妆室设在楼上那间八席的大屋子里。表演日期定在6月的第一个星期日5日下午1点至5点。妙子当天表演的节目是舞蹈《雪舞》。进入五月份后，妙子便每星期得去练功房苦练两三次，特别是5月20日后的一个星期，山村师傅每天还亲自来到芦屋的家里进行个别指导。今年已五十八岁的山村师傅身体本来就弱，加上长期患有肾脏病，从来不肯外出授艺，这算得上是对妙子的破格优待了。看来一则因为妙子是地地道道的良家姑娘，却和艺妓们混在一起钻研舞技，山村师傅被她的学习热情打动了。再者师傅也明白，想要挽救山村舞蹈的颓势，像以前那样只打消极主意是不行的。山村师傅来到家里后，最初因为找不到练功房而死了心的悦子也要求学习舞蹈了。"悦子小姐既然想学舞蹈，我以后每月来府上十天好了。"经过能言善辩的山村师傅一番劝说，悦子趁机获得了山村师傅的启蒙指导。

山村师傅来芦屋的时间一天一个样，没什么规律，一般总是在她临走的时候约定下一次来的时间，可是从来没有正点过，一误就误上一两个小时。遇到恶劣天气，爽约不来也是常有的事。百忙中提前赶到家里等候指导的妙子对此早已习以为常了，最后索性让家里等师傅到来之后再打电话通知，她趁悦子练习的时候从凤川赶回来。不过，抱病的山村师傅远路来这里，确实不是件轻松的事。她先要在会客厅里休息一下，和幸子唠扯上一二十分钟家常话，然后慢悠悠地在那间铺了木地板、桌椅撤到一旁的餐厅里做示范。她一边哼着三味线曲调伴唱，一边展示舞姿，常常是上气不接下气，显得很吃力，有时候甚至浮肿着一张脸就来了，说是昨夜老毛病又犯了。尽管这样，她还是打起精神说："我的身体就靠舞蹈支撑着。"对自己的身体状况好像不怎么担心。说不上是谦虚还是真心，她自称"我口才不好"，其实却是个非常健谈的谈话能手，特别善于模仿人家说话，三言两语的闲谈就能逗得幸子她们捧腹大笑。这也许是她祖父第四代市川鹭十郎遗传给她的才能吧！说起来，身体娇小的山村师傅却有一张又长又大的脸，看得出她身上继承了明治时代俳优的传统，当其修去眉毛、铁浆敷牙[1]、穿上曳地长裙时，会让人不禁想，她就宛似昔时的女性，音容气质是多么的契合呀！她饰演角色的时候，脸部表情千变万化，能随心所欲地将所表演的人物的内心状态再现出来，仿佛戴着形形色色的面具一样。

悦子从学校一回家，就换上每年赏樱时才穿的那套难得上身的和服，穿起比自己的脚还大的布袜子，系上一条千堆雪腰带，手里拿把画有涡纹配以梅、兰、竹、菊四君子图案的山村流舞蹈扇子，由师傅教她跳依着《十日戒》原有曲调填入新词的那支舞。歌词的开头是：

1　将铁片置于茶汁、醋或酒中氧化后形成的黑色液体，可作颜料使用，日本旧时用来染牙，自古以来在上流社会的女性中即有此习俗，江户时代甚至成为已婚女性的标识。

旧历三月，御室樱花盛开，

三味线大鼓热热闹闹响起来，

两人在幕后你瞧我我瞧你……

练习是在白昼间进行的。悦子舞毕，轮到妙子跳《雪舞》的时候，院子里还很明亮，迟开的杜鹃花开得如火如荼，和碧绿的草坪相映成趣。邻居施托尔茨家的孩子露丝玛莉和弗里茨近来几乎每天守候着悦子回家，来这里的会客厅玩，现在适宜他们玩的地方和伙伴无疑都被抢占了去，于是他们好奇地从露台那边朝屋子里张望，盯视着悦子她们的舞蹈姿势，最后连他们的哥哥彼得也忍不住一块儿看了起来。有一天，弗里茨终于走进会客厅，看幸子她们口口声声称呼山村师傅"老师、老师"的，他也张口叫了山村师傅一声"老师"，山村师傅逗人发笑地拖着长音答道："哈——依！"

露丝玛莉觉得有趣，也叫了声："老师！"

"哈——依！"

"老师！"

"哈——依！"山村师傅一本正经地用"哈——依""哈——依"应答，和三个金发碧眼的少男少女逗着乐。

三

"小阿姨，拍照的问可不可以让他进来。"

为了给今天的舞蹈表演凑个热闹，第一个节目就让悦子表演"旧历三月，御室的樱花盛开"这支舞蹈。节目结束后还没等卸下妆，悦子就跑上楼，来到那间八席大的化妆室。

　　妙子穿好了表演《雪舞》的服装，因为怕摔倒，她右手抓着床柱子，站在那里让阿春帮她穿布袜。悦子叫她时，她梳着岛田扁髻[1]的头一动不动，只把那凝视着半空的眼睛转向悦子那边，回了一句："请他进来。"尽管悦子知道这位常年穿西服的年轻阿姨为了今天这次集会，十天前就梳了日本式发髻、穿上和服，不过眼前这身装扮，还是让她看呆了。妙子身上穿的那件衣裳，原来是长房鹤子姐姐以前结婚时穿的那套礼服中的最里层一件。妙子想今天是汇报演出，人数不多，即使不如此，战争期间这类集会也必须尽量克制，不该做新的舞衣，她和幸子商量下来，想起大姐的衣裳还保存在上本町的库房里，就去取了来临时借用一下。那套礼服是家道全盛时期她们的父亲请了三位画家在衣料上画了日本三景[2]的底稿然后再染制的，一套三件，最外面那件画的是严岛，底子是黑色，第二件画的是松岛，底子是红色，第三件在白底子上画了天桥立。这些衣裳还是十六七年前大正末期大姐结婚时用过一次，几乎像全新的一样。妙子穿的这件是由已故画家金森观阳[3]绘制的天桥立绝景的衣裳，配上一条黑色缎子腰带，兴许是化了妆的缘故，平常那种大古拧的气韵不见了，看上去就像一位风华正茂的硕大妇人，经过这样一番纯日本式的打扮，她的脸格外像幸子了，丰满的脸蛋胀鼓

1　岛田髻的一种，将发髻压得较一般岛田髻更低，明治以后艺妓等常梳这种发式。

2　日本最具代表性的三处胜景，即京都府的天桥立、宫城县的松岛、广岛县的严岛。

3　活跃于明治末期至昭和初期的日本画家，出生于富山，后迁居大阪，以为报纸连载小说画插图闻名。

鼓的，具有一种穿西服时所没有的气派。

"拍照的，"悦子对一个站在楼梯中间伸头朝过道张望的二十七八岁的青年说道，"请上楼来吧。"

"悦子，不许叫'拍照的'，应该称呼'板仓老板'。"妙子正说着，那个叫板仓的青年嘴里一声"借过"，走上楼来，对妙子说："末子小姐，请这样保持不动。"随即在拉门门槽那儿蹲下，取出徕卡照相机，然后围着妙子前后左右"咔嚓咔嚓"地接连拍了五六张。

楼下会场里，继悦子表演完之后又挨次演出了《黑发》《提桶》《大佛》等舞蹈，一位袭名"作幸"的姑娘舞完第五个节目《江户土产》后，进入休息时间。于是，主人开始招待来客喝茶，吃什锦寿司饭。今天这个会，由于故意不发请帖，那间充当观众席的会客厅里除了演员家属外，顶多不过二三十人，夹在里面的露丝玛莉和弗里茨占据了最前面的座位，他们有时盘腿坐，但大部分时间还是规规矩矩地跪坐在那里，观看所有的演出节目。他们的妈妈希尔达·施托尔茨太太则坐在外面的露台上，她从孩子们那里听说今天有演出，就说一定要来观看。之前悦子表演"旧历三月，御室的樱花盛开"的时候，弗里茨去通知她，她来到了院子里，请她进屋，她说还是外面好，叫人给她搬去一张椅子，她便坐在那里面朝舞台这边观看表演。

"弗里茨小弟弟，今天你很规矩。"穿了一身礼服的山村师傅从舞台的金屏风背后走出来招呼弗里茨。

"真规矩，是哪个国家的孩子呀?"坐在观众席中的神杉遗孀说。

"是德国人的孩子，这里的悦子姑娘的朋友，跟我挺亲热，还叫我'老师、老师'的呢。"

"是吗? 那么认真地观看，了不起。"

"还挺有礼貌的，看他坐得端端正正的呢。"不知是谁说道。

"喂，德国小姐，你叫什么名字呀？"山村师傅忘了露丝玛莉的名字，"你和弗里茨小弟弟那样坐着，腿不痛吗？要是腿痛，就把腿伸出来吧。"

不知为什么，露丝玛莉和弗里茨今天就好像换了个人似的，任别人怎么劝说，始终摆出一副严肃的面孔，一声不吭老老实实坐在那里。

"施托尔茨太太，您吃这东西吗？"贞之助看到施托尔茨太太膝上有一盘什锦寿司饭，她正笨拙地使用筷子在夹饭，"这东西您不能吃吧？要是讨厌，就不要勉强吃。"看到阿花在给客人倒茶，贞之助对她说："哎，有没有施托尔茨太太能吃的东西？不是还有蛋糕和别的什么吗？去把寿司饭换了，端些其他东西给她。"

"不，我能吃。"

"真的吗？您吃寿司饭？"

"是的，我爱吃寿司饭。"

"是吗，您爱吃这个？喂喂，给太太拿把调羹什么的来！"

施托尔茨太太似乎真的爱吃寿司饭，她拿起阿花送过来的调羹，把一盘寿司饭吃得一颗米粒也没剩。

休息时间一过，就轮到妙子表演《雪舞》了。贞之助早就有点坐立不安，楼上楼下跑了好几次，一会儿在楼下应酬客人，一会儿上楼去看一眼化妆室。

"喂，时间差不多到啦！"

"你看，什么都准备好了。"

八席大的屋子里，幸子、悦子和摄影师板仓围着坐在椅子上的妙子，四人一起在吃寿司饭。妙子怕弄脏衣裳，膝盖上铺了一块餐巾，张开她那本来就厚、抹了浓浓的口红变得更厚的 O 型嘴唇，将饭团一点点送进嘴里，还让阿春捧着茶碗，吃一口饭，喝一口茶。

"悦子她爸，您也过来吃点吧？"

"我在楼下吃过了。末子姑娘吃那么多不要紧吗？虽然俗话说'饿着肚子不能作战'，可是跳舞之前吃得太饱的话，待会儿不会难受吗？"

"她中午饭都没有好好吃，饿着肚子晃晃悠悠地跳舞，会摔倒的。"

"不是说文乐演员在演出结束之前什么都不吃吗？舞蹈和义大夫虽然不一样，但还是少吃一些为妙啊。"

"姐夫，我没有吃很多，我只是不想碰掉口红才一口一口往嘴里送的，看起来像是不停在吃似的。"

"我一直在看末子小姐吃寿司饭的样子，真是佩服。"板仓说。

"为什么？"

"还为什么，您就像金鱼吞吃麸子那样，把嘴张得圆圆的，看上去好像很不受用，可是一口就咽下去了。"

"什么呀，专门瞧人家的嘴巴！"

"不过，真的是那样，小阿姨。"悦子笑开了。

"是人家教我应该这样吃的呀。"

"谁教你的？"

"到师傅练功房去的时候一个艺妓教的。艺妓抹着京红[1]，就一直留心不让唾液沾到嘴唇，吃东西的时候，也不让食物碰到嘴唇，必须要用筷子送进口中。她们从当舞伎开始就练习吃高野豆腐，因

1　日本京都地方制作的口红，沿袭传统制法使用红花制成，是日本的传统色。与此相对的明治以后从西洋进口的口红颜色被称为"洋红"，昭和以后除了艺妓之外日本人已几乎不用京红。

为高野豆腐水分多，要是练到吃高野豆腐也不碰落口红，那就算合格了。"

"哎呀，你懂得真多哩。"

"板仓，你今天是来参观的吧？"贞之助问。

"哪里，舞蹈自然得看，主要是来拍照的。"

"今天拍的照片是要印成明信片吗？"

"不印成明信片。末子小姐梳了日本发髻的舞姿我还从来没见过呢，这次拍的打算留作纪念。"

板仓是一家小照相馆的老板，他在阪神国道田中车站稍北的地方挂了块"板仓摄影场"的招牌，标榜艺术照相，经营着一家小小的照相馆。他原来是奥畑商店的学徒，中学没毕业，后来去了美国，在洛杉矶学了五六年照相技术。其实，据说他曾经想成为一名好莱坞的电影摄影师，但没有机会如愿，回国后不久，就在现在那个地方开起了照相馆，奥畑商店的老板、阿启的长兄曾资助过他一些资金，还给他介绍客户，多方面予以照拂。阿启也捧他场，那时正好妙子为了宣传自己的作品，想找个好点的摄影师，经阿启的介绍就委托给了板仓，从那以后，妙子所有作品的照片，不管是宣传小册子也好美术明信片也好，统统都由板仓一手包办了。板仓不仅接受妙子工作上的委托，还给她做推销广告，加上他知道妙子和阿启的关系，所以和妙子说话时的口气和对阿启说话的口气完全一样，在旁人眼里，还以为两人是主仆关系呢。他和贞之助他们亲近，自然也是由于妙子的关系，当然，他在美国学会了一套见缝就钻、无孔不入的圆滑本事，现在已然成了蒔冈家的常客。他对女佣们也一个个讨好巴结，还开玩笑说他以后想恳求太太将阿春许配给他。

"既然是尽义务，也给我们拍一张怎么样？"

"行啊，我来拍吧。大家围着末子小姐排在那儿。"

"怎么排呀？"

"老爷和太太站在末子小姐椅子后面。对了，对了，悦子小姐站在末子小姐的右边。"

"把阿春也拍进去。"

"那么阿春姑娘就站在左边吧。"

"东京的阿姨要是在这里多好啊。"悦子突然说道。

"真的。"幸子也说。

"将来告诉了阿姨，她一定非常懊恼。"

"为什么妈妈不叫阿姨回来呢？今天这个演出不是上个月就晓得了吗？"

"不是不想叫，她可是4月份刚刚回去的呀。"

正在取景框里查看的板仓，发现幸子的眼眶里忽然噙着几颗泪花，吓得抬起了头。与此同时，贞之助也察觉到了，他不明白妻子为什么表情变化如此突然，自从3月份流产以后，她一想到胎儿就要落泪，因此往往叫人莫名地受到惊吓，不过今天似乎不是因为这个，原因似乎有点叫人难以捉摸。会不会是因为看到妙子身上穿的那件大姐结婚时穿的礼服，联想到很久以前长房大姐穿了这身衣裳举行婚礼时的情景，顿时生出无限感慨而流泪呢？不然的话，就是想到妙子什么时候才会穿了结婚衣裳出嫁，在这之前还有雪子的问题，因而悲从中来呢？贞之助觉得妻子的无端流泪，说不定是各种因素掺杂在一起造成的。不过，想看到妙子今天这个模样的，除了雪子，应该还有一个人。贞之助想到这里，觉得那个年轻人还真的有点可怜，再一想，今天板仓上门来拍照，说不定就是阿启吩咐的。

"里勇姐，"妙子拍完照，朝对面屋角里一个对着镜子正在梳妆、看上去二十三四岁的艺妓——她要在《雪舞》之后表演《茶谣》——招呼道，"对不起，我想请求你一件事。"

"什么事？"

"请你到那边屋子里来一下行吗？"

今天演出的人当中有四五个舞蹈方面的行家，以教授舞蹈为职业并且袭了艺名的妇女和两名艺妓，那个名叫里勇的艺妓出身于宗右卫门町，是师傅特别钟爱的徒弟，也是山村流舞蹈的台柱子。

"我从来没有穿着拖到地面的长裙跳过舞，真担心跳不好，请你到那边去教教我怎么曳下摆的方法行吗？"

"我也没有把握呀。"

妙子不让里勇说下去，拉了她往过道那边走，口中一个劲地说着："教教我吧，教教我吧！"

楼下的乐工已经就位，胡琴和三味线的声音响了起来。

"末子小姐，老爷让您快点！"去迎接妙子的板仓才喊出口，"嗯，已经好了。"妙子边说边拉开纸门，接着又说："板仓老板，请你帮我提着点裙子的下摆。"她让板仓提着下摆跟在后面一同下了楼。

贞之助、幸子、悦子一个接一个地跟着走下楼。舞蹈一开始，贞之助悄悄地走进观众席，拍拍那个拼命注视着舞台上的妙子的德国少年弗里茨的肩膀，问他："弗里茨小弟弟，你晓得那个人是谁？"

弗里茨依旧一脸的严肃认真，他回头看了贞之助一眼，点点头表示认识，随后马上又转向舞台的方向。

四

那次舞蹈汇报演出之后整整一个月的7月5日早晨，发生了这件大惨事。

今年从5月份开始，雨量就远远超过以往历年。入梅以后，雨天天下个不停。进入7月，3日那天开始下起雨来，4日又了一整天，5日那天早晨，突然转为倾盆大雨，人们望着天空，不知道这雨什么时候才会停，不过当时谁都没有想到，一两个小时以后竟会发生一场大阪神户一带有史以来最悲惨的大水灾[1]。

芦屋的幸子家，先是7点钟左右，阿春像往常一样陪着悦子冒大雨去上学，因为雨具齐备，所以并不怎么叫人担心。悦子那所学校在阪神国道南面三四里地的地方，也是阪神电车线路的南面，靠近芦屋川的西岸。平常阿春都是将悦子顺当地送过国道就往回走，今天这种大雨天，便一直将她送到学校，然后才回家，到家已经差不多8点半了。回家的路上，阿春看到雨下得太厉害，自警团[2]的青年东奔西走地在防洪，她就绕道去芦屋川大堤，看一眼芦屋川的涨水情形。回家后她向幸子报告："业平桥一带水势汹涌，像是马上就要漫到桥面了。"不过，她可怎么也料不到会造成那样大的事故。阿春回家后一二十分钟，妙子身穿一件翠绿色防水雨衣，脚上套了一双橡胶长靴，准备出门。幸子说："末子，那么大的雨，不要出

1　根据记载，昭和十三年（1938年）7月3日至5日，大阪神户一带连续降雨平均达600毫米，导致多地河堤溃决、河水泛滥，并引发山体滑坡，共计造成约200人死亡，约400人下落不明。

2　为应对火灾、水灾等非常事件，减少或避免损失，日本民间自发组织起来的一种自我保护团体。

去了吧。"这样说归说，但妙子今天不是去凤川，她上午要去本山村野寄那边的西服学院听课，于是开玩笑地说了一句："这点雨算什么，闹点洪水才有意思呢。"说罢就出去了，幸子也没有强行阻止她。只有贞之助打算等雨停之后再出去，就在他慢吞吞地在书房里查阅资料的时候，从外面传来了一阵刺耳的警报声。

此时雨势已经非常的厉害，整个宅院的最低处是书房东南角的梅树下大约 6 平方米的地方，那儿经常是下点雨就积水，贞之助往那儿一瞧，那里已经变成了一个水塘，但其他地方没有发现什么异常。此时贞之助脑海中首先想到的是，这儿距离芦屋川西岸有七八里地，感觉还没什么危险，但悦子上学的那所小学离芦屋川就近得多了，万一河堤溃决，谁知道会是哪一段，学校不会有什么问题吧？不过为了不让幸子担心，他故意装作若无其事的样子，稍稍隔了一会儿，他从书房来到正房（从书房往正房仅仅跑了才五六步，他就被浑身淋得湿透了）。幸子问他刚才响警报是怎么回事，他回答说不清楚，应该没什么大不了的吧。与此同时，他还是想着出去看看附近的情形，于是在蓝底碎白花的单衣外面裹了件西式雨衣，正想往外走的时候，阿春脸色煞白、腰部以下全是泥水地跑进门来喊道："不得了啦！"原来，她因为先前看到了河川涨水的样子，担心学校那边，所以警报一响，她马上就飞奔了出去。她说，山洪已经冲到宅子往东仅隔一条马路的街口，从山脚向海边涌去，由北往南，浩浩荡荡的。阿春试着在急流中向东边走去，开始水深才没到小腿肚，才走出数米远，水已经没过膝盖了，差点将她冲倒。这时候，忽然有人从屋顶上朝她大喝："站住！"紧接着气急败坏地训斥道，"这么大的洪水还往哪儿去？小姑娘不要胡来啊！"阿春抬头往上面一看，认出那个穿了自警团服装的原来是熟识的附近菜铺的老板，就说道："我还以为是谁呢，你不是菜铺的小老板吗？"对方也发觉是熟人，于是说："阿春，你去哪儿呀？这么大的水，你疯了吗？再往前边男人都走不过去，河岸边的好多屋子都被水冲塌了，还有人被淹死啦，可不得了啊！"再追问道，才知道是芦屋川和高座山的上游好像是发生了山体滑坡，阪急铁道线路北边的那座桥周围，到处都是被洪水冲下来的房屋碎片、砂土、岩石还有树木等，堆积如山，堵塞了河道，洪水向两岸泛滥，堤坝下方的道路污流滚滚，有些地方水深约3米，许多受灾居民从楼上呼救。阿春担心小学，便打听那边的情形，对方回答说："那里的情况不大清楚，不过总体来说国道往上受灾严重，下游也许没有那么厉害。东岸灾情严重，西岸据说没那么严重，不晓得小学那边到底怎么样。"阿春听了还是有些放心不下，她想绕道去学校那边看个究竟，菜铺老板劝阻她说："不行！不管你绕到哪条路上，都得蹚水过去，越往东边水越深，光水深倒不要紧，可是水太急，人站不稳，很容易被冲走，上游还有大木材和石块冲下来，要是被那些东西撞一下就完蛋了，弄不好，人就直接冲进大海里去了！自警团员还可以拼死拉着绳子走过去，像你这种姑娘家的可千万不要过去啊！"被他这么一说，阿春也没办法了，只好先回来。

贞之助听了阿春的叙述，马上试着给小学打电话，但是电话打不通。他对幸子说："既然这样，我还是自己过去得了。"他已经记不得幸子当时怎样回答的了，只记得当他走出家门时，幸子眼泪汪汪地注视着他，一下子扑上来紧紧抱住了他。贞之助脱下和服，换上一身最差的西服，穿了一双长筒橡胶雨靴，披上雨衣，戴了一顶防水帽，走出家门。走了不到半里路，发觉阿春跟在后面也来了，先前她身上穿着的那件宽松肥大的夏季连衣裙淋了泥水，像只落汤鸡一样的回到家里，现在换了件浴衣，两只袖子卷起，撩起后襟，露出了红色内裙。贞之助训斥道："怎么回事？你不用跟来，回去好了。"阿春回答说："让我跟到那儿吧。"边说边跟了上来："老爷，走那边不行，还是走这边好。"她不向东，一直往南走。贞之助跟在她后面，走到国道，然后尽可能往南迂回，没有蹚多少水就顺利地到达阪神铁道线路北面大约一二里[1]的地方。但想去小学，还得从那里向东横穿过去，幸好那边水不太深，还不及长筒雨靴的高度，从那儿走过阪神铁道线路来到旧国道前，这里的积水更浅。此时已经可以看到前面小学的校舍了，只见二楼的窗口探出一张张小学生的脸。贞之助听到背后有人兴奋地自言自语道："嘿，学校没出事，太好了！"回头一看，是阿春。开始是贞之助跟在阿春后面走的，不知什么时候他赶到了阿春的前头。水势很急，他必须一步一步踩稳了走，长筒雨靴里灌满了水，重得举步维艰，走起路来让人分心。阿春身材比贞之助矮，她的红色内裙几乎全部沾湿了，雨伞根本撑不稳，只能当手杖用，为了不让大水冲倒，她沿路扶着电线杆和人家的围墙，一路跟着走来。阿春的自言自语是出了名的，看电影的时候她一会儿说："啊！真好！"一会儿说："那个人要干吗？"独自赞叹、诧异或者鼓掌，因此别人都说和阿春一块儿看电影简直受不了。想到此时在这样的洪水当中，阿春又犯了老毛病，贞之助不由自主地觉得好笑。

　　自打贞之助出门，幸子就一直静不下心来，她趁雨稍小的时候跑到大门外去张望，正巧碰上芦屋川火车站前出租汽车公司的司机驾车经过门前，她招呼了一声，向司机打听小学那边的消息。据

1　1里等于500米。

司机说，虽然他没有亲眼看见，可是小学那边或许是最安全的，尽管那条路上有几处积水，但是学校处于那一带的最高位置，不会淹没，所以应该不会有什么问题。幸子听到这个消息，稍稍安心了一些。司机还说芦屋川的情形很严重，不过听大家说住吉川的情况更糟，洪水泛滥相当厉害，电车不论是阪急线、省线[1]还是国道全都不通了，详情还不清楚。据从西面步行来的人说，从这里到省线本山站那段路，水势不大，只要沿着铁轨走，一点都不蹚水，可是从那儿再往西去，就变成一望无际的汪洋泽国了，从山上冲下来的洪水汹涌翻腾，夹带着许多东西一起流下来，人们有的站在草甸子上，有的抓着树枝，拼命呼救，随波逐流，一筹莫展。听了司机的这番话，幸子又担心起妙子的安全来。妙子今天去的本山村野寄那个西服学院就在国道甲南女子学校前的公共汽车站稍稍往北一点的地方，离住吉川河岸只有两三里路，照司机的话来看，早已处于汪洋泽国之中了。往常妙子去上学，都是先步行至国道的津知，再从那里乘坐公共汽车去学校。司机说："这样说起来，刚才我碰见您家末子小姐了，她往国道下行的方向走，穿了件翡翠绿的雨衣。照那个时间算起来，大概她到达目的后没过多久山洪就爆发了，比起小学来，野寄那边更让人担心哪！"幸子听后，慌里慌张地跑回家，拉开嗓子喊了一声阿春，可是听说阿春跟随着老爷出去后一直没有回来，幸子顿时就像个小孩子一样，咧开嘴哭了起来。

阿秋和阿花吓得不敢出声，偷偷觑视着一脸哭丧的幸子，弄得幸子不好意思起来，她从会客厅跑到露台上，一边抽抽噎噎哭着一

1　日本在第二次世界大战前由铁道省、运输省管理的国有铁道线的略称，相当于现 JR 各公司管理的铁道线路的前身。

边走下草坪。这时，脸色铁青的施托尔茨太太从铁丝网那边探出头来，叫了一声："太太！"

施托尔茨太太不安地问道："太太，您先生怎么样？悦子小姐那个学校怎么样？"

"我丈夫接悦子去了，悦子那所学校大概没什么事。太太，您先生呢？"

"我丈夫去神户接彼得和露米了，我很担心他们。"

施托尔茨家三个孩子，弗里茨年纪最小，还没有上学，彼得和露丝玛莉都进了神户山手那边的德国俱乐部附设的德国小学[1]，他们的父亲施托尔茨先生也在神户上班，以前经常看到他们父子三人一块儿出门，自从卢沟桥事变后，生意清闲了，父亲有时候上班，有时候就窝在家里，最近总是兄妹两人每天早晨一起上学。本来今天父亲没有出门上班，因为担心两个孩子的安危，说想去神户看一看，所以也出去了，动身的时候还不知道洪水有多严重，也不知道电车已经不通。他夫人担心他路上会不会出事，她的日本话说得没有孩子们好，对话有点费劲，幸子平常和她说话时总要夹带一些自己也吃不准的英语，好容易才表达清楚意思。

幸子安慰施托尔茨太太放心："您先生一定会平安回家的。这场洪水也就芦屋和住吉一带比较厉害，神户那边绝不会有事的，我相信彼得少爷和露米小姐肯定没事的，您务必放心。"她一再鼓励道，然后说声："再见！"便告辞回到会客厅里。没过多久，贞之助和阿春还有悦子从敞开着的大门走了进来。

1　指神户德意志学院，位于当时的神户市北野，设立于1909年，现实生活中居住在谷崎润一郎家隔壁的德国人，家中的三个孩子就曾就读于该学校。

悦子那所学校一点也没有受灾，只是学校外围被洪水包围，并且水势仍在不断上涨，所以已经停课了，所有学生被集中到二楼，接着那些担心孩子安全、想领他们回家的父兄们陆续来了，校方将孩子一个个交给他们家长，所以悦子丝毫没有受到惊吓，反倒惦念家里的情况不知怎么样，正在那个时候，父亲和阿春赶到了。贞之助他们到得比较早，在他们之后，许多家长陆陆续续也赶到，领回了各自的孩子。贞之助对校长和老师表示慰问，并向他们道谢，然后领着悦子按照来时的路线回家，这时候贞之助才发现阿春这一趟陪同一起来还真是发挥了大作用。阿春到了学校，在走廊里看到悦子平安无事，叫了一声："小姐！"顾不上自己浑身泥浆，就扑上前去紧紧抱住了悦子，把周围的人吓一跳。回家路上阿春在前面顶着洪水，保护贞之助父女俩前进，那时洪水比去的时候又深了不少，水势也更猛了，尽管路并不长，但有的地方贞之助不得不背起悦子往前走，一路上相当吃力，脚下也站不稳，幸好阿春冲在前头挡住水势，不然简直是寸步难行，非常危险。打先锋的阿春也够呛，水深的地方一直淹到了她的腰部。洪水从北向南冲去，他们是从东向西，有两三处还要穿过十字路口，那种地方更危险，有一个路口中间有一根绳子，可以抓住绳子涉水蹚过，有一处是靠了自警团员的帮助才通过，还有一个路口什么可借力的物体都没有，主仆二人紧紧靠拢在一起，借助阿春挂着的那把雨伞才勉强通过。

　　尽管如此，幸子根本顾不上庆幸悦子安全到家，也顾不上对丈夫和阿春说句感激的话，她听完丈夫的简短说明后，就急不可待地说："悦子她爸，末子姑娘……"话还没有说完，便又哭起来。

五

贞之助平常去小学一趟，来回用不了半小时，那天却费了一个多钟头。在这段时间内，传来了住吉川洪水泛滥的消息，国道的田中站以西全部成了大河，浊流滔滔，野寄、横屋、青木等地方受害最严重；国道南面的甲南市场和高尔夫球场都被淹了，与大海连成了一片；有人畜死伤，还有许多房屋倒塌……总之，听到的全都是令人唏嘘的坏消息。

此时幸子对妙子的生还几乎已经是半绝望了。贞之助曾在东京亲身经历过关东大地震[1]，他很清楚，这种时候很容易冒出许多夸大其词的传闻，所以他举了一些例子来宽慰幸子。贞之助对幸子说，只要沿着铁道走，可以到达本山站，他打算亲自去看看情况到底怎么样，假如真像传闻的那样糟糕，或许他去了也无能为力，但事情不见得会有那么严重，关东大地震的时候也一样，出乎意料的是，当遭遇突发的天变地异时，人的死亡概率其实是很小的，即使在很多人以为绝望无助之际，最后也往往能化险为夷，现在就哭哭啼啼的为时过早，希望幸子冷静下来，等着他回来。还有，如果他回家迟了，也不要担心会出什么意外，因为他绝不会鲁莽冒险，假如无路可行，一定会掉头回家来的。贞之助叮嘱一番之后，又让幸子做几个饭团子防饥，还带了少量白兰地酒和两三种药品放进口袋，先前穿长筒雨靴吃够了苦头，所以这次他改穿了条灯笼裤和一双浅口皮鞋，再次走出家门。

---

1 大正十二年 (1923 年) 9 月 1 日，日本相模湾海底发生 7.9 级的强烈地震，整个关东地区遭受巨大灾害，约 14 万人死亡或下落不明，毁坏房屋约 70 万间，并引发富士山火山喷发。

沿铁道线路走的话，到野寄大约有七八里路，喜欢散步的贞之助非常了解那一带的地理，他经常路过西服学院的校舍前面。出了国营电车线山本站往西走两三里路，正南面隔了一条马路就是甲南女子学校，从那里再往西走一段路，就是西服学院了，如果以铁道线为中心，它就在路轨南面大约 100 米的地方，只要能沿着路轨走到甲南女子学校附近，应该就可以到达西服学院，即使不能到达，他想至少也可以打听到学院受灾的情况。贞之助刚走出家门，阿春又冒冒失失地跟了来。

　　"不！这次你绝对不要跟来，家里只有幸子和悦子，我不放心，你给我留在家里好好看家！"贞之助语气坚决地吩咐了阿春几句，将她轰了回去。离家不到百米就踏上了电车路轨，随后走了几百步完全没有遭遇积水，只有路旁树林边上的田圃里积了约有一米来深的水。穿过树林来到田边，发现只有路轨的北面有积水，南面和平时没有什么两样，走近山本车站时，南面也开始出现积水了，不过路轨上边还是安全的，贞之助走在路轨上，并没有觉到特别艰难和危险。路上不时遇到三三两两的甲南高等学校的学生结伴走过，贞之助叫住他们打听消息，回答说这一带没有问题，但本山车站往前情形就可怕了，稍稍再往前走一段路，就可以看到眼前几乎全部变成大海了。贞之助告诉他们自己想去甲南女子学校的西边，他们说："那一带好像受灾最严重，我们跑出学校的时候，水还在一个劲地涨，现在估计西边的电车轨道也已经淹没了。"贞之助来到本山车站一看，这一带的水势确实很吓人。他顺着路轨走进车站，打算稍稍歇息一下。车站前面的马路上全是积水，并且不停地往车站里灌涌，车站入口处堆了沙袋和草席，车站工作人员和学校的学生们轮流用扫帚扫除缝隙里灌进来的水。贞之助想要是在这里不走，自己也必须帮着扫水，于是他抽了一支烟，便独自一人冒着越下越大的雨继续走上路轨。

山洪全是又黄又混浊的泥水，很像黄河之水，黄泥水中时不时地还夹杂着黑黢黢的像馅儿那样黏糊糊的东西，贞之助不知什么时候就走在这样的泥水中了。他吃了一惊，觉察到原来是他平时散步曾经路过的那个叫田中的地方小河泛滥了，现在他是走在架在那条河上的铁桥上。过了铁桥没走几步，路轨上又没有水了，但是两旁的水位很高。贞之助停下来观察了一下前方，发现刚才甲南高等学校的学生们形容的"像大海一样"果然名副其实，眼前的情景确实像一片汪洋，宏大和壮观这类形容词在这种场合似乎不贴切，事实上它给人的第一感觉是"吓死人"，这远比宏大和壮观之类来得更恰切，那情景不仅令人望而生畏，而且使人茫然无措，不知该做出什么反应才好。原来那一带地方位于六甲山朝大阪方向逐渐倾斜的南坡，那里有田园、松树林、小河，中间还点缀着几处旧式农舍以及红屋顶的洋房，在贞之助的想象中，这儿理应是大阪和神户之间地势高旷、景色明媚、最适宜散步的地方，可是现在放眼望去却只见泛滥的河水。这里的洪水和前面看到的洪水不同，是从六甲山深处奔泻而下的山洪，白浪滔天，迸溅着飞沫，后浪逐前浪地压过来，好似翻腾的沸水。浪涛翻滚处真的不是河而是海了——浊浪排空，水天汩暗。贞之助脚下的路轨，好像码头那样探入泥海之中，有些地方已经与水面齐平，快要沉没似的，地基上的沙砾差不多已被冲刷掉，只剩下枕木和铁轨像一架长梯子一样浮在那里。猛然间，贞之助看到脚下有两只小蟹在爬，大概因为河水泛滥，它们也从河里逃到路轨上来了。此时，若是路轨上只有贞之助一个人，说不定他会就此折返，但是有一些甲南高等学校的学生在和他同行，他们今天早晨到校后不久，暴雨就引发了河水泛滥，结果停课了，他们蹚着洪水逃到冈本车站，见阪急电车已不通行，又来到国营电车的山本车站，哪里知道国营电车也停驶，所以在车站稍许休息了一会儿（就是先前看到学生们在帮助扫水那时候），但随着水位越来越高，实在无心休息，回大阪和回神户的学生们便分成两组，决定沿着路轨步行回家。这些人都是年轻力壮的青少年，对山洪好像并不害怕，其中有一个学生摔倒在水里时，还开心地大声叫喊起来。贞之助紧跟在他们后面，好不容易才越过一根根浮在水面上翻滚着的枕木，脚下是眩目的急流，在水声和雨声中不知哪里有人高喊着："喂！喂！"抬头看去，原来几十步外有一辆电车抛锚了，同校的学生从车窗里探出头来，呼唤着路轨上的人。

"你们去哪里？前面很危险，听说住吉川的洪水特别厉害，过不去了，还是到车厢里来吧！"于是，贞之助无可奈何地跟着学生们爬上了车厢。

那节车厢是下行快车的三等车厢，里面除了甲南高等学校的学生外，还有许多附近的避难人群，其中有几组朝鲜人，大概是房屋被冲塌，只身逃出、跑到这里来的。一个脸色像病人似的老太太带着女佣，嘴里絮絮叨叨地念起经来；另一个穿麻布衬衣和短裤、商贩模样的汉子，身上背着个绸缎大包袱，哆哆嗦嗦地将沾满泥浆的包袱放在身边，淋湿了的单衣和毛线围腰则晾在座椅靠背上。学生们因为一下子多了许多同路人，更加精神头十足了，有的拿出口袋里的太妃糖和同伴分享，有的脱下长筒橡胶雨靴，从里面倒出大量泥水和砂土，又脱下袜子，失神地看着自己那双被水泡得发白的脚，有的将学校制服和衬衣团成一团，拧掉水，擦拭起光着膀子的身体，还有的因为浑身湿透了，不能坐下，只好站立着……他们轮流望着窗外，嚷嚷着："看哪，漂过来一个屋顶！漂过来一张榻榻米！是滚木！自行车！哎呀，居然漂过来一辆汽车！"

这时有个人叫道："喂，还有一条狗！"

"把那条狗救起来吧？"

"啊，不会是死的吧？"

"不是，是条活狗。瞧，那边的路轨上……"

一条中等个头、浑身沾满泥水的杂种狗，哆嗦着钻在车轮底下躲雨。两三个学生喊道："救它出来！救它出来！"随即下车将它拉了上来。那条狗一进车厢，使劲甩了甩头，将身上的水甩掉，然后就乖乖地趴在拉它上来的少年面前，用受到惊吓后充满恐惧的眼神仰望着少年。有人拿了块太妃糖放在它鼻子前，它嗅了嗅，没有吃。

贞之助的西服被雨淋湿，身上有点凉意，他脱下雨衣和上衣，挂在座椅背上，喝了两口白兰地酒，点上一支烟。手表的时针已经指向一点钟，但肚子根本不觉得饿，不想打开饭盒吃饭团。他从座位上往山那边望去，正好看到本山第二小学的校舍浸泡在水里。从这里能看到那所小学校，显然这辆电车此时的位置就在甲南高等学校西南仅约百米的地方，要是在平常，从这里过去只需几分钟就能走到西服学院了。车厢内热闹了一阵之后，渐渐地安静下来，气氛似乎变得有点严肃，因为情况越来越令人担心，即使血气方刚的小伙子们现在的神色也已经说明了问题。贞之助探出头去一看，先前他和这些学生们走来的路轨——从本山车站到这节车厢的那段路——已经完全淹没在了水里，电车犹如一座孤岛，谁也不知道洪水什么时候会涌进车厢来、甚至将车厢淹没，没有人能保证，说不定路轨下面的地基此时正一点一点地被冲垮。这一带路轨的地基看上去大概有六七尺[1]高，现在已经一点点被淹没。山那面的浊流还在不停地向下冲来，犹如海浪冲击岸边的岩石，轰隆隆地碎成飞沫，车厢里都已经湿淋淋的了。大家连忙关上车窗。窗外的浊流在翻腾打旋，卷起雪白的水花。这时候，一名邮递员突然从前面的车厢跳进这节车厢，还有十五六个避难者也跟跟跄跄跟了进来，随后列车长马上进来了，通告说洪水已经涨上前面的路轨来了，叫大家都转移到后面的车厢里去，于是所有人急急忙忙地拿起行李、收拾晾在椅背上的衣服，提着长筒雨靴往后面的车厢移动。

"列车长，卧铺可不可以借用一下？"有人问道。是呀，这本来就是三等卧车车厢嘛。

"可以吧，这种困难的时候……"

有些学生在卧铺上躺了一会儿，可终究难以安心，又起身往窗外看。"哗哗"的雨声越来越大，尽管是在车厢里、车窗被关上了，耳朵还是被吵到。前面看到的那个老太太此时又一心念起经来，其间还夹杂着孩子的哭闹声。

"快看！洪水涨上路轨啦！"

有人喊了一声，大家都站到北面的车窗前了。洪水虽说还没有来到这列下行车的路轨下，可是已经漫到土堤的上沿，旁边上行车的路轨下面也快要浸水了。

"列车长，这地方安全吗？"一个三十来岁、像是大阪神户人的太太紧张地问道。

"这个……要是有更加安全的地方可逃，还是逃走的好。"

贞之助呆呆地注视着一辆人力车被卷在旋流中漂了过去。他走

1　1尺等于0.3333米。

出家门时还说自己不会做冒险的事，一旦遇到危险就会掉头折返，可是眼下已经不知不觉陷入了危险的境地，不过，毕竟还不至于有生命危险。他心里抱着这样一种想法：自己不是妇女或孩子，万一出了什么事，总会有办法对付的，没什么大不了。此时他忽然想起妙子上学的那所学院校舍大部分是平房，这让他非常担忧。他又想起幸子那副极其忧惧的样子，当时还觉得妻子大惊小怪，其实那是出于骨肉之亲的一种本能。他脑子里尤其清晰地浮现出 6 月 5 日、刚好一个月前妙子表演《雪舞》的情景，那天全家人围着妙子拍了张合照，当时幸子眼眶里还无缘无故噙着泪，斯情斯景这时候一幕幕地在他脑海中复活，可妙子现在怎么样了？也许她此时正趴在屋顶上大声呼救，自己与她近在咫尺，难道就一筹莫展了吗？难道就这样被一直困在这里吗？既然已经跑到这儿了，即使稍稍冒点险也一定要设法将妙子平平安安地带回家，否则对不起自己的妻子。想到这里，妻子那张溢满感激的笑脸和先前那张哭丧绝望的脸在他眼前交替浮现。

他一边东想西想，一边注意地看着窗外。突然，一件令人惊喜万分的事情不期而至：不知什么时候，路轨南面的洪水渐渐退去，一块块砂土地面露了出来，路轨北面的水却越涨越高，水波越过上行线的路轨，向下行线这边涌来。

"这边的水退啦！"一个学生喊道。

"啊，真的退啦。喂，这下我们可以走了！"

"到甲南女子学校去吧。"

学生开始跳下车，其余人，包括贞之助在内，也都拿起提包或背了包袱跟着下了车。贞之助拼命跑下土堤，洪水从北面向电车扑来，发出阵阵可怕的咆哮，在人们头顶上响起，一根柱子突然从旁边撞了过来。贞之助好不容易逃出浊流，来到水已退去的地方，可是两脚又陷进砂土中，松软的砂土一直没到小腿肚，使劲往上一拔，掉了一只鞋子。他深一脚浅一脚地走了五六步，又碰上约半米宽的急流，前面的人涉水过去时差点被冲倒在地。先前背着悦子涉水的情形跟这会儿湍急的水势根本没法相提并论，有好几次，贞之助心想："糟糕，我要被冲倒了。"但最终他还是克服艰辛走出难关，后来又冷不防陷进了齐腰深的泥淖，他急忙抱住一根电线杆爬了上去。甲南女子学校的后门近在眼前，大约仅有十来米远，现在除了跑进学校去也没有其他办法了，可是短短的这段路上还有一道山洪，冲了几次都被洪水阻挡双手够不到门。正在这时，后门忽然打开了，有人朝他伸出一只熊掌般的大手，贞之助一使劲，终于抓住那只手，总算被拖进后门。

六

直到下午 1 点钟过后，雨势才开始减退，但水势一时仍没有消退。下午 3 点钟左右，雨才完全停止，天空露出晴朗的穹庭，积水开始一点点退去。

幸子看到太阳出来，就到露台的苇棚下去张望。只见雨后的草坪格外翠绿，两只白蝴蝶在草坪上飞舞，梧桐树和楝树中间那片杂草丛生、积了水的地方，鸽子悠闲地飞过去找寻食物，院子里一片宁静，完全看不到山洪暴发的痕迹。停电、停水以及停煤气是受灾区的常情了，不过家里除了自来水外，院子里还有一口水井，所以喝的、用的水全有。幸子估计丈夫他们回来一定是满身泥浆，早已吩咐烧好洗澡水等候。悦子跟着阿春去凑热闹，看附近一带的受灾情况，屋子里鸦雀无声，只听到邻居的男仆和女佣一个接一个来后门讨水，因为马达 [1] 停了，他们将吊桶抛进井里打水，同时还和阿秋、阿花讲了些外面的情形。

　　4 点钟左右，在上本町老宅看家的音老头的儿子庄吉，从大阪赶过来探视，他是最早一个来芦屋慰问的亲友。庄吉在高岛屋百货公司工作，大阪市区没有发生什么灾情，可是大阪和神户之间却遭遇了这样一场巨大灾祸，真是做梦也不会想到的。正午的时候，号外出来，才知道住吉川和芦屋川沿岸受灾情况非常严重，于是下午庄吉向公司请了假，急急忙忙赶过来，但也直到这时候才赶到。一路上，他乘坐阪神电车走了一段，又换乘国道电车和阪国电车走了一段，还有一段路则是恳求搭乘人家的运货车、出租车，遇到道路不通，他又下车徒步加涉水，背上还背着装满食品的旅行包，裤子卷到了膝盖上可还是沾满了泥泞，最后光着脚板、将皮鞋提在手上，就这么赶了来。当看到业平桥一带的惨状时，想到芦屋这边不知道会是什么样子，他心里有点惴惴不安，可是来到这条街上一看，平静得出人意料，仿佛大白天撞见了鬼一样，他简直不敢相信自己的眼睛。他一进门就赶紧向幸子进行了慰问，说话间悦子回来了，庄吉这人向来心巧嘴乖，说起话来夹杂着各种表情，逗人发笑，此时他故意瓮声瓮气地说："哎哟，小姐平安无事啊。"随后像是突然想起什么事似的说道："太太，让我做点力所能及的事情吧。"他问老爷和末子小姐怎么样了，于是幸子将自己的担心一五一十地向庄吉道来。此时的幸子较之上午更加惴惴不安，因为

1　　由文中内容可知，蒔冈家使用的是当时极为罕见的电泵式汲水井。

她后来又不断地听到更多坏消息：住吉川上游从白鹤美术馆¹到野村府邸²那一带深达上百米的山谷，被泥沙和垮塌的岩石填埋得看不见了；跨越住吉川的国道大桥被几吨重的大石头以及裸露的圆木层层堆积，堵塞了交通；大桥南边约百十来米、地势比马路略低的甲南公寓前面，堆积了好多具从上游漂下来的死尸，尸体全身泥沙，容貌体态都无法辨认；神户市内的灾情也相当严重，洪水灌进阪神电车线路的地下铁道段，说是淹死了不少乘客……种种传闻固然有夸大和猜测的成分，不过其中最让幸子心惊肉跳的就是甲南公寓前的那些死尸，因为妙子去的那所西服学院与甲南公寓仅仅隔着一条马路，一南一北坐落于道路两侧，相距还不到半里路，公寓前有那么多尸体，说明公寓北面的野寄那边肯定也会有不少死者。幸子这个极为可怕的猜测，因为随同悦子一起回家的阿春带回来的消息又多了一份佐证。阿春和幸子同样担心着妙子的安危，碰到人就打听野寄那边的受灾情况，回答都说是住吉川东岸就数野寄那一带灾情严重，其他地方的水势已经减退了不少，只有那边的水势到现在还是不见消退的迹象，个别地方仍有两三米深的积水。幸子坚信自己的丈夫不是那种喜欢逞勇的人，出门时他也表示过绝对不会去冒险，所以她对丈夫的担心还算好，可就是放心不下妙子，但随着时间一刻钟一刻钟过去，她不仅担心妙子，同时也担心起丈夫的安危来。野寄那边的灾情那样严重，丈夫肯定无法顺利到达目的地，应该半路就折返回来的，可直到现在也不见他回家，这是怎么回事呢？他会不会一心想着再往前一点、再往前一点呢，以致不知不觉

1　位于神户市东滩区住吉山手町六丁目，由日本酒"白鹤"酿造商所有人嘉纳治兵卫（号鹤翁）于昭和九年（1934 年）开设，以收藏东方美术品为主。

2　指日本野村财阀的创始人第二代野村德七的府邸。

地陷入危险区域，甚至被洪水冲走了？当然也有可能是，丈夫一面深谋远虑，不会轻易冒险，另一方面他一旦决心了要做就绝不肯轻易放弃，千方百计也要到达目的，这条路走不过去，他会改走另一条路，多条路径试探着前进，或者暂时待在一个水浅的地方，等水势消退，而即便成功抵达学校并救出了妙子，回家这一路上仍免不了涉水而行，要花费很长时间，6点钟甚至7点钟才到家也不奇怪。从最好到最坏，幸子想象着各种可能性，但想来想去又总是觉得不好的可能性更大。

庄吉听了幸子的讲述，就说："绝不会发生这样的事情。既然太太这样不放心，让我去探探情况吧！"幸子心想庄吉没那么巧刚好能碰上丈夫，但毕竟因此稍稍放心了一点，她对庄吉说："那就辛苦你了。"将收拾好装束的庄吉送到后门口，此时已将近下午5点了。

这所宅子的前门和后门分别在两条街上，幸子送走庄吉后，顺便活动活动手脚，便从后门转到前门，今天因为门铃坏了，所以大门一直敞开着，幸子走进大门，径直往院子里走。邻居施托尔茨太太这时候又从铁丝网那边探出头来，叫了声："太太！"接着说道："悦子小姐的学校没有发生事情，您这下可以放心啦。"

"谢谢您。悦子总算平安回家了，可是我还非常担心妹妹的安全，我丈夫已经去接她了。"

幸子于是又将刚才对庄吉说的那番话用施托尔茨太太听得懂的语言复述了一遍。

"噢，是吗？"施托尔茨太太皱着眉头道，"您的担心我懂的，我很同情您。"

"多谢多谢！那……您先生呢？"

"我丈夫还没有回家，我也非常担心。"

"这么说，他真的去神户了？"

"看这样子是去了。不过神户也发大水了，滩、六甲、大石川这些地方到处都是积水。不晓得我丈夫和彼得、露丝玛莉三个人怎么样了，不晓得他们在哪里，我非常担心。"

她的丈夫施托尔茨先生身体很棒，一看就是身强力壮的汉子，又是个很理性的人，即使遭遇洪水，幸子认为应该也不会出什么事情。彼得和露丝玛莉的学校位于神户地势较高的地方，估计不会遭到水灾，顶多是回家的路上被洪水所阻而已。不过，从施托尔茨太太的角度说，毕竟担忧丈夫和孩子们的安危，无论幸子怎么劝慰，她都听不进去，只是一个劲地说："不，我听说神户灾情很严重，还死了好多人。"望着她满面泪痕的脸，幸子感同身受，最后竟不知如何安慰她才好，只能一遍又一遍地重复同样的话："一定没问题的！衷心祝愿你们全家平安。"

正当幸子不知怎样安慰施托尔茨太太才好的时候，大门外似乎有人影闪过，"乔尼"倏地冲了出去。幸子不由得怦怦心跳，心想可能是丈夫他们回来了。她隐隐约约看见一个身穿藏青色西服、头戴巴拿马草帽的人从对面的绿植篱笆朝大门口走来。

"是谁呀？"阿春从露台走到院子里，幸子迎上去问她。

"是奥畑先生。"

"哦……"幸子显露出一丝狼狈。她没料到今天奥畑居然会来探视，不过按理说他也应该来探视的。但如何接待他却是个问题。实际上，自从上次他来访后，幸子就打定主意，下次他再来的话不把他请进家里，就在门口见一下然后打发他回去——不光她这么想，丈夫贞之助也这样叮嘱过。可是像今天这种情况，对方说不定要求让他待在屋里，直到确信妙子姑娘平安无事了才离开，如果断然拒绝他的要求，似乎太不近人情了。说句老实话，今天倒是应该让奥畑在这里守候着，让他看到妙子平安回家，和大家一道高兴高兴。

"奥畑先生问末子小姐在不在家，我回说末子小姐还没有回来，客人就要求见太太一面。"

奥畑和妙子的关系，在家里除了幸子以外，是不让其余人知道的。奥畑明明知道的，可是平常这个装模作样、一副稳重腔的奥畑，焦虑之下竟然完全失去了往常的风度，对传话的女佣无意中透漏了蛛丝马迹。不过幸子觉得今天不仅可以原谅他，甚至反而对他这种不慎抱有一丝好感。

"好吧，请客人进来吧！"

幸子趁机对探头在栅栏处的施托尔茨太太打了个招呼："家里来客人了。"说完，她回到楼上去修饰了一下眼眶，因为今天早晨到现在已经哭过几回，眼睛都快哭肿了。

由于冰箱停电，只能叫女佣把沉在水井里凉过的大麦茶拿来款客，让客人稍稍等了一会儿，幸子才走下楼。她一走进会客厅，奥畑又像上次那样站起身来做出一个立正的姿势。他身上那条挺括的藏青色哔叽呢裤子裤线笔直，几乎没溅上一点点泥浆，和先前来的浑身泥浆的庄吉简直是云泥之别。据奥畑说，他一听到阪神电车由大阪到青木那段线路已经通车，马上就乘坐电车赶来芦屋，从车站出来徒步只需走大约一里路，路上看到有些地方积水还没有全退去，不过水已经很少了，脱下皮鞋，卷起裤管就蹚过了。

"本该早点过来问候，但我一直不晓得呀，看到号外才得知情况。今天正好又是末子小姐去西服学院上课的日子，如果她还没有出门就好了。"

老实说，幸子今天请奥畑进屋，内心深处是想抓住一个此时此刻最能体会自己忧虑的人，向他倾吐自己现在坐立不安、殷切期盼着丈夫和妹妹赶快平安无事回到家里的心情，借此稍稍排解一下心中的焦忧。可是与奥畑隔桌而坐，随即意识到不能对奥畑太过敞开心扉，尽管奥畑急于知道妙子平安的心情不假，可是他那副表情以及说话的语气总让人觉得透着一丝做作，还有几分想趁机融入这个家庭的味道，于是幸子马上对他产生了戒心。经过一番对答，幸子尽可能不带感情地将大致情况跟奥畑说了说：应该是妙子到达学校后不久暴发的山洪，西服学院附近的灾情特别严重，妙子的安危让人十分担忧，因为过于担忧，她恳求丈夫无论如何到他力所能及的地方去查看一下情形，他是上午11点钟左右出去的，一小时前从上本町赶来探望的庄吉也去往那边了，到现在两个人都还没回来，所以越来越不放心。幸子说完，奥畑果真扭扭捏捏地提出让他在这儿等一会儿，幸子爽快地应允道："好呀，那就请您宽坐一下。"打过招呼，她自己上楼去了。

因为来客要在这里等消息，幸子便让人拿过去两三种新近出版的杂志，好让对方打发时间，还给他沏上了红茶，自己则待在楼上没有再下去。忽然，她想起来悦子从刚才起就对来客怀着好奇心，时不时地从走廊向会客厅里偷看，于是走到楼梯口喊道："悦子，你来一下!"将悦子叫上了楼。

"悦子，你这习惯很不好，家里来客人的时候，你为什么老是向会客厅里偷看？"

"我没有偷看。"

"撒谎! 我亲眼看到了。你这样对客人很不礼貌，晓得了吗？"

悦子涨了脸，低下头翻起眼珠子觑视着母亲的脸色，隔了一会儿她又想下楼去。

"不许下楼，给我在这儿待好！"

"做什么？"

"待在楼上把习题做了，你们学校明天就要上课了。"

幸子硬将悦子关进那间六席大的房间，取出课本和练习本摆在她面前，给她桌上点好蚊香，自己蹲在那间八席大屋子外面的走廊上，注视着丈夫他们回家必经的那条街道。这时候，突然听到邻居家"喂！"地一声大叫，扭头一看，只见施托尔茨扬手叫着他夫人的名字"希尔达！希尔达！"并从大门口闯进后院，彼得和露丝玛莉跟在他后面。他夫人不知在后院做什么，此时扯起嗓子应了声"啊！"随即被丈夫一把抱住，接连吻了几下。太阳快要落山了，但院子里还是很亮，透过梧桐和楝树叶的缝隙，幸子亲眼看到了一幕西洋电影中常有的拥抱画面。夫妇俩松开后，这回轮到彼得和露丝玛莉先后扑向他们的妈妈。倚着栏杆蹲在那儿的幸子，慌忙从走廊躲到纸拉门后面。施托尔茨太太似乎没注意到这一幕已经被人看了去，当她放下露丝玛莉时，因为极度兴奋，从铁丝网对面探过头来，向这边的院子东张西望，同时高声喊着："太太！太太！我丈夫回来了！彼得和露丝玛莉也回来了！"

"哎呀，太好了！"幸子从拉门后面跑出来，站在栏杆边上应道。与此同时，在隔壁屋里做功课的悦子也放下手中的铅笔，跑到窗前。

"彼得哥哥！露米姐姐！"

"万岁！"

"万岁！"

三个孩子楼上楼下招着手高声呼应着，施托尔茨夫妇也不停地挥舞着手。

"太太，"幸子从楼上高声说，"您先生去神户了吗？"

"我丈夫是在去神户的路上碰到彼得和露米的，他们三个就一起回来了。"

"原来是在半路上碰见的，太好啦……彼得弟弟，你在哪里碰到你爸爸的？"因为施托尔茨太太的日本话磕磕巴巴的叫人听着实在难受，幸子转向彼得问道。

"在国道德井附近碰到的。"

"那么你是从神户一直步行走到德井的吗？"

"不，不是的，三宫到滩那段路有国营电车的。"

"啊，国营电车通到滩那里吗？"

"是的。我带着露米从滩走到德井的时候，碰上了爸爸。"

"不过能碰上你爸爸可真巧啊。从德井到芦屋走的是哪条路呀？"

"走的是国道。还东绕西绕地走了别的地方，省线的路轨啦，还有好多地方走的是山路和没有路的地方。"

"那真不容易啊。洪水没退的地方还多吗？"

"不是很多，还有些……东一片西一片的。"

彼得讲的，细细问下来有好多都不足作为参考，比如某处是怎么走过来的，哪些地方水还没退，沿途的状况到底怎么样，等等，这些他都没有讲清楚。不过看到露丝玛莉这样一个小姑娘都能平平安安地走回家，父子三人的衣服也没有沾上多少泥浆，可见他们一路上并没有遇到多少危险和困难。但是这样一来，幸子对于丈夫和妙子至今没有回家便更加多疑起来，这样两个少男少女用了半天时间能从神户走到家，那么丈夫和妙子也早该回来了，但至今还没有回来，不得不让人猜测会不会出什么事，而且要出事的话一定是妙子，丈夫甚至庄吉说不定都是为了搜寻和营救妙子才搭进去这么多时间。

"太太，您先生和妹妹怎么样了，还没回家吗？"

"还没有。施托尔茨先生和您的孩子们都已经回来了，不晓得他们为什么还不回来，我很担心呢。"幸子说着，声音不由得转成了哭腔。被梧桐树叶遮住面孔的施托尔茨太太，在院子那边一个劲地"啧啧、啧啧"咂嘴。

"太太，"这时候阿春走上楼来，两手撑在拉门槽上叫道，"奥畑先生说他现在想去野寄那边看看，让我转告太太一声。"

<h1 style="text-align:center">七</h1>

幸子来到楼下时，奥畑挂着一根金把手的白蜡木手杖，已经站在玄关的泥地上了。

"刚才您在楼上说的我都听到了，那两个西洋人的小孩都已经回家了，末子小姐怎么还不回来呢？"

"是呀，我也在想呀。"

"不管怎么样，时候这么晚了，我想去那边看看，可能还会再过来打搅的。"

"谢谢。天都黑了，还是在这里再等一会儿吧？"

"可是坐在这里也不放心，有时间在这里等，我想还不如早点出去看看。"

"噢，是吗？"

这时候只要是真心惦念妹妹的人，不管是谁，幸子都同样心怀感激，所以她忍不住在这个年轻人面前流下了眼泪。

"那么我去了，姐姐也不用这么担心。"

"谢谢，路上留点神！"幸子说着走下泥地，问道，"带手电了没有？"

"带了。"奥畑慌忙从搁在台阶板[1]上的巴拿马草帽底下取出两件东西，将其中一件迅速塞进口袋，手上另一件就是手电。塞进口袋的那件东西看得出是架"徕卡"或"康太斯"照相机，洪水泛滥之时手里拿了这东西跑出来，大概他自己也觉得不妥吧。

奥畑走后，幸子独自靠在门柱上凝视着暮色，呆呆地站了好一会儿，始终不见丈夫回来的迹象，于是回到会客厅里，点燃一支蜡烛，坐在椅子里想平静一下自己焦躁的情绪。阿春走了进来，一边察看幸子的脸色，一边小心翼翼地问她要不要吃晚饭。幸子知道晚饭时间早已过了，但她这会儿根本没有心思吃饭，于是吩咐阿春："我现在不想吃，你先给悦子开饭吧。"阿春走上楼去但是马上又下来了，说："小姐说，她也等一会儿再吃。"悦子平常总是不愿意独自一人待在楼上，此时她的功课已经做完，仍乖乖地一直闷在屋子里不出来，这似乎有点不可思议，其实她是清楚地知道今天这种时候，再和妈妈纠缠胡闹的话，肯定得挨一顿臭骂，所以尽量不接近妈妈。这样过了大约半个钟头，幸子越来越不安。忽然，她想到了什么似的走上楼，也没和悦子打招呼，悄悄地走进妙子住的那间屋子，点燃一支蜡烛，然后走到南墙挂着的镜框下，仿佛被什么东西吸引了，一动不动地凝视着镶嵌在镜框里的四张照片。

那是上个月5日乡土会时板仓为妙子拍的《雪舞》照片。那天妙子跳舞的时候，板仓将镜头对准她不停地拍，傍晚妙子卸妆之前，板仓又让她站在金屏风前，指导她摆出各种姿势又拍了好几

1　日式房屋中铺于玄关泥地与房间之间略低于房间地板的木板档。

张。镜框里的这四张照片是妙子从冲洗出来的照片中亲自挑选并放大的，都是后来站在屏风前拍的。为了拍照，板仓大事铺张，对光线效果煞费了一番苦心，值得一提的是，他非常热心地观看舞蹈，在指导站姿的时候，他一会儿说："末子小姐，歌词里不是有一句'罗衾寒'吗？"一会儿又说："做一个表现'枕畔听得雪珠落'那句唱词的造型出来。"他不仅记住了歌词和舞姿，而且还自己做着示范来指导妙子摆姿势。因此，这几张照片拍得极其优美，堪称板仓摄影作品中的杰作。看到照片，妙子那天不经意流露的每一个眼神、做的每一个动作、说的每一句话，幸子此刻又十分清晰地回忆起来了。那天是妙子第一次公开表演《雪舞》，她跳得非常成功，不仅幸子这样觉得，连山村咲师傅也给予了她表扬。其中自然有着师傅每天远道而来精心指导的功劳，同时也是因为妙子从小就学过舞蹈，天生具有这方面的才能——这样说难免会被认为是偏袒自家人，但幸子就是这么想的。幸子这个人，不管什么事情，只要一激动马上就热泪盈眶，那天她一面看妙子舞蹈，一面被她那精湛的舞技感动得不由自主掉了泪，此时此刻凝视着这几张照片，再次漾起一如当时的激动来。四张照片中，幸子最喜爱妙子表演到"心随夜半钟声远"这句唱词后面过门处的那个镜头——撑开的雨伞置于身后，双膝微曲，身体斜倾，上身偏向左侧，两手攥着宽袖，头微微歪向一旁，凝神倾听钟声渐渐消失在遥远的雪空——排练时，幸子就不止一次看到过妙子合着师傅哼唱的三味线曲调的节拍，做出这个迷人的造型，觉得这是整个舞蹈中最美艳动人的一段。到了公开表演那天，因为有衣裳和发型的衬托，妙子的造型比练习的时候更添了几分娇媚。幸子也不知道什么缘由就是喜欢这个造型，大概因为从这个造型中可以看到平常时髦现代的妙子身上所没有展现出来的另一种楚楚动人的风韵吧！姐妹四人中，唯独妙子比较特殊，算是个活泼进取、想做什么就一往无前去做的现代女性，她那种旁若无人的做派有时候甚至会让人憎嫌，然而透过这个造型，幸子发现妙子身上还是含蕴着日本传统女性那种柔美优雅的气质，展现出了一种与平素截然不同的可爱。此外，由于她当天梳了一个从来不曾梳过的传统发型，面部也是传统的旧式妆容，看上去完全变了一张面孔，那股天生的活泼劲隐藏起来，表现出一种与她实际年龄相符的成熟女性美，顿时让人平添好感。现在想起来，一个月前妹妹以这样一种不同寻常的装扮拍下这样一组照片，仿佛不是偶然，而是带有某种不祥的预兆。这样说来，贞之助、幸子还有悦子等人围着妙子一块儿拍的合照，莫非要成为一张伤心的纪念照了？幸子还记得，当时看到妹妹穿了大姐的嫁衣，不由得莫名伤感起来，差点哭出来，自己期盼着哪天能看到妹妹真的穿上这样的盛装出嫁的愿望难道也要落得一场空？这张照片上盛装而美丽的妙子难道会是她留下的最后模样？幸子竭力想拂去这个念头，可越是看着镜框里的照片心里就越发毛，于是她将视线移向壁龛旁边那个陈设架，那里摆放着妙子最近制作的《头插羽毛的侍女》布娃娃。两三年前，尾上菊五郎在大阪歌舞伎剧场上演这出戏和《滑稽和尚》的时候，妙子去观赏过好多次，她十分仔细地观察菊五郎的表演，这个布娃娃的容貌虽然与菊五郎不怎么像，但是巧妙地抓住了演员的身段造型等特征，让人觉得眼前仿佛就是菊五郎。这个妹妹无论做什么事情都这样灵巧。也许是因为姐妹几个当中她出生最晚，身世最不幸，姐妹几个当中反而是她比谁都更加懂得人情世故，幸子和雪子几乎都被她当作妹妹看待……由于幸子老是觉得雪子太不幸了，多少有点忽视了这个妹妹，自己真不该这样啊！今后一定要一视同仁地对待雪子和这个妹妹。这个妹妹绝对不可能遭遇什么意外的，只要她平安回家，自己一定说服丈夫同意她出国深造，并且想办法帮助她如愿同奥畑结婚。

屋外天色已经完全暗了下来，由于停电，四处更是显得漆黑一片。远处传来幽幽的蛙鸣。透过院子里的树叶，一线光亮照射进来，幸子走到屋檐下一看，原来施托尔茨家餐厅点了蜡烛。施托尔茨高声说着话，中间还穿插着彼得和露丝玛莉的声音，他们一家现在正围坐在餐桌前，父亲、儿子和女儿正将白天发生的冒险故事轮番讲给母亲听。从闪烁的烛光中，幸子能够想象出邻家幸福地享用晚餐的情景，然而这却更加触动了她的不安情绪。正在这时，"乔尼"兴奋地奔过草坪，与此同时，听到庄吉从门口那边用中气十足的声音喊道："回来啦！"

"妈妈！"悦子在隔壁屋子里也发出刺耳的尖叫。

"啊，回来了！"幸子喃喃道。转眼间，母女二人已经同时跑下了楼梯。

门口没有灯光，看不清什么样子，可是紧接着庄吉的喊声，就听到了丈夫的声音："回来了！"

"末子姑娘呢？"

"末子姑娘也在。"丈夫马上应了一声。由于妙子没有作答，幸子有点不放心，紧紧追问道："怎么啦，末子姑娘？怎么啦？"

幸子往泥地那边看去，阿春在她背后举起烛台，摇曳的烛光照出了站在泥地上的三个人影，只见妙子身上穿着一件幸子从未见过的廉价棉单衣，已经不是早晨出去时穿的那身衣服了，她瞪着两只大眼睛正使劲望着自己。

"二姐……"

妙子用颤抖的声音激动地喊了一声，随即像绷紧的弦猛然断了似的，急促地喘了口气，幸子以为她要哭出来，她却将脸伏在了台阶板上。

"怎么了，末子姑娘？受伤了吗？"

"没受什么伤，"又是丈夫代答的，"……遭到了灭顶之灾，幸亏板仓老板救了她。"

"板仓？"

幸子向三人身后望去，却没看见板仓的身影。

"好了，快去拿桶水来吧！"贞之助浑身泥浆，皮鞋也不见了，赤着脚穿着一双木屐，木屐上和腿上全都是泥巴。

八

当天晚上，妙子和贞之助两个人交替着将她遇险的经过，详细对幸子讲述了一遍。整件事情是这样的——

早晨阿春送悦子去学校，回家不久，妙子大约在 8 点 45 分离开家，她像往常一样在国道津知车站乘上公共汽车。那时雨已经下得很大了，但公共汽车照常行驶，她照旧在甲南女子学校前下了车，从那里走不到几步路就进了西服学院的大门，时间大概在 9 点钟。西服学院名为学院，其实就跟私塾差不多，管理不是很严，加之天气恶劣，外面纷纷传说要爆发山洪，因此很多人缺课，到校的人也不安心，于是学院决定停课一天，大家便都回家了，只剩下妙子一个人被玉置院长留下来喝咖啡，在另一栋楼的院长宿舍里聊了一会儿天。玉置院长年纪比妙子大个七八岁，丈夫是个工学士，在住友伸铜所[1]当技师，夫妇俩只有一个上小学的男孩，她自己当了神户某百货公司西式女装部[2]的顾问，同时开办了这个西服学院。在学院旁边，还盖了一栋西班牙风格的漂亮的平房，这里也是玉置院长的宿舍，庭院和校舍相连，中间有个小门相通。妙子和玉置院长名为师生，实际上玉置院长对她的宠爱远远超出师生关系，倒像一对亲密的朋友，她经常被玉置院长邀请去宿舍做客。那天两人坐在会客室，妙子听玉置院长介绍关于留学法国的情况。玉置院长曾在巴黎学习过几年，她劝妙子无论如何去一次法国，自己也会尽力帮她推荐的。她一边说一边点起酒精炉煮咖啡，这时候外面的暴雨下个不停。妙子说："这样大的雨要回去也回不去，怎么办？"玉置院长说："没关系，等雨下小了我也要出去，就再稍稍歇一会儿吧。"两人正说着话，一声"我回来了"响起，院长十岁的儿子阿弘气急败坏地跑了进来。母亲问他："哎呀，学校怎么啦？"他回答说："今天只上了一节课就放学了，说是要发洪水，路上会不安全，所以这会儿就可以回家了。""可是，会发洪水吗？""您晓得什么呀？我回家的时候洪水已经在身后头冲过来了，为了不让它赶上，我是拼了命一路狂奔回来的！"说话间，只听得"哗"的一声，夹带着大量泥浆的洪流冲进了院子，眼看转眼间就要漫进屋子，院长和妙子慌忙将门关上，但随即又听到身后对着走廊的那边也响起了"哗——啦！哗——啦！"的巨响，洪流从阿弘进屋的那个门冲了进来。单单从屋子里闩上

1　创设于明治三十年(1897年)，主要从事铜制品轧制和加工，昭和十年(1935年)与住友制钢所合并成立住友金属工业株式会社。

2　当时神户设有经营西式女装的百货公司仅有崇光、大丸、三越、阪急等寥寥几家。

门，门马上会被冲开，于是三个人一起用身体顶住房门，可是水"扑通扑通"地往上激涌，感觉几乎要将房门撞碎似的。院长和妙子两人又一起将桌椅等拖到门边将门顶住，再用安乐椅紧紧抵住门，这时盘腿坐在安乐椅上的阿弘忽然"哦哟"一声咧嘴笑了出来，原来房门一下子被冲开了，安乐椅连同阿弘都在水里打起漂来。院长说："哎呀，这可不得了，不要让唱片沾水！"她急急忙忙从橱柜里取出唱片，想转移到高处去，可是没有搁板或其他东西可放置，只得将它们放在已经浸泡在水里的钢琴顶盖上。手忙脚乱了一阵后，屋子里的水已然涨到齐腰深了，三件套的组合桌子、煮咖啡的玻璃壶、砂糖罐、康乃馨花等，屋子里几乎所有东西都在屋子的各个地方漂浮着。院长担心壁炉台上那个妙子做的法国娃娃，问道："妙子小姐，那个布娃娃没事吧？"妙子回答说："大概没事吧，应该不至于发那样大的洪水吧。"此时三个人多少还带了点好玩的心态，叽叽喳喳地有说有笑。阿弘看到他的书包被水冲走，伸手去抓，被漂来的收音机磕到了脑袋，叫了一声"哎哟"。院长、妙子，还有被磕痛了头的阿弘自己，全都大声笑起来。大约过了半小时，不知从哪一个瞬间开始，三个人不约而同神情严肃起来，全都沉默不语了。妙子回忆说，那时候水已经淹到胸口，妙子抓住窗帘向墙根靠去，大概是被窗帘刮到，一幅画从墙上砸落下来，在妙子眼前漂着，那是院长珍藏的岸田刘生的《丽子肖像》[1]，裱装在画框里的画在水中一起一伏，漂到屋角去了，院长和妙子心疼不已地看着它，却无可奈何。

"阿弘，你不要紧吧？"院长的声音已经完全变了。

1　日本著名西洋画家，其创作有一组以女儿丽子为模特的《丽子肖像》。

"嗯。"阿弘应了一声。他已经在水中站不直了，于是干脆爬上了钢琴。

　　妙子想起小时候看过的西洋侦探电影中的场景：侦探突然掉进了地下室，地下室像一个箱子似的四面紧闭，水不停地往里灌，侦探的身体一点点被水淹没。三个人此时分散在三个不同位置，阿弘站在东屋角的钢琴上面，妙子挨着西面窗边的窗帘，而先前他们用来顶住房门的那张桌子被水冲到屋子中央来了，玉置院长便站在桌子上面。妙子感到事情似乎有点危险了，她也开始站立不住了，她攥紧了窗帘，用脚在水中探着可以踩上去的东西，正巧触到组合桌子的一个套件，便用脚将它横倒过来，站了上去。（后来才知道，因为当时都是泥浆水，里面混杂了大量的砂土，不承想却正好起到了将物体固定的作用，等到洪水退去后，发现桌子椅子都埋在砂土中，待在原处而没有被冲走。同样的，许多房屋内部灌满了砂土，因此避免了被洪水冲走和倒塌。）

　　三个人拼命在想有什么办法可以从屋里逃出去。砸破窗玻璃应该可以吧？可是妙子向窗外一看（窗户是只能上推下拉的拉窗，之前因为雨溅进屋里，所以窗户紧闭，只留出上半截五六厘米的空隙），屋外的水位几乎和屋内一样高，此时屋内的水就像一坑泥潭似的越来越浓稠，而隔着一层玻璃的屋外则是汹涌的激流。而且屋外除了距离窗户一米多远的地方有一个遮挡西晒太阳的藤架外，仅有一块草坪，既没有大树也没有任何建筑物，假如跳出窗外，还必须泅一段水才能逃到藤架那里，然后爬上藤架，不过在到达藤架之前估计已经被洪水冲走了。阿弘站在钢琴上，伸手去触摸天花板。的确，假如能够敲开天花板，爬到屋顶上去，当然是此刻的最佳选择了，不过仅凭一个十岁的少年和两个妇女的力气，是怎么也做不到的。忽然，阿弘问母亲："阿兼在做什么呢？"他母亲回答说刚才还看见她在旁边的女佣屋子里，不晓得现在怎么样了。阿弘又说："可是一点动静都没有呀？"他母亲答不上来了。三个人默默地凝视着将他们冲散开来的浊水，水位还在不断上涨，离天花板只有将近两米的样子。妙子将横倒的桌子重新竖过来（桌面埋在泥浆中，变得异常沉，把她的脚都钩住了），站在上面用双手紧紧抓住挂窗帘的铁杆后，才勉强将脑袋露出在水面上。站在屋中央那张桌子上的院长的情形也差不多，她头顶上恰巧有一架飞机合金[1]制的枝形吊灯，通过三根粗链条固定在天花板上，眼看自己快站立不住，院长便牢牢地抓住了它。

"妈妈，我会死吗？"阿弘忽然问道。他母亲没有搭理他，于是他又问了一遍："我会死吗？我是不是要死了？"

"谁说会死？"院长还想再说些什么，可是嘴巴咕哝了好几下，还是没有说出来，大概她自己也不知道应该说什么好。妙子看着露着头在水面的院长，心想，人快死的时候大概就是这副模样吧，她很清楚，此刻自己的面孔跟院长一模一样。随即又想，人到了毫无一线生机的时候，居然会出乎意料地镇定，什么都不怕了。

妙子感觉这样的状态持续了很久，好像有三四个小时，实际上大约还不到一小时。在她倚靠的玻璃窗上部留有五六厘米的空隙，外面的浊水从那儿涌进屋子，她一手攥紧窗帘，一手拼命想去关上窗子，就在这时候——其实之前就已经有了——她感觉屋顶上似乎有人在来回走动，随后便发现有个人影从屋顶跳到了藤架上。正在

1　一种以铝为主要成分的强力合金，抗张强度可与钢匹敌而重量仅有刚到约三分之一，一般用作飞机、汽车、建筑等的构造材料。

吃惊，那个人影快速移动到藤架的东缘，也就是最靠近妙子透过窗户向外张望的地方，那人一边抓着藤架的立杆一边向下落降，全身浸泡在浊水中，看那样子好像要被洪水冲走，但他一只手紧紧抓住立杆不松，同时转身朝向窗户，和妙子打了个照面。他瞥了一眼玻璃窗内的妙子，然后开始行动起来。妙子起先不明白那人想做什么，随后意识到那人想一手抓住立杆，一手拨开浊流，将手伸到窗户这边来。妙子猛然大悟：那个身上穿了一件皮夹克、头戴飞行员帽、朝自己一个劲眨眼睛的人是摄影师板仓。

听说那件皮夹克板仓在美国的时候经常穿，妙子却从来没有见过，他的脸又被飞行帽遮挡了一点，再说这种时候这样的场所，妙子做梦也不会想到板仓会出现，加之由于暴雨和激流，四下里白蒙蒙一片，尤其是妙子此刻心里乱糟糟的，所以没有第一时间认出板仓来。她认出板仓后，立即高声喊道："板仓老板！"她叫的是板仓，同时也是通知院长他们，让他们知道有人来搭救了，给他们鼓鼓劲。接着，她使出浑身的气力，想打开那被洪水牢牢压紧的窗户，本想往上推，没想到阴差阳错竟猛地落了下来，敞开的缝隙恰好能容身体钻出去。妙子刚打开窗子，板仓立即将手伸了过来，她上半身探出窗户，右手抓住对方的手，这时候被激流一冲，感觉抓着窗帘横杆的左手就快要抓不住了，板仓急得朝她拼命喊叫："快松开！快松开！这只手抓住我，那只手松开！"情急之下，妙子也顾不了那么多了，听天由命吧。一霎间，板仓的胳膊和妙子的胳膊连在一起，好像一根抻长的链条一样，在水中漂荡开来，被浊水一点点冲向下游，但下一个瞬间板仓拼命抓住妙子的手又一把将她拉回到自己身边（事后板仓也没想到自己当时竟然爆发出这么大的力气）。板仓告诉她："像我这样子，抓住这里！"妙子照他的样子，伸开两手抓住藤架的边缘，但这样子似乎比待在屋子里更危险，眼看就要被洪水冲走了。

"不行呀，我快被冲走了！"

"坚持住，紧紧抓住那里不要松手！"板仓叫道。他在激流中挣扎着爬到架子上面，在藤架上面扒拉出一个窟窿，从那儿将妙子拉了上去。

总算捡回一条命！妙子当时脑子里只有这样一个念头。洪水也许很快会涨到藤架上来，但从这里可以逃到屋顶上，不管怎么样，板仓总会有办法将自己搭救出去。先前在屋里折腾时想象不出外面的情形，此时爬上藤架才清楚地看到仅仅一两个小时之内外面世界所发生的巨大变化，她所目睹的情形正是贞之助走过田中小河上那座铁桥、站在国营铁道路轨上所看到的"一片汪洋"，只不过贞之助那时是在东岸望见的"海"，而妙子此时正身处"海"中央，四周全是波涛汹涌的洪水。就在刚才，她还庆幸自己终于脱险了，此时看到眼前的惨状，情不自禁又担心起来，心想脱险只是暂时性的，自己还有板仓想要逃出洪水的包围谈何容易，说不定最后仍难逃一死。忽然，她又想起院长和阿弘还在屋子里，便对板仓说道："院长和她儿子还在屋子里呢，你快想办法救救他们呀！"恰在此时，上游漂下来一根圆木，撞在藤架上，发出"咚！"的一声，震得藤架摇晃了一下。板仓叫了声："太好了！"跳进水里捞起那根圆木，将它当作独木桥，从藤架架向窗口，圆木这头在妙子协力下缚在藤架的立柱上，那一头塞进窗洞。架好后，板仓顺着"独木桥"爬向对面，钻进窗洞，但隔了许久仍不见他出来。后来才知道，板仓钻进窗洞后，将窗帘扯成长条，编成粗绳，先扔给离窗户较近的院长，院长接住后，再扔给爬在钢琴上的儿子阿弘，板仓让他们两人抓紧绳子，然后将他们拉到窗口，先将阿弘从窗口拉到藤架跟前，抱到藤架上，再返回窗口将院长也救了出来。

这场救援行动似乎花了许多时间，又似乎没花多少时间，究竟花了多少时间，事后回想起来仍懵然不晓，当时板仓手上戴了一块在美国买的防水手表，他经常炫耀说这表浸在水里也没事，但那天不知什么时候故障不走了。不管怎么样，三个人总算都得救了，他们有的站在藤架上，有的坐在藤架上，休息了一会儿。雨仍下得很大，水位还在一个劲地上涨，他们感觉藤架上也不安全，于是再将圆木作为渡桥，逃上屋顶。（其时又漂过来两三根圆木，跟先前那根圆木堆叠在一起就像一只木筏，帮了他们大忙。）对于在这生死攸关的时刻，板仓怎么会恰巧如从天而降般前来营救自己，妙子觉得十分奇怪，但直到爬上屋顶后，才稍稍定下心来，于是便问板仓怎么回事。板仓告诉她，那天早晨他预先料到可能要发洪水，因为今年春天曾有一位老人预言过，大阪和神户之间这片地带每隔六七十年会暴发一次洪水，这在历史上是有记载的，算起来今年正好是洪水年。板仓听了深信不疑，因为脑子里有这层意识，遇到这阵连日倾盆大雨的恶劣天气便绷紧了神经，今天早晨果然听说住吉川可能要溃决、人们开始骚动不安起来，自警团已在四处加强了警戒，于是再也坐不住了，打算亲自去探看一下情况，就来到住吉川附近。他在住吉川两岸来回察看，发现形势很不妙，预感到要出乱子，当他沿水渠路回到野寄这边时便遇到了山洪。不过，即使他预感到可能会暴发山洪，他一早就穿着皮夹克出门，尤其是专门跑到野寄一带转悠，还是令人感到奇怪，让人不得不怀疑：他应当知道妙子今天要去玉置院长的西服学院上课，会不会他走出家门时就已经计划好了，万一妙子遇险，他要第一个跑过去救她？当然，这个暂且不去管，总之妙子在藤架上听到的解释是，当他东逃西闪躲避洪水的时候，忽然想起妙子小姐今天要去西服学院上课，自己无论如何也应当想办法救助她，于是不顾一切蹚着浊水赶了过来。至于赶来学院的这一路上，是如何奋力排除艰险的，则是他后来才告诉妙子的，此处便不详述了。不过，他和贞之助一样也是沿着路轨赶来甲南女子学校这边的，只是他比贞之助早到一两个小时，所以才能闯过洪水到达这里。据他说，自己三次被洪水冲倒，幸好没有淹死，当时除了他，没有一个人跃入洪水中，这一点他大概没有夸诳。等他来到学院时，正好是山洪最猛的那一刻，他站在校舍屋顶上茫然地四下张望，忽然看到玉置院长宿舍那边，有人站在女佣房间的顶上向他招手，原来是阿兼。阿兼见板仓注意到了她，便朝他竖起三根手指头，指了指会客室，又在空中比画出妙子的名字，板仓明白她是在示意会客室里有三个人，其中一个是妙子。他立即跳入激流，又是被激流冲击，又是泅游，还被浊水呛得要死，终于成功来到藤架，在水中的最后那一程着实非常冒险，不难看出，他是把自己的性命都豁出去了。

九

当板仓在全力救援的时候，正好是贞之助被困在列车上的时候。贞之助好不容易逃进甲南女子学校，被收容在二楼一间指定为灾民临时避难休息的屋子里，一直到下午3点钟。不久雨停歇了，水也渐渐开始退了，贞之助便向离甲南女子学校不远的西服学院走去，那天的道路不像平常那么好走，虽然水已经退了，但地上到处都是泥沙，有些地方砂土堆得比屋檐还高，犹如暴风雪肆虐过后的北国市镇景象。而且最叫人头疼的是到处是陷人的泥沼，一不小心踩上去，就会有灭顶之灾，贞之助先前陷进去过一次，等到拔出脚来，皮鞋只剩了一只，他干脆将另一只扔了，只穿了一双袜子行进，平常一两分钟就可以走到的路，他足足走了二三十分钟。

来到西服学院一看，前后左右已经变得面目全非了，学校大门几乎全被埋了，只有门柱头露出一点来。平房校舍全被埋在砂土里，只露出薄薄的石板瓦屋顶。贞之助一心以为妙子她们会在屋顶避难，不料屋顶上一个人影都没有。学生们到底怎么样了？都幸运地逃走了吗？还是被洪水冲走了？或者被埋在砂土下了？他失望地穿过校舍的南边（那里相当危险，每走一步，砂土都陷到小腿肚子），以前那里是花坛和草坪，玉置院长的宿舍就在那边。藤架只剩下上面缠绕着藤的那部分露在地面，旁边还有三根漂来的木材堆在那里，搬也搬不动。这时候，他出乎意料地发现妙子、板仓、玉置院长、阿弘还有女佣阿兼五个人都聚集在院长家的红色屋顶上。

板仓将他救出三人的经过跟贞之助讲述了一遍，然后解释说："水已经退了，本来想着送末子小姐回芦屋，可一来因为末子小姐相当疲惫，再有则是因为自己走后，撇下玉置院长他们几个心里放心不下，所以先暂时休息一会儿看看情形再做决定。"实际上不是过来人是体会不到的，玉置院长、妙子和阿弘当时都陷入了极度恐惧状态，尽管天已放晴，眼看水也一点点退下去了，但他们仍不相信自己已经安全，身体还在不住地发抖，事后想起来仍令人发笑。板仓曾催促妙子："老爷和太太非常不放心，应该早点回府，我送您回去。"妙子自己也想到过这点，地面上砂土积得跟屋檐差不多高，跳下去完全不成问题，可说不出为什么，妙子觉得似乎到处有危险在等着她，不敢往下跳。玉置院长胆子又小，说什么："妙子小姐和板仓老板走了我们怎么办呀？我先生虽然很快就会赶过来，可是不久天就要黑了，今天晚上说不定就要待在屋顶上了。"阿弘和阿兼也再三恳求板仓再待一会儿，正好这时候，贞之助赶到了。不过贞之助一爬上屋顶，神经一放松，感觉累得精疲力竭，连站起来的力气都没有了，于是躺在屋顶歇了大约一个小时，仰头望着雨后的天空。大概4点半（贞之助的手表也坏了），玉置院长的亲戚派了男佣从御影町的家里赶来看望她和阿弘，贞之助和板仓才借此机会照料着妙子往回走。妙子的体力还没有恢复，神志也有点不清，一直由贞之助和板仓搀扶或者背着走。住吉川的河道已经干涸了，在它东面出现了一条新的河道，横亘在国道甲南女子学校前一直到田中那一带，要穿越新的河道不是件轻松的事，他们走到河道中间时，正巧碰上了从东面涉水过来的庄吉，于是一行由三人变成了四人。走到田中时，板仓提议："我家就在这左边，过去休息一下怎么样？再说我也担心家里的情况哩。"贞之助急于回家，可是看看妙子的情形，为了让她休整一下，只好又到板仓家里歇了大约一个小时脚。独身的板仓和他妹妹一起居住，楼下是起居空间，楼上则是摄影室和作坊。到了他家一看，受灾也不轻，屋子里足足浸了有三四十厘米深的水。贞之助一行被邀至楼上的摄影室歇一下脚，喝了几瓶从泥水中捞起来的汽水。这当儿妙子趁机脱掉被雨水和泥浆浸透了的巴里纱[1]衣衫，擦了擦身子，并听从板仓忠告借了他妹妹的棉单衣换上，

1　一种棉、毛或丝的近乎透明的薄型织物，一般用作夏服衣料。

先前光着脚的贞之助离开他家时也借了板仓的萨摩木屐[1]穿上了。板仓不顾贞之助"已经有庄吉伴同了，没问题"的劝阻，坚持再送一程，硬是将他们送到田中地界才返回。

　　幸子以为走岔了路没有碰上妙子的奥畑说不定晚上还要过来探望，不过那天他终究没有来，而是在第二天派了板仓作为他的代表前来探望。一问之下，才知道昨天晚上板仓送走妙子他们回家后不久，阿启就来到他家，告诉他说："今天下午在芦屋莳冈家等候末子小姐，等了好久也不见她回家，因此打算去那边接她，沿着国道一路走就走到这儿了，本来还想去野寄看一看情况，可是天已经漆黑，再往前走全都是水，蹚水走过去也够呛，想想不如到你这里来打听一下消息，所以就来你这里了。"板仓听他这样一讲，就把此前搭救妙子的经过原原本本告诉了他，请他放心。阿启说："既然这样，我就直接回大阪了。本来应该再去芦屋探望一下才对，希望你明天上午代我去跟他们解释一下，因为从你这里听到末子小姐平安无事，我也就安下心来回大阪了，不再去芦屋了。"板仓还说："他还吩咐我代他问候一下末子小姐怎么样了？有没有感冒？所以我就来了。"

　　妙子今天已经彻底恢复了，她和幸子一同来到会客厅，再次感谢板仓昨天救助之恩，你一言我一语地回想那千钧一发的一两个小时间发生的事情，特别是逃上屋顶后，妙子身上只穿了一件夏服，淋着大雨，最后却连感冒都没有得，连她自己都觉得很奇怪。板仓则说那是因为精神过于集中，反倒激发起了体内的抵抗力，所以才安然无事。闲扯了一会儿，板仓告辞回去了。

_____

1　杉木制的宽幅男用木屐。

可是，妙子在和洪水搏斗时似乎耗尽了体力，隔天起，她就感到浑身关节发痛，右边胳肢窝下痛得特别厉害，担心会转成胸膜炎，所幸几天之后就好了。两三天后，又下了一场小小的雷阵雨，妙子听到那"哗哗"的雨声，又吓得心惊肉跳。遇到下雨也害怕，真是有生以来的第一次体验，看来那次洪灾给她留下了不小的心理阴影，心头总有种莫名的恐惧感。几天之后，半夜里下起雨来，妙子又担心会不会发洪水，弄得一整夜都没睡好觉。

十

大阪、神户的民众看到第二天的报纸，才大致了解到这场惨祸的全貌，不由得再次感到震惊。芦屋幸子家里，事后的四五天里每天都有亲友前来探视和慰问，她应接不暇。后来，电灯、电话、煤气和自来水等陆续恢复了正常，生活一点点重归平静，不过，到处堆积的泥沙由于战争期间人手和卡车不足，没办法迅速清除，大热天仍行走在街上的人们，个个披着一身白茫茫的沙尘，这景象仿佛再现了此前遭受大地震之后的东京街头。阪急电车芦屋川站原来的站台被埋在砂土中，只好在沙堆上动工兴建一个临时站台，陆桥上方再架一座新桥，好让电车正常行驶。阪急电车的桥和国道业平桥之间，河床淤积得几乎和两岸的马路一样高，稍稍下点雨，就会再次泛滥，所以一天也不能置之不理，成千上万的工程人员一连数日进行挖砂作业，但是就像蚂蚁搬糖山一样，看似每日有进展却怎么也挖不清，反而将河堤上的松树都蒙上了一层砂土。更要命的是，偏偏洪灾之后连续数日都是大晴天，尘土四处飞扬，致使芦屋这个享有盛誉的高级住宅区今年的景象简直是惨不忍睹。就在这样一个沙尘弥漫的夏日，雪子时隔约两个半月又从东京回到芦屋。

洪灾当天，东京的晚报就刊登了相关报道，可是具体情况却语焉不详，涩谷的大姐家全家人都很担心。看到报道说住吉川和芦屋川沿岸的灾情最严重、甲南小学校有学生遇难的消息时，雪子特别想知道悦子怎么样了。第二天，贞之助从大阪的会计师事务所打来电话，鹤子和雪子姐妹俩轮流接听，想打听的情况大致都问了。雪子当时就说她很不放心，想马上回芦屋看看，并征求贞之助的意见，贞之助说想来当然可以来，但家里的情况就是这样子，其实用不着特意赶回来一趟，再说大阪往西的铁路还没有修好。说了这样一番话之后，贞之助才挂断电话，当天晚上他和幸子说起来的时候，告诉幸子："雪子妹妹想来芦屋，我劝她不用来了，可是她借口慰问，说不定还是要来的。"不出所料，几天后幸子果然就收到了雪子的来信，说她想和九死一生的末子姑娘见见面，还想看看这次洪灾究竟将她深深眷念的芦屋破坏成什么样子了，不亲自看一眼总觉得不踏实，说不定这一两天内就会动身。

由于事先打了招呼，所以动身这天雪子没有另发电报，乘上"燕子号"特快列车就离开东京了。在大阪换乘阪神电车，到芦屋站下车后刚好碰上一辆出租汽车，不到6点钟就到了姐姐家。

"您回来啦！"

雪子将衣箱递给出迎的阿春，随后直接走进会客厅。家里鸦雀无声，她问阿春："二姐在家吗？"

阿春将电风扇对准雪子吹着，回答道："噢，太太刚刚去施托尔茨先生家了。"

"悦子呢？"

"小姐和末子小姐都应邀去参加施托尔茨先生家的茶会了，应该快回来了吧。我去叫一声吧……"

"不用，不用，阿春，你不用管了。"

施托尔茨家的后花园里传出孩子们的声音。阿春打算去叫，被雪子拦住了。雪子走到露台凉棚下，独自坐在白桦木椅子上。

雪子来芦屋的路上，透过出租车车窗看到业平桥附近受灾的惨状出人意料，令她大为吃惊。可是坐在这里所看到的景象，和平常并没什么两样，一草一木都毫发无损。此刻正是傍晚风平浪静的时候，一点风的气息也没有，尽管感觉很热，不过静止不动的树丛却显得格外的色调清新，扑入眼帘的草坪宛似一块绿毯。她春天去东京的时候，紫丁香和麻叶绣线菊开得正盛，萨摩山梅花和重瓣棣棠还没有开，现在连红雾岛[1]和白平户都已经凋落了，只剩下一两朵栀子花挂在枝上，和施托尔茨家邻接处的楝树和梧桐枝叶繁茂，两层楼的洋房被它们遮蔽了一半。

两家邻接的铁丝网那边，孩子们正在玩驾驶电车的游戏，看不到人影，但是能听到彼得学着乘务员的口吻在喊："下一站是御影，御影站到了……各位乘客，本次电车从御影驶往芦屋，中途不停靠，中途不停靠。到住吉、鱼崎、青木、深江去的乘客请在本站换车……"彼得学阪神电车乘务员的语气学得惟妙惟肖，根本不像一个西洋孩子在学人说话。

"露米姐姐，那么我们去京都吧。"这是悦子的声音。

"好吧，去东京吧。"露丝玛莉说。

"不是去东京，是去京都。"

1　杜鹃花的一种，开红色漏斗状的花。

露丝玛莉似乎不知道京都这个地名，悦子三番五次地给她纠正，她依旧说"东京"。

"不对，露米姐姐，是京都呀。"

"我们去东京吧。"

"不是去东京，去东京的话得停一百次车啦！"

"是啊，明明天就到了呀。"

"你说什么，露米姐姐？"

"明明天就到东京了呀。"

露丝玛莉大概是不知道"后天"这个词怎么说，她讲出来的"明明天"叫人听了感觉非常古怪，悦子猛地听到这个说法，一时有点听不懂。

"你说什么，露米姐姐？日语当中没有这样的讲法呀。"

"悦子姐姐，这棵树用日语怎么讲？"

这个时候，忽然有一丝风吹来，梧桐树被吹得"哗啦啦"发出了声响，彼得一边爬树一边问道。这棵梧桐树的树枝岔到邻居家那一边，孩子们平常总爱从施托尔茨家踩着铁丝网，爬上树枝去玩。

"这个叫梧桐树。"

"是叫梧桐桐树吗？"

"不是梧桐桐树，是梧桐树。"

"梧桐桐树……"

"梧桐树！"

"梧桐桐树……"

不知道彼得是故意开玩笑还是什么的，他一个劲地说"梧桐桐树"，就是不说"梧桐树"。

悦子生气地说道："不是梧桐桐树，只有一个'桐'字！"

她那句"一个'桐'字"听上去就像"一个桶子",雪子忍俊不禁,笑了起来。

十一

施托尔茨家的孩子们和悦子不久都放暑假了,每天都相约着聚在一块儿玩。早晨凉爽,他们便在梧桐树和楝树下玩驾驶电车或爬树,中午在家里玩,只有两个女孩子的时候就玩过家家,要是彼得和弗里茨也参加的话,就玩打仗。四个人合力搬动会客厅里的沙发和安乐椅等笨重家具,将它们连在一起或架起来充作堡垒或火力点,用气枪瞄准攻击,彼得当军官,号令一下,其余三个人同时开枪射击。这种时候,那几个德国孩子包括还没上小学的弗里茨一定称呼敌方为"弗朗克来希、弗朗克来希",一开始幸子她们都听不懂是什么意思,后来贞之助告诉她们这就是德语的"法国"一词。从这件事情上,德国人平常的家庭教育也可见一斑。可是,为了玩这种游戏,莳冈家西式会客厅里的家具摆设总是被折腾得乱七八糟,全家人对此毫无办法。一旦来了客人,女佣们首先必须在门口挡驾,同时全体出动来收拾那些"堡垒"和"火力点"。有一次,施托尔茨太太偶然从露台上看到屋子里的狼狈模样,吃惊地问:"彼得和弗里茨他们来您这儿玩,每次都弄成这个样子吗?"幸子不得已,只好如实相告。施托尔茨太太苦笑着回去了,后来她究竟管教过孩子没有就不知道了,但他们那肆无忌惮的行为却丝毫没有改变。

幸子她们三姐妹把那间西式会客厅让给了孩子们,作为他们的游玩场所，白天她们无所事事地待在餐厅西面那间六席大的日本式屋子里，那间屋子正对着浴室，中间只隔一条走廊，换洗的衣物等都堆放在那里。屋子南面对着院子，但因为屋檐深的关系，屋子里总显得有些昏暗，活像妓院里用来锢禁赖账嫖客的暗室。这间屋子太阳光照射不到，西墙下又开有一排地脚窗[1]，中午时分会有凉飕飕的风吹进来，成了全家最凉快的一间屋子，姐妹三个争相来到那排窗下，躺在席子上挨过下午最热的两三个钟头。她们每年一进入土用[2]就吃不下东西，因体内维生素 B 不足而苦夏，本来身体就瘦弱的雪子这下更加显瘦。她今年 6 月开始脚气病复发，至今仍没有痊愈，所以回芦屋来的另一个目的也是想换一下环境权作疗养，不承想回来之后病情反而加重了，只好由姐姐和妹妹每天为她注射维生素。幸子和妙子也或轻或重地有同样的症状，所以近来姐妹间互相打针成了她们每天的功课。幸子早就穿上了后襟开衩露出后背的连衣裙，到了 7 月的二十五六日，一向讨厌西式服装的雪子，终于也扛不住了，只得给她那仿佛纸捻编成的胴体裹上了一件乔其纱薄衫。三人中最活泼的妙子，洪灾给她造成的惊吓似乎还没有完全消除，今年夏天她不像以往那样精神。洪灾之后西服学院一直没有复课，夙川的松涛公寓幸好没有受灾，继续做布娃娃应该没有问题，可是她暂时还不想工作，所以很少到那边去。

洪灾后板仓经常来芦屋。灾后几乎没人去他店里拍照了，买卖暂时停顿下来，于是他去灾区拍摄受灾情况，说是想出版一本记录

1　日本传统住宅中开设于房间墙脚处的低矮窗子，多为排窗形式，下缘与地板或榻榻米齐平，最早是扫灰或排出屋内垃圾用的，现早已不再具有这一功用。

2　在日本，立春、立夏、立秋、立冬前第十八天为"土用日"，此处指立夏前的暑伏天。

洪灾的摄影集。天气好的时候，他往往穿一条短裤，拿了徕卡照相机东兜西转，带着一张被太阳晒成棕红色的汗涔涔的脸，出其不意就跑了来，先到后门口，叫声："阿春，给我杯水！"

阿春在凉水杯里放几块冰再将水递给他。他一口气喝完冰水，仔细掸去上衣和短裤上的白花花的尘土，穿过厨房来到幸子她们待的那间六席大的午休室，闲扯上一会儿才离开。聊天的内容大抵是路上看到的灾情，例如今天去了布引或者六甲山、越木岩、有马温泉、箕面，有时候还拿出在那些地方拍的照片给她们看，一边说明一边还穿插一些他那独特而出人意料的观察以及感想。

"太太，不想去泡个海水浴吗？"有时候，他会大声这样叫着走进屋子，"起来吧，去吧，这样一直躺着不健康啊。"见幸子她们爱理不理的，他就说："到芦屋海边去走一走总吃得消的吧，泡个海水浴说不定脚气病就好了呢。"好像恨不得一把将幸子她们拖起来似的。他还自作主张地叫阿春取出太太和小姐们的泳衣，雇好去海水浴场的汽车，让姐妹三个连同悦子一起乘上出租汽车去游泳，有时幸子懒得带悦子一块儿去，就让板仓自己带上她去。如此一来，板仓和姐妹几个日渐亲近起来，说话也少了许多顾忌，变得越来越粗俗，他甚至会自己动手打开壁橱，举动越来越不招人待见了。尽管如此，若是有什么事情托他办，他一定不嫌麻烦地帮忙办妥，而且说话很风趣，这是他的长处。

这天，姐妹三人躺在那间六席的屋子里，像往常那样享受着从地脚窗吹进来的凉风，一只马蜂从院子飞了进来，"嗡嗡嗡"地在幸子头顶上飞了一圈。

"二姐，马蜂！"妙子叫了起来，幸子慌忙起身。那只马蜂从雪子头上飞到妙子头上，又飞到幸子身边，在三人头顶上轮流盘桓。

几乎半裸的三姐妹在屋子里东躲西藏的，马蜂似乎存心跟她们纠缠似的，始终跟在她们身后追逐，吓得三人哇哇狂叫着逃离走廊，马蜂仍旧紧追不舍。

"又来了，又追过来了！"

三人尖叫着从走廊逃进餐厅，再从餐厅逃进会客厅，正在那里和露丝玛莉玩过家家的悦子问："什么事呀，妈妈？"话音刚落，马蜂"嗡——"地又追过来，"嗵"的一声撞在了窗玻璃上。

"一只马蜂来啦！"

这下子露丝玛莉和悦子带着好奇也掺和进来了，五个人像是和马蜂玩捉迷藏似的，一边哇哇乱叫着一边在屋里四处逃窜。不知是她们的行为越发刺激了马蜂，还是马蜂原本就是这样的习性，只见它到处乱窜着，眼看飞向院子去了，结果却又飞回来追人狂舞。五个人不得不从会客厅又跑进餐厅，然后再从餐厅穿过走廊逃进那间六席的屋子，就这样来来回回地在几间屋子里穷折腾。

"怎么回事呀？这么热闹。"这时候板仓突然走进后门，挑起分隔厨房和走廊的半截门帘探出头来问道。他今天穿着身泳衣，泳衣外面披了件单衫，头上戴了顶遮阳帽，脖颈上还围着条毛巾，看得出又是来邀请幸子她们一同去海边的。

"阿春，怎么回事呀？"

"被马蜂缠住了！"

"哎哟，这么美艳啊……"板仓一句话还没说完，五个人像练习赛跑一样紧握双拳从他眼前疾奔而过。

"今天……不得了啊。"

"马蜂！马蜂！板仓老板，快捉住它！"幸子尖声叫着，仍一步不停地跑过去。每个人都咧着嘴，眼睛瞪得大大的，表情严肃，看上去脸上似笑非笑，原来是脸部痉挛了。板仓随即脱下他的遮阳帽，"啪嗒啪嗒"扇动起来，三下两下就将马蜂从会客厅赶到院子里去了。

"啊，真吓人，这么执拗的马蜂啊。"

"什么话，是马蜂被你们吓到了才是呢。"

"开什么玩笑，刚才真的吓死人啦。"雪子还在呼呼喘气，苍白的脸上装出一丝笑容说道。她犯着脚气病，透过她身上那件乔其纱薄衫，可以看到她的胸脯仍在不停悸动。

十二

进入 8 月没几天，妙子收到同门姐妹寄来的一张明信片，告诉她山村咲师傅因肾病恶化住进了附近一家医院。

每年七八月份山村舞照例暂停练习，今年因为 6 月份举办过一场乡土会的汇报演出，当时师傅的健康状况就不大好，所以决定往后延长一个月的假期，到 9 月份再继续开课。妙子对于师傅的健康并非不关心，之所以一连几个月不通音讯，是因为师傅家在天下茶屋[1]那里，从阪急芦屋站乘坐电车过去，要从北到南穿越整个大阪，还必须在难波换乘南海线电车才能到达，而去练功房学舞蹈则只需直接前往岛之内，所以妙子从来没去过师傅的家。此时突然接到这样一个消息，而且据说肾病已转为尿毒症，可见病情已经相当严重了。

1　大阪市西成区一地名，因丰臣秀吉参拜住吉四社途中在此处的茶室休憩故得此名。

"病情到底怎么样，妙子姑娘能不能先去探望探望？过几天我也要去探望一下。"

幸子担心诱发师傅这次病重的原因说不定是今年五六月份，她每天大老远地赶来芦屋个别指导妙子以及悦子学舞，导致劳累过度。当时幸子看到师傅的脸色苍白浮肿，指导学舞时上气不接下气，尽管她自己说"我的健康就靠舞蹈支撑"，可是肾病患者最忌劳累过度，幸子本想拒绝师傅来家里授课，又怕挫伤女儿和妹妹的积极性，加之看到师傅这样热心，所以就没好意思说。事到如今，幸子有点后悔了，当初真不该让她来的。幸子打算过几天亲自去探望，所以接到明信片后的第二天就让妙子先去探望。

妙子本来说趁上午凉快的时候去，因为商量带什么东西去探望病人，费了一些时间，最后拖到下午太阳最毒的时候才出门。下午5点，她呼哧呼哧喘着粗气回到家里，抱怨说天下茶屋那一带简直热死人了。随后走入那间六席的屋子，像剥皮似的将那件出汗湿漉漉地紧贴在身的布卢默裤子[1]一把扯掉，赤条条的只剩一条肥裤衩，闪进厕所。过了一会儿，她头上箍着一条湿毛巾，腰里裹了一块浴巾，从厕所走出来，拿了件宽大的浴衣披在身上，带子也不系，说了声"对不起"，走到两个姐姐跟前，往电风扇旁边一坐，敞开浴衣领子让风吹进颈下，讲述起山村师傅的病情。

尽管师傅一直说身体不好，不过上个月似乎还不怎么特别严重。平常师傅不大愿意发证书给门下弟子，授权他们袭用自己的艺名，但7月30日那天给某小姐发了袭名证书，是在师傅自己家里举行的仪式。那天天气炎热，师傅却穿上整整齐齐的礼服，拜祭上

1　一种类似灯笼裤的女式宽松运动裤，出自美国布卢默夫人的设计故而得名。

代遗像，还依照她祖母传下来的规矩郑重其事地交杯为誓。第二天师傅去那位小姐家道贺时，脸色就不行了，据说8月1日就病倒了。南海电车沿线和大阪神户之间不一样，一路上几乎没有行道树，东一幢西一幢地矗立着一片房屋，妙子出了一身大汗才找到那个医院，师傅住的病房又朝西，下午的西晒非常厉害，师傅静静地躺在床上，身上的浮肿倒不怎么厉害，面孔也没有想象中那样虚肿，一名弟子陪护在她旁边。妙子恭恭敬敬地跪在枕头旁边问候时，师傅已经几乎认不出她是谁了。据陪护的弟子说，师傅时而清醒时而糊涂，多半时间处于昏睡状态，昏睡中还时不时说胡话，说的全是跟舞蹈有关的。妙子坐了半个钟头告辞出来，那位同门送她到走廊里，告诉她大夫说这次估计没有希望了。其实妙子在看到师傅第一眼的时候就已经感觉到了。当妙子顶着烈日气喘吁吁、满身大汗赶回家时，想到仅仅来回走这一趟，就累成这个样子，而师傅那样的身体还每天来芦屋跑一趟，就更加深切体会到师傅的辛苦了。

幸子听了后，第二天又让妙子陪她去医院探望了一次山村师傅。过了四五天，就传来师傅病逝的消息。姐妹俩前往师傅的家里吊唁，这是她们第一次上师傅家。看到师傅住的那个破旧的出租杂屋时，她们简直吃了一惊，不敢相信这就是大阪具有悠久历史的山村舞蹈的唯一传人、继承了由于从前住在南地九郎右卫门町 [1] 而被称为"九山村"这样一个家世的第二代师傅的家。师傅的生活只能用潦倒来形容。究其原因，是她忠于艺术，极其憎恨别人破坏上代流传下来的舞蹈程式，不肯顺应时代潮流，一言以蔽之，她就是一位不善谋生和处世的人。听人家说，第一代咲师傅最初是南地演舞

1　位于今大阪市中央区道顿堀河南岸。

场[1]的师傅，负责为苇边舞[2]设计各种舞蹈动作，第一代祖师去世时，第二代的咲师傅据说曾被聘请去当艺妓学馆的舞蹈师傅，可她坚决拒绝了。因为当时正盛行藤间[3]和若柳[4]的时髦舞蹈，要是她当了学馆的专属师傅，必然会受到学馆方面的种种干涉，不得不按照当时流行的舞姿改变山村流的舞姿，咲师傅不愿意这样。这种狷介的性格，成了她立身处世的最大障碍，因为这样的原因，跟她学习舞蹈的人也很少，她从小没有父母，是祖父一手抚养大的，艺妓时代虽说曾经有个大财主给她赎身落籍，但她没有同那个人结婚，因此也没有孩子，从未享受过家庭的天伦之乐，以致去世后连一个吊丧的亲属也没有。火葬那天，正值秋老虎肆虐，只有少数几个人在阿倍野[5]举行了一个仪式，随后这些人留下来将遗体送到邻近的火葬场，在等待火化的时候，大家谈论起死者，禁不住无限追怀。

师傅讨厌交通工具，特别害怕乘坐汽车和船。她笃信宗教，每个月的 26 日一定要去阪急线旁边的清荒神社[6]进香。还有一百二十八个神社的巡回进香，她每个月要去其中的住吉、生玉、高津三社及最后那个神社，立春前一天还要去位于上町的寺院拜地藏菩萨，供奉数量相当于自己岁数的糕点。她对指导舞蹈十分热心，遇到关键之处，一遍又一遍不厌其烦地精心指导，比如《汲海

1　位于当时大阪市南区难波新地五番地（今中央区难波三丁目）戎桥一带。

2　大阪的艺妓定期举办的舞蹈大会，每年 4 月至 5 月于难波新地的南地演舞场举行。

3　由藤间勘兵卫（？—1769）于江户创始的舞蹈流派。

4　由若柳寿童于明治时期创始的舞蹈流派，主要在花柳界大受欢迎。

5　指阿倍野殡仪馆，位于大阪市南部阿倍野区与住吉区交界处。

6　日本关西地方对清澄寺的通称，位于兵库县宝冢市米谷清，据传在其落成法会上三宝荒神现身，由此成为该寺的祭祀神。

潮》，当载歌载舞到"谁来把卜兆告知你？我们一起汲海潮哟，你一桶我一桶"的时候，她一再要求演员表演时一定要明白，"一个月亮，两个影子"，水桶里还有一个月影。又比如，跳《铁轮舞》"到如今，须得好好惩罚你，叫你痛悔叫你永远记得"那个地方，当演员抢起铁锤钉钉子的时候，腰板要略略下弯，同时眼神一定要集中。山村咲师傅万事消极守旧，但她看到近来上方舞蹈有点跟不上时代的发展，便再也无法坐视，继而冒出了一个大胆的设想，准备寻找机会将她的山村舞带到东京去加以推广。她从未想到过自己的生命会如此短暂，还曾对人表示等自己还甲时要租借南地演舞场举办一场盛大的舞蹈会演。妙子本来是她新收的弟子，近几年来关系才逐渐亲密起来，所以她和幸子二人只是安静地听人家谈论，不过山村咲师傅生前对妙子特别垂青，妙子自己也曾期许着有朝一日能够袭用师傅的艺名、将师傅的衣钵发扬光大，然而现在这个希望彻底落空了。

十三

"妈妈，听说施托尔茨伯伯要回德国了。"

有一天，悦子被邀请到施托尔茨家去玩，傍晚回家时这样说。

因为是小孩子说的话，幸子没怎么当真。第二天上午幸子隔着一道铁丝网看见施托尔茨太太，便问她："昨天听悦子说您家先生要回国去了，是真的吗？"

"是呀。"施托尔茨太太答道，"自从日本发动事实上的战争以来，我丈夫的买卖一点也做不下去了，神户的店铺今年几乎完全歇业。一开始以为战事马上会结束的，一直等到今天，也不晓得哪一天仗才打完，我丈夫考虑来考虑去，最后决定还是回国。"她还告诉幸子，她丈夫之前是在马尼拉做买卖，两三年前来到神户，好不容易在东洋站稳了脚跟，可是现在回国，等于把这些年来的努力白白扔掉，实在太可惜了。"再说有你们这么好的邻居，我们全家都觉得很幸运，现在也不得不和你们分开了，心里真难受，孩子们比我更加受不了。"她还说打算让大孩子彼得跟着他父亲这个月先动身，绕道美国回去，自己带着露丝玛莉和弗里茨下个月先去马尼拉，暂时住在妹妹家，然后再从马尼拉返回欧洲，因为妹妹家的几个孩子这次也要回国，妹妹自己生着病住在国内，所以施托尔茨太太得去马尼拉帮助收拾家里，打点行装，然后带上自己的孩子还有妹妹的孩子们一块儿回国，因此，她和露丝玛莉、弗里茨还得等二十来天再动身，可是施托尔茨先生和彼得已经订好了8月下旬从横滨启航的加拿大"皇后号"的船票，眼看就是跟前的事了。

再说蒔冈家里，悦子从7月底起又复发了轻度的神经衰弱和脚气病，虽说没有去年那样严重，可老是吃饭没胃口，也睡不着觉，幸子想趁目前病情还不十分严重的时候带她去东京找个神经科专家看一看。悦子从未去过东京，平常总说她的同班同学谁谁参观了二重桥，羡慕得不得了，所以要是带她去东京见见世面，她一定会非常高兴。再说长房大姐搬到东京涩谷以后，幸子还一次也没有去过，趁此机会去一次，也很理想。本来打算八月头上就和悦子还有雪子三人一起动身的，但因为山村咲师傅病故以及其他一些事情耽搁了下来，这个月去得成去不成还不知道。可是，彼得父子这几天就要从横滨启程，幸子想趁现在动身还可以去送送他们，不巧的是启程那天偏偏是地藏菩萨生日，幸子必须代表长房的大姐去上本町的寺院施舍饿鬼，这是每年的例行法事，非去不可，于是只得匆匆赶在 17 日举办了一个茶话会，邀请了彼得、露丝玛莉和弗里茨，为彼得送行。隔了一天，19 日那天施托尔茨家里为孩子们举办临别纪念茶话会，邀请了彼得和露丝玛莉的一帮德国小朋友，唯一受邀参加的日本孩子是悦子。20 日下午，彼得独自前来辞行，和莳冈家的人一一握手，临走时他说："就这一两天里吧，我就要和爸爸一早从三宫动身去横滨了，先绕道去美国，估计 9 月上旬能回到德国，我们会在汉堡住下来，以后有机会欢迎你们来汉堡玩。"他又说："路过美国时想买件礼物送给悦子姐姐，请告诉我您喜欢什么。"悦子和妈妈商量了一下，就请彼得给买双皮鞋。彼得于是借了悦子的一双鞋子带回家。过了一会儿他又拿着纸笔和卷尺前来，说："妈妈说按照悦子姐姐的脚量一下尺寸最准了，比借鞋子量好，所以我过来量一下。"说罢就将纸铺开，让悦子把脚踩在纸上，依照他妈妈教的方法将脚形及大小画了下来。

22 日早晨，悦子由雪子陪同着去三宫车站送施托尔茨父子。那天晚上吃饭的时候，大家围着餐桌谈论起他们父子，讲到早晨送别时彼得十分依依不舍，直到火车开动前还在问："悦子姐姐什么时候去东京？要是去的话，能不能到船上看看？轮船定在 24 日晚上启航，要是想见的话，我们还可以再见上一面。"看他的样子觉得怪可怜的，幸子听了便说道："既然这样，悦子就去横滨送送彼得吧，妈妈得过了 24 日才能去。悦子和阿姨明天明天晚上就动身，乘夜车后天早晨就到横滨了，在横滨一下车就马上去加拿大'皇后号'好吗？妈妈 26 日左右也过去，悦子先去游览一下东京，然后跟我在涩谷会合怎么样？嗯，这样安排不错吧？"经她这么一说，事情就这样定下来了。

"怎么样，雪子妹妹，明天晚上你能动身吗？"

"可是还得买好多东西。"

"明天一天还不能买齐吗？"

"那……夜车要是太晚，悦子想睡……后天一早动身也赶得上吧？"

幸子看到雪子这种时候还想在家里多待一天，十分同情她，便装作若无其事地说道："这倒是，后天动身也不晚。"

"怎么一下子又要动身啦，不是才来没几天吗？"妙子在一旁说起风凉话来。

"本来是想多住些日子，可是悦子要去送彼得，没办法呀。"

雪子7月份回芦屋的时候，还想着大概能待上两个月，眼看后天就要动身去东京，大大出乎她的预料，不免有些怅然。不过这次是和悦子一起动身，再说过两天幸子也要去东京，还好不用感受那种独自一人返回东京的滋味。可是幸子母女俩在东京不会长待，悦子的学校一开学就得回来，而自己却不得不长留在东京。想到这里，雪子才意识到自己之所以想待在芦屋，固然是愿意和二姐一家生活在一起，但更主要的还是自己对关西这片土地的热爱和对东京的讨厌，一方面是由于和大姐夫合不来，再有也是因为她真的对关东水土不服。

幸子早就看出了这一点，所以第二天她故意什么也不过问，一切听凭雪子和悦子想怎么办就怎么办。当天早晨雪子还磨磨蹭蹭的，可看到悦子一副急不可耐想动身的样子，下午她便独自匆匆梳妆了一下，让悦子给她打了一针，一句话也不说拉着阿春就出门，傍晚过了6点钟后，她手里提着一大捆包着神户大丸百货公司还有元町一带商店街的包装纸的东西回来了。

"这个买来了。"

雪子从腰带里取出两张第二天早晨"富士号"[1]特快列车的车票。这趟特快列车早晨7点钟从大阪驶出，下午3点钟以前就可抵达横滨，所以3点出头一点就能赶到轮船码头，这样的话，双方在那里至少可以会见两三个小时。于是，她马上动手收拾行李，还派人去通知了施托尔茨太太。

雪子看到悦子兴奋得不肯去睡觉，便对她说明天得一大早搭乘火车，强迫她上楼去睡了，然后又整理了一下自己的衣裳和皮包。做完这些，看到贞之助还在书房里钻研什么，就拉着姐姐和妹妹坐在会客厅里闲聊，一直聊到12点过后。

这时候，妙子打了一个大大的哈欠，说道："雪姐，我们睡吧！"三姐妹中数妙子最不拘礼节，在这一点上她和雪子正好相反，大热天时尤其如此，就像今天晚上，她洗过澡后穿了件浴衣，浴衣前襟没有掖起来，只系了腰带，说话的时候还时不时地豁开前襟让风扇对着裸胸直吹。

"末子姑娘想睡就先去睡吧。"

"雪姐还不睡吗？"

"我今天大概是走路走多了，光觉得累，倒是一点也不想睡觉。"

"再给你打一针怎么样？"

"还是明天早晨动身前再打吧。"

---

1 运行于东京和下关之间的特快列车，设有观景车厢，昭和四年（1929年）开通。

"你这次真是不凑巧呀，雪子妹妹。"幸子看到雪子脸上那块消退已久的褐色斑又隐隐约约显现了出来，就说，"我希望雪子妹妹今年内能再来一次，因为明年是你的厄年[1]啦。"

施托尔茨父子上次是在三宫火车站动身的，雪子和悦子为了推迟些早晨的时间，决定在大阪站上车。尽管如此，为了不误点，怎么着6点钟也得乘上省线电车才行。幸子本来只想送她们到大门口的，可是施托尔茨太太要带着她的两个孩子一直把她们送到芦屋站，所以第二天一早，幸子和妙子姐妹俩还有阿春全都去了。

"昨天晚上我发了封电报到加拿大'皇后号'，通知他们火车到达的时间。"等车的时候，施托尔茨太太说道。

"彼得哥哥一定会站在甲板上等我们的吧？"

"是呀，我想一定是的。悦子小姐太体贴了，多谢。"施托尔茨太太说完，又用德语对露丝玛莉和弗里茨说，"你们得谢谢悦子姐姐呀。"

幸子她们只听懂了"谢谢"这两个字。

"那么妈妈也快点来呀。"

"噢，26日或者27日我一定会去的。"

"一定哟。"

"一定！"

"悦子姐姐早点回来呀！"露丝玛莉追着已经启动的电车用德语喊道。

---

1 占卜算命术中引入阴阳学说牵强附会地认为人在某个年龄会遭厄难，日本一般以男子二十五岁、四十二岁为厄年，女子十九岁、三十三岁为厄年，特别是男子的四十二岁和女子的三十三岁为大厄。

"再见！"

"Auf Wiedersehen！"[1] 悦子一边挥手，一边用她不知什么时候学会的这句德语回应。

十四

幸子决定 27 日早晨乘坐"海鸥号"动身。前一晚收拾行李的时候却发现，要带到东京去的礼物有大小三个皮包，自己一个人无论如何也拿不了，心想不如趁这次机会带阿春去东京见识见识，留在家里的贞之助有妙子照料，没什么不放心的，带了阿春一道去，会方便许多。等到学校秋季开学，说不定可以让阿春陪同悦子先回来，自己则在东京再多住一阵，毕竟好多年没去东京了，这次可以从从容容多住些日子，看几场戏，然后再回芦屋。

"啊，阿春姐也来了！"悦子随同雪子和长房的长男辉雄来到东京站，看到阿春跟着她妈妈走下车来，高兴得叫了起来。坐在出租车里，悦子摆出一副老三老四的样子，指指点点地介绍道："那是丸大厦，那边是皇居……"

仅仅几天时间，幸子感觉悦子的脸色健康多了，两颊也稍稍丰满了一些，于是就说："悦子，今天可以清清楚楚地看看富士山啦。对吧，阿春？"

"是呀，看得很清楚，从上到下一片云都没有。"

1　德语：再见！

"上一次我们来的时候有几分阴沉，没看见山顶。"

"哎呀，是吗？这样说来，阿春姐的运气真好啊。"只有对悦子说话的时候，阿春才会自称"阿春姐"。

汽车行经皇居外壕、辉雄取下头上戴的帽子时，悦子又介绍道："阿春姐你看，那儿就是二重桥。"

"上次经过这里的时候，我们都下车行最敬礼[1]了呢。"雪子说。

"嗯嗯，是这样的，妈妈。"

"那是什么时候的事情？"

"就是24日那天，施托尔茨伯伯和彼得哥哥，还有阿姨和我，四个人在那个地方排好队行的礼。"

"噢？你们和施托尔茨伯伯来二重桥了？"

"是阿姨带他们来的。"

"有那么多时间吗？"

"时间是很紧，老是看着表，心里着急着呢。"

24日那天，雪子和悦子急急忙忙赶到轮船码头的时候，施托尔茨父子早已站在甲板上等得不耐烦了。雪子问他们什么时候开船，他们说晚上7点钟。雪子心想离开船还有将近四个小时，可以邀请他们去新上豪酒店的大堂喝茶，不过现在去喝茶，又嫌时间太早，不如索性去东京市内转一转，带他们见识见识丸之内一带的繁华街景，于是便提议去东京，因为她知道施托尔茨父子都没有到过东京。听了她的提议，施托尔茨有些踌躇，连着问了两三遍："那样行吗？没问题吗？"最后才同意去。当下四个人在樱

1　日本人向神或天皇所行的敬意最高的敬礼，行礼时立正不动，双手下垂至膝，上半身前屈至腰部位置。

木町站乘上电车，到有乐町下车，先在帝国饭店喝了一杯茶，大约4点半离开帝国饭店，按照计划在一小时内先驱车到二重桥前，下车行了礼，然后到陆军省、帝国议会大厦、首相官邸、海军省、司法省、日比谷公园、帝国剧场、丸大厦等地方走马观花转了一圈——有的下车几分钟，有的就坐在车内远远看上几眼，5点半再赶到火车站。雪子和悦子本来打算送他们到横滨，看着他们的轮船起航，但施托尔茨再三辞谢，加上考虑到她们一大早的从芦屋赶过来，要是回家很晚的话，悦子会太累，便没有再坚持，在东京车站便告别了。

"彼得弟弟一定很高兴吧？"

"他一个劲地赞叹东京的繁华，是吧，悦子？"

"嗯，他只顾东张西望地看，还说这么高大的建筑呀。"

"他爸爸熟悉欧洲，可是彼得除了马尼拉、神户和大阪之外，没有去过别的地方呀。"

"他一定会想，到底是东京呢。"

"悦子也一样吧？"

"我是日本人，没来东京以前老早就晓得了。"

"熟悉东京的只有我一个，所以费了老大的劲给他们讲解哪。"

"阿姨用日语讲解的吧？"辉雄问。

"我先用日语讲给彼得听，彼得再当翻译复述给他爸爸听，像帝国议会大厦啦、首相官邸啦这些词，彼得听不懂，所以，时不时地还得夹杂着英语混在一起讲。"

"帝国议会大厦和首相官邸这些词英语阿姨都会讲吗？"辉雄独自操着地道的东京话问道。

"日语里有时夹几句英语呵，帝国议会大厦的英语我会讲，但首相官邸这个英语词汇没学过，所以我就用日语说'这里是近卫先生[1]待的地方'。"

"我讲德语了。"悦子插话道。

"你讲了'Auf Wiedersehen'吧？"

"嗯，在东京站告别的时候讲了好多遍。"

"施尔茨先生也用英语一再道谢。"

幸子想象着平常很少讲话、喜欢埋头沉思的雪子穿了花花绿绿的衣裳，一手牵着身穿西式衣裳的悦子，陪同外国绅士和少年参观帝国饭店的大堂、丸之内的官厅以及东京的高楼大厦那个场景，总觉得有种违和感。还有施托尔茨先生紧跟在孩子后面，又要一声不响忍受着语言不通的痛苦，又要顾忌开船时间因而不住地看表，被拖着东奔西走的样子又多么滑稽呀。设身处地地想一想，也真够难为他的。

"妈妈，那个美术馆[2]您以前参观过吗？"汽车经过外苑前面时，悦子问道。

"当然参观过。别把你妈妈当作乡巴佬，好吗？"

幸子嘴上这样说，其实她对东京并不熟。还是十七八岁少女的时候，父亲带她来过东京一两次，住宿在筑地采女町的旅馆里，那时确实走过不少地方，不过那已经是大正十二年大地震之前的事了。灾后重建的东京，她只在去箱根新婚旅行的归途中在帝国饭店住过两三晚，有了悦子的这九年当中，她还一次也没有来过

1　指日本政治家近卫文麿，昭和十八年（1937年）后曾三次组阁担任首相，第二次世界大战日本战败后被指控为战犯，畏罪自杀。

2　指位于神宫外苑的圣德纪念美术馆，主要展示描绘明治天皇和昭宪皇后生平事迹的绘画作品。

东京。刚才她还在取笑彼得和悦子，其实当电车从新桥站驶至东京站终点的那段路程中，她目睹高架电车线路两旁矗立的高楼大厦，不由得生出好久没有看到帝都雄貌的感慨，为此而兴奋不已。大阪的御堂一带最近也开始大兴土木，从中之岛到船场陆续建造了许多近代化的大楼，要是从朝日大厦的十楼或者从阿拉斯加餐厅[1]向下俯瞰，确实也很壮观，但终究比不上东京。幸子上一次见到的东京是刚刚重建不久的东京，她完全没有想象到这些年间的发展竟如此迅猛。坐在电车中行驶于高架路线上放眼看去，简直已不是她原先所了解的东京了，望着扑入电车车窗的鳞次栉比的高楼和高楼罅隙间一闪而过的国会大厦的尖顶，不由得感觉光阴荏苒。九年了，这期间不光是帝都的面貌今非昔比，自己和身边人事也发生了巨大变化。

不过说句真心话，幸子并不怎么喜欢东京。要说祥云霭霭的千代田城[2]让人肃然起敬，固然不假，可是东京的魅力究竟是什么？似乎就只有以皇居的松柏为中心的丸之内一带那些雄伟的景色——江户时代建都时的模样原样不动地半隐在壮丽的高楼大厦后面，还有皇居的城门和护城河畔的怡人翠色，这些的确是京都和大阪所没有的，令人百看不厌。除此以外，就没有特别吸引人的地方了。银座到日本桥那一带的街道，美则美矣，但不知为什么总让人感觉空气干巴巴的，绝对不是幸子她们喜欢居住的地方。幸子特别讨厌东京郊区的荒凉，今天汽车行驶在青山去往涩谷的街道上，尽管还是夏天的傍晚时分，却已经觉得冷飕飕的，仿佛

1　大正至昭和初期在日本京都、东京、名古屋等地开店的高级西餐厅，总部位于大阪市北滨的檀香桥南塊西侧，为大阪的人气景点。

2　即江户城，因江户筑城之前原名千代田村。

到了一个遥远的陌生地方。她不记得以前是否曾经到过这里，视野所及的街道景象，和京都、大阪、神户等地都不同，不像是在东京，倒像是到了北海道或者满洲那些地方。说是郊区，这一带也已经是大东京的一部分了，从涩谷车站到道玄坂这段路的两旁，有很多店铺，已形成一个相当繁华热闹的区域，可不知怎么的，好像缺少一种温润的味道，路上的行人，都莫名其妙地挂着一张冷若冰霜的脸。幸子联想到自己居住的芦屋一带那明朗的天空和沃润的土地，以及肌体所接触到的空气的柔和感，如果是在京都的街道上，即使偶然走到陌生的地方也会让人产生一种似曾相识的亲切感，想和路人攀谈几句，可是每次来到东京，都会觉得这个地方与自己无缘。幸子怎么也不相信，自己的亲姐姐、一个地地道道的大阪人，现在竟会住在这样一个都市的这样一个区域……她仿佛做梦似的走在一条陌生的街上，像是到妈妈和姐姐居住的地方去，心里嘀咕着妈妈和姐姐怎么住在这样的地方……这就是幸子的真实心境。但另一方面，她也佩服姐姐，居然能在这样的地方生活下去，一直到汽车抵达目的地，幸子仍不愿相信这一切是真的。

当汽车差不多开到道玄坂的终点，向左拐进一个幽静的住宅小区时，一个十岁上下的孩子打头，两三个小孩子一拥而上，将车子围住了。

"姨妈！姨妈！"

"姨妈！姨妈！"

"妈妈在家里等您呢。"

"我家就在那儿。"

"危险，危险，快走开呀！"雪子从尚未停稳的车子里朝孩子们喊着。

"他们都是大姐的孩子吧？最大的一个是哲雄吗？"

"他是秀雄。"辉雄代雪子回答道。

"是秀雄、芳雄和正雄。"

"都这么大啦。要是他们不说话，真不晓得是谁家的孩子呢。"

"他们的东京话都讲得很好了，为了表示欢迎姨妈，才讲大阪话的。"

十五

尽管不止一次从雪子口中听说过一些关于涩谷大姐家的生活境况，可是家里的每间屋子都让孩子们搞得乱七八糟，几乎无处容身，这实在出乎幸子的意料。房子虽是新建的，看上去还不错，可是墙柱过细，地板下铺设的龙骨一点儿也不结实，看得出这房子是专供出租而建的廉价建筑。孩子们跑下楼梯，整个房子就会晃动。槅扇和纸拉门随处都是窟窿，正因为那类东西都是崭新、雪白的便宜货，所以格外让人觉得惨不忍睹。幸子不喜欢上本町那种格局陈旧、缺少阳光的老房子，可是比起涩谷这种房子来，还是过去那种老式房子住得安逸。大阪的老屋虽说缺少阳光，但是还有一个小小的中庭，人待在后面的起居室里，能够透过中庭的绿植一眼看到土仓式房子的进门处，那个情景至今依旧栩栩如生地浮现在眼前。涩谷这所房子，除了前后墙脚留出些许可供安放盆栽的空地外，没有一块称得上庭院的地方。大姐因为楼下孩子们吵闹，特地给幸子腾出来楼上那间八席的屋子——这是大姐家的客房，幸子一到，就先将行李放了进去，看到壁龛里挂着一幅从大阪带来的栖凤[1]手笔的《香鱼》立轴。已故的父亲有一阵子专门收集栖凤的作品，大姐收拾家什时大部分都转让卖掉了，这是仅存的一两幅中的一幅，幸子记得此外还有几幅。她面对着摆在立轴前面那张八足红漆供桌、挂在画镜线上的赖春水[2]写的字、靠墙安放的泥金画木架，以及架上摆着的台钟，原先摆着这类东西的上本町长房家的细微情景，像幻象一样顿时浮现在眼前。大姐特意将这些从大阪带到东京来，也许是把它们作为过去荣华的纪念品留在身边时常回味吧。另外，也是因为想要点缀一下充当会客室用的这间不怎么像样的屋子。可是不管怎么说，这些东西不仅没有抬高这间会客室的身价，反倒起了相反的作用，因为这些摆设的缘故，更加显示出这屋子的简陋寒酸。将亡父的遗珍摆在东京市郊这样一个地方显得多么怪异，这似乎也正是大姐这个人眼前境遇的象征。

"姐姐，你那么多行李居然全都收拾起来啦？"

"是呀。当初行李运过来的时候，还真愁没地方放这么多东西，不晓得放哪里好呢。后来总算把它们收拾好了，全都放下啦。房子虽然看上去小，真要放的话，还是能放下好多东西呢。"

这天傍晚，鹤子引着幸子来到楼上，坐定后闲聊起来。聊天的时候孩子们跑上来，搂住鹤子和幸子的脖颈不肯松手，鹤子没办法，一边连声呵斥："热得受不了啦！你们都下楼去，姨妈的衣服都给你们弄皱了。"一边继续和幸子说话。

"喂，正雄，快下楼去叫阿久给你阿姨拿冷饮来！喂，正雄，

1　日本画家，被誉为京都画坛的代表，在传统的画法上吸收了西洋画写生技法，形成独特的画风。

2　日本江户晚期的朱子学者，工诗文、善书法，日本著名汉学家赖山阳为其子。

听妈妈的话。"说罢，鹤子又将四岁的梅子抱到膝上，然后又说道，"芳雄，你下楼去拿把扇子来。秀雄，你是哥哥，哥哥得先下楼。妈妈难得和你姨妈见面，有好多话要说，你们这样拼命纠缠，我们还怎么说话呀？"

"秀雄今年几岁了？"

"我九岁啦。"

"九岁的孩子，长得蛮高的啊，先前在门口见到的时候我还以为是哲雄呢。"

"个儿是长得蛮高的，可一天到晚像这样缠着我，一点也不像个做哥哥的。要是哲雄的话，早就忙着准备报考中学，才不会像他这样淘气呢。"

"女佣只有阿久一个人吗？"

"嗯，前些时候还有一个美代，她要求回大阪，我想梅子自己已经能走路了，不用保姆成天看着，所以就同意她回去了。"

幸子本来以为大姐一定要被家务事拖累得憔悴不堪，今天看到大姐的发型梳得比想象中的漂亮多了，衣裳装扮也很整洁，打心底里佩服大姐。她在任何情况下都不会牺牲掉一个女人的自爱，她既要照管六个孩子——最大的十五岁，接下去分别是十二岁、九岁、七岁、六岁、四岁，还要伺候丈夫，身边只有一个女佣，还以为她早已顾不得什么形象啦面子什么的，浑身上下一团糟，看上去比实际年龄老十岁已经算是好的了。谁承想今年三十八岁的大姐，虽说是四姐妹中的老大，看上去却比实际年龄还要年轻五六岁。姐妹四人中，大姐和三妹雪子像她们的妈妈，幸子和小妹妙子则像她们的父亲。妈妈是京都人，大姐和雪子的相貌也有几分京都女子的风韵，不同的只是大姐的总体轮廓比其他几个都大一号，从幸子往下，姐妹几个身材一个比一个矮小，而大姐的身材比幸子更高，和略显矮小的姐夫走在一起，感觉妻子比丈夫还高。正因为大姐肢体丰腴，尽管是京都型的，却不会像雪子那样瘦得楚楚可怜。大姐结婚时幸子二十一岁，参加了大姐的婚礼，那时的大姐美丽、端庄，幸子至今仍无法忘记。大姐长得眉清目秀，脸孔细长，头发就像从前平安时代的人，站立起来的时候能拖到地上，梳起油光锃亮的岛田髻，那仪态简直是万种风情，既美丽又有着一种威严感，让人情不自禁想，这样的美人要是穿上十二单[1]的话，不知会是怎样的惊艳啊。幸子她们还曾听到近邻以及外界都在议论说，姐夫到一位极其出色的千金小姐家去当赘婿啦，姐妹几个私底下还自豪地说，那可不是吗？此后，经过十五六年的荏苒光阴，大姐生了六个孩子，境况渐渐有所下落，由于辛苦操劳，风姿早已不复当年，不过好在天生有着一副好底子，所以一直到现在仍能够保持着比实际年龄年轻五六岁的风韵。幸子一边想着，一边放肆地看着大姐胸口那雪白粉嫩、一点也不见松弛的肌肤，鹤子则正专心一意地拍着抱在膝上的梅子。

幸子动身的时候贞之助曾建议说："带着孩子住到涩谷大姐家，太给她们添麻烦了。住上一两夜，然后住到筑地的'滨屋'去怎么样？我可以抽空打个电话或者写封信给'滨屋'的老板娘，请她给你们准备好房间。"倘若和丈夫一块儿来东京倒罢了，现在只有母女俩去住旅馆，她就不大情愿了。再说和大姐好久没见面，很想和她天南地北地好好唠唠家常，还是住在家里方便些。幸子这次之所以把阿春也带上，就是为了母女俩住在涩谷期间，可以让阿春帮帮厨。可是住了两天之后却发现，还是应该听从丈夫的建议。"平常

1　日本旧时宫中女官的一种正式礼服。

再说孩子们讨厌，可也没有像现在这样叫人讨厌。现在正是暑假，六个孩子成天都待在家里，吵吵闹闹的，再过两三天，白天就会安静多了。"尽管大姐这样说，可是芳雄下面三个弟妹都还没有上学，大姐永远不会有闲下来的时候，为此她只能晚上才上楼来和幸子聊聊天。可是她一上楼，孩子们马上也跟上来了，缠着她没完。孩子们不听话，妈妈就抓住他们打几下屁股来惩罚，结果更是闹翻天，每天总要震耳欲聋地哭闹个一两次。在大阪的时候，幸子就看到姐姐经常打孩子，而且也知道，若不这样的话，做母亲的实在管不过来那么多孩子。因此，姐妹俩从从容容说话的机会并不多。两三天来，悦子由雪子领着去参观了靖国神社、泉岳寺等名胜古迹，可是大热天的也不能老往外跑，并且跑了几个地方也就腻烦了。幸子本以为悦子没有体验过手足之情，趁此番机会也好让她亲近亲近难得见面、年纪比她小的表妹，偏偏梅子这孩子只爱黏着她妈妈，对雪子都不怎么亲近，所以悦子拿她一点办法也没有。悦子时不时地在妈妈耳朵边嘀咕："学校快开学了，要是不赶快回去，露米姐姐就要动身去马尼拉了。"幸子从来没有打过孩子，每次看到大姐管教孩子，悦子都忍不住恐惧地偷觑妈妈的脸色。四姐妹中就数鹤子性格温厚，就是这样一位姐姐，现在却时常以打骂来管教孩子，幸子担心这样会给悦子留下很坏的印象，渐渐对她敬而远之，甚至担心大姐打孩子会加重悦子的神经衰弱病症，因此幸子觉得最好还是让阿春陪同悦子先回去。令人头疼的是，栉田大夫介绍的东京帝国大学的杉浦博士正在旅行，至少要到9月上旬才回东京，所以只好等候。否则，带悦子来东京的目的就落空了。

　　幸子考虑要是滞留日期再拖延下去，也许应该住到旅馆去。"滨屋"这家旅馆虽说没去住过，但那里的老板娘曾经做过大阪第一流料亭"播半"的女招待，和已故的父亲颇为熟稔，幸子少女时代也曾和她见过面，所以也并不完全是去一个陌生的地方。据贞之助说，那里本来是专供妓女们游乐的地方，后来改成了旅馆，客房不多，住客大多是大阪人，女服务员也大多说着大阪方言，因此住在那里，就跟住在自己家里差不多，完全感觉不到是在东京。幸子心想既然那样，索性就过去住吧，然而看到姐姐尽心尽力地款待自己，又觉得搬出去住的话说不出口。姐夫又说在家里一顿晚饭也不能好好吃，于是有时会带大家到东京有名的道玄坂"二叶亭"[1]去吃西餐，因为悦子喜欢吃中餐，姐夫有时也会请她们去道玄坂附近一家名叫"北京亭"[2]的中国餐馆，自己的孩子们也一块儿带去，好像举办小型家庭宴会似的，竭尽款待之能。姐夫本来就喜欢请客吃饭，现在虽然变得吝啬了，不过在这方面完全还是从前的做派。当然也可能他是有意取悦，希望仍像以前那样尽量待妻妹们好些。幸子猜不透是哪一种原因。或许就姐夫来说，因为外界一向觉得他和妻妹们关系不甚和睦，他也为此很伤脑筋，所以才用这种方式加以补救吧。姐夫说："幸子妹妹们只晓得'播半'或'鹤屋'那些第一流的大饭店，其实呢，道玄坂有许多专门招待花柳界人士的小餐馆，做出来的菜肴看比东京第一流大饭店的还要好吃，在那些地方经常可以看到带了太太和小姐全家去光顾的回头客。东京的风味究竟如何，吃了才晓得，你们就跟我去试试啦。"他将大姐和孩子们留在家里，兴冲冲地拉着幸子和雪子去附近的餐馆品尝各种美味。回想起来，这位姐夫刚刚入赘的时候，她和两个妹妹串通一气，经常

1　位于东京涩谷区的一家法国餐厅。
2　位于东京涩谷区南平台的一家专营北京菜系的中国餐馆。

刁难他，大姐知道了只能哭鼻子。一想到这些，眼前就浮现出一个忠厚本分、有点软弱、比姐姐还敏感的姐夫的形象来。正因为这样，幸子思忖着再也不能够像少女时代那样为难人家了，这次来东京，只能住在这里，等杉浦博士给悦子看完病，就回关西去。就这样，整个 8 月份幸子一行人都住在涩谷的姐姐家里。

十六

这是 9 月 1 日的事情。

这天晚上，六个孩子和悦子先吃完饭，姐夫姐姐两口子和幸子、雪子在家里用餐。这天正好是关东大震灾纪念日，餐桌上的话题从地震扯到两个月前的阪神山洪暴发，妙子的遇险经历以及年轻摄影师板仓的奋力援救，幸子说：“我这个人没交过什么好运，也没遭过什么殃，这些都是听末子姑娘讲的。”她先搁下一句开场白，然后详细叙说了那场山洪的情形。岂知她那句开场白倒像成了谶语似的，当天夜里，一场几十年不遇的强台风便袭扰了关东一带[1]，至少在幸子来说，这是她有生以来经历过的最恐怖的两三个小时。

幸子出生长大的关西地方很少有风灾，她从来不知道还有如此可怕的大风，因此产生了极大的惊恐。本来四五年前，昭和九年的秋天，关西也发生过一次强台风[2]，当时大阪天王寺的宝塔都被刮倒，京都东山上的树木几乎全被大风摧折，这件事情

---

1   昭和十三年（1938 年）9 月 1 日，一场强台风袭击日本关东地区，共造成 201 人死亡。

2   指 1934 年在日本四国室户岬登陆的“室户台风”，约 3000 人死亡或下落不明。

幸子是知道的，记得当时仅仅只有二三十分钟的恐慌，不过那时芦屋一带没有遭到什么大的损失，当她在报纸上读到天王寺宝塔被刮倒的报道时，还觉得十分意外，心想居然有那么厉害的风。可是，那次风灾和这次在东京经历的强台风比起来根本就算不上什么了。实际上，由于幸子还记得当时的情形，心想那样程度的风都能刮倒五层宝塔，像涩谷这样的房子无论如何也经受不住这次台风的，所以她才会特别害怕。当天晚上的风势确实很大，加上住的又是廉价的建筑，因此她感觉风势要比实际的猛烈五倍甚至十倍。

台风开始刮起来的时候是晚上八九点钟，孩子们还没有睡，刮得最厉害的时候，是 10 点钟左右，幸子、悦子和雪子三人已经在楼上的屋子里躺下了，因为房子晃得厉害，悦子紧紧搂着妈妈，嘴里还叫道："阿姨您也到这边来！"把雪子拉到妈妈的卧铺旁边，自己夹在两人中间，两手还各勾着一个脖颈，不敢松手。每逢悦子惊呼"我怕！"时，幸子和雪子便哄她："不用害怕，风马上就会停的，放心睡吧！"此时悦子就将她们搂得更紧，她们两人也使出同样的劲紧紧搂住悦子，三个人头挨着头抱成一团。楼上总共有三间屋子，八席的房间隔壁是一间三席的小屋，还有一间四席半的屋子在走廊另一头，辉雄和哲雄就睡在那间四席半的屋子里。这时候，辉雄起身来到八席的房间门口张望了一眼，说道："姨妈，到楼下去吧，楼下应该比较安全一些，我们下去吧！下面的人大概也紧张呢。"由于停电，屋子里漆黑一片，看不清辉雄的脸，只听得出他的声音和往常有点不一样。幸子嘴上安慰着悦子，让她不要害怕，其实自己心里一直在嘀咕，担心这房子会不会倒塌，每次房屋剧烈晃动，她就觉得这下大概要塌了，吓得直冒冷汗。此时听到辉雄的招呼，她二话没说，马上叫了声："雪妹、悦子，我们下楼去！"她带着头，三个人跟在辉雄身后往楼下去，走到楼梯半当中，猛地又是一阵狂风刮得房子晃动起来，幸子想这次是真的要塌了。她只觉得用又薄又软的松木板做的楼梯，夹在两道像风帆一样鼓起来的板壁中间，"咯吱咯吱"作响，眼看就要稀里哗啦地倒塌下来。柱子和墙壁之间的缝隙正在不断扩大，风从缝隙间挤了进来。幸子感觉身体仿佛被板壁夹击，跌跌撞撞地冲下楼梯，差点把辉雄撞倒。在楼梯上，只听得呼呼的风啸声，令满天的树枝、树叶、白铁皮以及招牌之类东西发出的碰撞声混成了一片，什么都听不清楚。来到楼下，又听到哪儿都在喊叫着："可怕！可怕！"秀雄和更小的几个孩子都聚集在姐夫和姐姐那间六席的屋子里，坐在父母身边一动不敢动。幸子一进到这间屋子里坐下来，芳雄和正雄叫了声："姨妈！"都过来揪住幸子的臂膀不放。悦子没办法，只得抱住了雪子。大姐抱着梅子，两手覆在她身上，衣袖却被秀雄抓在手里。秀雄害怕的样子很滑稽，风停歇的时候，他使劲抓住妈妈的衣袖，竖起耳朵仔细倾听，等到远处传来猛烈的呼啸声，他急忙松开妈妈的衣袖，用低沉嘶哑的声音说："吓死人了！"两手还捂住耳朵，瞪大了眼睛，俯首死盯着榻榻米。四个大人和七个孩子就这样蹲坐在一间屋子里，好一幅恐惧的群像。除了姐夫辰雄，大姐、幸子、雪子三人都一声不响地做好了思想准备，一旦房子倒塌下来，大家就同归于尽。台风要是刮得再猛烈一点、持续时间再长一点，房子肯定倒塌了——幸子下楼的时候，一半因为实情，一半则出于恐惧，已经绝望地在这样想了。事实上，只要台风呼呼地一刮起来，这栋房子的墙壁和柱子之间都会出现足足一两寸宽的缝隙，幸子进到这间六席的屋子里后，已经亲身领略了。屋子里只靠一支手电筒照明，幽暗的光亮中，裂缝看上去似乎有五寸到一尺那么宽！说一两寸宽一点也没有夸张。不过缝隙并不是一直裂开着，风停歇下来的时候，缝隙就合拢了，风一刮起来，缝隙又裂开了。每刮一次风，裂缝就变宽一点。幸子记得丹后峰山那次地震[1]的时候，大阪上本町的那栋老宅也晃得很厉害。可是地震时间短，台风时间却很长，墙壁被台风刮得裂开又合起，合起又裂开，这种情形幸子还是第一次经历。

大家都吓得发抖时，辰雄仍努力地不动声色。不过当他看到墙壁开裂的情形，也似乎有点不安起来，于是说："也许就我们这栋房子这样摇晃，邻近几家的房子好像都盖得比较牢固，可能不晃。"辉雄马上接口道："小泉先生家一定平安无事，他家的房子既牢固又是平房。爸爸，要不我们到小泉先生家去避一避？待在这房子里，要是塌下来，不是太倒霉了吗？""倒塌大概还不至于，不过去他家躲避一下也许安全一些。可是现在去把人家叫醒，不大好吧？"辰雄有些踌躇。鹤子说："现在什么时候了，还讲这种话。这样大的台风，小泉先生全家肯定都起来了。"大家你一句我一句地纷纷建议："还是去躲避一下吧！"小泉先生家和大姐家只隔一道墙，从后门走出去几步就是他家的后门。小泉先生是位退休官吏，老夫妇俩和一个儿子同住，儿子读书的学校正是辉雄转学插班进去的那所中学，两人同在一个学校上学，辉雄还受到过他们的照顾，辰雄和辉雄曾经去小泉先生家做客过两三次。这时候，女佣屋子里阿春正和阿久在悄悄商量着什么，随后两人走出屋子，阿春开口说道："既然这样，我和阿久去小泉先生家看看情况，说不定能求得

1　昭和二年（1927年）3月7日本奥丹后地方发生7.4级的强地震，其中峰山町约2900人死亡或下落不明，伤者约7600人，合计约占町人口的半数。

他们允许，同意我们过去躲避一下呢。"小泉先生是个什么样的人，阿春完全不了解，可她就是有自信完成这件事。她想，只要阿久领她去到小泉先生家，她一定会竭尽全力恳求对方同意。"好吧，就这样办！哎，阿久，等风一停下来我们就去试试吧！"她说。阿春根本不理会一家人同不同意，她已经打定主意这样去做，鹤子和幸子提醒她"小心不要让大风刮跑了！""不要受伤了啊！"她也充耳不闻，催促着阿久一同走出后门，隔了没多大工夫两人就回来了，回禀道："人家说'没问题，快请过来吧！'大家赶快过去避一会儿吧。辉雄少爷讲得对，这样大的风，他们家的房子纹丝不动，安全得叫人不敢相信呢！"阿春说罢，将后背朝向悦子说道："小姐，我背你去，外面很难走，阿春姐两次被风刮得后退，只好爬着过去呢。还有，各种乱七八糟的东西在空中飞来飞去，容易砸到头，得裹个垫子什么的护住头才行。"辰雄说："你们去吧，我留下来看家。"他坐着没动，辉雄、哲雄、幸子、雪子、悦子和阿春先后到隔壁邻居家避险，鹤子不放心丈夫一人留下来，正不知道如何是好的时候，阿春又独自返回来，对正雄说道："少爷，我们走吧！"将正雄也背走了。不一会儿，她又回来，想背芳雄，慌乱中鹤子自己抱起梅子，让阿久背起芳雄一块儿往邻家去避险，阿春见阿久背了芳雄，便对秀雄说："秀雄少爷，来吧！"鹤子赶忙说："他已经大了，不用背了。"阿春也不管，背起怯生生的秀雄就走。这段时间内，阿春的表现简直叫人惊叹不已。第二次返回来的时候，不知道哪家的晒台被狂风刮得朝夹道这边倒下来，差点将她压在下面。

　　就这样，一家人加上阿久都跑到小泉先生家来了。过了半小时，辰雄不知怎么的改变了主意，一脸歉疚地也从后门走了进来，对小泉先生说道："不好意思，我也过来打扰了。"屋外依旧狂风不住，怒号不止，但是众人在小泉先生家里看到，柱子和墙壁稳稳矗立着，根本无须担心房子倒塌。建筑的好坏，在安全感方面竟有着如此巨大的区别，真是不可思议。蒔冈全家就这样在小泉先生家一直待到第二天清晨4点钟左右，等风势逐渐平息了才回到自己那栋可怕的房子里，却仍是惶恐未消。

十七

台风过后，第二天早晨是一片晴天，满眼的秋意。昨天夜里那可怕的回忆，像梦魇一样深深印在幸子的脑海里，怎么也拂不去，特别是看到害怕得神经过敏的悦子那副可怜模样，更是觉得一刻也不能犹豫了，她上午便给大阪的会计师事务所打了通电话，让贞之助联系筑地"滨屋"的住宿事宜，说只要可能，今晚就准备住到那边去。傍晚时分，"滨屋"那边打电话来告知："刚才接到您家老爷从大阪打来的电话，房间已经为您备好了。"幸子一接到电话，马上跟鹤子说："姐姐，晚饭我们到旅馆去吃了，就是想把阿春留在你这里住几天，也请姐姐到旅馆来坐坐。"简单交代了几句，便匆匆告别鹤子，带着悦子去了筑地。

雪子和阿春将她们母女俩送到旅馆，大家合计着一块儿去银座散散步，然后在那里吃顿西餐。旅馆的老板娘给她们出主意说："若这样的话，可以去尾张町的隆美尔餐厅[1]试试。"于是她们到了

1　位于东京中央区银座三丁目，由德国人奥古斯特·隆美尔于大正十年（1921年）创设。

那里，阿春也一起，几个人吃了顿西式晚餐，回来的路上还在夜市买了冷饮吃，在服部钟表店[1]转角那儿才和雪子、阿春分手。幸子领着悦子回到旅馆，已经是9点多了。将丈夫独自留在家、母女俩住旅馆的事情，幸子还是头一次经历。夜阑人静，昨天夜里的恐怖情景又一次浮在眼前，她吃下几片安眠药，还取出随身携带的白兰地酒喝了一两口，仍然睡不着，一直到清晨外面响起汽车声，她却连个盹儿都没打成。悦子似乎也一样，一个劲地嚷着："睡不着，睡不着……"焦躁了一整夜。悦子撒娇说："妈妈，我想明天就回家，不用杉浦博士诊治了，这样下去，神经衰弱只会越来越厉害，还不如早点回家去看露米姐姐。"到了凌晨，她却打着呼噜睡着了。7点钟左右，幸子怕吵醒悦子，便蹑手蹑脚地起床，要了几份晨报，来到望得见筑地川的走廊里，坐在藤椅上读起报来。

当时世界上有两件大事吸引了所有人的目光——亚洲是日本军队攻占汉口，欧洲则是苏台德事件[2]。幸子很关心这两件事的后续发展，每天眼巴巴等着读到最新的报道。来东京后，读不到《大阪朝日新闻》《大阪每日新闻》，只能看看不太熟悉的当地报纸，那些报道读起来总感觉没有亲切感，读了也没留下什么印象。幸子读了一会儿就厌了，迷迷糊糊地对着河岸两旁马路上的街景出神。少女时代跟随父亲住过的采女町那家旅馆就在河对岸，就在那条可以看到

1　精工株式会社的前身，位于东京中央区银座四丁目和光大厦内，由服部金太郎创立于明治十四年（1881年），昭和五十八年（1983年）更名为服部精工株式会社，平成九年（1997年）改为现名。

2　1938年捷克斯洛伐克与德国之间围绕苏台德地区的主权而发生的冲突事件，冲突结果是在捷方缺席的情况下由法英意德四国合谋将苏台德地区与德国合并。

歌舞伎剧场屋顶的横胡同里，所以她对这一带不算陌生，相反还有几分怀旧之感，跟对道玄坂那一带的感觉完全不一样。不过，当年还没有东京剧场[1]和演舞场[2]那些建筑，沿河一带的景物也早已不同往昔了。再说父亲带她来东京总是在3月份的休假期，从来没有在9月上旬这个季节来过，尽管在这样一条大街的中央，吹到身上的风却是凉飕飕的，令人马上就能意识到已是秋天了。要是在大阪或神户，就不会有这样的感觉。东京毕竟比关西稍许寒冷一些，所以秋天也来得早一些。抑或这只是台风过后的一时现象，天气还会再回暖一阵？又或者是，旅途中的风总要比故乡的风更沁人肌肤？不管怎么说，要让杉浦博士给悦子看上病，还得等四五天，这几天时间怎么度过呢？其实幸子原以为一到9月，菊五郎就会登台演出，趁此机会正好带悦子一块儿去观赏，悦子喜爱舞蹈，一定也会喜欢他的演出。要是等悦子长大了，歌舞伎传统戏说不定已经消亡了呢，所以一定要趁这个时候就带悦子去观赏。幸子想起自己年轻时，父亲每到歌舞伎上演的季节就会带上自己去观赏雁治郎的戏，可现在，翻开报纸浏览了一遍，却在哪个角落都找不到第一流歌舞伎戏剧上演的消息，因此每天晚上除了去银座散步，没有什么特别想看的东西。倒不是因为悦子说的那番话触动了她，而是想到这些，幸子也不免有些归心似箭，踌躇着要不要把看病改到下一次，然后今天就马上动身回家。难得来一次东京，只住了个把星期，就对关西这样留恋，住到道玄坂那个家里的雪子为了回到芦屋而悄悄哭鼻子的心情，幸子此刻才有了深切的体会。

---

1   当时由松竹映画所有的剧场，位于今东京中央区筑地四丁目，后改为电影院。
2   指新桥演舞场，同为松竹映画所有，位于今东京中央区银座六丁目。

10 点钟左右，阿春打电话来说："这里的太太说要去旅馆看您，我陪同她一起过去。老爷来信了，我一块儿送过去。其他还有什么需要的？"幸子说："没什么需要的东西。你对姐姐说，让她快点过来，我们一起吃午饭。"说完挂断了电话。幸子寻思，待会儿把悦子交给阿春带，自己好和大姐一起从从容容地吃顿饭。去哪里呢？想来想去，想起大姐最爱吃烤鳗鱼，以前几次来东京，父亲经常带自己去蒟蒻岛一家叫"大黑屋"的烤鳗鱼店，这家店铺现在不知道还在不在。向老板娘一打听，老板娘说："'小满津'倒是听说过，'大黑屋'现在还在不在就不大清楚了。"随后翻开电话簿查阅，说道："原来还在。"于是幸子拜托她帮忙预订了位子，等大姐一到，便吩咐阿春陪同悦子去三越百货公司逛逛，自己和鹤子一块儿直奔"大黑屋"。

鹤子对幸子说，她是好不容易把梅子哄上楼才匆匆打扮一下跑出来的，估计这会儿雪子妹妹正被梅子缠得头疼呢。不过既然跑出来了，今天就好好放松一下。她欣赏了一下枕着小河的周边景色，说道："这儿跟大阪很像嘛，想不到东京居然还有这样的好地方！"

"可不是像大阪吗？小时候每次到东京，爸爸总带我上这儿来。"

"这地方叫蒟蒻岛[1]，可这里是岛吗？"

"这就不晓得了。以前这里倒确实没有临河的餐馆，不过地方就是老早的地方呀。"

幸子说罢，也抬眼朝窗外看了看。以前跟随父亲来这里，河岸两旁只有一面是马路，现在沿河都盖起了房子，"大黑屋"分跨

1　蒟蒻岛位于东京中央区新川灵岸岛上，邻接龟岛川，由于是填河而成的一块土地，土质松软。

马路两边，酒菜是从马路对面的厨房送到这边的餐厅来的。现在的店铺周边景物比以前漂亮，也更加神似大阪。餐馆位于和河道成直角的马路拐弯的一块石崖上，拐角处另外还有两条小河像十字一样交汇于一处，坐在纸拉窗内侧望出去的景色，让人恍恍惚惚产生一种错觉，似乎坐在四桥[1]下面的牡蛎船上。这里的十字河交叉流注，虽然没有四座桥，却也有三座桥，这一带早在江户时代就形成了市街，大地震之前跟大阪的长堀非常相似，都有一种古早市街特有的宁静感。唯一可惜的是，如今这里的住宅、桥梁以及柏油马路等都是新建的，好在来往的人不多，似乎有种新开发的市街的味道。

"汽水要吗？"

"嗯……"幸子望着大姐，"你觉得呢，姐姐？"

"汽水不错呀，中午嘛。"

"啤酒行吗？"

"要不我们两人分着喝，一人半瓶？"

幸子知道四姐妹中大姐的酒量最厉害。大姐爱喝酒，有时候会想喝酒想得不得了。她最爱喝的是日本酒，也爱喝啤酒。

"姐姐近来舒舒服服喝酒的机会不多吧？"

"那倒也不是，每天晚上陪你姐夫喝上一两杯，经常还有客人过来。"

"客人都是谁呀？"

"麻布的大伯来了，少不了得喝酒。在这样简陋的屋子里，加上孩子们又吵又闹，他却说喝得很过瘾。"

1　指大阪的四桥，原位于大阪市中央区与西区交界处，西横堀川与长堀川在此十字交叉，两河交汇处成井字形分别架有上系桥、岩屋桥、下系桥、吉野桥四座桥梁，冬季桥下河中有船售卖从广岛运来的新鲜牡蛎。

"那姐姐要忙坏了吧？"

"孩子们也都一桌吃，我只要敬敬酒就行了，所以一点也不费事。菜肴也不用我一样一样地吩咐，阿久蛮会做菜的。"

"倒是，那孩子现在很顶用呢。"

"刚到我这儿来的时候，和我一样，一把鼻涕一把眼泪地不愿待在东京，口口声声：'送我回大阪吧，送我回大阪吧。'现在也不说这话了。反正不管怎么样，我得把她留在这儿，直到她出嫁为止。"

"她和阿春谁大？"

"阿春几岁了？"

"二十了。"

"两个人大概同年吧。阿春这孩子你可不能放她走，一定要留住她。"

"那孩子十五岁来我家，跨年就有六年了，叫她去别的地方，她无论如何也不去。不过说实话，人不可貌相，也许她没有你想象的那么好。"

"我也从雪子妹妹那儿听说了点，可是你瞧她前晚上那表现，简直太厉害啦，那么大的台风，我家阿久吓得都张皇失措了，比起阿春差远了。你姐夫看到阿春那副样子都大吃一惊，一个劲地夸阿春这孩子真了不得。"

"是啊，碰到种时候这孩子确实勇敢泼辣，而且机灵得很，上次山洪暴发时她也是这样的。"

大姐点的中片鳗鱼和幸子点的烤小鳗鱼串送上桌子前，幸子一直在挑阿春的毛病作为下酒菜。

人家夸赞自己的贴身使女，做主人的也有面子，照理应当感到高兴，何况挑剔使女的毛病并没什么好处，所以每当别人夸赞阿春时，幸子总是听过算数，不置可否。像阿春这样能博得大家一致称赞的女佣委实不多。阿春机灵，为人大方，又善于同人打交道，自己的东西不消说了，即使是主人家的东西，别人要，她也会给。所以进进出出的小贩以及小手艺人都口口声声"阿春姐、阿春姐"地巴结她，甚至连悦子的班主任老师以及幸子的那些太太朋友都托人带口信来夸赞阿春"是个非常不错的女佣"，弄得幸子无话可说。幸子的心情只有阿春的继母最明白，她经常从尼崎跑来芦屋问候幸子，每次总要说些诸如："不管怎么说，您府上肯把这样一个老是给我添麻烦又拿她没办法的孩子留下来做女佣，我们一辈子也感恩不尽哪。为了这孩子，我不晓得哭过多少次了，所以太太的难处我太理解了。"还说："万一府上不用她，她这样的人哪儿都没人肯收留，所以就算我恳请太太了，希望府上将就着留下吧。至于工资，不给都可以，只求您狠狠地管教管教她。这孩子绝不能给她好脸色看，只配一天到晚挨训斥。"当初，洗衣店的老板领着十五岁的阿春来幸子家，恳请录用她的时候，幸子见她长得眉清目秀，一副机灵样，便有意留下试用一下，可是不到一个月，就发觉这个小姑娘真的是让人感觉够呛，她继母说的"拿她没办法"绝不是一句客套话。尤其叫全家人为难的是这小姑娘简直是少有的邋遢，第一次见到她时发现她的手又黑又脏，后来才知道那并不是生活境遇的关系，而是她生性懒惰，不知为什么竟然不爱洗澡和换洗衣服。幸子为了改变她这种坏习性，警告过她好多次，可是只要稍不注意，她又故态复萌了。别的女佣干完一天的活儿，都赶紧去洗澡，只有她一到晚上就回到女佣的屋子里倒头便睡，连衣服也不换。想要让她搞好个人卫生，非得有人在旁边督促甚至强迫才成，推着她走进浴室，或者时常检查她的衣箱，翻出塞在里面的衬衣和内裙，当面盯着她洗干净，否则就是不行，管教自己的亲生女儿都没有这么费劲。因此，最直接的受害者还不是幸子，而是同屋的其他女佣，她们纷纷诉苦："自从阿春来到这里，女佣屋子的壁橱里全是脏东西，邋遢得要命。她自己不洗，我们想替她洗了，拿出那些脏东西来一看，其中还有太太的内衣，把我们吓坏了，她懒得换洗衣服，竟然把太太的内衣都穿上了！""走近她身边，就有一股臭味，真让人受不了。不光身上臭，她经常买零食吃或者随手抓东西吃，大概把胃吃坏了，口臭得厉害，晚上睡在一起实在吃不消！""她身上的虱子竟然爬到我身上来了！"诸如此类的诉苦始终不绝。幸子想要让阿春知道是她自作自受，便几次将她打发回尼崎，可是她父母又数次三番地来赔礼道歉，软磨硬泡地将她留下，然后就自己回去了。据说她在尼崎的家里还有一个弟弟和一个妹妹，她是已故的生身母亲撇下的女儿，天资不高，在学校的成绩远远不及异母的弟弟妹妹，她父亲顾忌着妻子，而继母也怕得罪丈夫，因此阿春在家里总是不断惹出风波来。为此，她父母向幸子磕头作揖，恳求让阿春留在蒔冈家帮佣，直到出嫁为止。她继母还向幸子诉说委屈："邻居们都夸赞这孩子，连她的弟弟妹妹也站在她一边，动不动让人误会好像是我这个当后妈的亏待她。我有时候说一说她这样那样的毛病，她父亲还不相信，在背地里庇护她，我真是太难做了，也只有太太您能明白我的一片苦心哪。"被她这样一说，幸子反倒对她产生了同情。

"反正她那个邋遢劲，你看她穿衣服就晓得了，别的女佣都取笑她，说阿春穿衣服差不多等于没穿，前面老是露着[1]，直到现在还

<hr />

1   日本人旧时穿和服时里面不穿衬裙或内裤，只系一根腰带，稍不留意下摆处容易露出胴体。

是改不过来。唉，生性这样，怎么教都不管用。"

"不过脸倒是长得很清秀呢。"

"她就晓得爱护自己那张脸，老是背着人涂脂抹粉，我们用的护肤膏和口红，她也会自说自话偷偷拿去用。"

"这孩子真有意思。"

"你家的阿久不用你吩咐，能自己用心做各种菜。阿春在我家待了六年，要是我不一样一样地指导，她连一个像样的菜也做不出来。"

"原来是这样啊。可是听她说话什么的好像还蛮聪明的。"

"人其实并不笨，不过她就是喜欢和人家应酬，却不喜欢做零零碎碎的家务活。好比屋子每天都得打扫，可是假如我们不盯着，她做着做着就丢开了。还有早晨要是没人督促，她就睡懒觉不肯起床，晚上睡觉衣服也不脱。"

这样那样地说着，却又勾起更多的回忆，于是幸子滔滔不绝地继续数落——阿春嘴馋得很，经常偷吃东西，一盆糖炒栗子从厨房送到餐厅，少了一两颗是常有的事；她在厨房里的时候，嘴里经常含着东西，要是被人突然叫唤，她便慌忙背过身去然后才答应；幸子晚上叫她按摩，她揉搓不到一刻钟，先是靠在幸子身上打起盹儿来，隔一会儿便肆无忌惮地舒展开双腿，横下身子，最后倒在幸子被褥上舒服地睡着了。有时候她开着煤气睡觉，忘记拔电熨斗，结果把衣服烧焦了，有两三次还差点酿成火灾。幸子一狠心打发她回家去，可是经不住她父母的苦苦哀求，最后还是把她留下了。差她出去办点事情，她老是磨洋工，比别人要花更多的时间。

"真的，这种人要是嫁出去，还不晓得会怎么样呢。"

"你说得也对。不过一旦结婚生了孩子，就不会这样了。得啦，不说这些了，还是留着使唤吧，不还是有讨人喜欢的地方吗？"

"那是。她待在我身边已经六年了，我待她差不多就跟自己女儿一样，她固然有邋遢、自私的毛病，可好歹没有一般在后娘眼皮子底下长大的孩子那种乖僻性格，直爽、忠厚，尽管有时真的让人觉得头疼，可又恨她不起来，这孩子就是这么有人缘。"

十八

离开"大黑屋"返回"滨屋"的客房，大姐继续聊到很晚才起身回家。因为阿春背过大姐的几个孩子去邻居家避险，因此大姐心存感激，提出让阿春和阿久一起去日光玩一次，算是酬谢。大姐说："其实阿久当初提出想回大阪的时候，我就答应让她去日光玩一次，作为她继续留在东京的条件，因为没有合适的同伴，一直拖到现在都没成行。现在刚好，让阿春和她一块儿去。我自己也没有去过日光，不过听说在浅草站乘坐东武电车，下车就有直达日光的公共汽车，游览一下东照宫、华严瀑布还有中禅寺湖，当天就能返回。你姐夫也说一定要让她们去，费用由我们出。"

幸子觉得这似乎太便宜阿春了，不过如果阿春不去，阿久大概也去不成，岂不是委屈了阿久？再说，阿春大概已经听到了风声，正满怀期待，要是不让她去，似乎也说不过去，不如就听从大姐的安排。

第三天早晨，大姐来电话说："昨天晚上跟她们说让她们去日光玩，两个人高兴得一夜没睡好觉，今天一大早就出发了，预计今天晚上七八点钟的样子就可以回来了，万一回不来，也给了她们足够的钱住宿。雪子妹妹说她随后要去你那里。"幸子心想雪子要是来的话，就三个人一同去美术院¹观赏"二科展"²。她刚挂断电话，旅馆里的女佣就从门缝里塞进来一封信，悦子一脸惊讶地接过信，翻过来看了眼背面的落款，不声不响地将信放在妈妈倚靠着的桌子上。幸子拿过来一看，长方形西式信封的正面写着"滨屋旅馆转交莳冈幸子女士亲启"——不是丈夫的笔迹。她心里暗暗奇怪，除了丈夫，还有谁会给自己写信，并且知道自己住在东京的这家旅馆？再看背面的寄信人，原来是"大阪市天王寺区臼山町二十三号奥畑启三郎"。

信的内容完全出乎幸子意料。

幸子姐拜启：

首先请原谅我冒昧给您写信。尽管预料到幸子姐看到这封信会大吃一惊，但我还是觉得不能错过这个机会。

我一直想给您写信，可是又生怕信被末子小姐看见扣下，所以几经踌躇还是没写。今天时隔迂久去凤川看望末子小姐，得知姐姐去东京，和悦子姑娘母女俩下榻于筑地的滨屋旅馆，我的朋友去东京时就住在那家旅馆，所以我知道地址，想到这封信能够确保寄达您手上，我也就顾不上什么礼节，匆匆忙忙动笔了。

我想尽可能写得简短些，所以就开门见山地将我一直

1　指日本美术院展览会，由冈仓天心等人于明治三十一年（1898 年）创办，每年秋季假座上野公园竹台的东京都府美术馆（现名东京都美术馆）开展。

2　由有岛生马、梅原龙三郎等人于大正三年（1914 年）成立的民间美术团体二科会举办的美术展览，每年同"院展"几乎同时在同一地点举办。

以来的一个猜测向您挑明吧。当然这暂时还只是我私下的猜测——近来末子小姐同板仓之间似乎有些关系暧昧，我指的仅是精神上的，至于更加深入的关系究竟如何，为了末子小姐的名誉着想，我根本不愿意去猜测，但至少他们二人之间已经有那么种恋爱的苗头了。

我最早意识到这事，是在那场洪灾之后。回想起当时的情形，板仓救援末子小姐的经过总让人感到有些不可思议。在当时那样的情势之下，板仓根本置自己的家和妹妹于不顾，却跑去救援末子小姐，难道仅仅是出于关心吗？依我看，他分明十分清楚末子小姐会在那个时间去西服学院，并且他同玉置院长似乎也相当熟悉，这似乎可以说明他们平时就经常在西服学院约会碰头，或者通过院长传递些信息之类的。关于此事我已经做过调查，并且掌握了一些证据，在此暂且不提，假如需要我可以向姐姐提供，姐姐自己也不妨另行调查，我想，您一定会有许许多多出人意料的发现。

自从我开始产生这样的猜测之后，也曾问过末子小姐和板仓，但他们两人都矢口否认。然而奇怪的却是，自从我问过这件事情之后，末子小姐就一直回避和我见面，也很少再去凤川的工作室了。我打电话到府上，接电话的总是阿春姑娘，而且每次都告诉我说末子小姐不在家。板仓也是一样，总是翻来倒去地敷衍我，说什么为了不让我生疑他已经很小心谨慎了，洪灾之后他和末子小姐只见过一两次面，等等。对于他所说的，我也进行过调查核实，事实上是自那次洪灾以来，他几乎每天都去芦屋的府上，还和末子小姐一起去泡海水浴。所有这些事实，我都通过某种渠道掌握得一清二楚，他想瞒是瞒不住的。也许他会想方设法让府上的人认为，他是我和末子小姐之间的传话人，是我让他去的，但是我从来没有让他这样做过。假如说他有什么需要和末子小姐面晤的事情，那就只有拍照的事，而我前不久已经关照过他，不再让他给末子小姐拍照了，所以这个理由已经不存在了。但尽管如此，他最近反而去府上去得更加频繁了，而末子小姐也彻底不去凤川工作室那边了。倘若始终处在姐姐贤伉俪的监督之下，相信自然不会有任何问题，怎奈目前这种情形——姐夫白天不在家，您和悦子姑娘以及阿春姑娘又都去了东京，这种时候会发生什么事情真是令人担忧啊！（大概您有所不知吧，您不在的这段时间，据说板仓每天都到府上去。）末子小姐为人正派，因此我相信她，不会有问题的。但是板仓这个人完全不值得信任，他在美国可是花花世界什么样的事情都沾染过，正如姐姐您所知，他最擅长的本领就是，只要稍借着一点点关系，就会想方设法地融入别人的家庭，搅得人家不得安宁，向人伸手要钱、哄骗女性之类更是早有公认的，我从他当学徒工的时候就认识他了，对他太了解了。

关于我和末子小姐结婚的问题，我还有不少事情想恳求姐姐您鼎力相助，不过且等以后再说了，眼下首要的事情是要尽力阻止板仓和末子小姐接近，即使末子小姐打算解除同我的婚约（末子小姐说她并没有这个想法），但假如闹出她和板仓那样的人关系暧昧的传闻来，势必会令末子小姐身败名裂。我想，身为名门闺秀的末子小姐，绝不至于真心和板仓那种人恋爱的。最初是我将板仓介绍给末子小姐认识的，所以我觉得自己有责任向您这位监护人坦诚地说出我自己的猜测，以提请您重视和提防。

我想姐姐您对此一定有您自己的看法，并采取相应的对策，关于此事，假如有我可以效力的地方，只要您知会一声，我随时登门恭听吩咐。

最后还想特别恳请您的就是，我给您写信这事务请保密，假如这事让末子小姐得知，结果只会让事情变得更糟糕，到时候就愈加难以收拾了。

为了让姐姐您还在"滨屋"时就收到这封信，因此匆匆动笔，写得乱七八糟的，让您读着费劲，务请谅察。我想到什么就写什么，颠三倒四，想必多有失当之处，还请您千万谅宥。

此致

奥畑启三郎敬上

9月3日夜

幸子双肘支在桌子上，两手捧着这封信反反复复地读了好几遍，为了避开悦子的目光，她读完后立即将信又塞进信封，一折为二，塞进腰带，走到走廊里，在藤椅上坐了下来。

这事太出乎意料了，她必须先让自己镇静一下，让心悸平复下来，然后才能思考。还有，这封信的内容究竟可信到什么程度？

被奥畑这么一提醒再回过头来想想，莳冈全家人的确都过于单纯了，对于板仓这个青年太缺少警惕，他明明没什么事情却时常跑来串门，全家人竟都不以为怪，随他自说自话的，除了麻痹大意也没其他词句好形容了。但全家人真的谁也没想到这个青年竟然打着这样的主意。全家人都不清楚他的底细，不了解他的品性，只知道他原先是奥畑商店的伙计。说句实话，幸子从一开始就觉得这个青年和莳冈家根本就不是同一个世界的人，所以才压根儿没有往那方面去想。他自己曾说过，他想娶阿春为妻，没想到他竟然对末子姑娘抱有那种念头，再说末子姑娘也不可能答应呀。即使读了奥畑写的信，幸子直到现在仍然不相信会有这样的事情。末子姑娘以前的确犯过错，但也不至于抛弃自尊心，自暴自弃到这种程度，莳冈家再怎么衰败萎落（想到这里，幸子忍不住掉下了眼泪），莳冈家还是莳冈家，末子姑娘还是莳冈家的小姐，要是奥畑，两家出身门第大体相当，他们两个恋爱直至结婚那是完全有可能的，也是双方家庭可以接受的，而板仓的话……末子姑娘对那个青年，无论态度，还有说话口吻等，显然是将对方视作下等人来对待，对方似乎也坦然接受了这样的地位差别。

话虽如此，这封信里写的内容难道就没有一点根据吗？信上说做过调查，握有真凭实据，不过却并没有明示出来，难道这只是奥畑捕风捉影的猜测？或者他只是担心发生这种事情才故意小题大做提出警告？幸子不知道奥畑是通过什么渠道打探到这类事情的，事实上像末子姑娘和板仓两个人去泡海水浴这种所谓"事实"根本就不存在，自己再放松警惕也绝对不可能容许这样的事情发生。和板仓两个人去的是悦子，末子姑娘每次都是和雪子还有悦子等人一起去的，她和板仓单独相处的时候几乎是没有的。全家人倒并非存心监视他们两个，只因为板仓聊起天来十分有趣，他一来，全家人自然都围拢在他旁边。末子姑娘也好，板仓也好，幸子从没有发现他们有什么可疑的举动。总之，这些所谓"事实"很可能是奥畑根据一些不负责任的道听途说凭空想象出来的。

　　幸子尽量让自己往这方面想，以便打消被这封信勾起的猜疑。可是她却无法否认，当她读到这封信的一瞬间，心里的确不由得"咯噔"了一下。照实说的话，幸子一向认为板仓这种人是完全不可能跟莳冈家产生任何瓜葛的，可要说信上所写的她全然没有想过，那也未必。至少幸子对于板仓舍命援救妙子还有时常无事跑来串门这些举动的背后，说不定抱有什么目的这一点也是有所察觉的。她还曾换位站在妙子的立场上想象过，当身处那样的危急时刻，猛然有人不顾自身安危前来援救，作为一个年轻女子，那份感激和对自己救命恩人的那份特殊感情，她是完全能够理解的。不过因为身份不同这一先入为主的观念，使得幸子尽管有所察觉却又认为没什么好大惊小怪的，因而从未想得更深，或者准确地说，是有意回避不愿深入去想。而奥畑的信，却将她视而不见或者害怕看到的东西一下子揪出来扔在幸子眼前，让她措手不及，显得十分狼狈。

　　本来已经归心似箭的幸子，读了这封信，更觉得东京待不下去了。她脑子翻来覆去想的就是，回到家得马上设法查明事实真相。但通过什么方式查明真相呢？怎样才能做到不激怒当事人而又问清事实呢？还有，这件事情要不要和丈夫商量呢？不，这件事必须自己从头负责到底，不能告诉丈夫和雪子，要暗暗地查明真相；万一不幸是事实，也不能伤害到当事人，而应当悄无声息地斩断他们之间的关系，这才是上策。还有，最急迫的是在自己回家之前，设法

-307-

不要让板仓再去芦屋，但用什么办法才能做到呢？因为信中"您不在的这段时间，据说板仓每天都到府上去"这句话让幸子特别头疼，两个人之间若真的萌生了恋爱苗子的话，眼下不就是发芽的最佳时机吗？"姐夫白天不在家，您和悦子姑娘以及阿春姑娘又都去了东京，这种时候会发生什么事情真是令人担忧啊"，这几句话更是让幸子如坐针毡。将妙子一个人留在家里，带了雪子、悦子还有阿春来到东京的，不是别人，正是自己呀！自己这样做简直是特意为他们两个备好了恋爱的温床，如此良机，即使之前没有苗头，现在也可能萌发出绿芽来，万一因此出点什么纰漏，最该责怪的不是他们，而是自己啊！无论如何，一分钟也不能耽搁了，此刻想着想着都叫人害怕！

　　幸子急得不知如何是好。是带着悦子回家，还是继续再等一两天？这一两天里如何才能预防出事呢？最简便的手段就是给丈夫打电话，让他阻止妙子和板仓见面，但幸子不想这么做，因为她不想让丈夫知道这件事。当然还有一个不得已之下的办法，就是将实情告诉雪子，让她今晚就动身回去监视他们两个。这固然比让丈夫知道这件事情要好，但幸子觉得最好还是不要采用这个方法，即使雪子能够理解，但她刚刚回到涩谷，实在没有道理让她又慌慌急急地赶回关西。如此一来，最自然且易行的办法恐怕只有叫阿春先回去，当然不用对阿春说实情，她尽管阻止不了板仓前来串门，却能起到牵制他们两个人接近的作用。

　　可是幸子一想到阿春嘴快爱嚼舌，立刻又踌躇起来。叫阿春回去牵制一下板仓和妙子，他们两个人之间没事则罢，可万一让阿春觉察出两人的暧昧举止，照她那个多嘴多舌的讨厌习性，天知道会怎样到处张扬呢？即使不张扬，但她毕竟心眼多爱琢磨事，一定会悟出来太太为什么要叫她先回去。另外，幸子也担心她会被妙子收买，阿春这个人机敏玲珑，但同时也是个经不起考验的人，面对小恩小惠容易上钩，尤其是面对板仓那种口舌生花的人，轻而易举就会被拉拢过去。想到这里，幸子觉得这件事情不能交给别人去办，必须得自己回去办，等今明两天悦子一经大夫诊察完，哪怕坐再晚的夜车也得马上动身赶回去，除此以外，实在没有更好的办法。

这时候，幸子看到雪子撑着一把遮阳伞，从歌舞伎座前那座桥穿过沿河马路，朝旅馆这边走过来。她于是踅进客房，又走到隔壁屋子的镜台前，先观察一下自己的脸色，然后拿起粉扑在脸颊上抹了两三下。忽然，像想起什么事似的，她轻轻扭开旁边化妆包的搭扣——为了不让悦子听到，取出一瓶袖珍白兰地酒，拧开瓶盖，倒出三分之一杯，喝了下去。

十九

幸子现在已经没了观赏展览的兴致。不过，要是去观赏那些东西说不定能够分散一下自己的忧烦，抱着这样的念头，姐妹俩下午还是带悦子去了上野美术馆。观赏了两个展览之后，已经有些累了，可悦子还想去动物园，没办法，两人只好又拖着疲惫的双腿匆匆在动物园里转了一圈，回到旅馆已经是傍晚6点多了。本来打算在外面找个地方吃晚饭，可又想着早点回旅馆休息，所以连同雪子也一起回到旅馆，分别洗了澡，然后就在客房里随便吃了顿晚饭。这时候，房间外面传来一声："我回来了！"阿春满脸红通通、汗渗渗地从外面走进屋子，身上那件明石绸[1]和服也弄得皱皱巴巴的。她解释说，她和阿久在日光玩了一天，回程本来应该和阿久一同在雷门乘坐地铁的，但想到应该到旅馆看看太太、感谢一下太太的，于是一个人在尾张町下了车来旅馆一趟。说罢，她拿出在日光买的三盒羊羹和一套风景明信片，说是送给悦子的。

"这些东西你不用拿到这里来，还是拿回涩谷去谢谢那边的太太好了。"

"给涩谷那边家里人的礼物我也买了，我让阿久先帮我带回去了。"

"哎呀呀，这也太多了呀。"

"华严瀑布去看了吗，阿春姐？"悦子一边翻看着明信片一边问道。

"看了，从东照宫到华严瀑布，一直到中禅寺湖，托太太的福，全都游览啦。"

大家围着日光一日游聊了一阵，阿春说"我还看到了富士山呢"，结果引起了大家的好奇。

"怎么，你看到富士山了？"

"是啊。"

"在哪里看到的？"

"在东武电车上看到的。"

"从东武电车上能看到富士山吗？"

"真的吗，阿春？会不会是跟富士山轮廓有点像的别的山？"

"不，真的是富士山，车厢里的乘客都在说'看到富士山了、

1　日本兵库县明石地方出产的一种绉绸，多用作妇女的夏季高级衣料。

看到富士山了'，不会错的。"

"是吗，那大概是在什么地方看到的呢？"

幸子今天一早就在惦记着悦子看病这件事，于是这会儿便吩咐阿春用桌上的电话往杉浦博士家打了一个电话。对方接起电话回说博士刚刚从外地回家，请明天（6日）早晨去博士家，博士会给孩子诊治的。杉浦博士本来说预计5日回东京，但后来说可能还得延迟一两天，没想到还是如期回来了。既然这样，幸子就叫阿春马上通知旅馆账房，请他们代买三张明天晚上的火车票，最好是座位挨在一块儿的。

雪子惊讶地问："二姐明天就要回去吗？"

幸子说："要是明天上午能看成病的话，就算时间略微仓促一点，下午买买东西，晚上也可以回去了。倒不是有什么特别急着要办的事情，不过悦子的学校已经开学了，不能老待在东京呀，我想还是早点回家去好。所以，明天上午你和阿春都得过来，我们一起去杉浦博士家，看完病就回旅馆，下午再一块儿出去买点东西。本来应该再去涩谷那边向大姐辞行的，不过时间紧，抽不出空去，姐姐和姐夫那里就请我代向他们致谢了。"说完便匆匆吃饭，吃过饭就打发她们二人回大姐家去了。

第二天幸子是又忙又乱。早上先去位于本乡西片町的杉浦博士家，接受诊察，诊察完了去本乡药局配方取药，然后在赤门[1]前雇了一辆出租汽车回到"滨屋"，雪子和阿春已经等在旅馆了。雪子问了问诊察结果，幸子说："杉浦博士的判断和辻博士的大致相同，

1　位于东京文京区本乡七丁目，原为加贺藩主前田家族的御守殿门，现为东京大学本乡校区的东门。

不过杉浦博士说了：'其实像这种神经质的孩子，大多是学习很优秀的天才，因此像悦子小姐这样的孩子如果教育得法，说不定会在某些方面远远超过一般的人呢，所以用不着过于担心，关键是要尽早发现孩子在哪方面的才能比较突出，然后有的放矢，培养她把注意力集中在这一方面。'还说了：'诊疗方法以饮食疗法为主。'博士还给开了方子，不过他的处方和辻博士的处方很不一样。"

下午，四个人跑了池端的道明衣带店[1]、日本桥的三越百货公司、山本海苔店、尾张町的襟圆绸缎店、平野屋绸缎店还有西银座的阿波屋。残暑复来，尽管有几许微风，但是阳光很毒，她们不得不分别在三越百货公司七楼、日耳曼面包房[2]、科伦邦甜品店[3]等地方歇歇脚，吃点冷饮解渴去暑。买的东西都让阿春拿着，大大小小的包裹几乎将她的整个人都遮住了，只露出一个头。阿春还是像昨晚那样满头大汗，跟在三人身后慢吞吞地走着。幸子姐妹和悦子手上也各拎着一两件东西。一行人再次来到尾张町，最后在服部钟表店的地下商场又买了几样东西。此时已将近晚饭时间，她们还是想着去隆美尔餐厅，于是来到数寄屋桥旁边新上豪饭店内的隆美尔餐厅，一来这样比起返回旅馆吃饭可以节省一些时间，再者因为雪子爱吃西餐，今晚一别，又要三个月见不到面，所以趁这个机会一块儿吃顿西餐、喝点啤酒权当临别留念。吃完晚饭，她们急急忙忙回到旅馆收拾行李，赶到东京火车站，和赶来送行的大姐在候车室里

1　正式店名为道明新兵卫商店，专营和服衣带、绦带、腰带饰品等的老铺，创始于承应二年（1653 年），位于上野不忍池附近。

2　位于东京银座五丁目六番地的德式食品店。

3　位于东京银座六丁目二番地的法式甜品店，由门仓国辉于大正十三年（1924年）创立，是日本甜品界首屈一指的老铺，连日本皇室也是其常年忠实顾客。

说了几分钟话，便登上8点半开车的夜间快车卧铺车厢，鹤子和雪子跟到站台上，悦子走下车和雪子说话，鹤子趁机凑近幸子耳朵低声问道："雪子妹妹的亲事，后来没有再提起吗？"

"后来没有再提过，我想过不久还会有人来提的吧。"

"年内假如还没有眉目，到明年就是她的厄年了呀。"

"我也是这样想呀，所以以四面八方地托人呢。"

"阿姨再见！"悦子重新登上车，举起手上那粉红色的乔其纱手绢摇晃着，"下次什么时候来，阿姨？"

"不晓得什么时候再能去了。"

"早点来呀！"

"嗯。"

"一定要早点来呀，阿姨！一定早点来，好吗？"

卧铺票是一张上铺、两张下铺的，幸子让悦子和阿春面对面地睡下铺，自己睡上铺。她爬到上铺位，衣服也顾不得脱倒头就躺下了。卧铺位很窄，仅容一个身子，幸子睡不着，也不想硬逼着自己入睡。可是一闭上眼睛，刚才大姐和雪子目送她登车时眼眶里噙着泪水的面孔，便在脑海里浮现出来。想起来，从上月27日抵达东京，到今天已经待了十一天，哪次旅行也没有这次这样慌里慌张的心神不定。最初几天住在涩谷的大姐家里，孩子们吵闹得要命，又遇上强台风的侵袭，狼狈不堪地跑到旅馆来避险，没等定下心来，又接到奥畑那封炸弹似的来信。相对比较从容愉快的一天便是和大姐一起去"大黑屋"吃烤鳗鱼。不过悦子能得到杉浦博士的诊察，这件大事情总算是完成了，可是来东京一趟连一场戏也没有看成。昨天和今天，连着两天在满是尘埃的东京街头逛东逛西的，又是买又是吃，简直累得天旋地转。在短短的时间里如此东奔西颠，要不是旅行，真的不敢想象呀，想一想便觉得疲惫不堪。幸子此刻仿佛有种从高处摔下来，好像不是躺着，而是被击倒在地上的感觉。尽管已经累得不行，可是眼睛却还张得大大的，心想喝点白兰地酒或许能有点催眠效果吧，可这会儿她连起身去拿白兰地酒的气力也没有。怎么也睡不着的她，脑子里只想着有件棘手的事情等着自己赶快回去处理——从昨天起那件事情就一直纠缠着她，已经发酵成一团迷思和忧虑，在脑海中不停地翻腾。信上写的都是真的吗？假如是真的，又该怎么处理呢？悦子会不会觉察到了什么异样？她会不会把奥畑来信的事告诉雪子？

二十

悦子回家的当天休息了一天，第二天就去上学了。幸子感觉这两三天身体一天比一天疲惫，每天要么叫人给她做按摩，要么大白天躺着睡觉，实在无聊了，便独自一个人坐在露台的椅子上眺望着院子里的景物。

这个院子反映了女主人的品位——春花远胜秋色。除了假山背后有几株芙蓉开在那里，以及和施托尔茨家邻接的篱笆前有一丛白色的胡枝子有气无力地飘垂着之外，放眼看去，这个季节院子里几乎没什么花花草草。夏日里尽情生长出繁茂枝叶的楝树和梧桐树撑着看上去就让人感觉闷热难当的绿盖，草坪像是在地面铺了一大张深绿色的地毯——景物和十来天前幸子动身去东京的时候没有什么两样，只是阳光稍稍减弱了一些，轻轻流动的微爽空气中，不知从哪里飘来一阵桂花香，似乎提醒着人们秋天正在悄然踱近。覆在露台上的苇棚这几天就得拆除了。幸子想着，对这个早已熟悉得不能再熟悉的院子，这几天竟然越看越爱。看来，人是需要偶尔出门旅行一趟的。或许是还不习惯出门的缘故，尽管离家才不过十来天，却感觉像是已经整整一个月，一回到家，便油然生出一种强烈的欣愉。她想起雪子住在这儿的时候，常常独自呆怔地伫在院子里，好像是在怀念什么，一副依依不舍的样子。现在想来，不光雪子深爱关西，自己作为一个地道的关西人，对于关西风土同样难分难舍。这个院子虽没有值得夸炫的园景，普通得再普通不过，但是站在这里，嗅着饱含松叶芳香的空气，眺望六甲方向的错落峰峦，仰视澄净的晴空，会真切地体悟到没有任何一块土地能像阪神一带这样，让人感觉如此怡然悠逸。东京那种嘈杂、到处尘埃、灰蒙蒙干巴巴的都市，多么让人生厌啊。"东京和这儿相比，接触到皮肤上的空气都不一样。"雪子这句常挂在嘴边的话确实说得很有道理，不用搬到那种地方去生活，幸子觉得自己比大姐和雪子要幸福多了。沉浸在这种感想之中，是幸子的最大享受。

"阿春，你运气好，日光都去玩过了。不过，我还是觉得东京那地方真的是没什么好的，还是自己家里最好。"

妙子最近打算重新开始暑假期间搁置下来的制作布娃娃的工作，幸子去东京的那几天她没有出门，幸子回家的第二天，妙子开始每天去夙川工作室了。她还对幸子说："西服学院不晓得哪天才开学，山村师傅又去世了，眼下除了做布娃娃也没有其他可干的，趁这个机会我还想学学一直想学却没有学的法语。"幸子说："那就把塚本太太请到家里来吧，自从雪子不学之后，我也很久没有学了，现在你想学，我可以陪你一起学。"妙子笑了笑道："我是从头学起，我们两个学不到一块儿，再说了，学法语学费太贵。"

妙子不在家时，板仓来过家里一次，声称听说太太回家了，特地前来问安。他和幸子在露台上坐着聊了大约半小时，又到厨房里去看阿春，听她讲游览日光的情形，然后才回去。而幸子一面静心恢复疲顿，一面在等待适当的时机。奇怪的是，她从东京带回来的迷思却好像在日渐消弭。在滨屋旅馆里读到奥畑来信时的惊慌，直到第二天仍萦绕心头的忧虑，躺在火车上时像梦魇一样折磨了自己一整夜的那些问题——当时觉得那样的迫不及待，一天也拖延不得，等到回到家里，迎来晴朗早晨的那一瞬间，所有的紧张都弛懈了，感觉没什么好着急忙慌的了。假设事情牵扯到雪子的清白，不管是谁、说了什么话，幸子根本就不屑理会，顶多斥之为无中生有的恶意中伤。但是事涉妙子就不一样了，妙子以前就闹出过一起风波，她的性格和幸子、雪子完全不一样，说得露骨一点，对她是无法完全信任的，正因为如此，幸子才会被奥畑那封信弄得心神不宁。可是，急匆匆地回到家一看，妙子的举止和往常没什么两样，看着她那张满面春风的脸，越来越觉得这个妹妹还不至于会做出那种事情来，以至于幸子开始为自己之前的忧虑和慌张感到可笑起来。说不定在东京的那阵子，自己也被传染上了悦子的神经衰弱症呢。事实上，待在东京那种令人焦躁不安的环境里，像自己这样的人神经不出毛病才怪哩。看来当时那种惊慌和忧虑其实是种病态表现，此时此刻的感觉和判断才是正确的。

回到家里大约一个星期后，幸子的心情已经变得轻松平和了，于是幸子找了个机会跟妙子开诚布公说起了这件事情。

这天，妙子比往常早了点回家。她走进楼上自己的房间，拿出从凤川工作室带回来的布娃娃——一位中年女性身穿一袭黑底白色碎花和服，脚上蹬着木屐，蹲在石灯笼下，作品题目是"虫声"，表现的是一位女性在入神地倾听秋虫鸣叫的情景，这是妙子构思多时才创作而成的作品。妙子将它放在桌子上，端详着。

"哎呀呀，做得真好看！"幸子走进屋子，不由得赞叹道。

"做得不错吧，这个布娃娃？"

"做得真好，是你最近以来少有的一件杰作。没有做成一名妙龄女子，而是中年妇女形象，这样才更加传达出一种凄凉的意境，这个构思太妙了！"幸子点评道。隔了一会儿，幸子继续说道："末子，其实我在东京的时候收到一封奇怪的信。"

"谁寄的？"妙子不动声色，视线依旧停留在布娃娃身上。

"是奥畑家的阿启寄来的。"

"嗯？"听到幸子这么说，妙子回过头来茫然地看着她。

"喏，就是这封。"幸子将掖在前襟、仍装在信封里的信掏出来，说道，"末子，你猜猜信里写了什么？"

"大致上也能猜到，是关于板仓的事吧？"

"是呀。你自己读一读吧。"

妙子神情镇定，从容不迫，让人难以揣摩她心里到底在想什么。只见她将三页信纸摊开在桌上，一页一页读着，连眉毛都有没抖一下。

"真无聊！前些日子他就威胁过我，说要把这信里讲的这些乱七八糟的内容告诉二姐。"

"我看了简直如蒙晴天霹雳，吓了一大跳呢。"

"这种事情，你根本犯不着去理他。"

"他在信中说让我对你保密，可是我想这样的事情和谁商量都比不上直接和你谈来得干脆。我就想问你，他讲的是不是真的？"

"他自己心思不专、乱搞八搞的，居然把我也想成那样子？"

"可是末子，你对板仓这人到底怎么想的？"

"那种人本来我是根本不会去关注的。我对他的感情和阿启所说的那种完全是两个意思。我对他心存感激，仅仅因为他是我的救命恩人呀，不要往坏的方面去想嘛。"

"这个我能理解，我猜想也就是这么回事嘛。"

妙子解释说，奥畑信上说是在洪灾之后开始怀疑板仓的，其实他早就开始疑神疑鬼的了。当着妙子的面奥畑不说什么，但是一直对板仓讥讽挖苦，这也是妙子后来才得知的。板仓最初以为是奥畑看到他能自由进出莳冈家，自己倒不能自由进出，吃醋、愤愤不快，因而才幼稚地发泄不满，所以也就没跟他计较。但自从那次洪灾之后，奥畑的话越来越难听，甚至开始怀疑起妙子来，他曾对妙子说："我只不过跟你随便打听打听，板仓并不晓得，所以你不要和他讲。"妙子知道奥畑这个人自尊心极强，猜想这种事情他不至于去当面诘问板仓，所以也没同板仓商讨如何应对，而板仓受到奥畑诘问也没有告诉妙子。为了板仓的事，妙子和奥畑争吵过一次，奥畑打电话来，她不接，还故意不跟奥畑见面。后来看奥畑真的动气了，妙子可怜他，才于最近——就是信中提到的本月三日那天——和他见了一次面。（平常妙子和奥畑会面，总是约定在妙子往返工作室的途中某个地方，奥畑信中也说"今天去夙川和末子小姐见了面"，但在什么地点、会面的具体情形则只字未提，现在幸子问起，妙子才详细告诉她，两人是在松林里一边散步一边聊的。）奥畑说他手上有证据，然后就说出和信上一样的那些话来质问妙子，要求妙子和板仓绝交。妙子说和自己的救命恩人绝交太不合乎情理，当场拒绝了奥畑的要求，只答应以后尽量避免和板仓见面，同时让他少去芦屋串门，并且断绝工作上的关系（布娃娃的宣传摄影）。为了履行这个诺言，她有必要向板仓解释，于是妙子经过一番斟酌后跟板仓摊了牌，结果一说起来才得知，板仓也同样受到了奥畑的胁迫。妙子自从和奥畑约定后至今，也就是从这个月3日起，到现在一次也没有见过板仓，板仓也没有再来芦屋串门，只是二姐回家后，他觉得突然一下子断了往来未免让人奇怪，所以前几天上门来问候，不过也是特意挑了妙子不在家的时候来的。

妙子这方面算是弄清楚了，可板仓对妙子又到底是怎么想的呢？即使奥畑怀疑妙子缺乏充足的理由，怀疑板仓倒并非毫无道理。用奥畑的话来说，对于板仓的救援，妙子根本无须感恩，因为板仓那看似英勇的行为从一开始就是另有所图，那个狡猾的家伙假如不是想获取丰厚的回报，是绝不肯冒那样大的危险去救人的。出事那天早晨，他一大早便穿好衣服，在那一带转来转去，这本身就证明他的行为是早就计划好的，对那样一个不自量力的家伙，有什么好感恩的呢？更不该原谅的是，他竟然横插一杠抢夺旧东家的情人，这岂不是忘恩负义吗？对奥畑的这番说道，板仓极力否认，他说："阿启少爷您完全误解啦，我去救末子小姐，正因为她是阿启少爷的情人，我没有忘记旧东家的恩情，所以才会舍命尽忠去救人的，阿启少爷这样说的话，真叫人受不了。我虽然是个下人，但还是明事理的，我很清楚，末子小姐是不会嫁给像我这样的人的。"而妙子对于他们两人的辩解是如何判断的呢？据妙子说，对于板仓的真实意图，她其实也觉察到一些。板仓确实是个聪明人，他绝不会把自己的真实想法写在脸上，他之所以冒了那样的危险来救自己，大概不光是出于对旧东家的报恩或是尽忠，不知道他自己是否意识到，与其说他是对阿启少爷尽忠，不如说是想对我尽忠。不过即使这样，也没关系，只要他不越过一定的界限，我就睁一只眼闭一只眼，装作不知道就好了。像他那样任劳任怨、让干什么就干什么的勤快人，反正能利用就利用一下，对方也会以此为荣，随他怎么去想好了。妙子就是抱着这样的主意和板仓交往的。她说："阿启少爷气量小，爱吃醋，我不想被他无谓地误解，所以和板仓也讲清楚了，今后尽量少来往，当然这并不代表和他绝交。阿启少爷现在总算安下心来，不再疑神疑鬼了，以后应该不会再给二姐写信了。"还说："像板仓那种人，本来他爱怎么想就随他怎么去想就好了，谁承想阿启少爷居然会这样，太可笑了。"

"要是有我们末子姑娘这样的心胸，当然就不成问题了，阿启恐怕做不到。"

妙子近来在幸子面前什么都不回避，她从腰带里掏出一只白色的玳瑁烟盒，从里面抽出一支近来十分受追捧的带金色滤嘴的进口高档香烟，用打火机点燃吸了起来。她将厚厚的嘴唇撮成一个圆，吐出一个个白色烟圈，沉思了一会儿，转过脸来说道："出国的事。"她看着幸子的侧脸："二姐考虑过了吗？"

"嗯，这件事情考虑是考虑过了。"

"你在东京时没有提起过吗？"

"和大姐聊了许多事情，这件事情已经挂到嘴边了，可是想到牵涉到钱的问题，必须很婉转地说才行，所以这次先没有说，要说还是让你姐夫去说吧。"

"姐夫对这件事情怎么想呢？"

"他说了，只要末子姑娘是经过认真考虑的，并且打定了主意的话，他可以去说，不过他说他有点担心欧洲可能发生战争。"

"会爆发战争吗？"

"到底怎么样还不清楚，他说先观望一下情势再做决定比较稳妥。"

"那是自然，不过玉置院长已经决定最近就动身，她说如果我想去的话，可以带我一起去。"

其实，幸子也觉得，眼下弄成了这样的局面，不光是板仓，最好是让奥畑也暂时远离妙子的好，因此让妙子出国不失为一个好办法。不过，报纸上也报道了，现在欧洲情势趋紧，让妹妹一个人去那里，心里实在不放心，估计长房也绝不会同意，所以她始终踌躇不决。现在听说玉置院长愿意和妙子一道去，好像又可以重新考虑考虑了。据妙子说，玉置院长也不打算长期待在法国，她第一次留学法国，已经是好多年以前的事了，有机会总想再去一次，接触一下最新的流行时尚，恰巧前些时候洪水淹了服装学院，学校得重新盖，于是就想利用这段时间再去一次法国，大致考虑待上半年就回国。院长对妙子说过："妙子小姐本来应该在法国学上一两年，要是你一个人待在那儿觉得孤单寂寞的话，也可以和我一起回国，即使只去半年，也会有相应的收获，我再活动活动，想办法给你争取到一个头衔。目前的计划是，明年正月动身，七八月份回国，时间很短，战事不见得会在这半年内爆发。假使爆发战争，那就听天由命，要是两个人一块儿的话就更不怕了。再说，我在德国和英国都有朋友，万一发生战争，也不愁没有避难的地方。"妙子觉得这样好的机会不可多得，她想即使冒点风险也准备和院长一同去。

"因为板仓这件事情，现在阿启少爷也赞成我出国了。"妙子说。

"我也赞成你去，只是不晓得你姐夫会说什么。总之，商量起来再看吧。"

"拜托二姐务必劝说姐夫同意，而且想办法去说服长房。"

"明年正月去的话，也用不着这样急呀。"

"肯定是越快越好啦。不晓得姐夫下次什么时候去东京啊？"

"年内大概还会去一两次吧，你先学好你的法语吧。"幸子说。

二十一

施托尔茨太太决定下月 15 日带露丝玛莉和弗里茨乘坐"柯立芝总统号"去马尼拉，露丝玛莉因为悦子在东京待的时间超出她预料，因此每天到悦子家缠住妙子和女佣们，盯着问悦子姐姐回来没有，为什么还不快点回来。悦子一回到家，露丝玛莉便天天焦急地等待悦子放学，然后和她一块儿玩。

悦子放学回到家，总是先把书包往会客厅一扔就跑到两家邻接的铁丝网前，用她学会的德语单词叫道："露米姐姐，来呀！"

露丝玛莉马上走出屋子，跳过铁丝网来到这边的院子里，两人光着脚丫在草坪上跳绳，有时候弗里茨、幸子和妙子也和她们一起玩。

"一、二、三、四……"悦子能用德语从一数到三十，还会说"快！快！""露米姐姐，请！""还不行"以及其他一些简单的德语单词。

一天，露丝玛莉在树木茂密的两家邻接处用日语叫道："悦子姐姐，再见！"

悦子就用德语回答她："再见！到了汉堡，一定要给我来信呀！"

"悦子姐姐也别忘了给我们写信！"

"噢，一定给你写信，一定！请代我向彼得哥哥问好。"

"悦子姐姐。"

"露米姐姐，弗里茨弟弟。"

两下里的呼应刚停下，露丝玛莉和弗里茨又用德语唱了起来："德意志，德意志，高于一切……"[1]

幸子走到露台上一看，只见露丝玛莉和弗里茨爬在梧桐树的半中间，站在树杈上挥舞着手绢，悦子在树下应和，一起模仿着开船的情状。

"伯母，再见啦！"

"再见！祝露米小姐一路平安！一定再来日本呀！"

"伯母，悦子姐姐，要来汉堡玩啊！"

"对，我们要去的……等悦子长大了一定会去的。祝露米小姐身体健康。"幸子说着，明知是和孩子们打趣玩，却也不由得眼眶有点发热了。

施托尔茨太太对孩子们的教育既严格又有很强的原则性，平常露丝玛莉她们来悦子家玩，到了一定时间，她就会在铁丝网那边叫道："露米！"可现在距离回国不足十天的时间，她似乎特别能体谅孩子们的心情，所以没有像平常那样喊露米她们回屋里。天黑了，两人仍像往常那样在悦子家的会客厅里摆弄布娃娃玩，给它们穿上各色各样的衣服，最后还把"铃子"捉到跟前，把布娃娃身上的衣服给猫穿上。有时候，她们两人会轮流弹钢琴，露丝玛莉老是说："悦子姐姐，你再给我一个。"其实她是想说"请你再给我弹一曲"。

施托尔茨先生上次动身很匆忙，扔下好多行李要他太太收拾，

1　于1918年确定的德意志第二帝国国歌的开头部分。

还有许多家具什么的需要处置，所有的杂务全都要她一个人处理，她每天忙忙碌碌的光景，从幸子家的楼上都能看见。说起来，自从这家德国人搬来做了邻居，幸子这边并非存心窥探什么，早晚站在二楼的走廊上俯瞰院子，自然而然就可以望见邻居家的后门，施托尔茨太太和女佣们的行动以及厨房里的光景都看得一清二楚。厨房里的器物不管什么时候总是摆放得井井有条，看了叫人叹羡不已。烧菜的炉子和炊事桌居中，周围是煮开水的铝壶和长柄平底锅之类的东西，由小到大摆成一列放在固定的位置，每件炊具都擦得锃亮锃亮像武器一样。开饭、洗涮、扫地、烧洗澡水等都有一定的时间，每天像点卯一样精准，幸子家只要看到邻居在做什么，连钟表都不用看就知道什么时刻了。施托尔茨家的女佣是两个年轻的日本女人。说起施托尔茨家的女佣，还和幸子家有过故事呢。

施托尔茨家之前还用过两个女佣。幸子家都觉得那两个女佣手脚挺麻利的，只顾埋头干活儿，也不计较，为人也老实，只是她们觉得施托尔茨太太待人太苛刻，经常在私下里议论说："我家太太亲自安排家务活儿，什么时候做什么事情，排得密密麻麻的，一分钟也不间歇，我们刚干完一件事，马上又要去做另一件事。虽说我们拿的工钱比日本人家里的女佣高出不少，在干活儿方面也能学到许多东西，可是整天一分钟也得不到休息。太太确实是位了不起的主妇，我们很钦佩她，但是在她家做工，实在叫人吃不消。"

施托尔茨家房子门前屋后的清扫工作原本是属于女佣的活儿，有一天，幸子家负责打扫的勤杂工阿秋扫完自家屋前那片地，顺带将对方的那块地也扫了，阿秋觉得邻居家的女佣时不时地帮打扫这边，心里总有点过意不去，所以偶尔顺带着替对方扫了，就算是还个礼吧。不料正巧让施托尔茨太太看到了，她很不以为然，认为自家的活儿叫别人家女佣干，太丢人，于是将两个女佣狠狠训斥了一通。女佣们不服，认为自己没有怠工，又没有主动提出让阿秋打扫，阿秋是好意帮忙，并且这样的事情也只有这一次，大不了下次不让阿秋帮打扫好了。但施托尔茨听不大懂她们说的话，怎么也不肯原谅她们。两个女佣应该是早就对主人心怀不满了，于是她们提出辞工不干了，施托尔茨太太就说："好啊，你们想走就走吧！"事情就这样弄僵了。幸子从阿秋那儿听说了这事，过去帮打圆场，谁知两个女佣倒也硬气，说："不用，谢谢您。这事和太太没有关系，您什么也不用说了。其实不光是今天这件事，我们平时干死干活，这里的太太从来都不在乎，开口闭口就说：'你们干活儿不动脑筋，笨死了！'我们当然是比不上太太脑子聪明，不过，我们到底有多勤劳、人有多老实，等她雇了别的佣工来试试就晓得了。今天这事太太要是认个错就算了，她要是不肯认错，正好也让我们下定决心离开这儿了。"施托尔茨太太到底没有挽留她们，更没有认错，于是两个女佣一起辞工走人。不久，施托尔茨太太就雇了现在的这两个女佣，但之前两个女佣说的话没错，不论智商还是干活儿效率，现在这两个女佣都比不上那两个。施托尔茨后来对幸子吐露："上次放走那两个人，是我的错。"不过，她这个人也并不是只有严苛、死守规矩这一面，她的内心不乏慈爱、多情，上次山洪暴发，附近的派出所逃来两三个浑身泥浆的避难者，她一听到消息马上从家里拿了些衣裳和贴身内衣送了去，还热心地动员女佣："你们要是有什么不要的衣裳，不妨送给他们吧。"她不光牵挂自己丈夫和孩子们的安危，也为悦子和悦子家人的安全而担心，铁青的脸颊上淌下同情的泪水。傍晚，当她丈夫和孩子们平安回到家里的时候，她忍不住发疯似的跑出来迎接他们，从这些地方就可以看出她的为人。

幸子至今还清晰地记得当时透过楝树和梧桐树的间隙看到她兴奋得紧紧拥抱丈夫的情形，十分钦佩她的热情。世人都说德国妇女了不起，可是不见得个个都像施托尔茨太太为人那样好，像她那么出色的人毕竟不多，有这样的人家做邻居，是自己的福气。可是两家的交往并不算多，一般而言西洋人不大愿意和日本邻居交往，施托尔茨家在这方面却显示出很高的智商，搬进来当天就送来一只年轮蛋糕作为初识的礼物。幸子想，既然人家如此，自己也应该以诚相待，两家更亲密地来往，不光限于孩子们之间的交往，自己也可以向施托尔茨太太请教些做菜和做西式点心的方法，直到现在，幸子仍为自己没多学到一点持家的本事而后悔呢。

施托尔茨太太就是这样的性格，所以这次除了幸子一家之外，还有许多邻居也都透出依依惜别之情。进出她家的商贩，由于买到了她家廉价出让的电冰箱和缝纫机等而难掩兴奋，施托尔茨太太将家里不要的家具什物廉价出让给了邻里朋友，没人要的东西则全部卖给了旧家具店，自己只留了一只旅行篮，里面装了些吃饭用的什物。

"这房子里已经空空的一无所有了，我们上船之前，就用旅行筐里那些刀叉吃饭。"施托尔茨太太笑着道。

附近人家听说她们回国后打算盖一栋日本式房子作为纪念，房间里将陈设一些在日本生活时的纪念品，于是每家都送了些字画或小古董给她，幸子也将祖父传下来的一块缎子包袱布送给了她，上面绣着象征喜庆吉祥的牛车[1]图案。悦子送给露丝玛莉一帧着色照

---

[1] 原指古时达官贵人乘坐的牛车，因其华美造型后被图案化成为服装及日常生活用品上的一种装饰性纹样，其实仅是车轮图案。

片，照片拍的是悦子上次舞蹈汇报演出时的舞姿，还有她当时穿的那件在桃红绫子绉绸上绣有花笠的舞蹈服。

上船的前一晚，露丝玛莉得到她妈妈的特许，在悦子的卧室里度过了最后一夜。那一夜，两个人简直闹翻了天，悦子将自己睡的床让给露丝玛莉睡，自己睡在雪子平常睡的草垫子上，可两个人谁都还没有睡的意思。贞之助被她们两个的叫喊声以及走廊里"啪嗒啪嗒"的脚步声吵得无法入睡，他咕哝道："吵死了。"用被子蒙住脑袋。可是两个人越吵越厉害，贞之助扯掉被子，拉开床头灯，叫道："喂，已经两点钟啦！"

"怎么，已经这么晚了？"幸子也吃了一惊。

"这么兴奋过头了可不行，施托尔茨太太要发火啦。"

"就今天最后一夜了，由她们去吧。再说施托尔茨太太今天晚上肯定也是睁一只眼闭一只眼了。"

这时候听到一声叫喊："鬼……"与此同时，卧室外面突然响起了脚步声。

"爸爸！"悦子在门外边喊道，"爸爸，德语里'鬼'怎么说？"

"悦子她爸，德语里'鬼'怎么说？您晓得的话就快点告诉她吧。"

"Gespenster！"贞之助高声答道。他不知是哪年学的德语，到现在竟然还记得，连他自己都觉得奇怪。

"德语里'鬼'叫 Gespenster。"

"Gespenster，"悦子学说了一遍，然后又说，"露米姐姐，你瞧，Gespenster……"

"啊，我也成 Gespenster 了。"

这下子两个小姑娘闹得更加厉害了。

"鬼……"

"Gespenster！"

两个人你一句我一句地喊着在楼上到处奔跑，最后露丝玛莉带头，两人闯进了贞之助幸子夫妇的卧室，将衬衣罩在头上，扮成无常鬼的模样，嘴里你叫一句"鬼"，我叫一句"Gespenster"一面叫一面哈哈大笑，围着床绕了两三圈，然后回到走廊去了。一直闹到凌晨3点钟，才回到自己的卧室，可是两人的兴奋劲还没有过去，躺下却怎么也睡不着。露丝玛莉忽然想家了，吵着要回到妈妈那里去，于是贞之助夫妇俩轮流起身劝慰她，到天亮时分，才好不容易将两人都哄睡了。

登船这天，悦子捧了一束鲜花，随同妈妈和妙子去码头送行。邮轮的起程时间是在晚上7点过后，来送行的孩子很少，露丝玛莉的德国小朋友只有一个名叫英姑的小姑娘，悦子在施托尔茨家里的茶话会上见过她好几次，大伙儿背地里称她"豆角角"，日本孩子只有悦子一个人。施托尔茨太太全家三人，白天就上了船。悦子她们提早吃了晚饭后出发，从阪神电车三宫站坐出租汽车赶过去，一过海关，就看到那艘悬挂着五彩灯饰的"柯立芝总统号"像一座不夜城一样矗立在码头旁。幸子她们立即找到施托尔茨太太她们所在的船舱，船舱里的天花板、窗帘以及床铺统一为白里带绿的颜色，床上堆满花束，鲜艳夺目。

施托尔茨太太叫露丝玛莉领着悦子在邮轮内各处参观。悦子想到再过四十五分钟船就要开了，心里着急，没心思到处看，只记得那艘船特别漂亮、豪华，上上下下地也不知道走了多少次扶梯。等回到船舱里一看，施托尔茨太太一边和妈妈道别，一边在抹眼泪，妈妈也哭了。直到示意起航的铜锣声响起，幸子母女和妙子才下船。

邮轮驶离码头后，身上只穿了一件白色罩衫的妙子在海边的夜风中缩起肩膀说道："啊！多漂亮呀，简直像一家移动的百货公司。"此后很长一段时间，只见施托尔茨太太和她的两个孩子站在甲板的彩色灯饰下，身影逐渐变小，当模糊到谁是谁都分辨不清的时候，还能听到露丝玛莉使劲呼喊着悦子的声音从昏暗的海面上飘来。

二十二

1938 年 9 月 30 日于马尼拉

亲爱的莳冈太太：

　　这个月是日本多台风的季节，我一直惦记着你们各位的安康。过去几个月里你们已经遭受了许多灾害，但愿你们不要再遭受风灾。上次山洪暴发冲积下来的碎石和砂土，大概已经从国道以及芦屋附近清理掉了吧？交通也恢复正常，人们又像往常一样安居乐业了吧？以前我家住的那栋房子大概已经出租，你们有了新的好邻居了吧？我时常想念我们住过的那栋房子里可爱的庭院，还有我们的孩子们骑着自行车游玩的幽静的街道，他们确实度过了一段愉快的岁月。孩子们在府上还欣赏到了非常有意思的演出，我再次感谢您对孩子们的亲切关怀。他们经常在一起忆起府上各位，甚至有时对您和悦子小姐生出一种乡愁般的怀恋之情。彼得从邮轮上来信说起令妹和悦子小姐带他们游览东京，享受了无比愉快的数个小时，真是太美好了，非常感谢！他们父子已经平安抵达汉堡，我前几天收到了他们的来信，目前他们借住在我妹妹那里，我妹妹有三个孩子，彼得现在成了她家的第四个孩子。

我们家在当地是一个大家族，一共有八个孩子，我是鸡舍里唯一的母鸡。孩子们经常打架，不过还是和睦地在一起玩。露丝玛莉在他们当中年纪最大，也懂些事了。我们每天下午骑自行车沿着漂亮的散步道去转悠，吃冰激凌。

祝各位身体健康，请代我向您先生、令妹以及可爱的悦子小姐致以问候。等欧洲一切恢复稳定之后，盼望各位到德国来看我们。目前欧洲到处刀光剑影，但是所有老百姓都不喜欢战争，所以战争最终还是可以避免的吧。捷克的问题，我相信会得到妥善解决的。

祝您安康。请不要忘记我对您的敬爱。

希尔达上

又及：另有一小包菲律宾出产的刺绣工艺品和这封信同时寄出，希望您能喜欢。

施托尔茨太太的这封信，幸子是在10月10日前后收到的。附记中提到的那个小包邮件，隔了两三天也收到了，里面是一方制作精巧的手绣桌布。幸子本想立即回信，但是写了又没有人翻译，丈夫嫌麻烦推辞了，请她谅解。幸子找不到合适的人帮忙，于是给拖宕了下来。一天傍晚，幸子去芦屋川河堤上散步，中途遇见一位曾由施托尔茨太太介绍过的德国人海宁格的日本太太，忽然想起那封信，于是开口和那位日本太太说起，对方满口答应说："这点小事不算什么，我虽然译得不好，可我女儿德文和英文都会写，我叫她译一下就行了。"幸子考虑到信是写给远隔重洋的外国朋友的，一时没想好该怎么措辞，结果又拖了一阵子。终于有一天，她自己写了一封信，让悦子也写了一封信，然后一起送到海宁格太太那里。

不久，从纽约寄来一个给悦子的包裹，打开一看，原来是彼得回国时路过美国，遵守约定买了送给悦子的礼物，是一双皮鞋。可是鞋子太小，尽管彼得动身之前给悦子的脚量过尺寸，但不知怎么的悦子却穿不进去。皮鞋是上等漆皮的，实在漂亮，悦子不甘心，试了一遍又一遍，最后虽然穿进去了，但是脚在里面紧得难受。

"真可惜呀，要是买大了倒无所谓。"

"彼得哥哥大概搞错了吧？要不就是尺寸太实了，一点都没有留出宽裕。"

"也许是悦子的脚又长大了一点呢。给孩子买鞋非得买大一点的才行，也怪我当时没有提醒他。要是他妈妈陪他去买的，可能就会注意到这个问题了。"

"太遗憾了！"

"好啦悦子，别一遍一遍地试了。"

幸子看到悦子仍不死心，便笑着制止了她。不过，对于人家特意寄送来的礼物也不知道怎样感谢好，结果是连一封道谢的信也没有写。

那阵子，妙子说她想把客户预订的布娃娃在出国前全部赶做出来，所以每天都去松涛公寓，完全没有休息的时候。同时，她还到玉置院长帮她介绍的西洋画家——别所猪之助的太太那里去学法语。那位太太在巴黎生活过六年，妙子每周去三次，学费才十元，特别便宜。妙子几乎每天白天都不着家。悦子放学回家后，走到以前施托尔茨家那栋空房子前的铁丝网跟前，对着邻家杂草丛生的庭院依依地观望。她过去由于邻近有了合适的朋友，所以不太和学校里的同学一块儿玩，和她们渐渐疏远了，现在露丝玛莉走了，她显得寂寞不堪，开始在物色新朋友了，可是一下子又不容易找到脾性相投的人。她常叨念那栋空房子以后会不会有像露米姐姐那样的人住进来，可是那栋房子是专门为租给外国人而造的，日本人不来租住，西洋人则眼看着将有世界大乱的迹象，很多人都像施托尔茨家一样全家离开东亚回国了，那栋房子一时半会儿估计不会有人住进来。幸子也无聊得每天只能练练字，或者教阿春弹弹古琴。有一次，她在写给雪子的信中开首就说："不光是悦子觉得寂寞，不知怎么搞的，今年秋天连我也触景生情起来。从前一直喜欢春天，如今才渐渐感觉到秋天的凄凉之中也别有情趣呢，大概是年龄的关系吧。"

原来从今年春天雪子那次相亲开始，6月里举办了一次舞蹈汇报演出，接着就是洪灾、妙子遇险、山村咲师傅去世、施托尔茨全家回国、自己带悦子她们去东京、关东强台风、奥畑来信搅起的风波……可以说，事情一件一件接踵而至。大概是因为去年发生的事情太多了，现在平平静静的、一下子清闲下来倒好似心里空落落的，闲得发慌。另一方面，幸子非常清楚，自己的生活无论内里和表面都是和两个妹妹紧密连在一起的，自己家庭生活美满，夫妇俩融洽无间，悦子这孩子尽管比较赘人，毕竟是独生女，一家三口照理可以过着平淡无奇的日子，可迄今为止家里接连发生的种种事情，都是两个妹妹引发的。尽管如此，幸子并不讨厌两个妹妹，恰恰相反，她倒乐得她们时不时地给这个平淡的家庭添点色彩，把家里气氛调得绚丽一些。之所以这样，是因为已故父亲那种开朗浮华的性格，幸子继承得比谁都多，她最不喜欢家里冷冷清清的，而希望家里永远是热热闹闹、充满活力的，正因为如此，两个妹妹不喜欢长房而更喜欢在这个二姐家里度过她们的岁月。当然，考虑到长房的面子，幸子绝不会主动去怂恿她们这样做，但心底里却是欢迎的。她觉得，长房家里一大堆孩子，而自己家房子又大人口又少，两个妹妹住在自己这儿顺理成章。尽管贞之助多少会顾忌到长房那边的感受，但他了解妻子的性格，所以也爽快地容纳妻妹们和自己一家一起生活。由于这层原因，幸子和两个妹妹之间的关系，就不能用普通的姐妹关系来衡量，有时候连她自己都会感到吃惊，自己操心两个妹妹的时间比操心贞之助和悦子的时间还多。事实上，这两个妹妹在幸子的眼里，让人怜爱的程度绝不亚于悦子，而她们同时又是她最知心的密友。这会儿她独自一人在家，才意识到自己没有什么真正的朋友，除了表面上的应酬交际外，与其他太太们几乎没什么来往，她自己也感到奇怪，细细一想，因为有了这两个妹妹，她便没有必要再交其他朋友了，所以此刻她才会像悦子失去了露丝玛莉一样，一下子感到寂寞起来。

贞之助早就觉察到了妻子的无精打采，他一面翻看着报纸上十月份的演出信息，一面说道："喂，下个月菊五郎要来大阪了！我们去看他第五天的演出怎么样？听说这次还要演《镜狮子》呢，不晓得末子姑娘能不能一块儿去看。"

妙子推说11月上旬特别忙，她打算改天再去。于是到了那天，贞之助夫妇俩只带了悦子去观看演出。幸子9月份在东京没有看成歌舞伎，这次总算满足了她两个月前的愿望，顺带也遂了让悦子观看一次菊五郎现场演出的心愿。当天晚上，演完《镜狮子》，幕间休息时，幸子离席去了趟休息室，悦子没有发觉妈妈忽然掉了眼泪，可是贞之助却发现了。他知道妻子向来多愁善感，可是却不明白为什么看戏也会惹得她掉眼泪。

"怎么回事呀？"贞之助悄悄将她拉到角落里，只见她仍在扑簌簌地掉眼泪。

"您难道忘了？那次流产不是3月份的今天吗？要是不出事，到今天正好十个月了。"幸子一面说，一面抬手轻轻拭去挂在睫毛上的眼泪。

二十三

玉置院长计划是正月动身赴法，现在11月上旬已过，妙子急得坐立不安，她拐弯抹角地问幸子，贞之助姐夫哪天去东京。贞之助平常大约两个月要去一次东京办事，不巧的是最近并没有差事。观看过《镜狮子》几天之后，他才准备去东京待两三天。

贞之助去东京一向都很仓促，他是动身前一天的下午，因为别的事情从大阪事务所给幸子打电话的时候说起的。幸子心想，究竟让贞之助怎样帮妙子敲边鼓才好，还是得合计合计，于是打电话到夙川的松涛公寓，叫妙子尽早回家。由于妙子想去法国研修、将来做一个独立自主的西服成衣师的背后还有一个隐情，那就是学成回来以后，如果将来和奥畑结婚，有朝一日说不定还得由她养活奥畑。因此从逻辑上来讲，应当把这个前提先解决掉，也就是请求长房同意他们两个结婚，但这样一来事情就更加复杂，一时半会儿肯定不可能解决，贞之助也不愿意肩负如此重任。而就妙子来说，她眼下只要能出国就行，不想把事情搞复杂，因此觉得结婚的事此时似乎不提为好。既然这样，应该让贞之助怎么帮忙开口传话呢？幸子觉得不妨这样说：妙子过去因为恋爱风波被小报八卦过，虽不至于因此而变得乖戾，但总担心今后可能嫁不成好人家，所以打算做一名职业妇女，这样有了一技之长也许能为自身加分，这对将来寻觅良缘出嫁成婚会有益处，而且学成后假如再弄到一个头衔，人家也会另眼相看，不会再被误会是不良少女，这样也等于间接恢复了名誉，所以务请姐夫和大姐允肯。至于这次给妙子出国费用，将来她结婚时的嫁妆费就无须再给了。——幸子的这番考量和说辞，妙子也赞同，她说只要二姐觉得怎么说合适，就怎么说好了。

当天晚上，幸子拜托丈夫接受这项使命的时候，按照自己的想法又添加了一点理由，除了妙子所说的理由之外，她认为还应该让妙子尽量远离板仓和奥畑，所以自己支持妙子出国。当然关于妙子和板仓的事情幸子从来没有向丈夫以及其他人说起过，因此说的时候幸子只提了奥畑，希望将此事附带着一起跟长房说。因为奥畑最近为了结婚问题来过芦屋一两次，想求得莳冈家谅解，幸子和他见过，他表面上一副很诚恳的样子，但总让人感觉以前那种清纯的本性已经不复存在，另外据贞之助私下了解到，他经常出入花街柳巷及酒场，实在让人看不出这个青年将来会有什么前途，所以妙子打算出国学习西服成衣技术以便将来谋生的想法还是正确的，可否请长房成全她这个愿望。妙子已经二十八岁了，不会再像之前那样做事不加考虑、贸然行事的，而且正因为以前有过过错，所以还是让她暂时去一个奥畑接触不到的地方，这样会比较安全稳妥。幸子希望贞之助从这个角度去说动长房。她的想法是，钱的问题可以要求长房拿出本应属于妙子的嫁妆费，用不着另外掏腰包，但一向缺少闯劲的长房估计不会爽快地同意一个未婚女子出国去留学，所以不妨带点要挟的口气提醒一下长房，万一逼得妙子再一次离家出走，那可不得。贞之助为这件事情特意在东京多待了一天，计划 3 日下午两点钟左右去涩谷，因为他觉得大姐比那位襟兄应该更容易说得通。

大姐听了贞之助的一席话说道："您的意思我完全明白了，不过我不便发表什么意见，一切还要等辰雄回来听听他的意见，然后写信告知幸子妹妹。要是末子姑娘着急，我们这边一定尽快给你们去信。两个妹妹的事情每次都要让您跟着操心，真是过意不去。"

贞之助情知不可能立时得到答复，因此得了大姐这几句话也就告辞返回了。幸子知道大姐慢条斯理的脾气，姐夫决定一件事情也很耗时费力，料定不会马上有下文的，果然一等就是十多天，仍不见涩谷那边来信。眼看到 11 月下旬了，幸子忍不住了对贞之助说："您写封信去催催看怎么样？"贞之助却毫无兴致，说："我已经起了头了，接下来的事我就不再插手了。"幸子说："那末子姑娘的事情怎么办？要是出国的话，明年正月就得动身了呀。"贞之助还是不肯写。于是，幸子只得跟妙子商量："要不你自己跑一趟东京，事情可能解决得会快一些。"妙子于是决定亲自去东京，并计划两三天内就动身，恰在此时，11 月 30 日那天，东京那边终于来信了。

幸子妹妹：

好久没有通信，一切安好吧？听贞之助妹夫说悦子的神经衰弱症状已经基本痊愈，我就放心了。年关将近，我来东京即将迎来第二个新年，可是一想到可怕的冬天将来临，我便不寒而栗。据麻布的嫂子说，得住个三年才会习惯东京的寒冷，嫂子迁居东京的时候，就连着三年都因为受寒感冒。从这一点上讲，你住在芦屋那样的地方真是幸福啊。

关于末子姑娘的事情，上次有劳贞之助妹夫百忙中特意过访并详细见告，十分感谢。两个妹妹的事总是麻烦你们夫妇俩操心，实在过意不去。本来早就应该去信答复，但因为孩子们每天离不开人照管，我一直静不下心来写信，所以耽搁了。再有就是，虽然你们特意来征求意见，但你姐夫的想法却和你们不一样，让我很难下笔，故而拖了一天又一天，实在是对不起，还请你见谅。

你姐夫反对的理由，一句话，就是末子姑娘根本不用为当年的登报事件始终觉得抬不起头。那是八九年前的事了，早就烟消云散了。因为担心这事导致找不到婆家而想做一名职业妇女，末子姑娘的想法也未免太滑稽了。自己家人这么说也许让人好笑，但是论容貌、教养、才能，无论从哪一方面讲，末子姑娘都绝对能成为一个幸福的新娘，所以千万不要再抱有那样古怪的想法。鉴于这个理由，叫我们现在就把存款拿出来是办不到的，因为我们并没有用末子姑娘的名义存过什么钱，除了留有一部分为末子姑娘将来结婚而存的钱外，我们可没有多余的钱啊。更何况不管什么情由，她想花我们就得拿出钱来吗？你姐夫不赞成末子姑娘做什么职业妇女，而是希望末子姑娘树立自信，相信自己一定能嫁个好人家，当一个贤妻良母。如果作为副业，还是制作布娃娃比较好，做西服并不合适。

至于奥畑家阿启那方面，现在说不上赞成或不赞成，就权当没有那么回事好了。本来末子姑娘已经成人，我们也不能再像以前那样对她严加管束，加上有你们在她身边监督，平时的往来交际什么的，不妨睁一只眼闭一只眼。倒是她想当职业妇女的想法，应当引起足够的警惕。

实在对不起贞之助妹夫特意为此事奔走，不过既然如此，还是请幸子妹妹跟末子姑娘好好谈一谈吧。末子姑娘之所以对自己的将来东想西想的，归根到底是让婚事给耽误了，想到这一点，更觉得雪子妹妹的亲事尤为急迫。但愿雪子妹妹早日找到她的归宿，不知今年会不会还是佳缘难觅啊。

感觉还有好多话想说，今天就暂此搁笔吧。

请代向贞之助妹夫、悦子和末子姑娘问好。

鹤子
11 月 28 日

"您觉得这封信是什么意思？"那天晚上，幸子在告知妙子之前先让贞之助看了那封信。

"关于钱的问题，末子姑娘想的和长房讲的有出入啊，你觉得呢？"

"可不就是这个问题嘛。"

"你听到的到底是怎么说的？"

"照长房这样讲的话，我也给搞糊涂啦，到底谁说的是事实。

我只记得以前听说过，爸爸有一部分家产交给姐夫代为保管。这事暂时就先不要跟末子姑娘说了吧。"

"这样重要的事情，越早告诉末子姑娘越好，不然更加引起误会。"

"关于阿启的事，您是怎么跟大姐说的？他近来好像跟以前比起来变了不少，这个情况您说了没有？"

"说了呀，我把我晓得的情况全都说了，可是看到大姐好像不大愿意提及奥畑的事，所以我就没有盯着问。大姐只说眼下还是尽可能让他们少来往的好，也没有明确说不赞成他们两个结婚。大姐要是问我们的想法，我就打算照实告诉她，不过话还没往这上头扯呢，她就避开了。"

"虽然信上说阿启的事权当没有，不过实际上大姐他们可能还是希望妙子姑娘和阿启结婚的吧？"

"可能吧，我也有这种感觉。"

"这样的话，也许应该先提结婚的问题比较合适？"

"怎么说呢，假如先提结婚的问题，说不定他们又会说结了婚不是更不用出国了吗？"

"这倒也是。"

"反正，这件麻烦事还是让末子姑娘自己去和长房交涉好了，我可不想再插手啦。"贞之助说。

一开始，幸子不想将姐夫和大姐的意见原封不动地告诉妙子，因为跟雪子比起来，妙子对长房更加缺乏好感。可是贞之助认为这种事情用不着隐瞒，所以第二天她就把那封信拿给妙子看了。妙子的反应果然不出所料。她说自己已经不是小孩子了，自己的人生和未来不能听凭姐夫姐姐安排。无论是谁，别人总不如自己更加了解自己的想法。做职业妇女有什么不好？时至今日，姐夫姐姐仍没有摆脱门第、面子那些老旧观念，好像家里出了一个西服女裁缝是件很丢脸的事，这完全是偏见，说出来都要被人耻笑。既然他们这样，我自己去和他们堂堂正正地摆摆道理，说说自己的想法，指出他们那种想法是错误的。说到钱的问题，妙子更是气愤愤的，她认为大姐不应该听任姐夫信口开河。她过去尽管对姐夫颇有微词，但是从未责怪过大姐，可是这次妙子却将怒气直指大姐。没错，长房也许是没有用自己的名义存过钱，可是富永家姑母曾经说过有一笔父亲留下的钱存放在姐夫手里，是将来准备给妙子的。大姐也曾说过类似的话，现在却又含糊其词，这算怎么回事？长房孩子多，生活日显拮据，以至于姐夫竟然打起了这笔钱的主意，甚至连大姐也替他帮腔打掩护。既然这样，我也横下一条心了，一定要把那笔属于我的钱拿回来！妙子又委屈又气恼，说着说着便痛哭起来。

幸子赶紧拼命地说好话："也许是你二姐夫说话笨拙，造成了什么误会，你不要净往坏的方面想，事情就麻烦了呀。你说的我都理解，可是你也要设身处地为我们想一想，去东京跟大姐他们摊牌当然可以，不过，说话可不可以温和一点呢？假如你跟长房去吵去闹的话，我们就难做人了。我们不是一直站在你一边，在为你争取吗？"幸子费了不少口舌，这番那番的，总算才让妙子平静下来。

其实妙子也是一时气愤不过，才发泄了一通，说到底她是没有勇气去和长房吵架的。过了两三天，她平静下来，又恢复了往常的冷静从容，而且这之后绝口不提那件事情。幸子一方面松了口气，另一方面仍有些不放心。到了12月中旬的一天下午，妙子突然提早回家了。

"我不学法语了。"她对幸子说。

"是吗？"幸子不置可否地应了一句。

“法国也不去了。”

“是吗？你好不容易下了决心。不过既然长房也那样说了，还是不去的好。”

“长房那边说什么跟我没关系，是因为玉置院长不去了。”

“怎么，她为什么不去了呢？”

“服装学院正月就要开学，没时间去法国了。”

玉置院长原是想利用服装学院翻修校舍的这段时间去法国，可是后来经过评估，才知道先前的校舍受损状况十分严重，无法继续使用，只能推倒重建了。但由于时局原因，工人和建筑材料都短缺，同时考虑到费用以及时间，似乎都有点承受不起。正在多方想办法之时，碰巧阪急电车六甲方面有一幢洋楼打算低价出售，而且不用改建就可以用作校舍，于是玉置院长将它买了下来。房子买到手后，她便想马上运营起来。另一个原因则是院长的丈夫担心欧洲局势不稳，劝她放弃出国计划。她丈夫多半也是因为最近刚从欧洲回国的一位大使馆武官告诉他，从 9 月末慕尼黑会议[1]以来，德国和英法两国的关系表面上虽然很太平，但其实双方并没有达成真正的和解，英国对战事没有做好准备，为了让德国麻痹大意，才暂时妥协一下罢了。德国也看出英国的意图，将计就计钻空子，所以不久的将来一定会爆发战争。因为这两层原因，玉置院长放弃了出国计划。既然院长不去法国了，妙子自然也只能放弃原来的计划。不过，当一名西服成衣师这件事，不论长房说什么，妙子都不想放弃，服装学院正月一开学，她就去学习。经过最近这件事情，妙子

1　1939 年 9 月 29 日至 30 日在德国慕尼黑召开的德、意、英、法四国元首会议，这次会议在将当事国之一捷克斯洛伐克排除在外的情况下承认了德国对苏台德地区的合并。

更加痛感必须自立。长房每月给的津贴，应当尽早彻底拒绝。从这一点上说，也更加需要将技术学到手。

"你这样做自然没什么问题，不过，你要是不放弃学习做西服，我们对长房就不好开口了。"

"二姐就装作不晓得好了。"

"这样行吗？"

"因为我现在表面上还是在做布娃娃，所以你可以对长房讲：做西服的事情眼下好像没动静了。"

"万一被长房晓得了可不好办啊。"

幸子觉得妙子在急于自立谋生以及不惜闹翻也准备向长房索要那笔存款这两件事情上似乎暗藏着某种危险的思想[1]，弄到最后自己夹在中间要吃苦头，因而那天无论说什么，她只是一个劲地说"不好办哪"。

二十四

妙子执意谋取职业妇女的本领和资格，其背后的真正理由究竟是什么？如果真像她自己说的那样，现在还想和奥畑结婚，那就牛头不对马嘴了。她借口和阿启那种没志气的人结婚，得准备有朝一日万一得由她来养活丈夫。可是奥畑明摆着是个什么也不缺的少爷，吃不上饭这种可能性那才真是万分之一。借口这种不成理由的理由而去学习制作西服成衣，梦想出国，显得十分牵强。她应该全

1　暗指当时日本日渐普及的左倾思想，即同情自由主义、民主主义学说的思想。

心全意期盼着和自己所爱的人早日组成家庭，这才是人之常情。妙子从小早熟老成，遇事小心谨慎，为了结婚，她得为将来一辈子的事情做好准备，这是可以理解的。不过，不知为什么，幸子总觉得有些叫人想大不通的地方。想到这里，幸子觉得妙子的真实想法说不定正像自己之前猜想的那样，已经嫌弃奥畑，想和他解除婚约，出国只是第一步，做职业妇女是和奥畑解除婚约后的谋生手段。这种猜疑在幸子心里又浓重起来。

关于末子和板仓的事情，其实也还无法让幸子彻底释怀。自从上次来访以后，板仓再没有来串过门，两人之间似乎也没有什么电话和书信来往，不过妙子白天总不在家，所以也不能断言他们不会在别的地方联系。自那以后，板仓彻底不来芦屋，反倒让人觉得有些不自然，怀疑他们两个暗地里可能有来往。虽说这是幸子毫无根据的猜疑，不过这种猜疑却越来越强烈，她甚至觉得他们一定是那样做的。因为在幸子看来，妙子的外貌——从体态、神情、举止以至说话的腔调——从今年春天以来渐渐起了变化，这是令幸子产生这种猜疑的理由之一。原本四姐妹中，唯独妙子一个人平常举止爽利泼辣，往好里说，完全是一种摩登女性的风格，不过最近这种举止也发生了奇妙的变化，不时显露出毫不检点的言语举动，比方说她会毫不在乎地在人前袒露自己的肉体，经常在女佣面前松松垮垮地披着一件浴衣，在电风扇前吹风，就像大杂院里的女房东一样；坐的时候身体歪斜，有时甚至盘腿而坐，露出下体；她不遵守长幼有序的习惯，吃东西时经常抢在姐姐们前面，走路也抢在前面走，席位也抢在上首坐，家里来了客人或者姐妹几个一道外出时，常常弄得幸子提心吊胆的。今年4月去南禅寺"瓢亭"时，妙子也是抢在前面走进餐厅，坐在雪子上首，开饭的时候她又是第一个动筷子。为此，幸子后来悄悄和雪子聊起时就说："以后再也不想和末子姑娘一块儿上馆子吃饭了。"夏天去北野剧场[1]时，雪子起身沏了茶端到每个人面前，妙子却在旁边看着不插手，默默地只管喝茶。像这样有失礼仪的行为，以前虽然也曾有过，但是近来却越来越惹眼。前一阵子，幸子傍晚无意中走过厨房前的过道，那里的拉门半开着，烧洗澡水的灶间通向浴室的便门敞着有五六寸宽的缝，从门缝中可以清楚地觑见里面洗澡的妙子的上半身。

"喂，阿春，把浴室那个门关上！"幸子吩咐说。

阿春正要去关门，妙子在里面高声叫道："不要关，不要关，不要关门！"

"哎呀，开着门？"阿春问道。

"是啊，我要听收音机，所以才故意开着门的。"

听了妙子一席话，幸子和阿春才觉察到会客厅里的收音机正在播放着"新交响"[2]演奏的曲目。她将会客厅到浴室一路的门全都打开一道缝隙，自己则泡在浴桶里边洗澡边听音乐。

还有一次是在今年8月间。有一天，"小槌屋"的老板来送定制的衣服，正在餐厅里安排午后茶点的幸子差妙子过去支应一下，自己在隔壁屋子里听到他们两人的对话：

"姑娘家发胖了，穿单衣的时候，臀部那里会被人割破的[3]。""小

1　位于大阪市北区角田町，竣工于昭和十二年（1937年）。

2　日本人对当时的新交响乐团的昵称，大正十五年（1926年）由近卫秀麿等创立，昭和十七年（1942年）改为日本交响乐团，后又归属于NHK旗下。

3　20世纪30年代，日本报纸时常有报道称在东京、大阪等大都市，一些无赖汉在拥挤的公共汽车上用小刀割破年轻妇女的衣裳，令她们出丑，来满足自己的变态情欲。

槌屋"老板说。妙子随即接上道："不会被割破的，不过后面会跟上来一大串人。"

"肯定会的呢。"小老板一面附和一面呵呵地发笑。

他们的对话，让幸子听了感到恶心。她早就发觉妙子谈吐越来越粗俗，但还是没想到她竟会说出如此低俗下流的话来。"小槌屋"的小老板平常在老主顾家的太太小姐面前也不敢这样说话的，可以想象，妙子和对方不知什么时候在什么场合有过放肆的交流，也许在幸子她们耳目不及的场合，妙子就经常说这种有失身份的话。妙子既做布娃娃，又学舞蹈，还学做西服，活动范围本来就广，四姐妹中数她有更多机会接触到社会各层的人，自然了解社会也更多，虽说排行最小，但却最通达人情世故，往往因此而有点自高自大，将幸子、雪子两个姐姐当作不懂事的闺房小姐看待。对她的这种做派，幸子她们以前仅仅觉得滑稽可笑，一笑置之，可是现在竟然发展到如此地步，就不能再放任不管了。幸子的脾性虽不像长房那样保守，思想意识也没有那么顽固守旧，但是自己的妹妹竟然变得这般谈吐粗俗，还是让她很不高兴。末子姑娘的这种变化，会不会是受到什么人的强烈影响？想到这里，幸子越发觉得，妙子如今的举止同板仓平常开玩笑的方式、对事物的认识以及难登大雅之堂的言谈举止似乎同出一辙。

不过从另一方面看，四姐妹中妙子之所以成为这样一个奇特的人，也有一定的缘由，不应一味责怪妙子本人。四姐妹中数她最小，唯独她没有享受到亡父全盛时期带来的福分。她们的母亲在妙子上小学时就死了，妙子脑袋瓜里连母亲的面容都模模糊糊的。父亲是个浮华奢侈的人，在几个女儿身上铺张浪费，可是唯独妙子并没有得到什么令她刻骨铭心的恩泽。在年龄上雪子比妙子大不了几岁，可是雪子对父亲留下了许多记忆，她经常说什么那时爸爸为了她如何如何的，妙子因为年龄太小，即使父亲为她做了什么她也没有留下清晰的记忆。要是她能继续学习舞蹈就好了，可惜在母亲去世一年之后就停止了舞蹈学习，她只记得父亲经常说她"末子这丫头最邋遢，瞧她那张脸老是黑黝黝的"。父亲晚年时，妙子还在上中学，她脸上不施脂粉，穿的衣裳也分辨不清是男是女，看上去埋汰邋遢，那时她只想快点毕业，像两个姐姐一样打扮成妙龄女子外出游玩，到那时自己就也能穿上漂亮的衣裳了。她这个愿望没有实现父亲就去世了，同时蒔冈家的荣华富贵也随之而逝，没过多久，她就和奥畑闹出了那桩"登报事件"。

所以用雪子的话来说，那桩事情完全是妙子得到的父母之爱太少而引起的。双亲死后，妙子和大姐夫又处不好，家庭生活不如意，加之少女多愁善感的心理才变成那样的，不能归咎于别人，只能怪家庭环境。雪子还说："末子姑娘在学校里的成绩并不比我们差，数学还是全班最优秀的呢。"不过，那桩恋爱事件给妙子的经历涂上了某种固定颜色，使她的性格更加乖僻，直到现在，她也没有获得长房的大姐夫对待雪子一样的态度。大姐夫一直以来就把她视为蒔冈家怪胎一样的存在，歧视她，尽管姐夫和雪子相处得也不好，但对雪子还能表示出亲情，但却把妙子看作是个累赘、"讨债鬼"。不知不觉间，这种差别甚至在每个月的零用钱、服饰等方面都清楚地显现出来，不管雪子什么时候出嫁，长房早已在她箱底备好了嫁衣，可是对妙子却从来没有给她置备过什么值钱的嫁衣，妙子现在穿的一些比较值钱的衣服基本上都是她自己挣钱买的，或者就是二姐买给她的。不过长房说妙子能挣钱，自己有收入，要是和雪子享受一样的待遇，反而不公平。妙子自己也说她不愁没钱花，给雪姐好了。事实上，长房现在负担的妙子的花销大概还不及雪子的一半。妙子每月能挣一大笔钱，还存下了一些钱，不过她因为要外出工作，总是穿时髦新式的衣裳，身上的饰物也都漂亮而昂贵，以至于幸子常常佩服她如何能够将金钱安排得这么妥帖（尽管幸子曾经怀疑妙子颈上的项链和手上的戒指是奥畑贵金属商店橱窗里的陈列商品）。不管怎么说，四姐妹中也就数妙子对金钱之可贵有着最深刻的体会，而在这一点上，生长于父亲全盛时期的幸子最不堪，家道中落的辛酸给妙子带来的影响最大。

幸子想到这个乖戾的妹妹早晚说不定还会再闹出点什么事情来，自己和贞之助被卷入其中会十分为难，便想假如可以的话，最好由长房领回身边，但妙子本人不情愿，估计长房现在也不想将她领回去。实际上，长房这次照说应该表个态：听到这样的消息，我们实在不放心把末子姑娘留在你们那里，还是叫她住回来，由我们就近严加看管吧。但长房始终不表态。以前长房姐夫还顾着点面子，不愿意两个妻妹老是住在二房家，如今不一样了，一个是出于经济层面的考虑，再一个则是在长房眼里，妙子现在差不多是个半独立的人了，每月意思意思贴她几个零用钱就足够了。幸子体察到这一点，心里有点可怜妙子，虽然觉得妙子是个容易惹麻烦的主，但也不能因此而撒手不管，所以她觉得，有必要将平日积累在心里的疑问当面向妙子问问清楚。

过了新年正月初七，妙子事先没有跟幸子打招呼，又开始去西服学院上课了。幸子当然看出了苗头。这天早晨，妙子刚要外出，幸子叫住了她，问道："玉置院长那个学校已经开学了吗？"

"嗯。"妙子含含糊糊地应了一声，走到门口，准备穿鞋。

"末子姑娘，我有几句话要问你。"

幸子将妙子叫到会客厅，两人隔着火炉对坐下来。

"一件是学做西服的事，其实另外还有几件事要问你，所以，我今天就有话直说，说出我心里想的，希望你也同样毫不隐瞒地回答我。"

"……"妙子抹了胭脂的脸对着炉火，显得愈加的容光焕发，她屏息静气地凝视着炉膛里熊熊燃烧的柴火。

"那么，就先从奥畑家的阿启说起吧——你现在真的还想和他结婚吗？"

一开始，不管幸子怎么问，妙子就是闷着头不回答。后来，幸子盘问起前些日子藏在心里的怀疑，妙子这下子泪汪汪地啜泣起来，她赶紧拿出一块手绢掩着脸，哽咽地说道："我上了阿启的当！二姐有一次不是说阿启好像有了个艺妓相好吗？"

"嗯，那是你姐夫在妓院街的茶室里听来的。"

"原来真有其事。"

随后，妙子便原原本本地回答了幸子的问题。

今年5月幸子告诉她这个消息的时候，妙子表面上矢口否认，说那不过是传言而已，其实那时候两人已经为这事闹别扭了。阿启逛花街柳巷不是近来才开始的，但他骗妙子说："那是因为我们两人结婚得不到家里认可，我只有借此解忧而已，希望你宽恕。不过我只是叫几个艺妓一起喝喝酒玩玩而已，绝对没有做过对不起你的事，这一点请你相信！"妙子心想假如仅此而已的话就算了，她原谅了他。因为妙子知道奥畑家族里的叔伯辈或兄弟辈的男人都耽于声色，自己的父亲也是这样，妙子小时候就目睹过，所以对这一点点的放荡她是可以接受的，只要阿启守住底线不要太出格，她也不想多说什么，那样反而会让人觉得她不近人情。谁料阿启完全是在撒谎，后来因某件事情意外地将他的桩桩件件风流事情都给牵出来了，他不仅和宗右卫门町的艺妓发生过肉体关系，还和一名舞女有染，甚至和她生了孩子。奥畑知道自己的行径被妙子知悉后，便花言巧语地向妙子赔罪和发誓，说什么和舞女是老早的事，现在早已经不再来往了，并且那个孩子根本不晓得是谁的，自己是背了黑锅，他已经和舞女母子断绝了关系。至于宗右卫门町的事自己确实错了，但发誓今后会断绝一切关系的。妙子见他态度轻浮、张口就来，一看就是满不在乎地在撒谎骗人，真是不知廉耻，因此对他的起誓根本不相信。奥畑又拿出和舞女母子脱离关系的分手补偿费字据给妙子看，估计这个应该是真的，但和艺妓的事因为没有任何凭证，谁知道他说的是真是假，况且除此以外是不是还有其他女人，她也无从知晓。尽管如此，他还是信誓旦旦地说要和妙子结婚的想法始终未变，自己对妙子的爱情同他和那些女子的感情完全不可相提并论。但是，妙子觉得自己只不过是奥畑一时取乐的对象。也就是从那时候起，妙子开始厌恶奥畑了，只是担心会被几个姐姐以及外人指摘：看到没有？听信那家伙的花言巧语，结果上当受骗了吧？所以没能痛下决心与奥畑解除婚约，而是想暂时离开他，自己也借此机会好好反省一下。这背后的真实目的果然如幸子觉察的那样，出国只是妙子想到的一种手段，至于做一名西服成衣匠则是她为今后独立谋生而事先做的准备。

正在妙子为和奥畑结婚一事而暗自焦虑的时候，发生了那次大洪灾。洪灾之前，板仓在妙子的眼里顶多就是个忠实的仆从，但经过这次洪灾，妙子对板仓的看法有了一百八十度的转变。"我说这样的话，二姐和雪姐或许会以为我这个人太可笑了吧。那是因为你们自己没有亲临灭顶之灾的险境，体会不到那种绝处逢生的感激之情。"妙子说，"阿启诽谤板仓那天的行为别有用心，可即便别有用心又怎么了？人家冒了那么大的危险，做好了牺牲自己性命的心理准备来救我，有什么好诽谤的？阿启当时做了些什么？不要说牺牲性命了，他不是连一点表达真情的举动都没有吗？"从那时候起，妙子就对奥畑彻底死心了。那天，奥畑直到阪神电车恢复正常通车之后才来到芦屋探望，他口口声声称担心末子小姐的安危而去探看情况，结果走到田中那里只有一点点积水的地方便停下了，晃来晃去，最后去了板仓家，听说末子小姐已经平安回家，就没有再来芦屋而是径自回了大阪。当天晚上他出现在板仓家的时候，头上戴着巴拿马草帽，身上穿着挺括的西装，手里拿了根手杖，另一只手上提着一架德国康泰时[1]相机——在当时那种情境之下，他这副装扮被人痛揍一顿都是完全有可能的。他没有走过田中那片积水的地段，大概是怕弄湿那条挺括的裤子吧？这和贞之助、板仓、庄吉他们为了搭救妙子而浑身滚满泥巴比较，实在相去太远了。妙子知道奥畑爱修饰门面，并没有要求他滚一身泥巴，可是像他那种行为，简直连普通人的情义都没有。如果奥畑为妙子平安回家而庆幸的话，理应再来一趟芦屋，和妙子打个照面再回去，而且他还亲口和幸子说过随后还会来的，幸子也估计他回大阪之前还会来一次，心里是盼望他来的，但他却没来。难道只要听到说妙子平安，情理上就完事了吗？可以说，一个人的真正价值在那种紧要关头体现得最为彻底。倘若奥畑仅仅是会挥霍、拈花惹草、缺乏理想、不肯上进，妙子或许还会觉得既然是命中注定的姻缘，只能忍一忍将就他了。可是为了未婚

---

1 原为德国蔡司公司旗下嫡系品牌，后归日本京瓷公司旗下。

妻竟连弄脏一条裤子都不情愿，这样的薄情男人着实让妙子彻底失望了。

二十五

妙子说话的时候脸颊上始终挂着泪痕，还不时擤鼻涕，不过还算沉着，说话条理井然，巨细不漏。可接下来说到她和板仓之间的交往时，话就渐渐少了，一定要幸子费许多口舌，她才应一个是或者不是。因此，有许多地方幸子只能凭借想象来补足她的话，以下的内容当中就夹杂了幸子自己的补充和理解。

在妙子眼里，板仓这个人在各方面都和奥畑成了绝佳的对照，因此随着妙子对奥畑越来越厌恶，她对板仓的好感却与日俱增。尽管妙子平常爱嘲笑长房，实际上她脑子里也深深印刻有家世、门第这类旧观念，若是和板仓那样的人谈恋爱，连她自己都会觉得滑稽可笑，因而一直克制着自己的情感不要往那方面发展。但与此同时，她越是这样，潜意识中那种反抗自己头脑中陈旧观念的内驱力就越是强烈。妙子一向个性极强，无论何种情况都能保持冷静，即使对板仓渐生爱意也没有因此而陷入盲目，特别是同奥畑交往上过一次当，这次她一点不敢轻率，而是充分设想了将来会发生的种种可能，权衡了得失利弊，反复考虑之后才认定，只有与板仓结婚自己才能得到真正的幸福。幸子虽然对妙子和板仓的关系有过种种猜测，但是她万万没有想到妙子竟然打算要和板仓结婚，因此听完妙子的告白她不禁大吃一惊。但妙子对板仓已大致有所了解，他是个学徒工出身，没受过什么教育，是冈山一个佃农的儿子，并且还有着美国移民身上的那种共同缺点——粗野。妙子明知他这些缺点，经过深思熟虑之后还是下了这样的决心，用她的话来说，板仓固然是那样一个人，可是跟奥畑这种纨绔少爷比起来，人格却不知要高尚多少。不管怎样，他不仅拥有一副强健的体格，更有紧迫关头赴汤蹈火的勇气，还有养活自己和妹妹的生活技能，这是他的最大优点。他不是那种靠父母兄长养活、只知道奢侈浪费的人，他身无分文去美国那样的复杂社会闯荡，没有任何人的资助，完全是靠自己的努力，还学习掌握了一门技艺，而且是相当需要艺术头脑的摄影技术。他在这方面具有独特的天赋和本领，虽然没有受过正规教育，却有着正常人的理智和悟性，至少在自己看来，比起那个拥有关西大学毕业头衔的奥畑来，板仓的学识更高。就妙子来说，出身、家传财产、空洞不实的学历等，对她已经毫无吸引力了，只要看看奥畑这个活生生的例子就知道了，这些东西一文不值。她宁可信奉实用主义，将来成为自己丈夫的人，必须身强力壮、拥有固定职业、真心实意地爱自己，哪怕为此付出生命的代价也心甘情愿，只要符合这三个条件，其他的她都不在乎。板仓不但具备这三个条件，而且他乡下老家还有三个哥哥，他没有供养父母兄弟的负担（现在与他同住的妹妹是从乡下叫来帮他料理家务和照料生意的，一旦定了夫家，就会送她回乡下）。换句话说，板仓是个标准的单身汉，结婚后自己可以无所顾忌，充分享受丈夫给予自己的恩爱，对于妙子来说，这比给任何出身豪门的富豪当太太都来得舒适称心。

感觉敏锐的板仓心有灵犀，他早就看出了妙子的心思，因而言行举止上曾经有过大胆的表露，不过妙子向他剖明心迹的时间距离并不久，那是去年9月上旬幸子她们去东京、留下妙子独自看家那段时间。奥畑觉察出他们有问题，两人的交往才不得不有所收敛，于是商量起对策来，此时妙子才坦诚地说出了自己的想法。所以从结果来说，奥畑的干涉反而促使了两个人的接近。板仓听了妙子的表白，而且不只是爱慕，是想和自己结婚，霎时惊讶得怀疑自己听错了，他根本没有料到事态居然发展到这个程度，又或者他故意装出一本正经的样子。他当时对妙子说的是："我做梦也想不到会有这样的事，太突然了，我不晓得该怎么回答才好，容我考虑两三天吧！"隔了一会儿又说："对我来说，这真是感激不尽的事，还有什么好不好的呢！不过，末子小姐要不要再仔细考虑考虑，免得将来后悔？"又说："要是结了婚，奥畑家我肯定是不能去了，末子小姐也不得不跟长房断绝来往吧？还有，我们还会受到社会各方面的指责，我是有勇气抗争下去的，但是末子小姐您受得了吗？"他还说："人家一定会指责我花言巧语勾引了莳冈家的小姐，我们的结婚完全不合常理。外界这么说倒也罢了，不过奥畑少爷如果也这样想，那是最让我受不了的。"随即他语气一变继续说道："不过，要想消除奥畑少爷的误会看来是不可能的，他爱怎么想就怎么想吧，由他去。没错，奥畑家的确是我旧东家，但是我的主人其实是上一代的老太爷和现在的老爷（启三郎的哥哥），还有他们家的老太太（启三郎的母亲）。阿启少爷不过是老东家的少爷，我并没有直受过他什么恩惠。再说了，要是换一个角度看的话，假如我和末子小姐结婚，阿启少爷肯定会气愤，可是他家老太太和老爷说不定还会感谢我为他们做了件好事哩，因为他们直到现在好像还是不赞成末子小姐和阿启少爷结婚。尽管阿启少爷不承认，可是据我看来就是这么回事。"就这样，尽管板仓一再表示拿不定主意，结果最后还是半推半就地接受了妙子的表白。

两人商定，私订终身之事千万不能对任何人说，一定要严守秘密，最亟待解决的事情是和奥畑解除婚约，但这事不能操之过急，最好是一点点跟他讲清利害，如果能让他主动死心退出最好，最可取的办法就是妙子出国留学，两人过两三年再结婚也无妨，那时候说不定会遇到种种经济方面的压力，所以从现在起就应当做好准备，其中就包括妙子专心学习彻底掌握西服成衣技术——以上是两个人商议下来准备逐步实施的计划，谁料没多久这些设想就全被打乱了，因为妙子的出国计划由于长房的反对和玉置院长改变预定计划而告吹。妙子本来以为奥畑加紧追求她是为了和板仓较劲，假如自己待在日本，就没法彻底和奥畑断绝关系，要是能够去巴黎躲个一年半载，然后写信给奥畑劝他不要再想念她，奥畑或许真的就会死心。现在法国去不成了，奥畑肯定认为是板仓的缘故，因而一定会愈加对自己紧缠不放。妙子倘若去了法国，远隔重洋，和板仓一年半载不见面倒能忍受，现在两人近在咫尺却见不了面，加上奥畑不停纠缠，这让她实在受不了，唯有和板仓见面才能排解忧烦，渐渐地，两个人拿定了主意：既然法国去不成，照目前的情形，绝对瞒不过奥畑以及外界的耳目，与其这样拖下去，不如顶住各方面的压力趁早结婚。只是眼下双方都没有做好充足的经济上的准备，他们自己忍受指责倒也罢了，就怕飞沫溅到雪子身上，影响到雪子的婚姻，事情就更加麻烦了，还很对不起她，所以两人必须等雪子的婚姻大事有了着落再说，这便是他们迟疑不决的原因。

　　"那么，末子姑娘和板仓只不过是口头上的约定，除此以外没有什么事情了吧？"

　　"嗯……"

　　"真的没有了？"

"嗯……我们没有做什么出格的事情。"

"既然如此，可不可以再好好考虑一下？"

"……"

"末子！要是你做出这种事情来，我还有什么脸面面对长房和社会？"

幸子感觉眼前仿佛突然塌陷出一个巨大的窟窿。妙子将憋在心里的话说出来，这时候反倒轻松自在了，幸子却激动得说话的声音都在发颤。

二十六

此后的两三天里，等丈夫和悦子出门以后，幸子便将妙子叫到身边，试探她的决心。妙子已经横下一条心，一点也不想改变主意。幸子试着劝说她："和奥畑断绝关系，不管长房那边怎么想，我们是赞成的，必要时可以请你二姐夫出面，让他去回绝奥畑，叫他今后不要再来纠缠。学做西服这件事，目前当然不便公开表示赞成，不过我们睁一只眼闭一只眼、装作不晓得也没问题。你打算将来做一名职业妇女，我们也不反对。存在长房手里的那笔钱，想马上取出来看来有点困难，不过将来如果有充分的理由动用它，找个适当机会，我们也可以给你去说说，把那笔钱交还给你——唯独和板仓结婚这件事，我劝你还是打消这个念头吧。"

妙子却回答道："我们打算马上结婚，因为顾虑到雪姐所以才往后拖的。请你谅解，这已经是我们最大的让步了，但愿雪姐的亲事能早日解决。"

幸子继续劝道："就算身份啦阶级这些都不计较，可板仓这个人，我还是信不过呀。他出身学徒，后来开了照相馆当上小老板，是和阿启那种公子哥儿不一样。但正因为如此，说句不好听的，我觉得他骨子里有股老油条的狡猾劲。要说聪明，虽然你那么说，但从我们接触到的看，他喜欢把无聊的事情看成了不起的加以吹嘘，头脑简单、低级。至于品位和教养等，简直就无从说起了。他那点摄影技术，只要有点专业才能和技巧的不都能掌握吗？你现在只看到他好的一面，看不到他的缺点，你应该冷静下来再好好考虑考虑。照我看，生活水平完全不同的两个人结了婚，将来不可能白头偕老的。说老实话，像你这样一个有判断能力的人，怎么会找那么个低三下四的人做丈夫？我是真的搞不懂了。嫁给那样一个人，没几天就会发现家里揭不开锅了，明摆着是要后悔的呀。我觉得，像他那样一个轻浮没教养、咋咋呼呼的人，刚接触还觉得蛮有趣的，可是在一起待一两个钟头就受不了了。"

尽管幸子一个劲地劝，妙子还是坚持："年轻时做过学徒、去美国当过移民、在底层社会混过的人，可能多少会有些滑头的感觉，这是被生活逼迫出来的，没有办法的。不过他人特别纯洁正直，内心并不那么狡猾刻毒。他爱自吹自擂那些无聊的事情，让人觉得讨厌，这是事实，可从另一个角度看，那不正说明他心里仍保有一份天真和纯洁吗？至于什么教养不足啦，头脑简单低级啦，或许你说得没错，这些我都了解，但我不在乎，你就不要管啦。我不在乎品位高尚不高尚或者有没有学识，咋咋呼呼的人我也无所谓，比自己下层的人反而容易对付，让人省心。虽然二姐你这么看，可是板仓却把娶我做妻子视为莫大的荣誉，不光他本人如此，住在他田中家里边的妹妹还有他乡下的父母、哥哥嫂子们都说，要是有那样人家的姑娘愿意做我们家的媳妇，全家都有面子，他们高兴得眼泪都掉下来了。我去田中他家里时，板仓攥着他妹妹的手说：'我们这样身份的人，怎么配和末子小姐平起平坐呀？要是在以前的话，得跪在外屋的地上听话哩！'他们兄妹对我都很尊敬。"说着，妙子情不自禁地露出一副陶醉的神情。幸子眼前浮现出板仓得意扬扬地吹嘘自己如何娶了莳冈家的小姐做妻子的那副嘴脸，本来说好暂且对外保密的，可是他现在却将这事向他乡下的家人们大肆显摆，一想到这个，幸子就觉得生气。

尽管如此，妙子也意识到之前那件登报事件多少连累到了雪子，所以这次在雪子的亲事得到解决以前，她绝对不会轻率行事。这样的话，事情还不至于突然引发不可收拾的局面，这也让幸子稍稍松了口气。眼下，如果对妙子施加压力，幸子担心反而会激惹她做出些逆反的举动。雪子的亲事估计最快也要半年以后才可能有着落，这段时间里，再耐心劝说劝说，做做工作，慢慢加以开导，让妙子回心转意——幸子打着这样的如意算盘，暂时也只能顺着妙子的心思，尽量不违拗她，除此以外没有别的办法。可是这样一来，又不免替雪子感到惋惜。幸子认为，雪子知道妙子是因为等她而不结婚的话，她绝不会为此而对妙子产生半点感恩的情分。因为雪子尽管一再与好事擦肩而过，其实有着多方面的原因，她从来没有因为那次登报事件而觉得受到牵累并怪罪妙子。再说雪子自己并不着急结婚，谈不上怨恨妙子害得自己受牵累，更不认为自己的命运会受到那种微不足道的无聊小事影响，所以完全没什么好感恩的。她一定会说末子姑娘用不着顾忌我，有了合适的对象即使在我前头结婚也没有问题呀。反过来，妙子其实也没有要雪子对自己感恩的念头，就拿那次登报事件来说，假如当时雪子已经成婚或者已经订婚的话，即使年少不懂事，她也不会草率地采取那种非常手段的。总之，她们姐妹几个感情非常好，不会为这种事情发生争执。不过，假若冷静理智地看待，雪子和妙子之间还是存在着严重的利害冲突。

幸子从去年9月受到奥畑那封信的惊吓之后，至今都没有对任何人说起过妙子和板仓的事。可这样下去，这件事情老是被自己闷在心里，包袱实在太沉重了。幸子一直自认为是妙子的理解者和同情者，为她做了不少事情，支持她做布娃娃，为她租下夙川的公寓当工作室，默认她和奥畑往来，每当出现问题也都是幸子出面去和长房交涉，没少袒护妙子。可现在看来，这一切换来的似乎是恩将仇报，妙子的做法着实令幸子生气。不过另一方面，也亏得幸子在中间掌舵，事态才会到此为止，没有再恶化。倘若不是这样，事情或许会更加糟糕，说不定闹出什么大笑话来呢。当然这只是她自己的想法，外界和长房的大姐大姐夫不见得这样认为。幸子最担心的，是每次给雪子说亲，征信所就会来调查家庭情况，于是妙子的过往经历就会被外界周知。说老实话，关于妙子的行为——她和奥畑以及板仓之间究竟是什么关系，幸子并不十分清楚，但她能想象出他们之间说不定真有什么见不得人的丑事，进而引起人家误解。本来任何人都知道莳冈家的雪子小姐是纯洁的，即使调查，也没什么可以让人家说长道短的污点。唯独这个特立独行的幺妹妙子，容易招惹是非。调查者往往不调查雪子本人，而是拼命挖妙子的隐私，家里人倒不十分掌握她的事情，往往加以袒护，想不到外界却了解得很清楚。这样看来，尽管幸子多方面托人为雪子说媒，但自从去年春天以来，再也没有谁上门来提亲。照这样下去，为了雪子今后的幸福，再也不能对妙子放任不管了。再说妙子的坏名声如果仅仅让人家背地里悄悄指摘倒也罢了，万一传进长房的耳朵，幸子势必挨骂受指责，这会让幸子受不了，贞之助和雪子也一定会责怪她，为什么发生这么大的事情都不摊开来和他们商量呢？幸子想，要让妙子回心转意，单单靠一己之力恐怕做不到，得贞之助、雪子加上自己三个人再三再四地开导妙子，才有可能收效。

"嗯……那是什么时候的事呀？"

二十日正月[1]后的一天晚上，贞之助正在书房里翻看新出的杂志，幸子心事重重地走进屋子，坐下来，神情复杂地抬头望着贞之助，随后便将那件事情一五一十道了出来。

"说是去年我去东京的那段时间里，两人私下订了终身，那段时间我和悦子、阿春都不在家，板仓好像每天都往家里跑。"

"你这么说，意思不是我也有责任吗？"

"没有说您有责任。只是，您一点也没有觉察到吗？"

"我一点也没有觉察到……不过，听你这样讲，洪灾之前他们两个人应该就已经挺热乎的了。"

"可是那个人跟谁都是这样一副热乎劲，也不光是对末子姑娘呀。"

"这倒也是。"

"再说洪灾那会儿……"

"洪灾的时候他对末子姑娘真的是倾力相助，谁都会觉得，像他那样关心体贴人又勇敢的男人哪里去找呀？末子姑娘当然最有感触了。"

"可是，末子姑娘那么精明的人，为什么就看不到板仓出身低微、缺少教养这些毛病呢？我真是搞不懂。我给她指出来，她居然

1　即农历正月二十日，日本旧时这一天放假，以此作为正月节日的最后一天。

还生我的气，一个劲地称赞板仓的优点，替他辩护，我都不晓得说她什么好。末子姑娘毕竟是千金小姐出身，为人太实诚了，被人家花言巧语迷住了！"

"不，我倒觉得末子姑娘的考虑很有道理。要说缺点的确像你说的，他出身低微，但是他身强力壮，能吃苦耐劳，为人诚实可靠呀，这就行了嘛，婚姻本来就是功利主义的嘛。"

"她自己也说是功利主义。"

"功利主义不也是一种人生态度吗？"

"您怎么这样说呀，难道您觉得末子姑娘可以同板仓那样的人结婚？"

"话不是这么说。不过，假如有人问我末子姑娘和奥畑结婚好还是和板仓结婚好，那我认为板仓要比奥畑强。"

"我和您的想法刚好相反。"

夫妇二人讨论的结果却是意见大不一样。幸子之所以不满奥畑，最初是受贞之助的影响，眼下也对奥畑没什么好感。不过和板仓一比较，她对奥畑倒反而有了几分同情。奥畑是个公子哥儿、浪荡子，没有远大志向，这是事实，谁都一眼就能看出他是个轻薄的恶少。可他和妙子毕竟称得上青梅竹马，又是出身于船厂的货殖世家，两家属于同一类型，从这一点上说，好歹是同一个阶级的人。如果妙子和他结婚，不管将来遇到什么样的困难，至少目前面子上还是过得去的。而假如妙子和板仓结婚，那一定会招致外界的嗤笑。因此，假如孤立地考虑和奥畑结婚，那当然不是一桩令人满意的婚姻，但现在多出来一个板仓的问题，为了阻止妙子和板仓结婚，那就宁可选择奥畑了。这就是幸子的想法。贞之助在这方面相对比较开明，他认为除了门第之外，奥畑没有一样比得上板仓，而作为结婚条件，正如末子姑娘主张的，爱情、健康和工作能力这三者比什么都重要。既然板仓在这三方面都符合要求，还有什么必要斤斤计较门第和教养之类的东西呢？贞之助并不是特别中意板仓，只不过和奥畑比较的话，他宁可选择板仓。他知道长房那边绝不会同意这桩亲事，自己也不愿意主动为他们去和长房交涉。贞之助觉得，末子姑娘的性格以及过去曾经做出来过的事情都表明，她不适宜遵循传统的观念和方式结婚，她天生注定是要自由恋爱自由结婚的，而且对末子姑娘来说，这比循规蹈矩的结婚更加有利。末子姑娘本人非常清楚这点，所以她才那样打算，我们大可不必多此一举横加干涉。如果是雪子妹妹的话，就不能让她去经受社会上的惊涛骇浪，我们必须照料到底，按一定的程式帮她找个好人家，这样就不得不计较出身门第和家庭财产等了。末子姑娘则不同，即使没有人理睬她，她照样能独立生存下去。不过，贞之助对此事的态度始终是消极的，他对妻子说："你征求我的意见，我只能这样回答。可是这些话只是对你讲，绝不能把我这些想法告诉长房或者末子姑娘，要是对他们讲了就麻烦了。反正关于这件事，我彻彻底底就是个局外人。"

"为什么？"幸子追问道。

"我总觉得末子姑娘的性格复杂得很，有些地方我了解不透。"贞之助吞吞吐吐地说。

"这倒也是。就拿我来说，为了末子姑娘的利益，不惜遭受人家的误解站在她一边帮她，可是她却出卖我。"

"话是这么说，不过她那性格倒也蛮独特、蛮有意思的。"

"既然那样，您早点跟我讲明不就好了吗？想到她那作弄人的本事，我这次真生气……太气人了……"

幸子委屈得哭了起来，像个淘气的孩子。贞之助看到妻子涨红的脸上淌着气恼的泪，想起她幼年时姐妹之间争吵的时候就总是这么一副表情，觉得特别让人怅恋。

二十七

幸子经常想到在东京寂寞度日的雪子。她的性格和妙子完全不一样，妙子不理会别人的为难处境和意见，自己爱怎么样就怎么样，雪子和她相比，则缺少主动性。去年9月幸子在东京火车站和大姐分手时，大姐再三拜托幸子帮雪子觅一门佳缘。今年是雪子的厄年，本想赶在去年年内给雪子定下亲的，最终还是落了空。又想在今年立春之前办成这件事，可是眼看还差一星期就是立春了，假如像自己猜测的那样，妙子的名声影响了雪子的亲事，那么自己也有一半的责任。幸子这样一想，就更加觉得对不起雪子。想到雪子最了解自己近来对妙子的不满，幸子打算把雪子叫回来，请她给参谋参谋，可是又担心挑明妙子开始了一场新的恋爱，会对雪子造成心理压力，于是忍住了没有叫雪子来。但考虑到一直这么隐瞒下去，万一让雪子从旁人口中得知了这件事，自己也非常尴尬。再说幸子本来打算让贞之助帮着出个主意，现在被贞之助一通话回绝了，可以商量的人也就只剩雪子一个人了。因此，幸子想着编一个借口把雪子叫到自己身边来。可巧了，下月下旬要在大阪三越百货公司八楼大会堂举办一个追思已故山村咲师傅的舞蹈汇报演出。

山村流舞蹈汇报演出

——追怀山村咲师傅——

日期：

昭和十四年 4 月 21 日（下午 1 点开始）

地点：

高丽桥三越百货公司八楼大会堂

演出节目：

《袖香炉》《南乃花》《黑发》《擂钵》《八岛》

《江户土产》《铁轮舞》《雪舞》《净罐》《红嘴鸥》

《由缘月》《八景》《借桶》

（演出顺序可能有所不同）

演员姓名及演出节目当天奉送。

会费：

免收（无招待券的来宾恕不接待）

报名时间：

2 月 19 日，限会员及其家属。

到会者请用往返明信片报名，回复的明信片兼作招待券。

主办者：

山村咲门下乡土会

赞助者：

大阪同人会

　　刚到 2 月，幸子就将乡土会印制的这张请帖装进信封里寄给长房的大姐和雪子。给大姐的信写得很简单："别后想请雪子妹妹再来一次芦屋，原本期望不久的将来就能有机会，可是去年终于还是没有谁来提亲，今年又已届春分时节。亲事方面没有什么消息，只是长久没有见到雪子妹妹，雪子妹妹大概也在想念我们，所以若是方便的话，可否让她暂时来芦屋住一阵子？正好有一张山村舞蹈汇报演出的请帖，随信附上。末子姑娘也会参加此次演出，她说无论如何盼望雪子姐姐能来看她的演出。"给雪子的信写得比较详细，内容是："……这次的演出名义上是为了追怀已故的山村咲师傅，不过鉴于时局，今后举办这种集会越来越困难，趁现在这个机会来观赏一下吧？末子姑娘从上次那次汇报演出以来一直没有练舞，这次突然举办这样一个演出，一开始她不想参加，但后来想今后跳舞的机会不多了，而且又是祭奠亡师的，所以就应承了下来。你如果放弃这次机会，以后或许再也看不到末子姑娘跳舞了呢。因为这样，末子姑娘也来不及准备新节目，只能匆匆忙忙地把去年表演过的《雪舞》重新练习一下。上次那套舞蹈服这次不能穿了，只能穿去年我在'小槌屋'染制的那件碎花衣裳，那件衣裳正适合作舞蹈服，就让她穿了。辅导末子姑娘练舞的人名叫以作，是亡师的高足，现在在大阪新町主持一家舞蹈传习所。末子姑娘每天忙着去新町练舞，回到家里再让我给她伴奏，复习一遍。另外她还要做布娃娃，照常继续不停地忙碌着。我每天给末子姑娘伴奏，也忙得不得了，用三味线伴奏《雪舞》没有把握，所以我改用古琴伴奏。这样整天乱忙，倒也不能埋怨末子姑娘，不过近来老是得为她操心，信上不便多说，你要是来了，有许多事情要给你说。悦子说去年你没有观赏汇报演出，今年无论如何希望你能来看看呢。"

两封信寄出后，鹤子和雪子都没有回复，于是幸子她们猜测，雪子说不定又会像上次那样出其不意地突然到来。纪元节那天傍晚，妙子说今天要穿好衣裳，曳着衣裾跳一遍试试，她正在会客厅里练习的当口儿，悦子头一个听到门铃响起，她一面奔出去一面喊道："啊！是阿姨！"

"您来啦！大家都在呢。"跟在悦子身后的阿春打开会客厅的门说道。

雪子走进会客厅一看，房间里只剩一张长沙发，桌子和圈椅都撤走了，地毯卷成一卷堆在一旁，妙子手里拿着一把伞站在屋子中央，头上梳了一个岛田扁髻，扎了一根粉红色的发带，身上穿的是幸子在信中提到的那件衣裳——紫葡萄色底子上印着沾雪的蜡梅和山茶花图案。幸子坐在屋角，坐垫铺在壁龛地板上，一张漆有泥金光琳菊[1]的本间琴[2]横在她膝上。

"节目好像已经开始了。"雪子先向坐在长沙发上的贞之助微微点头施礼，"老远就听到琴声啦。"贞之助穿着大岛绸[3]的夹袍，从敞开的两片前襟处露出了里面的棉织裈裤。

"你信也不回，我正在想该怎么办呢。"幸子套了象牙义甲的手按在琴弦上，抬起头望着半年不见的雪子走来。这个腼腆又爱热闹的妹妹由于旅途劳顿，脸色略显苍白，可是进门看到屋子里的这

1　江户中期的日本尾形光琳首创的装饰性菊花图案。

2　即标准尺寸的古琴或古筝，一般以琴身长六尺五寸（约 1.97 米）为准。

3　产于奄美大岛的一种茧绸，较粗糙、光泽少，结实耐磨。

副光景，她的眼角马上绽放开了笑纹。

"阿姨乘'燕子号'特快列车来的吧？"悦子问。

雪子没有回答，看着妙子问道："你那个岛田髻是假发吧？"

"嗯，今天好不容易才做成的。"

"末子姑娘戴这个很合适呀。"

"这假发我也老想梳个髻把它戴上。这是我和末子姑娘一块儿设计的。"

"雪姐要是中意的话，也给你一个。"

"结婚的时候戴吧。"

"真滑稽，我的头型能戴假发吗？"

幸子和雪子开着玩笑，雪子也笑着应答。原来她的头发长得很密，看着并不觉得，但似乎不适合戴假发。

"雪子妹妹来得真巧。"贞之助说，"今天末子姑娘做了假发，所以她说要穿上舞蹈服跳一次试试，还有就是21日是星期二，我去得成去不成还说不定哩，所以今天想看她完完整整表演一次《雪舞》。"

"悦子21日也去不成，真遗憾。"

"真的，为什么不在星期日举办呢？"

"大概是因为眼下这时局的关系，不想搞得太张扬吧。"

"那么，二姐，"妙子打开伞，右手直挺挺地拿着伞柄说道，"刚才那个地方请你再弹一遍吧。"

"不要推托了，从头再跳一遍吧。"贞之助这样一讲，悦子便接上去说道："是呀，小阿姨，请你从头再跳一遍给阿姨看看。"

"连跳两遍，我都快倒下了。"

"好啦，就当是练习，快点从头再跳一遍吧。"幸子也说道，"我坐在地板上，冷得都快受不了啦。"

"太太，我去生个怀炉吧，"阿春说，"把它放在腰部就不会冷了。"

"那就生个怀炉吧！"

"趁这个机会让我休息一下也好。"妙子将伞收起支在壁龛里，拎起衣襟，向长沙发走去，然后往贞之助旁边一坐，说道，"不好意思，给我一支烟吧。"她向贞之助讨了支"格贝·佐尔特"[1]，点上火吸了起来。

"我去洗把脸再过来。"雪子说完也上卫生间去了。

"这种场合，雪子妹妹永远都是笑眯眯的。"幸子说，"悦子她爸，今天雪子妹妹来了，末子姑娘又接连跳了几遍舞，您得请一次客呀。"

"要我出贺仪吗？"

"是呀，这点义务总该尽尽吧？今晚就打算让您请客，所以家里什么也没有准备。"

"我不管，反正我有口福了。"

"末子姑娘，你想吃什么？吃'与兵'的寿司饭呢还是东方大饭店的烤肉？"

"我什么都可以，你问问雪姐吧。"

"在东京待了好久，有点想吃新鲜的鲷鱼了。"

"那么给雪子妹妹带瓶葡萄酒，去'与兵'吧。"贞之助建议。

"既然有人出赏钱，那我可得拼命跳了。"

看到阿春拿来了怀炉，妙子将沾了口红的烟头掐灭在烟灰缸里，随后曳起衣裾。

---

1   德国雷姆斯玛烟草公司生产的一种高级卷烟的商标名。

二十八

　　这个月贞之助因为要给一家公司清算账目，所以工作很忙。他虽然说过 21 日也许去不成，但当天上午，他从事务所打电话给幸子说，很想再观赏一次末子姑娘的表演，希望这个节目开始前打个电话通知他。下午两点半，幸子打电话给他说这个时候过去应该来得及，他刚要走，来了位客户，谈了半小时，阿春又打来电话："再不来，就赶不上看《雪舞》了！"于是他赶紧送走了客户。从位于堺筋今桥[1]的事务所去会场只不过几步路，所以他帽子也没戴就挤进电梯，走出电梯、穿过马路，急急赶到对面的三越百货公司，来到八楼的会场一看，妙子已经在台上了。幸子曾说当天的演出除了乡土会会员外，大半是大阪同人会的会员和家属以及该会出版的机关杂志的读者，原则上不招待外来宾客，到场的人不至于太多，但由于这次汇报演出在当时来讲殊为难得，很多人找关系弄了招待券，以致会场几乎全满，还有不少人站在后面观看。贞之助没有时间找座位，只能站在人群后面朝前面张望，忽然他发现离他五六米远的地方有个男人站在观众背后，端着一架照相机对准舞台，脸紧紧贴在取景框上——是板仓。贞之助吃了一惊，不等对方发现自己，赶忙远远地避到屋角，然后不时向那边窥望一下。只见板仓竖起大衣领子遮住自己的脸，头也不抬，捕捉时机拍下妙子一个又一个的舞姿。为了不让别人发现，他故意穿了一件大衣，可是那件大衣大概还是他在洛杉矶的时候穿的，是那种银幕上电影演员们爱穿

1　　位于大阪市中央区今桥二丁目，堺筋原意为纵贯大阪市中心通往南部堺市的一条南北要道。

的那种时髦讲究的样式，所以反而引人注目。

　　这支《雪舞》去年妙子已经表演过一次，所以今天演出不至出差错。不过，这一年来放松了练习，只是在一个月前决定举办汇报演出后才开始重新练习的，再说乡土会过去仅仅利用神杉家那个日本式客厅的音响舞台或者在芦屋幸子家那个西式会客厅里表演，在设有观众席的正式舞台上演出，这还是第一次，会场又大，观众众多，很容易让人担心起自身实力不足来，这也是难免的。妙子早就想到这一点，所以想借助伴奏使舞蹈生色，今天她特意请了幸子的琴师菊冈检校的女儿[1]来给自己伴奏三味线，所以一点也不紧张或怯场。贞之助从旁观察，妙子保持了平素那种冷静沉稳的特性，整个表演显得从容不迫，完全不像是只练了一个月就登上这种大场面的舞者。不知其他观众做何感想，但在贞之助看来，妙子在舞台上的那种唯我独尊、赞誉也好批评也罢全然不去理会、彻底沉浸于其中的表演，甚至让人觉得有点没羞没臊。可是一想到她今年已经是二十九岁的大姑娘，要是艺妓的话，已经可称久惯牢成的老妓了，稍稍一点忝颜又算得了什么呢？想到这里，贞之助又回想起去年汇报演出时的妙子，平常看上去至少年轻十岁的她，只有在表演时才偶露出她的本来面目。由此也可见，这种德川时代的传统服装总体来讲都会让女性看上去显老，又或者只有在妙子身上才会出现这种情形？一来是因为这种古典服装与她平时常穿的飒爽活泼的西式衣裳形成了对比，再有则是因为她在台上那种不顾羞臊、老着面皮的精彩表演。

1　人物原型应是菊原琴治检校的女儿菊原初子，日本的筝曲演奏家，被授予"人间国宝"称号，谷崎润一郎曾师从其父学习地呗，故与初子熟稔。检校是日本授予盲人（尤其是琴师等）的最高等级。

台上《雪舞》刚结束，贞之助就看到板仓急急忙忙夹起徕卡相继迅速走向走廊，推门而出，随后观众席中腾地又冲出一位绅士，飞快地朝那件裹着时髦大衣的身影追去，结果"咚"地撞到了门上。这一瞬间发生的事情把贞之助看呆了，旋即他察觉到刚刚追出去的那个绅士是奥畑，他立即快步向走廊走去。

　　"为什么拍末子小姐？不是说好了不拍的吗？"

　　可能是顾忌到这样的场合，奥畑竭力克制着动不动就大声叱责的自己，压低嗓门喝问道。板仓涨红了脸，垂着头乖乖地听着叱责，不吭声。

　　"把照相机给我！"

　　说罢，奥畑就像警察搜查可疑行人似的，在板仓身上摸索起来，解开他的大衣纽扣，伸手插进上衣口袋，迅速取出那架徕卡相机，正要塞进自己的口袋，不知想起什么，又将它拿出来，手指哆嗦着将伸缩镜头使劲拧出，然后"咔嚓！"一声将照相机使劲摔在水泥地上，掉转头跑开了。转瞬间的一幕，等到在场的人注意到，奥畑已经不见人影了。板仓捡起被摔坏的照相机，垂头丧气地准备走开。整个过程中，他一直低头站在那里，眼睛朝下，在老东家的少爷面前头也不敢抬，眼看着那架平时比自己性命还宝贵的徕卡相机躺在地上，一动不动地强忍着，没有施展他那自恃的体力和腕力。

　　贞之助去了一次后台，跟大家打了个招呼，对妙子的成功演出表示祝贺，随后返回了事务所。当时他什么也没说，等夜深人静，悦子她们全都就寝以后，他才将白天看到的一幕告诉幸子。贞之助说他觉得，不知是板仓主动还是收到末子姑娘的邀请，他来的目的是拍摄《雪舞》的舞台演出实况，板仓算准了时间，悄悄蹩进会场，拍摄完成后，刚想匆匆离开，却被一直坐在观众席里的奥畑截住了。不晓得奥畑是什么时候进的会场，可能他料到板仓会来，所以进来后便一直东张西望的，很快就发现了板仓。《雪舞》开始表演后，贞之助站在稍远处察看板仓的动静，与此同时奥畑应该也在暗中监视着板仓，待板仓要溜出会场的时候，奥畑将他抓住了——从当时的情形判断，前后经过就是这样。不过，他们两人是否注意到贞之助从旁看到了走廊里发生的那一幕，抑或注意到了却因面子关系而装作没看见，就不清楚了。据幸子说，她其实也担心奥畑今天可能来看演出，要是在会场里他跑过来跟自己打招呼，就会很尴尬。她曾问过末子姑娘，末子说今天这个演出没有通知阿启，他大概不晓得此事。再说除了星期日外，他平常每天下午得去店里上两三个小时的班，不大可能随意往外跑。不过幸子觉得今天这个汇报演出曾在报纸的文娱栏内刊出过两三行消息，说不定阿启刚巧读到了，假如读到，他当然会想到妙子也会参加演出，肯定会通过什么渠道弄到一张招待券跑来观看的。幸子时时关注着观众席，可是在《雪舞》开始演出之前，确实没有发现奥畑的身影。雪子也一直待在观众席里，没有去过后台，要是她发现奥畑来了的话，一定会去通风报信的，她没有去通风报信，可见奥畑是很后来才进入会场的，大概是和贞之助差不多时间进去的。还有一种可能，就是奥畑别有用心，躲在一个不易被人发现的角落偷偷观看。再有，板仓的到来，末子姑娘晓不晓得不得而知，幸子和雪子是不晓得的，至于后来动手的那一幕就更不知情了。

　　"幸好后台没人晓得这件事情，要是晓得了，真是太丢人了！"

　　"总之，因为板仓的忍让，所以事情没有闹大。不过，两个男人为了末子姑娘不顾场合地争吵打架，这也实在太过分了，这种事情趁它还没有传开去，得赶快想个法子解决掉。"

"既然您这么说了，您就多上点心吧。"

"上心当然会上心的，不过现在可不是我出场的时候呀。板仓的事情雪子妹妹还不晓得吗？"

"我这次把她叫来，就是想和她商量，请她帮着一块儿出出主意，不过暂时还没有对她讲。"

其实幸子是想等这次汇报演出后再将妙子和板仓的事情告诉雪子。

在夫妇俩这次对话之后两三天的一个早晨，妙子对幸子说："想给上次的舞蹈造型拍几张照留作纪念，要借你那件衣裳再用一次。"随后，她准备好包袱，将衣裳包好装进衣箱，还把假发盒和上次用的那把伞也一并放进汽车开走了，剩下幸子和雪子姐妹俩在家。

"末子姑娘拿了这些东西，一定是到板仓那里拍照去了。"于是，幸子借着这事说开了头，将去年9月在东京收到奥畑那封警告信时自己的吃惊，直到最近这次汇报演出中间在走廊里发生的那一幕，简短扼要地告诉了雪子。

"这么说来那架徕卡照相机给摔坏了吗？"雪子听完讲述，首先问了这么一句。

"那就不晓得了，你姐夫说当时照相机摔在地上，起码镜头坏了吧。"

"大概底片也出毛病了，所以要重拍吧。"

"可能是的。"幸子看出雪子听说了妙子和板仓的关系，反应非常平静，她接着说道，"我觉得这次真的被末子出卖了，我是越想越气！说来话长，不光是我，你也一次又一次地吃尽她的苦头。"

"我倒没什么。"

"什么没什么呀。自从那次登报事件以来，她给我们带来多少麻烦呀……我这么说你也许不高兴，末子姑娘这桩事情给你的亲事平添了多少周折呀……尽管我们平常站在她一边庇护她，她却什么都瞒着我们，什么事也不和我们商量，居然就和板仓那样的人私订了终身。"

"这事你和姐夫说了吗？"

"嗯，我实在没法子把所有事情都装在一个人肚子里呀。"

"那姐夫怎么说？"

"他说对于这件事他有他自己的看法，不过他不愿意过问这事，他只想做局外人。"

"为什么？"

"他说他了解不透末子姑娘。换句话说，他是信不过末子姑娘，所以不想介入这件事。不过，这话你可不要随便说出去，其实你姐夫的真实想法是末子姑娘这种人用不着别人帮忙，就丢在一边根本不用管她，她愿和板仓结婚就让她结去好了，因为她这个人独立生活能力强，而且天生就适合独立生活。他的想法和我完全不一样，所以我们说不到一块儿去。"

"要么我和末子姑娘好好谈一下怎么样？"

"无论如何请你和她好好谈一谈吧！除非我们两个人轮番劝说，不然根本没有其他办法能让她改变主意。她本来也说要等你先结了婚再……"

"要是好歹有个对象的话，末子姑娘先结婚也没关系呀。"

"可是板仓这样的对象也太那个了吧？"

"说到底末子姑娘的品位也不怎么样呢，是吧？"

"也许是吧。"

"像板仓这样的人，我也受不了。"

幸子早就料到雪子一定会和自己站在同一条战壕的。本来遇事谨小慎微的雪子，现在居然态度鲜明地说出这样的话来，可见雪子比自己更加反对这桩亲事。板仓和奥畑相比的话，情愿选择奥畑，在这一点上她们姐妹俩是一致的，因此雪子说："无论如何我得好好劝说劝说末子姑娘，让她和阿启结婚。"

二十九

雪子回来后，芦屋的家里又渐渐恢复了以前那种热闹的景象。雪子爱安静、说话不多，有她在没她在都不知道，家里添了这样一个人，照说不会变得怎么热闹，可现在居然有如此效果，可见她的性格虽然娴静，却也有明媚的一面。又因为姐妹三人生活在同一个屋檐下，因此家里又有了生气，这三人若是缺了一个，就会失去和谐。此外长期没人居住的施托尔茨家原来的那栋宅子，新搬进来一户人家，每天晚上厨房的玻璃窗里总透着光亮。听说那家的男主人是个瑞士人，在名古屋一家公司当顾问，经常不在家，家里有个年轻太太，外表有点像西洋人，脸孔看着却像东方人，家里雇了一名女佣。因为他家没有孩子，平常总是静得鸦雀无声，不像施托尔茨他们在的时候那样热闹。尽管如此，篱笆对面原来荒废得几如闹鬼凶宅似的房子里，现在住进了人，毕竟还是和之前不一样了。悦子本来盼望邻居家再来一个像露丝玛莉那样的小姑娘，这下失望了。不过，她早已交了几个同班级的朋友，同是妙龄少女，遇到什么茶会或者谁的生日的时候，她们就组成一个小圈子互相邀请一起玩。

妙子依旧很忙碌，整天待在外面的时候多，在家的时间少，三天里只有一天在家吃晚饭。贞之助看出她大概是有意不回家吃晚饭，因为厌烦在家里听幸子和雪子苦口婆心的劝说，贞之助甚至担心这次妙子说不定和她的两个姐姐在感情上会疏远，特别是和雪子的关系，不知会怎么样。一天傍晚，贞之助下班回到家里，没有见到幸子，拉开浴室对面那间六席屋子的纸拉门找寻，只见雪子支着一条腿坐在地上，让妙子帮她剪脚指甲。

"幸子呢？"贞之助问。

"二姐去桑山太太家了，应该就快回来了吧。"妙子回答说。

雪子趁妙子答话时偷偷将剪下的脚指甲收进衣裾，坐正了身子，妙子蹲着身子将散落在地上的闪闪发亮的脚指甲碎屑一片片拾在手掌里。贞之助只瞥了一眼，随即拉上门走开了。但就在这一瞬间，姐妹二人的融洽气氛给他留下了深刻的印象，使他重新认识到，她们姐妹几个之间意见想法尽管不同，但绝不会因此而失和。

进入3月不久，一天夜里，贞之助已经就寝，忽然感觉到妻子的眼泪淌到了他的脸上，他被惊醒了。黑暗中听到妻子在低低呜咽。

"怎么啦？"他问。

"是今天呀……悦子她爸……今天晚上正好是一周年的忌日呀……"幸子一面回答，一面抽抽噎噎哭得愈加厉害了。

贞之助吻着妻子脸上滚落的眼泪。临睡前还高高兴兴的，大半夜里突然说起这样的话来，可把他吓坏了。没错，经她这样一提，贞之助想起来，去年阵场夫妇给雪子说媒正好是3月份的事，今天晚上好像正是流产一周年的日子。这件事情贞之助已经彻底忘记了，可是这份悲痛幸子直到现在仍深藏在心里，这也不能怪她，不过老是这样的突然发作，太叫人纳闷。去年去京都岚山赏樱，秋天在大阪歌舞伎剧场观赏《镜狮子》，他在渡月桥上和剧场走廊里都看到妻子忽然掉泪，一会儿又若无其事地恢复了心情。这次也像前两次一样，第二天早晨，幸子的神情又似乎全然忘了昨天半夜啜泣的事情。

基里连科的妹妹卡捷琳娜搭乘豪华游船"沙恩霍斯特号"[1]去德国，也是3月份的事。前年贞之助等被邀请去他们位于夙川的家里做客，照说应该回请他们一次，可是一直拖到今天也没还上礼。除了在电车里经常碰到之外，私下里没有什么往来，只是经常从妙子那里听到那位老太太和基里连科兄妹以及渥伦斯基等人的消息。自那以来，卡捷琳娜似乎不再热衷于做布娃娃了，不过她也没有彻底放弃，当妙子几乎要将她忘记的时候，她却出人意料地又来到工作室，拿出自己的新作品请妙子评判指教，两三年来她的技艺有了较大的进步。不知从什么时候开始，她有了一个"喜欢的人"，那个德国人名叫鲁道夫，两人相处得很投机，卡捷琳娜对于做布娃娃也就不像以前那么热心了。妙子认为那是交了新男友的缘故。鲁道夫是一家德国公司神户分公司的年轻职员，妙子在元町街上曾由卡捷琳娜介绍跟他认识，后来便经常遇见他们两个一起散步。鲁道夫有着一副德国式的面容，虽然说不上是美男子，可是人很朴实，身材高大，长得结实魁梧。这次卡捷琳娜决心去德国，据说是因为她和鲁道夫相识后爱上了德国。鲁道夫有个姐姐在德国，他打算从中搭桥，介绍卡捷琳娜到他姐姐那儿去。不过卡捷琳娜最终的目的是去英国，那里有她和前夫生的女儿，她去柏林是因为旅费和别的一些

1　由德国北德意志－劳埃德航运公司建造的豪华邮轮，于1935年投入欧洲航线运营，被誉为"欧洲航线上的贵妇人"。

原因，只能先到达欧洲大陆，将那里作为踏脚石。

"嗯，这样说来，'卤豆腐'也一块儿去吗？"

"卤豆腐"是妙子开玩笑给鲁道夫起的绰号，现在连幸子她们也都这样称呼起那个并不认识的人了。

"'卤豆腐'还是待在日本，卡捷琳娜让他写了一封介绍信给他姐姐，她拿着这封信独自一个人去的德国。"

"那么卡捷琳娜到英国领回自己的女儿后，是不是会再回到柏林等'卤豆腐'回德国呢？"

"那个……我猜想大概不见得会等他吧。"

"这么说来，她和'卤豆腐'就此分手了？"

"大概是吧。"

"可真是干脆呀。"

"真的，或许就是那么回事。"当晚的餐桌上，贞之助也插嘴这样道。

"他们本来就不是真恋爱，只是玩玩罢了。"

"他们那些人单身待在日本，相互之间要是不这样相处的话，不是会很寂寞吗？"

"她搭乘的那艘船什么时候启程？"

"后天中午。"

"悦子她爸，后天您有工夫吗？"幸子说，"后天您也去送送行吧。她们邀请过我们，我们一直都没还礼，说不过去呀。"

"不能白吃了人家就拉倒啦。"

"是呀，还是去送送她吧。悦子要上学，其他人都打算去送呢。"

"阿姨也去吗？"悦子这样一问，雪子耸耸肩膀笑着说："我也去看看'沙恩霍斯特号'。"

卡捷琳娜启程那天，贞之助上午去事务所办了一小时公，然后坐电车直接去神户码头，因为轮船马上要开了，来不及和卡捷琳娜从从容容地聊上几句。送行的人有老太太、她哥哥基里连科、渥伦斯基、幸子三姐妹和贞之助，另外还有一个人。妙子偷偷指着那个人对两个姐姐说，那个人就是鲁道夫。此外，还有两三个不相识的日本人和外国人。轮船起航后，贞之助他们和基里连科一行边走边聊离开码头，在海滨大道上分手时，鲁道夫和其他几个人的身影早不见了。

"不晓得那位老太太多大年纪了，看着一点也不见老呢。"老太太迈着小鹿一样轻快的脚步走在前面，贞之助望着她的背影情不自禁说道。

"老太太还有机会和卡捷琳娜见面吗？"幸子问。

"看上去步伐矫健，可到底年岁不饶人啊。"

"可是船开的时候她一滴眼泪也没掉呢。"雪子说。

"真的，倒是我们这些人在掉眼泪，真滑稽。"

"单身一人去眼看就要爆发战争的欧洲，这样的女人当然了不起，可是放她去的老太太也了不起啊。像她们那些吃过大革命苦头的人，对于生死离别可能已经不当回事了。"

"想想卡捷琳娜也真是的，生在俄国，长在中国上海，然后流浪到日本，这回又要从德国渡海去英国了。"

"讨厌英国的老太太这次可能又要不高兴了。"

"老太太跟我说：'我和卡捷琳娜经常吵架，卡捷琳娜走了，我不悲伤，我高兴……'"

许久没有听到妙子的学舌，现在听来和老太太的口吻一模一样，所有人都笑翻在了大街上。

三十

"卡捷琳娜是不是比上次见面的时候更加容光焕发了？刚才我看到她这样美丽，简直快惊呆了。"

贞之助一行人从海滨大道徒步来到一个叫生田前的地方，走进早上预定了席位的"与兵"寿司饭铺，幸子、雪子、妙子依次坐下，一面仍在谈论着卡捷琳娜。

"也不见得有你说的那样美吧？都是化妆的关系啦，再说她今天打扮得多出挑呀？"

"自从和'卤豆腐'交了朋友，她的妆容也变了，面部神情意态完全不一样了呢。"妙子接着说道，"她曾经非常自信地跟我说：'妙子小姐，你看着吧，我到了欧洲，一定找个财主结婚！'"

"那么，她这次去德国没带多少钱吧？"

"她在上海当过护士，所以她说要是钱不够用，就去做护士，看来她身上只带了很少一点零用钱吧。"

"她今天算是和'卤豆腐'一刀两断了吧？"

"大概是吧。"

"为了表达最后一番心意，写信给姐姐让她安排卡捷琳娜的住宿什么的，'卤豆腐'算是不错的啦。他在下面向甲板上的卡捷琳娜招了两三下手，随后转身就走，离开码头比我们还早。"

"真是，日本人情侣是做不到这样子的。"

"日本人要是学他的样，就变成'醋豆腐'[1]啦。"贞之助说了句

1　原为日本江户时代落语短剧《轻口太平乐》中的一篇，后来据此引申出"不懂装懂""一知半解"等意思。

俏皮话，可是幸子她们似乎一时没有听懂。

"您这句话好像是哪部法国小说里的吧？"

"不是费伦克·莫纳[1]的小说吗？"

狭小的店堂里十几张桌椅成直角排列着。顾客除了贞之助他们四人之外，还有一个像是附近证券营业部的经理，他还带了两三个雇员，另一头则是两个花柳街的艺妓，由一个大姐头带头坐在那里。店堂里已经挤得满满的了。尽管这样，拉门还不时被接踵而至的顾客拉开，探身进来查看坐满了人的店堂，有的甚至恳求老板加个座位。这家铺子的老板和常见的寿司饭馆老板同属一类，都以待客简慢作为招牌，即使是老主顾，假如不预先订座，他照样板着脸回说"有没有座，自己看一眼就晓得了"，将客人粗暴地回绝掉。因为这个缘故，陌生客人除非碰到特别巧的机会，否则根本进不了他的店堂，即使提前预订了座的老主顾，假如迟到十五分钟或二十分钟，也会吃闭门羹，或者被告知去附近散步一小时再来。这里的老板据说是从明治时代闻名东京两国一带的"与兵卫"寿司饭馆出来的徒弟，"与兵"这个店号即由此而来。不过他捏的寿司饭团和以前两国那家"与兵卫"做的不一样，尽管他是在东京学的手艺，但因为他生长在神户，所以捏出来的寿司饭团更带了些京阪风味。比如他不用黄醋，而用白醋，酱油则用大豆制成的关西酱油，这种酱油东京人是绝对不用的，大虾、乌贼、鲍鱼寿司饭团，他会劝人撒上点盐吃。只要是从濑户内海捕捞上来的鱼，他都用来捏寿司饭团。据他说，不管什么鱼都可以做成寿司饭团，以前"与兵卫"的

---

1 匈牙利小说家、戏剧家，"二战"期间为逃避对犹太人的迫害而移民美国，代表作品有小说《保罗街男孩》《利力姆》等。

老板就是这样强调的。在这一点上，他继承了东京"与兵卫"的衣钵，以海鳗、河豚、阿候鲷、鲥鱼、牡蛎、生海胆、比目鱼的鳍骨、赤贝的肠、鲸鱼片等捏寿司饭团，还有香菇、松茸、竹笋、柿子，等等。他不待见金枪鱼，所以不怎么用作食材，斑鲦的幼鱼、贝柱、蛤蜊以及炒鸡蛋这类东西在他店里则是根本看不到。食材不少是经过烹饪的，虾和鲍鱼必定使用新鲜的、活蹦乱跳的，当着顾客的面捏成饭团，有时用白苏[1]、山椒以及加入山椒的海味佃煮代替芥末酱，抹在米饭上呈给食客。

　　妙子和这里的老板早就熟识，说不定还是最早发现"与兵"的顾客之一。由于她老在外面吃饭，所以对神户元町到三宫一带的小饭馆十分熟悉，当初这家铺子还没有搬到这里之前，在证券营业部对面的一个小胡同里营业，店堂比现在还要狭小得多，那时候就已经被妙子发现了，后来介绍给了贞之助和幸子他们。照妙子的话说，这里的老板活像《新青年》[2]里侦探小说插图中的人物，那是个身材矮小、头像巨大木槌一般的畸形儿。贞之助他们之前就常常听闻妙子对他的描述，他回绝顾客时的生硬语调，抢起菜刀时的兴奋表情，他的眼神和手势等都由妙子绘声绘色地模仿过了，待他们来到店里一看，果然像妙子描述的那样滑稽可笑。老板先依次排好顾客的座位，让顾客挑选想吃什么，可实际上还是听凭他自己的喜好，爱怎么做就怎么做。第一道如果是做鲷鱼，就取出鲜鱼按人数片成薄薄的鱼片，然后依次分配给所有的顾客。第二道做对虾，第三道做比目鱼，分门别类拿出来供顾客食用。当他摆出第二道寿

1　又叫绿紫苏，紫苏的一种，茎、叶呈绿色，花白色，和紫苏一样可用作烹饪佐料。

2　由博文馆于大正九年（1920 年）创办的杂志，因译介外国侦探学说、推理小说而大获好评，江户川乱步即是从这本杂志登上日本文坛的。

司饭团时，假如顾客第一道还没有吃完，他就会不高兴，催促道："分给的寿司饭团只吃了两三个，还剩着哩。"他用的食材虽然每天都不相同，不过他最拿手的还是鲷鱼和对虾，这两样东西无论什么时候去都能吃到，所以第一道他永远爱捏鲷鱼饭团。有些不知趣的顾客会问有没有金枪鱼，这种顾客在他这儿是不受欢迎的[1]。遇到老板不高兴的时候，会在饭团上抹上一大块芥末酱，看着就吓人，往往呛得顾客眼泪直淌，他却在一边暗笑，这就是他的做派。

幸子特别爱吃鲷鱼，妙子介绍她来"与兵"后，她自然一下子就迷上了这家寿司铺子，成了这里的常客。其实雪子也和幸子一样爱吃这种寿司饭团，说得夸张一些，将雪子从东京吸引回关西的诸多因素当中，"与兵"的寿司饭团也算得上是其中之一，她虽然人在东京，心却早就飞回到关西来了。雪子首先想念的当然是芦屋的家，可是大脑的某一隅往往会浮现出"与兵"的光景、老板那副尊容以及在他那把菜刀下活蹦乱跳的明石鲷鱼和大对虾。雪子本来爱吃西餐，不是特别爱吃寿司，可是在东京待了两三个月，天天只吃红腻腻的生鱼片，就会情不自禁想起明石鲷鱼的滋味来。奇怪的是那切开的洁白鲜美的鱼肉会发出螺钿一样的闪光，仿佛和阪急电车沿线明媚的景色以及芦屋的家里姐妹和侄女的脸庞融为一体，浮现在她眼前。贞之助夫妇看出这家铺子的寿司饭团是雪子对关西的一种记忆，所以只要当她在关西，总要请她来"与兵"吃一两顿。吃饭的时候，贞之助坐在幸子和雪子中间，不时默默地给妻子和两个妻妹斟酒。

1　日本在江户至明治时期，以鱼肉呈红色的鱼（金枪鱼、鲣鱼、沙丁鱼等）为下等鱼、是乡野村夫食用的而加以鄙视。

"好吃，真好吃。"妙子早就赞不绝口地吃上了，雪子顾忌着周围的食客，弯下腰啜饮贞之助斟给她的酒。

"姐夫，"雪子叫了一声，"这样好吃的东西请那些人来吃一次多好呀？"

"真的，把基里连科和老太太都请来好了。"

"我也想到过，但突然来了那么多的人，是个问题。还有他们那些人不晓得吃不吃得惯这些……"

"您说什么呀？"妙子说，"西洋人爱吃寿司的很多呢，是不是，老板？"

"是呀，他们爱吃着哩，"老板伸出五根湿淋淋的大手指压住案板上活蹦乱跳的大对虾回答道，"我们店里经常有西洋人来。"

"悦子她爸，施托尔茨太太不是吃过什锦饭团吗？"

"可是那次吃的什锦饭团没有生鱼片呀。"

"生鱼片他们吃的。当然也有不吃的东西，金枪鱼他们就不吃。"

"哟，为什么？"证券营业部经理好奇地问。

"搞不懂为什么，反正，鲷鱼、松鱼那类东西他们不大吃的。"

"哎，姐姐，那位鲁兹先生……"一个年轻的艺妓满口神户方言对身旁的大姐头低声说道，"只吃肥的鱼片，瘦的一点也不吃。"

"嗯嗯，"大姐头翘手掩着嘴巴，用牙签剔着牙缝，对年轻艺妓点点头说，"西洋人怕瘦鱼片，所以不大吃。"

证券营业部经理附和了一句"的确是这样"，贞之助也跟着说道："对西洋人来说，白米饭上面盖着一片红腻腻的生鱼片，确实有点让人害怕。"

"我说末子姑娘，"幸子看了一眼坐在雪子旁边的妙子，"要是让基里连科家那位老太太吃了这里的寿司饭团，她会怎么说呢？"

"不行不行，她是绝对不会来这里的。"妙子本来想模仿老太太的腔调说话，但是忍住了没有学。

"今天你们几位是去船上的吧？"老板一面说，一面剁开虾肉搁在饭团上，再切成五六分宽的小块，做好的两份饭团，一份放在雪子和妙子面前，一份放在贞之助和幸子面前。一只去了头的大对虾做成一份寿司，要是一个人吃的话，别的就吃不下了，所以贞之助他们两个人合吃一份。

"嗯，是来送行的，同时也见识见识'沙恩霍斯特号'邮轮。"

贞之助拿起食盐瓶，将掺着味精的盐粒撒在仍跳动着的虾肉上，沿着刀缝撮起一块送进嘴里。

"同样是豪华邮轮，不过德国船和美国船大不一样。"幸子说了一句，妙子马上接道："是呀，和上次的'柯立芝总统号'完全不一样呢，上次那艘美国邮轮全身亮堂堂的，一片白，可是德国邮轮漆得灰溜溜的，就跟艘军舰似的。"

"小姐，您请快吃呀！"老板又发起脾气了，他看到雪子光顾盯视摆在面前的寿司却不动箸，于是催促道。

"雪子妹妹，你在做什么呢？"

"这虾还在动……"

雪子来到"与兵"进餐，最怕就是必须和别的食客吃得一样快。对这家铺子的招牌食单——切成片段的虾肉仍在嗦嗦颤动的所谓"活蹦乱跳的寿司饭团"，雪子的喜爱不亚于鲷鱼，可是眼看着它还在跳动，毕竟有些害怕，想等到完全不动了再吃。

"它的卖点就是能动呀。"

"快吃吧！快吃吧！吃下去它也不会兴妖作怪的。"

"大虾即使变成妖怪也不可怕。"证券营业部经理打趣道。

"大虾没什么好怕的,牛蛙才可怕哩!对吧,雪子妹妹?"

"哦,有这回事?"

"嗯,您不晓得。上次住在涩谷的时候,姐夫请我和雪子妹妹去道玄坂吃火锅鸡,鸡倒没什么,最后一道菜是牛蛙,杀蛙的时候它居然'嘎'地惨叫了一声,吓得我们两人脸色都变了。那天夜里,雪子妹妹整晚耳朵里都听到'嘎嘎'的蛙叫声。"

"啊,不要再提了!"雪子说,然后,她仔细审视了一眼虾肉,确定"活蹦乱跳的寿司饭团"不再动弹时才举起筷子。

三十一

4月中旬的一个星期六和星期日,贞之助和三姐妹加上悦子五个人,照例去京都赏花。在回家的电车上,悦子忽然发起了高烧。原来一星期前悦子不知怎么的就开始嚷嚷说累,在京都时也一直没精打采的。当天晚上回到家里,一量体温,将近四十摄氏度,急忙去请栉田大夫来诊察。大夫说怀疑是猩红热,明天再来好好检查,说完便回去了。到了第二天,除了嘴巴周围,悦子满脸通红,毫无疑问,得了猩红热。大夫说猩红热的特征就是除了嘴唇一圈外,面孔红得像猩猩一样,他建议送悦子去医院隔离治疗。悦子最讨厌住医院,猩红热虽说是传染病,但是这个病绝对不传成年人,一家人中接二连三得猩红热的病例极为少见,所以只要家里腾出一间隔离病房,确保没有人进进出出,待在家里治疗也是可以的。幸好贞之助那间书房和正屋是分开的,尽管贞之助抱怨他的书房被征用会很不方便,但是幸子硬逼着他同意将书房临时充当隔离病房,暂时将书房搬到了正屋去。四五年前幸子患流感的时候就曾使用过那间屋子，那是由一间六席的房间和一间三席的房间组成的一栋侧屋，完全独立于正屋，从正屋去那里可以穿木屐，屋子里还有煤气和电热设备，而且幸子生病的时候还加装了水管，简单做个饭什么的也很方便。于是，他们将书桌、小型文书盒和部分书架搬到了正屋二楼贞之助、夫妇起居的那间八席的大卧室里，暂时不用的东西收拾进库房、橱柜里，空出屋子让悦子和护士住进去，这样就和正屋隔离开了。不过病人和护士的伙食是从正屋送过去的，所以必须有个人负责传递，这件差事交给管碗盏、干粗活儿的女佣做有点叫人不放心，最适当的人选还数阿春。她比谁都大胆，不怕传染，也很乐意地接下了这个差事。干了两三天后，她倒是不怕传染，可是在病房进进出出的也不消毒，接触过病人的手什么都摸，这样一来，非但起不到隔离的作用，反而相当于到处散布病菌，雪子第一个就抱怨起来了。结果只好换下阿春，由雪子担负起这份差事。因为雪子干惯了这类活儿，而且做起来特别细心谨慎，她不光不怕传染，护理方面也是无微不至，病房里洗洗涮涮的，全都由她一个人包了。悦子连续发烧的一星期中，雪子几乎整夜不睡觉，和护士轮流为病人每隔两小时换一次冰袋。

　　悦子的病情眼见大有好转，一个星期后，烧也慢慢地退了，不过这个病要等全身的红色小疙瘩收干，疮痂脱落，周身脱去一层皮才算彻底痊愈，整个过程需要四五十天。雪子本来打算赏过樱花之后就回东京的，这样一来就走不开了。她写信去东京说明缘由，要求将她的换季衣服寄来，自己好专心护理悦子。尽管承担这样的差事，但对她来说，在芦屋的生活还是比在东京更轻松愉快。雪子不让别人轻易来隔离病房，甚至对幸子也吹毛求疵地说什么二姐的体质容易感染毛病，不叫她进到病房里。幸子虽说身边有个生病的孩子，但她自己一点也不用操心，每天照样过着清闲的日子。因此雪子对她说："悦子已经不碍事了，二姐去歌舞伎座看一回演出吧。"那是因为这个月菊五郎又来大阪演出《道成寺》，幸子最爱观赏菊五郎扮演的旦角，特别是《道成寺》，她本来打定主意无论如何不能放弃这次的机会，偏偏不凑巧遇上这件事，弄得她很糟心，雪子这话正好道破了她的心事。不过，做母亲的在孩子生病时跑去看戏，似乎也太没心没肺了。为了缅怀一下舞台上的菊五郎，幸子只能借助唱片勉强过一小把瘾。她对妙子说："我是去不成了，末子姑娘去看吧。"所以最后倒是妙子一个人去看了场戏。

病房里的悦子一天比一天见好，感觉很无聊，便每天播放留声机听唱片。一天，搬入之前施托尔茨家住过的那栋房子的瑞士人发出抗议了，说能不能顾及一下邻居的感受。那个瑞士人说话很难听，一个月前因为狗叫得他睡不着觉就提过意见，要求幸子家想办法解决。他提意见不是直接提，而是通过房东佐藤家来提出。佐藤家住在幸子家近旁，中间隔了一户人家，佐藤家的女佣送来一张瑞士人写的便条，上面写着两三行英文。狗叫那次的便条是这样写的：

亲爱的佐藤先生：

实在对不起，关于邻家那条狗不得不来麻烦您。那条狗半夜吠叫，吵得我每晚睡不好觉，烦请您转告邻居，提醒他们注意一下。

这次的便条写的是：

亲爱的佐藤先生：

实在对不起，关于邻居家开留声机的事不得不来麻烦您。
近来邻居每天不管早上还是晚上老是开着留声机，非常吵闹，
还望您转告邻居，请他们想个办法，如此则不胜感激！

佐藤家的女佣每次总是一脸过意不去的样子笑着说："卜修先
生提出这样的意见，姑且把它转呈给您，您看看吧。"她放下便条
便走。

狗叫那次，是"乔尼"不知为什么半夜吼了几声，后来也没
管它，就让它叫去了。但是这次却无法置之不理。因为现在悦子
待的病房本来是贞之助的书房，那栋房子的侧墙不是铁丝网而是
一层板壁，外面虽然看不见屋子里的情形，但距离邻家却是最近
的。过去施托尔茨家住在那边的时候，贞之助就常常被彼得和露丝
玛莉他们的喧闹声吵得头疼。现在悦子开留声机，自然就吵到瑞士
人，令讲话难听的卜修大动肝火了。这里顺便交代一下卜修的情
况。前面提到他在名古屋一家公司里工作，从他一次又一次的抗议
来看，显然他经常住在芦屋这边。不过他究竟是怎样一个人，莳冈
家谁都没有见到过。施托尔茨家在的时候，男主人施托尔茨和他
太太以及孩子们总在露台上露脸，或者出现在后花园里。卜修住进
那栋房子之后，他的太太有时候出现一下，但卜修本人却从未露过
脸。有时他似乎也搬张椅子悄悄地坐到露台上来，可是现在露台的
铁栏杆里边钉了一圈四五尺高的木板，坐在椅子上的人的脑袋刚好
完全被遮住。总之，卜修这个人深恐被人看见，俨然是个神秘而古
怪的存在。据佐藤家的女佣说，他病得很重，又有神经质，每夜睡

不着觉。不知是不是因为这个缘故，有一次，一个便衣侦探来到莳冈家，叮嘱莳冈家人道："那个自称瑞士人的外国人来历不明，形迹可疑，请你们留意，万一发现他有什么可疑举动，请立刻报告警察。"男主人国籍不明，长年在外旅行，配偶又是个身份不明的混血儿，自然要引起侦探的注意了。便衣侦探还说，他家那个看着像中国人的妇女不是卜修的正式配偶，是他的同居姘妇，而且国籍不明，日本人看她像中国人，但她不承认自己是中国人，说是南洋人，可又说不清楚具体是南洋什么地方。她曾经邀请幸子去她家做客，幸子去了一看，满屋子都是中国式的红木家具，事实上就是中国人，只不过本人隐瞒不承认而已。有一点是很明显的，这个女人绝对是兼备了东洋姣美面容和西洋性感身材的艳妇。前些年大红大紫的美国电影明星黄柳霜[1]就是法国人和中国人的混血儿，她们两人有点相像，身上都有一种异国风情，很符合欧洲人的审美情趣。她的丈夫经常外出旅行，她一个人待在家里无所事事，便叫女佣过来邀请幸子去她家串门。有时在路上遇见，她也当面邀请过。不过幸子自从听了便衣侦探的话，怕受牵连，便开始尽量躲着她。

阿春对于邻居提抗议这件事很生气。她说："我家小姐在屋子里养病，开开留声机听有什么不可以？那个西洋人难道不懂得邻居之间应该和睦相处吗？"贞之助制止她说："卜修先生是个怪人，没办法。再说从早到晚开留声机，如今这种时局下也确实有点不应该。"自此以后，悦子每天就在屋子里玩扑克牌。可是雪子又提出了抗议，说进入康复期的猩红热患者身上掉落许多疮痂，最容易传

---

[1] 美国好莱坞首位华裔电影明星，凭借在电影《月宫宝盒》中的表演而扬名国际影坛。

染病菌，悦子现在处正在康复期，所以必须高度警惕，而玩扑克牌容易将病菌传染给别人。陪悦子玩扑克牌的是护士"水户姐"和阿春，水户姐这个名字是悦子给叫出来的，因为她长得很像大船映画公司的女明星水户光子[1]。这名护士曾经患过猩红热，所以她有免疫力，阿春声称自己即使传上猩红热也不会害怕，悦子吃剩下的鲷鱼生鱼片，别的女佣碰都不敢碰，她正好趁机大快朵颐。起初雪子还严厉地关照她们不得接近悦子，可是一来由于悦子耐不得寂寞，经常把她们叫去陪她玩，再有则是因为水户姐说不用那样严防死守，不会传染的，到后来雪子的斥责干脆不顶用了，近来她们便整天待在病房里陪悦子玩扑克牌。不光玩扑克牌，有时候阿春和水户姐两人变本加厉，抓着悦子的手脚，给她剥疮痂取乐。"小姐，您看！这样剥能剥下来好多呢。"一边说一边揭起疮痂的边缘将它扯下，身上的疮痂都被她们剥干净了。阿春把疮痂都拾在手里，回到正屋的厨房间，拿给打杂的女佣们看："你们看，从小姐身上剥下这么多疮痂呢。"弄得女佣们一个个直犯恶心。后来习以为常了，大家也就不怕了。

5月上旬，正当悦子的病情一天天好起来的时候，妙子忽然心血来潮，提出要去东京，理由是她无论如何得亲自去和长房的姐夫直接谈判一次，将她的那笔钱要回来，不然实在安不下心来。她已经放弃了出国的计划，也不是为了马上结婚，她需要钱用，是因为她有个小计划要实行，如果能要回来钱，她想早日拿到手，要是姐夫坚决不给，她就只能另想办法了。不过，此事当然不能给二姐和雪姐添麻烦，所以她打算独自去和姐夫商量，让两个姐姐放

1　日本女演员，曾在松竹大船映画公司出品的电影《暖流》中饰演一名护士。

心。再就是这件事本来不一定非要在这个月里办，只因雪姐这段时间在芦屋，涩谷那边大概可以容她暂住，所以才想到趁这个机会去东京的。涩谷那边房子小，孩子又多又闹，那样一个环境，她不想久住，等事情办妥立刻就回来。想看的无非就是几出戏，前些日子刚刚观赏了《道成寺》，这个月看不看戏就无所谓了。幸子问她想和谁商量，计划办的事是什么事，妙子因为近来老是在两个姐姐面前碰钉子，不肯爽爽利利地对幸子说真话，只说打算先找鹤子大姐商量，如果谈不出结果，再直接跟大姐夫打交道。至于她的计划究竟是什么，她不愿意说。不过从她那吞吞吐吐的言辞中，幸子已然猜出她大概得到了玉置院长的支援，打算开办一个小型的女式西服店，为此需要一笔钱。既然如此，幸子觉得妙子的要求恐怕不会被接受。因为从姐夫那方面讲，除非是经过他同意的正式结婚，否则他不会拿出钱来，这个前提他始终没有改过口，何况妙子想当一名职业妇女更是他竭力反对的，所以这样的计划注定是要遭到反对的。可是，这样说来难道一点指望也没有了吗？倒也不见得，还是有一丝可能性，就是妙子找个机会直接和姐夫谈。因为大姐夫生性老实怕事，年轻时就被幸子她们几个妻妹捉弄欺负，尽管背地里嘴硬，但要是当面打交道，他的脖颈就挺不起来，稍稍对他施加点压力他就会屈服。如果妙子威胁他一下，说不定会收到意想不到的结果。也许妙子也是看准了他这个弱点，才抱着一线希望去东京的。姐夫一定会东躲西藏，想法子不让妙子撞到，但妙子也不是吃素的，也许下定了决心不管等多久也要堵到他。

幸子猜测妙子突然在这个时候提出去东京，是因为她算准了幸子和雪子都不会陪她一起去，所以特意选了这个时机。这样一想，幸子又不由得担心起来。妙子嘴上说和和气气地商量，看这情形说不定下了决心打算不惜与长房断绝关系，也要直接和姐夫摊牌了，因此幸子和雪子陪她一块儿去的话就麻烦了。话是这样说，幸子却觉得事情还不至于闹到那个地步。不过迫于急需，妙子也可能做出有违常规的举动，假如那样，说不定姐夫会误解是自己为了让他吃点苦头而怂恿妙子去东京的。妙子为了这样一件事去东京，幸子不陪同一块儿去，固然是因为幸子想尽量不介入这件事情，不过也可以理解为是幸子存心叫姐夫难堪，自己却作壁上观。假使姐夫这么想，还可以忍受，万一大姐也认为幸子妹妹不仅不阻止末子姑娘，反而怂恿她来东京胡搅，从而怀恨在心的话，幸子就无地自容了。而假如她现在把悦子交给雪子照看，自己将计就计陪同妙子一起去东京，那么势必要卷进两个人围绕金钱问题而爆发的激烈争吵，更为难的是到时候她究竟应该站在哪一边好，连她自己都拿不定主意。而照雪子的看法，末子姑娘开西服店的计划，背后肯定有板仓参与谋事，要是往坏的方面猜测，这可能仅仅是个借口，目的是向长房要钱。只要钱拿到手，这个计划不晓得又会如何变化。别看末子姑娘精明能干，但另一面却出人意料的忠厚老实，说不定对板仓是言听计从，稀里糊涂地被他利用。她要是不和板仓断绝关系，钱还是不给为妙。雪子的话固然有一定道理，可是看到妙子那么兴高采烈计划好的事情，幸子不忍心从旁破坏。对于妙子不听从她们的忠告，不肯反悔她和板仓的婚约，幸子当然不高兴。但想到年纪轻轻的一个女孩子，不靠别人养活，想凭借自己的努力赤手空拳闯出一片天地，这样一个有志气的妹妹，自己实在不想和姐夫一个鼻孔出气去欺负她。不管那笔钱怎么花，总之可拿来充作独立谋生的资本，而且妙子确实也有能力用好这笔钱，假如姐夫那里确实存有这样一笔钱的话，幸子真想劝说姐夫拿出来给妙子。可是，如果幸子陪同妙子一起去东京的话，不管情愿不情愿，势必会夹在长房和妙子中间，左右为难，还很容易心软听从大姐的劝说，违心地站到长房一边去。幸子不愿那样做。可是要叫她明确站队为妙子去伸张正义，对姐夫、大姐施压，她更没有那种胆魄，这也是实情。

三十二

雪子反对让妙子独自去东京，她说："不管怎样，二姐没有不陪着一起去的道理。悦子的病已经全好了，又有我看家，二姐你放心去好了，不用急着回来，只管从从容容地多住些日子。"可是妙子听说幸子陪她一起去，马上就露出了一副尴尬的神色。幸子对她说："我怕长房有意见才陪你去的，绝不是存心想妨碍你。末子你尽管自由行动，爱和谁打交道就和谁打交道。姐夫和大姐也许会叫我一块儿商量，但那不是我的本意，所以我打算尽量回避。实在推托不掉的话，可能敷衍参与一下，不过我会站在第三者的公正立场上，绝对不会说什么对你不利的话。"

东京那边，幸子预先写了封信给大姐，大致交代了妙子这次去东京的目的，信里说："我将陪同末子姑娘一起去，可是末子姑娘似乎不情愿我介入此事，我自己也不想牵连进去，所以请你直接和末子姑娘谈吧。"

幸子这次仍然住在筑地的滨屋旅馆。妙子为了避免让人误解她伙同幸子一道来京滋事，她采取的战术是泡在长房家里一直到事情解决为止。她们乘坐"海鸥号"特快列车从大阪启程，到达东京那天傍晚，幸子先带妙子去"滨屋"，然后打电话给大姐说："本来打算马上送末子姑娘去涩谷的，不过今天我累得去不了，末子姑娘又不认识路，能不能请你叫辉雄侄儿来接接她？"大姐回答说："我自己去接末子姑娘吧。现在还不到吃晚饭的时间，我想索性找个地方三个人一块儿吃顿饭，去银座那边怎么样？"妙子表示去银座的话，她想去新上豪大酒店内那家有名的隆美尔西餐厅。决定了去后者后，大姐在电话里反问幸子："隆美尔西餐厅在哪里？我没去过呀。数寄屋桥车站下车后怎么走啊？"

幸子和妙子两个冲了个澡，到隆美尔西餐厅的时候大姐已经先到，订了座等候在那里。她说："今天得我请客。"平常这种场合，因为幸子手头宽裕总是幸子付账，可是今晚大姐特别殷勤，对妙子说了许多慰恤的话，还说："我们并没有忘记末子姑娘，只因为房子太挤，光雪子妹妹一个人就不大好安置，本想过些日子请末子姑娘也来东京生活，不过怎么也腾不出手。"说了一大堆歉惜的话。姐妹三个每人喝了一大杯德国啤酒，吃完饭后，又在初夏的银座街头朝着新桥方向逛了一会儿马路，幸子将她们两人送到新桥电车站才分手。

在妙子协商出结果来之前这几天，幸子不打算去长房那边走动，而是独自设法消磨这段时间。她有几个同窗好友嫁到了东京，她打算去看望她们。第二天早晨，幸子正在屋子里看报，妙子打来电话，问这会儿可不可以到旅馆来找幸子。幸子问她有什么事，妙子回答说不商量什么事，是闲得无聊。幸子又问她商量得怎么样了，她说今天早晨把情况跟大姐大致讲了下，大姐说这星期姐夫很忙，这事得拖到下星期再谈，这几天闲得无聊，所以想去你那里走走。幸子告诉她今天下午约好了去青山看望朋友，傍晚以前不在旅馆，得五六点钟才返回。电话就此挂断了。青山那里的朋友硬要幸子留下吃晚饭，过了7点钟她才回到"滨屋"，妙子正好同时来到。妙子说今天下午她等候辉雄放学回家，让辉雄领着她去逛了明治神宫，5点左右他们两人就到旅馆来了，可是一直没见幸子回来，左等右等，等得肚子都饿了，老板娘问他们要不要开晚饭，妙子想起昨晚德国啤酒的滋味，就请辉雄到去隆美尔西餐厅吃了一顿，刚刚在尾张町送走了辉雄。看样子妙子似乎打算要幸子留她在"滨屋"过夜了。再细细一问，才知道妙子在涩谷受到姐姐和姐夫的盛情款待，今天早晨姐夫临出门时还特意对她说："末子姑娘难得来东京，这次就多住几天再走，家里虽然小，委屈你了，幸好雪子妹妹不在，还可以勉强凑合一下。不巧的是我这阵子特别忙，等再过五六天就有空了，可以陪你到外面走走看看。中午还有一小时午休，如果你中午来丸之内，可以陪你吃午饭。"又说："今天在丸大厦售票处给你们买了歌舞伎座的戏票，这两天请你和鹤子，还有幸子妹妹一道去看戏。"姐夫从来没有这样亲切地和自己说过话，妙子看着他那副开心和殷勤的样子，只觉得心里作呕。她等姐夫和孩子们一走，马上抓住大姐详详细细谈了一个小时，告知自己此次来东京的目的。大姐从头到尾不厌其烦地听着，最后大姐说："不晓得你姐夫是什么意见，反正商量着看吧。不瞒你说，你姐夫那家银行马上要和其他银行合并，这些天他是忙得不可开交，有时候深更半夜才回家，所以请你稍微等等，大概下个星期就可以和你谈这事了。你就只管悠闲自在地玩几天吧。末子姑娘也很久没来东京了，让辉雄陪你去各处逛逛怎么样？幸子妹妹一个人待在旅馆里也挺寂寞的，你也可以去筑地找她聊聊。"可是事情究竟会有什么样的结果，现在还不清楚，不过眼下也只能相信大姐的话等着。昨天火车驶经沼津时，妙子看到富士山大部分被云雾遮蔽，开玩笑说不是好兆头，所以这次来东京的目的能否达成，她毫无信心。不仅如此，她还拼命提醒自己，坚决不能被长房姐夫和姐姐的热情笼络过去。不过难得被他们夫妇两个抬捧一回，妙子还是感觉蛮不错的，尽管她表示："嘴上说得那么甜，但假如欺骗我，我可跟他们没完。"但看得出，她是一副高兴的样子。

　　幸子昨夜孤零零地睡在"滨屋"，羁旅在外，终究不免寂寞，整夜都没有睡好，心里一个劲地想还要寂寞五六个晚上呢。今天虽说是临时的，但姐妹两个时隔这么多年，终于又并枕睡在十席宽的大卧室了。回想起来，自从船场时代一直到二八妙龄，姐妹几个都是睡在同一间屋子里的，一直持续到幸子和贞之助结婚的前一夜。更早的事情不知道，自从幸子中学时代起，只有鹤子单独住一间屋子，幸子她们姐妹三人一直同住在二楼六席的屋子里，幸子从来没有单独和妙子两人睡过，中间总是隔着一个雪子。由于屋子小，有时候三人睡在两个被窝里，雪子的睡相好，大热天的，她依旧端端正正将薄棉衾盖到胸口，睡相一点不乱。现在她和妙子同时睡在旅馆里，想起从前姐妹同睡一屋，眼前就浮现出一把瘦骨的雪子端端正正睡在她和妙子中间的情景。第二天早晨，一睁开眼睛，两个人就又像少女时代那样躺在被窝里山南海北地聊扯起来。

　　"末子姑娘，今天打算做什么？"

　　"做什么好呢？"

　　"你不想去东京什么地方转转吗？"

　　"别人家口口声声东京东京的，可是想看的地方实在也不多。"

　　"对我们来说，到底还是大阪和京都好。昨天晚上在隆美尔西餐厅吃了点什么？"

　　"昨天吃的和上次不一样，点了份薄切小牛肉。"

"辉雄很高兴是吧？"

"我们吃饭的时候，对面还来了辉雄学校里的同学，是他们的父母带着一同来的。"

"嗯。"

"辉雄被他同学看到后，脸涨得通红，连声说糟糕。问他为什么，他说和小阿姨在一起，即使告诉人家说是阿姨，人家也不会相信……"

"那倒是真的。"

"首先餐馆里的侍者那副表情就古里古怪的，问我们：'两位是一块儿的吧？'我让他给我们来两杯啤酒，他好像还吃了一惊，好奇地上下直打量我，真把我当成小孩了。"

"末子姑娘穿上这身西服，看上去连辉雄的姐姐都不像，人家肯定把你当成是不良少女了。"

中午不到 1 点，涩谷那边打电话来说明天的戏票买到了。可是，今天一整天的时间怎么打发呢？姐妹两人下午去银座喝茶，然后在尾张町叫了辆出租车，从靖国神社到永田町、三宅坂兜了一圈风，再开到日比谷映画剧场[1]。汽车穿过日比谷十字路口的时候，妙子望着马路上的行人说："东京特别时兴翎形花纹的衣料呀，从日耳曼甜品店到日本剧场[2]就有七个人穿这种衣服。"

"末子姑娘一路数来着？"

"嗨，你看，那边有一个。那边又是一个！"

1　位于今东京千代田区有乐町一丁目的圆形影院，竣工于昭和九年（1934 年），为东宝映画公司所有，在日本首创统一票价。

2　位于今东京千代田区有乐町二丁目，昭和九年（1934 年）开馆，为当时东亚最大的影院，后被东宝映画公司收购。

妙子不知在想什么，隔了一会儿又说："中学生两手插在口袋里走路多危险啊。"

"想不起来什么地方了，关西有所中学的学校制服裤子不让做口袋，倒确实是个好事。"

幸子知道这个妹妹从小起说话就显老成，觉得她现在也的确到老成的岁数了，于是便附和道："真的呢。"

三十三

第二天，在歌舞伎座剧场最后一折戏《结巴子又平》[1]开幕前几分钟，舞台一侧的扩音机里不断地报着被寻观众的名字——"本所绿町某某先生""青山南町某某先生"，一会儿又传出"西宫的某某先生""下关的某某先生"，甚至还有"菲律宾的某某先生"……幸子她们正在感叹歌舞伎座真是不得了，非但招徕了全日本各地的观众，连南洋的观众也跑到这里来看戏。这时候，妙子忽然"嘘！"了一声，示意不要讲话，她竖起耳朵倾听着，只听得扩音机里突然叫道："芦屋的莳冈太太！"连报了两遍，第三遍改成了："兵库县芦屋的莳冈太太！""什么事呀，末子姑娘，你出去看一下吧！"被幸子差遣出去的妙子不大会儿工夫返回来了，拿起座位上的手提包和花边披肩，叫了声："二姐！"便将幸子领到了剧场走廊里。幸子问道："什么事呀？"妙子说："'滨屋'的女佣现在在外面。"

妙子简述了一下大致的情况。剧场的人说外面有人求见莳冈

1　净琉璃剧目《倾城反魂香》的俗称，后被移植为歌舞伎，近松门右卫门原作。

太太，她来到剧场正面入口处一看，"滨屋"的女佣站在台阶边上，用大阪话对她说："刚才芦屋府上来了个电话，想转告件事，可是电话几次打到歌舞伎座都占线打不通，所以老板娘就叫我过来一趟。"妙子问她芦屋打来的电话内容，她说："电话不是我接的，是老板娘接的。据说是病人的病情非常严重——病人不是您家小姐……听说前些日子您家小姐得了猩红热，但电话说的病人不是那位小姐，是住在五官科医院的那位，还说末子小姐晓得的……电话里一再嘱咐我们千万不要弄错。老板娘在电话里回答说太太和末子小姐都到歌舞伎座看戏去了，我们马上设法转告，绝不会延误。还问有没有别的事情，对方说至少让末子小姐今天晚上就乘夜车赶回去，如果有时间，要我们这边先打个电话给家里。"

"那么病人是板仓了？"

幸子在来的火车上就隐约听到妙子说板仓的耳朵做了个手术。据妙子当时说，四五天前板仓因为中耳炎流了很多脓，连着几天去中山手的五官科医院看病，前天并发了急性乳突炎，说是必须动手术，昨天住进医院动的手术，幸而经过良好，本人精神很好，叫妙子不用管他，只管去东京。妙子因为已经准备停当，加上板仓平常身体健壮，打都打不死，根本不需要别人替他担心，所以才动身来东京的。看样子，板仓的病情似乎突然急剧恶化了。据旅馆女佣说，电话中还关照尽快转告末子小姐。可能是板仓的妹妹或别人从医院里打电话给家里，雪子接到电话立刻就通知东京的吧。乳突炎本来只要动个手术就无须担心，不过如果手术迟了，往往会感染至大脑，甚至会致死。总之，对方特意让雪子给东京打电话通知此事，看来病情一定很不妙。

"末子姑娘，你打算怎么办？"

"我现在马上回'滨屋'，然后动身赶回去！"妙子脸不变色，说话语气依旧像平时那样平静自若。

"那我怎么办好？"

"二姐只管看到终场，不能把大姐一个人撇下在这里。"

"我跟大姐怎么解释呢？"

"随便怎么说都行。"

"板仓的事情你对大姐讲了没有？"

"还没有。"妙子走到门口，披上披肩又说道，"不过你告诉大姐也没关系。"说罢便走下楼去。

幸子回到座位上，《结巴子又平》已经开演，大姐专心致志地盯着舞台，一句话也不说，这倒让幸子感到轻松。等到散场，观众你推我搡地涌出剧场正面门口时，大姐才想起来问道："末子姑娘呢？"

"刚才有个熟人来找她，她们一起出去了。"幸子姑且这样回答，将大姐送到银座大马路，在尾张町车站分了手。

回到旅馆，老板娘告诉幸子说，妙子小姐早她一步已经走了。她还说："因为接到电话，我们好不容易给她买了一张今天晚上的卧车票准备着。末子小姐从歌舞伎座一回来，就说乘这班卧车走，匆匆忙忙便动身了。临走以前给芦屋打了个电话，详细情形没有和我们说，据说电话里也说不太明白，大概是病人动手术时感染了病菌，现在情况不大妙。末子小姐让我们转告您，她乘坐这班车直达三宫，明天早晨从火车站直接去医院。还有，她的一个小皮包落在涩谷那边，请您回去的时候把它一起带回去。"看样子，这位老板娘已经约略觉察出妙子和病人的关系。幸子放心不下，又急急地打了个电话到芦屋将雪子叫出来。电话里雪子的声音，幸子一点也听不清，倒不是长途电话的关系，而是对方声音太轻，幸子拼命嚷叫，还是不管用，话音轻得根本没法听清。因为这个缘故，平常大家都不愿意和雪子通电话，雪子自己也害怕接电话，每次都尽量叫别人接，可是今天事关板仓，既不能叫阿春接，也不能叫贞之助代接。无奈只能让雪子自己来接。幸子才讲了几句，听筒里的声音马上变成了蚊子叫一般，她只能"喂！喂！"地喊，喊叫比说话占的时间还要长。零零碎碎的好不容易听清几句，大意是今天下午四点钟左右，家里接到一个自称"板仓的妹妹"的人打来电话，说板仓因为耳朵手术住院，开始情况还不错，昨天夜里病情突然恶化。雪子问她是不是病菌侵入大脑，对方说最初也以为是脑部感染，其实不是脑部，而是脚。问她脚上情况怎么样，答称究竟什么情况还不清楚，只是非常痛，一碰就痛得跳起来，连连喊痛，身体乱扭，他自己倒没有要求妙子回去，可是他妹妹看到他那么痛苦的样子，觉得情况非常严重，似乎不是五官科能够治好的了，想另外找大夫诊断，又不敢自作主张，思来想去也想不出什么好办法，无奈便往芦屋打了这通电话。幸子又追问后来的情况，雪子告诉她说末子姑娘已经来电话告知今晚就动身赶回去，因此将消息通知了对方，对方说病情越来越危急，患者像疯子一样痛得穷折腾，已经给老家那边也打过电话了，明天早晨父母可能赶过来。幸子说末子姑娘已经动身走了，她走后自己一人留在东京也没什么意思，因此打算明天启程回去，临挂断时又顺便问了下悦子的情况，雪子告诉她悦子身上疮痂基本上全脱落了，现在精神可好了，不肯老老实实待在病房里，只想飞到外面去玩，真拿她没办法。

幸子想到自己也匆匆忙忙回去，大姐那边不晓得怎么跟她解释才好，左想右想也想不出自圆其说的借口，因此打定主意，即使被大姐猜疑也不管了。第二天早晨，幸子打电话给大姐，告诉她昨晚妙子有急事回关西了，自己也准备今天回去，想再碰次头，去涩谷看望大姐，征求她的意见。鹤子说："我去旅馆看你吧。"不多时辰，大姐拿着妙子的皮包来到"滨屋"。姐妹几个当中数鹤子性格最沉稳，妹妹们常常取笑她"神经迟钝"，正因为如此，她根本就没问妙子的急事到底是什么事。从她的神情中甚至可以看出，这个小妹给她提出了一个难题，现在却不等答复便一走了之，这反倒令她暗暗松了一口气。她嘴上说今天我得早点回去，却和幸子两人在旅馆里一起吃了午饭。

"末子姑娘最近还和那个阿启有来往吗？"鹤子忽然问道。

"嗯，好像偶尔还来往。"

"阿启之外，听说又有一个新的对象啦？"

"这事你从哪儿听来的？"

"前些日子有人想娶雪子妹妹，所以派人来调查我们的底细，不过那桩亲事后来吹了，所以就没跟雪子妹妹讲。"

关于妙子的消息，大姐说就是那桩亲事的介绍人为了拉近关系而告诉我们的，详情他不清楚，据说末子姑娘近来和一个身份较奥畑低微很多的青年打得挺热火，几乎都满城风雨了，问我们晓不晓得这件事情。他说这也就是个传闻，只不过想提醒我们注意一下罢了。后来那桩亲事没有成，雪子妹妹自身当然无可挑剔，会不会又是末子姑娘的那个传闻给搅黄了呢？鹤子还说，她信任幸子和妙子，那个传闻确实与否，那个青年究竟是个什么样的人，她都不想打听，可是说实话，她和大姐夫现在只希望末子姑娘能和阿启结婚，只要雪子的婚事一有着落，就想跟对方商谈，所以这次关于钱的问题，还是像之前在信中讲的那样，不打算给末子姑娘，不过看到末子姑娘那股劲头，担心弄得不好她会和姐夫吵翻，所以推说等好好考虑后再答复，这几天正在苦苦思虑用什么方法说服她，好让她先心平气和地回去。从鹤子的语气中听得出，她因为妙子的突然离去而松了一口气。

"真的，末子姑娘要是和阿启结婚，那是最理想的。我和雪子妹妹都这么想，所以也一直在劝她哩。"幸子这话听上去像是在为自己辩解。鹤子也不接下文，只管按自己的思路说着。吃罢，她搁下筷子说了声"叨扰了"，便收拾一下随身什物，说："那我就回去了。今天晚上也许不能来送你了。"说完，连歇也没有歇息片刻就走了。

三十四

第二天幸子回到家，雪子向她报告了事情的经过——

前天傍晚，女佣禀告说板仓老板的妹妹打电话找雪子姑娘。雪子当时不知道板仓住院，也不认识他妹妹，还以为女佣弄错了，电话是打给妙子的。可是女佣说没错，电话就是打给雪子姑娘的。雪子接起电话，对方先是言辞恳切地表示歉意，然后说她晓得末子小姐去东京了，现在她哥哥遇到如此这般情况，耳朵的手术是末子小姐动身前一天做的，那天末子小姐去看他的时候，他精神还很好。可到了夜里，他说脚上痒得不行，她帮他挠了挠，第二天早晨痒却转成了痛，并且痛得越来越厉害。这种状态持续了三天，病人一个劲地喊痛，一点不见好转。尽管如此，医院院长说手术的刀疤已经完全愈合了，不理睬病人的申诉。院长每天上午来换一次纱布，换过纱布便急急忙忙走开了，就这样将病人弃之不顾，至今已整整两天。护士们都说是院长的手术失败了，她们觉得病人很可怜。板仓病情恶化后，他妹妹将田中照相馆的门锁上，自己每天在医院里陪床。她希望有个人可以一块儿商量商量，因为她觉得万一出了事，自己责任不轻，所以就想让妙子马上回来，除此以外她也想不出其他办法，这才给芦屋打的电话（电话似乎是在别的地方打的，不是在医院里打的）。她在电话里还哭着说："我自作主张打了这通电话，说不定将来我哥哥会责备我的。"不难想象，雪子一如往常那样静静地听对方说话，自己只偶尔"嗯、嗯"地应和，不过她从妙子那里了解到这个才二十出头的农村姑娘不习惯都市生活，现在因为哥哥的病情而着急，她一定是下了极大的决心才鼓起勇气打这个电话的，从她的声音和语气中也听得出来，因此雪子答应马上通知东京方面，并且随即就这样做了。昨天从三宫车站直接赶去医院的妙子，傍晚时分回了一趟家，在家里待了一个小时又出去了。据妙子说，平常那么坚强、从来不知道诉苦的板仓，居然不争气地连声叫唤，看着都令人发慌。今天早晨妙子走进病房时，他妹妹走近病床对他哥哥说："末子小姐回来了。"板仓痛苦地望着妙子，口中仍一个劲地叫痛，大概强忍疼痛已经耗尽了他的全部气力，其他的已经顾不到了。板仓就这样昼夜疼痛，叫声不绝，觉也不能睡，饭也不吃，但尽管如此，身上看上去却并没有什么红肿，也没有灌脓，所以叫人弄不清他究竟哪里痛。患部似乎在左腿膝盖到脚趾之间，板仓连翻个身都感觉极其疼痛，轻轻触碰到一下也痛，且必定伴随着高声怪叫。雪子问耳朵的手术和脚痛有什么关系，到底是什么原因，妙子也回答不上来。医院的矶贝院长不但不解释原因，遇到病人叫痛时还连忙躲开，离得远远的，从护士以及外行人的议论中推测，很可能是手术时细菌感染，病毒又感染到脚上了。板仓的父母和嫂子今天早上从乡下赶来，几个人在病房外面的走廊商量起来，矶贝院长无法置之不理，下午请来某外科医院的院长会诊，他们二人在诊室里商议了好一会儿，外科医院院长刚走，又来了另一位外科大夫，给病人诊察完毕，和矶贝院长悄悄计议了一番便走了。向护士一打听，据说这里的院长已经毫无办法，因此将神户最有名的外科大夫请了来，外科大夫认为必须锯掉一条腿，不过现在已经迟了，这下矶贝院长更加慌张，于是又请来一位外科大夫，那位大夫也感到束手无策。妙子从旁补充说，今天早晨她看到病人的状态，听到板仓妹妹关于病情经过的描述，觉得一分钟也不能耽搁下去了，这种场合无须再顾虑院长什么的，必须立即请个医技高明且有信誉的大夫来会诊，好好治疗。可是从农村来的老年人行动迟缓，光是聚在一块儿计议怎么办，却下不了决断。这样白白耗费时间，将招致无法挽回的后果，这是明摆着的。自己今天和那些人第一次见面，说话不宜过分，即使提出一点建议，对方也只是敷衍一两句，并没有实际行动，真是急死人。

　　这是昨天傍晚时的情形。今天早晨6点钟左右妙子又回了一趟家，休息了两个小时才离家。出门前雪子问她板仓的情况，回答说昨天深夜院长又请来了一位叫铃木的外科大夫，铃木大夫答应做手术，但是结果如何不敢保证。不过板仓的父母仍然下不了决断，特别是他母亲，认为既然病情已经无可挽回，也用不着动手术了，那样子更加惨不忍睹，不如让患者即便死也留个全尸。他妹妹却认为即使希望不大也应该全力以赴救治。显然，他妹妹的意见是正确的，可是老头老太怎么也转不过弯来。妙子则认为手术也好，不手术也罢，都为时已晚，她已经开始绝望了。此外，医院里一名专门照顾板仓的护士，似乎本来就对院长很反感，据她说，院长是个酒鬼，有酒精中毒症，加上上了年纪，一动手术手就抖抖，所以不止一次出现过手术失败的情况——当然她讲的话究竟有几分可信也不好说。后来妙子将此事经过讲给栉田大夫听，栉田大夫说做耳朵手术而引起感染，细菌侵入四肢，这种情况即使是一流的大夫、再小心谨慎，也很难避免。毕竟大夫并不是神仙，不可能做到万无一失。问题在于手术时万一发生感染，患者身上有什么地方感觉疼痛时，要马上请外科大夫及时处理，否则很有可能贻误抢救的时机，所以必须争分夺秒才行。矶贝院长手术失败倒还情有可原，但病人喊痛喊了三天他都没有采取措施而是置之不理，那就是玩忽职守了，可以说他既是医术不精，又缺乏对患者的同情心。假如患者的双亲不是懵然不懂的乡下佬，大概不会善罢甘休的，而这件事情居然没有闹大，可以说是矶贝院长的幸运。至于板仓，之前不了解矶贝是那样一个不靠谱的大夫，贸然跑去他的医院求治，只能说是一种不幸。

当然，这些都是后话了。

幸子听完雪子讲述的大致经过，还追问当时雪子是在哪个屋子里接的电话，电话内容阿春和其他几个女佣有没有听到，贞之助晓不晓得，等等。雪子告诉她，第一通电话她和阿春都在侧屋里，电话是接到侧屋来的，悦子、阿春和水户都听到了，水户姐和阿春怪模怪样地听着，没有作声，悦子却一个劲地追问板仓怎么了，小阿姨为什么要来，真拿她没辙。这事既然让阿春听到了，想必她会说给其他几个女佣听的，这也没有办法了。可是让水户听了去似乎有点不妥，所以第二通电话是在正屋里打的。电话的事情以及采取的对策都向贞之助姐夫报告了，得到了他的认可。贞之助背地里还很担心，今天早晨临出门前还向妙子打听详细情况，劝告说一定要动手术。

"我也打算去看望一下病人。"

"这……打个电话问问贞之助姐夫，看他怎么说。"

"总之，我得先睡一会儿。"

幸子在火车上一夜没睡，为了补觉，她去楼上八席那间大屋子里躺了一会儿。可是她心里有事，怎么也睡不着，于是起身，下楼洗了脸，吩咐厨房提早做午餐，然后给贞之助打了个电话。"板仓情况危急，末子姑娘赶回来也是不得已，但我要是跑去看他，就变成公开承认他们两人的关系了，好像不大妥当。可是，洪灾的时候他毕竟救过末子姑娘，现在得知他这样也不去看望，万一他死了，良心上又会自我谴责。看样子板仓大概是没希望了，别看他体格很健壮的样子，可总觉得他的面相有点薄命。"贞之助接过去说道："我也是这样想，你去探望他一下也行。"随即又说："不晓得奥畑会不会也去探望？假如他也去的话，你还是不去为妙。"最后的结论是，只要不撞见奥畑，不妨去探望一下，但是不能久待，看一看马上回来，回家时要将末子也带回来，不能让她老是待在那儿。随后幸子又打电话给妙子，问她会不会碰上阿启。妙子说，现在除了患者的父母姐妹外，没有谁来过，也没有通知任何人，即使病情恶化，也没有必要通知阿启，尤其是考虑到阿启如果来的话，患者会情绪激动，因此她肯定是反对通知阿启的。妙子还说，她本来正想打电话给二姐，希望她过去一次。究竟要不要将患者转移到外科，到现在板仓家里人仍有意见分歧，下不了决断，她和板仓的妹妹竭力主张交给外科，可是板仓的父母拿不定主意，还在踌躇，所以她希望二姐能从旁劝说说，说不定会大有裨益。

幸子答应吃完饭马上过去。电话挂断后，她和雪子两人提早吃了午饭。两人边吃边商议安排水户姐的问题，都认为这时候不能让她到处去宣扬妙子的事情，她现在几乎什么事也不用做，每天就陪悦子玩，不如今天晚上就让她回去。雪子说水户姐自己也说过想请假回去，幸子便说："虽然突然了点，你先跟她说一声，让她在家等我，然后吃了晚饭再回去。"幸子交代了一番后，12点钟雇了一辆车往医院去了。

到了那里一看，医院位于中山手那边电车线路往山上去大约半里地的狭窄坡道半中间，是一所二层楼的简陋医院，楼上只有两三个日式屋子作为病房，板仓的病房有六席大小，窗子离旁边的住家挨得很近，窗外的晒台上晾着许多衣被，病房里已经是穿单斜纹哔叽的季节，四五个人挤在一个屋子里，有的席地而坐，有的坐在椅子上，屋子里空气不流通，有股闷热的汗臭味。患者面对着墙，弓着背躺在靠右边墙壁的一张铁床上。幸子一走进病房，就听到患者疼痛难忍的叫唤声，又低又急促，几乎一刻也不停歇。妙子替幸子介绍了板仓的父母、嫂子和妹妹，介绍完毕，妙子伏在病床边低声说道："米哥，二姐来看你了。"

"痛！痛！痛啊！"患者依旧背朝外面，凝视着墙壁一个劲地叫唤。幸子站在妙子身后，畏畏缩缩地朝那边觑看。板仓躺在病床上，脸并不显消瘦，血色也不如意料中那么糟糕，一条毛毯褪在腰部，他上身只穿了一件薄棉的病号服，敞开的胸部以及袖子卷起的粗壮胳膊同往常也没什么异样，只不过耳朵上有个十字形的绷带，一条从颅顶裹到面颊，一条从前额裹到脑后。

"米哥，二姐来看你了！"妙子又说了一遍。

妙子叫板仓"米哥"，幸子是头一次听到。妙子在芦屋家里说到他时都叫他板仓，幸子和雪子甚至悦子背地里都对他直呼其名。他本名叫板仓勇作，"米哥"这个称呼大概是因为他在奥畑商店当学徒的时候曾经叫过"米吉"而来的。

"板仓老板，"幸子叫了一声，"你真倒霉呀！像你这样健壮的人都这么喊痛。"说了一半，她就开始用手绢捂鼻子。

"哥哥，是芦屋的太太来了。"妹妹走近他说。

"不用这样称呼。"幸子止住她，"痛的部位不是说在左脚吗？"

"是的，因为动了手术，不能朝右侧着躺，所以痛的地方压在下面了。"

"那多别扭呀。"

"所以痛得特别厉害呀。"

患者肌理粗糙的额上挂满因疼痛而冒出的油腻腻的汗珠。一只苍蝇飞到他头上，妙子一面答话，一面赶苍蝇。患者突然停止喊痛，说了声："尿……"

"妈妈，哥哥要尿尿。"板仓妹妹说完，靠在墙上的老太太站起身来，稍稍弯一弯腰说了声"对不起"，从病床下面取出报纸包着的尿壶，塞进患者的毛毯里。

"又要遭罪了……"老太太刚说出这几个字，板仓发狂似的大声叫起来："痛啊！痛！痛！"声音和之前说胡话似的叫痛声完全不一样了。

"痛也没办法呀，忍着点吧！"

"痛！痛！不要碰到……"

"忍一忍，不这样尿不出的呀。"

幸子奇怪板仓究竟什么地方被压痛了才会发出如此不争气的叫唤，她左一遍右一遍端详着板仓的举止。患者花了两三分钟时间才将左脚位置移动了大约一尺，身体微微转向上面，变了下姿势，安静了一会儿，然后调整呼吸，等到平静下来，尿已经排出。板仓张大了嘴，用一种从未示人的怯懦目光扫视着周围人的脸。

"大概想吃什么东西了吧？"幸子问他的母亲。

"他什么也不吃。"

"光喝柠檬水，靠这个排尿。"

幸子看到板仓那只令他疼痛难忍的脚露在毛毯外面。那脚看上去没有什么异样，只不过有些肿胀发青——也许这只是幸子的心理作用。这时候，患者叫嚷得更厉害了，他想恢复原先的睡姿，一面叫一面还夹着诸如"啊呀，我要死了，让我去死吧！""快点杀了我吧！杀了我吧！"之类的谵语。

板仓的父亲是个老实巴交的人，很少说话，一副提心吊胆的眼神，遇上事情拿不出任何主意。板仓的母亲看上去比他父亲能干得多，大概是睡眠不足，或者哭泣，又或者眼睛有疾的缘故，她的眼睑浮肿着垂下来，就好像老是闭着眼睛似的，表情有些迟钝。幸子从开始就发现患者的饮食起居完全由他母亲在照料，板仓对她也完全是一副撒娇的样子，凡是母亲说的，无论什么他都默默地听着。据妙子说，患者之所以没有转交给外科，实际上就是因为老太太不肯点头。幸子到来后，一边是板仓的父母亲，一边是妙子和板仓的妹妹，明显分成两组，时不时在角落或者病房外面的走廊里悄悄商议，而夹在他们中间调解的板仓的嫂子，一会儿被这边叫来，一会儿又被那边叫了去。老头老太太说话声音很轻，幸子听不清，老太太经常发出些什么感叹，老头似乎很感慨地听着。这时候妙子和板仓的妹妹抓住嫂子拼命力陈，说如果再不施行外科手术而看着患者白白死去，那将是父母姐妹的过失，恳求她设法劝说母亲同意。经她们一说，嫂子觉得有道理，便走过去和婆婆说，婆婆则坚持死了也要落个全尸。嫂子再三恳求，老太太撂下一句："你们一定要做这么残忍的事，就保证能医治好他吗？"嫂子没辙，只得返回来宽慰小姑子："妈妈怎么也不听我的劝说，跟老太太讲道理根本讲不通啊！"这下妹妹只好自己走到母亲那边，带着哭腔指责老太太："妈妈只考虑眼前难受，说什么可怜呀残忍呀，没有真正尽到做父母的责任！不管是不是能治好，为了将来不后悔，我们就应该采取一切可能的方法试一试。"这样的情形一遍又一遍地反复上演。

"二姐，"后来妙子将幸子拉到走廊里低声说道，"乡下人真是顽固透顶，实在叫人受不了！"

"不过做母亲的那样子的态度也很自然吧？"

"反正时机都错过了，我已经不抱什么希望了。可是板仓的妹妹托我请求二姐去和她母亲说说看，她母亲对家里人是那种顽固态度，可是在大人物面前就不一样了，不管对方说什么她都'是是是'地照办不误。"

"我算什么大人物呀？"

实际上幸子是觉得，旁人不必要的多嘴万一造成不良后果，那位老太太一定会记恨一辈子，而且事情明摆着十有八九是说了也不顶用的，所以她很不情愿自己被牵连进这种事情里去。

"再等等看吧，到最后她肯定明白只能听从大家的意见。她那样骂骂揉揉的，只不过是自己宽慰自己罢了。"

对幸子来说，她来探望患者，从情理上已经说得过去了。现在她只想劝妙子回家，可是找不到适当的时机，有点为难。

正好此时，一个护士走上楼来，刚要进病房，看到妙子便问："院长说想和家属见一面，哪位能去？"

妙子走进病房转达时，板仓的嫂子和妹妹蹲在床头，老夫妇俩守在患者脚边，听了妙子的话，两人你推我让，迟疑不决，最后两个人一块儿去了。隔了大约一刻钟回来时，父亲垂头丧气地坐在席子上唉声叹气，母亲一面哭一面走近父亲在他耳边嘟囔着。不知道院长到底和他们说了些什么。后来问起当时的情景，才知道院长非常巧妙地说服老两口子，说要是病人就这样死在医院里，他很为难，无论如何必须去动外科手术。他的理由是："对令郎耳朵的治疗我们已经尽了最大的努力，消毒也很彻底，没有什么失误。现在看来，令郎脚上的毛病和耳朵没有任何关系。你们也看到，令郎耳朵上的毛病已经全好了，用不着继续住在我医院里了。我这里还有别的住院病人，考虑到他们的安全，昨天晚上征得铃木医师的同意，由他来为令郎动外科手术。可你们家属至今不下决断，白白浪费了许多宝贵时间，我觉得目前很有可能已经错失了最佳的时机。要是再拖延下去，出了什么事情，我们医院可不负这个责任！"院长这番话，将他自己的失误完全一笔勾销，而将全部责任都推到了迟疑不决的患者父母身上，为自己筑起了一道防护墙。两位老人唯唯诺诺地听完院长的话，说了声："对不起，那就一切拜托了。"便退了出来。母亲回到病房后，一味埋怨说是上了院长花言巧语的当，似乎全都是老头的过错。不过幸子看出来老母亲也是因为悲伤过度，才一个劲地发牢骚，到最后还是让了步，听天由命将患者交由外科去处置。

铃木医院在上筒井六丁目旧阪急电车终点站附近。好不容易安排停当将病人从五官科医院抬出，天已经快黑了。当时矶贝院长的态度极不友好，事情刚一谈妥，他便仿佛卸掉了一个大包袱似的，连招呼也没有出来打一个，彻底避而不见，抬病人的工作全部是由铃木医院派来的医护人员承担。在这几个小时当中，两位老人和女儿、儿媳聚在一起专门商议锯腿这件事，不知板仓知不知道。他完全变成了一个世外的、一味呻吟叫喊的怪物，他的父母、嫂子和妹妹也将他们的儿子、小叔子和哥哥当作这样一种奇特的存在，根本不再征求他本人的意见，或向他说明原委。他们最担心的倒是将他从病房搬上救护车时，这个怪物会怎样厉声地呼天喊地，因为医院走廊同普通住宅的走廊一样狭窄，只有三尺来宽，并且是螺旋楼梯，中间没有转角平台，从楼上抬到楼下，必定会给他带去极大的痛苦，这从他小便时那样叫唤不止也能看得出。板仓的父母姐妹惧怕听到他的叫喊，显然是出于对他的怜惜。幸子在一旁看不下去，问护士有什么办法，铃木医师代答道："不用担心，可以给病人注射一针止痛剂再抬。"大家这才松口气。注射后板仓果然很安静，由大夫、护士和母亲随同抬了出去。

三十五

　　幸子趁板仓的父母、嫂子和妹妹收拾病房、支付住院费的当口儿，将妙子叫到一旁，动员她和自己一块儿回家："我这就回去，末子姑娘和我一块儿走好吗？你姐夫也叫我尽可能和你一道回去呢。"可是妙子说要等到手术结束再回去。幸子无奈，只得先送他们四人去铃木医院，然后自己独自回芦屋。汽车停在医院门口，她看着妙子下车时，又把她叫住说道："这种时候末子姑娘自然希望和他们在一起，不过看来板仓和他父母、嫂子、妹妹似乎都对我们有所顾虑，不怎么需要末子姑娘在场，所以我觉得你能脱身还是趁早脱身的妙——当然这要看临时情况决定。总之，我们最担心的是外界误会病人和末子姑娘已经是未婚夫妇的关系，这一点希望你任何时候都不要忘记。无论做什么，要考虑到莳冈家的名声，特别是不要影响到雪子妹妹的前途。"幸子的想法是妙子如果真和板仓结婚，那也无计可施，现在万一板仓死了，他们之间的婚约最好不要让外人知道。幸子尽可能把话说得很委婉，妙子应该也领会到她的话里之音了。

幸子近来最头疼的事情——自己的小妹居然要同一个身份低微、来历不明甚至连姓氏血统都不清楚、学徒出身的青年结婚——现在出乎意料竟然可能以一种极其自然的形式得到有利于己的圆满解决，幸子想想就觉得高兴，几乎掩饰不住愉快的心情。可是转念一想，自己内心深处居然潜藏着巴望人家死去的念头，实在不应该，甚至有些卑鄙。可这毕竟又是事实。不过，现在抱有同样心情的恐怕不止她一个人。雪子就不用说了，难保贞之助不也这样想。如果他知道奥畑现在的情况，说不定第一个就高兴得雀跃起来呢。

"怎么这么晚才回来？"已经下班回到家的贞之助，坐在会客厅里等候妻子似乎已经有很久了，一看到幸子回来，马上这样问道，"中午出去，现在才回来，待的时间太长了，我刚想给医院打电话哩。"

"本来我想带末子姑娘一道回家的，等来等去的结果弄到这么晚……"

"末子姑娘也回来了？"

"没有，她说要待在那里等手术结束，我想想也是应该的。"

"决定动手术了？"

"是呀。我去了之后，动不动手术的还商量了老半天，最后才决定下来，现在板仓已经给转到铃木医院去了。"

"动了手术会有好转吗？"

"这个……我觉得希望不大。"

"真莫名其妙。他脚上到底怎么回事啊？"

"这就不清楚了。"

"得的什么病？问过大夫病名没有呢？"

"一问是什么病，矶贝院长马上就溜走了。铃木院长对矶贝好像有顾虑，不肯说得很直白，估计可能是败血症或者坏血病吧。"

因为护士水户姐收拾好行装等候在那里，幸子和她碰了头，酬谢了她四十天来的辛劳，然后打发她走了。随后幸子和丈夫以及雪子围坐着吃晚饭。正吃着饭，铃木医院来了电话，幸子起身去接，贞之助他们在餐厅里听到似乎是在和妙子通话。电话打了许久，听上去妙子在电话里说的是这么回事：手术动过了，目前板仓病况稳定，不过有可能需要输血。除了两个老人外，其余的人都验了血型，板仓和他妹妹是 A 型，妙子是 O 型。暂时由他妹妹一人输血就行了，可是还想备一个可供输血的人。妙子是 O 型，符合输血条件，不过他家里不太想要她输血，这样事情就僵住了。这时候他妹妹提议将板仓病危的事情通知奥畑商店板仓以前的两三个同事，他们不久就会赶来。妙子不想见到那些人，再说这事如果让阿启知道了，他说不定和那几个人一道来。为了避免和阿启照面，妙子打算回一趟家。那几个店员是板仓当学徒时的老友，他妹妹也是从需要输血者的角度提出这个建议的。妙子因为累得够呛，希望家里雇辆车去医院接她，她回家先洗个澡，然后再吃饭，要家里准备一下。

"这样说来，"幸子一回到餐桌边，贞之助便压低声音说道，"板仓的父母姐妹们晓不晓得末子姑娘和阿启的关系？"

"他父母大概不晓得这事，要是晓得了，他们绝不会准许他们的儿子娶末子姑娘做媳妇的。"

"是的，肯定不晓得。"雪子插嘴道，"板仓不会把末子姑娘和阿启的关系告诉他父母的。"

"那这事大概只有他妹妹晓得。"

"刚才提到的奥畑商店那几个店员会不会经常在田中的板仓家进进出出的？"

"不晓得。从来没有听说过他有那样一些朋友。"

"要是有那样一些朋友，末子姑娘和板仓的关系肯定老早就让外界晓得了。"

"这倒是，阿启说过他已经'通过某种渠道打探到了事实'，指的大概就是那些人吧？"

接妙子的汽车马上就开出去了，可是过了一个多小时妙子才回来。一问才知道，汽车开出去在半路上爆胎了，害她在医院里等了很久。这期间奥畑商店的几个店员赶到了，估计不会来的阿启也来了，说不想照面不承想却偏偏照了面（妙子说阿启当时不在店里，大概是店员打电话告诉他的）。妙子竭力避免和阿启接近，因为是在医院抢救病人，所以阿启也比较克制，只是在妙子要回家时，阿启走到她身边悄悄说道，末子姑娘再待一会儿也不妨，以表示他的关切。不过，这句话也可以看作是一种挖苦。当店员们主动要求验血型时，阿启也要求验血型，不知道他打的是什么主意，不过妙子觉得阿启的性格本来就是这样冒失不稳重，说不定他只是随口说说而已。妙子验血型，是因为板仓的嫂子、妹妹都验了，自己不验说不过去，板仓的父母和嫂子、妹妹还一再劝说妙子不用验的。

"腿从哪儿截掉的？"妙子刚洗完澡穿着一件睡衣开始坐下来吃饭，贞之助夫妇和雪子便围坐在她旁边继续谈论起这件事情，幸子第一个发问道。

"从这儿。"妙子从桌子底下伸出腿来，用手隔着睡衣在腿上比画着截肢的部位，随即连忙将腿缩回去。

"末子姑娘看到了？"

"看到一点儿。"

"动手术的时候你在场？"

"我在手术室隔壁等着，那里只隔着一道玻璃门窗，所以能瞥见一些手术时的样子。"

"末子姑娘胆子真大！"

"本来不打算看，心里一着急，又想看了，就看了几眼。板仓的胸口起伏得特别厉害，一下子腾地鼓起来，又一下子瘪下去，全身麻醉大概就是这样的吧。要是二姐，这副模样准不敢看下去。"

"哎呀，不要说了。"

"开始那个情形我还不怎么在乎，可是看到后来就越看越让人害怕。"

"不要说了！还不住嘴！"

"好像雪花牛肉……"

"末子，不要再说了！"雪子厉声申斥道。

"不过病名终于搞清楚了，"妙子对着贞之助说，"好像叫什么脱疽[1]。铃木院长在矶贝医院不肯对我们讲，到了他自己的医院里才告诉我们的。"

"嗯，脱疽症会那么痛苦吗？还是由于耳朵引起的并发症吧？"

1　指发于四肢末端的血管栓塞导致肢体组织溃烂坏死的一种血管疾病，临床表现包括患肢末端发凉、怕冷、麻木、剧烈疼痛等，严重时可并发心肺肾脏的功能衰竭，以致死亡。

"到底是怎么回事，就不晓得了。"

后来才知道铃木医院的院长在同行中名声不佳。本来当地的两位一流外科医师诊验后，都认为没有希望了因而拒绝动手术，他却只提出不能保证成功这一个附带条件，便接受转院治疗，稍稍琢磨一下就会感觉奇怪，从中也应该能推测出他名声不佳的缘由了。那天晚上妙子没有注意到这个问题，可是偌大一个医院，除了板仓似乎没有第二个住院病人，楼栋里静得瘆人，以致妙子觉得它是个十分不走运的医院。还有那栋房子以前似乎是外国人的住宅，后来才改建成了医院，给人一种明治时代旧式洋房的印象，走廊里的脚步声在高悬的天花板下发出可怕的回声，屋子里空荡荡的，简直像一栋凶宅。事实上妙子一走进去就感觉阴森森的，让人不寒而栗。板仓做完手术后被推入病房，从麻醉中醒来，抬头看到枕旁的妙子，不由得发出一声悲叹："唉！我成瘸子了！"尽管这样，这个在矶贝医院一直叫痛不绝的人，此时总算说出一句正常的话来。不光如此，从这句话中也可以看出，当他一个劲地喊痛的时候，其实完全清楚自己所处的境地，也知道身边的亲人们在议论些什么。妙子看到板仓不再叫唤，较之前轻松了不少的样子，也终于安下心来。她想，虽然失去一条腿，但也许因此而得救，甚至想象起板仓康复后拄着一根拐杖走路的样子。也只有这两三个小时，板仓才少许安宁了一会儿。奥畑商店的店员还有阿启恰好就是这时候赶来。妙子因为看到了板仓的情况，正好趁机离开，板仓的妹妹知道妙子和阿启以及她哥哥三人之间的纠葛，也在设法让妙子赶紧走。她送妙子到门口时，妙子叮嘱她情况一有什么变化要随时通知，还对来接她的司机说："看这样子，今天夜里说不定还得麻烦你出趟夜车呢。"

尽管连声叫累，妙子还是和贞之助夫妇还有雪子说了一大通话才上床就寝。翌日凌晨 4 点钟，正如她预料的被医院打来的电话叫醒了，又赶去了医院。幸子天蒙蒙亮的时候半睡半醒中听到大门外汽车的轰鸣声，估摸着是末子姑娘又出门了，她又继续迷迷糊糊地沉入了睡梦中。不知过了多久，屋门被拉开一条缝，阿春在门外喊道："太太，刚才末子小姐打来电话，说板仓老板去世了，特地给报个信。"

"现在几点钟？"

"差不多 6 点半。"

幸子还想再睡一会儿，可是怎么也睡不着了。贞之助也听到了这个消息，只有睡在侧屋里的雪子和悦子是 8 点钟起床后才从阿春那里听到这个消息。

正午时分，妙子回到家里，详述了其后的诸多情况。原来，板仓的病情那之后又再次恶化，他妹妹和店员们轮流给他输了血，但仍旧无效，脚部的疼痛消失后，病毒从脚上转移到了胸部和脑部，他在极度的痛苦中死去。妙子从来没有见过这样痛苦的死。板仓一直到死，始终保持着清醒的意识，和守在他旁边的父母、嫂子、妹妹还有朋友们一一告别，感谢阿启少爷和妙子对他的恩德，并且祝愿他们今后幸福；对于莳冈一家人——老爷、太太、雪子小姐、悦子小姐甚至阿春，都一一称名问候。通宵守在病人床边的奥畑商店的店员们因为有工作，先离开医院回去了，只有阿启和死者的亲属一同将尸体护送回他位于田中的家里，妙子也跟着去了，现在才回家，而阿启仍留在那里。死者亲属一口一个"少爷少爷"的，他也向他们一一慰唁。今天晚上和明天晚上守灵，后天在田中的家里举行告别仪式，等等。——尽管妙子因为看护病人加上睡眠不足，脸庞显得憔悴，但她的神情、举止依旧十分沉着，也没有掉下一滴眼泪。

第二天晚上的守夜，妙子只去了一个小时。本想多尽点力，可是从前天晚上起，阿启这几天一直守候在那儿，看得出他想找机会跟妙子说话，所以妙子有意回避他。贞之助说："告别仪式我们应该去参加，不去的话不好。"可是想到目前首先得考虑两个妻妹的将来，会场上可能会碰到遇到各色各样的人，特别是那种场合如果碰到奥畑一家人的话就会很没趣，所以他自己没有去，只让幸子没有按规定的时间前去吊丧。妙子参加了告别仪式，但没有去火葬场，她回到家后说，没想到有那么多人去参加告别仪式，看到到场的有些人简直叫人吃惊，板仓什么时候居然结交上了那样的人物，妙子也觉得很出乎意料。那天阿启照例又表现得像个活宝似的，和店员们一道站列在棺旁。遗骨据说将送回老家的佛寺落葬。死者家属关闭了田中的照相馆，回乡时没有来莳冈家辞行，大概是顾虑两家不便过于亲近吧。做"五七"的时候，妙子一个人悄悄地去了死者家乡，静静地为故人上了坟，然后连死者的父母兄弟家都没有去便回家了。这事幸子也隐隐约约地知道。

水户姐走了以后，雪子和悦子两人住在侧屋里感觉寂寞，便叫阿春晚上睡到那里去做个伴，不过也只去了两晚，板仓辞灵仪式的前一天就拆掉床铺，两人又回到正屋来住了。侧屋用甲醛水消了毒，仍旧做贞之助的书房。

就在这一桩桩令人烦心的事情接二连三发生之际，5月下旬的一天，一封英文信从西伯利亚寄至莳冈家，是施托尔茨太太从马尼拉回到汉堡后写来的。信的全文如下：

亲爱的莳冈太太：

　　您寄给我的言辞恳切的来信没有及早日回复，非常抱歉！不过，当我滞留在马尼拉以及渡海回国后，实在是忙碌得一点工夫也没有。我妹妹因为生病，现在仍在德国，许多行李都得由我帮她收拾，而且还得照看她的三个孩子，加上我自己的两个孩子，我得照管五个孩子。从热那亚到不来梅港，我几乎一分钟都没有歇息。我丈夫已抵达不来梅港，我们都平安回国了，真的非常高兴。我丈夫很健康，彼得也很好，他和我的亲戚朋友都到汉堡车站去接我们了。我还没有见到我的老父亲和另外几个姐妹。我们本来打算先找个房子住下来，不过这非常耗费时间，我们看了好几处房子，最后总算找到一家比较满意的，现在正在购买家具和餐厨用品，再过两个星期，所有东西就可以置齐了。我们邮寄的大件行李至今还没有收到，估计十天后应该收到了吧。彼得和弗里茨现在还住在朋友家里，彼得在学校里有许多工作，让我代他向各位问候。5月份我们有朋友回日本去，到时候托他们带些小玩意儿给悦子小姐，请收下作为我们之间友情的小小纪念。你们将来总有一天会来德国，我会很自豪地请各位参观汉堡，因为它是个非常棒的都市。

　　露丝玛莉给悦子小姐写了封信。悦子小姐呀，您也写封信来吧，不必担心英文写不好，我也有许多写错的地方。房东佐藤先生那栋房子现在谁住进去了？我经常想念那栋可爱的房子呢。请代我问候佐藤先生，并问候您全家安好。

悦子小姐收到彼得从纽约寄去的皮鞋了吗？但愿您没有为此而纳税。

希露达·施托尔茨谨上
1939 年 5 月 2 日于汉堡

　　除了这封信，施托尔茨太太还另外附上了一页信纸，并注明："这是我翻译成英文的露丝玛莉写给悦子的信。"

亲爱的悦子姐姐：

　　好久没有和你通音讯了，现在给你写封信。我认识一位住在冯·波斯坦夫人家里的日本人，他是横滨正金银行[1] 的职员，他现在和他太太带了三个孩子住在这里，他们姓今井。从马尼拉到德国的旅行非常有趣，我们只在埃及的苏伊士运河遭遇过一次沙漠里的台风。我们的表兄弟们在热那亚下的船，他们的母亲和他们一起乘坐火车回德国，我们是一直坐船到不来梅港的。

　　我们住的旅馆房间窗外有一只乌鸦在做窝。它下了一只蛋，现在在孵小鸟。有一天我守在那里看着，小鸟的父亲衔了一只苍蝇飞回来，打算把苍蝇给小鸟的母亲，可是小鸟的母亲却飞走了。父亲非常聪明，把死苍蝇丢在窝里

1　　创立于明治十三年（1880 年），第二次世界大战前为专门开展国际贸易相关业务的特殊银行，战后改组为普通银行东京银行。

飞开了，小鸟的母亲又飞回来，把苍蝇吃了，然后又蹲在蛋上继续孵。

我们马上就要有新家了，我们的地址是阿费尔贝克街十四号，一楼左侧。

亲爱的悦子姐姐，请您马上来信。祝全家好！

露丝玛莉

1939 年 5 月 2 日，星期二

昨天我们见到彼得了，他也向你们各位问好。

下 卷

一

雪子从 2 月的纪元节那天回到关西，3 月、4 月、5 月，这次差不多住了将近四个月。她似乎一点也不想再回东京，就好像在芦屋扎下了根。可是刚进入 6 月不久，东京的大姐难得地寄了封信来，告知了一桩相亲的事情。之所以说难得，有两层意思：一是从前年 3 月阵场太太介绍了那个野村之后，这是两年零三个月来的第一次说亲；再就是这几年雪子的亲事一向都是由幸子先同意，然后通知东京方面，长房大姐夫因为以前吃过一次苦头，所以他们不再主动为雪子的亲事操心，可这次却是姐夫首先提议并让大姐通知幸子的，仅此便可称得上是难得的事情了。

不过读了大姐写来的信，幸子却觉得有些地方让人不大满意，说不上是桩称心的亲事。事情是这样的：姐夫有个姐姐嫁给了大垣的大地主菅野家，菅野和名古屋的世家泽崎家是世交，泽崎的上代当过大额纳税议员 [1]，在当地很有名望，这次由菅野家那位姐姐牵线，泽崎家希望和雪子相一次亲。按说在辰雄的哥哥姐姐当中，嫁给菅野家的那位姐姐同幸子姐妹几个最熟了，

1　根据《明治宪法》，当时日本的帝国议会由贵族院和众议院构成，其中贵族院的组成包括皇族议员、华族议员和敕任议员，大额纳税议员即敕任议员之一类，系从各府县年满三十岁的大额纳税者中互选产生、由各府县敕任，任期七年。昭和二十二年（1947 年）日本新宪法施行，帝国议会被废止。

大约是幸子二十岁那年，她和雪子、妙子一道随辰雄、鹤子去长良川用鱼鹰捕鱼，归途路过菅野家还在他家住了一晚。两三年后，原班人马又应邀去他家采过一次蘑菇。幸子还记得那次汽车从大垣站驶出后，在乡间公路上竟然跑了二三十分钟，从县道拐入旁边十分荒凉的村落中的一条小路，小路的尽头就是菅野家的院子大门，附近只有五六家贫困农户。自关原之战[1]那时候起，菅野家就拥有了这座大庄园，庄园宏伟壮观、自成一郭，园内除了前面的正房祖屋外，隔着一个大庭院后面还有一座望之森严的佛堂。长满青苔的池塘和假山石那边，则是后院的菜圃，那次去的时候是秋天，园子里的栗树上结满了栗子，年轻的女佣还爬上树去给他们打栗子吃。吃的菜食主要是自家菜圃里种的蔬菜，异常鲜美，尤其是酱汤里的芋头和炖藕特别好吃。姐夫的大姐如今寡居，平常清闲无事，听到和幸子差不多大的妹妹雪子至今尚待字闺中，便张罗着帮她找一门良缘，这话以前也曾听她说过，这次的相亲就是这位爱张罗事的姐姐提起的。不过对方到底是个什么样的人，又是在什么样的情形之下说出要和雪子相亲的，鹤子的信中写得很简单，只说菅野姐姐来信说要让泽崎先生和雪子小姐见见面，无论如何希望将雪子小姐送到大垣来。泽崎家是有钱人，拥有数千万的家产，和现如今的莳冈家已是云泥之别，不般配得有点滑稽，不过对方死了太太，这次是续弦，对于莳冈家的家世以及雪子的品性、相貌等似乎已派人专门到大阪神户做过调查，然后才提出相亲要求的，所以

1　1600 年，石田三成等率领的西军与德川家康等率领的东军为争夺天下在关原（今岐阜县西南部）展开大战，东军大胜，这场战役奠定了德川氏的霸权。

也不见得毫无希望。总之，既然菅野姐姐那边来信这样讲了，我们不能辜负了她的一番美意，否则的话，你姐夫就下不了台了。按照菅野姐姐的意思，目前只要把雪子妹妹送去就行了，至于对方的详细情况，随后再告知。所以尽管不明就里，也希望你别发牢骚，把雪子妹妹送去见一次面。再说雪子妹妹在你那里也待好久了，我想让她回来一趟，只要趁她回东京的时候顺便在大垣停留一下，你看好不好？菅野姐姐没有指定让谁陪同前去，你姐夫说他没空，我倒是可以从东京去的，不过最好还是请你陪她去比较合适。反正不拘什么形式，让两人见一下面就行了，所以对不起，可否请你带雪子妹妹去趟大垣？只当是轻松愉快地去游玩一次好了。

大姐的来信说得很轻松，可是幸子首先就想到，雪子不一定会答应去呀。她接到信后，悄悄先给贞之助看了，果然贞之助也认为这样子做似乎太轻率了，有点背离常识，不像大姐的一贯做派。说到名古屋的泽崎家，固然在大阪一带也早有耳闻，并不是那种来历不明的人家，可是提出想和雪子见一面的那个人究竟是个什么样的人物，不经过调查，听凭人家的一句话就把雪子送上门去，也未免太草率了。而且正因为对方是个高贵的有钱人，这样做更加显得女家见识少，不慎重。即使不是如此，雪子早就说过了，之前相亲一次回绝一次，所以今后如果再相亲，事先一定要充分调查，长房的大姐按说应该也知道的。

第二天，贞之助下班回到家里，跟幸子说这桩亲事好像有点蹊跷。原来他白天向两三个脑子里还有印象的人了解了一番，把泽崎家现在的情况能打听的都打听到了。户主泽崎毕业于早稻田大学商科，今年四十五岁，妻子两三年前死了，遗下三个孩子，岳家是堂上华族[1]出身；当过议员的是户主的父亲；家里资产状况不错，在名古屋一带算得上屈指可数的大富豪。然而，关于户主本人的人品、性格等细节问题，谁都没能告诉贞之助一些准确的信息。不管怎么说，一个能和华族结婚的千万富豪，虽说是续弦，但居然肯娶没落的莳冈家的姑娘为妻，这事总叫人有点难以理解。说不定对方有某种缺陷，因而找不到门当户对的配偶，但是菅野姐姐又不可能存心将雪子介绍到那种人家去。想来想去，有可能对方也是个专挑长相的，指定要找一个纯日本风情的女子，像过去的深闺小姐那种，正当重金托人物色当中，恰巧听说有雪子这样一个女子，出于一时的好奇心便提出见一面试试看。又或者听到人家夸赞雪子在芦屋姐姐家里经常代替她姐姐照管外甥女，外甥女跟姨母比跟自己亲生母亲还要亲，于是认为这样的人一定也会喜欢前妻留下的子女，只要和孩子们相处得好，别的一概可以不计较。或许就是因为这样非常意外的理由才看中了雪子，别的实在想不出还有什么理由了。上述两个理由中，起决定作用的说不定还是前一个理由，即听到人家说莳冈家那位姑娘的容貌如何如何，产生了好奇，觉得反正见一次面也于己无损，便半开玩笑地提出这个请求。长房竟然不问底细，就想让雪子同意相亲，看来大概是辰雄只会对他姐姐言听计从，无法拒绝。辰雄出身农家，是家里的幼子，后来入赘莳冈家，对于老家的兄长们到现在仍俯首帖耳，昂不起头来，嫁到菅野家的那个姐姐又是长姐，在辰雄心目中无异于母亲或姊母一般的存在，

1　日本明治初期至第二次世界大战结束期间存在的一个特权阶层，创设于明治二年（1869 年），用以取代明治维新以前幕藩体制下的公卿、诸侯等，地位在皇族之下、士族之上，堂上华族则指旧时出入朝廷当过朝臣的华族人家。1947 年随着日本新宪法施行，华族制度被废止。

姐姐说的话对他而言就像是命令。鹤子在信里说，估计雪子妹妹不一定会同意这件亲事，所以希望幸子妹妹劝说她一下，亲事成不成倒是其次的，如果不说服雪子妹妹去一次，你姐夫就下不了台。附笔还提到这桩亲事虽说有点异想天开，希望不大，不过缘分这东西往往不能那么说死，我们不妨接受菅野家的好意，这对雪子妹妹来说也不会有什么损失。

鹤子这封信刚到，菅野姐姐的信也接踵而至。信中说："去信通知辰雄，方知雪子小姐到你们那边去了。为了减少绕弯子，觉得不如就直接和你接洽。大致的情况鹤子妹妹大概已经和你说了，不过用不着把相亲这事看得太严重，主要是好久没有和大家见面，盼望幸子妹妹带雪子小姐、妙子小姐以及还没有见过面的悦子姑娘一道来玩。乡下和十几年前比没什么大变化，不过马上就要到捉萤火虫的季节了，我们这里虽说不是赏萤火虫的胜地，但是再过一个星期，附近庄稼地里那条无名小河边上，每天夜里都有很多萤火虫飞来飞去的，特别美。捉萤火虫和采蘑菇、赏枫叶不同，一定会让你们收获一种难得的体验。萤火虫的季节不长，从现在起的一个星期正好是捕捉萤火虫的时候，过了这段时间就没有了，并且还要看天候，连续大晴天不行，下雨天也不行，最好是头天下雨，第二天去捉。所以我们把日期安排在下个星期六和星期日，你们星期六傍晚前光临怎么样？趁你们在这儿的时候，抽个时间安排雪子小姐和泽崎先生见个面。目前虽说还没有定好怎样见面，但估计泽崎先生届时会来登门造访，就在我家里见一面。见面时间也不会太长，半个小时到一个小时就够了。说是这么说，到那天泽崎先生也许不来了，那也没什么，因为主要还是邀请你们来捉萤火虫玩。"

这封信大概是东京方面授意菅野姐姐直接写来促请的。幸子猜测尽管鹤子的信上说"有点异想天开，希望不大"，但姐夫姐姐心里也许不是那样想的，说不定盼望着梦想成真呢。不过幸子近来对雪子的亲事也越来越不自信，没有勇气不屑一顾地回绝这次的相亲。四五年前发生过一次十分相似的情况，男家也是豪门，提出和雪子相亲的要求，一调查，结果居然发现对方家里发生过乱伦事件，弄得大家都傻了眼。所以贞之助怀疑这次会不会又像上次那样，他还愤愤地说，菅野姐姐的一片好意能够理解，不过未免有点欺负人了，完全不依照必要的流程，突如其来地就说让双方见面、就让人家过去，这不是很失礼吗？话虽如此，可不管怎么说毕竟是两年零三个月来的第一次相亲，幸子想到两三年前求婚者纷至沓来，现在一下子变得门可罗雀了，问题就出在过分死守着老旧的规矩程式，不切实际，因此来一个拒绝一个，还有妙子名声不佳也多多少少影响到了雪子。想到这些，她不禁自责起来，觉得自己也应当负一半的责任。菅野姐姐的提议正是在这样的时候提出来的。在一度悲观地认为莳冈家已经得不到外人的同情，今后谁都不会找上门来说亲了的幸子看来，这次的相亲虽说希望渺茫，很是不靠谱，但要是又顶回去，怕会招致人家极大的反感，如果应承下来，即使不成功，也可以借此吸引第二个、第三个说亲的。要是拒绝，说不定今后很长一段时间不会谁再来提亲了，更何况今年是雪子的厄年。尽管幸子觉得姐夫姐姐的如意算盘打得太可笑了，但是也无须自卑，把这桩亲事看作梦想。虽说丈夫觉得还是谨慎一点好，但事情真的竟至于此吗？虽说不清楚泽崎到底是个什么样的富豪，此次又是续弦，加之前妻又给他留下三个孩子，但雪子和那样的人结婚，难道就那么不般配、那么可笑吗？说起来莳冈家也是名门世家呀。——被她这样一番争辩，贞之助也无言以对了，心想真要是如此自我看低，不仅对不起已故的岳丈，对雪子也于心不忍。

夫妇俩整整考虑了一个晚上，得出的结论是完全由雪子自己来决定，雪子怎么说就怎么办。

第二天，幸子将两封来信的内容扼要地跟雪子说了说，然后转弯抹角地探听她的意向，不料雪子没有半点厌嫌的表示，但还是和往常一样，既不说去，也不说不去，总之不做明确表态。可是幸子从她那"嗯、啊"的低低应和声中还是听出了点意思。这个一向自命清高的妹妹毕竟开始暗暗焦虑起来，所以不像过去那样对相亲横竖挑剔了，说不定内心的想法已经有了转变。还有，为了给雪子说明这桩亲事，幸子竭力不说任何有伤她自尊心的话，所以这件事情在雪子看来没有什么不合适或者滑稽可笑的，更不会想到是半开玩笑的恶作剧了。要是以往的话，听到对方有前妻留下的孩子，总要盘问一下孩子们的学习成绩好不好，岁数多大了，等等，可是这次却没有计较这些，说反正要回东京，要是大家把她送到大垣，去捉萤火虫倒也蛮好。听到她这种口气，贞之助就开玩笑说："雪子妹妹终于想嫁到有钱人家去啦。"幸子为此写了封信给菅野姐姐，信上说："承蒙您好意招邀，我们决定去拜访，尚期多多照拂。雪子本人也表示乐意同对方一晤。此行有雪子、妙子、悦子和我共四人。不过请您原谅我冒昧，悦子此前生了一场病，目下刚刚平愈，连学校都一直没有去上，望念及此，可否将预定的本星期六和星期日提前至星期五和星期六？相亲一事，请不要让悦子晓得，只让她以为是去捕捉萤火虫玩，这一点还务请您见谅。"要求提前一天的原因是雪子回去时从大垣直达东京，幸子她们三人想送她至蒲郡。

星期五住在菅野家，星期六就可住到"常磐馆"[1]去了，打算星期日下午两下在蒲郡分路而行，当天就可以回到家，下星期一就可以让悦子上学去了。

二

夏天乘坐火车，幸子本想穿西服，但是考虑到相亲，只能不顾天热穿了和服，系上一条博多绸[2]的筒状腰带。看到妙子身上穿着简直像悦子穿的那种很孩子气的简简单单的西式衣裳，她很羡慕。雪子因为顾虑到时局，不想打扮得让同车的乘客注目，打算将衣裳另外装进皮包带着去，可是由于双方没有具体沟通，生怕到了那里对方先已等候着了，只好这样那样地费了不少心思，打扮妥了再出发。动身的时候，贞之助和她们一起先乘坐国营电车到大阪，雪子坐在他对面，贞之助目不转睛地端详着雪子的容姿，好像才发现似的凑在幸子的耳边说："真年轻呀！"事实上谁也看不出雪子居然是年届三十三厄年的女子。椭圆脸盘，眉目间略带几分忧郁，稍加妆饰，绝对的耐看。她身穿袖长二尺许[3]、薄厚介于金线绉绸和乔其纱之间的单层和服，内衬一件薄透的衬衣，外衣的深浓紫色底子上，印着大大的碎网眼图案，反白波浪状印着胡枝子和瞿麦图案。这件

---

1   由名古屋的富豪三村三时开设于蒲郡的一家纯日本风格旅馆，大正元年（1911
     年）开业，旅馆背后的丘陵还开有梅林、牡丹园、植物园、射箭场等娱乐
     设施。

2   一种产自福冈县博多地方的丝织品，以细经线和粗纬线织成，质地厚实。

3   指长袖和服，一般为未婚女性穿着，暗示雪子的未婚身份。

衣裳，是她所有衣裳里与她的气质最契合的。这次相亲的事情决定下来后，特地给东京那边打了个电话，让那边用小包裹的形式通过火车寄送来的。

"真年轻。"幸子回道，"像雪子妹妹这个年纪，按说谁也不会再穿那么艳丽的衣裳了。"

雪子大概觉察到他们夫妇俩在谈论自己，低下头不语。美中不足的是她眼梢下方那块色斑近几天没有褪去。去年8月份彼得回国，她和悦子去横滨码头送行的前夕，幸子发现了她眼梢隐隐约约显露出来一块阴影，之后就一直没有彻底消失过。浅的时候，不知道的人根本看不出，即使知道但不注意的人也只能看到一块很淡的阴影。原先是周期性，大致在月事前后一段时间颜色变深，近来却毫无规律了，根本预测不出什么时候浅什么时候深，和月事似乎没什么关联了。贞之助担心这件事，说要是打针有效的话，不妨叫她去打针试看。幸子也经常说可以找个专家治一下，可是两年前在大阪就诊时，大夫说得打多次、持续注射才有效，而这种情况一般结了婚就会自然痊愈，所以用不着打针。平常看惯了并不觉得是什么大缺陷，只有家里人为之担心，外人谁都不把它当回事。最主要是雪子自己从不为此而烦恼，所以也就顺其自然不去管它了。可是像今天这样化上了浓妆，那块白腻腻的香粉下面的色斑在阳光斜射下，尤其是从侧面看的时候，就仿佛体温计上的水银柱似的，特别明显。今天早晨雪子在化妆室打扮的时候，贞之助就注意到了。现在坐在电车上看过去，那块色斑确实比平时更清楚，再怎么遮遮掩掩也瞒不过别人的眼睛。幸子嘴上不说，可是心里明白她丈夫在想什么。他们夫妇俩对这次相亲本来就不怎么起劲，现在雪子脸上这个小缺点就使得两人的心情更加低落，但又尽量避免在脸上显露出来，相互之间只能心领神会。

悦子似乎早已看出今天去大垣不光是捉萤火虫玩，在大阪换乘了火车后，她就问："妈妈为什么不穿西服呀？"

"我是想穿西服来的，可是不穿和服觉得有点不礼貌。"

"噢，"悦子应了一声，可脸上还是一副不解的神情，"为什么不礼貌呢，妈妈？"

"这还用问吗？乡下的老年人对这类事情可挑剔啦。"

"今天大概还有别的事情吧？"

"什么事情？今天不就是捉萤火虫玩吗？"

"可是捉萤火虫，妈妈和阿姨用得着打扮得这样漂亮吗？"

"悦子，说起萤火虫……"妙子赶忙插进来帮着将话题岔开，"你看，图画里面不是都这样画的吗？富家小姐领着一群丫鬟，穿了长袖和服，这样的……"她一面说一面做手势比画，"手里拿着团扇，在水池边或者小桥上追赶萤火虫，不是吗？捉萤火虫就得穿得漂漂亮亮的，迈着优雅的步子，否则就没有捉萤火虫的气氛了。"

"这么说来，那小阿姨你呢？"

"你小阿姨没有适合夏天穿的出客和服，今天你阿姨就是富家小姐，小阿姨我是摩登丫鬟呀。"

妙子两三天前才去冈山为板仓的三七烧过香，看上去那件不幸的事在她心里并没有留下特别的创伤，她现在又精气神十足了。她时而讲个故事逗悦子和两个姐姐发笑，时而像变戏法似的将小盒子里的糖果点心和雪片糕一样样取出来，悄悄塞进嘴里或分给大家吃。

"阿姨你看！看见三上山了。"

悦子很少来京都以东的地方，今天这是第二次，她入迷地观赏着近江一带的美景，想起了去年9月随同雪子上京时雪子指给她看的濑田大桥[1]、三上山以及安土佐和山旧城址[2]，没料到火车驶出能登川车站不多久，只听"哐当"一声，车子就在一个前不着村后不挨店的地方停了下来。乘客们纷纷从车窗伸出头去看，只见火车停在一片田野中稍带一点点拐弯的地方，趴在路轨上动弹不了了，谁也不知道到底怎么回事。这时候，有一两个乘务员从驾驶室下车，去查看车厢底部。车上的乘客问出了什么事故，他们含含糊糊地回了一句就走开了，不知道他们是不清楚事故原因还是明明清楚却不告诉乘客。本以为火车停上十分钟八分钟就可以继续开了，哪承想说什么也不开了，后续开上来的火车也只能跟着停下来，车头的乘务员也走下车查看一番，有的还往能登川车站跑去。

"怎么回事呀，妈妈？"

"我也不清楚是怎么回事。"

"轧到什么东西了吧？"

"看样子不像。"

"应该快点开起来呀。"

"火车竟然停在这种地方，真是活见鬼！"

火车刚停的时候，幸子首先想到的是撞死了人，不由得大吃一惊，不过幸好不是撞死人。要是在偏僻乡村的支线上或者私营铁道线上，也许经常会无缘无故地停车，但这是在国营铁道的干线上，火车莫名其妙地停了半个多小时，对于外出旅行经验不多的幸子来

1　架设于滋贺县大津濑田川上的旧东海道桥，"濑田夕照"为"近江八景"之一。

2　安土城位于滋贺县蒲生郡安土町安土山，为旧时织田信长的居城；佐和山城位于滋贺县彦根市，为旧时石田三成的居城。

说，似乎就难以想象了。而且车上的乘客并没有感觉到什么明显的异常，火车只是渐渐速度变慢开始徐行，最后"哐当"一声停下，这也太滑稽、太莫名其妙了，难道今天的火车也要存心捉弄雪子相亲不成？以往每逢给雪子说亲或相亲的时候，多半都会碰上不吉利的奇怪事情，所以幸子此前就在担心，但愿今天不要出点什么岔子。前半段顺顺当当地乘上了火车，正在庆幸太平无事、松了口气的当口儿，谁承想又出事情了。想到这里，幸子感觉自己的脸色已经阴沉了下来。

"反正不用那么着急，火车停下来歇口气，我们趁这工夫吃饭吧。"妙子半开玩笑地说，"这样停着车，正好可以从从容容地享受呢。"

"是呀，是呀，趁现在吃饭吧。"幸子连忙趁水和泥道，"这样的天气，不快点吃掉就要变味儿啦。"

幸子的话音还没落地，妙子已经站起身来，从行李架上将提篮和包裹拿了下来。

"末子姑娘，鸡蛋卷怕是变味儿了吧？"

"鸡肉三明治更悬，还是先吃它吧。"

"末子姑娘的胃口真好，你的嘴巴不是一直都没闲着吗？"从雪子这句话的口气听得出，她压根儿没有体会到姐姐和妹妹对她的亲事讳莫如深的关切。

过了十五六分钟，又驶来一辆火车头，整列火车在这辆车头的牵引下终于又"轰隆轰隆"地前行了。

三

姐妹几个上次应邀来采蘑菇，还是幸子结婚之前的最后一个
秋天，当时她和贞之助已经订婚，两三个月后就举行了婚礼，所以
她清楚地记得那是大正十四年，也就是十四年前的事情，那年幸
子二十三岁，雪子十九岁，妙子十五岁。菅野老头那时候还健在，
他说起话来乡音特别重。当地人喜欢把"想要"说成"嘻哟"，把
"哈依"说成"嘿呀"，滑稽得不得了。每次听到他发出那种土里土
气的乡音，姐妹三个都你看看我，我看看你，互相示意着，拼命忍
住不敢笑，后来他把"先祖的牌位"说成"先祖的排外"，她们终
于忍不住了，一齐发出哄堂大笑，弄得辰雄姐夫啼笑皆非，这事她
们直到现在还清楚地记得。直至今日，乡士[1]菅野的名字甚至还出
现在描写关原之战的各种历史小说中。辰雄一直为有这样一门亲戚
而感到自豪，一有机会就拉鹤子和妻妹们来到大垣，热心地领着她
们去附近的古战场以及不破关遗址[2]寻幽探古。第一次来的时候正
赶上盛夏，大家坐在一辆破旧汽车里，在尘土飞扬的燠热乡间路上
兜来兜去，把大家都累得够呛。第二次来的时候又被领到同一个地
方，大家自然意兴索然，但又没办法。别人不得而知，一向自诩为
"老大阪"的幸子，自小怀有特殊感情的是丰太阁和淀君[3]，对于关

1　日本近世拥有武士的身份但平时以农林渔等为业的庶民，发生战事时随名主
　　出征。

2　位于今岐阜县不破郡关原松尾大木户坂山上。

3　丰太阁即丰臣秀吉（1537—1598），太阁是当时对摄政以及辞让关白之位的太
　　政大臣的敬称，专指丰臣；淀君是丰臣秀吉最宠爱的侧室。因大阪地方的发展
　　和繁荣源起于丰臣秀吉筑大阪城，故大阪人多褒丰臣而贬德川。

原之战根本没有兴趣。

第二次来的时候，正值侧屋新建好，菅野家招待他们，兼有宣告新屋落成的意思。这栋侧屋是现已故去的菅野老头为了睡午觉、下围棋和留宿客人而盖的，并将之命名为"烂柯亭"。房子总共有两间，一间八席，另一间是个六席大的套间，侧屋由一条之字形的长廊通向正屋。整座庄园只有这栋房子采用了些许茶室规制[1]，盖得颇为雅致，但又没有那种华而不实的造作感觉，有些地方还保留着武士住宅那种朴拙的味道，不由得叫人产生一种快感。这次她们还是受邀住进"烂柯亭"，走到里面一看，也许因为十几年的光阴积淀吧，屋子显得比以前更加宁静幽淡。

"哎呀，欢迎各位光临！"

客人正在那间八席大屋子里小憩，放眼观看院子里的新绿，菅野姐姐领着她的儿媳和孙儿们走进来招呼客人。幸子和他的儿媳还是第一次见面，她丈夫在大垣一家银行里工作，她怀里抱着个刚生下不久还在吃奶的婴儿，身后拖着一个六岁左右的怕羞男孩，她婆婆向幸子她们介绍说媳妇名叫常子，六岁的孙儿名叫惣助，怀里的女婴名叫胜子。主客双方少不得叙了一阵阔。说话之间，雪子姐妹几个"长得年轻"成了会话的中心。菅野姐姐先前听到汽车的停车声，便走到大门口去迎接，看到第一个下车的妙子，可能因为眼睛本来就不怎么好，竟把她误当成悦子小姑娘了，随后雪子、幸子她们一个个走下车，她又分别误认作是妙子和雪子，心想幸子为什么没来，同时狐疑怎么又多出一位小姑娘，却

1　吸收了草庵、茶室情趣的建筑样式，有一定的规制，风格高雅，尽力摒除人为的装饰，因地制宜最大限度地发挥自然材料之美，其代表性建筑为位于京都市西京区的桂离宫。

没想到是自己看错了人。直到进了"烂柯亭"坐定下来，面对四位客人重新叙旧时才恍然醒悟。她的儿媳常子则凑趣道："虽说是初次见面，可是早就对你们有所耳闻，还晓得各位的年龄，不过在你们下汽车的时候，就完全分辨不出谁是谁了。恕我失礼，听说雪子表姑比我大一两岁——"她婆婆马上接下去说道："常子三十一岁了。"她这位儿媳妇是前些年嫁过来的，已经生了两个孩子，外表有些显老也很正常，她今天似乎还简单打扮了一番，可是和雪子在一起，看上去比雪子至少大了有十来岁。她婆婆又说："要说年轻，妙子小姐也太年轻了。记得第一次来的时候，她只比这位（指着悦子）稍大一点点，第二次来我记得是大正十四年，那时候也不过十五六岁吧？"老太太使劲眨巴着眼睛，像是怀疑自己的眼睛似的，继续说道，"看到妙子小姐，简直不敢相信自上次一别这都已经十九年啦！简直不敢想象，开始我还以为妙子小姐是悦子小姐呢。虽然是我一时糊涂，不过也得说，只怪妙子小姐看上去不比上次大多少，顶多也就大一两岁的样子，不管谁看着，就是十七八岁的大姑娘嘛。"

下午点心时刻，主人招待大家吃的是一大碗凉面。吃完点心，女主人单独邀请幸子到上房的一间屋子里，两人对坐着商量起来。幸子才听女主人讲了几分钟，就后悔起今天不该来了。最令幸子感到意外的是，老太太对男方的人品操行等竟一无所知，而这才是幸子最关心的。不止如此，女主人和泽崎并不认识。据她说，泽崎和菅野两家过去都是封建藩士，双方道义之交笃深，已故的菅野老头生前和泽崎父子两代人都很有交情，但老头去世以后，她儿子和泽崎家来往就不多了。两家上代的交情她不大清楚，在她记忆中泽崎本人从未来过她家，所以这次的亲事并没有和她直接商量，双方的通信也是从这件事情才开始的，以前从来没有通过信。不过两家既然是世交，共同的亲戚朋友来来往往还是不少，听说泽崎的妻子两三年前去世，他近来在物色继室，已经提过两三家亲，但一个也没有成功。泽崎年过四十，前妻还留下几个孩子，可是他却希望娶个未婚姑娘做继室，最好是二十多岁的。老太太听到这一消息便想起亲戚中有一位雪子小姐，年龄虽不大符合要求，倒也不妨提出来试试看，所以才写信说合的。照规矩本来应该请个大媒，可是这样的话，又得考虑人选问题，马马虎虎的媒人肯定不行，为了找个合适的媒人而踌躇，白白浪费时间，还不如速战速决。虽说有些唐突，但她还是亲自写了一封信给泽崎，告诉他亲戚中有这样一位姑娘，问他是否愿意见一面。信寄出后一直没有回音，本以为对方大概没有此意，又过了两个月，前些日子对方突然复信了，大概是利用两个月时间先暗地里做了一番调查。

女主人一番解释之后，拿出一封信给幸子看，说是泽崎先生的复信。信中这样写道：

烂柯亭先生在世之日，备承高谊，夫人则于今无由拜见芝眉[1]，殊为失礼。月前拜读惠书，盛情厚意无以言表，本应早日奉复，盖因俗务繁多，稽延至今，深感歉疚。既蒙垂爱介绍，自当与令亲谋面。鄙人周末（星期六及星期日）多暇，如能于二三日前通知，定当随时趋谒。又，细节请电话联系亦可。

1　谓眉宇有芝采，中国古代谓之贵相，书信中用作称人容颜的敬辞。

信写得极短，是用文言写在筒形卷纸上的。字体和文体都很一般，平凡二字足以蔽之。幸子读后感觉很茫然，一时说不出话来。泽崎和菅野既然都是世家大族，理应比普通人家更尊重这种场合的传统礼俗，像现在这种做法，究竟算是怎么回事呢？特别是菅野家这位遗孀，事前不和莳冈家商量，仅凭她的一己之念便写信给一个素不相识的人并将他请来自己家相亲，这样的鲁莽之事岂是一把年纪的人做得出来的？幸子以前不知道这位老太太性格中竟然有如此鲁莽的一面，兴许是年纪大了，这种做派便越来越显发了吧。如此说来，她的面相中似乎就有一种尖刻峭厉之色，显然是个性情严介的人，难怪长房的姐夫对他这个姐姐敬畏有加呢。还有那个泽崎，居然会答应来相亲，也可以说非常的不合情理，当然他这一举动似乎也可以解释为不想失礼于菅野家。

幸子竭力不让自己脸上露出不满之色，女主人却辩解似的说："我是个急性子的人，最讨厌条条框框的束缚，我觉得不如先让双方见见面，看看有没有可能，其余的事情可以放到后面再办，所以男方的情况还没怎么调查。不过关于泽崎先生的人品和家世什么的，至今还没有听到什么特别不好的传闻，看来不至于有什么问题，要是还有什么疑虑，见面的时候当面问个明白，这样也干脆省事。"话虽这样说，可她连泽崎的前妻留下的孩子到底是两个还是三个，是男孩还是女孩都没弄清楚。这位女主人对于她自己的计划居然能推进到目前这一步似乎还很得意，她眉飞色舞地继续说道："所以一接到幸子小姐的复信，我马上就打电话和对方联系，泽崎先生决定明天上午 11 点钟左右来拜访，我们这里由雪子小姐、幸子小姐和我三个人出面相见。家里没有什么东西招待，我打算让常子亲手做几个菜，请客人在家里吃顿午饭。明天早晨我让孩子们陪着妙子小姐和悦子姑娘去参观关原还有其他一些古迹，带着盒饭在外面吃午饭。她们要是两点钟回来，我们这里的会面也结束了。至于捉萤火虫今天晚上就可以去。"她还说："姻缘这东西是没准的，其实我只惦念着今年是雪子小姐的厄年，没想到她看上去还那么年轻，早知如此，说成二十四五岁人家都会相信，年龄这一条不就也符合对方的要求了吗？"

这时候的幸子只想找个巧妙点的借口，推说这次先去捉萤火虫算了，相亲一事请缓一缓再说。说老实话，幸子仅凭菅野老太太一封信就把雪子带到大垣来，都是因为过分信任了这位女主人，认为事情既然到了这一步，对方想必已经做了充分的准备，可听了上面这番话，她觉得不论是菅野家还是泽崎家，都太不把雪子放在眼里了，这些话要是让雪子本人听到，她肯定会生气，甚至贞之助他们也会感到气愤，不难想象那个千万富豪泽崎的心目中有多么瞧不起女方，连媒人也不请，写封信来就要求相亲，由此也能够想象到，他明天前来的态度也不会很郑重。幸子觉得要是贞之助在她身边，一定会提出先调查男方的背景情况，然后请个媒人按照一定的程式来办，用这种说给谁听都站得住脚的理由做挡箭牌，要求将这次相亲推迟。可是幸子毕竟是个女流之辈，面对正在兴头上的菅野老太太，而且还得顾及东京那位大姐夫的处境，她无法打断对方，只得对女主人连声说多多拜托，听任事态自然发展了。

"雪子妹妹，你要是嫌热，就换掉身上那件衣裳吧，我的衣服也请你帮我脱一下。"

幸子一回到"烂柯亭"，就使了个眼色示意雪子今天不用相亲，她自己也动手开始解腰带，可是无意间又忍不住漏出一声有气无力的叹息，不得不装作是天气热的缘故。菅野老太太的那番话，她不打算告诉雪子和妙子，因为一想起那些话她心里就极不痛快，感觉透不过气来，所以极力想忘掉今天的经历。车到山前必有路，明日风来明日挡，今天就只想着捉萤火虫吧。幸子的脾性就是这样，越是这种时候越要想得开，总能自我暗示马上将心情调整过来，可当她看到还蒙在鼓里的雪子，心里却不是滋味起来。为了排遣心里的闷气，她从皮箱里取出波拉呢单衣和腰带换上，把脱下来的衣裳挂在撑衣架上。

"不能穿那件和服去捉萤火虫吗？"悦子怀疑地问。

"我身上出了汗，所以得换件衣服。"幸子一面回答一面将撑衣架挂到立式衣架上。

四

夜里睡不着觉，可能是因为换了个新地方，但主要还是累了的缘故。今天早晨较平日起得早，又冒着暑热在火车和汽车中晃荡了半天，晚上又和孩子们一起在黑幽幽的田埂上起劲地瞎跑，跑了足足有七八里地。不过捉萤火虫这件事后来回想起来还是很值得回味的。幸子只记得在文乐座[1]看过一次捉萤火虫的木偶戏，舞台上是《朝颜日记》[2]里的宇治川，深雪和驹泽在楼船上说悄悄话的情景。

1　主要演出净琉璃剧的剧场，初期位于大阪市高津桥南岸，明治年间迁至松岛并开始使用"文乐座"的名称，昭和三十八年（1963年）改称朝日座，昭和五十九年（1984年）关闭，现在"文乐座"为剧团名称。

2　净琉璃剧目《生写朝颜话》的通称，山田案山子作，其中第三折《宇治川》中有描写在宇治川捕萤火虫的场景。

幸子总觉得捉萤火虫就像妙子说的那样，穿了印花长袖绸衣服，襟袖飘拂在田野的晚风中，手里拿着团扇来回追扑流萤，那情景才叫一个雅致。其实并不是那么回事。那天晚上女主人说："在黑黑的田埂上和草丛中行走，会弄脏衣裳，请换上这个吧！"她给幸子、雪子、妙子还有悦子每人一件花纹各不相同的细棉布单衣，说不上是为她们今晚捉萤火虫特意准备的还是平常穿的那种极随意的浴衣。妙子笑笑说："真正捉萤火虫就不能像图画里那样了。"反正捉萤火虫天越黑越好，也就没必要在衣着上穷讲究。出门时她们还能模模糊糊地分辨出人脸，等到达萤火虫出没的小河边上时，天色一下子暗了下来。说是小河，其实不过是一条比田间沟渠稍宽些的普通小渠，两岸长满了又高又密的狗尾巴草之类的杂草，几乎将河面都遮住。一开始还看得出远处有一座小桥。据说萤火虫讨厌人声和光亮，所以不能用手电筒从远处照射，走近时说话也得悄悄地说。她们走近河边，还是不见动静。有人在黑暗中说道："今晚怕不会出来了吧？""哪里，已经出来好多啦，跟我来吧！"于是大家跟着那人钻进河边的草丛中。这时正好是四周仅存一点落日余晖，马上就要变成一片漆黑的当口儿，萤火虫从两岸的草丛中飞了出来，划着和狗尾巴草同样低的弧线飞向中间的小河。一望无际的河岸两边到处都有萤火虫在乱飞，先前没有发现是因为杂草长得太高，草丛中飞出来的萤火虫不向天空飞，而是紧贴着水面摇曳。就在天色彻底变黑前，浓重的夜色从低洼的河面一点点爬上来，人们的视觉还能迷迷糊糊分辨出身旁的杂草在摆动的时候，小河远处，缭绕在河岸两旁的几条乍明乍暗、像幽灵般的萤火光带，到现在甚至还出现在梦境里，即使闭上眼睛仍历历在目。真的，那会儿工夫是今天整个晚上印象最深的时刻，即使此时回味咀嚼，也感到的确不虚此行了。捉萤火虫虽然不像赏樱那样美得如图如画,但可以说,它是充满想象的,因此它就像童话的世界,带点孩子气。或许那个世界较之图画世界更像是一个音乐世界,要是能用古琴或者钢琴表现出那种感觉来多棒呀!

深更半夜,幸子独自这样闭着眼睛躺在被窝里畅想,回想小河边上那些萤火虫整夜无声无息地明明灭灭,成千上万地在空中飞舞,她就沉浸在了一种难以言传的浪漫心境之中,灵魂仿佛出离躯体,飞入萤群,在水面上升降飘浮……当她们追逐萤火虫时,那条小河特别长,直直地伸向远方,没有尽头。河上架有几座小桥,她们跨过小桥时不时地在两岸间来回奔走,互相提醒着不要落进河里,生怕被眼睛像萤火虫那样的蛇咬了。跟随她们一起去的菅野家六岁男孩惣助熟悉这一带地形,在伸手不见五指的黑夜中飞快地到处奔跑。孩子的父亲、菅野家的户主耕助这天晚上充当向导,他怕孩子出乱子,不时"惣助!惣助!"地高声叫唤。那时,萤火虫多得不计其数,谁都随心所欲地说话。可是一行人被萤火虫引得七零八散,要是相互间不时时呼唤,担心会在黑夜里失散。不知什么时候,幸子只和雪子两人走在了一起,那时稍稍起了一点风,只听到河对岸悦子和妙子断断续续的说话声,只要是孩子们的玩意儿,三姐妹中就数妙子最起劲,她身体灵巧,所以这种时候总让她陪着悦子去玩。幸子的耳朵里到现在还响着微风从对岸送来的呼应声:"妈妈!你在哪儿?""妈妈在这儿。""阿姨呢?""阿姨也在这儿呀。""悦子捉到二十只萤火虫了!""小心别掉进河里呀!"

耕助拔起路边的杂草做成扫帚一样的草束,拿在手上。一开始不知道他用它来做什么,后来才知道是用来驱扫萤火虫的。据耕助说,捉萤火虫最有名的地方是江州的守山一带和岐阜市郊外,当地禁止随便捕捉，人们一般是把他们那里的名产捉了献给权贵们的。大垣不是捕萤胜地，任凭捉多少也没人干涉。当天夜里萤火虫捉得最多的大概是耕助，其次是惣助。父子俩勇敢地走到小河边去捕捉，耕助手里那把草束上萤光点点，犹如一把玉帚。因为耕助一直不说回去，不知要到哪里才折回，幸子她们就提议说："风大起来了，我们该回去了吧。"话刚出口，就被告知他们正在往回走，只不过走的不是来时的那条路。尽管如此，走了很久还没有走到，可见他们已经不知不觉走出去很远很远了。突然，有人提醒他们说："嗨，到家啦！"抬头一看，真的已经回到菅野家的后门口了。各人手中都拿着瓶瓶罐罐，里面盛着好几只萤火虫，幸子和雪子将萤火虫放在袖筒里，攥住袖筒头。

当天晚上的那些事情，像萤火虫那样杂乱无章地在幸子的脑海里飞舞着。她一心想自己是不是做梦了，睁开眼睛一看，头顶上那盏小电灯的灯光照射下，透光板那里悬挂着白天曾见过的那块匾额，上面是奎堂[1]伯书写的"烂柯亭"三个大字，还盖有"御赐鸠杖[2]"的关防印。幸子不晓得奎堂是谁，只顾端详"烂柯亭"三个字。隔壁那个黑漆漆的套间里似乎有一个亮晶晶的东西从斜刺里掠过，她抬头一看，原来不知从什么地方飞进来一只萤火虫，被蚊香熏得东逃西藏。先前他们在院子里放走了大部分捉来的萤火虫，其中有不少飞进了屋子，睡觉前关上木板套窗时，全都赶到窗外去了，那只萤火虫可能是藏在什么地方，成了漏网之虫。

1　即清浦奎吾（1850—1942），日本近代政治家，曾先后担任司法大臣、枢密院议长等，大正十三年（1924年）组阁出任总理，不久辞职并退出政界。

2　日本近世仿照中国古代风习，赐许高龄大臣上朝登堂时可使用手杖，为便于握持杖首雕成鸠形故名鸠杖。

只见它轻盈地飞到五六尺高，但似乎没有力量继续飞了，它从斜刺里掠过屋子，落在了立式衣架幸子先前挂在那儿的衣裳上。它在友禅花纹上爬，像是躲进袖筒里去了。透过青灰色的绉绸，还隐隐约约可以看到它在闪闪发光。蚊香熏的时间长了，幸子感觉喉咙有点难受，她起身灭掉狸猫造型的素烧香炉里的蚊香，顺便捉住了那只萤火虫，将它包在纸巾里——放在手掌上爬还是有点害怕——从百叶窗缝里放了出去。再一看，先前在树林里和水池边闪闪发光的许多萤火虫，几乎一只都不见了，大概都逃回了小河两旁。院子里漆黑一片。幸子再次钻进被窝，可是却睡不着，翻来覆去地听着其余三个人发出的均匀鼻息，她们看样子睡得很香。在这间八席的屋里，四个人头对头沿壁龛躺着，这边是幸子和悦子，那边是雪子和妙子。幸子忽然听到有谁在轻轻打呼噜，竖起耳朵仔细一听，原来是雪子。幸子正在欣赏着雪子又细又均匀的优美鼾声，不料被她认定已经熟的妙子一动不动的，轻轻地问了一声："二姐，你没睡吗？"

"嗯……我一点也睡不着。"

"我也睡不着。"

"末子姑娘，你一直没睡着吗？"

"是呀，换了个地方我就睡不着。"

"雪子妹妹可真能睡，还打呼噜呢。"

"雪姐打呼噜就像猫打呼噜一样。"

"真的，'铃子'就是那样打呼噜的。"

"明天要相亲，今晚还是这样毫无心思啊。"

幸子想起在睡眠上妙子比雪子要神经质得多。乍一看似乎正相反，其实人不可貌相，妙子平常睡觉比一般人更不安稳，稍稍有点响动她马上就醒了，雪子却毫不在乎，遇到困乏时，即使坐在火车上她也能倒头睡着。

"那个人明天来这里吗？"

"说是来的，上午11点钟左右到，一起吃午饭。"

"我做什么呢？"

"你和悦子由耕助陪着去参观关原旧址。雪子妹妹、我和菅野大姐三个人和他见面。"

"这事你和雪姐说了吗？"

"刚才已经跟她稍稍透了点风。"

幸子因为悦子今天一天不离她身边，所以没有机会和雪子谈明天会面的事。刚才捉萤火虫的时候两人在一起，幸子趁机悄悄对雪子说了句："雪子妹妹，明天要会面呢。"雪子只应了一声"嗯"，一句话也不说，只顾低着头跟在幸子身后默默赶路。幸子没法子往下说，只好按住不说了。就像妙子说的，听到雪子轻微的鼾声，就知道她对于明天的会面并没有很放在心上。

"像雪姐那样三番五次经历过来的人，大概已经不怎么把相亲当回事了吧？"

"也许吧，不过，这样子多扫兴呀。"

五

"妈妈和你阿姨去过关原几次了，我们就待在这里等着。你小阿姨只在小时候去过一次，她还想看看，所以今天请小阿姨和悦子做伴一块儿去。"悦子经她妈妈这样一讲，似乎领会到今天是有什么事情，要是换作平时，她一定会撒娇缠住雪子一起去，今天却乖乖地答应了。她和耕助、惣助、妙子还有携带饭盒的老仆一行五个人坐上接她们的汽车出发了。随后幸子帮着雪子在"烂柯亭"那间六席的套间里穿戴打扮，正忙乎着，常子穿过走廊来通报说："客人到了！"

　　姐妹两人被带进正房最里面的会客厅。这是一间十二席大的旧式会客厅，屋子里安装着书院式的窗子，黝黑发亮的厚实板壁外面，还有一个专为这间会客厅设置的花园，透过老枫的新叶可以看到对面佛堂的屋脊，洗手水钵旁的石榴树正开着花，从那儿一直到水池边都是用那智黑石[1]铺就的园径，沿路长着许多笔头草。幸子望着眼前的景色看了又看，心想这儿怎么会有这样一个会客厅和花园呢？过了一会儿，遥远的记忆终于在她脑子里苏醒了。她渐渐回想起二十年前第一次来访时，就是被迎进这间屋子里的，不过当时"烂柯亭"还没有建造，大姐夫夫妇和幸子等五个人一起住在大会客厅里，应该就是这间屋子。说来奇怪，别的事情幸子全都忘了，水钵那儿的笔头草却记得特别清楚，因为走廊前面丛生着很多笔头草，像两脚那样的青色细茎飞快地长成一片，蔚为壮观，当时在她脑子里留下了深刻的印象，至今仍隐约记得。姐妹两个走进会客厅时，客人正在和菅野老太太叙礼，等到女主人给幸子姐妹做了介绍之后，大家依次就座。泽崎背对着屋子正面的壁龛，幸子和雪子背对着侧面的拉门，面向院子里的阳光，菅野坐在末席，和泽崎正面相对。入席之前，泽崎跪向壁龛——那儿的平口花瓶里供奉着

1　产于和歌山县那智地方海滨的一种板岩。

-450-

一束精心修剪过的叶兰插花，造型像是未生流[1]，仿佛在仰头观赏立轴上的书法。幸子和雪子趁这个工夫向他背影望去。说是四十四五岁，外表看上去也就这个岁数，人长得瘦瘦的，个头不高，脸色不大红润，好像得了病似的，言谈举止、待人接物都一般，没有什么财主派头；身上那套褐色西服尽管还有个样子，可是边角已经有点磨损，那件富士绸的衬衫似乎落过很多次水，已经发黄，条纹丝袜上的花纹也快要褪去了。这样一身衣装和幸子姐妹一比较，显得太粗陋了，既说明他生活非常俭朴，但也足以说明他对今天的相亲多么不重视。

这时候泽崎不知读通立轴上那首诗没有，他转身坐到席位上说："星岩[2]这个立轴太好啦！听说府上收藏了不少星岩的字。"

"是啊是啊。"女主人彬彬有礼地笑着答道。看来用这样的话来奉承老太太最有效，她一下子和颜悦色地说："据说亡夫的祖父曾经师从过星岩先生。"

主客双方谈了许多这方面的话。女主人告诉泽崎，家里藏有几幅星岩夫人红兰题写的扇面和屏风，还有赖山阳[3]的女弟子、名重一时的江马细香[4]的墨迹，细香家曾做过大垣藩的侍医，和菅野家有过交往，菅野家里至今还保存着细香的父亲兰斋[5]先生的书札。

1　日本传统插花流派之一，由未生斋一甫（本名山村山硕，1761—1824）创立，追求儒教和老庄思想的意境，其技法特征是多以直角二等边三角形造型，主要流行于日本西部地区。

2　日本江户后期的汉诗人，曾设立汉诗社"玉池吟社"，被誉为江户诗坛盟主，其妻红兰也是一位汉诗人。

3　日本江户时期的儒学者、汉学家，著有《日本外史》《日本正记》等。

4　日本江户晚期的画家、汉诗人，著有汉诗集《湘梦遗稿》。

5　医者，被称为日本关西地方学习吸收西洋医术的先驱。

泽崎也搬出了细香和赖山阳的恋爱故事、山阳当时游历美浓的逸事，以及《湘梦遗稿》等作为谈助。女主人时不时随声附和一两句，表示她对于这类逸事也有所知晓。

"先夫曾经给细香画的墨竹题过词，那幅画他一直珍藏着，经常拿出来给客人欣赏，讲述细香的生平，不知不觉间我也记住了。"

"哦，是吗？尊翁可是一位雅趣甚广的人呢，我还陪他下过几次围棋呢。他经常叫我来'烂柯亭'，我说我一定前来叨扰，见识一下珍藏的书画。"

"今天本来想奉陪您去'烂柯亭'，不巧那里已经住了人。"女主人说着，随意地招呼了一下直到现在还插不上话的幸子姐妹俩，"为了留宿时冈先生家的几位，那里的屋子都用上了。"

"真的，这个会客厅也非常好。"幸子此时好不容易插上嘴，"'烂柯亭'那边和正屋不衔接，所以非常安静，住着实在太舒服了，住在那边，比住任何一家旅馆的独栋屋子都舒适呢。"

"啊，"女主人笑了笑，"您说得好。您要是合意，尽管多住些日子。先夫晚年爱清静，所以长年待在'烂柯亭'里都不怎么外出。"

"请问'烂柯亭'的'烂柯'两字到底是什么意思呀？"幸子问。

"噢，这个问题嘛，要不请泽崎先生来解释解释吧。"女主人这句话似乎暗含酬验他一下的用意。

"这个……"泽崎的脸色突然变了，他随即强装镇定，但脸上还是明显显露出一种十分尴尬的不悦。

"据说中国晋朝的时候有个叫王质的樵夫，在山中看两个童子下棋，不知不觉中，他的斧柄居然已经烂掉了。泽崎先生，是不是这样呀？"

"这……"此时泽崎的脸色越发难看，他紧皱着眉头。女主人不再追问下去，只呵呵一笑。奇怪的是她的笑声听上去有点不怀好意，席上顿时变成了一种谁也不开口的难堪场面。

"请吧，不过什么也没有准备。"常子这时候坐到泽崎对面，拿起五彩釉的九谷烧酒壶敬起酒来。

虽说今天是家常便饭，可从食盘里菜肴的搭配可以看出大部分是从大垣菜馆子里叫的外卖。这样的大热天，比起小镇上的菜馆做出来的司空见惯的程式化菜肴看来，幸子宁可吃他家厨房做出来的新鲜的农家菜。她举起筷子夹了一片生鲷鱼片放进嘴里一试，果然味同败絮。对于鲷鱼特别敏感的幸子，连忙端起酒杯，和着软塌塌的生鱼片一块儿吞咽下去，好一会儿都不再动筷。遍观餐盘，能引起她食欲的只有一样盐烤香鱼。从女主人刚才的话里听出来，这冰镇香鱼是泽崎带来的礼物，然后在这里烤熟了端上桌的，和菜馆里的果然口感不一样。

"雪子妹妹，你尝尝香鱼吧。"

幸子想到由于自己冒冒失失的发问，弄得满桌扫兴，于是便想设法弥补一下。可是泽崎不那么容易亲近，她只好和雪子搭话。雪子从开始就没有机会说话，一直低着头坐在那里，此刻幸子叫她吃香鱼，她也只是点点头应了一声："好的。"

"雪子小姐爱吃香鱼吗？"女主人问。

"是的。"雪子又点着头应了一声。

幸子接着说："我很爱吃香鱼，雪子妹妹比我更爱吃。"

"噢，这就好。今天都是些乡下菜，怕是没有一样合口味的，我还正犯愁呢，幸亏泽崎先生送来了香鱼。"

"待在我们这样的乡下，轻易吃不到这种新鲜的香鱼，"常子插嘴道，"何况还镇了许多冰，真让您受累了。这么好的香鱼是在哪里捕到的？"

"是从长良川捕来的。"泽崎的心情似乎好转起来，"昨天晚上打电话托了人，然后又让人在岐阜站送上火车的。"

"实在太麻烦您了。"

"我们也托福尝了新。"幸子接着女主人的话说道。

谈话从香鱼一点点扯到别处，什么岐阜县境内的名胜古迹啦，"日本的莱茵河"[1]啦，下吕温泉[2]啦，养老瀑布[3]啦，昨晚的捕捉萤火虫啦，等等，你一言我一语地热闹起来，不过怎么也不像最初那样热烈，似乎相互之间只是为了避免冷场没趣，才东拉西扯硬挤出几句话来凑热闹。幸子因为自己能喝酒，所以觉得这种时候主人如果能稍微劝劝酒应酬一下就好了。可是偌大一个十二席的会客厅里，四个人坐得距离较远，且男客只有一人，也难怪常子在一旁支应不过来。再说又是夏天的中午，即使劝酒，也不宜多喝。菅野老太太和雪子面前餐盘中的第一杯酒全都冷了，依旧原封不动地放在那里。幸子的第一杯酒刚才和着生鱼片一块儿全干下去了，只留下一个空杯子，可是常子只顾给泽崎斟酒，好像觉得给不给女客斟酒无所谓。泽崎则不知道是情绪不佳还是客气，或者真的不爱喝酒，给他斟了三次酒，他才装模作样地接受一次，实际上也就不过喝了两三杯。女主人一再劝泽崎先生宽坐，他却推说坐得挺舒服，依旧端端正正地跪坐在那里，穿着西裤的双膝并得紧紧的。

1　指岐阜县境内的木曾川与飞驒川交汇处今渡到爱知县犬山市约十五公里这一段的木曾川，两岸多断崖、绝壁，景色奇绝。
2　位于岐阜县东部益田郡下吕町，泉质为硫磺泉，历史悠久。
3　位于岐阜县西南部养老郡养老村。

"请问您常去大阪神户那一带吗？"

"是的，神户虽然不常去，大阪每年总要去一两次的。"

幸子无论如何也弄不懂这位号称百万富翁的泽崎怎么会应允和雪子相亲，他到底出于什么动机，莫非这个人身上有什么缺陷？她今天一直从这个角度加以观察，可是到目前为止，从他的举止中都没有发现什么特别反常的地方，只是在别人问到他不知道的问题时，他的态度有点滑稽可笑。不懂就说不懂嘛，何必不高兴呢？这不就暴露出他那大少爷的本性来了吗？这样想着，幸子忽然发现泽崎眉毛下面鼻梁两侧青筋暴起，说明他肝火很旺。还有——这也许是幸子的心理作用，她觉得泽崎待人接物似乎有点女人气，总是带着消极意的眼光，甚至有点惶惑不定，像是心里藏着什么不可告人的秘密。不过更重要的却是，幸子从一开始就察觉到他对雪子似乎没多大兴趣。刚才泽崎在和女主人谈天时，幸子发现他好几次用冷冷的眼光注视着雪子，仿佛要从她脸上寻找什么东西似的，但此后便不再看雪子了。尽管女主人婆媳两个煞费苦心地想些话来想引导他们两人交谈，泽崎也只是碍着面子和雪子讲了一两句，马上又转向其他人。这固然是因为雪子始终被动消极，鼓不起劲来，但也显然说明雪子并不中泽崎的意。猜想起来，主要原因说不定就在雪子左眼下面那块色斑上。对于雪子脸上那块隐约可见的色斑，幸子从昨天起就一直担心，只巴望它今天能褪得淡一些，岂知到了今天，竟然比昨天颜色还要深了。尽管雪子自己对它照样毫不在意，今天早晨照镜子的时候还像往常一样多施了点脂粉，可是在一旁帮她打扮的幸子却对她说："雪子妹妹，你白粉施得太多啦。"说着还不露痕迹地替她抹掉了一些过多的脂粉，把它涂到眼睛下方，想方设法试图蒙混一下，但还是没有什么效果。所以幸子走进会客厅后，一直提心吊胆的，生怕被察觉出来。从女主人婆媳两人的态度上看不出她们是否发现这个问题，但不巧的是雪子坐的位置恰好将左边半个面孔朝着泽崎，初夏院子里耀眼的阳光也正好直射在雪子脸上。好在雪子并没有将那块色斑当作缺陷，所以一点也没有怯沮怕丑的样子，应对举止泰然自若，多少弥补了那个尴尬的场面。不过幸子却认为，雪子脸上那块色斑比昨天坐在省线电车里的时候更加惹人注意，要是让她这样久坐在会客厅里真的叫人受不了。

"请恕我十分放肆，我得去赶火车了。"午饭刚吃完，泽崎便急急忙忙站起身来告辞，幸子心里一块石头这才落了地。

六

"专程来这么一趟，再住一晚上怎么样？明天又是星期日，可以让他们陪同几位去先前说到的养老瀑布那儿去玩玩。"

幸子辞谢了女主人的挽留，等悦子他们一回来，马上收拾东西动身返回，正好赶上预定的 3 点 09 分的上行火车，这样 5 点半左右就可以到达蒲郡了。尽管是星期六的下午，二等车里空得很，四个人坐了面对面的两排座位。坐定下来，两天来的疲顿一下子全都冒了出来，疲软得连说话的气力都没有了。季节快要入梅，天空阴沉沉的，车厢里又湿又闷，幸子和雪子背靠着椅子打起盹来，妙子和悦子摊开《朝日周刊》和《每日周刊》一块儿看着。过了一会儿，妙子突然嚷起来："悦子，萤火虫跑啦！"

她一边嚷一边取下挂在窗口盛萤火虫的罐子，放到悦子的膝上。这个罐子是菅野家的老仆人临时为悦子制作的，他用一只去了底的可乐罐头筒，两头蒙上纱布，当场做出来这个盛萤火虫的罐子。悦子郑重其事地把它带上火车，可是不知道什么时候系纱布的绳子松了，有一两只萤火虫从缝缝里钻了出来。

"好啦，好啦，我替你系吧。"

马口铁的罐头筒光溜溜滑碌碌的，妙子看到悦子笨拙地怎么系绳子也系不紧，便拿过来放在自己膝上帮忙系，只见蒙在纱布里的萤火虫大白天里在阴暗处仍一闪一闪地发出青光。

"哎呀，悦子，你来看！"妙子把罐子又推回给悦子，"那是什么？里面许多东西不像是萤火虫。"

悦子往罐子里张望了一眼，说："那是蜘蛛呀，小阿姨。"

"真的是蜘蛛呢。"

两个人你一言我一语正说着，像米粒般大小的好玩的蜘蛛一个接一个地跟在萤火虫后面爬出了罐子。

"哎呀，不好了！糟了！"妙子将罐子扔在座位上腾地站起身来，悦子也跟着站了起来，幸子和雪子被她们吵醒了。

"怎么了，末子姑娘？"

"蜘蛛，蜘蛛……"

一只大得出奇的东西夹在小蜘蛛中间爬出来，这下子四个人全都站起来了。

"末子姑娘，快把那罐子扔掉吧！"

妙子抓起罐子扔到地板上，一只蝗虫大概受了惊吓从罐子里飞了出来，在地板上蹦了几下，飞到过道那头去了。

"唉，真可惜，那些萤火虫……"悦子瞅着罐子恨恨地说。

"好啦，我来帮你把蜘蛛弄掉吧。"坐在对面一位五十岁上下的男子，看上去像是当地的人，一直在含着笑旁观这一切。此时他起身穿上和服，捡起地上的罐子说道："请借给我一个发夹或者别的什么用一下。"

幸子递给他一个发夹。他用发夹将罐子里的蜘蛛勾出来，甩在地上，抬起木屐仔细地将它们一个个踩死。勾蜘蛛的时候带出来一些草，幸好没有逃出来更多的萤火虫。

"小姐，萤火虫大部分都死啦！"男子重新扎紧纱布，左右倒转罐子察看了一番继续说道，"拿到盥洗室去洒上点水吧！"

"悦子，顺便好好把手洗一下，捉过萤火虫的手上有毒的。"

"妈妈，萤火虫有股臭味，"悦子嗅了嗅自己的手说，"是一股青草的味道。"

"小姐，死的萤火虫不要扔掉，留着可以做药哩。"

"做什么药？"妙子问道。

"晒干了收藏起来，遇到烫伤或者碰伤，可以和米饭粒拌在一起敷在伤口上，帮助愈合。"

"真的有效吗？"

"我也没有试过，听说有效果。"

火车好不容易才驶过尾张一宫站，幸子姐妹几个从来没有坐慢车经过这一带，每到一个无名小站都一个不落地停车，叫人烦不胜烦，尤其是岐阜到名古屋那段路仿佛特别漫长。不一会儿，幸子和雪子都打起盹儿来了。

"名古屋到了，妈妈……看见古城址了，阿姨……"悦子正要叫醒她们两个，这时候车厢里一下子拥上来许多乘客，幸子和雪子都睁开了眼睛。可是火车一驶出名古屋，姐妹俩又立即进入了梦乡，火车驶经大府一带时，下起雨来了，她们也完全不知道。妙子起身关上车窗，随即车厢里到处响起"噼里啪啦"关窗的声音，整个车厢内顿时闷热起来。大部分乘客都前仰后合地瞌睡起来。这时候，幸子一行的斜对面过道那边，前四排座位上坐着的一位身穿陆军军官制服的乘客，背对着她们，唱起舒伯特的《小夜曲》来：

　　我的歌声穿过深夜
　　向你轻轻飞去
　　在这幽静的小树林里
　　爱人我等待你……

　　那军官板板正正地坐在席位上，身体一动不动。幸子和雪子姐妹两个刚醒来，起初没反应过来是谁在唱歌，密不通风的车厢里只有歌声在荡漾，听上去仿佛有人在听留声机。从幸子她们这边看过去，只能看见那个人身穿制服的背影和侧脸的一部分，显然还是个二十来岁的青年，唱起歌来还有些怯怯的。幸子一行在大阪上车的时候就看见这个军官坐在位子上，不过只看到他的背影，没看到他的脸。先前闹萤火虫风波时，乘客们的目光都集中到她们身上，那个军官不可能没看见她们。他大概是为了排遣无聊和驱赶睡魔而唱歌的，他对自己的歌喉似乎颇为自信，可又感觉到背后有年轻漂亮的女子在听他唱歌，所以显得有几分不自然。一曲唱罢，他难为情地低下头，可是隔了一会儿，他又唱起舒伯特的《野玫瑰》来：

　　少年看见野玫瑰
　　荒野上的野玫瑰
　　清早盛开真鲜美
　　越看越觉喜欢……

这些歌是德国电影《未完成交响乐》[1] 中的插曲，幸子姐妹们都很熟悉。她们并不想唱却自然而然地跟着那军官哼唱起来，随后声音越来越大，开始和军官的歌声合了拍。她们从背后看到军官的脸一直红到了脖颈。突然，他的歌声高亢起来，而且因为兴奋而有些颤抖。军官的座位和幸子她们的座位中间隔了有一段距离，在这种场合反倒有利，因为双方可以尽情合唱。合唱完毕，车厢里又恢复了先前的寂静，军官没有再接下去唱，又羞怯地低下头去。火车到达冈崎站，他悄悄站起身，逃也似的一溜烟跑下了火车。

"那位军官，一次也没有让我们看到他的脸呢。"妙子说。

幸子一行还是第一次游蒲郡。这次之所以想来，完全是因为贞之助曾推荐说那里有个一流的旅馆"常磐馆"。贞之助每月要去名古屋一两次，他老说一定要带她们去游玩，悦子一定会喜欢那个地方，他还一再许下诺言说这次去，结果每次许诺都落了空。今天她们去蒲郡，就是贞之助想出来的主意。贞之助说："原来打算去名古屋的时候顺便去玩一玩，可老是因为忙，没有时间陪你们去，现在趁这个机会你们自己去也好，不过这次时间可能紧迫了一点，但是从星期六傍晚到星期日上午也能玩上半天了。"贞之助还打电话给"常磐馆"帮她们预订了客房。幸子自从去年没有丈夫陪着去了一趟东京，有了独自旅行的经验之后，已经不像以前那么胆小了。当她得知这次要去蒲郡，就像个小孩子一样，高高兴兴地动身了。等到她们来到"常磐馆"一看，她不能不再次感谢丈夫为她们安排的旅程。因为今天相亲的事给人印象太糟了，如果就这样和雪

1　维利·福斯特导演、汉斯·杰瑞主演的奥地利与德国联合制作的电影，1933年公映。

子在大垣车站分手，将一辈子留下个无法形容的恶劣心情。对幸子来说，她自己不愉快倒还罢了，让雪子吞了这样一个钉子，再让她独自一人返回东京，实在是于心不忍。多亏丈夫想出这样一个好主意。幸子竭力克制自己不再去想今天在菅野家的那桩事情，可喜的是她看到雪子似乎也充分享受了这一夜的旅馆生活，妙子和悦子也一样，这才如释重负。更加幸运的是，第二天早晨雨也止住了，变成一个爽朗的星期日，而且正如贞之助所料，这个旅馆的各种设备、娱乐设施以及海边的景色等，都令悦子高兴不已，尤其难得的是幸子看到雪子心情舒畅，仿佛已把昨天的相亲之事丢到脑后去了，这确实值得庆幸。仅此一点，幸子就觉得蒲郡之行一点也不虚妄。因此她们一切都能按计划进行，下午两点多来到蒲郡火车站，幸子等乘坐下行车，雪子乘上行车，两班车相距不过一刻来钟，她们就在站台东西分袂了。

上行车后开，雪子送别幸子、妙子和悦子后又等了一小会儿，才坐上往东行驶的慢车。雪子不是没有想到远距离旅行坐慢车的闷损无聊，可是不坐慢车就得托旅馆买快车票，再说在丰桥还得换乘，也很麻烦，所以她决定乘坐直达东京的慢车。上车后，她取出塞在提包里的法朗士[1]短篇小说集翻看起来，可是心情总觉得不舒畅，看不进去，没过一会儿便撇开书，靠着车窗呆呆地望着窗外。她知道自己心情沉重是因为两天来身体上的劳顿以及先前和大家一起尽情游玩后的自然反应，另外则是想到今后又必须在东京熬上数月，心里憋闷得难受的缘故。特别是这次在芦屋待的时间长了，本

1　即阿纳托尔·法朗士（1844—1924），法国作家、评论家、社会活动家，代表作品有《金色诗篇》《波纳尔之罪》等，对日本近代作家产生过重要影响。

以为从此可以不再回东京了，再加上旅途中在一个不熟悉的车站忽然就变成了孤身一人，因而格外觉得落寞。刚才分手时悦子还开玩笑似的说："阿姨今天不要去东京了，送我回去吧！"尽管当时自己轻描淡写地回了她一句"我马上还要来的呀"，可说实话，现在她却认真地考虑起什么时候才能回芦屋的问题了。

　　二等车厢里比昨天还空，雪子一个人占了四个人的空间，盘膝坐在座位上，背靠着座椅想眯一会儿，可是左肩膀酸痛得转不了头，无法像昨天那样安睡，稍稍打了个盹儿，马上就醒了。就这样似睡非睡地过了三四十分钟，火车驶过弁天岛[1]时，她彻底醒了。其实在这之前她已经惊醒了，因为她发现对面四五排的座位上有个男人一直盯着自己。那个男人见雪子放下腿穿上草屦，便坐正了身体，平静地将目光移向车窗，可是不一会儿又像有什么事放不下心似的，回过头来使劲盯住雪子。雪子对他的失礼行为感觉很不痛快，后来又想，他这么死死盯着自己看，大概是有什么缘由吧？就在此时，她忽然意识到，那个人的脸似乎在什么地方见过。那人大概四十岁，身穿一袭灰色白条西服、翻领衬衣，脸庞黑黝黝的，头发服服帖帖地由中间向两边分梳开来，身材又瘦又矮，给人感觉像个乡下富绅；一把阳伞夹在两腿中间，两只手叠放在伞柄上，先是下巴颏支在手背上，这会儿又将身体向后仰去，头顶上方的行李架上还搁着一顶雪白的巴拿马帽子——这个人究竟是谁呢？雪子一时想不起来。每当对方的目光瞄向这边，雪子就尽力避开，这边的眼光扫向对方时，对方也马上躲开，双方都在互相打量察看着。雪子想起那人是在丰桥站上车的，却想不出自己在丰桥一带有什么熟

人。突然，她想到：这个人会不会是三枝？十多年前大姐夫曾撮合他们相过一次亲的那个人？当初提亲的时候，说起过三枝是丰桥一带的富豪，现在这个男人十有八九就是那个三枝了。当时是雪子没有相中对方，说他土里土气，十足一副乡下富绅的样子，一点也不英俊。尽管大姐夫热心撮合，但雪子却固执己见，一口拒绝了。十多年过去，今天在火车上邂逅，对方还是那副乡巴佬的样子。其实他长得并不算丑，只不过第一次见到他时他就是这副老气横秋的模样，和十年前相比，现在并没有老多少，只是比以前更显土气了。由于这个特征，使得雪子在以往多次相亲所见到的面孔中，还能模模糊糊记起他那张脸来。当雪子认出对方的时候，他似乎也察觉到了这一点，于是局促不安地将脸转向别处，尽管这样，他仍将信将疑地趁雪子不注意时偷偷瞄了她几眼。这个人如果真是三枝的话，除了当年相亲那一次，他还到雪子上本町的本家拜访过一两次，和雪子见面，醉心于雪子的容貌并热烈地求过婚，所以即使雪子忘了这回事，对方也不会忘记她。那男子大概不是为了雪子的衰老而生疑，说不定他正在诧讶雪子怎么仍这样年轻，年轻得和十多年前相亲的时候几乎没什么变化，还是一副成熟少女的打扮。但愿对方死死盯着自己看的原因是后者而不是前者。不过，让人家目不转睛地盯着毕竟不是件愉快的事。

　　雪子想到十几年来自己已经不知道相过多少次亲，就在昨天还是在相亲，今天是相亲后回家去，这事要是让对方知道的话……想到这里，她不由自主地哆嗦起来。而且不巧的是今天和前天不一样，身上穿的是不怎么鲜艳的印花和服，脸部的化妆也很粗糙，她知道自己在乘火车旅行时面容比别人更显憔悴。雪子几次想起身去补一下妆，可是这种场合她又不甘示弱，她不想经过那人面前走去盥洗室，连从手提包里取出化妆盒都很不情愿。她看出对方不是去东京，因为他也坐在这趟慢车上，不过不知道他会在哪一站下车，所以老是为这事而心神不宁。火车快要到达藤枝时，对方站起身来取下行李架上的巴拿马帽子，戴在头上，临下火车时还毫无顾忌地瞥了雪子一眼。

可是那个男人下车后，雪子困倦的脑子里却连续不断地浮现出当年那次相亲的经过。那次相亲大概是在昭和二年，不，也许是昭和三年……那时自己刚刚二十岁出头，那次相亲似乎也是第一次相亲。不过自己为什么不喜欢那个男人呢？大姐夫当时十分起劲，说什么"三枝家是丰桥市屈指可数的有钱人家，本人又是财产继承人，雪子妹妹照说不至于不满意"，"对眼下的莳冈家来说，这桩亲事其实是高攀了"，还说什么"已经进行到这个地步了，要是雪子妹妹再不同意，我的脸就没地方搁了"。总之是这样那样地想尽了办法劝说雪子点头。可是不管大姐夫怎么劝说，雪子却一口咬定不同意，理由是那个人长得笨头笨脑的，缺少秀气。实际上这并不是唯一的理由。不仅长相稍显寒碜，据说那个人中学时因为生病没能升学，但其实是因为学习成绩不佳。了解到这点以后，雪子就更加不愿意了。再说她觉得即使成为有钱人的太太，要一辈子闷居在丰桥那种小地方，不免太冷清了。这个理由颇得到二姐的同情，幸子甚至提出比雪子更强硬的抗议说："把她嫁到那样的死乡下去，雪子妹妹不就太可怜了吗？"不过说实话，无论是二姐也好，雪子自己也好，当时确实是有点存心跟大姐夫作对的意思。那时父亲刚去世不久，一向唯唯诺诺的大姐夫一下子威风起来，对此姐妹俩很反感。正是在这种氛围之下，大姐夫想利用一家之主的权力逼婚，天真地以为只要施加一点压力就会使雪子乖乖地就范，他的这一举动不仅惹恼了雪子，连幸子和妙子都被激怒了，三姐妹团结起来一块儿和大姐夫作对。姐夫最生气的是，无论他怎么征求雪子的意见，雪子始终不表态，既不明确拒婚，也不点头同意，模棱两可地，直到最后姐夫骑虎难下时她才表示断然拒绝。姐夫责怪她，她推说年轻女子得顾点体统，岂能在第三人面前明确说出自己的想法？至于心里究竟同意不同意，从言谈举止上也应该判断出来的呀。其实，她早已知道这门亲事是大姐夫银行里的上司给牵的线，为了让姐夫进退两难，她是存心拖延的。总之，她和那个男的毕竟没有缘分，只不过那个倒霉男人无意中被当作了家庭纠纷的一个工具。从此以后，雪子再也没有把那个男的放在心里，也没有听到什么关于他的消息，大概现在已经结婚、成为两三个孩子的父亲了，也可能已经继承了三枝家的户主地位，成为百万家产的主人了吧？想到这里，雪子觉得假如自己成为那个乡下富绅的妻子是绝不会幸福的，这倒并不是她逞强。如果那个男人的生活就是一年到头乘坐慢车，悠悠然地奔走来往于东海道铁路的小站之间，那自己一辈子跟着他过那样的生活有什么意思呢？哪有什么幸福可言呢？幸好自己没有嫁给那个人。

那天晚上十点多钟回到道玄坂的家里，她没有对大姐和姐夫讲起在火车上偶遇三枝的事情。

七

幸子那天在回家的火车上也是思绪万千。盘萦在她脑海里的不是前天晚上的捉萤火虫，也不是昨天晚上到今天上午的蒲郡之行的乐趣，而是刚才在火车上分手时看到雪子形单影只地立在站台上悄然送别的模样，以及她憔悴的脸上那块和昨天一样引人注目的阴影，这两个印象留在幸子的脑海里久久无法拂去。再就是这次相亲的事情。幸子自己都不记得究竟参加过多少次雪子的相亲了，包括这次十分简慢的相亲在内，十年中大概不下五六次了吧？可还从来没有像这次这样让女家感觉丢人的。以前几次相亲，女家总觉得自己这方面条件优越，带着一种自信和自尊去应付，倒是对方一味地请求女方俯允，最终结果总是女方声称"不同意"而令对方落选。可是这次从一开始女方就屈从了男方。当初接到来信时就可以一口回绝但没有回绝，已经让了一步，及至听了菅野老太太的说明，自己那时候原本应该回绝却没有回绝，又让了一步。当然这些都是为了顾全菅野老太太和姐夫的面子。可是相亲席上自己那种小心翼翼忍气吞声的态度怎么解释呢？过去几次相亲，幸子总觉得自己这个妹妹到哪里都不会丢人，心理上总有几分自豪和夸耀的味道，可是昨天当泽崎的目光扫向雪子的时候，自己心里却打起了鼓。回想起来，昨天的自己仿佛成了"应考生"，而泽崎则是"主考官"——想到这里，幸子顿时觉得她和雪子遭受了从未有过的耻辱。非但如此，现在得肯定妹妹的容貌有缺点，尽管是微不足道的缺点，但毕竟是缺点。这个念头压在幸子心头，压得她心情沉重。尽管没有指望这次的相亲会有好结果，可是以后怎么办？照此看来，医治面部色斑倒成了首要的问题了。但是那块阴影能顺利地消退吗？会不会因为这块色斑而让雪子的亲事变得更加棘手呢？的确昨天相亲时那块色斑的颜色特别深，加上光线、位置和视角等条件都特别不利，可是有一点是肯定的，就是从今以后再也不能像以前那样带着优越的心态去相亲了。倘若下次再遇到相亲的机会，自己说不定又得像昨天那样提心吊胆地将妹妹摆在对方的审视之下。

妙子也看出幸子的异常郁闷不光是因为疲顿，而像是在沉思什么事情。她趁悦子起身去给萤火虫洒水的时候，悄悄问道："昨天的情况怎么样？"

幸子连话也懒得说，隔了好一会儿才像忽然想到什么似的，蹦出来一句："昨天呀，草草地就结束了。"

"这次会怎么样？"

"怎么说呢？反正来的时候不是碰上火车抛锚吗……"幸子说完又沉默起来，妙子也不再追问。

这天晚上回到家后，幸子将昨天相亲的情形向丈夫叙说了一个大概，至于中间碰到的诸多不愉快的事情则没有细说，因为如果说出来，势必引起夫妇两人再一次不愉快，她实在是受不了。尽管贞之助建议说："既然人家肯定会拒婚，不如我们这边先主动提出来，对于那样的人家，我们不能让对方看不起。"但他这话也只是说说而已，这种事情菅野家和长房都做不出来的，何况不管怎么样，幸子还是存着一丝侥幸心理，万一事情能成呢？可是，还没等到贞之助夫妇商定好对策，菅野老太太的信便紧随而至。信的内容如下：

莳冈幸子夫人敬启：

数日前蒙诸位远道移玉寒舍，不胜荣幸，唯地僻人鲁，招待不周，失礼之处幸勿见罪是盼。今秋仍望诸位光临采菇，鹄俟以待。

顷接泽崎先生来信，随信附奉供夫人过目。枉驾相过，劳而无功，盖因老身心余力绌乃至如斯，衷怀歉仄，尚乞恕罪。

又，过日犬子曾托名古屋友人探询消息，昨得回复，据云即使对方有心缔姻，然尚不知尊处意下如何。察其隐微，此次相亲之事殊不足惜，唯劳夫人及诸位旅途奔波，万分歉疚！最后请代向雪子小姐多多问好。

菅野安　谨上

6 月 13 日

同封寄来的泽崎的信是这样写的：

菅野安夫人敬启：

时值梅雨鞅郁之季，恭颂阖府安康如意，运旺时盛。

前承垂鉴并蒙款待，深致谢忱。

苕冈小姐之事，后经豫议，咸谓无缘，故匆匆书此奉达，希转致鄙旨于对方。

承蒙照拂，专此厚谢！

泽崎熙　拜具

6 月 12 日

这样两封拿腔拿调的信，从种种意义上说，只能再次激起贞之助夫妇的极度不愉快。首先，这是第一次被相亲对方告知不合格——被人打上了"被淘汰者"的烙印。尽管他们事先已有思想准备，可是泽崎和菅野老太太这两封信还有整个相亲过程中的种种做法，让贞之助幸子夫妇俩很不满意。事到如今这样说已经毫无意义，不过泽崎这封信的确让人读了很不舒服。信是用钢笔写在一张条格信纸上的（前天幸子在菅野家看到的那封信是用毛笔写在卷纸上的），明显多写几个字都不情愿的样子。信里说什么"后经豫议"，其实10日那天他离席的时候早就已经打定了主意，大概是当场不便回绝，才故意拖延两天之后写这封信。还有，这封信既然不是直接写给女方的，又何必以那么拿腔拿调的拗口语气写呢？难道不能写一封稍稍使菅野老太太看了更加容易接受的拒婚信吗？只说"无缘"，又不说明白什么理由，路远迢迢地把人家叫了去，不光对雪子一行人而言太过分了，对菅野家也是一种非常失礼的行为啊！还有，信里说的"咸谓无缘"是什么意思？根据前面的"后经豫议"来理解，大概这是和家里人或者亲戚等商议之后的结果，大家一致认为没有缘分的意思吧？实在佩服，这难道就是百万富翁的见识吗？总之，"咸谓无缘"这句话一看就是在撒谎，看了只会让人心里感觉不快。菅野老太太将这封信一块儿寄过来，是什么意思？不管泽崎信上写什么，这边不知道不就完了吗？她完全用不着将本就不是写给女方家的信特意附了一起寄过来让莳冈家人看。也许菅野老太太对于泽崎的信并没觉得什么，可是作为一个一大把年纪的人，理应将这封信收起来，然后另外找个不怎么伤害女家的借口来告知这桩亲事不成才对。现在把这信一并寄来，却还要假惺惺地说什么"即使对方有心缔姻，然尚不知尊处意下如何。察其隐微，此次相亲之事殊不足惜"。这算是一种安慰吗？

总之，贞之助夫妇最后得出这样一个结论：这个菅野老太太尽管出身不简单，却是个十足的头脑简单的土豪太太，根本就不理解城里人的心理，在没有搞清楚情况之前请她做媒，绝对是个错误，而这件事情，归根结底又要怪罪到长房姐夫的身上。在贞之助夫妇看来，菅野老太太姑且不说了，这桩亲事是长房大姐夫提出的，他们出于对姐夫的信任，才同意去相亲的，老太太的做派姐夫应该清楚呀。他既然愿意插手这件事，照理事前应该先调查调查，摸清底细，估摸一下这桩亲事究竟有多大可能性。大姐信上说无视菅野家的好意，姐夫就很为难，所以说亲事成不成还在其次，只希望雪子妹妹去和对方见次面。既然这样的话，姐夫就应该为雪子想想，预先去信问问菅野老太太是不是事先已经做过调查，这一点按说姐夫应该想得到的吧？光转达一下对方的要求，那不是太不把相亲当回事了吗？到头来这次相亲只叫贞之助、幸子、雪子白白讨了个没趣，其他一无所获，他们三人这一趟远行似乎只是为了顾全姐夫的面子。贞之助觉得自己和幸子倒还在其次，他更担心姐夫和雪子的关系会不会因此而进一步恶化。还算好，这两封信都寄到了幸子这边来，没有直接寄给长房。幸子听从丈夫的意见，拖延了半个月才给大姐和姐夫写了封信，最后简单写了句："菅野家的大姐来信了，那桩亲事似乎不顺利。"信末还附了一笔："希望姐姐委婉告知雪子妹妹，要是不便开口，不说也行。"

八

又过了半个月，到了7月上旬，贞之助有事要去东京两三天。这天他回到家里对幸子说："那次相亲之后，也不晓得雪子妹妹的近况怎么样，我总有点放心不下。趁有半天的空闲工夫，我去了一趟涩谷，没有见到姐夫，不过大姐和雪子妹妹都很好。后来雪子妹妹进厨房去，说是要给我做冰糕。我借这个机会和大姐聊了一会儿，可是压根儿没有提起那次相亲的事。本来我想了解一下菅野老太太有没有写信来告知对方相不中雪子的真实原因，到底是根本没有来信，还是长房把信收起来了，瞒着没有告诉我们真相，可大姐的样子似乎有意回避说起这事，她只是翻来覆去地说今年是母亲二十三周年忌辰，再下个月大家都得回大阪去。她还说，雪子妹妹不像大家所担心的那样，她在那边生活得很好，大概是马上又可以回关西的缘故吧？"

"大姐说了：'母亲的祥月命日¹是9月25日，打算提前一天24日星期日那天在善庆寺做佛事，所以辰雄和我星期六就得去大阪。六个孩子都带去太麻烦，可是带谁还没有想好，看来只能把辉雄等几个上学的孩子留下来，正雄和梅子就只能带过去了。可是让谁看家呢？照理说雪子妹妹能留下来看家是最合适的了，可是又不好不让她回去参加母亲的忌辰佛事。这么一来，看家的事就只能交给阿久了，除了她也没人可以托付。好在只有两三天工夫，应该没有问题。不过一行六个人住到哪里去呢？住在一块儿只怕太麻烦人家，要是分成两处歇宿的话，我可能去二妹那里挤一下。'"说完，贞之助又补上一句，"还有两个月呢，大姐现在就开始操起心来了。"

其实，最近幸子本来就想写信去打听一下今年母亲二十三周年忌辰打算怎么办。因为前一次昭和十二年12月父亲十三周年忌辰时，辰雄没有来大阪，只在道玄坂附近一座和善庆寺同属净土宗的寺院里办了一次简单的佛事。那年秋天长房刚刚搬去东京，正忙于安家，再让他们一大家子人赶来大阪做佛事也确实够呛，所以姐夫

1　和人死去之日相同的日子称为"命日"，每月一度，而和死去之月相同的月份称之为"祥月"，同月同日的日子每年只有一次，此即为"祥月命日"。

告知大阪的亲友说："这次亡父忌辰定于东京举办佛事，诸位亲友如趁便来京参加非常感谢，但不敢劳驾专程赴会，届时还希各位自行前往善庆寺献香为幸！"同时每家还分发了一只春庆漆香盆。幸子看出，姐夫这样做当然也有他的理由，不过说到底还是为了省钱，因为如果在大阪举办佛事，势必得办得体面隆重，姐夫担心会花费很多钱。父亲生前喜欢捧艺人，所以当年他三周年忌辰的时候就有许多演员和艺妓来参加，当时在心斋桥"播半"摆的开斋宴上，还有春团治[1]演出落语节目以为余兴，排场极为盛大，不禁叫人联想到莳冈家过去的荣华。但辰雄吃了那次铺张浪费的苦头，等到昭和六年七周年忌辰的时候，请帖只发给至亲好友，可是到了那天前来参加的人依旧很多——有的是清楚地记得，有的是辗转听别人说的，这让姐夫从简办事的打算又落了空，原本不想在酒楼设宴而改在寺院里吃顿便饭，最终还是在"播半"开了酒席。有人感到高兴，说："死者是喜欢热闹、讲究场面的人，为亡父做佛事多花几个钱，也算是对死者的孝顺。"不过辰雄当时就说了："凡事都得合乎身份，莳冈家今非昔比了，以后做佛事得更加节俭一些才行，我现在境况并不怎么宽裕，我想父亲在九泉之下也会体谅的。"正因为有过这样的教训，因此十三周年忌辰姐夫就故意没有在大阪做佛事。亲戚中有些老人指责辰雄这种做法，说什么："从东京跑一趟大阪给父亲做场佛事多大点事呀？听说长房近来生活特别节俭，可是这毕竟不像其他事情，即使多花几个钱，不也是应该的吗？"面对这样的非难之声，鹤子夹在中间左右为难。辰雄则辩解说，等

---

1 即第二代桂春团治(1878—1934)，大阪的落语表演家。落语是日本大众曲艺形式之一，语言滑稽，与相声类似。

十七周年忌辰的时候一定回大阪好好弥补。由于有这样的先例，幸子一直惦念着今年母亲的佛事不知道会怎么办，假如还是在东京办，亲戚们说闲话还在其次，自己姐妹几个也都要不满了。

辰雄姐夫根本没有见过母亲，自然说不上对母亲有什么感情，可是幸子想念母亲又不同于想念父亲，她对母亲有一种特殊的感情。大正十四年12月年仅五十四岁就因脑出血去世的父亲，算得上短命了，可是，大正六年母亲去世的时候才三十七岁，正值盛年。想起来，自己今年正好是母亲去世那年的年龄，长房的大姐则比当时的母亲大两岁。在幸子的记忆中，母亲比现在的大姐和她自己要清秀美丽得多，不过，这和母亲去世时周围的状况以及病情等有很大的关系。当时幸子还是一个十五岁的少女，在她眼里，母亲长得比实际上还要清秀。一般肺病患者病情恶化后，多半面容憔悴，又瘦又丑，母亲尽管得的也是肺病，但直到临终前都没有失去那种妩媚，脸庞没有变黑，只是白得像透明的一样，身体虽然羸瘦，但是手和脚直到最后都是光润的。母亲的病是她生下妙子后不久得的，起初在滨寺疗养，后来搬到须磨去疗养，最后因为在海边疗养反而不见好，于是又在箕面租了一栋小房子住下。母亲晚年时，只允许幸子每个月去探视她一次，而且每次总是催促幸子尽快离去，所以幸子即使回到家里，海边寂寞的波涛声和松风声与母亲的面容融会在一起，仍久久萦回在脑海里。因为这个缘故，幸子在意识中将母亲理想化了，母亲的形象就成了她思慕的对象。等到迁居箕面以后，母亲知道自己将不久人世，便允许她们多去探视几次。临终那天清晨打来电话，幸子等人赶到那里不多久，母亲就咽了气。之前几天，秋雨一直下个不停，那天潇潇的秋雨打在病房的玻璃窗上，一片迷离。窗外是个小小的庭院，一直通到一条小河边，庭院到河岸那段路上的荻花快要凋谢，又受到秋雨猛打。那天早晨河水上涨，村子里的人都骚动不安，担心山洪暴发，比雨声还猛烈、可怕的急流声，把耳朵都快震聋了，河里的石头相互冲击时发出来的巨响，震得房屋都在摇晃。幸子姐妹们侍候在母亲的枕旁，担心着如何应对河水上涨。就在这样的气氛中，母亲像露水消逝一样悄无声息地死去了。望着母亲安详、全无杂念的遗容，幸子她们也忘记了恐惧，心境被漱濯得如清江一般澄净。那固然是一种悲伤，却是悯惜一件美好的东西弃尘世而去的悲伤，也就是说，它超越了个人情感，是一种伴有音乐般妙趣的悲伤。尽管幸子姐妹早就有了思想准备，知道母亲熬不过今秋，但如果母亲的遗容不是那样美丽，当时恐怕会更加感觉悲痛，而且还会永远留下一段黯然的记忆。

父亲早年是个放荡不羁的人，听说他二十九岁结的婚，在当时算晚婚了，那一年母亲二十岁，比父亲小九岁。据亲属中的长辈说，婚后夫妇和睦，那样一个过惯了放荡生活的人，居然收心绝足花丛了。父亲性格豪放，喜欢铺张，母亲出身京都的商家，容貌和举止都符合"京美人"的标准，双方的性情正好相反，相反相成，倒是十分理想的婚配，旁人见了也都说是令人羡慕的一对。不过这些都是幸子记忆中所没有的遥远的往事，她所记得的父亲却是一个抛弃家室、老是在外面游荡的父亲，母亲心满意足地伺候着这样一个丈夫而毫无怨言。后来母亲离家疗养，从此父亲便肆无忌惮，玩乐起来愈加豪猛。比起大阪来，父亲玩得更多的地方是在京都。幸子还记得自己小时候常常由父亲带着到京都祇园的茶室去喝花酒，也因此认识了几个父亲熟识的艺妓。现在回想起来，父亲骨子里还是喜欢京美人那一类女子。如此说来，同是姐妹，幸子喜欢雪子胜过妙子，尽管理由种种，但其中最主要的还是四姐妹中雪子最像母亲。四人中，幸子和妙子像父亲，鹤子和雪子像母亲。鹤子人高马大，尽管生着一副京美人的面容，但是缺少母亲那种婀娜娇柔的味道。母亲是明治时代的女子，身高不到五尺，手脚玉纤纤的，优雅的手指活像一件精巧的工艺品。四姐妹中妙子个头最矮，可是母亲比妙子还矮。雪子比妙子高五六厘米，所以相形之下，雪子的身材比母亲高大不少，然而却遗传了许多母亲性情、容貌中的优点，甚至连母亲身体上散发的幽香，在雪子身上也可以嗅到片许。

关于做佛事这件事，幸子只是从丈夫那里间接听来一些消息，七八月间没有收到大姐和雪子的片言只字，直到9月中旬才收到长房寄来的正式通知。可是让她稍感意外的是，父亲十七周年忌辰的佛事这次将提前两年和母亲的二十三周年忌辰同时举办。这消息贞之助也是第一次听到。大姐当初在东京对他讲起的时候，明明只提到母亲的二十三周年忌辰，没有听她说起父亲的十七周年忌辰。大姐就不去说了，估计姐夫当时已经有这种打算了。将父母任何一方的忌辰提前、双亲的佛事合在一起办，这样的先例倒是有的，不能一概指责。姐夫因为之前岳父的佛事办得有点潦草而受到非难，他也说过应该将十七周年忌辰办得像样些作为弥补。不过今昔时局不同，在现在的形势下只能凑合着办，这也能说得过去。既然这样，就该预先和那些爱说长道短的亲戚商量一番，取得他们的谅解。如今事到临头，冷不丁地就这样决定了，突然发来个通知，似乎也欠稳妥了些。

通知的内容写得很简单：

兹定于9月24日（星期日）午前10时举办先考

十七周年、先慈二十三周年忌辰佛事，请于当天光临下寺町善庆寺为盼。

接到这个通知后又过了几天，大姐才打电话来说明详情。她说："前些日子贞之助妹夫来东京时，还没有打算这样办，不过你姐夫老早就说了眼下正在进行国民总动员，不是浪费金钱大办佛事的时候，所以他建议把父亲的忌辰提前了一块儿办。不过说是这么说，直到前一阵子还在犹豫，并没有拿定主意，通知书上也只写了母亲的忌辰。可是欧洲战争[1]爆发后，你姐夫就改变想法了，他说日本说不定要大难临头，日中战争以来打了三年的仗还没有结束，弄得不好，还会卷入世界大战的漩涡中，我们今后必须更加紧缩开支，这才突然决定把双亲的忌辰并在一起合办的。因为这次不是大规模招待亲友，所以就没有印通知书，而是一张张手写的，而且是中途改变计划，就央请银行里的年轻人匆匆改写了寄出，所以也来不及和亲戚们商量。不过我想这次大概不会像上次那样遭人指责了吧？这次我也赞成你姐夫这样做。"大姐解释一番之后又说道："我和雪子妹妹决定带正雄和梅子乘坐22日的'燕子号'特快火车动身，住到你那边去。你姐夫和辉雄星期六晚上动身，星期日早上到大阪，当天晚上再坐夜车赶回东京，就不打搅任何人了。我离开大阪已经两年了，也不晓得什么时候还能再回去。东京有阿久看家，可以放心，所以我想在你那里住上四五天，不过最晚26日也得返回东京。"幸子问她当天的

1　根据全文内容判断，此处系指1939年1月英法两国针对德国侵占波兰而向德国宣战，也即第二次世界大战正式爆发。

午饭有什么打算，大姐回答说："午饭决定借用寺院的客厅，从高津的'八百丹饭庄'叫外卖，一切都在电话里吩咐庄吉了，他会办妥的，不会有什么问题，不过到时候还得请你跟寺院那边以及'八百丹'再敲定一下。人数估计有三十四五位，饭菜定四十份，每人给准备一两合[1]酒。烫酒准备请善庆寺里的女掌柜和姑娘来帮忙，但是席面上的招待必须由我们自家人来担当。"

大姐极少打电话来，一旦打来，就说个没完没了，她续了一通又一通的话费，又说起本来想让雪子妹妹和末子姑娘也参加，可是考虑到她们两个都是还没出嫁的姑娘家，这种场合不太合适，还和幸子商量应该带些什么礼物送给亲戚们。

"那么就后天再见了。"最后还是幸子适可而止地主动挂断了电话。

九

幸子想到大姐电话里最后说："本来打算让雪子妹妹和末子姑娘也去参加佛事，可是考虑到两个妹妹都还没有婆家，让她们在人前抛头露面的，我这个做姐姐的实在觉得不忍。"幸子觉得，估计不光是大姐有这样的想法，要是往坏处想的话，说不定这也是大姐夫懒得做佛事的原因之一。就姐夫和大姐来说，他们只巴望着能在今年母亲的忌辰之前至少将雪子一人的亲事定下来。雪子今年已经三十三岁了，到现在还让人家"姑娘、姑娘"地叫着，年纪比她小

1　日本尺贯法所用的容积单位，1合约等于 0.1 升。

的堂房妹妹们大都已经出嫁做了太太，其中还有带了孩子来参加佛事的，唯独雪子到现在仍没有找到合适的婆家。昭和六年父亲七周年忌辰的时候，雪子已经二十五岁，对于她的年轻，大家都惊叹"一点也看不出已经这个岁数啦"，这话听在姐夫和姐姐耳朵里却觉得刺耳。时至今日，这种刺耳的话一定只会更多。雪子的年轻同那个时候相比虽然没有多大变化，亲戚中的姑娘们一个个都先于她有了婆家，她却没有丝毫为此而感到自卑，但越是这样人们对她就越加怜悯，觉得这样一位冰清玉洁的姑娘老是找不到婆家，简直岂有此理，已故的爹娘在九泉之下会多么难过啊，到最后就会将责任完全推到长房身上。这样一来，连幸子也感觉到自己应该负一半责任，因而对姐夫和姐姐的苦衷体会尤深。不过说实话，幸子现在操心的还不光是一个雪子，还有另外一件事情：抛别大阪多时的姐姐重又归来，这让幸子十分惶恐不安。

原来妙子近来又有了新的动向。板仓刚死那阵子，妙子十分沮丧，什么事情都提不起兴趣，可是隔了不久，一两个星期之后就又振作起来了。对妙子来说，哪怕和所有外部施加的压力对抗到底，也要促使其实现的这场恋爱，突然间就夭折了，一时间她似乎有点茫然失措。但她生性就不是那种想不开的人，不知什么时候又打起精神来，到服装学院学习去了，内心且不说，至少表面上很快就恢复了平素那个活跃的妙子。幸子对此很佩服，她对贞之助说："这个末子姑娘，还以为她这次要吃足苦头了，可是她一点也没有示弱，实在了不起。说到底末子姑娘是个什么都干得出来的人，我们这种人是学不来的。"

大概是7月中旬，有一天幸子和桑山夫人一同去神户与兵寿司店吃午饭，饭铺里的人告诉她，妙子刚才打电话预约了当晚6点钟的两客饭。妙子那天一清早就离家，不知道她是从什么地方打的电话，也琢磨不透她和谁一道。"与兵"的小伙计还说末子小姐最近来过店里两次，都是和一位男客一块儿来的。幸子不由吃了一惊，很想细细打听一下那位男客的样子，只是碍着桑山夫人的面，不好意思问，只含混地应和着敷衍了过去。其实她很想搞清楚那个男的究竟是谁，但又怕戳穿西洋镜，所以当天走出"与兵"和桑山夫人分了手之后，她独自一人去新市场看了一场以前曾经看过的法国老电影《逃犯贝贝》。5点半电影散场出来时，她想如果这个时候去"与兵"附近守候，说不定能正好觑见妙子和那个男的一块儿去吃饭，不过想是想，最后她还是打消这个念头，径直回家了。

　　此后又过了一个月，到了8月中旬，菊五郎来神户演出，贞之助、幸子、悦子和阿春四人去松竹剧场看戏（那阵子妙子常常单独行动，即使幸子约她一道去看戏或看电影，她也推说自己是想去看，不过这次实在去不了），四个人在多闻大街八丁目的电车轨道上跨下出租车，通过新市场的十字路口向聚乐馆走去时，贞之助和悦子先走了过去，幸子和阿春却刚好碰上红灯，停了下来。就在这时，一辆汽车从楠公前驶过来，转瞬间经过她们两人眼前，车子里坐的正是奥畑和妙子。盛夏的大白天里，两人看得真真切切，不过车子里的两个人谈兴正浓，没有注意到幸子和阿春。

　　"阿春，这件事情不许对老爷和悦子提起！"幸子当即给阿春下了封口令。阿春看到幸子倏地变了脸色，于是非常认真地答应了一声"是"，随后便低头走路。幸子为了镇定一下心跳，盯着走在百米开外的贞之助和悦子的背影，脚下故意放慢了脚步。遇到这种时候，幸子往往会指尖发凉，她不知不觉地握住阿春的手，假如什么也不说，反倒憋闷得难受。

"阿春，末子小姐的事情你是不是晓得一点？近来她好像在家一刻也待不住。"

"是。"阿春又简短地应了一声。

"没关系，你晓得什么就讲吧。刚才那个人最近有没有打电话到家里来过？"

"电话的事我不晓得，不过……"阿春踌躇了一会儿，又补充道，"前些天我在西宫碰到过他两三次。"

"是刚才那个人吗？"

"是的……还有末子小姐。"

幸子没有再追问下去。

第一场野崎村演完幕间休息的时候，幸子和阿春起身去解手。幸子在走廊里追上阿春，又接着刚才的话题问起那件事。据阿春说，上月下旬她住在尼崎的父亲因为做痔疮手术住进西宫一家痔科医院，当时她请了两个星期的假去陪护，那段时间因为要送饭什么的，差不多每天来往于尼崎和医院之间。医院在西宫惠比须神社附近，所以她从国道札场到尼崎那段路总是乘坐公共汽车，就在那条来回的公路上，她碰到奥畑三次。第一次是她刚要上车，奥畑从车子里下来，两人擦肩而过，第二次和第三次都是在公共汽车站候车的时候遇见的。奥畑乘坐的车与阿春乘车的方向正相反，他只坐开往神户的车，开往野天的车他一次也没有乘坐过。阿春候车得由南向北穿过国道，到靠山那边的汽车站去，奥畑候车则必须穿过山边汽车站后面那个万坡，由北向南穿过公路，站在滨海那个汽车站（阿春用了"万坡"这个旧方言，这个词现在只通用于一小部分关西人中，它指的是比较短的隧道，相当于今天一般人说的旱桥。据说这个词的正确发音是"万步"，源于荷兰语，有人能准确发这个音，但是京都大阪地方的人都发成阿春那样的土音。阪神国道西宫市札场附近的北面，省线电车和火车的高架路基都是东西向的，路基下面开有一个比旱桥还小的孔道，人身体直立着刚好能够通行，钻过孔道就来到公共汽车站）。阿春第一次碰到奥畑的时候，不知道该不该和他打招呼，正迟疑间，奥畑笑嘻嘻地冲着她摘下帽子，于是阿春只得朝奥畑鞠了一个躬。第二次是双方在各自的汽车站点候了好长时间，汽车却久等不来，站在马路对面的奥畑不知想起什么来，竟若无其事地穿过马路来到阿春身旁招呼说：“阿春，又碰到你啦，你来这里有什么事吧？”阿春告知他事情原委，两人就站在车站聊了一会儿。奥畑笑嘻嘻地说道：“原来是上附近医院陪护来了，那就下次到我家里去玩吧，我家离这儿不远，就在旱桥那边。”他一边说一边指着万坡的入口处：“你晓得一棵松吧？我家就在一棵松旁边，到那里就晓得了。那就说好了，来玩啊。”他似乎还想说什么，这时开往野田的汽车来了，阿春说声“对不起”，便上了车。（阿春有个习惯，喜欢模仿对方的口气将两个人当时的对话内容一五一十地全都还原出来。）阿春碰见奥畑就只三次，三次都只见到他一个人，每次都是在傍晚5点钟左右。另外在同一汽车站上碰见过妙子一次，时间也是在下午5点钟左右，阿春站在那里等车，妙子从背后走过来拍拍她的肩膀，叫了一声：“阿春！”阿春毫不留神地滑出一句：“哎呀，小姐您到哪儿去啦？”话刚出口马上把嘴闭上了。因为妙子是从背后突然出现的，所以她猜想准是从万坡那边穿过来的。妙子问她：“阿春，你什么时候回去？你父亲身体怎么样？”接着又笑着说道：“听说你遇见阿启啦？”阿春让她这么一说，一时紧张得答不出话来，妙子又说了一句：“你快点回家吧！”随后穿过马路坐上开往神户的公共汽车走了。后来她从那里直接回了家还是又到神户别的地方去，阿春就不知道了。

在剧场走廊上就只谈了这些。可是幸子总觉得阿春似乎还知道些别的事情。第三天早晨，那天是悦子练习钢琴的日子，等妙子出门后，幸子派阿照陪同悦子去练琴，又把阿春叫到会客厅里盘问起来。阿春先申辩一句"其他的我可就不晓得了"，可是又说出了一大通话来：

"我一直以为阿启少爷住在大阪，他说他住在西宫一棵松附近的时候，我还觉得有点意外，有一天，我穿过万坡去一棵松察看，他家果然就在那里，是一栋白墙红瓦的文化住宅式的洋楼，屋子前面围了一道低矮的冬青篱笆，门上挂着写有'奥畑'字样的门牌，门牌还是崭新的，看样子是搬过去才没多久。我是傍晚6点半之后去的，当时天色已经很暗，二楼的窗子全窗敞开着，白花边窗帘里面灯光雪亮雪亮，屋子里还开着留声机。我停在那里看了一会儿，听到屋子里除了奥畑少爷外，还有一个女子说话的声音，不过和留声机播放的声音混在一起听不清在说什么。（阿春此时还插入一句："对了，那张唱片是达尼埃尔·达里约[1]出演的《回到黎明》中的主题歌。"）我就过去那里一次，本来是想有空的时候再去察看察看来着，再弄弄清楚到底什么情况，可是那之后两三天父亲就出院了，我也回芦屋了，所以就没有再去。我一直拿不定主意，这件事情要不要报告给太太，因为这些话都是奥畑少爷和末子姑娘跟我在汽车站当面讲的，他们并没有嘱咐我保密，看来太太说不定已经晓得了。要是这样的话，我想我不讲反而不好，可是又觉得最好还是

1　法国女演员，代表作品有《红与黑》《查特莱夫人的情人》等。

不要多嘴多舌，所以就一直没有对太太讲。末子姑娘最近经常去那里，必要时我可以再去那里一趟，听听邻居们的反映，详细了解一下情况。"

　　幸子那天撞见奥畑和妙子两个坐在汽车里，由于事情出乎预料，她不免吃了一惊。可是事后平心静气地想了想，板仓事件以来尽管妙子不太看得上奥畑，但他们并没有完全断绝关系，何况现在板仓已经去世，他们两个人偶然一起逛逛街，也不值得大惊小怪的。只是有一次，大概是板仓死后十来天的时候，幸子看到报纸上刊载了一则奥畑母亲去世的讣告，就对妙子说："阿启的母亲去世啦。"说着从旁偷偷察看妙子的反应。妙子毫无兴趣地附和了一声"嗯"，什么也没有说。幸子又问道："大概病了很长时间了吧？"妙子来了个"这……"幸子接着又问："你们最近一直没有见面吗？"妙子还是从鼻腔里挤出一个字"嗯"算是回答。自那以后，幸子看出妙子讨厌人家提起奥畑的事，便在妙子面前连"阿启"这两字都绝口不提。尽管如此，幸子还是没有从妙子嘴里听到她和奥畑已经彻底断绝关系的消息。再说，幸子认为，妙子早晚还会爱上一个像板仓那样的人，她一直担心这个。如果再让妙子找那么个不三不四的对象，那还不如让她跟奥畑重修旧好，奥畑各方面条件都符合，莳冈家面子上也不丢份。虽说仅凭阿春一席话就断定他们两个已经重修旧好还为时过早，但也并非没有这种可能。妙子知道自己和奥畑的恋爱得到了长房和幸子等的谅解，假如事实确是如此，她也没有隐瞒的必要。不过和曾经有一阵子那样讨厌的奥畑重修旧好，这事让她主动坦白说出来，不免令她难为情。幸子估计，说不定妙子是故意借阿春的嘴来透漏消息，好让幸子等人尽快知道这件事情。

几天之后的一个早晨，当餐厅里只剩幸子和妙子两个人时，幸子装作若无其事的样子对妙子说道："那天我们去观赏菊四郎演出时，末子姑娘坐汽车经过新市场了吧？"

"是的。"妙子点点头。

"还去了'与兵'对吗？"

"嗯。"

"阿启怎么搬到西宫去住了呢？"

"他哥哥和他断绝了关系，他没法继续住在大阪的家里了。"

"为什么？

"我也不清楚到底为了什么。"

"他母亲不是刚去世吗？"

"嗯，好像和这事有一点关系。"

尽管吞吞吐吐的，妙子还是被动地说出一些事情：西宫的房子是以每月四十五元的租金租下来的，奥畑的老奶妈和他住在一块儿。

"末子姑娘，你什么时候又跟阿启开始来往的？"

"板仓七七的那天碰见他的。"

板仓去世后，每次"做七"妙子必到。上个月上旬，她一清早去冈山做七七，上完坟打算坐火车回家，走到车站，奥畑等在车站正面的入口处。他对妙子说："我晓得你要来上坟，所以在这里等你。"没法子，妙子只得和他一起从冈山同车返回三宫。板仓死后，一时完全断绝了的交往就这样又续上了。不过妙子辩解说，她并没有改变对奥畑的看法，尽管奥畑花言巧语地说什么母亲逝去才让他懂得了人情冷暖世态炎凉，家里同他断绝了关系后他终于明白了，但是自己并没有听信他那番话，只是看到奥畑孤零零地被赶出家，谁都不理睬他，自己对他可不能那样薄情，所以才同他来往的，现在自己对奥畑是出于怜悯而不是爱情。

十

关于这方面的事情妙子讲得不多，看得出她不愿意让别人刨根问底地打听，因此，这次以后幸子就不再提起这方面的话题。可是既然了解到这个情况，很多事情就得用另一种眼光去看了。比如前一阵子她多次深更半夜才回家，究竟是在什么地方消磨了那么长的时光？她吃住都在家里，可是言行举止却不像家里的一分子，这些似乎都说明一点问题。还有，妙子近来经常回家后不入浴，但从她那容光焕发的脸庞上看，好像是在外面洗过澡后才回家的。妙子在服饰装扮方面原先很舍得花钱，但自从和板仓结识后就意识到储蓄的重要性，变得抠了，烫头发什么都尽可能去价钱更实惠的美容院去做。然而最近在化妆方面以及衣裳服饰方面又变得讲究甚至奢侈起来，幸子发觉这两个月当中，妙子的手表、戒指、手提包、烟盒、打火机等全都换了新的，她平常出门拿在手上的那只板仓生前爱用的黑色徕卡照相机——之前在三越百货公司八楼走廊里被奥畑摔坏，后来板仓修好了继续在使用，他死后冈山的家里人在做过五七后送给妙子留作纪念的——现在也换成了一架银灰色的徕卡镀铬照相机[1]。幸子起初还把这些事情简单地理解为大概因为恋人死

1　徕卡照相机自 1932 年起同一型号产品除了既有的黑色外观外，还同时推出银灰色的镀铬外观的产品，在当时被视为引领一时新潮、档次更高，价格也比同型号的黑色照相机略高。

了，妙子的人生观受到震动，一下子变了，改变了以前攒钱存钱的想法，大手大脚地花起钱来。其实好像不仅仅是这样。她已经很久没有动手制作布娃娃了，听说她不久前还将凤川的工作室让给了徒弟使用，西服学院好像也难得一去了。对这些，幸子暂时只能独自搁置在心里，从旁冷眼观察。可是想到妙子像现在这样和奥畑公然来往，两个人大摇大摆地在外面游逛，早晚有一天肯定会被贞之助撞见的。丈夫本来就对奥畑颇有微词，要是知道了这件事情，准会不高兴，所以，幸子找了个时机干脆将此事向丈夫和盘托出了，贞之助果然很不高兴，一直绷紧着脸。

两三天后的一个早晨，幸子走进贞之助的书房，贞之助让她坐下，告诉她说："我从某个地方打听到奥畑家里和他断绝关系的原因了。前些天你说他家里同他断绝关系、把他赶了出来，我就觉得挺奇怪，于是想办法调查了一下。据说是阿启和商店里的伙计串通起来偷走了自己店里的东西，而且不止一次，之前就有过这样的事情。不过那时候阿启的母亲还在，母亲出面向他哥哥讨饶，事情也就不了了之。可是现在又重犯，加上他母亲也不在了，他哥哥大发雷霆，还说要控告他，经旁人替他求情，等到他母亲五七一过，就同他断绝了关系、把他赶出家，事情才算有个了结。"

贞之助接着说："至于末子姑娘晓得不晓得这事，我就不清楚了。不过既然真相大白了，无论长房也好，你也好，现在不是该改变一下你们同意末子姑娘嫁给阿启的想法了吗？特别是像姐夫那样的人，听到这种事情一定会改变想法的。过去姐夫和你们对末子姑娘和阿启的事情睁一只眼闭一只眼的，心里可能还暗暗赞同他们交往，这是因为你们巴不得他两个人能结婚。可要是你们改变了这种想法的话，就会觉得听任他们两人这样交往下去肯定是不合适的。即使你和大姐、雪子妹妹三人都认为宁可让妙子嫁给阿启，也比嫁给一个莫名其妙的人强，姐夫也一定不会同意的。除非阿启得到家里饶恕、重新被接纳，他和末子姑娘的关系得到奥畑家的承认，可以正式结婚，否则姐夫绝不会答应。所以说，像现在这样听任他们两人交往下去，对任何一方都没有好处。再说了，过去阿启在家里有他母亲和哥哥监督着，还比较好些。现在被赶出家门，租了一栋小房子一个人在外面过，更加自由自在、为所欲为了，这样更加糟糕。他被家里赶出来的时候，可能拿到一点生活费，他也许觉得很得意，不考虑后果，有多少就花多少吧？末子姑娘不会多多少少也花过他的钱吧？末子姑娘说她对阿启的感情不是恋爱而只是怜悯，这个我也不想妄加猜测。不过从另一个角度来看的话，似乎也不能理解为单纯的怜悯，也可以往更坏的方面去想。总之，听凭末子姑娘这样下去而不加阻拦，将来万一他们脑子一糊涂同居了怎么办？退一步讲，即使不同居，末子姑娘每天泡在西宫他的家里，这事要是让阿启的哥哥听到了，又会把我们蒔冈家看成什么样的人？末子姑娘成了不良少女，那是她咎由自取，可我们这些监护人不也连带着要被人耻笑和非难吗？我之前一直对末子姑娘的行为采取旁观的态度，这次也不想主动去干涉，但是她要是不停止这样的交往，我想姑且先告知长房，征得姐夫和姐姐的认可，或者至少得到他们的默许。不然的话，弄到最后我们对长房没法交代。"

贞之助头头是道地说了一大通，起因是他近来开始打高尔夫球，经常在茨木的俱乐部[1]和奥畑的哥哥碰到，那种时候就感觉很

---

[1] 正式名称为茨木乡村俱乐部，大正十四年（1925年）开业，昭和十二年（1937年）时拥有注册会员五百余人，是当时关西地区首屈一指的高尔夫俱乐部。

尴尬。

"不过，您觉得长房会默许吗？"

"我看不大可能。"

"那怎么办呢？"

"说不定得强迫末子姑娘和对方断绝来往。"

"真要能断绝来往倒好了，假如背着我们仍偷偷来往怎么办？"

"假如末子姑娘是我的亲妹妹或者女儿，反复教导不听的话，我就干脆把她赶出家门。"

"那样不是更要跑阿启那边去了吗？"说到这里，幸子的眼眶开始湿润了。

没错，假如家里牺牲妙子，禁止妙子进进出出的话，对外界、对奥畑家里固然交代得过去，可这不是甘愿招致一个做丈夫的最不愿意接受的结果吗？照贞之助的话说起来："末子姑娘是个二十九岁、有独立能力的人了，我们老是想按照自己的主意指使她，那是不对的。不妨把她赶出去试一试，看她怎么样，假如她因此而和奥畑同居，那也没办法。要是我们连这个也要瞎操心，那心可就操不完啦。"可是在幸子看来，若是妙子从此就这样背负一个"被家人断绝关系"的标记，未免太可怜了。过去无论遇到什么事情，幸子总是在长房面前袒护妙子，现在为了这点事就将她弃之不顾，这怎么行呀？丈夫可能把这个妹妹想得太坏了。妙子毕竟也是大家闺秀，本质上还是一个忠厚老实的人，幸子可怜她幼年丧母，尽管自己也有点力不从心，却一直代替母亲给予她疼爱，现在绝不能在给母亲做佛事的当口儿将她逐出家门。

"我也没有说非把她逐出家门不可，"贞之助见幸子眼眶里噙满了泪花，有点慌了，"我刚才只是说假如末子姑娘是我亲妹妹的话……那完全是一种假设呀。"

"悦子她爸，这件事情您就全权交给我吧。等大姐来的时候，我只悄悄对她透点风，让她一个人晓得就行了。"

不过幸子的本意却是，究竟要不要告诉大姐，还得到时候视情形而定。不管怎样，在 24 日的佛事顺利结束以前，她不打算将这件事情告诉大姐。

大姐一行 22 日晚上来到芦屋，当天晚上幸子只对雪子一个人讲了这件事，想听听她的意见。雪子说："重归于好是好事呀，用不着把阿启家里和他断绝关系这事看得那么严重。即使拿了点东西，也是他自己家里的，和骗取别人家的东西是两码事情。像阿启这样的人，是做得出这种事情来的。他大哥同他断绝关系说不定也只是一时的惩罚，过些时候可能就被原谅了。所以只要他们不招摇过市，只是暗地里来往的话，我们不妨睁一只眼闭一只眼算了。不过这件事情可不能跟大姐说，要是告诉了她，她肯定会和姐夫说的。"

关于这次佛事，幸子觉得不好对长房的做法说什么，可是又总觉得有些遗憾，所以打算在善庆寺佛事集会之后，姐妹几个好好聚一场，一来弥补佛事的遗憾，二来也为了犒劳一下久别重逢的大姐。她在父母生前都熟悉和常去光顾的"播半"订了饭食，时间是佛事后的第三天，也就是 26 日中午，除了姐妹四个人，还请了富永家姑母和她的女儿染子，没有叫上贞之助。另外又请了菊冈验校和她的女儿德子前来，由德子伴奏，妙子跳《手炉舞》，验校的三味线、幸子的古琴，两人合奏一曲《残月》，作为余兴节目。为此，幸子从半个月前就开始在家里猛练起琴来，妙子则上大阪的作稻老师那里练习舞蹈。

大姐 22 日到的芦屋，23 日大清早便起身，带着梅子上街买东西、探亲访友，晚上不知在哪里吃过晚饭后才回来。24 日这天，大姐、正雄、梅子、贞之助夫妇和悦子、雪子、妙子共八人在阿春的陪伴下，8 点半就出了家门。妇女们都穿了印有家徽的礼服，大姐是黑纺绸的，幸子以下三姐妹都是紫色绉绸，只是颜色深浅略有差异，阿春穿的是紫黑色捻线绸料子的。电车行驶在路上，驶至夙川车站，看到基里连科上了车，他下身穿了一条短裤，露出毛茸茸的大腿。他一上车就睁大了眼睛盯视着车厢里的光景，然后走到贞之助一行人面前，一只手抓住车厢顶垂下的吊环，弓着身子问道："诸位这是上哪儿去呀？今天全家都出动啦。"

　　"今天是我岳母的忌辰，大家去佛寺烧香。"

　　"啊，令岳母什么时候去世的？"

　　"去世已经二十三年了。"妙子说道。

　　"基里连科先生，卡捷琳娜小姐来信了没有呀？"幸子问他。

　　"噢对对，我倒忘了，卡捷琳娜前几天来信还问诸位好呢。她现在在英国。"

　　"不在柏林了？"

　　"她在柏林没有待多久，马上就去了英国，而且见到了她女儿。"

　　"那太好了。她在英国做什么呢？"

　　"在伦敦一家保险公司工作，给公司经理当秘书。"

　　"这么说，她和女儿生活在一起啦？"贞之助问道。

　　"哦，不，还没有，她正为了领回女儿在打官司呢。"

　　"是吗，这可真是……"

　　"您下次去信的时候请代我们向她问好。"

　　"不过现在因为在打仗，寄一封信要很久那边才能收到。"

"老太太很担心她吧？"妙子插言道，"伦敦说是马上就要遭到空袭啦。"

"不过，用不着担心她，我妹子胆子大着哩。"基里连科用大阪方言对答道。

佛事之后的宴会，对于那些以前参加过在"播半"举办的盛宴的人来说，未免觉得寒碜了些。不过在善庆寺的三大间穿堂里，四十来人一同入席就餐，也不让人有冷清的感觉。除了亲戚，到会的还有经常来往的木匠师傅塚田、负责照管上本町老宅的音老头的儿子庄吉，另外还来了两三个船场时代的伙计。席面上的支应本来应该是鹤子姐妹几个的本分，却由表姐妹们、阿春以及庄吉的妻子等人代劳了，四姐妹几乎没有怎么张罗。幸子面对着院子里长得高高大大、花儿快要凋谢的红的白的胡枝子花，不禁想起了母亲临终时箕面那个院子里的情景。男客们多半在议论欧洲战争，女客们照例要夸赞一番雪子姑娘和妙子姑娘如何如何年轻漂亮，不过说话都恰到好处，以免刺激到辰雄，让他听着不舒服。一个姓户祭的老店员喝多了酒，坐在屋角里，扯着破锣嗓子毫无顾忌地问道："听说雪子姑娘还没有成婚，为什么呀？"弄得一屋子都冷了场。

"反正我们已经耽搁了，"妙子说话的口气异常镇静，"干脆就慢慢地找吧，找个理想的人再嫁。"

"不过，那也太慢了些吧？"

"笨蛋！你不晓得有句老话吗？'从现在起也不迟'呀！"

举座响起一片妇女们的暗笑声，雪子也忍俊不禁地听着，辰雄装作没听见。

这时候，脱掉了国防服[1]上衣露出衬衫的塚田师傅从对面招呼道："户祭君，户祭君！听说你最近做股票发财啦，有这回事吧？"塚田的脸膛黑黢黢的，说话的时候金牙闪闪发光。

"哪有这样的事？不过我以后可得好好捞上一把。"

"有什么好消息？"

"我这个月要去华北，不瞒你说，我妹妹在天津的舞厅做舞女，被军部看中，当了一名谍报员。"

"哇，那不得了。"

"她现在是一名生活在中国的日本浪人[2]的太太，很有势力的哟，给家里寄钱，一寄就是一两千的。"

"嗨，我怎么没有这样一个妹妹呀。"

"我妹妹最近跟我说，不要老是傻乎乎地在日本混，要去中国。她让我去天津，那里赚大钱的机会多得是哩。"

"也把我带上吧，我这木匠随时都可以不干的。"

"只要能赚钱，我什么都干，哪怕去妓院干个小头目也不在乎呢。"

"是呀是呀，没有这点勇气那怎么行啊！"塚田说完又转向阿春说道，"阿春，给我倒杯酒呀。"他拉住阿春又喝了起来。这个木匠师傅在芦屋家里被赏酒喝的时候，总是阿春给他斟酒，醉醺醺的

---

1 昭和九年（1934年），日本陆军规定军服颜色统一为卡其色（土黄色）和茶褐色两种。昭和十四年（1939年），商工省对服装染料实行统制，参照军服颜色，规定男子服装只能有卡其色、藏青色和黑色三种颜色（被称为国防色），这种服装也被戏称为国防服。

2 原意指考试落榜者或无固定职业和住所、四处游荡者，此处的浪人则专指明治维新至太平洋战争期间，散在东亚各地特别是中国，从事国粹主义或泛亚主义活动的日本人。

他还曾借着酒劲向阿春求爱："喂，阿春，做我的老婆吧！你要是答应的话，我马上叫家里那个让位。不是和你开玩笑，是真的啊！"阿春也和和气气地款待他，还经常拿他逗乐，弄得大家捧腹大笑。不过今天阿春也喝多了，她觑准火候说了声："我去取热酒来。"便一溜烟地跑去厨房那边了。

"阿春，阿春！"塚田边喊边追赶上来，阿春只当没听见，走出厨房，躲到后院杂草丛里去了。她从黑缎子腰带中取出粉盒，在红彤彤的脸上补了点香粉，然后悄悄向周围看了看，确定没有人，这才打开那只常来芦屋做买卖的杂货铺老板送给她的珐琅烟盒，取出一支"光"牌香烟[1]，匆匆吸了半支，随即掐灭火收进烟盒里，重新回到厨房。

十一

大姐说她二十六日无论如何得动身回去，所以这天中午去"播半"参加聚餐后，没有回芦屋，而是去心斋桥一带逛了一个来小时的马路，稍稍重温一下大阪的繁华街市景象，然后幸子等便直接送她去了梅田火车站。

"大姐今后一时半会儿不会再来了吧？"

"还是幸子妹妹来东京吧。"大姐从三等车厢里探出头说道，并

1　昭和十一年（1936年）面市的一种不带过滤嘴的香烟，一盒十支装，当时售价十元。

解释自己带了孩子即使买卧铺也睡不着觉，二等和三等一个样。其实她是为了节省费用。"这个月菊五郎没有演出，下个月就有他的戏了。"

"菊五郎上个月来神户松竹戏院，我们都去看了，可惜没有看到他在东京大阪演出的那些节目，只演了一出《保名》，连《延寿大夫》都没有演。"

"听说下个月他演《长良川上的鱼鹰匠》那出戏的时候，要在戏台上用真的鱼鹰呢。"

"这倒是新鲜节目，不过我最爱看的还是他的舞蹈。"

"说到舞蹈，富永家姑妈一个劲地夸赞末子姑娘，说什么那么好看的舞蹈世上少有呢。"

"雪子姨妈不上车吗？"正雄一口东京腔地问道。

"……"

雪子站在幸子身后，倒像个送行的人了。她笑嘻嘻地似乎说了些什么，可是开车的铃声响了，谁也没有听清她说的话。幸子一开始就猜透了她的心事，她这次随同大姐西行，早就准备留下来不走了。大姐也没有叫她回去，她自己也不解释什么，这事自然而然就这么定下来了。

妙子的事情，幸子听从雪子的建议，没有对大姐吐露半点风声。妙子看到二姐绝口不提这方面的事，似乎理解为对自己有利，所以后来随着时间推移，越发明目张胆地往西宫跑。白天如此倒也算了，可是她往往十天八天都不回家吃晚饭，这种时候贞之助的脸色就很不好看了，幸子为此暗地里捏着一把汗。遇到这种时候，丈夫、她还有雪子，彼此心照不宣，都尽量避免说到"末子姑娘"，为此大家都感觉很别扭。另外，大家也担心这种事情对悦子影响不好，尽管母亲和雪子告诉她说末子姑娘回家很晚是因为最近工作特别忙，但悦子显然不相信，所以，她吃晚饭的时候也不再提起妙子，尽管没有人教她这样。幸子经常提醒妙子，叫她留点神，至少不要在贞之助和悦子面前做得太露骨，妙子只是"嗯嗯"地随口答应两声，接下来的两三天回家早了点，可是很快又故态复萌。

一天晚上，贞之助终于忍不住了，他对幸子说："末子姑娘的事情你前几天跟大姐说了？"

"我是想和她说的，可一直没有机会。"

"怎么回事？"丈夫的语气中含着前所未有的责备。

"是这样的，我和雪子妹妹商量过，她劝我还是不要对大姐说的好。"

"雪子妹妹为什么这样说？"

"因为雪子妹妹同情阿启，她认为不必追究细节。"

"同情也得看对什么事情。这样做，你晓得对雪子妹妹本人的亲事破坏性有多大吗？"贞之助满脸不悦，说完后就一声不吭了。幸子也猜不透丈夫在打什么主意。

到了10月中旬，丈夫又去了东京两三天，于是幸子问他："悦子她爸，您去涩谷了吗？"

"嗯，那件事情我对大姐说了。"丈夫还告诉她，大姐只说要好好想一想，暂时提不出什么建议，幸子也就没有深究下去。到了这个月的月底，大姐却出乎意料地突然寄来一封信。

　　幸子妹妹：

　　　　上个月一家三口承蒙照拂，又蒙设席"播半"，盛宴款待，使我深深体会到故乡的温暖，感觉非常愉快。

回京后终日忙忙碌碌，连封感谢信都没顾得上写。今天迫不得已给你写这样一封不愉快的信，可是这事又不得不让你知晓，所以无可奈何才提笔。

就是有关末子姑娘的问题。前些日子贞之助妹夫告以详情，我听了真是大吃一惊。贞之助妹夫说要把事情的来龙去脉一一说清楚，从板仓说起，一直到最近阿启家里和他断绝了关系，都讲给我听了。我越听越感觉太意外了。过去关于末子姑娘的坏名声，也曾隐隐约约听到一些，不过总以为末子姑娘不至于那样放荡不羁，何况还有幸子妹妹在她身边监督，她绝不至于胡作非为，哪里知道我完全想错了。正因为我不愿让末子姑娘成为一个不良少女，才这样那样的替她操心，可是每当我要进行干涉时，你却总要插进来替她辩护。我为亲骨肉中出了这样一个妹妹而感到羞耻，同时也觉得这是家门的最大耻辱。听说雪子妹妹也站在末子姑娘一边，认为没有必要把这件事情告诉我们。不管是末子姑娘，还是雪子妹妹，都只知道糟蹋你姐夫的体面，根本不回长房倒也罢了，现在又闹出这样的事情来，她们究竟安的什么心呀？我只能认为你们三人是为了给姐夫制造麻烦，存心在使坏。这一切也许是由于我们有做得不够的地方……信笔写来，也许太过火了，只是心里有话不能不说，冒犯之处，还望你见谅。

至于怎么处置末子姑娘的问题，说老实话，我们本来认为最好还是让她和阿启结婚，可是既然知道了现在这种情况，结婚一事就不再考虑了。退一步讲，将来阿启要是能被宽恕回到家里，重新考虑他们结婚的可能性当然也是存在的。为末子姑娘着想，假如她一定要和阿启结婚，现在就更应该和阿启断绝来往，不然的话，只能给奥畑家留下极不好的印象。因此你姐夫认为即使末子姑娘答应和阿启断绝来往，她的话也不能轻信，必须让她暂时住到东京来。幸子妹妹你知道我这里屋子小，生活水平也赶不上你那里，来这里是委屈了末子姑娘，不过现在不是说这种话的时候。请你跟她讲清道理，务必送她来东京。你姐夫说了，过去因为屋子小没有让她来结果出了事，这次希望雪子妹妹也一起回来，屋子小，大家挤一挤克服一下好了。

请幸子妹妹这次再也不要给末子姑娘好脸色了。要是末子姑娘无论如何都不愿意来东京，你那里也不可收留她，这是你姐夫的意思，我也赞成这样做。你姐夫还说："这次希望幸子妹妹一定要站在我们一边，果断采取措施。反正我们已经下定决心，这次绝不能再犹犹豫豫的了。究竟送末子姑娘来东京，还是宣布她和苛冈家断绝关系，望在这个月内做出决定，告诉长房。"当然，断绝关系不是我们所希望的，所以请你和雪子妹妹一起好好说服末子姑娘，让问题得到圆满的解决。

我们等着你的回音。

鹤子

10 月 25 日

"雪子妹妹，大姐写来这样一封信，你看看吧！"幸子红着眼圈，把大姐的来信先让雪子看，"姐姐难得写信这样语气强硬，连你也一块儿埋怨了一通。"

"这信肯定是姐夫教她写的。"

"虽说是姐夫教她写的，大姐也真做得出啊。"

"信里说什么'只知道糟蹋你姐夫的体面，根本不回长房'，这都什么时候的事情了。大姐姐夫他们搬到东京以后，根本就没有真心想把我们接回去住嘛。"

"就差没说'雪子妹妹倒也罢了，要是末子姑娘来了，那就麻烦啦'这句话了吧？"

"关键是，那么小的房子能接我们回去住吗？"

"从这封信来看，好像末子姑娘变成不良少女完全是我的责任了。不过我倒是觉得，末子姑娘绝不是那种任人摆布的人。有我居中监督着，至少不会太过分。要是没有我的话，她肯定还会更加出格，说不定真的就变成不良少女了呢。总之，我有我的考虑，既要顾全长房，又要顾全末子姑娘，为了不让双方丢脸面，我已经够够煞费苦心了。"

"大姐他们想得简单，觉得末子妹妹行为不端，把她赶出家门就算完事了，哪有这么轻巧的事啊？"

"可是该怎么办呢？我看末子姑娘是绝不会去东京的。"

"这种事情根本不用去问她。"

"那到底怎么办好呢？"

"要不先暂时搁置一下怎么样？"

"这次恐怕不行，因为你贞之助姐夫好像也站在长房一边了。"

幸子提出不管怎么样先和妙子本人商量一下看看，雪子也一块儿参加。于是第二天早晨，就在二楼妙子的卧室里，姐妹三人关上房门商议起来。

"我说末子姑娘，哪怕不住多久，你就先暂时去东京住一阵子怎么样？"

听到幸子这么说，妙子像个小孩子似的，一个劲地摇着头道："不！不！我宁死也不和长房一块儿过！"

"那我怎么回复大姐呢？"

"随您怎么说好了。"

"不过这次连你贞之助姐夫都站在长房一边，再怎么打马虎眼也蒙混不过去的呀。"

"要是这样的话，我一个人出去住公寓好了。"

"末子姑娘你不会上阿启那儿去吧？"

"来往归来往，但住到一块儿我绝不会的。"

"为什么？"

这一问问得妙子一时答不上来了，最后她解释说是怕被人误解。她所说的误解大概是指自己只不过是可怜阿启，但遗憾的是别人可能以为我爱他。不过她的话在幸子和雪子听来，似乎是打肿了脸硬充胖子。不过，眼下这种时候，暂时由她出去过一阵单人生活，同样是离开家庭，但面子上还过得去。

"你说的话算数吗，末子姑娘？你保证是去公寓住吗？"幸子心里仿佛一块石头落了地，"那样的话，就暂时委屈你一下，就这么办吧。"

"如果住公寓，我可以经常去看你。"雪子这样一讲，幸子马上接着说道："其实说真的，末子姑娘，不用解释你也明白，本来不是什么大不了的事情，你就说因为某种原因在公寓住一阵子，对谁都不要说是脱离家庭。只要不让你贞之助姐夫和悦子看见，你要来白天随便来，我们也会经常让阿春去看你的。"

说着说着，幸子和雪子两人的眼眶里都盈着泪水，而妙子却是一副无动于衷的样子，只平静地问了一句："行李怎么办？"

"衣柜那类显眼的东西不搬走不妥当，有些贵重的东西只管留下好了。你打算在哪儿租公寓呢？"

"还没考虑好。"

"松涛公寓怎么样？"

"我不想在夙川住。我这就走，反正今天就定下来。"

两个姐姐离开后，妙子独自往飘窗上一坐，仰望着晚秋的晴空，不知不觉间两行热泪沿着双颊簌簌地滚落下来。

十二

妙子租住的那栋公寓叫甲麓庄，位于国道公共汽车本山村站的北面。据阿春描述，那是一栋建成不久的新公寓，孤零零地矗立田野中间，各种设施还不齐备，比较简陋。三天后，幸子和雪子一起去神户，想邀妙子一块儿吃午饭，打电话到公寓，回说妙子不在。再问阿春，阿春说除非一大清早给她打电话，否则多半不在家。尽管如此，幸子还是一心盼望她两三天内能回一趟芦屋。可是等了几天，妙子也没有回来过，连电话都没打来一个。

不知贞之助是真的相信妻子和雪子已经和妙子断绝了关系呢，还是对于她们背地里仍有联系无可奈何。总之，自从妙子被赶出家门后，他表面看起来似乎称心遂意了。在悦子面前，大家只说末子姑娘这次租下甲麓庄公寓作为工作室，所以吃住都在那里。悦子心里虽然怀疑，但也只能接受这种说法。幸子和雪子过去就经常见不到妙子，所以她们两个倒不觉得现在和以前有很大不一样，实际上家里仿佛豁开了一个窟窿，而这种感觉其实早就有了，并非起因于这次事件，只是家里出了一个见不得人的妹妹，令她们一想到这个就愁苦不堪。

为了解闷，姐妹两人几乎每隔两天就相携去神户看电影，有时一天甚至看两场电影，且不管新上映还是重映，一个月下来，算一算她们看过的电影有《阿里巴巴进城》[1]《早春》[2]《美丽的青春》[3]《山丘剧院》《孤儿乐园》[5]《苏伊士》[6]等等。她们走在马路上的时候，还留心着看会不会碰上妙子，可是始终没有碰见。由于许久没有妙子的音讯，这天早晨幸子差遣阿春去探视，阿春回来时候禀告说：“我去的时候妙子小姐还没有起床，看上去精神很不错。我说太太和雪子姑娘都很惦念她，请她回芦屋坐坐。小姐笑着回答说：'过两天就去，请她们不要操心。'”

到了12月，一个星期日，盼望已久的法国电影《监狱纵火犯》[7]上映，姐妹两人忙不迭地赶去看了，结果当天幸子便得了重感冒，只得暂停外出。

悦子就读的学校12月24日开始放假，23日上午妙子回来了。离开家差不多整两个月了。妙子把过新年要穿的衣服装满一皮包，

1 大卫·巴特勒导演、埃迪·坎特主演的美国喜剧电影, 1937 年公映。

2 莱茵霍尔德·舒尔泽导演、丽尔·达戈维主演的德国电影, 1936 年公映。

3 让 - 布诺瓦·李维导演、让 - 路易·巴劳特主演的法国电影, 1937 年公映。

4 维利·福斯特导演、沃纳·克劳斯主演的德国与奥地利联合制作的电影, 1936 年公映。

5 诺曼·陶洛格导演、斯宾塞·屈塞主演的美国电影, 1938 年公映。

6 阿兰·德万导演、泰伦·鲍华主演的美国电影, 1938 年公映。

7 列昂尼德·莫盖导演、安妮·迪科主演的法国电影, 1938 年公映。

然后三人聊了大约一个小时。临走时妙子说："过了初七再来拜年。"可是等到正月十五上午她才来，喝了碗赤豆粥，那天比较从容，一直待到下午才回去。幸子年底患过感冒之后，怕再着凉，一直待在家里没有出门。雪子虽然爱看电影，但独自一人也不愿意去电影院。她虽说年纪已经不小，可特别怕见生人，出外买东西都得拉个人做伴。幸子为了让她学习书法和茶道，亲自陪同雪子到书法老师和茶道老师家里去，可总是这样也不是个办法，所以三次里总有一次让雪子自己一个人去。另外，自去年以来，为了那件不得不做的事情——消除脸上的色斑，每隔一天雪子得去打一次针。按照大阪医科大学附属医院皮肤科大夫的建议，雪子每隔一天去栉田大夫那里打一次女性激素和维生素C针剂。还有，悦子每星期学校两次钢琴，回家后由雪子辅导复弹，雪子近一阵子几乎就忙于这几件日课。

幸子一个人在家的时候，便守着钢琴消磨时光。钢琴弹腻了，就到楼上那间八席的屋子里练练字，或者把阿春叫来教她弹古琴。阿春是前年秋天开始学古琴的，幸子当时只是教她一些大阪七八岁小姑娘学琴初始阶段弹的曲子，例如《千金小姐女儿节上祭娃娃》《四季之花》等，高兴的时候就教教她，现在已经学到《黑发》《万岁》这类曲子了。阿春不愿上学，却甘心当女佣，看来她爱好技艺，只要说今天教她弹琴，她就赶紧将家务事拾掇好。《雪舞》和《黑发》的身段还是妙子教她的，舞蹈动作她也大致学会了。这次幸子教她《鹤喙》，里面有这样一句歌词："撒谎呢，咚锵，还是真心……"

这个地方阿春始终掌握不好，琴弹至此处，她还没有唱出"撒谎呢"就弹完了。两三天里幸子一直让她练习这个地方，连悦子都记住了，能学着哼唱起来。

"阿春姐，我的仇报成啦。"悦子逗趣说。平常她练钢琴时有些曲调怎么也弹不准，阿春倒在旁哼哼上了，悦子对此很恼火，所以这会儿才会说出这样一句来。

这个月底妙子又来了一次。那天早上快到中午的时候，幸子正在会客厅里听广播，妙子走了进来，开口就问："雪姐呢？"随后她自己拉了一把椅子，靠近火炉坐了下来。

"刚才到栉田大夫那里去了。"

"是去打针吗？"

"嗯。"幸子本来在收听烹饪节目、学习季节料理的做法，不知什么时候转成了谣曲，于是她对妙子说，"末子姑娘，把收音机关了吧。"

"哎，您瞧！"妙子努了努下巴示意幸子看靠在脚边的那只猫"铃子"。

"铃子"才进屋不久，它闭着眼睛趴在火炉前昏昏欲睡，看上去很放松。经妙子一提醒，幸子这时注意到，每逢谣曲响起鼓声，它的耳朵就耸动一下，或许它自己什么也不知道，只有耳朵随鼓声反射性地耸动着。

"这耳朵怎么回事呀？"

"真奇怪！"

两人好奇地定睛看着猫耳朵随鼓声耸动的情景。谣曲播完，妙子才起身关掉了收音机。

"针打得怎么样，有点效果吗？"

"怎么说呢？这种事情，总要坚持长期打才会见效。"

"那要打多少次啊？"

"大夫也没讲打多少次，只说要耐心打下去。"

"难道一定要结过婚了才会好吗？"

"也不一定，栉田大夫说会好的。"

"我看光打针不见得就像抹掉一样的能彻底祛掉吧。"妙子话头一转又说道，"对了，卡捷琳娜结婚了。"

"哦！她给你来信了？"

"我昨天在元町碰到了基里连科，他在背后叫着：'妙子小姐！妙子小姐！'追上来告诉我的。是两三天前来的信。"

"跟谁结的婚？"

"就是她当秘书的那家保险公司的经理。"

"到底让她钓着啦。"

"她给基里连科的信里还附了一张经理家的照片，信上说他们就住在那栋房子里，她丈夫说要把她妈妈和哥哥接过去一起住，叫他们快去英国，旅费随时可以寄来。从照片上看，那栋房子不得了，简直像座城堡一样，真正的豪宅哪！"

"真让她钓到金龟婿啦。那准是个老态龙钟的小老头了吧？"

"哪里，人家才三十五岁，还是第一次结婚呢。"

"真的吗？"

"卡捷琳娜说过：'我到欧洲一定找个有钱的人结婚，你们看着吧！'这下子终于让她达到目的了。"

"她是什么时候离开日本的？好像一年还不到吧？"

"是呀，她是去年3月底走的。"

"这样说来，还不到十个月呢。"

"去英国也不过就半年光景吧。"

"半年就能找到这么一个结婚对象，真了不得，美人就是占便宜。"

"像卡捷琳娜这样的美人有的是，难道英国那个地方就不出美人了吗？"

"你说基里连科和老太太会去英国吗？"

"大概不会去吧。老太太说过：'像我们这种生活贫困的人去那儿，只会给女儿丢脸，待在日本，谁也不晓得我们的底细。'"

"哦，西洋人也会有这样的心理呀。"

"对了，卡捷琳娜还和她前夫谈妥了，很快可以领回她的女儿啦。"

妙子回家没别的事情，就是想来扯扯卡捷琳娜的闲篇而已。幸子告诉她雪子马上回来，劝她吃了午饭再走，她似乎和奥畑约好在什么地方碰头，所以说了声下次吧，坐了半个来钟头便走了。

妙子走后，幸子对着炉火，独自沉思起来。诚然，卡捷琳娜结婚，妙子确实有特地前来告知的价值。年轻有为的经理爱上一个新雇的女秘书，并最终娶她为妻，这种情节总以为只会出现在电影中，现实社会中是绝不会发生的，然而并非如此。正如末子姑娘所说，卡捷琳娜还算不上闭月羞花之貌，也没有什么过人的本事，却能交上这样的好运，这种事情在西洋难道可以大把抓吗？无论如何，一个住着豪宅的保险公司经理、三十五岁的未婚绅士，居然和一个雇了才半年，举目无亲又出身不明的独闯世界的女子结婚，不管这女子多么漂亮，按照日本人的常识来说，绝对是不可想象的。听说英国人很保守，难道他们在婚姻大事上就这么开明吗？卡捷琳娜宣称她要嫁一个有钱人让别人看看，幸子还觉得这不过是涉世未深的年轻姑娘的美丽梦想，随便说说而已，不承想她却出人意料地认真执着，大概她确信只要有自己这份美貌，就一定可以达到目的。将一个流亡的白俄姑娘和大阪的大家闺秀做比较或许不恰当，可卡捷琳娜能这样执着，而自己的妹妹们为什么就一点也不争气呢？四姐妹中一向天不怕地不怕、被视为莳冈家基因突变的妙子，到了紧要关头仍不免对外界的议论心存顾忌，到现在也不敢和自己心爱的人结婚，而比妙子年龄小的卡捷琳娜却敢于远离妈妈、哥哥和家庭，迈向世界舞台，凭着一股闯劲去开辟自己的人生之路。虽说幸子并不羡慕卡捷琳娜，但是比较起来，雪子妹妹比她强得多，上面还有两个姐姐和两个姐夫，堪称家庭和美，可到现在仍没有觅得一位如意郎君，这也实在太窝囊了。像雪子妹妹这种老实人，不说不想让她学卡捷琳娜，就是教她学，她也学不来。她的真正价值正在于此。不过，负有监护之责的长房和我们夫妇二人，面对这位白俄姑娘，不是太无地自容了吗？要是卡捷琳娜取笑说："你们这些人在她身边帮她做了点什么呀？"我们岂不是无言以对吗？

幸子想起去年在大阪火车站送别时，大姐一面唉声叹气，一面悄悄凑在自己耳边说的那句话："我现在的心情是，只要有人愿意娶雪子妹妹，无论是谁都欢迎。即使结了婚将来再离婚，也情愿让她结一次婚。"正想到这儿，门铃响起，像是雪子走进会客厅了，幸子赶忙将烘得红扑扑的脸俯向炉中火苗，偷偷拭去眼眶里的泪水。

十三

发生这事之后约两三星期，有一天幸子去井谷的美容院做头发——幸子和雪子一直都去她那里做头发，井谷也一直将雪子的亲事放在心上——井谷开口问道："太太认识大阪的丹生太太吗？"幸子说："井谷老板娘怎么认识她的？"井谷说："我是最近才认识她的。前几天在某人出征的壮行会上经人介绍，一谈起来，才晓得她是您的朋友。我们聊到府上各位，丹生太太说，她和您是好朋友，最近两下走动不怎么勤快，已经好久没见面了。她说有一次她们几个人到您芦屋的府上拜访，不巧您得了黄疸病躺在床上，这是好久以前的事了，大概已经有三四年了。"听到井谷这么一说，幸子想起来确实有这么回事。那次，丹生夫人同下妻夫人还有另外一位刚刚从美国回来，衣着入时、洋里洋气，说起话来怪腔怪调的东京太太——姓名早已忘记，来芦屋造访。幸子拖着病体，一反平时的热情，有点怠慢了她们，草草打发她们走了。丹生夫人大概为此而生气，自那以后便一直没有再来芦屋。

"啊，是的，是的，那次我太失礼，得罪了丹生太太，她一定对我有意见了吧？"

"哪里，她还问起雪子小姐的近况呢。她说那位妹妹不知怎么样了，要是还没有许婚的话，她倒有个理想的人选。还说因为说到雪子小姐，才偶然想起这件事情的。那个人的话，包管雪子小姐会满意。"井谷一点点扯到了正事上，"我和丹生太太还是第一次见面，何况也不了解她说的'理想人选'究竟是怎样的人，不过我觉得她既然是太太的好朋友，不妨相信她说的，所以当时就请求她无论如何帮一帮雪子小姐。听说那位先生是个医学博士，原配夫人去世了，只留下一个十三四岁的女儿，没有别的累赘。本行虽说是大夫，不过现在不当大夫了，而是做了某制药公司的董事。我听到的就是这点情况。我觉得这门亲事看样子不会太差，所以我对丹生太太说：'要是用得着我，我一定尽力，对方就拜托您去说合吧。莳冈太太不会再提出以前那样的苛刻条件，我觉得还是尽快进行的好。'这事就这样当场说定了。丹生太太说：'那么让我先去问问对方的意思。'我建议她说：'对方的情况当然要摸清楚，不过我们可以先安排他们见个面。'丹生太太说：'那样也好，见个面对方应该不会有异议。即使有异议，我也能硬把他拉来，所以他那边没有问题。莳冈小姐那里就由你负责去办。找个简单点的餐馆大家一起吃个饭，地点就在大阪，时间嘛两三天之内，等确定下来再电话联系吧。'我也向她保证：'好，那真太好了，莳冈太太也一定会高兴的。'临分手时她还一再叮嘱我说要静候她那边的好消息，估计这几天里她就会来电话，到时候我再到府上向您禀报。"

幸子当天听井谷讲了个大概就回家了。她想，丹生夫人和井谷都是急性子的人，行事仓促，这件事情大概不会没有下文。果然，三天后的上午 10 点钟左右，井谷来电话了，说："今天下午 6 点钟要我陪同雪子小姐去岛之内的日本餐馆'吉兆'[1]，只是轻松随意地去吃顿饭，不用特别在意，您看怎么样？还有，丹生太太认为最好让雪子小姐一个人来，要是需要人陪的话，就请您先生陪同来，就不劳您移步了。因为太太就好像一只开屏的孔雀，您在场，雪子小姐的美好形象就要减分了。这个我也有同感，请您按她的建议办吧。在电话里说这样的话实在失礼，不过这事前几天大体上已经奉告，希望得到您的应允，现在又实在急着……"

听她的口气，似乎马上就要回复的样子。幸子回答说："请等个把小时吧。"她挂断电话后和雪子商议："雪子妹妹觉得怎么样？当天通知相亲，这种性急的事情我是实在受不了。可是自从上次那

1　大阪最负盛名的高级料理店，创业于昭和初期，后从岛之内迁至高丽桥二丁目。

桩亲事以来，井谷老板娘一直把雪子妹妹放在心上，她的为人还是值得感谢的。再说丹生太太和我也不是一日之交，她深知我家的情况，我想她绝不会介绍那种差三错四的人。"雪子说："不过就凭前几天那番话，总感觉有点靠不大住，要么直接打个电话给丹生太太，问问对方的详细情况吧。"幸子于是打了个电话给丹生夫人，仔细打探对方的情况。

据丹生夫人说，那人叫桥寺福三郎，静冈县人。两个哥哥都是医学博士，他自己曾留学德国。现在住在大阪天王寺区乌辻，房子是租的，父女俩一起生活，家里雇了一个年长的女佣。女儿在夕阳之丘女中就读，长得像她已故的母亲，既漂亮又天真。桥寺兄弟几个都很优秀，在老家也是名门世家，所以将来大概多少还能分到一些家产。本人又是东亚制药公司的董事，收入肯定很可观，生活看上去很阔绰。本人仪表堂堂、风度翩翩，简直称得上是个美男子。这样听起来，条件意外的好。又问年龄，丹生夫人说大概有四十五六岁。问到他女儿的岁数，只是好像在读女中二年级，再问小姑娘有没有兄弟姐妹，就答不上来了，甚至连男方父母还在不在世都答不出。再追问下去才知道，原来丹生夫人和他已故的妻子只不过是趣味相同的朋友，她们是在蜡染讲习会上认识的，丹生夫人告诉幸子说她不大去桥寺家，所以和桥寺福三郎只见过四次面：桥寺的妻子生前见过他一次，死后大殓及忌辰又见过两次，昨天去他家说亲，才是第四次见面。她劝慰桥寺不要老是闷闷不乐地沉浸在对已故妻子的思念中，并且表示一定给他介绍一个非常漂亮的小姐。桥寺说那就一切拜托了，请多多照拂。所以无论如何蒔冈小姐也请答应见个面。丹生夫人平常对关西人说大阪话，对东京人说东京话，近来却只说东京话了，上次见面的时候也是如此，今天电话里更像一位滔滔不绝的东京人了。

"丹生姐，您可真有两下子！"幸子受到她的影响，也说起东京话来，"听说您不许我陪同样雪子去……""那是井谷老板娘说的，我只是赞同她而已呀。话是井谷老板娘说起的，如果您要生气，就请您生她的气吧！"丹生夫人接着说，"对了，前些日子我遇见阵场先生的太太了，说起你们来的时候，她说她也曾经给你们说过亲。"幸子听了吃了一惊，连忙问道："阵场太太说什么了？""哦，她……"丹生夫人踌躇了片刻说道，"她说是说过亲，但是被一口回绝了！""阵场太太一定生气了吧？""也许吧。不过没有缘分生气有什么用？这种事情也要生气的话，还能给人说亲吗？我是绝不会说这样的蠢话的。双方见个面，不中意的话，就爽气地回绝，没什么好顾虑的。所以说，完全不用多虑，轻松随意地来就是了。总之，请您和雪子小姐，希望她务必来见见面。要是连也不见就拒绝，那我可真的要生气了。"说罢，她又补充道，"反正我已经预订了席位，到时候我会邀请桥寺去预订地点赴约，您也不用再给我回电，我估摸雪子小姐应该会光临的，我就恭候大驾啦。"

说今天就今天，这种急三吼四的相亲要是应邀前去，幸子觉得未免太轻率了。但如果不介意这一点的话，让雪子去赴约也并无不可。雪子平时不愿单独行动，由贞之助代替幸子陪同出席的先例也不是没有，只要贞之助方便，这事也好解决。问题是，幸子不想就这样轻易地答应。虽说最后还得接受丹生夫人的建议，但时间上总想借故推迟两三天。一句话，幸子总觉得要端端架子才不失体面。不过另一方面，丹生夫人既然这么热心介绍，假如不顺着她的心意接受邀请，又怕会伤了她的感情。刚刚在电话里还听井谷说阵场太太生气了，那句话一下子又触动了幸子的心事，所以她不由得心中暗暗有点发怵。前年春天回绝野村的求婚时，借口长房不同意，还以为回绝得十分婉转，哪承想还是得罪了阵场夫妇。站在阵场太太的角度想想，生气是理所当然的，幸子本人为此也心存愧疚呢。不过丹生夫人为什么突然间重提旧事呢？虽说她平时就话多，可是突然扯出一个不相干的话头来，将本来没必要让幸子知晓的事情转达给幸子，难道仅仅是因为饶舌？会不会还带有某种威胁的意味呢？

"怎么办，雪子妹妹？"

"……"

"要不去应付一下怎么样？"

"二姐去吗？"

"我倒是想陪同你去，可是人家既然那样说了，我也只好回避啦。和井谷老板娘两个人去，你不愿意吗？"

"两个人去……"

"那就让你贞之助姐夫陪同你去吧……"幸子一面观察雪子的脸色一面说，"只要他有空，就会陪你去的。我打个电话问他一下好吗？"

"嗯。"

看到雪子点头同意，幸子当即拨通了大阪会计师事务所的电话。

十四

贞之助听到井谷和雪子分头出门，约好 5 点半在他事务所会合，他在电话里一再强调说："那样也好，不过井谷一定要准时到，雪子妹妹也不要迟到，最好比井谷早来半个钟头。"可是过了 5 点一刻还不见雪子的人影，他有点坐立不安了。因为妻子和雪子平时经常不守时，自己固然习惯了，但是如果让急性子的井谷久等的话，自己也会被传染得急不可耐。尽管估计雪子已经在路上了，为了稳妥起见，他还是往芦屋的家里打了个电话，还没等电话铃声响，事务所的门就被推开了，井谷和雪子一前一后走了进来。

"哎呀，你们两位一块儿来太好了，我正要打电话呢。"

"其实是我去府上邀请小姐同来的，"井谷说，"时候已经不早，我们马上出发怎么样？汽车在下面呢。"

关于今天这场会面的来龙去脉，贞之助只是刚才在电话里听幸子讲述了个大概。丹生夫人这个人，名字是知道的，到底见没见过面就记不清了，所以他被强拉着去陪相亲，就仿佛被拖入五里雾中似的。一路上，贞之助不停地打听今天要见的是什么样的人，和井谷是什么关系。井谷说她也不清楚，详细情况得问丹生太太。"那么丹生太太和您又是什么关系？""我们是最近才相识的，今天是第二次见面。"贞之助听了愈加糊涂。来到预订好的吉兆餐馆一看，那位夫人和桥寺两人已经到了。井谷走进包间招呼道："您好。让您久等了吧？"对于今天才第二次见面的朋友，她说话的语气显得十分亲热。

"哪里，我们也是刚刚到。"丹生夫人也随意地应答着，"可是真叫我佩服，你们来得不早不迟，正好 6 点钟。"

"我一向遵守时间，今天因为担心小姐出问题，所以顺便去邀请了她一同来的。"

"这家餐馆你们一下子就找到了吗？"

"是呀，因为莳冈先生晓得这个地方。"

"啊，久违久违，我们曾见过一次的。"贞之助一边招呼一边想起曾经在家里的会客厅与这位夫人寒暄过，"久疏问候，您一向还好吧。内人一直承蒙您的关照。"

"岂敢岂敢。我也好久没有见到您太太了，还是那次您太太生病躺在床上的时候去府上拜访过一次。"

"噢，那已经是三四年前的事了。"

"可不是吗，当时我和另外两个朋友不请而至闯到府上，硬生生把您太太从床上拉起，您说不定把我们当成女绑匪了吧？"

"可不就是女绑匪嘛。"身穿一袭棕色西服、并膝站在一旁等候介绍的桥寺，向丹生夫人使了个眼色，微笑着说道，"我是桥寺，初次见面，请多关照。"他首先向贞之助做了自我介绍，随后又转向丹生夫人，"这位太太真的像女绑匪，她不管三七二十一，非叫我跟她来不可，我今天就这样稀里糊涂地被她拉了过来。"

"嘻，桥寺先生！您这哪儿像个男子汉呀，既然来都来了，就不该说这种话嘛。"

"说得对，"井谷也帮腔道，"这有什么好辩解的，男子汉大丈夫要有魄力，您这样说不是对我们失礼吗？"

"哎呀，真对不起，"桥寺搔了搔头说，"今天活该受欺负了。"

"这是什么话！我们哪里欺负您了，不都是为了您着想吗？像桥寺先生这样一天到晚尽对着已故太太的照片，会伤着身体的。您就该出来见见世面，要晓得社会上有的是不比您太太差的美人哩。"

贞之助惴惴不安地察看雪子的脸色，她似乎渐渐习惯了这种场面，只在一旁笑吟吟地听着。

"好了好了，不要斗嘴了，快请入席吧！桥寺先生坐那边，这个位子是我坐的。"

"怎么办呢，两位女绑匪在场，不顺从的话可就要遭殃了。"

桥寺多半也像贞之助一样是被硬拉过来的。他本人似乎不曾打定主意马上再结婚，而是突然被并不太熟悉的丹生夫人抓住，连考虑的时间都不给，就被牵着鼻子拉来了，所以他一个劲地说"怎么办"，不过他那副为难的样子颇显平易近人，并不让人反感。贞之助和他聊了一阵后发现，这个人很幽默，是一个在社交方面久经锻炼的人。他拿出来的名片上印着医学博士、东亚制药公司执行董事的头衔，他自己也说："不当大夫，做起医药公司的经营管理了。"或许因为这个缘故，他待人接物和善机灵，一副实业家的做派，完全看不出大夫背景。年龄听说是四十五六岁，可是脸面、手腕以及手指都白白胖胖的，五官端正、脸庞饱满，由于长得较丰腴，所以一点也没有轻佻的样子，和他的年龄很相称，透着一丝威严。在历次相亲对象中，这个人的相貌和风度都算得上第一了。虽说他的酒量比不过贞之助，但多少能喝几杯，几次给他斟酒，他也没有推辞。像今天这种彼此交情不深的聚会，本来很容易冷场，但是由于两个女绑匪的勇敢和这个男人的善于应酬，席间居然谈笑风生。

"不怕诸位见笑，这家餐馆我几乎没怎么来过，今天的菜肴太丰盛啦！"贞之助已经喝酒上了脸，他红光满面地说，"眼下酒菜越来越匮乏，这家餐馆难道平常也有这么多菜式吗？"

"哪里，不是的，"桥寺说，"今天因为看在丹生太太的面子上，才特别用心做出来的呢。"

"不见得吧。不过我丈夫在力捧这家餐馆，所以我们可以放开来任意点几个菜。再说，这家餐馆叫'吉兆'，今天为了图个吉利，才特意选的这里。"

"刚才太太读'吉兆'，其实店招虽然写的是'吉兆'，但正确读音应该读作'吉极'。"贞之助说，"这个词我想关东人大概不晓得。大阪有一种东西叫作'吉极'，井谷老板娘晓得不晓得？"

"这个……我不晓得。"

"'吉极'？"桥寺也歪着脑袋说道，"我也没有听说过。"

"我晓得。"丹生夫人说道，"所谓'吉极'，不就是那个吗？正月初十祭财神那天，西宫和今宫庙会上有卖的挂在树枝上的纸金币、福字账簿还有储钱罐子什么的，是那个吧？"

"是呀，就是那东西。"

"啊，对呀，就是像摇钱树那样的东西吧？"

"对，就是那种东西，'祭财神的东西'。"丹生夫人说着情不自禁哼唱起祭财神的歌来，"'包袋里有：钱罐子、钱袋子、纸金币、钱匣子、黑漆帽。'"她还屈起手指头一样一样数着，"把这些东西一样一样系在树枝上，在大阪，这些东西写作'吉兆'，但是用方言读起来就是'吉极'。是这样吧，莳冈先生？"

"对对对。没想到，太太晓得'吉极'这个读音，真是意外。"

"人不可貌相嘛，别看我这个样子，我可是出生在大阪的呀。"

"哦，太太您？"

"所以这点知识我还是有的。不过现在的大阪人不晓得还用不用那种旧式的读音，这家餐馆里的店员好像也读作'吉兆'哩。"

"我还想请教一个问题，刚才您唱的祭财神歌里的'萜煎袋'是什么东西？"

"萜煎袋？不是包袋吗？'包袋里有：钱罐子、钱袋子……'"

"不对，不对，正确的应该叫'萜煎袋'。"

"从来没听说过有'萜煎袋'这种东西。"

"莫非是装萜煎的袋子？"桥寺插嘴道，"萜煎就是炒江米花呀。

汉字怎么写法不晓得，我猜想大概是因为炒江米花的时候发出'噼里啪啦'的爆裂声，所以才称作'葩煎'的吧？关东那边3月上巳节[1]的时候用它做炒豆。"

"这个的话桥寺先生应该最清楚了。"

大家聊了一会儿关东和关西在习俗、语言方面的差异。生在大阪、长在东京、又回到大阪的丹生夫人自喻为"两栖动物"，在这方面比谁都懂行，她可以极为自然地用东京话应对井谷，用大阪话应对贞之助。随后，曾在美国研究了一年美容技术的井谷搬出了她的海外见闻，桥寺也谈起了他在德国参观拜耳制药公司的情形，他说那家公司规模大极了，盖在工厂内的电影院和道顿堀的松竹座不相上下。说得差不多的时候，井谷巧妙地将话头拽回来，问起桥寺的女儿和他老家的情况，不知不觉间又回到再婚的问题上。

"令爱对于这件事怎么说啦？"

"没听到我女儿说什么，主要是我自己还没有打定主意。"

"所以您该快点决定下来呀，反正您不会不再婚吧？"

"是呀，结婚还会再结婚的，可是不晓得怎么搞的……怎么说呢？在心理上我至今还没有打算马上再组织一个新的家庭。"

"这是为什么呀？"

"说不上什么理由，只是迟疑地下不了这个决心。要是有太太这样一个人在旁边推动推动的话，也许最后会下定决心再婚的吧。"

"这么说，一切就听凭我们张罗啦？"

"不，您要这么说也麻烦。"

1　源自中国，汉代以前定农历三月上旬的巳日为"上巳"，有修禊之俗，以驱除不祥，魏晋以后改为每年的农历三月三日。

"瞧，桥寺先生真是条滑溜溜的鲶鱼！赶快另组一个新家庭吧，已故的太太在九泉之下也会放心啦。"

"我也没有老是惦念着亡妻放不下呀。"

"我说丹生太太，桥寺先生这种人平常总要别人端好碗请他用餐，否则他就不肯动筷，所以我们不用理会他，只管快快给他安排妥当就是了。"

"这是个好主意，到那个时候就由不得他推三阻四了。"

贞之助和雪子只能含笑看着桥寺被两个女绑匪你一言我一语捉弄得挠头不已的样子。今天的会面完全没有相亲的心理准备，正如丹生夫人说的那样，是以一种轻松随意的心情来赴一次晚餐而已。不过，将一个本来不想结婚的人硬拉到这儿来，当着贞之助和雪子的面进行这样的劝诱，不是女绑匪确实做不出这样的事情来。贞之助觉得他和雪子身处这样的场合十分尴尬，不过更奇怪的是，不知什么时候起雪子练出了这样的胆魄，对眼前这一幕并没有显得手足无措，反而笑吟吟地在一旁看白戏。这种平静而微微含笑的态度，比起畏畏缩缩的态度来，自然更容易应付这种场面。假如换作以前的雪子，怕是早已羞得满面通红，眼睛里噙满了泪水，坐立不安，甚至离席而去了。尽管年岁日增，她始终不失处女的纯真，可是由于一次又一次的相亲，似乎脸皮也变得厚了，胆子也大了，即便不是这样，想到她今年已经三十四岁，这样的表现也是很自然的。平常贞之助被她年轻的外貌以及称身得体的装扮瞒过了，一直到今天才注意到她的这种变化。

这些姑且不说，关键是桥寺到底打的什么主意。即便说他是听了丹生夫人将给他介绍一位这般那样的小姐，而抱着见一面也没什么损失的想法才来的，但如果真像他自己所说的"还没想到再婚"

的话，他又何必来呢？从他当场的表现来看，是不是也有点好好表现一下、给女方留下一个好印象的感觉？刚才他一再做出窘状，多少有几分装腔作势，内心说不定觉得雪子正符合自己的要求，娶雪子为妻也不错。他的到来，并非完全出于开玩笑。不过，正像丹生夫人说的，他这人待人接物过于圆滑，让人琢磨不透，今天晚上雪子姑娘给他留下了什么印象，从他的言行举止上一点也看不出。今天晚上，除了雪子，其他四人都尽情说笑，唯独雪子一开始就被"女绑匪"的言行吓到了，所以始终没能融入众人的会话，尽管另外的人都在创造机会力促她和桥寺交谈，她却羞于启齿，桥寺为了酬对女绑匪也穷于应付，只是客客气气地同雪子搭了两三次话。由于这个原因，根本猜不出对方究竟什么想法，贞之助直到分手也不清楚双方是只此一面之缘，还是下次还会见面，所以临别时只能有所克制地应酬两句。

归途井谷和他们同乘阪急电车，一路上她凑在贞之助耳边反复解释说："这门亲事包在丹生太太和我身上，一定把它办成！桥寺先生既然出席了今晚的会餐，就再由不得他做主了。刚才席上我从旁边观察，他心里似乎对雪子小姐很中意呢。"

十 五

当天晚上贞之助对幸子说了自己对桥寺的印象。据他观察，桥寺可以打一百分，是个理想的结婚对象，不过目前他尚在纠结要不要再婚，不像丹生夫人和井谷老板娘说的那样已经考虑停当，所以暂时还得等一等看。倘若贸然听信她们两人所说的，说不定又要上当。自去年以来，夫妇二人在雪子的婚姻问题上也变得谨慎起来，所以关于当天的情况只谈了这些。

第二天傍晚，井谷登门来访。她说今天上午丹生太太很快就打来了电话，问起昨晚对桥寺先生的印象如何，雪子小姐是怎么想的。幸子听了丈夫的话，于是回答道："对方好像很出色呢，不过要是不打听清楚那位先生的想法……"井谷马上接口说："这个您不用担心。丹生太太上午的电话里提到对方和她说：'那位小姐的性格似乎很内向，还有点抑郁，不晓得是不是这样，我喜欢大方开朗的人。'我马上告诉她说：'初次见到雪子的人可能都会有这样的感觉，其实她绝不是那种人，请您好好和桥寺先生解释一下。说老实话，雪子小姐的性格确实有点内向，但是一点也不抑郁，因为她生性娴雅恬静，乍一见还以为抑郁，可只要和她接触了之后就会惊奇地发现，她的兴趣爱好还有其他方面出人意料地西化，时髦而开朗，所以我觉得那位小姐正好是桥寺先生理想中的大家闺秀一样的人。假如不相信，不妨继续交往一下试试。雪子小姐在音乐方面喜欢弹钢琴，吃东西喜欢吃西餐，平时喜欢看西方电影，外语学的是英语和法语。就从这几方面看，她还不是一位性格开朗的小姐吗？至于穿衣打扮喜欢穿和服，那是因为她穿那种花花绿绿的长袖友禅绸衣最合身，这也可以证明她的性格有华丽雍容的一面。双方交往以后，这些情况即可明白。大家闺秀第一次见生人就口若悬河、滔滔不绝，这样的人反倒好不到哪里去。'我延长了好几次通话时间，毫无保留地和丹生太太介绍了雪子小姐的情况。"井谷还提出一个要求说："不过雪子小姐也不能过于老实，那样子会招致误解，最终还是吃亏。下次见面时不妨稍稍积极主动些，那样比较好。过些日子我们还会把双方拉出来，届时请雪子小姐做好思想准备，务必给人家留下一个开朗的印象。"说完，井谷返回去了。

幸子暗地里一直担心雪子眼眶下面那块色斑，幸好这次不那么明显，她总算松了一口气。可这次会有戏吗？井谷的话也只能听信一半。

不承想，第二天下 3 点钟左右，井谷打来电话说："我现在在大阪，大约一小时后和丹生太太一块儿陪同桥寺先生过去拜访你们。"

"是到家里来吗？"幸子急忙问。

"是啊。桥寺先生今天时间不太充裕，只有二三十分钟的交谈工夫，别处又没有合适的会面地方，再说他也想看一眼府上的情况。"井谷答道。

"到我们家里来，这可……"幸子吞吞吐吐地说。

"今天是意料之外多出来的事，真的只待上二三十分钟就走，所以请您不要张罗什么。桥寺先生好不容易动了心，不要因为计划变更而节外生枝，请您多多包涵，就这么定了吧！"井谷完全不理会幸子的为难，用了简直像是命令式的口吻。

幸子摸不透雪子的心思，便回头问："怎么办，雪子妹妹？悦子等一下让阿春送到神户去好了。"

"不用这样吧？她们两个好像已经觉察到了。"雪子从未回答得这样爽气过。

于是幸子转过头对着话筒说："您既然这样说，那么我就恭候光临了。"总算应承下来。随后，她又打了个电话给贞之助，让贞之助到时候尽可能赶回来。

贞之助在客人到来之前就回家了。他告诉幸子："井谷也给我打了电话，她说：'桥寺先生想感受一下家庭的氛围，所以今天请求让他和府上各位见个面。'我没有料到雪子妹妹居然一口答应了和他见面，雪子妹妹这个变化比什么都让我高兴。"

说话间，三位客人到了。夫妇二人将客人迎进会客厅。井谷独自来到走廊上，将幸子叫了出去，问道："末子小姐今天不在吗？"幸子一怔，赶紧回答说："她今天刚巧出去了。""那就请悦子小姐也来见见面吧。本来想叫桥寺先生把他女儿也带来，不过因为太匆忙，下次一定带她来，正好和悦子姑娘交个朋友。两位小姑娘交上朋友就再好不过了。那样一来，桥寺先生就会更加动心，我想事情就更好办了。"贞之助也说："雪子妹妹难得像今天这样落落大方，不如让悦子出来和大家见见面，也好听听她的意见。"于是贞之助夫妇二人、雪子还有悦子四个人一起接待来客。

当天，桥寺仍然表现出一副身不由己的态度，说是被丹生太太和井谷老板娘硬拉来的，碰上她们两位自己是一筹莫展。他说："这样突然登门造访实在是太失礼了，不过我是被女绑匪硬拉来的，我也不想这样。"他还一再解释说："像我这样一个工薪阶级的小职员，没有资格和府上的小姐攀亲，身份相差太悬殊啦。"也搞不清楚他说这话究竟什么意思。

雪子不像之前那样一脸不高兴，可是生就的害羞一下子是改不了的，尽管井谷预先提了醒，她说话也没有特别结巴的地方，但应答仍旧不那么积极爽利。贞之助注意到这一点，让她取出贴有每年在京都赏樱花拍的照相册给客人看，由幸子介绍照片拍摄背后的故事，雪子和悦子偶尔在旁补充几句。幸子心想假如此时妙子在家，看准时机说上几句笑话，满座气氛一定会活跃起来。贞之助和雪子、悦子说不定也和幸子想法同样。客人本来说只坐个二三十分钟的，结果磨磨蹭蹭地待了足足一个多小时。这时候，桥寺看了看手表，说了声该告辞了，随即站起身，丹生夫人和井谷也跟着站起来。幸子挽留两位女客说："你们两位不是还可以再坐一会儿吗？"

不过她知道井谷是个忙人，便对丹生夫人说："丹生姐，您好久不来了，就别走了，尽管家里没什么好招待您的。"

"那我就不走吧。晚饭请我吃什么呢？"

"哪里有什么好东西，只不过茶泡饭罢了。"

"茶泡饭好啊。"于是丹生夫人半推半就地留了下来。

雪子和悦子回避着没有一桌子吃饭，只剩贞之助夫妇和丹生夫人三人边吃边议雪子和桥寺的事。幸子今天是第一次见到桥寺，对他的印象也不错，夫妇二人不约而同地称赞桥寺的人品，一致认为尽管还没有征询雪子的感想，不过从一些细节上可以看出她对桥寺似乎并不讨厌。丹生夫人又将她后来对桥寺的收入、家世以及性格等方面调查打听的结果告诉了二人，夫妇俩听了，愈加希望这门亲事能圆成，只不过在他们夫妇看来，桥寺那边似乎并不怎么积极，所以总觉得把握不大。但是据丹生夫人说："桥寺是在装腔作势，主要是因为我们催逼得太紧，他才做出那副样子，好掩饰自己的窘涩，骨子里他对雪子小姐是非常有好感的。不过话说回来，他和死去的妻子是恋爱结婚的，所以现在多少有点碍着亡妻的面子，对女儿心里到底怎么想也有所顾虑，所以即使再婚，他也要装出是被动的，是挨不过旁人劝说才不得已结婚的。实际上是他自己犹豫不决，所以希望有人推他一把。假如他真的不想再婚，绝不会闯到别人家来的，太没有常识了。就拿刚才来说，他嘴上讲什么'只见过一面就闯到别人家来，实在太失礼了。'可事实上不还是来了吗？这还不够说明他对雪子小姐有意吗？"丹生夫人的话听上去似乎很有道理。她还说："桥寺好像很在乎他女儿的想法，如果是他女儿中意的人，他会立即照办，所以下次要安排他女儿跟雪子小姐见见面。届时务必叫府上的悦子小姐也参加，尽可能促使她们交朋友。"

一番商议之后，丹生夫人才离开。

丹生夫人走后，幸子对贞之助说："一直以来，给雪子妹妹说亲的人来过不少，可是无论从哪方面看要数这次顶满意，我们希望的条件对方全都具备，地位、身份还有生活水平既不太好也不太坏，正好适合莳冈家。要是错过这次机会，恐怕再也找不到这样的对象了。丹生太太既然说对方故意采取被动的姿态，希望别人推一把，不如我们这边就积极主动一点？"幸子是希望贞之助出个主意。贞之助也赞成更加积极主动一些，但是究竟怎样做好呢？他说："不管怎么说，当事人雪子妹妹的态度不积极主动的话，我们真的是毫无办法。其实，像今天晚上只要她稍稍活泼一点，事情就好办多了。"贞之助也没有想出来什么高招，只说给他点时间让他再考虑考虑。

第二天贞之助上班后，想起自己的事务所离道修町不远，要是有适当的借口，自己可以到桥寺那个制药公司去拜访他一下，给这桩亲事再添把柴撮合撮合。转念又想起昨天席上聊到药的话题时，幸子曾说家里平时常备着德国进口的维生素 B 和磺胺[1]药，但是近来受战争的影响，"百浪多息"[2]片剂和针剂时常短缺，叫人头疼得很。桥寺当时接口说道："鄙公司生产的普莱米尔磺胺药片，不像市面上的一般国产药，绝对没有副作用，功效也不比进口的差，请您一定试服一下。还有维生素 B 鄙公司也有生产，也不妨请您试试。我回去后马上装一包给您寄来。"

"您不用寄，我每天去大阪，可以自己上您公司去取。"

1　磺胺类抗菌药被认为是由球菌类引起的化脓性疾患的特效药。

2　一种磺胺类抗菌药物，是世界上第一款商品化的合成抗菌药。后文的"普莱米尔"则是作者虚构的。

"请您一定来，我恭候大驾，要是事先通个电话，那就更好。"

贞之助想到昨晚双方之间有过这样一段对话，当时自己并没有真打算去桥寺那里取药，不过眼下去他那里拜访，托称内人希望尽快拿到您昨天说的药，似乎也很自然，并不显得突兀和可笑。贞之助想到这里，当天便提早下班，从堺市那条路朝西步行约百米，道修町大街北边就是桥寺的那家制药公司了。周围都是些土仓样式的老房子，只有那家公司是一幢现代化的钢筋混凝土建筑，一眼就看到了。从公司里走出来的桥寺，不用贞之助开口，寒暄过后随即叫来一名学徒工，吩咐将几种药各几盒包扎妥帖送过来，然后对贞之助说："这里连一个接待您的屋子也没有，我陪您找个地方坐坐吧。请您稍等片刻。"说完转身走进里面，对两三个店员吩咐了几句，连大衣帽子也没拿就出来了。贞之助只在店里待了五分钟，可是从桥寺对店员说话的样子以及店员对他的态度来判断，觉得他虽说是公司董事，倒像是这个店铺的掌柜。他递给贞之助一个药包，说"需要时请随时来"，但是不肯收钱，弄得贞之助不知道怎么办才好，只能说道："百忙之中前来叨扰，实在不好意思，我就此告辞了。""哪儿的话，不忙不忙，我陪您去那边坐一会儿。"贞之助想，大概他有什么话要说，这种机会不可错过，于是便跟着他走。估计他大概是领自己上附近的茶室，没想到他却走进一条小胡同，登上一家外表像普通民居似的小饭馆二楼。贞之助自以为对大阪的地理人文很熟悉，却不知闹市区中居然还有这样一条小胡同和这样一家小饭馆。楼上只有一间客座，屋外四周都是紧邻人家的屋顶，稍远处则东一幢西一幢的都是高楼大厦，犹如置身在船场的正中心似的，这家饭馆大概是道修町的商人们特别是药厂老板和掌柜接待客人吃便饭、轻松聊天的去处。桥寺解释说："在这种地方招

待您，非常抱歉，只是饭后回去还有一点事情要办。"贞之助压根
儿没有想到桥寺会请他吃饭，再听他这样一说，倒弄得自己很是局
促不安。

这家饭馆的菜肴算不上精致高档，但端上来的五个菜都很合
胃口，酒上了两三壶。饭本来就吃得早了些，加上贞之助看出桥
寺很忙，所以他很快便放下了筷子。吃完饭，落日余晖仍挂在初
春的天空，两人对坐还不到两个小时。桥寺并没有说什么贞之助
期待听到的话，全是礼节上的客套话，随便闲聊了一阵而已，只
是回答贞之助的问题时，他答道："我学的专业本来是内科，在德
国专门进修胃镜的用法，回国后因为偶然的机缘进了这家公司，由
于种种原因不得不放弃专业改行做起了西药的销售。这家公司另有
一位经理，不过他不大来公司上班，实际工作全由我负责，每当外
出推销新药的时候，对方往往不晓得我是大夫，说到新药的疗效什
么时，才恍然悟出，弄得我很狼狈，想想也蛮可笑的。"尽管贞之
助提了一些问题，但桥寺对蒔冈家以及雪子的事情却只字不提，贞
之助也不便硬往那上面扯。直到水果端上桌，贞之助才鼓起勇气说
出妻妹表面看上去沉默寡言，其实她的性格并不抑郁，并且也是在
说其他事情时假装不经意地捎带一两句，以免被对方识破自己是在
替妻妹美言。

十六

第二天，丹生夫人给幸子打电话说："听说您先生昨天拜会了
桥寺先生，这样直接交往很好，希望你们就这样积极搞好关系。以

前你们一切都交给别人，那样不好，还会被人家说成是高高在上什么的。现在我们既然给你们搭好了桥，往后就靠你们自己努力了。我们的任务已经完成，井谷老板娘和我可以退出啦。我认为事情一定会顺利进展，不妨再加把劲试试，希望早日听到好消息。"最后还说了句"祝贺你们！"可是幸子夫妇觉得事情还远没有进展到值得让人祝贺的地步。

丹生夫人的电话刚刚挂掉，栟田大夫来串门，说是出诊回来，路过府上顺道进来看看，还说托他调查的事情已经问清楚了。原来幸子先前托他调查桥寺的情况，因为她觉得桥寺和栟田尽管毕业年份不同，但都是大阪大学出身，所以就请栟田大夫帮忙调查一下。栟田是个大忙人，所以他说了声失礼，连大衣也没有脱，走进会客厅将情况简洁明了地说了说，然后从大衣口袋里掏出一张纸，递给幸子说："其他事情都写在纸上了，您看看吧。"说罢便告辞了。

纸上写得非常详细，是栟田大夫的同学写的，他和桥寺是密友，不仅把桥寺本人和他老家的情况写得清清楚楚，连桥寺女儿的性格以及她在学校的评语都抄了下来，让人一目了然，无异于给贞之助几次打听得来的许多事实提供了旁证。栟田大夫临别时也说："这个人我也大力推荐。"

贞之助对妻子说："看来雪子妹妹这次真的要交好运了，这门亲事必须想办法促成。"尽管有些不合常情，但贞之助还是提笔在卷纸上给桥寺写了封长信：

以尺牍奉陈兹事，自知失礼，然事关妻妹终身大事，还望先生垂听下情，并予以考虑。日前拜会之时未及倾诉，致失良机，故不揣冒昧作书诉闻。

妻妹年逾而立，至今尚未婚嫁，究其原委，时人或恐将疑其品德或身体稍有隐憾，实则绝无其事。妻妹晚婚，盖因其一家一族虽非高门大户，然仍以门户等第自缚，屡拒良缘。个中缘由丹生氏及井谷氏谅已奉告，此即全部事实，更无他故，实是荒唐至极。因屡屡拒婚，遂引得外界反感，以致几无登门说亲者，若先生对此仍信疑参半，则盼深入调查以释心中疑窦。雪子之不幸，责任全在身边亲属，本人则冰清玉洁，并无任何疚负。如此直陈，似有偏袒舍亲之先嫌，然雪子的智力、学识、品性以及才艺等无一不堪称上等，尤使小生深为感佩者，乃其对童稚天然抱怀爱顾之心。小女今年十一岁，依恋其姨胜于其母，凡学校之课业、钢琴练习等皆由其辅导，患病时亦由其姨精心护理，小女爱其姨胜于爱其母亦理所当然。凡此种种，亦望一并调查是否属实。再者，先生顾虑妻妹性格抑郁一层，前已略陈，绝非事实，先生无须介虑是幸。倘妻妹能成为尊夫人，绝不至有负先生期待，至低亦足能使令爱幸福，对此小生深信不疑。如此揄扬舍亲，或恐招致先生不快，实乃热望先生能娶其为妻，爰有此有逸乎常情之举，非礼之至，尚希海涵。

贞之助特意用了文绉绉、郑重其事的语体写这封信。学生时代起他就对作文颇有自信，用一般人感觉艰涩难懂的语言写东西，对他来说并非什么难事，唯独担心写过了头，反而会产生负面效果，既不能过分自夸，也不能过分自谦，应当显出不卑不亢的态度。写完第一遍，贞之助感觉语气过于生硬，他花工夫改了一下，又发现第二遍措辞偏于软弱，于是再重写，写了三遍才付邮。可是信刚刚寄出，贞之助就后悔了，觉得这封信不该寄，因为假如对方无意和雪子结婚，绝不会因为这封信而回心转意，如果他有意，收到这样一封信倒反而可能引起反感，也许，听其自然才是最好的办法。

贞之助没有期待对方复信，可是隔了两三天仍毫无动静，他还是有些坐立不安。到了下一个星期日的上午，贞之助没有告诉幸子自己的打算，只说是出去散散步便出了家门。他乘上阪急电车来到梅田，下车后换乘了一辆出租车，上车后吩咐司机"到乌辻"。因为临出门时他记下了桥寺的地址，只想不露声色地路过桥寺家门口，觑一眼他住的是什么样的房子，并没有打算拜访他。贞之助估摸着就在这一带，便在十字路口下了车，挨家挨户地扫视门上的名札。开春以来，这天总算和煦得像个春天的样子了，走在路上腿脚也自然而然地轻快有劲，贞之助不由得觉得是个好兆头。桥寺住的是一栋年头较短的新公寓，坐北朝南，阳光充足。听说是租住的房子，但建造得并不低劣，是栋小巧玲珑的二层楼房，有木板围墙，墙内的松树从墙上伸展在外，乍看颇有点像那种外家的宅居[1]。有三四栋样式相同的房子，桥寺就住在其中的一栋。一个死了老婆的中年绅士和女儿住在这种房子里，也够宽敞了。贞之助在门口伫立了一会儿，透过披满朝阳的松树枝丫，看到楼上半开的玻璃拉门里的扶手栏，他改变了主意，心想既然走到这里了，进去看看也无妨，于是便迈步跨入大门，按响了电门铃。

一位五十岁上下的女佣出来应门，将客人领上二楼。刚走到楼

1　日本民宅中黑板围墙、内植松树伸展于外的，一般被视为典型的妾宅风格，理由不详。

梯转角平台，身后传来一声"哎哟"，贞之助回头一看，桥寺身披睡衣，外面还罩了一件漂亮的棉袍，站在楼梯口向自己打招呼。

"对不起，我马上来，请您稍等一下，今天睡过头了。"

"请便，请便！不用着急，是我突然登门打扰了。"

贞之助看到桥寺轻松愉快地鞠了一躬，进了楼下里屋时，首先就放下心来。贞之助一直担心着桥寺收到那封信后不知道会是什么反应，没见到他之前，总放心不下，从他刚才应对的态度来看，至少可以肯定他并没有因为那封信而不愉快。贞之助趁等候的工夫，从从容容地环视了一遍屋子。这间八席大小的屋子是楼上的前厅，大概是他家的会客室了。设有博古架的六尺宽的壁龛里没有鲜花，可是其他摆设像立轴、陈设品、匾额、对折屏风、花梨木桌子、桌上的成套卷烟盘等，都按规格摆放得整整齐齐，毫不俗气，纸槅扇和榻榻米草席也拾掇得干干净净，不像一般死了妻子的鳏夫的家。这些地方一来可以看出主人的爱好，同时也使人联想到他亡妻的性格。刚才贞之助在大门前仰视这房子阳光充足，走进屋子一看，里面比想象的更加敞亮，白底子上点缀着云母泡桐花纹的纸槅扇，充分反射了窗外的光线，屋子里没有一个阴暗的角落，整个屋子光明澄澈。贞之助吐出来的烟圈在空中聚成一个清晰的圆圈。先前他将名片交给应门的女佣时，还羞羞涩涩有点畏缩不前，现在却认为幸亏做个不速之客，能看出主人脸的神色，只此已经是莫大的收获。

"让您久等了。"十分钟后桥寺走上楼来，他身上已经换了一套褶缝笔挺的藏青色西服。"请这里坐，这儿暖和。"桥寺边说边让客人坐到临街靠近板墙那面的藤椅子上。贞之助不想让对方认为自己是来听回音的，所以本打算见过面就立即告辞，可是坐在从玻璃窗外射入的阳光里，和一贯善于周旋应付的主人攀谈，终于错过告辞的机会，一聊就聊了个把钟头。谈话内容全是闲聊，贞之助偶然提到前天自己写给他的那封自感不甚礼貌的信，桥寺却若无其事地答道："哪里，非常感谢您给我写的那封亲切郑重的信。"说完又不着边际地继续闲聊起来。这时贞之助意识到时间已经不早，准备起身告辞，主人劝他再坐一会儿，说今天他要带女儿去朝日会馆[1]看电影，要是贞之助有空，想邀请他一块儿去。贞之助本来就想见见他女儿，即使间接见一面也好，现在既然有机会直接见面，岂肯放过，于是便答应道："原来这样啊，那么就一块儿去吧。"

那段时期，在街上已经很不容易叫到出租汽车了，不知道桥寺给哪个汽车行打了电话，来了一辆帕卡德汽车[2]。车子开到中之岛朝日大楼拐角处，桥寺说："我可以送您去阪急电车站，不过您要是方便的话，您看就在这里下车怎么样？"恰好是午饭时间，贞之助看出他是想邀请自己去阿拉斯加餐厅共进午餐，想到上次已经吃了他一顿，今天再叨扰人家于心不安，可是又一想，正好借此机会和桥寺的女儿接近一下，以逐渐加深两下的感情，这也是求之不得的事情，便不管三七二十一就答应了。于是他们又围着西餐桌子边吃边谈了一个小时，这次因为加入了桥寺的女儿，谈的净是电影、歌舞伎、美国演员和日本演员以及女子中学等更加无聊的话题。桥寺的女儿今年十四岁，比悦子大三岁，说起话来比悦子沉着老练得多，这说不定和她的相貌也有关系，因为她身上穿的是女子中学的制服，脸上不施脂粉，面部轮廓已经不像个少女，长面庞、高鼻梁、嘴角端庄，活像个成年人，而且长得一点也不像桥寺，看来大

1　位于大阪市北区中之岛的大阪朝日新闻社大楼内，其中的四层五层为影剧院和会场，对外公开，昭和三十七年（1962年）闭馆。

2　20世纪美国豪华汽车品牌，已于1959年停产。

概是随了她的母亲，她母亲无疑也相当美丽，对着这样一个女儿，可以推想到桥寺是如何眷念已故的妻子的。

结账的时候，贞之助说："今天的账请让我付吧。"桥寺不答应，坚持道："这怎么行，是我邀您来的嘛。"贞之助便趁机说："那今天我就叨扰了，也请您去我们那里玩玩，我可以陪您去神户走走，下个星期日盼望您和令爱一起来哟。"逼着桥寺应承了下来，然后在五楼电梯口分了手。贞之助收到了一个最珍贵的礼物——下星期的约会。

十七

那天幸子听到丈夫回来给她讲了这个好消息，还故意取笑他说："您的脸皮也变厚了呢。"但她心里却很高兴。要是在过去，她不仅不会高兴，还会生气责备丈夫怎么这样没有见识。想不到在雪子的婚事上，丈夫居然改变了态度，硬是腆着脸皮做出这样的事，实在出乎她的意料。因此她就无须再对丈夫做什么工作，只是等候下星期的到来。这期间，丹生夫人打来一次电话说："听说你先生和桥寺小姐也见了面，事情越加有希望了，可喜可贺呀！还听说这个星期你们准备招待桥寺父女，请诸位好好款待他们，特别是希望雪子小姐改变一下给人家的阴郁印象，这是最叫人担心的地方，所以我特地附带提醒一声。"由此看来，桥寺把这几天的经过一一报告给了丹生夫人，可见他对这门亲事绝对不是漠不关心。

到了约定的星期日，桥寺父女上午 10 点钟来到芦屋，在家里闲聊了两个小时，然后主客一块儿乘坐出租车到神户，来到花隈的菊水餐馆[1]。关于当天的就餐地点曾设想了好几个方案，例如中国饭店、东方大饭店的西餐厅，还有改良中国菜"宝家"等，但如从游览神户这个角度考虑，当然还是菊水餐馆为最佳。午饭两点钟开始，吃到下午 4 点钟结束。回家时从元町散步至三宫町，中间在"约海姆"稍事歇息，把桥寺父女送上阪急电车，然后四个人又到阪急会馆[2]看了一场美国电影《天使之翼》[3]。这一天是双方亲属一起碰头，不可能一下子就融洽无间。

第二天下午，雪子一个人在楼上练字，阿春上楼来说"有电话"。

"打给谁的？"

"说是请雪子小姐接电话。"

"是谁打来的？"

"桥寺先生打来的。"

听到阿春这个回答，雪子顿时慌了。她放下笔站起身，可是并没有去接电话，而是涨红了脸在楼梯口打转转。

"二姐呢？"

"像是出去了。"

"去哪里了？"

"说不定寄信去了。刚刚走没多久，要不要把她叫回来？"

"快去！快去叫回来！"

"是。"阿春急忙飞奔出去。

幸子平时总是自己出门寄信，为的是借此活动活动身体，寄完信顺便在大街上散散步。阿春在第一个拐角处就追上了她。

---

1 位于神户市中央区花隈町，是一家装饰风格别致的日式火锅店。

2 位于神户市中央区三宫神社内。

3 霍华·霍克斯导演、加里·格兰特主演的美国电影，1939 年公映。

"太太！雪子姑娘叫您回去哪！"

幸子看到阿春上气不接下气的样子，奇怪地问："什么事呀？"

"桥寺先生来电话了。"

"桥寺先生的电话？"由于事情来得突然，幸子也吃了一惊，"是打给我的吗？"

"不是，是打给雪子姑娘的。她让我来叫太太赶快回去。"

"雪子姑娘没有接电话吗？"

"这个我可不晓得，我出来的时候她还在楼梯口打转转。"

"为什么自己不去接呢？雪子妹妹真滑稽。"

幸子觉得事情不妙。雪子不爱打电话在家里是出了名的，谁都不会给她打电话。即使打给她的电话，她也总是叫旁人代接，除非了不得的大事情，她自己一般不接的——平常一向都是这样。可今天非同寻常呀。今天是桥寺打电话来，有什么事情不知道，可是人家指名要雪子接电话，雪子本人不去接就不应该，如果幸子代她接反而莫名其妙了。何况雪子已经不是十七八岁的大姑娘，她那怕羞害臊的性情也只有姐妹几个知悉，外人并不知道。假如桥寺不觉得失礼受辱，都算是万幸。不过雪子磨磨蹭蹭到最后接没接那个电话呢？叫人家等老半天，最后还像往常一样应答吞吞吐吐的——她打电话的时候尤其如此，那就只会坏事情。要是那样的话，或许还不如不接了。雪子的脾气特别倔，她有可能坚决不接，等着幸子伸出援手。不过，即使幸子现在马上赶回去，电话也可能已经挂断。就算没有挂断，幸子代她接起来后又用什么话来赔礼道歉呢？总之，今天这通电话必须雪子亲自接，而且必须马上接。不知怎么的，幸子忽然有一种不好的预感，这门亲事会不会由于这通电话而功亏一篑呢？像桥寺那样机灵的人，不见得会因为打电话这件小事而改变主意。不过，当时自己要是在家的话，无论怎样也会叫雪子立刻去接电话。可偏巧是自己离家的五六分钟时间里来这么一通电话。幸子越想越觉得别扭。

幸子急急忙忙赶到家，走进装有电话的厨房间，电话已经挂断，雪子人也不在那里。

"雪子妹妹呢？"幸子看见做粗活的阿秋正在和面准备做下午的点心，便劈头问道。

"雪子姑娘刚才来过了。这会儿大概在楼上吧。"

"雪子妹妹来接电话没有？"

"是的，来接电话了。"

"马上来接的吗？"

"不是，她等太太等了有一会儿，可是太太没有回来，所以她自己来接的。"

"通了好长时间的话吗？"

"就一会儿工夫，大概有个把分钟吧。"

"什么时候挂断的？"

"刚刚挂断。"

幸子上楼一看，雪子一个人靠着练字的桌子，手里拿了一本字帖，低头在端详。

"桥寺先生打电话来有什么事？"

"他说今天下午4点半在阪急电车梅田站等我，问我能不能去。"

"嗯，是约你去散步吧。"

"他问我能不能和他一起去心斋桥溜达溜达，然后找个什么地方吃顿饭。"

"你怎么回答他的？"

"……"

"你说去没有?"

"没有。"雪子一面咽口水一面含糊地回答。

"为什么呀?"

"……"

"陪他去散散步吃个饭有什么不好呢?"

要雪子单独同一个正在说亲中而且只见过两三次面的男子一块儿上街散步,这是她平常绝对不会应承的——幸子是她亲姐姐,最了解雪子这种性格,所以一开始就知道她不会应承桥寺的要求,而且按照雪子的性情这也是很自然的。尽管如此,幸子还是非常生气。雪子不愿意和一个还不怎么了解的男子上街、下馆子,即使对幸子来说无所谓,可是怎么对得起贞之助呢?贞之助和幸子为了雪子这桩亲事,这次真的是拉下脸皮,做出许多低三下四委曲求全的事,但凡雪子能想到这一点的话,至少本人也应该积极一点才对。更何况桥寺打来这样一通电话,足以说明对方也做出了努力,谁承想却遭到冷遇,怎么叫他不万分沮丧呢?

"那么,你拒绝他了?"

"我只是推说有点不方便。"

即使拒绝人家,假如找个合情合理的借口婉转辞谢倒也罢了,可是那一套功夫却不是雪子所长,她肯定是笨嘴笨舌、极不自然地对付过去的。想到这里,幸子眼里噙着泪花,看着眼前的雪子更加气上加气。她不耐烦地转身下楼,穿过露台走到院子里。

幸子知道补救这个过失的最好方法是马上让雪子给桥寺打电话,向对方赔礼道歉,并让她今天下午去大阪赴约。可是这种事情任凭你磨破嘴皮,雪子也不肯答应一声"噢"。假如强迫她那样做,只会招致双方更加不愉快，结果吵得不欢而散。即使幸子代替雪子打电话给对方，巧妙地编造个理由说明今天确实因事不能赴约，可真有把握说得令对方信服吗？要是对方追问一句："那明天怎么样？"又拿什么话回答他呢？雪子不愿意这么做，那就不会只限于今天，除非双方之间已经亲近到知心达意的程度，否则她绝对不会同意那种约会的。既然这样，今天的事暂且到此为止，明天等幸子去找丹生夫人，把雪子的性格跟她详细解释解释，说明雪子绝不是故意冷淡桥寺，也不是不愿意和他一块儿出去散步，只是因为一向娇养惯了，小姐脾气十足，碰到那样的事情就手忙脚乱、畏缩不前，而这也正是雪子的清纯之处。幸子觉得这些情况要是能由丹生夫人转告桥寺，说不定能得到桥寺的谅解。

正当幸子在院子里一边踱步，一边想主意的时候，厨房里似乎又响起了电话铃声。随即阿春跑上露台，对着院子里喊道："太太！电话！是丹生太太打来的。"

幸子一怔，连忙跑进厨房，可是一转念，又把电话转到了书房。

"啊，幸子姐，刚才桥寺先生来电话了，他很生气哪！"丹生夫人的声音显出事情非同小可。她说着一口清脆的东京话，语调由于兴奋而格外利落。她说："也不晓得桥寺先生为什么发那么大的火，他开口就说：'我实在不喜欢那种拖泥带水的小姐。你们都说那个人如花似玉的，她什么地方如花似玉了？这门亲事我坚决回绝，请你们马上通知对方吧！'问他为什么生那么大的气，他说：'本来想和雪子小姐两个人从从容容地谈一谈，所以约她今天下午一块儿出去散散步，开始是女佣接的电话，我对女佣说雪子小姐如果在家，请她来接电话。女佣回答说在家，就走开了。不晓得雪子小姐为什么迟迟不来接电话，等了好久总算出来应答了，问她今天下午方不方便，她嗯呀啊地支支吾吾，也不晓得究竟是答应还是不答应，追问到最后才逼出来一句'不大方便'，声音还轻得听也听不清楚，然后就不再说什么了。我也动气了，吧嗒一声就把电话挂断了。'桥寺先生说完还加上一句：'那位小姐到底把人家当成什么啦？这不是太瞧不起人了吗？'气得他大发雷霆哪。"丹生夫人一口气说到这儿又补充一句："因为这样的原因，非常遗憾，这门亲事请您就当它泡汤了吧！"

"真的，真的，太对不起您了。要是我在家，绝对不会让雪子做出这样失礼的事情来，偏巧赶上我外出了一会儿……"

"可是，即使你不在，雪子小姐不是在家吗？"

"是呀，是呀，确实是的……真的非常抱歉。弄成这个局面，您大概再也不会调解了吧？"

"那还用说？"

幸子当时真恨无地洞可钻，她一边驴唇不对马嘴地应答着，一边听着人家讲话。

"好啦，幸子姐，在电话里说这样的话，很对不起。现在即使去看你，也无济于事，所以我就不去了。请不要见怪。"说完就好像要挂电话了，幸子赶紧说："实在对不起，实在对不起！改天再专程到府上道歉。您生气是完全应该的……"连她自己都不知道究竟在说些什么。

"算了，幸子姐，不用说这种话。你要是来造访，更让我受宠若惊了！"丹生夫人差点没说"听着都恶心"。正当幸子提心吊胆不知如何回答的当口儿，对方一声"再见！"便把电话挂断了。

幸子放下电话，两手托着下巴倚住丈夫这张桌上搁着电话的矮桌，席地坐了半天，心里寻思着等丈夫回来必须把这件事情告诉他，转念一想今天就不说了，等明天心情平静下来再告诉也不迟。不难想象，丈夫听到这个消息将会多么失望，同时她更祈祷丈夫不要为此而厌恨雪子。丈夫向来不喜欢妙子而同情雪子，可是发生了今天这样的事情，两个妹妹会不会同时遭到他嫌弃呢？妙子好歹有所寄托，还无所谓，雪子现在要是遭到贞之助的抛弃，又如何是好呢？过去幸子对妙子有什么难以忍受的事情，可以向雪子诉说，对雪子有什么不满，可以向妙子诉说，所以平常感觉不到什么委屈。可是今天这种时候妙子不在家，幸子就觉得非常寂寞，心里特别难受。

"妈妈。"悦子拉开书房的移门，站在门槛上诧异地瞅着母亲。悦子刚放学回家，发现家里出奇的安静，还以为家里出了什么大事情。

"妈妈，您在干什么呀？"她一边问一边走进屋子，站到母亲身后，再次端详着母亲的脸孔。

"哎，您在干什么呀？妈妈，妈妈……"

"你阿姨呢？"

"阿姨在楼上看书。咦，妈妈，您怎么啦？"

"没怎么。你去找阿姨吧。"

"妈妈也一块儿去。"悦子说着拉起母亲的手。

"嗯，去吧。"幸子改变想法站了起来，和悦子一同来到正屋，让悦子上楼，自己走进客厅，坐到钢琴前，打开了琴盖。

一小时后贞之助回来了。这中间幸子一直在弹琴，听到门铃响，她便走到门口去迎接，贞之助夹着公文包走向书房，幸子紧跟着也走了进去。

"那个，您费了那么大的劲，可是这桩亲事又要泡汤了。"幸子本来没有拿定主意到底今天讲还是明天讲，可是一看到丈夫的脸孔她马上就憋不住了。丈夫的脸色一下子就变了，不过只是轻轻叹了口气，并没有露骨地表现出不愉快，而是平心静气地听着幸子说完事情经过。幸子看到丈夫不动声色，反而更加悔恨自己一直以来没有狠狠地责备过雪子，于是她说道："叫我们为她这样操心，这算什么人啊？"

真的，现在说这种话为时已晚。桥寺是有意与雪子结婚的，他嘴上不明确表态，可是心里肯定对雪子有意，正因为如此，他今天才会打电话约雪子出去散步。想到这一点，幸子更加悔恨今天关于这个电话而犯的错误，恨不得捶胸顿足地哭一场。可是哭又有什么用呢？机会永远不会再来了。为什么自己当时不在家呢？要是自己在家，就算不能说服雪子去赴约，至少能让她做出正确的应答。那样的话，这桩亲事也许就会顺利进展下去，说不定要不了多久就能订立婚约，这样想不算是白日做梦吧？只要平平稳稳去做，十之八九能得到这样一个结果。谁料就在自己出门的五六分钟时间里，却来了那通电话！一个人的命运难道取决于这样偶然的一件小事情？幸子越想越不甘心，仿佛那时不在家成了自己的过失，悔恨无穷。电话早不来，晚不来，偏偏在那个时候打来，幸子甚至觉得这只能理解为雪子的不幸。

"这样一想，自己尽管生气，又觉得雪子妹妹实在有点可怜。"

"不过这是雪子妹妹的性格造成的悲剧，电话打进来的时候，你即使在场，结果还不是一样吗？"

贞之助倒是站在抚慰妻子的立场上说了句公道话。

"即使当时你在场，雪子妹妹也不见得能妥善应对。再说了，只要不爽爽快快答应人家的邀请，同意一起出去散步，总免不了会招致对方的不满。既然这样，今天这种过失就得归咎于雪子妹妹的性格，和你在不在场没有多大关系。即使今天妥善应对过去了，往后类似的事情还会一而再再而三地发生。所以归根到底这桩亲事总是逃不脱泡汤的命运。除非雪子妹妹脱胎换骨，否则永远都会遭遇同样的结局，这大概就是她的宿命吧。"

"照您这样讲的话，雪子妹妹不是一辈子都嫁不出去了吗？"

"倒不是这意思。我是说，就像雪子妹妹那样消极保守，连个电话都无法好好应对的女子，也自有她的优秀之处啊。世上也许就有那种男人，不把她的性格看作因循消极、落后时代，而认为是一种温柔、高尚的品质呢。看不到她的优点的男人，就没有资格做雪子妹妹的丈夫。"

听到丈夫这么一说，幸子得到了安慰，反倒更觉得对不起丈夫，同时又尽量多想了想雪子的可怜，渐渐将自己一肚子怒气压了下去。可是当她回到正屋，走进会客厅看到雪子坐在沙发上，若无其事地把"铃子"抱在膝上逗着玩的那副模样，幸子的愤懑之气终于忍不住发作了。她涨红着脸克制住怒气，叫了一声"雪子妹妹"，扔出来两句话："刚才丹生太太打电话来说桥寺先生大发脾气，亲事告吹了！"

"嗯。"雪子依然如若无事地应了一声，或许带几分掩饰难为情吧，她把手伸到"咕噜咕噜"响个不停的"铃子"的脖颈下面，跟它逗着乐。

"不光是桥寺先生，连丹生太太、你姐夫贞之助和我都生气啦！"幸子本想一口气倾吐出这些话，但是终于忍着咽到肚子里去了。可是这个妹妹果真会认识到今天的错是"错"吗？要是真能认识到错的话，当着姐夫的面认个错，说声"对不起"也好呀。不过想到这个人即使心里认识到自己错了，也绝不肯当面认错，幸子又情不自禁地觉得她实在可恼得很。

十八

第二天井谷来访，经她详详细细地一番讲述，幸子才对桥寺之所以发那么大的火有了更加清晰的了解。

井谷说："听说昨天桥寺先生给丹生太太打了个电话，他也打电话给我了。像他那样一个敦厚的中年男人，居然发那么大的火，连我都被他埋怨了一顿，说什么那位小姐是不是太目中无人了？所以我觉得这件事情非同小可，马上赶到大阪，去见了桥寺和丹生太太。仔细一打听，才晓得事出有因，桥寺发怒是理所当然的。事情还不光是昨天，其实前天就有那么点苗头了。前天桥寺父女不是应邀去府上做客，然后在'菊水'聚餐吗？饭后在元町散步的时候，桥寺和雪子小姐两人偶然走在一起，后来他们被送别出征军人的长长的队伍阻挡住，和大家分开了一会儿。桥寺看到路边一家杂货铺的陈列橱窗，对雪子小姐说：'我想买双袜子，请您陪我去挑选一下好吗？'雪子小姐只答应了声'好'，却一直羞涩不安地回头看隔开在五十米外的太太小姐们，好像在求援，站在那儿不动，像有什么为难似的。桥寺只好愤愤地独自走进店铺买了想要的东西。这是一二十分钟内发生的事情，别人都不晓得，可是桥寺当时心里已经很不高兴了。不过他尽量往好的方面去想，认为这可能只是一种小姐脾气，并不是嫌弃自己。这样一想，他的心情才稍有好转。但是这一幕他始终挂在心上，想找个机会试一试雪子小姐到底是不是嫌弃自己。碰巧昨天天气暖和，他公司又休假，所以就给雪子小姐打了个电话，可结果就像您听到的那样，桥寺觉得自己丢了脸。他跟我讲：'前天那桩事情我还以为对方怕羞，可是一次没关系，第二次又遭到同样的对待，那就只能认为是对方极度嫌弃我了。她那种态度可以说是坚决拒绝的表示，就差没有直接说出"你还不明白我讨厌你吗"了。要不然的话，至少应该说几句婉转的话来谢绝吧？看来那位小姐是故意想破坏她身边亲友千方百计要促成的亲事。'桥寺还说了：'我深知丹生太太和井谷女士还有莳冈小姐的兄嫂的一片好意，可是她本人那种态度，他们的好意我想接受也接受不了啊。这门亲事我觉得不是我主动拒绝人家，而是人家拒绝我的。'"

井谷接着说："昨天我和他们两人碰头的时候，丹生太太比桥寺还要生气，她说：'我觉得雪子小姐对男人的态度实在不像话，难怪人家说她性格阴郁。我曾经忠告过她应该尽量给人家一个开朗的印象，可是她始终听不进我的忠告。雪子小姐这种性格我倒不奇怪，奇怪的是幸子小姐为什么容忍她妹妹那样的态度。现在即使是贵族小姐甚至皇家公主，也不会摆出那种态度来，我真搞不明白幸子小姐把自己妹妹当成什么人了。'"

井谷说话的口气十分严厉，像是借着丹生夫人的话头发泄自己的不满。只是任凭她说什么，幸子都无言以对。不过井谷是个豪爽脾气，想说的话说完后，她心里似乎痛快了，随后就又毫无隔阂地扯了几句家常。看到幸子垂头丧气的样子，她反而劝慰起来："您也不用这样悲观失望。不管丹生太太怎么样，我以后还是要给雪子小姐说媒的呀。"作为助谈，井谷还提到了雪子眼睛下面的那块色斑，说："桥寺和雪子小姐见了三次面，根本就没有注意到她脸上那块东西，据说还是他的姑娘回家后告诉他说：'那个人脸上有块褐色斑呢。'桥寺还回答：'是吗？我一点也没注意到啊。'这样看起来，那块色斑您根本用不着再担心了，几乎一点问题也没有呀。"

前天在神户元町发生的那桩惹恼桥寺的事情，幸子始终没有告诉贞之助，因为告诉了也无济于事，恐怕还会把丈夫和雪子的关系弄得别别扭扭的。贞之助毕竟是贞之助，他事后瞒着妻子按照自己一厢情愿的想法又给桥寺写了一封信，信中写道：

> 事既至此，本来再也没有什么可解释的了，尽管出于无奈，可我还是不得不向您解释清楚，否则就交代不过去。您也许以为我们夫妇没有好好摸清楚妹妹的心意而擅自许婚，其实我们那个妹妹非但不嫌弃您，而且我们可以保证她是同意这桩亲事的。您一定会问，既然这样，前几天她那种消极态度和电话中的应答又该如何解释？那是因为她生就害羞的性格以及害怕和男性接触，并不是嫌弃您的表现。任何人都觉得年过三十的女子不至于那样不中用，可是深谙她底细的亲人就不会觉得奇怪，了解她在那种场合永远是那个样子，现在已经比以前好多了，不那么怕生人了。尽管如此，我们也清楚这种说法对外是说不通的，特别是前几天那通电话，真不知道如何向您道歉才好。记得我曾经对您说过，她的性格并不阴郁，内心反倒有阳光的一面，到现在我仍然坚信我的话没有说错。可是，一个女子到了像她这样的年龄，连一些基本的应酬话都不会说，再怎么样说也是没用到极点了，您生气完全是理所当然的。仅此一点，她就没有资格做您的妻子。尽管深感遗憾，小

生不得不承认她的落选完全是咎由自取，不能厚着脸皮再恳求您再加考虑了。总之，妹妹成为这样一个落后于时代的女子，完全是家庭教育欠缺造成的结果，这和她幼年失母、青年丧父的不幸境遇也有关系。当然我们也应该负一半的责任，只是我们不知不觉对她多有偏袒，对她的评价也许过高了一些，但是绝没有为了想勉强高攀而对您说假话，这一点还务望您谅察。

小生祈祝您早日觅得理想的佳偶，雪子也喜得良缘，大家尽快将这件不愉快的事情忘掉，切望到那时我们仍能照常往来。正庆幸好不容易交上您这样一位朋友，倘因为这样一件微不足道的事情而致使不能与您继续交往，岂不是莫大的损失。

这封信寄出之后，桥寺很快寄来一封郑重其事的回信，内容如下：

接到您诚恳的来信，甚为惶恐。您说令妹落后于时代，这是您谦虚。不论令妹岁数多大，却始终保持着少女般的纯真，不染尘俗之气，这才是难能可贵的品质。做这种女人的丈夫的人，必须高度评价她的纯真，有义务重视、爱护这种可贵的品质而不使其受损，要做到这一点，必须对她的性格深刻了解，并且无微不至地加以体贴，像我这样的乡巴佬完全不具备这种资格。基于这样的考虑，我认为我们的结合对双方都不幸福，因此才谢绝了这门亲事。假如您把拒婚当作是对令妹的恶意批评，那就非常遗憾了。

还有，最近一段时间里承蒙您全家对我的热情接待，不胜感谢。府上那种家庭和睦的情景，真是令所有人艳羡，我觉得正因为有这样一个和气幸福的家庭，才培养得出令妹那种珠辉玉丽般的品性。

来信和贞之助一样，是用毛笔写在卷纸上的，虽说不是文文气气的书面语，但也写得非常婉转、得体，无可挑剔。

另外，那天在神户散步时，幸子曾领着桥寺的女儿去元町的服饰商店，为她挑选了一件罩衫，还让绣上姓名。亲事告吹后不几天，姓名绣好了，幸子觉得不送给人家反倒不自然，就托井谷转送了过去。半个月后的一天，幸子去井谷的美容院，井谷递给幸子一个用褐色包装纸仔细包好的纸盒，说："这是桥寺先生放在我这里的，说是托我送给莳冈太太。"幸子回到家打开一看，是件京都"衿万商店"[1]制作的立体凸纹纺绸的衬袄，幸子穿着正合身，大概是桥寺托丹生夫人代他置备的吧，看来这准是前些日子那件罩衫的回礼了，从这件小事上也可以看出桥寺待人处世的周到了。

雪子又是怎样的心情呢？表面上看，她既没有垂头丧气的样子，也没有对贞之助和幸子心有愧疚。姐夫、姐姐的好意她是明白的，不过以她的性格来说，在这件事情上她已经尽了最大的努力了，超出这样就不是她能够做到的了，要是这样还谈不成这门亲事，那也没什么可遗憾的了。这或许多少带了点逞强和作张作势——她的一举一动显示出她实际上就是这样想的。幸子到头来还是失去了对雪子露骨地发泄不满的机会，最后两人又慢慢地和好

1　位于京都市东山区新桥大和大路的一家和服老铺。

了。尽管如此，幸子总觉得有样东西堵在心里，无法释怀，只想等妙子回家后讲给她听。偏偏这一阵子妙子有十多天没有回来，还是3月上旬那个"命中注定的电话"打来后的第二天，她一早回到家里待了一会儿。幸子告诉她"这次又吹了"，她听到这个消息后，非常失望地回去了，之后一直没有见到她。说实话，在这段日子里，每逢丹生夫人和井谷问起妙子，幸子总是警惕地想她们是不是故意装作不知道而来打探消息的，因此她也只给她们一个模棱两可的回答。因为幸子无论如何也不愿意让旁人知道妙子离了家，那不过是为了万一将来她和奥畑的关系闹出了问题，可以对外宣布她已经和家里脱离关系了。可是现在一切心计都化为了泡影，幸子已经急于和妙子见面了。这天清晨，姐妹两人在餐厅里聊天，幸子说："不晓得末子姑娘近来怎么样，打个电话去问问吧！"可是送悦子上学的阿春一直没回家，等了将近三个小时她才回来，她悄悄向餐厅那边觑看了一眼，看到里面只有幸子和雪子两个人，才蹑手蹑脚地走到两个人身边低声说道：

"末子姑娘生病了。"

"啊，什么病？"

"像是肠炎或者赤痢[1]。"

"来过电话了吗？"

"是的。"

"你去看过没有？"

"去过了。"

---

[1]　又称血痢，痢疾的一种，症状通常为腹泻腹痛、痢下赤白、脓血黏冻等，是夏秋季节较常见的传染病。

"末子姑娘在公寓里吗？"雪子插嘴问道。

"不是。"阿春低下头不言语了。

实际上今天一清早阿春就被叫醒，说有电话。她过去一听，是奥畑的声音。奥畑说："末子姑娘昨天来我这里，晚上10点钟左右突然发病，高烧烧到四十摄氏度，还冷得浑身发抖。她要回公寓，我留她在我这里住下了。可是她病情越来越严重，昨天请了附近的大夫来给她诊治，一开始弄不清楚是什么病，大夫怀疑不是流感就是伤寒。到了半夜里开始拉肚子，而且拉得很厉害，肚子还绞痛。大夫说大概是大肠炎或者是赤痢，如果确诊是赤痢，那就必须住院治疗，不过不管怎么样都得有人陪护，所以不能让她回自己公寓，暂时只能住在我这里配合治疗。这事我只能私下先通知你。末子姑娘虽然有点受苦，但眼下还不必特别担心，不妨继续留在我这里治疗。如果有什么急剧变化我再通知你，不过我想绝不会出现那样的情况。"阿春认为反正自己得跑一趟，等看到情况再说，所以今天早晨她把悦子送去上学后，归途绕道去了趟西宫。到了那里一看，情况比想象的还要严重，据说昨晚一夜就拉了二三十次，因为拉得太频繁了，妙子根本无法躺下睡觉，只能抓着椅子一直蹲在马桶上。听说大夫忠告病人不能采取那样的姿势，必须安静地躺在床上，身体下面放个搪瓷便盆。阿春去了之后，和奥畑两人苦苦劝说妙子，好不容易才说服妙子躺下。不过阿春在那里的时候，妙子又拉了好多次，因为肚子绞痛，每次拉得很少，因而人更加难受。热度仍然很高，之前还曾经烧到三十九摄氏度。究竟是肠炎还是赤痢，仍然没有搞清楚，据说已经请大阪大学对病菌进行化验了，一两天内就可以得出结果。阿春对妙子说："要不要请栉田大夫来诊治一下？"妙子回答说："我病倒在这里，怎么可以让栉田大夫晓得呢？还是算了吧。你回去不要把病情告诉我二姐，千万别让她担心。"阿春当时没有说回家后是否报告太太，只说"回头再来看您"，便先回来了。

"没有护士照顾吧？"

"没有，说是再拖得久的话就得请护士。"

"那现在谁在照顾末子姑娘？"

"冰是少爷（阿春第一次这样称呼奥畑）砸的，便盆消毒和擦屁股是我做的。"

"你不在那边的时候，谁做呢？"

"这……大概是那位老奶奶吧。听说她是少爷的奶妈，人倒是挺好的一个人。"

"那个老奶妈也管做饭吧？"

"是的。"

"假如是赤痢的话，叫那种人洗便盆，不是很危险吗？"

"那怎么办呢？要不我过去看看吧。"雪子说。

"先等一下，看看情形再说。"幸子说，"如果现在能确定是赤痢，那就得设法解决，如果只是简单的肠炎，两三天就会痊愈的，所以现在暂时不用那么着急。眼前只能派阿春过去照料，没有别的办法。在贞之助和悦子面前就说阿春家里有急事，请了两三天假回去了。"

"他们请的是什么样的大夫？"

"什么样的大夫我还没有见到过，听说是附近一位不太熟悉的大夫，以前从来没有请他看过病。"

"要是请栉田大夫给诊治一下就好了。"

"这倒是的。"幸子说，"要是住在公寓里就好办了，不过在阿启那里就不方便了，还是不要请枥田去的好。"

幸子看出妙子实际上出乎意料的脆弱，尽管她嘴上逞强叫阿春不要告诉二姐，但内心却恰恰相反。在这种时候妙子一定会深刻体会到家庭的温暖，两个姐姐不在她身边会让她心慌意乱。

十九

阿春一会儿工夫就收拾好东西，提前吃了午饭，说声两三天后回来，就匆匆走了。临走前，幸子把她叫进会客厅，再三嘱咐她必须改一改平时好偷懒的习气，和病人接触后务必注意消毒，不可疏忽大意；病人大小便时必须在便盆里滴几滴来苏尔消毒水。还关照她记得经常通报末子的病情，每天上午至少给家里打一次电话。奥畑那里没有电话，可以借用附近商店里的电话，不过最好不要去商店借用，而是用公用电话打，给家里打电话要趁贞之助和悦子不在家的时候。

阿春是下午走的，幸子姐妹估摸着当天不会打电话回来，所以格外牵挂妙子的病情，眼巴巴地等候第二天的到来。直到第二天上午 10 点钟后，阿春才打来电话，幸子将电话转到丈夫的书房里，由于距离远，半中间又一再中断，费了好大的劲才听清几句。概而言之，妙子的情况和昨天差不多，但是肚子拉得比昨天还厉害，一小时要拉十来次，热度也没有退下来的迹象。

幸子问："原来怀疑是赤痢，到底是不是啊？"

"这个还没有弄清楚。"

"大便检验的结果怎么样？"

"听说大阪大学那边还没有消息。"

"拉的是什么样的便，带不带血？"

"像是有点血。除了血之外，还尽是鼻涕一样黏糊糊的白色黏液。"

"你这电话是从哪里打来的？"

"我用的是公用电话。不过附近没有公用电话，得走好长一段路，非常不方便，而且前面还有两三个人排在我前头，所以电话打迟了。一会儿打算再打一次，要是今天打不成的话，那就明天早晨打。"阿春说完挂掉了电话。

"大便带血，那不是赤痢吗？"站在一旁听的雪子说道。

"是呀，我也是这么想。"

"大肠炎患者的大便也带血吗？"

"不可能吧。"

"一个小时拉十来次，肯定是赤痢了。"

"会不会那个大夫水平不行呀？"

幸子认为十之八九是赤痢，并且做好了思想准备，开始考虑起接下来该做些什么事情来。可是那天期待的第二个电话始终没有打来，一直等到第二天上午 11 点钟多仍然杳无音讯。阿春在做什么呢？幸子、雪子两姐妹急得如坐针毡。快到中午时分，阿春却突然从厨房门口走了进来。

"怎么样了？"两人看见阿春脸孔紧绷着，一声不响地将她拉进会客厅问道。

"看来就是赤痢了！"

其实大便化验的结果还没有出来。大夫昨晚和今天早晨都来看过，说像是赤痢，必须赶快采取措施，国道附近的木村医院有隔离病房，他可以介绍去那里住院。刚要决定住院时，一个经常来卖菜的小贩碰巧来到厨房，无意中对阿春说了句那家医院还是不要去的为妙。于是到附近去一打听，才知道那家医院的名声非常不佳，院长是个聋子，无法听诊，诊断经常失误，尽管是大阪大学出身，但学生时代成绩就不好，连博士论文都是由同班同学代写的。阿春把这个情况告诉了奥畑，奥畑也很不放心，便去打听其他医院，可是附近除了这家医院外，其他医院都没有隔离病房，他只得对大夫说："就当作是大肠炎在家里治不行吗？"大夫不赞成，说："这可是传染病啊！"可是奥畑不理会，说只是得了赤痢，何必非要去住医院，在自己家里不也能治好吗？最后决定还是在家里治，大夫那里尽量想办法使其同意，不过他和阿春商量，想听听芦屋这边姐姐们的意见。阿春回答说，那就回去征求一下意见。她想电话里说不清楚，所以就急急忙忙赶回来了。

问她大夫是个什么样的人，阿春回答说大夫姓斋藤，也是大阪大学出身，看上去比栉田大夫小两三岁，他父亲那一代就在这条街上开诊所，老先生现在还活着，父子两人名声都不错。根据阿春的观察，他没有栉田大夫那样麻利，诊断也似乎过分小心谨慎，不轻易下结论，这次诊断延误，这也是原因之一。另外一个原因则是病人热度较一般赤痢过高，而且妙子第一天没有大便，拉肚子是发病后 24 小时、也就是前天晚上才开始的，出于这个原因，一开始就怀疑得的是伤寒，相应的处置也就耽误了些时间，所以使得病情愈加恶化。

"到底是在什么地方传染的呢？吃过什么腐败的东西了吧？"

"是的，听说吃了青花鱼做的寿司。"

"在哪里吃的？"

"听说是发病那天傍晚，她和少爷去神户溜达，在一家'喜助饭庄'吃的。"

"这家饭庄我从来没听说过，雪子妹妹，你呢？"

"没听说过。"

"听说这家饭庄在福原的红灯区里，那里的寿司饭据说特别好吃，他们打算去品尝一下，所以在新市场看完电影回来就去了那里。"

"阿启少爷一点也没事吗？"

"是的，听说少爷不爱吃青花鱼，所以他没有吃，只有末子小姐一个人吃了，所以她说一定是青花鱼的关系。不过据说吃得不多，而且鱼也没有腐败，的确是新鲜的活鱼。"

"青花鱼真可怕，即使新鲜的，吃了也容易中毒。"

"据说中间暗红色的那片，也就是血液最多的那个部位最危险，末子小姐吃了两三片。"

"我和雪子妹妹从来不吃青花鱼，只有末子姑娘喜欢吃。"

"反正，末子姑娘太爱在外面乱吃东西了。"

"你说得一点也不错，从很早起她就很少在家里吃晚饭，总是逛东逛西地乱吃馆子，这下终于吃出病来了。"

妙子生病以后阿启的态度又怎么样呢？表面上若无其事，心里会不会因为收留了这样一个传染病人而觉得为难呢？最初还以为是轻微的肠炎，一旦发觉不是，就会感到不堪应付而希望芦屋这边尽快把她接回来吧？幸子姐妹两个想到前年洪水时他的举动，有点担心再次发生类似的事。可是据阿春的观察，还没有那样的迹象。上次发生洪灾时，由于他平时最爱漂亮，所以不愿弄湿裤子，而对于传染病他似乎倒不怎么害怕，或许是因为上次洪灾时自己的举动成了妙子厌恶他的理由之一，这次他想竭力展示出自己的忠诚吧。"留在我这里治疗吧"这句话看来不只是嘴上说说而已，他照顾得很仔细周到，不时主动提醒阿春和护士该做点什么，有时候会亲自帮助换冰袋、消毒便盆。

"我这就跟阿春一起去看看，我是不怕传染的。"雪子说，"得了赤痢也不见得会死人。阿启既然那样说，又没有其他合适的地方可以安置，就让末子姑娘住在那里也没什么不好。不过护理工作不能撒手不管，完全推给人家，就算长房和贞之助姐夫会有意见，我们也不能那样做。反正是我自作主张去看护末子姑娘，不会有什么问题的。栉田大夫要是能去，自然比较令人放心，原先那位大夫和护士就有点靠不住了。今天起我就住到那边去，换回阿春，让她就负责联络吧，靠打电话说不清楚事，反而增加担心。阿启是单身，免不了缺这缺那的，也需要阿春一天来回跑几趟的。"雪子说完马上就换好衣裳，简单地扒了几口茶泡饭，为了不让姐姐为难，她没有征得幸子的同意就走了。其实幸子的心情和雪子一样，所以根本也不想阻拦。

从学校里回家的悦子问起阿姨在哪里时，幸子若无其事地回答说，阿姨打完针顺便去神户买东西了。可是傍晚丈夫回家时，不说实话无论如何也瞒不过去了，幸子只好将两三天来发生的事情以及雪子擅自离家的经过一五一十统统说了出来。丈夫一脸不高兴地默默听着，末了也不说是好是坏，大概除了默许也没有别的办法吧。

吃晚饭时，悦子又问阿姨去哪里了，幸子悄悄给她透露了一点事实，说阿姨去照料生病的小阿姨了。悦子又接二连三刨根问底："小阿姨在哪里？""生的是什么病？"幸子嗔怪道："小阿姨病了躺在公寓里，因为单身一人不方便，所以你阿姨才过去陪伴她的。不是什么大病，用不着你小孩子担心。"悦子这才不吭声了。但是她是不是真的相信了母亲的话呢？贞之助和幸子故意和她讲些别的事情想蒙混过去，悦子无精打采地应和几声，一边吃饭一边偷偷抬眼察看父母的脸色。这孩子自从去年年底以来就没有见过妙子，尽管幸子告诉她小阿姨很忙，可她还是从阿春那里打听到大概的情况，让她多少知道点实情，做母亲的也方便。之后的两三天里，悦子只见阿春进进出出的，一次也没有看到雪子回来，她越来越不放心，追紧了阿春打听妙子的病情，最后盯着母亲逼问道："为什么不把小阿姨接回家呢？快去接回来吧！"那副气势汹汹的样子简直把幸子吓呆了。

"悦子，小阿姨有你阿姨照顾，你只管放心好了。小孩子不用操这份闲心。"幸子安抚她说。

"让小阿姨睡在那种地方，不是太可怜了吗？小阿姨会病死的！"悦子情绪激动地喊了起来。

事实上妙子的病情不容乐观，甚至是越来越糟。雪子寸步不离伺候在她身边，护理方面自然不会出差错，可是据阿春带回来的消息，妙子的身体一天比一天虚弱。一星期后，化验结果出来了，大便中不仅发现了赤痢菌，还是赤痢菌中最恶性的志贺菌[1]。不知道什么原因，妙子的体温一天之内反复升降好几次，最高的时候达三十九度六至四十摄氏度，还伴有严重的怕冷和打冷战。拉肚子的时候下腹部疼痛不止，所以给她吃止泻药。药吃下去不泻了，可是

---

1 通称痢疾杆菌，能通过人或其他灵长类动物的肠道致病引起细菌性痢疾，由志贺洁于昭和三十一年（1956 年）发现。

浑身发抖，热度又上升；而给她吃泻药，热度就会下降，可是腹部又痛得要命，拉出来的全是稀水。这两天妙子一点也没精神，大夫说心脏在一点点衰弱了。雪子坐立不安，她问大夫："这样下去能治好吗？看样子不像是单纯的赤痢，会不会还合并有别的病呢？要不要注射林格氏合剂[1]或者维他康复[2]？"大夫回答说："还用不着。"不给妙子打。雪子却认为换作栉田大夫的话，这种时候肯定会大打特打那些抗生素针剂的。一问护士，才知道斋藤老先生最讨厌打针，儿子也受他影响，认为不到万不得已的时候不必给患者打针。据阿春说，雪子姑娘认为病情到了这个地步，也不要顾忌面子不面子的了，索性请栉田大夫去诊治好了，不过还是希望太太亲自去看一看情况。阿春还说："这五六天工夫，妙子姑娘瘦得不成样子啦，太太如果看到她，真的会吓一跳呢。"

幸子一来害怕传染病，再有对丈夫心存顾虑，所以一直拿不定主意。现在听了阿春的报告，再也放心不下来了，决定瞒着丈夫，趁上午由阿春陪着去看一次妙子。临出门的时候，想到给栉田大夫打了个电话，告诉他妙子在西宫一位熟人家里病倒了，由于某种原因，只能让她暂时住在那里，请的是附近一位姓斋藤的大夫，病状大致如此这般——简单扼要地介绍了之后，征求他的意见。栉田大夫说这种时候必须大量注射林格氏合剂或者维他康复，假如放任不管，患者的身体会更加衰弱，必须跟大夫说千万不能再拖延下去，必须马上按此建议进行治疗。幸子说看情况，

1　一种静脉注射液，用以调节体液、电解质及酸碱平衡，由英国生理学家悉尼·林格发明。

2　一种强心剂注射液的商标名，可用于防止心脏停搏，由日本的朝比奈、田村、石馆等人研制成功。

还得请先生去会诊一下比较放心。栉田回答说斋藤大夫是他熟人，只要事先取得他的理解，我随时可以出诊。栉田说话的时候不像平常那样爽利。

幸子挂断了电话，坐上等候在门口的汽车，沿着国道向东驶去。车子驶过业平桥几百米时，只见山下一家大宅邸，樱花越过院墙已经开出了鲜花的花朵。

"哎呀！多好看呀。"阿春脱口而出道。

"是呀，这家人家的樱花每年都是开得最早的。"幸子一边说着，一边望着阳光照射下升腾起一片雾气的水泥路面。这一阵子由于妙子生病，弄得幸子心神不宁，不知不觉间，季节已经进入四月，再过十天就是赏樱花的时令了，可是今年还能像往常那样姐妹三个一起去京都赏樱花吗？要是去得成的话，那该多高兴呀。妙子即使病愈，又怎么能马上出门呢？嵯峨、岚山还有平安神宫的樱花是赶不上了，御室的晚樱不知道还能不能赶上。说起来，悦子得猩红热也是去年4月，那是赏完樱花从京都回到家里之后才发的病，虽然去了京都，不过由于悦子发病，菊五郎的《道成寺》就没看成。今年4月菊五郎又来到大阪，演出的剧目是《藤娘》，本来想着非去看不可的，会不会又要错过机会呢？

幸子心里思忖着，车子在夙川大堤上疾驰，六甲山隐隐约约浮现在天际。

二十

病房在楼上。幸子一走进门口的泥地，奥畑和雪子听到汽车声，早已经到楼下来迎候了。

奥畑一见到幸子，立即使了个眼色，说道："客套话就免了吧，有要紧事情得先商量。"把幸子请进了楼下的那间屋子。

其实斋藤大夫来出诊后刚走。奥畑送他出门时，他微微歪着头说："病情确实不太妙，病人心脏很衰弱。目前虽然还没有明确的征兆，可能是我过虑了，不过从触诊来看，病人的肝脏好像有些肿大，说不定得了肝脓肿。"问他到底是什么病，他说："就是肝脏化脓。热度升降那么厉害，怕冷怕得直发抖，看来不光是赤痢，多半是并发肝脓肿了。当然凭我一己之见，还不好下结论，最好能请大阪大学的专家来会诊一次，这样比较放心。不知您觉得怎么样？"再进一步追问，他又说："这种病是肝脏感染了其他脓肿的病菌，多数是因为赤痢细菌的侵入引起的。化脓的肿块如果只有一处还好治，假如是多发性的，也就是肝脏内各处都有脓块的话，治起来就很麻烦了。如果肝和肠子粘连的地方破裂倒还好办，如果是胸膜、气管和腹膜破裂，多半就没救了。"斋藤大夫虽然没有明说，可是听他的口气几乎是确定无疑的了。

"还是让我先看一看再说吧。"

幸子听完奥畑和雪子的轮流汇报，急急忙忙来到楼上。病室是一间六席的朝南屋子，房间是西式的，屋外还有个小小的阳台。房间里虽然铺了榻榻米，但是没有壁龛，连天花板也是一色的白。除了一边有壁橱外，屋里的摆设基本上就像一个西式屋子，屋角放置着一只三角橱，上面摆放着类似西洋古董的烛台，烛台上沾满了斑斓的蜡泪。还有两三件从跳蚤市场买来的不值钱的旧货以及妙子很久以前制作的法国洋娃娃，洋娃娃身上的衣服已经褪色了。墙上挂了一幅小出栖重[1]的小幅玻璃画[2]。屋子本来就很俗气，病人盖的那条厚实的羽绒被子又特别漂亮——胭脂色底子上带有白格子大花纹，从阳台那边的双层玻璃拉门射进来的太阳恰好照在整条被子上，显得光彩夺目，给人一种鲜花怒放的感觉。据说妙子刚刚退烧，她向右侧身躺着，两只眼睛死死盯着房门，似乎在期盼幸子的到来。幸子先前听了阿春的报告，早已有了心理准备，深恐两人目光相触时，最初的那份打击会让自己受不了。不过毕竟有了心理准备，尽管妙子的模样变得跟之前大不相同，但还不至于瘦到难以想象的那个程度，只是本来圆圆的脸变成了长脸，浅黑的皮肤变得更黑了，而那双眼睛却变得格外大了。

　　除了这些，还有更加引起幸子注意的事情，那就是妙子长期不洗澡，全身邋遢就不说了，似乎还有另一种不洁的气味。这是一向品行不端的结果，在平常可以通过巧妙的化妆掩饰过去，可是当身体病弱的时候，她的脸上、脖颈还有手腕上，处处都透着一种晦暗，甚至可以说是淫猥的阴影。尽管幸子的感受不是很明晰，不过她觉得妙子两条胳膊软弱无力地摊放在床上的憔悴样子，不光是疾病折磨所致，应该也是数年来放荡不羁的生活造成的。此刻妙子躺在那儿，就像一个饥病交迫的人踣毙于道。像妙子这个年龄的女子，即使卧病在床，也理应像一个十三四岁的少女一样，蜷缩一团，不仅惹人怜惜，甚至还会让人产生一种圣洁的感觉，可妙子却

1　大阪出身的西洋画家，擅长画裸体女人，谷崎润一郎的另一部作品《食蓼虫》在报纸上连载时即由其担任插图作者。

2　一种工艺画，用油彩、水粉或中国画颜料等在玻璃背面作画，透过玻璃观赏，最早起源于16世纪德国农民的草根创作，后经由中国于江户晚期传入日本。

不是，她完全失去了以往青春焕发的精神状态，暴露了她的实际年龄——不，不如说比她的实际年龄显得还要老态。最奇怪的是，她身上那股摩登女性的风姿完全不见了，取而代之的是一副挂着茶室幌子却干着男盗女娼勾当的肮脏楼舍中的女招待的形貌。姐妹中原本就数这个妹妹的气质最糟，可是她身上竟然还有一丝大家闺秀的姿影，然而现在，她那张松弛的脸上阴沉暗淡的肤色仿佛一个染上花柳病的人，不由让人联想到那些下作女人的肤色。另一方面，对比她身上盖的那条华丽的羽绒被子，妙子那复杂的不健康就更加显眼。说起来，似乎只有雪子早已经觉察到妙子身上的这种不健康，并且暗暗提防。例如妙子洗过澡后，雪子绝不在同一个澡盆里洗澡。幸子穿过的衣服，即使是衬衫短裤，雪子都会毫不在乎地借来穿，但是妙子的那些东西雪子绝对不会碰。妙子是否有所觉察不得而知，不过幸子却看出了一些苗头，并且她还记得雪子这样做，是在听闻了奥畑患有慢性淋病之后开始的。说实话，幸子从来没有相信妙子当口头禅那样说的她和板仓、奥畑只是"清清白白的交际"，没有发生过肉体关系，但是幸子也竭力避免深入追究下去。雪子虽然一声不吭，但是她老早就对妙子表示出无言的谴责和蔑视了。

"末子姑娘，怎么样？听说你病得不成样子，我看没那么严重嘛。"幸子尽量用平常那种语气说道，"今天拉了几次啦？"

"早晨到现在已经拉了三次了。"妙子照例毫无表情地低声回答，声音倒很清晰，"不过只是肚子痛，什么也拉不出。"

"这个病的特点就是这样的，不是说叫什么里急后重吗？"

妙子"嗯"了一声，接下去说："我以后再也不吃青花鱼寿司饭了。"说完微微露出一丝笑意。

"真的，以后再也不能吃青花鱼寿司饭了。"幸子认真地说道，

"末子姑娘，你不用担心，不过斋藤大夫说最好还是小心谨慎一些，为了慎重起见，他希望我们再找一位大夫来和他商量着治疗，所以我想请桛田大夫来给你看一看。"

幸子突然说出这句话，是因为考虑到妙子不知道自己病重，如果三个人背着她偷偷商议什么，万一再刺激到病人的神经，还不如直截了当地跟她讲明。斋藤大夫虽然提议请大阪大学的高明大夫来出诊，可是弄不好会招致妙子起疑心，所以还是先把桛田大夫请来，听听他的意见，然后再做决定不迟。幸子说话时，妙子一直用她那呆滞的目光茫然凝视着眼前的榻榻米，幸子于是催促道："喂，末子姑娘，你看这样可以吗？"

"我不想让桛田大夫到这种地方来，"妙子不知想到了什么，忽然坚决地说道，她的眼睛里不知不觉已经噙满了泪水，"要是让桛田大夫晓得我在这种地方，实在难为情。"

护士很机灵，站起身来悄悄出去了。幸子、雪子和奥畑三人吃惊地望着妙子脸颊上扑簌簌淌下的泪水。

"这样吧，这事让我慢慢劝说末子姑娘吧。"奥畑坐在幸子姐妹俩对面，中间隔着妙子。他身穿法兰绒睡衣，外面裹着一件青灰色的丝绸睡袍，一边略显狼狈地说着，一边朝幸子投来诉苦般的一瞥。

"行啦，末子姑娘，你不愿意那就不请桛田大夫来。这种事情你就别放在心上了。"

幸子知道最重要的是不能让病人情绪激动，所以赶忙安慰道。尽管如此，幸子还是觉得事情不好办。为什么妙子会说这样的话？奥畑似乎知道其中原因，幸子却猜不出她到底是何用意。

幸子是瞒着丈夫来看望妙子的，加之快到吃午饭的时间了，因此在病室里待了将近一个小时，看到妙子稍稍平静下来，便决定暂时先回家。归途中她打算从札场附近乘坐电车或者公共汽车，所以抄近路穿过那个万坡步行来到大路上。雪子送她到半路，叫阿春稍后一点跟随着，她和姐姐并肩走在一起。

　　"其实昨天夜里还发生了一件怪事呢。"雪子向姐姐报告起来，"昨天半夜两点钟左右，我和护士两个人睡在病室对面那间屋子里。之前夜里一般都是我和护士轮流在病室里看护，昨天末子的情况稍有好转，12点以后睡得很安稳，所以阿启说：'今天夜里我来接替，你们好好休息一下吧。'我们听了他的话，回到隔壁房间睡了。阿启大概是穿着衣服睡在末子床边的，两点来钟听到病室里有哼哼声，不晓得是末子姑娘痛得喊叫还是她在做梦，尽管有阿启在陪护，我还是连忙起身去隔壁察看。我刚把房门推开，就听到阿启接二连三地喊：'末子姑娘！末子姑娘！'中间还夹杂着末子姑娘的一声'米哥！'她只喊叫了一声，大概就从梦中惊醒了。不过她那一声确实叫的是'米哥'。我估计末子姑娘大概已经清醒，就悄悄关上房门，回自己屋子里继续睡觉。隔壁房间后来一点声音也没有。我当时觉得大概没什么问题了，就放下心来，连日来的疲劳一下子涌上来，就迷迷糊糊地打了两三个小时的盹儿。4点多钟天刚刚亮，末子姑娘又开始叫痛和拉肚子了。她痛得厉害，一个人伺候不了，阿启就过来叫醒我，后来我就一直没有睡。今天早晨我才想起来，末子姑娘那声'米哥'一准叫的是板仓。昨天夜里她梦见死者，所以叫出声来了。说起来，板仓正好是去年5月死的，转眼就快到他一周年的忌日了。末子姑娘因为他死得那么惨，心里一直牵记着，到现在每个月还要跑去冈山的乡下上坟，也就是这个缘故。现在恰恰就在板仓周年死忌的当口儿，她自己却得了重病，而且还躺在死者的情敌阿启家里，这怎么叫她不感到尴尬呢？末子姑娘这个人城府很深，旁人猜不出她心里在想什么，这些天来她说不定又想到了板仓的惨死，所以才做到跟这个有关的噩梦。不过，这些完全是我自己的猜测，不晓得是不是。不管怎么说，末子姑娘今天早上难受得要命，暂时顾不到精神上的创痛了。等到她身体上的痛苦稍稍平复下来，人也疲惫到极点了。至于阿启，比末子姑娘更要面子，表面上一点也看不出有什么不对劲，不过连我都这么想，阿启肯定不会像没事一样吧。"雪子继续说道："刚才末子姑娘突然那样说，我觉得也有道理。当然这些完全是我的猜测。因为昨天夜里被板仓的亡灵魇住了，所以末子姑娘对自己住在阿启家里非常顾忌。她大概在想，只要住在阿启家里，自己这场病就不会好，只能一点点越来越重，最后还可能难免一死，所以她先前那句话并不是避忌栉田大夫，而是她下意识地表示不愿意再住在这个地方。可能的话，她希望住到别的地方去。"

"没错，说不定她就是这个意思。"

"本来还可以再仔细问问她，可是阿启与她寸步不离。"

"我倒忽然想起一件事来。如果给末子姑娘换个地方的话，你看蒲原医院怎么样？要是去那里的话，只要把情况说明一下，我想他们那里肯定会接收的。"

"嗯嗯，可是蒲原大夫能治赤痢吗？"

"这么办好了，只要他那里肯借病房让末子姑娘住进去，我们可以请栉田大夫出诊去看。"

蒲原医院在阪神御影町，是一家外科医院。那里的院长蒲原博士，读大学时就是莳冈家的船场商铺和上本町的常客，和莳冈家四姐妹从小就熟识。当时被誉为高才生的蒲原付不起学费，她们已故的父亲听到消息后，经人搭桥向他伸出了援助之手。后来蒲原留学德国以及回国后开设现在的这家医院，她们的父亲也都资助过部分费用。蒲原是位颇有专家风度的外科大夫，在手术方面非常自信，也正因为这样，他的医院一下子兴隆起来，不到几年工夫就还清了莳冈家向他提供的全部助学金。之后遇到莳冈家的人以及船场店铺里的店员前去求治，他总是只收很少的费用，说什么也不肯多收，显然他是在报答穷学生时代所受的恩惠。他出生于上总的木更津，是一位具有关东气质的热血汉，具有一种与众不同的讲义气、重感情的性格，所以只要把情况跟他讲明，请他设法以某种名义给妙子安排一个床位，照他惯常的脾气，显然不至于拒绝。不过他那里是外科医院，治疗还必须麻烦栉田大夫出诊，好在蒲原和栉田是同学，而且他们两个还是好朋友。

雪子送幸子到了万坡南口，临分手时幸子又嘱咐她："回家后我打算马上给蒲原大夫和栉田大夫打电话试试。既然病情那么严重，假如像斋藤大夫说的那样，必须以防万一，不管末子姑娘愿意不愿意，再也不能让她继续住在阿启家里了。在这段时间里，你必须马上说服斋藤大夫赶快给她注射林格氏合剂或者维他康复，如果你说服不了，那就让阿启去和他交涉。"

回到家里，幸子给蒲原大夫打了个电话，不出所料，对方果然立即应承下来，还说："准备了一间特别病房，请随时送过来好了。"可是栉田大夫的电话却不好打，因为他是个大忙人，老是打不通，后来挨家挨户试着打到患者家里，好不容易才找到他，等获得他的同意，已经是傍晚6点多了。幸子本来想尽快把事情办妥，可是必须分头洽商，加上贞之助嘴上不说，心里也很担心这件事，幸子至少必须把事情的来龙去脉跟贞之助讲明，让他负担住院费用，然后打算明天上午把妙子送去住院。如此一番下来，等到商议停当电话通知西宫那边，已经拖到 7 点多了。半夜 12 点，阿春回到芦屋，带来雪子的话，还谈到之后发生的许多事情。

首先是关于末子的病情。幸子离开后不久，末子说怕冷，浑身簌簌发抖，体温升到四十摄氏度以上，到了晚上仍有三十八摄氏度左右。奥畑出去打电话给斋藤，一再催促马上注射林格氏合剂，硬逼得对方同意了注射试试。可是来到家里的不是之前的年轻大夫，而是那位老医师，他诊察后，稍稍考虑了一下说：“目前还用不着打林格氏合剂。”并吩咐护士停止注射准备，匆匆地把注射器收进提包里去了。雪子看到这情形，愈加觉得有换大夫的必要，等到末子稍稍安静一些后，她便对妙子提出无论如何应该请栀田大夫来，再次征求妙子的意见，但一如预想的那样，妙子也没有讲什么理由，只是说：“不愿意老卧病在这里，医院也行，甲麓庄公寓也行，想转移个地方，换了地方之后，就请栀田大夫来诊治，只是不愿意让他到这里来。”因为奥畑守在她床边听着，妙子说话有些顾忌，不过大致就是这个意思。奥畑听了妙子这些话，非常焦急，再三劝她改变主意，他说：“末子姑娘别这样说，住在我这里好了，何必那么多顾虑。”可是妙子好像没有听见一样，只管和雪子说话。急得奥畑青筋暴起，提高了嗓门说道：“末子姑娘，你为什么讨厌我这个地方呢？”雪子看到这个场面，觉察到他们之间似乎有了点别扭，很可能就是因为昨天夜里妙子的那句梦话。雪子没有提那件事，她看到奥畑要对妙子发火，就劝慰他说：“非常感谢您的好意，可是我们不便把一个生病的妹妹长时间安置在您这里，芦屋的姐姐也是这个意思。”还给他解释蒲原医院那边的住院手续已经办好了，这才勉强说服了奥畑。

二十一

第二天上午 8 点钟，一辆救护车来接妙子走，这时又发生了小小的争执。奥畑一再强调说："末子姑娘一直是我在照护，我有责任把她平安送进医院，所以务必让我陪同她一起去。"幸子和雪子轮番劝阻他说："您讲得很有道理，不过今天的事情就交给我们好了。我们并不是从今往后不让您和末子姑娘见面，可是您和末子姑娘的关系还没有得到公认，末子姑娘也很担心对外界的影响，所以请您暂时把她交给我们，自己先回避一下。假如病情有什么突然变化，自然不用说，即使没有变化，只要您打电话来，我们也会每天把病情告诉您的。"姐妹俩几乎是用哀求般的语气才把他说服。为了使他同意在每天上午把电话打到芦屋去，并且打给幸子或者阿春，不要直接打到医院去，都累得她们满头是汗。幸子又对斋藤大夫解释了情况，感谢他这段时间里的劳累。斋藤大夫很理解，主动提出由他亲自护送病人去蒲原医院，负责把病人交给等候在那里的栉田大夫。

雪子和斋藤大夫陪同妙子先去医院，幸子和阿春留下来善后，两个人打扫了楼上那间当作临时病室的六席大的屋子，给护士和老奶奶每人一些小费，然后雇了一辆夙川的出租汽车，比转送病人的救护车晚一个小时到达蒲原医院。每当亲人住院时，幸子总要产生一种说不出来的难受感觉，会不会一去不复返呢？这种不祥的预感她以前就曾经有过，今天又一次袭上心头。车子开上公路时，只见一片春光比昨天更加浓烈，六甲群山隐藏在深沉的云霞中，人家院落中盛开着星星点点的白玉兰或连翘花。要是在平时，这该是多么令人心旷神怡的景色啊，可是此刻幸子却无法摆脱沉重的心情，因为她发现末子的样子和昨天大不一样。说实话，尽管斋藤大夫说必须以防万一，可直到昨天她还半信半疑，认为不见得会死，那不过是大夫吓唬人而已。可是照今天这情势看，说不定真有那种可能。幸子首先注意到末子今天的眼睛发直，虽说末子平素的表情也不是特别丰富，但今天上午她神情呆滞，似乎失去了知觉，眼睛瞪得大大的，直盯盯地凝视着半空中的某个地方。那副样子，怎么看也像个死期将临的人，叫人看了害怕。昨天末子还有精神流着眼泪说话，可是今天当奥畑和幸子姐妹在走廊里争执时，她就像完全与己无关似的茫然地瞪着眼睛。

蒲原院长在昨天的电话里说，为病人准备了特别病房，妙子被送入的是一栋高价建造的纯日式独栋住宅，宅子和医院之间有走廊相通。这里本来是作为院长宅邸建造的，去年蒲原院长买下了住吉村观音林某实业家的私邸，离医院只有两里多路，他搬去那里后，这里便充作了他工作期间休憩的地方。这次将它改作特别病房收留妙子，是因为这里符合隔离的要求。病房设在原先作为会客室的那间八席的屋子和相连的四席屋子，以及连带的回廊，为了方便陪护，连厨房和浴室都可以随意使用。幸子昨天向护士会要求派去年护理悦子得猩红热时负责看护的那位"水户姐"，巧了，护士会做出安排，水户姐今天上午就来了。可是那位大红人栂田大夫却还是老做派，尽管幸子和他约好了时间，幸子到了医院之后却仍不见他到来。打电话到处打听，又催促了两三次，真是费尽了周折，期间斋藤大夫虽然不时地看手表，但并没有流露出不耐烦的神色，而是安安静静地一直等候到栂田大夫来接手后才离开。两位大夫用德语交谈着，旁人无法探听就里。栂田大夫诊断的结果和斋藤完全不一样，他认为肝脏没有肿大，所以不是肝脓肿，至于体温忽高忽低以及发冷打战，那是恶性赤痢引发的病症，算不上什么异常，总体来说病情在向好的方向发展，只不过眼下病人身体很衰弱。于是他当即吩咐水户姐注射林格氏合剂和维他康复，后期再注射"百浪多息"。临走的时候，栉田若无其事地说："明天我还会再来，您用不着那么担心。"可是幸子仍不放心，一直送他到门口，眼泪汪汪地看着他问："大夫，真的不要紧吗？"栉田很有把握地连声答道："不要紧的，不要紧的。"幸子又问："不用请大阪大学的医师来会诊了吗？""那是斋藤君提出来的建议，他有些过分谨慎了。假如真有这个必要，我一定会跟您明说的，目前您只管交给我治就行啦。""在我们外行人看起来，昨天还不是这个样子，不知怎么的，今天连脸孔都变了。那副面孔不是像死期将近的人吗？""您过虑了，身体衰弱得厉害的时候，谁都是这个样子的。"栉田大夫根本没把幸子的担心当回事。

　　送走栉田大夫后，幸子自己也打算回一次家。她先和蒲原大夫打了个招呼，然后回到芦屋。贞之助、悦子和阿春都不在家，她独自一人坐在寂静的会客厅里出神，不由得又想起那件事来。对幸子来说，长年给她们姐妹几个看病的栉田大夫既然那么说，且他的诊断从未出过差错，照说应该相信他的话，和斋藤大夫比较，她宁愿相信栉田大夫的诊断和建议，并且祈盼他的诊断是准确的。可是这次，看到妙子今天上午的气色，似乎只有同胞骨肉才会生出那样一种不祥的预感，因此她觉得，不妨先将此次情况通知大姐一下，她也正是为了写这样一封信才回来的。信中须将妙子被赶出家门，直到最近得知她生病而不得不把她接回来的经过简述一下，落笔时有些地方还得加工润饰，足足得花两三个小时，所以她有点懒得动笔。直到午饭之后，她才躲到楼上，关上门，开始写信。四姐妹中数幸子的字写得最漂亮，她擅长写假名，文笔也好，平常写封信根本不在话下，不像长房还要打草稿。她爱用毛笔写在卷筒纸上，字迹丰腴，一笔不苟。可是今天却不像往常那样一挥而就，改动了两三遍才写就下面这样一封信：

大姐敬启：

　　久疏问候，转眼又迎来今年的好季节了。六甲山每天云雾缭绕，大阪、神户一带现在正是最美的时节。每年一到这时候，我在家里就待不住了。

　　好长时间没有给您写信，你们都安好吧？我们这里全家都挺好。

　　眼下又有一件头痛的事情，本来懒得动笔，可还是得如实告诉您，就是末子姑娘得了恶性痢疾，目前病情十分严重。

　　关于末子姑娘，我们之前曾通过信谈过，尽管觉得她可怜，还是让她离开我这里，以后不许她再回来，此事上次已经报告您了。不过末子姑娘并没有像我们猜想的那样和阿启同居，她租住在本山村甲麓庄公寓自己一个人过着独居生活，这一点当初也告诉过您了。后来她一个人生活如何，我们虽然牵挂，但也没有去过问她，她也没有来信说过，只有阿春偷偷跑去看过她几次，据说她现在仍住在那个公寓里，私下和阿启有来往，不过从来没有住到他家里去过。听到这样的消息，我们多少也放下一些心来。上个月阿启突然打电话给阿春，说末子姑娘病了，不巧得很，是在阿启家玩的时候突然发病的，因为不能走动，所以只能让她暂时留在阿启那里。开始的时候连什么病都不清楚，以为没什么大不了的，就没有理会这事情，后来才知道她得的是赤痢。不过既然已经和她断绝了关系，她又病倒在阿启家里，到底要不要接她回来，我们拿不定主意。可是阿春却很担心，她说赤痢还是恶性的，大夫是从附近请的，医术不怎么样，治疗情况很不理想。末子姑娘又是发高烧又是拉肚子，每天都异常痛苦，身体虚弱得不得了，消瘦得简直像是另外一个人。尽管如此，我还是没有理会，可是雪子妹妹瞒着我跑去那里照料她，晚上也住在那里，这样一来，我再也不能袖手旁观了，去到那里一看，大吃一惊。据大夫说，可能并发了肝脓肿，果真那样的话，就没救了，他一个人不太有把握，要求再请一位大夫来会诊。末子姑娘见到我，一个劲地哭，说什么也不愿意住在阿启家里，要求帮她另外换个地方，听她的口气，似乎不愿意死在阿启家。雪子妹妹猜想末子姑娘也许因为板仓摄影师的周年忌日快要到了，怕他的幽灵作祟。据说末子姑娘最近曾经做梦梦到板仓，所以这也是有可能的。再有，末子姑娘可能是考虑到死在阿启家里，大姐和我们都会很为难。总之，一向很逞强的末子姑娘居然变得这样怯懦，真是极不寻常。她的面容从昨天起呈现一副死相，眼睛发直，脸上肌肉紧绷、一动不动，看了叫人毛骨悚然。所以我觉得应该体谅她的心情，便决定马上接她出来，同时不让阿启再和她来往。今天已经用救护车把她送进蒲原医院了，因为其他有隔离病房的医院都满了，只能和蒲原大夫说明情况，悄悄地把她送去那里住院。现在给末子姑娘治病的是栉田大夫，这个人大姐也认识。

情况大致就是这样。这次的处置实在是万不得已，姐夫姑且不去猜想了，我想大姐您应该会谅解的。贞之助也觉得这次事出无奈，暗地里也在为此担心，不过到现在他自己还没有去探视过末子姑娘。也许事情还不至于发展到最坏的地步，万一病危的话，我再给您打电话，也请您做好思想准备，不是完全没有那种可能性。栉田大夫认为末子姑娘不像是肝脓肿，眼下暂时还没有大的危险，是有希望病愈的。不过我说句不中听的话，栉田大夫这次的诊断也很有可能出错，无论从末子姑娘的状态来看，还是从她的脸相来看，都不能不让我生出一种不祥的预感，但愿我的预感是错的。

乱七八糟地写了一大堆，姑且先把迄今为止的情况大略向您汇报如上。我马上还要去医院。由于碰上了这事，其他的事情都放下了，雪子妹妹比我更辛苦，为了护理末子姑娘，她这阵子几乎整夜不睡，这种时候真是全靠她了啊！

先写到这里吧，下次再给您去信。

妹 幸子上

4月4日

虽然她担心可能会吓坏单纯善良的大姐，但为了尽可能唤起大姐对妙子的怜悯之心，信中还是故意夸大了几分病情。尽管如此，写的基本上还是自己的真实感受，病没有弄虚作假。幸子写完信，趁悦子还没有回家，马上又急急忙忙地赶到医院去了。

二十二

末子住进医院两三天后，眼看着一点一点好起来了。说来也奇怪，那可怕的死相仅仅就那么一天，入院第二天，妙子脸上不祥的阴影就消失得一干二净。幸子仿佛从一个离奇的噩梦中醒来似的，不由得想起前几天栉田大夫那句充满自信的话："不要紧的，不要紧的。"并再一次为他的准确诊断而折服。同时，她想到东京的大姐看了她写去的信不知道会急成什么样子，于是赶快又写了第二封信寄去。大概大姐读到这封信非常高兴吧，竟一反平素那种慢条斯理的做派，只隔了一天就寄来一封快信：

幸子妹妹如晤：

前两天读了你那封让人意想不到的来信，吓得我手足无，不知道怎么办才好，每天都在为这事伤脑筋，连信也没心思回复。刚才又接到你的第二封信，总算一块石头落了地，这下我就放心了。妙子本人高兴就不用说了，对我们来说，也没有比这更加值得高兴的事了。

其实现在告诉你也无妨，前几天看到你的第一封信，我还以为末子姑娘这次可能无力回天了呢。她这个人就是主意大，一向由着自己的意愿行事，尽叫人操心。这次生病不妨说是她应得的报应。虽然说起来可怜，但她现在要是死了，我们也无能为力呀。万一真的死了，谁去给她收尸呢？谁作为丧主为她出殡呢？你姐夫恐怕不愿干这种事，要是由你操持丧葬，也不合规度，难不成让蒲原医院为她出殡？那样就更加没道理了。我一想到这些就心如刀割。想想末子姑娘这丫头真不知要牵累我们到什么地步啊。

　　幸而她的病好起来了，我们总算卸下了包袱，当然这也是幸子妹妹和雪子妹妹尽心护理的结果。末子姑娘能明白两个姐姐的苦心吗？要是她能明白，就该趁此时候结束她和阿启的关系，开始新的生活，不知道她会不会这样做？

　　我知道蒲原大夫和栉田大夫这次帮了大忙，无奈不能以我的名义向他们致谢，还请你体谅姐姐的苦衷。

鹤子

4月6日

幸子收到信，为了让雪子看，专程跑了一趟医院。

"我收到大姐的一封信，你就在这里看看吧。"离开医院的时候，趁雪子送她出病房的机会，幸子从提包里悄悄拿出那封信，让雪子站在门口看。

雪子看完信，只说了一句："真是个大姐！"就回病房去了，也不知道她那句话到底是什么意思。不过幸子对那封信确实没有多少好感。说得直率点，大姐这封信无意中流露出她对妙子的手足之情已经荡然无存，她心心念念所想的只是如何才能使得自己一家不受到妙子惹出的灾祸连累。这么想当然无可厚非，可是这样妙子岂不是太可怜了。没错，这次的事情固然可以说是妙子受到的报应，但这个妹妹从少女时代起就甘愿过那种起伏跌宕的刺激生活，曾经差点被洪水淹死，后来不惜抛弃名誉和地位热恋上的对象又不幸病逝……姐妹四人中只有她经历了许多过着太平无事日子的姐姐们无法想象的大灾小难，尝尽了人生之苦。幸子想，换作是自己或者雪子，这样的苦难绝对是无法忍受的，她越想越觉得这个妹妹敢爱敢恨敢闯敢追求的人生令自己钦佩。继而又想象着大姐在接到她第一封信时的那副狼狈相，以及接到第二封信后心安理得的样子，不禁感到这样一位大姐太可笑了。

　　妙子住院的第二天上午，奥畑打电话到芦屋，幸子将妙子今天早晨症状大有好转的情况以及椊田大夫的诊断结论详细告诉了他，并告诉他已经看到了彻底康复的前景。之后两三天里，奥畑没有再打来电话。到了第四天的傍晚，幸子从午后看护到 3 点钟便离开医院回家了，当时雪子和水户姐守在病床旁边，阿春在套间里用电火炉熬粥油[1]。看门的老头进来通报说："有位像是府上的人来了，他没有报姓名，可能是府上的老爷来了。""哎呀，难道是贞之助姐夫来了吗？我以为他不会来呢。"雪子说着看了一眼阿春。这时候院子里响起皮鞋声，从胡枝子篱笆那边出现了一个身穿漂亮的绛紫色双排纽西服，鼻子上架着一副深色金丝边眼镜（不是视力差，而是不知道从何时起为了赶时髦而常戴的有色

1　又称米油，熬粥时浮于粥表面的一层浓稠的液体，中医认为其具有补肾健脾、利水通淋的功效。

眼镜），手里挂一根白蜡木手杖的人——是奥畑。这栋日式宅子和医院各有一个大门，可是这一点初来的人并不会知道，都得从医院大门口请人带路，不知奥畑怎么会知道这里有门的。他找到这里，趁老头进来通报的当口儿，未经允许就闯进了院子。事后才得知，奥畑一见到老头就问："莳冈妙子的病房是这里吗？"老头问了他的姓名两次，他没有告诉，只是说："你就说是我，对方就晓得了。"一开始，阿春非常奇怪他怎么会发觉这栋独栋宅子是妙子的住院病房，又是怎么知道从门口穿过院子进入病房的。他应该不是向人打听，而是自己探索发现的。自从出了板仓的事情后，他对于侦察妙子的行踪产生了极大的兴趣，此次妙子住院，他大概也经常在医院四周来回察看从而发现了路径。这个院子沿着回廊从东向南成直角延展开来，奥畑拨开盛开的雪柳来到里间那个八席房间外面的走廊，从那儿刚好看到屋子里病人的脸。奥畑将手伸进稍稍开着条缝的玻璃拉门，拉开门，取下有色眼镜，笑嘻嘻地对妙子说道："正好有事上这附近来。"水户姐看到一个陌生男人闯进屋来，吃了一惊。雪子正在喝着茶看报纸，为了安抚水户姐，她若无其事地走到回廊上招呼奥畑，看到奥畑手足无措地站在踏脚石上，赶忙从屋子里拿出一个坐垫放在回廊上，让奥畑坐下，目的是不让他进屋子。奥畑似乎想和雪子攀谈，雪子却返身躲进套间，取下阿春搁在电火炉上熬稀粥的砂锅，换上烧水壶，等水烧开后沏上茶。她本想让阿春端茶出去给奥畑，又一想喜欢应酬的阿春要是被奥畑缠上会很麻烦，于是说道："阿春，你回去吧，剩下的事情我来做。"说完自己将茶水端了出去，随后马上又躲进了套间。

　　这天天气阴沉而和暖，病房的拉门敞开着，妙子看到奥畑出现在面前，坐在回廊上，却只用毫无表情的目光安静地看着他。奥畑看到雪子在躲避他，似乎有些不好意思，停了一会儿，掏出烟盒取了一支烟点上。烟灰越积越长，他想把烟灰掸掉，又迟疑不决地向病房里张望，随意地问了声："对不起，有烟灰缸吗？"水户姐机灵，迅速地将手边的红茶杯托递了过去。

"末子姑娘，你看上去好多了。"奥畑一边说，一边把一条腿直直地伸到门槛上，脚后跟压着敞开的玻璃拉门的门框，像是要让妙子看到他那双新买的皮鞋似的，"今天我才敢说，末子姑娘前几天真叫危险呢。"

"嗯，我晓得，"妙子的声音稍稍有了点气力，"到十八层地狱的第一层走了一遭。"

"什么时候能离开病房呢？今年的赏樱大概泡汤了吧？"

"赏樱还在其次，我倒想去看菊五郎。"

"你有这份精神就说明没事了。"奥畑又望了望水户姐的脸，"怎么样，这个月里能下床走动了吗？"

"怎么说呢……"水户姐应答了一声，便不再搭理。

"昨天晚上在坂口楼我和菊五郎在一块儿呢。"

"是谁请的菊五郎？"

"是柴本君请的客。"

"那个人就爱捧菊五郎。"

"前些日子柴本就说起要请菊五郎吃饭，让我作陪，可是菊五郎这家伙架子真大呀。"

奥畑这个人生性急躁，兴趣散漫，不肯沉下心来钻研一件事情。平常最多看看电影，很少看戏，因为嫌看戏冗长沉闷，不过却喜欢结交演员。以前手头阔绰的时候，经常请那些人去歌楼舞场饮茶吃馆子，所以和水谷八重子[1]、夏川静江[2]、花柳章太郎[3]等人都混得很熟，每次那些人来大阪，他难得在台下看演出，倒很爱去后台和他们寒暄。对于第六代菊五郎，他也并非爱好他的技艺，纯粹就是想结识名角儿，所以他总想请人帮他引介一下。

妙子问长问短地问个不停，奥畑也洋洋得意地给她讲述起昨晚上坂口酒楼席上的情形来，还模仿菊五郎说话的腔调和开玩笑的样子给她看，似乎就是为了向病人炫耀这件事情而来医院的。陪着雪子一同避在套间里的阿春最喜欢听那些八卦，尽管雪子一再催促她快回去，她只是口头上"是、是"地应答着，却仍旧竖起耳朵在听。直到雪子再次催促她说："阿春，已经5点了。"她才依依不舍地站起来。她一般都是每天下午来到医院，帮忙做饭洗衣服，到吃晚饭的时候再赶回芦屋。回家的路上阿春心里思忖着：奥畑少爷那么爱胡扯，要扯到什么时候才停呢？他本来不该到医院来，要是让太太晓得了，准会大吃一惊。如果他不适可而止离开，雪子姑娘怎么办？"原来说好不能这样的，请您还是回去吧！"这种话雪子姑娘怎么说得出口？阿春想着想着，已经走到新国道的柳川车站，她正打算像往常一样在这里乘车，只见一辆空的出租车从神户方向驶来，阿春认出车上的司机是芦屋川的。站在马路这边的阿春冲他喊道："回芦屋川吗？让我搭个车吧！"把车子叫到身边，还让人家

1　日本女演员，年轻时曾演出舞台剧，昭和初期后登上银幕，出演的电影有《白粉帖》《丽人草》等。

2　日本女演员，七岁登上舞台表演新剧，出演的电影有《雪夫人绘图》《爱的兰灯》《情艳一代女》等。

3　日本男演员、"人间国宝""新生新派"剧团的创始人之一，出演的舞台剧有《残菊物语》，出演的电影有《情艳一代女》等。

特意绕道将她送到家门口的拐角处。她喘着气走进厨房，看见阿秋在烙鸡蛋饼，便开口问："太太在哪儿？老爷还没有回家吧？真糟糕，奥畑少爷到医院去了。"她边走边煞有介事地说道。从过道张望那间西式会客厅，发现正好幸子一个人躺在长沙发上，她走上前去轻声说道："太太，奥畑少爷刚才去医院了。"

"什么？"幸子起身，脸色一下子变了，阿春小题大做的口气让她吃了一惊。

"什么时候去的？"

"刚才太太一离开医院，他马上就到了。"

"现在还在那儿吗？"

"我离开医院的时候他还在。"

"他有什么事没有？"

"他说他在附近有点事，顺便去探望末子姑娘的。他不等传达，冷不防从院子里闯了进去。雪子姑娘躲进了套间，他和末子姑娘在闲聊天。"

"末子姑娘没有发火吗？"

"没有，看上去好像很乐意和他闲聊。"

幸子让阿春暂时留在会客厅里，她自己去丈夫的书房里给雪子打电话。雪子讨厌接听电话，一开始让水户姐代她接，幸子对她说："对不起，请你叫雪子妹妹来接电话。"雪子这才勉勉强强自己过来接起了电话。一问起来，奥畑还没有离开医院。雪子说："一开始他坐在走廊上，后来天色渐渐暗下来，外面又冷，他也没有经过同意就擅自进了屋子，关上玻璃门，坐在病床头和末子姑娘说个没完。不晓得末子姑娘怎么回事，竟然也不疲倦，就那么听着他闲聊。我只得躲到套间里去，可是又不能一直这样子，就走进病房在一旁看着他们两个人聊天。为了打发他回去，刚才只给他换了一次茶水，天色暗了我也没有给他开灯，可不管使尽什么手段，他却装着看不见，只顾闲扯。"幸子说："那个人就是有点厚颜无耻，要是你不说他，今后说不定他还会经常跑去医院。他要是再赖着不走，让我去医院吧。"雪子说："已经是晚饭时间了，他也晓得二姐在给我打电话，大概过不多久就会回去的，你这个时候了就不用特地跑来一趟了。"幸子心想丈夫就快回来了，加上又怕悦子纠缠不休地追问她出去做什么，于是对雪子说："好吧，那就交给你处理了，你一定要婉转地把他打发走。"挂掉电话，幸子知道雪子绝不可能对阿启说什么的，所以她一直在惦念着情况到底怎么样了，直到很晚也没有机会再打电话。11点左右，她正要跟随贞之助上楼就寝，阿春悄悄走到她身边，凑近她耳朵说道："那之后，听说又过了一个小时才回去的。"

"你打电话问了？"

"是的，刚才我出去打的公用电话。"

二十三

　　第二天幸子到医院一问才知道，昨天晚上奥畑之后又在那里泡了很久，迟迟不归，雪子不得不再次躲进套间，一直不露面。可是屋子里渐渐黑了下来，没有办法才开了灯，病人的饭点也过了，就让水户姐把稀粥送进病房。奥畑依旧无动于衷，问妙子有没有食欲，什么时候才能喝粥，还厚着脸皮说自己也饿了，能不能为他从外面叫点什么东西来吃，甚至问这一带地方哪家饭馆的饭菜最可口，弄到最后连水户姐也躲进了套间，病房里只留下奥畑和妙子两个人。后来他大概真的饿坏了，于是对着套间说道："我这就告辞，打搅了半天，真对不起。"然后从回廊走下院子回去了。他朝套间告辞时，雪子只探头和他招呼了一下，故意没有出来送他。从下午4点到6点，他在医院里泡了差不多两个小时。雪子始终不明白，妙子为什么不说"请您回去吧"这样的话？要是她说一句，不就完事了吗？奥畑突然闯进院子，神气活现地夸夸其谈（雪子早就说过，二姐在不在场，奥畑的态度大不一样，昨天他看幸子不在就特别肆无忌惮），连水户姐都觉得很奇怪，他也应该晓得我们的处境有多为难呀。末子姑娘是有资格叫他回去的，她不应该催促他回去吗？这些情况，雪子只是背地里悄悄对幸子讲的，她不敢当面埋怨妙子。

　　幸子心想，照这个样子奥畑很有可能两三天内再跑来，因此有必要趁现在主动去找他，请他以后不要再到医院来。要是这样的话，无论如何，应该去他家知会他一下。上个月底斋藤大夫的出诊费大概是奥畑支付的，妙子待在他家里十天的药费，还有看护人员的一切费用也让他出了一大笔花销，再细细算起来，接送大夫的汽车费用、司机的小费、每天买冰的钱等，他也垫付了不少，这些都还没有结算，即使现在送钱给他，他也不见得肯收。可是斋藤大夫那笔治疗费至少得让他收下，其余部分只能送些东西算是清偿了。于是她问妙子："末子姑娘，到底送什么东西好呢？"妙子回答说："这类事情我会处理好的，你不要管了。这次的花销不管是奥畑垫付的部分还是住院的部分，都应该由我来出。不过我现在躺在病床上，不能去提取存款，暂时只能由阿启和二姐先垫着，等我病愈起床后，全部都要偿还的，请二姐不要操心了。"可是当幸子背着妙子向雪子征求意见时，雪子却说："尽管末子姑娘那样说，可是将近半年的公寓生活，她的存款恐怕多半也已经花光了。她嘴上说得漂亮，钱恐怕是还不上了。不管是钱还是礼物，我看还是早日还清为妙。"她还说："说不定二姐现在还把阿启当成大财主，可是前阵子我住在他家里的时候，从各个方面发现他家经济条件出乎意料地拮据，比如饭菜简单得叫人吃惊，晚餐桌上除了一个汤外，就只有一盆大杂烩，阿启、护士，还有我吃的都是同样的东西。有几次还是阿春看不下去，从西宫市场买了些炸鱼虾、鱼糕和红烧牛肉罐头带回来，这种时候阿启也坐下来一块儿吃。还有，给斋藤大夫的汽车司机的小费，一般都是我留心着给的，到最后，几乎总是由我付小费，而阿启装作不晓得。不过阿启是个男人，对这类事情他可以装作漫不经心，可是他那个管家的老奶妈我觉得必须留心。那个人对阿启倒是忠心耿耿，性格也温和，伺候末子姑娘的时候也很亲切，但是家里的一切开支统统是她一把抓，一分两分钱的东西都管得很紧，一点都不浪费。照我看，那位老奶妈表面上和蔼可亲的，心底里对我们一家，特别是对末子姑娘没有什么好感。倒不是她对我有什么不敬的地方，反正我就有这种直觉。如果你想详细了解这方面的情况，可以去问问阿春，她和那位老奶妈打交道多，你去问她，一定能听到一些情况的。正因为有这样一个老奶妈在他家里，所以就更不能欠他一分钱。"

幸子听雪子这样一讲，渐渐放心不下来了。她一回家就把阿春叫了来问她："奥畑家里那个老奶妈怎么看我们？你从她那里听到些什么没有？要是听到什么，你尽管讲来我听听。"阿春翻着白眼，一脸认真地思考了片刻，小心问道："讲出来不妨事吗？"然后提心吊胆地说出了下面这样的事情：

"其实，这件事情我一开始就觉得应该报告太太的。"阿春先来了个开场白。她上个月下旬在奥畑家进进出出的时候，已经和那个老奶妈相处得很熟了。妙子病倒在他家的时候，两个人因为各自都有很多事情，因此没有工夫好好说上话。直到妙子住院后的第二天上午，阿春去奥畑家收拾剩下的零星物品时，奥畑正好不在，屋子里只有老奶妈一个人，她留阿春喝杯茶再走，阿春就坐下来和她攀谈了好一会儿。老奶妈一个劲地称赞幸子和雪子，说："你家妙子小姐有两个好姐姐，真是幸福呀。我家少爷就不一样了，他自己当然也有缺点，可是老夫人去世后，他的兄弟抛弃了他，弄得外面的人都不再和他来往，实在太可怜了，现在只能依靠你家妙子小姐了。但愿妙子小姐肯做他太太就好了，请你千万也出把力促成这桩姻缘吧。"还含着泪恳求阿春。接着，她又像难以启齿似的说："这十年来，少爷为了妙子小姐不惜牺牲一切。"然后很婉转地透露了奥畑被他兄长逐出家门、家里与其断绝关系的根源也在妙子身上。老奶妈的话语中最令阿春感觉意外的是，近几年妙子的生活花销居然大部分都是靠着奥畑接济的，特别是去年秋天她住进甲麓庄公寓一直到现在的这段时间里，几乎每天一大早——也就是说早餐前——就跑到西宫，三顿饭都在奥畑家吃，直到深夜因为要睡觉了才回到自己租住的公寓。所以尽管说是独自开伙，实际上无异于成了奥畑家的食客，甚至她的脏衣服也拿到奥畑家让老奶妈洗，或者是替她送到洗衣店去洗的。两个人外出的各种开销不知道到底是谁付的，但是奥畑的钱包里经常放着的一两百元钱，只要和妙子出去一趟回来，一个晚上就统统不剩了。由此看来，在外面玩乐的花销自然也都是奥畑请客了。妙子每个月从自己存款中花掉的钱，顶多也就是支付甲麓庄那点房租罢了。尽管老奶妈这样说，阿春总有点不大相信。老奶妈于是从屋子里取出一年来的各种账单和收据，对阿春说："既然说到了这个，就顺便让你看看。"她还根据这些单据说明妙子在奥畑家寄食以来每月的开支和以前开支相差多么悬殊。果然像她说的那样，煤气费、电费、汽车费以至于蔬菜铺、鱼肆等的一应开支，从去年11月之后突然剧增，由此可见妙子在他家是如何挥霍的了。不仅如此，翻开百货商店、化妆品店和服饰店的账单一看，妙子买的东西占了一大半。阿春无意中还发现了去年12月妙子在神户东亚路上的隆新妇人洋服店[1]定制驼绒大衣以及今年3月份在同一家店里定制"维耶勒"[2]法兰绒晚礼服的账单。驼绒料子底面是两种颜色，面子是茶褐色的，里子是非常艳丽的大红色，那料子既轻软又厚实。记得当时妙子得意地在两个姐姐和阿春面前炫耀说："这件大衣花了三百五十块钱，只好变卖了两三件我不能穿的漂亮和服才付了那笔账呢。"那时妙子已经搬出芦屋自己在外面独立生活了，阿春还想怎么可以这样大手大脚地花钱呢？现在看了账单才知道实际上是奥畑为她定制的，这样就想通了。

老奶妈说："讲这些给你听，绝不是想说妙子小姐的坏话，只是想告诉你我家少爷为了讨好妙子小姐，是如何尽心竭力的。说来惭愧，少爷虽然身为奥畑家的少爷，可是他排行老三，没有资格随随便便花钱的。老夫人在世的时候，还可以想点办法，可是现在是彻底断绝财路了。去年他被赶出家时，从长房老爷（长兄）那里拿到的那点安慰金[3]就是他唯一的经济来源，可那笔钱禁不住坐吃山

1　原址在神奈川县横滨市，谷崎润一郎居住在横滨期间经常光顾的洋服裁制店，店主是中国人，以做工精致闻名，后因受关东大地震影响店址迁至神户。

2　产于美国的一种法兰绒织物的商标。

3　日本人在民事关系中主动断绝某种关系的一方向对方支付的小额费用。

空，能勉强维持到现在已经是不容易了。为了讨好妙子小姐，少爷有了今天不顾明天地乱花钱，那点安慰金也撑不了多久。少爷也许还以为等到山穷水尽的时候他自然会有办法，既然这样那就应该回心转意重新做人，否则的话，就得不到亲戚们的同情。我也为这事情担心，劝说过他不能像现在这样天天闲荡，得赶快去找份工作做，即使一个月百把块钱的工资也是好的啊。可他一心扑在妙子小姐身上，别的事情什么都不考虑，我这才想到除非妙子小姐做他太太，否则就没法使他走上正路。这件事情本来是十年前的悬案了，当时老夫人不同意，我也不赞成。可是现在想起来，这桩亲事倒不如允承了的好。假使当时允承了，少爷也不至于走弯路，这会儿也有个幸福的家庭，踏踏实实地工作了。"她又说："还有，老家的老爷不晓得为什么对妙子小姐那么看不入眼，到现在还不情愿少爷和妙子小姐结婚。不过现在反正已经断绝兄弟关系了，用不着再有什么顾虑，干脆结婚算了，老家老爷也不见得永远反对下去，说不定倒能闯出条新路来。实际上现在的难处不在于老家那边反对，倒是在妙子小姐身上。为什么这么说呢？因为我觉得妙子小姐像是变心了，她好像不打算和少爷结婚了。"

"我这样说，像是在责备妙子小姐似的，其实绝对没有这个意思啊。"老奶妈再三解释着继续往下说，"莳冈先生府上是怎么看待我家少爷的？他是个不懂得世情的公子哥儿，要说缺点那可是一大把，可是他对妙子小姐的感情直到现在始终就没有变过，这一点我可以保证。当然，他十七八岁就开始在妓院里厮混，品行不端，和妙子小姐分开的那段时间，他吃喝嫖赌样样都干过，不过那也是因为不能和心爱的人在一起才自暴自弃的，他那种心情照理说应该体谅才是呀。和我家少爷比起来，妙子小姐漂亮聪慧，有主见，又会一手别的姑娘学不来的绝技，对于我家少爷那种没志气的人也许失望透顶，这也是很自然的。不过想到他们十年来非同一般的感情，我总希望妙子小姐能够稍稍可怜一下我家少爷对她的一片痴心，不要轻易抛弃他。再说了，妙子小姐要是无论如何也不想嫁给少爷的话，那米吉事件时就应该爽气地拒绝，少爷或许也就死了那条心了。可是妙子小姐当时态度暧昧，和米吉好像要结婚又没有结婚，对少爷好像仍有感情又好像没感情了，我家少爷就这样被拖累了。米吉死后一直到今天，妙子小姐还是同样的态度，既不拒绝，又不公开在一起，这到底是什么原因呢？照这样的话，不是叫人没法不觉得妙子小姐只是在经济上利用我家少爷吗？"

老奶妈的话阿春有些不理解。她说："您是这么说来着，可关于板仓老板那件事我们听到的是末子姑娘本来想和他结婚的，因为您家少爷从中作梗，所以没能结成。还有，就是她想等雪子姑娘的亲事定下来之后再结婚。"老奶妈马上说道："雪子小姐的亲事不去说，等一等是应该的。可是要说我家少爷从中作梗，简直太可笑了。其实就是在那时候，妙子小姐一面瞒着我家少爷和米吉约会，一面又瞒着米吉和我家少爷约会，而且每次都是妙子小姐主动打电话给我家少爷的，这个我是晓得的。总之，妙子小姐巧妙地操纵着他们两个人。她心底里也许喜欢的是米吉，但是出于某种打算却希望尽可能地一直和我家少爷保持关系——反正我是这样想的。"她差一点没有直截了当地说出，妙子为了贪财从那时候起就已经在持续地勾引奥畑。阿春反驳道："不过，您也晓得的，末子姑娘那时候在做布娃娃，收入完全可以维持她自己的生活。她还有存款，没必要仰仗您家少爷啊。"老奶妈说："妙子小姐当然那样讲了，你和你家太太还有雪子小姐都信以为真了。但是你仔细想想看，就算妙子小姐做布娃娃，光凭她一双手，而且还是带着一半娱乐性质的业余工作，挣来的收入够她在衣食住行方方面面那么大手大脚地花，并且还有余下来的积蓄吗？这可能吗？听说妙子小姐还有一个漂亮的工作室，甚至还收了西洋人做徒弟，还让米吉把她的产品拍成照片做宣传，所以府上各位都偏袒妙子小姐，过高估计了她的实力，这也是很自然的。不过我估计她挣不到那么多的钱。说到她的积蓄，我没有见过她的存折，不好说什么。即使有存款，大概也多不到哪儿去吧？假如真的有很多存款，那也说不定是她从我家少爷这里想法子要去的呢。"老奶妈甚至还说："依我看，妙子小姐这么做，很可能就是米吉搞的鬼。米吉巴望妙子小姐尽可能从我家少爷这里多得到一些资助，因为这样他的负担就可以减轻许多，所以他尽管晓得妙子小姐暗地里和少爷约会，也睁一只眼睛闭一只眼睛地假装没看见。"

阿春听到的，桩桩件件都出乎她的意料。她不由得替妙子辩护上几句，可是老奶妈掌握着真凭实据，阿春一张口，老奶妈便举出一个个具体事例来将她驳得哑口无言。有些事例情节相当严重，阿春实在没有勇气如实报告给幸子，她只能含混地说："净是些不成体统的事情，实在说不出口。"姑且从阿春的转述中挑一两桩事例抄录如下：妙子手里有几颗珠宝（那几颗珠宝是什么样的，老奶妈知道得一清二楚），自从中日开战后，人们都回避戴戒指，妙子便把那些珠宝藏在珠宝盒里，看得比自己的性命还重，没有带到公寓去，而是托幸子替她保管。那是因为那些珠宝都是奥畑商店里的商品，奥畑偷偷拿出来送给妙子的。每次事情败露，总是老夫人出面为儿子擦屁股，这样的事老奶妈亲眼看到过多次。据她说，奥畑有时直接把珠宝拿给妙子，有时候是换成钱给她，有时候妙子私下拿到别处去变卖的珠宝又辗转回到奥畑商店。当然，奥畑从他哥哥店里偷出来的东西没有全部给妙子，他自己也变卖了一部分以供日常花销。不过，老奶妈认为其中大部分确实给了妙子，妙子不仅知情并收下，有时还死乞白赖地指定要某只戒指（除了戒指当然也有手表、宝石别针、项链等）。总之，老奶妈在奥畑家做了几十年奶妈，把奥畑从小拉扯到大，他们家里的事她连所有细节都清楚得很，类似这样的事情桩桩件件列数起来的话就没完没了了。不过正如老奶妈所说的，她并不是憎恨妙子，只是想证明奥畑为了妙子是如何不惜牺牲自己的。"府上各位不了解真实情况，认为我家少爷怎么怎么不好，反对他和妙子小姐结婚，所以我才把这些讲给你听的。假如各位能考虑一下我家少爷到底因为什么而被赶出家门的，我想，府上各位应该不至于继续反对他们结婚了吧？"她还说，"对妙子小姐我不能说长道短。既然我家少爷那么真心地爱她，那么对我来说，她也是我应当尊敬的人。所以我真心希望大家一起劝说妙子小姐回心转意，早点和我家少爷结婚。听说妙子小姐近来好像又有了喜欢的人，因此她更加想甩掉我家少爷。要是真有这样的事，说不定她是看到我家少爷钱快花光了，才打算抛弃他的吧。"

老奶妈的话越发地出人意料，阿春不由得吃了一惊，说："我今天是头一次听到说末子姑娘又有了喜欢的人，这是谁告诉您的？"老奶妈说："我也没有真凭实据，可是我家少爷最近和妙子小姐吵嘴的时候，我时常听到少爷嘴里漏出'三好'这个姓名，而且对这个人似乎非常不满。那个人好像是神户人，不晓得他住哪里、干什么的，只是不止一次听到少爷说什么'酒吧调酒师''那个酒吧调酒师'之类的话。酒吧调酒师到底是做什么的呀？"阿春说她估计那个三好大概是神户某家酒馆里的小掌柜，除此以外老奶妈就不清楚了，所以也没有寻根究底问下去。不过说到这件事情之后，阿春又从老奶妈口中得知妙子最近喝酒喝得很厉害。平常妙子在幸子等人面前顶多只喝一两合，但是据老奶妈说她在奥畑家喝酒的时候，日本酒能喝七八合，方瓶的威士忌[1]她可以满不在乎地喝掉三分之一瓶，酒量大得惊人，几乎就像没事一样。但是有几次她却不知在哪里喝得烂醉如泥，被奥畑搀扶着回来的，而且最近喝醉的次数越来越多了。

二十四

　　阿春的话，不消说，幸子是硬耐着性子才听完的。阿春说的时候，幸子感觉自己的脸涨红了好几次，有时候恨不得用手掩住耳朵，同时不由自主地摇手制止道："阿春，别说了！"要是她追问下去的话，这种令人脸红的事还有很多很多。

　　"好啦，你去那边。"讲述好不容易告一段落，幸子将阿春赶出了屋子，随即伏倒在桌子上，试图让自己震悚的心情平复下来。

　　真的是这样吗？一直担心的事情竟然是真的。谁都会情不自禁地袒护自己人，在老奶妈的眼里，阿启自然是个纯情的好青年，但他对末子姑娘的爱并不是那么真心实意的，丈夫和末子姑娘对他的看法大致不会错，他就是一个轻薄浪荡的公子哥儿——可是，这并不能推翻老奶妈对末子姑娘贪图钱财的指责。正如老奶妈过高评价

1　指三得利株式会社的前身寿屋洋酒店于昭和七年（1932年）开发成功的"角瓶威士忌"，适合日本人味觉的口感和独特的龟甲方瓶大获市场好评，成为该社三大主力产品之一。日文"角瓶"即四方长瓶的意思。

阿启一样，我们在很多方面对末子姑娘的评价也过高了。幸子每次看到妙子手上戴了光灿耀眼的宝石戒指时，总会情不自禁产生一种不快的疑念，可是妙子很得意地夸称是凭自己的劳动挣来的，看到她那副洋洋自得的样子，幸子的怀疑顿时烟消云散。毕竟妙子当时拥有自己的工作室，非常投入地制作布娃娃，她的那些价格不菲的作品也确实很畅销，这是幸子亲眼看到的。举办作品个展的时候，幸子还去帮着算账和核对账目，怎么可能不相信她说的话呢？后来妙子逐渐不再专注制作布娃娃转而学习制作西服，布娃娃的收入自然就没有了，但她还是为了出国以及日后开办西服店而储蓄了一笔钱，据说她生活上也没有什么困难。不过幸子担心她坐吃山空，花光了那笔存款，为了让她挣几个零花钱便叫她帮悦子做衣服，还给她介绍熟人得到一些西服订单，这些收入总算帮她解决了生活问题。尽管幸子有时难免生疑，但是一想到这些，就自己把自己心里的疑念给否定掉了。同胞姐妹的援手尚且不愿领受，外人的支援就更不愿仰靠了。妙子说过，要凭自己的本领赤手空拳打天下，幸子深信不疑。这难道不是偏听偏信吗？而且妙子一直在指责奥畑，说他就是个一无是处的人，非但不能照顾自己，自己将来还得供养他，还说什么阿启的钱她一分一厘都不想要，自己的钱也尽量不让阿启沾边。这些漂亮话难道都是为了欺骗外人和姐妹们而故意编造出来的吗？

与其责备妙子，不如说该责备的是她的姐姐们——被她随心所欲捉弄，不谙世情、老实到了傻头傻脑的地步的姐姐们。幸子现在不得不承认，奥畑家的老奶妈说的话——一个小姐业余干的那份工作，那点收入怎么可能过上那么大手大脚花钱的日子，一点也没错。从幸子这边来说，当初也曾一再想过同样的问题，却始终不敢深究下去，这一点要是被人指责说不是老实而是有意逃避责任，幸子也无言以对。无论如何，幸子都不愿将自己的同胞妹妹视作那样的坏女人——这正是犯错的根源所在。不过，社会上的人，尤其是奥畑老家那些人（包括老奶妈他们），恐怕不会体谅幸子们的心情。想到这一点，幸子情不自禁又涨红了脸。原先，听到奥畑的母亲和兄长们反对阿启和妙子结婚时，幸子私底下还感觉很不高兴。事到如今，她不得不承认他们的反对是有道理的。在他们眼里，不仅妙子是个贪图钱财的吸血鬼，连妙子的家庭也是不健全的。他们肯定理解不了，妙子的姐夫、姐姐们到底是何居心，竟然放任妙子做出那样的事情来。他们一定是那样想的。——幸子想到这里，只能承认辰雄宣布和妙子断绝关系的决定是正确的。她还想到贞之助不愿意再干预妙子的事情，当她追问丈夫是什么理由时，他说末子姑娘性格复杂，猜不透她的心思，也许他早已看透妙子那不可告人的阴暗一面了，只不过他心存顾虑，用的是十分委婉的措辞。要是这样的话，假如贞之助把话说得更加透彻一些、更早一些提醒幸子防一手就好了。

　　幸子这天没有去西宫。她借口说脑袋有点不舒服，服了几粒"匹拉米东"[1]，把自己关在二楼的屋子里，像只挫败的公鸡一样，连丈夫和悦子也不想见，就这样挨过了一整天。第二天早晨送走贞之助后，她又来到楼上卧室躺下了。自从妙子住院以来，她几乎每天都要去医院探望一次，今天下午她想去看妙子，可是不知怎么的，妙子仿佛突然间变了个人似的，变成和自己隔得远远的、令人生畏的人，幸子连和她见面都感觉有点怕。到了下午 4 点钟，阿春上

1　　一种解热镇痛药的商标，由德国赫斯特公司生产。

楼来问："太太今天去医院吗？刚才雪子姑娘打电话来了，问有没有《丽贝卡》¹这本小说，有的话叫我给她带过去。""我今天不去了。《丽贝卡》在那间六席屋子的书架上，你给她送过去吧。"幸子依旧躺在床上。忽然她又想起来什么似的，叫住阿春，对她说："末子姑娘已经不用照料了，你让雪子姑娘回来休息一下吧。"吩咐完毕，才打发她走。

雪子从上个月底赶到奥畑家，后来又陪同妙子住院，到今天已经十多天了，其间一直没有回过家。阿春向她转达了幸子的话，她当晚就回到家里，全家在一起吃晚饭。幸子傍晚时分起来了，尽量装出若无其事的样子来到餐厅。贞之助为了犒劳雪子，特地从他日渐匮乏的贮藏中拿出一瓶法国勃艮第白葡萄酒，亲自拭去瓶子上的积尘，"嘭"的一声拔起瓶塞，问道："雪子妹妹，末子姑娘已经好了吧？"

"是的，已经没事了，不过身体很虚弱，想要彻底康复大概也不是那么快的事。"

"瘦得很厉害吗？"

"是呀，原先的圆脸变成长脸了，两边颧骨都突出来了。"

"我想去看看小阿姨。"悦子插嘴道，"可以吗，爸爸？"

"嗯。"贞之助稍稍皱了一下眉头，随即满面春风地说道，"去也可以，只是你小阿姨得的是传染病，没有大夫的允许可是去不成的哦！"

贞之助像今天这样在悦子面前提起妙子，语气也不是绝对禁止悦子去看她，大概是因为今天心情特别好。他这种态度完全出人意

1　英国女作家达夫妮·杜穆里埃的代表作，1938 年出版。

料，在幸子她们看来，他似乎有点想改变对待妙子的态度。

"大夫请的是栌田大夫吧？"贞之助又问雪子。

"是的。不过最近他说不要紧了，就干脆不来了。他是个大红人，只要他认为病情有所好转，就总是这样的态度。"

"雪子妹妹以后可以不用去了吧？"

"就是，可以不用去了，"幸子说，"有水户姐在旁边护理，阿春每天还去帮忙。"

"爸爸，哪天去看菊五郎呀？"悦子问。

"哪天都行，不就是为了等你小阿姨回来吗？"

"那么，这个星期六怎么样？"

"可是，得先去赏樱花吧？反正菊五郎要在这里演出一个月哩。"

"那一定要去赏樱花哟，爸爸。"

"嗯，错过这个星期六和星期日，樱花就看不到了。"

"妈妈和阿姨也一定要去呀。"

"嗯。"幸子觉得唯独今年赏樱少了妙子一人，显得有点冷清，如果贞之助同意的话，她想索性等到月底待妙子彻底病愈之后，大家一起去御室赏晚樱，可是她最终还是没有说出口。

"喂，妈妈，您在想什么？难道您不愿意去看樱花？"

"即使再等下去，末子姑娘恐怕也是看不成的吧？"贞之助看出妻子的心思，"到时候如果赶得上看复瓣樱，大家再一块儿去看一次好了。"

"末子姑娘估计要到这个月底才勉强能在屋子里走动走动。"雪子说。

和兴致勃勃的贞之助、悦子一比较，雪子立即就觉察出幸子始终提不起劲来。第二天早晨他们父女两个一出门，雪子就问姐姐：

"你莫非去过阿启家了？"

"没有。"幸子回答，"关于这事我有话和你说。"她一把拉着雪子走上楼，关紧八席房间的拉门，将昨夜听阿春讲的事情全部告诉了雪子。

"雪子妹妹，你认为呢，老奶妈说的那些事情会是真的吗？"

"二姐是怎么想的？"

"我想大概是真的。"

"我也这么想。"

"都是我不好……我太相信末子姑娘了。"

"不过，相信她不是应该的吗？"雪子看到幸子哭了，她自己眼眶里也噙满了泪水，"二姐有什么错呢？"

"我对长房的姐夫、大姐还有什么话好说呢？"

"你跟贞之助姐夫说了吗？"

"什么都没说。这么丢脸的事情能跟他说吗？"

"贞之助姐夫也许在考虑宽大对待末子姑娘吧？"

"看昨天晚上的情形，好像是的。"

"即使谁都没有跟他说，贞之助姐夫大概也已经觉察出来末子姑娘在外面干的什么名堂了。他肯定是觉得要是把那样一个人赶出家门放任不管，一定还会丢尽我们家脸面的。"

"难得他能回心转意，末子姑娘要是能改过就好了。"

"她从小就是那样的人。"

"跟她说说看不行吗？"

"末子姑娘这个人怕是不管用。迄今为止，不是已经提醒过她好多次了吗？"

"说到底还是像那个老奶妈说的那样，为了双方的利益，还是让末子姑娘和阿启结婚的好。"

"除此以外，我想也没有其他办法能够挽救他们了。"

"末子姑娘难道就那么讨厌阿启吗？"

幸子和雪子对于三好这个酒吧调酒师都放心不下，甚至一提到这个名字心里就感觉不舒服，所以姐妹两个谈话的时候对这个人几乎完全无视。

"我也弄不明白末子姑娘到底讨厌不讨厌阿启，上次她那么不情愿住在他家里，可是前天在病房里又不肯催他回家，反而和他没完没了地闲扯。"

"要么就是在我们面前故意装作讨厌他，其实本心也许未必是那样。"

"要是那样就好了。会不会是心里希望他回去，但是在情面上又说不出口呢？"

雪子那天又到医院去了一次，拿了《丽贝卡》便立即回了家。之后的两三天内有时读读这本小说，有时去神户看看电影、休息休息。到了第二个星期的星期六，听从贞之助的建议，悦子、雪子和他们夫妇一行四人去京都住了一夜，好歹完成了每年一度赏樱的例行公事。今年由于时局关系，赏花酗酒的人少了，更加适宜赏花，以往从来没有像今年这样细细地欣赏过平安神宫艳丽的垂枝红樱。游人一个个都安安静静的，谁都没有在服饰上争奇斗艳，连脚步声都放轻了，在樱花树下留恋徘徊，那情景的确酿出一种风雅的赏花氛围。

赏樱之后又过了两三天，幸子派阿春代表自己去了一趟西宫奥畑家，先把妙子生病以来奥畑垫付的费用还清了。

二十五

　　过了几天，奥畑果然又来到医院。这天除了水户姐外，阿春也在场。"怎么办啊？"阿春打电话来请示幸子，"不要像上次那样慢待他，请他进来，高高兴兴地款待他。"幸子吩咐。到了傍晚，阿春又来电话报告："刚刚回去，今天聊了两三个小时。"隔了两天，奥畑又在同一时间来了，但这次6点钟已过他仍没有起身回去，阿春于是自作主张到国道旁边的"菱富"饭馆叫了一份外卖，还要了一小壶酒招待奥畑。奥畑心情很好，直到9点还在闲聊。好不容易等到他走后，妙子很不高兴地说："阿春，何必那样又是菜又是酒地款待他呀？他那种人只要稍稍给个好脸色，他就得意忘形了。"阿春心里暗想，刚才你不是还满面春风地和他闲聊的吗？为什么反倒指责我？真叫人弄不明白。

　　正如妙子所说，奥畑尝到了甜头，过了两三天又跑来医院了。晚饭又是"菱富"的酒菜，到了10点钟他还不想走，最后竟提出要在医院过夜。阿春打电话征得幸子的同意，就让他挤在八席大的病房里，将先前雪子用的被褥铺在水户姐的被褥旁边。这一晚阿春睡在那个套间，用上了现成的坐垫和毛毯。第二天早晨，因为之前受过妙子的训斥，阿春便故意说："要是有面包就好了，偏巧都吃光了。"她只端出一杯红茶和少许水果，奥畑悠然自得地吃完就走了。几天之后，妙子出院回到甲䜣庄公寓，但暂时还需要静养一段时间，所以阿春每天从芦屋赶去她那里帮忙给她做饭、干些杂活儿，早出晚归，照料她一整天。这样那样忙着的时候，所有的樱花不论单瓣还是复瓣的都谢了，菊五郎演完戏也离开了大阪。到了5月下旬，妙子才终于能够外出走动。幸好此时贞之助的态度转变，尽管没有正式说出"可以"，但是他的态度很明显，默认了妙子进出芦屋。所以整个 6 月妙子几乎每天都要来芦屋吃饭，充分摄取营养，以便早日彻底康复。

在这段时间里，欧洲的战事有了让人目不暇接的剧变：5 月，德军进攻荷兰、比利时和卢森堡，引发了敦刻尔克大惨剧；6 月，法国向纳粹投降并签订了《贡比涅森林停战协定》。也不知道施托尔茨一家怎么样了。施托尔茨夫人原先说希特勒很有政治智慧，一定会巧妙地处理好各方关系，战争多半不会发生，可是她的预言全部落空了。面对如此的世界大动乱，施托尔茨夫人现在又做何感想呢？她的大儿子彼得已经到了参加希特勒青年团[1]的年龄了吧，说不定连他的父亲施托尔茨也应征入伍了。不过他们那些人，包括施托尔茨和露丝玛莉，都在为所谓祖国的辉煌战果而陶醉，大概不会计较一时的家庭离散吧。幸子她们在家里时不时地会议论起这些。至于和欧洲大陆隔断的英国，说不定迟早也会成为德军的空袭对象，因而话题又不由自主扯到了住在伦敦郊外的卡捷琳娜身上。人的命运真是无法预料，一个不久前还住在玩具般的小屋子里的白俄姑娘，跑到英国后突然间摇身一变成了一位大公司经理的太太，住着宛似宫殿的大宅邸，过上了令人艳羡的富贵荣华生活。但是转瞬之间，一场百年难遇的巨大灾难眼看就要降落到全体英国人的头上，德军对英国的空袭特别是对伦敦郊区的空袭极其猛烈，卡捷琳娜住的那幢豪华宅邸很可能在须臾间就会化作一堆灰烬，房子遭殃也罢了，弄不好，饭都可能吃不上，衣服也没得穿。想象一下，也

1　纳粹党于 1922 年设立的准军事组织，其任务是对男性青年进行军事训练，为德国对外战争做准备。

许所有英国人都在惶惶不可终日地担心空袭不知道什么时候落到自己头上吧。现在看来，卡捷琳娜说不定在向往着遥远而平静的日本吧，她一定思念住在夙川那个小屋子里的母亲和哥哥，她会不会后悔离开那个家呢？

"末子姑娘，给卡捷琳娜写封信去问候一下怎么样？"

"嗯，下次碰见了基里连科，我会向他打听一下他妹妹的住址的。"

"施托尔茨太太那里也想给她写封信，可是不晓得有没有人肯帮忙翻译成德文。"

"还是请海宁格太太给翻译一下不好吗？"

姐妹两个之间有过这样一次对话之后不久，幸子打算再去请求以前曾经帮过一次忙的海宁格太太帮自己翻译私信，于是给一年半未通音讯的施托尔茨太太写了一封长信，信的内容大致如下：

> 作为友好国家的国民，我对德国的辉煌战绩谨表庆贺。[1] 每次读到报纸上有关欧洲战事的消息，就情不自禁挂念你们全家的安危，还一个劲地胡乱猜测。我们这里一切都好，只是日本和中国的纷争始终还没有解决，担心它可能逐渐导致一场正规战争。回想起我们当初朝夕相处的睦邻时光，转眼间世界就发生了惊天动地的剧变，不由得叫人生出一种怀旧之情，盼望着和平共处的睦邻时光哪一天重新到来。你们因为曾经遭受过那次可怕的洪水之灾，也许对日本印象不佳，不过那种灾难在任何国家都极少发

1　此处仅代表作品中人物的个人观点。

生，希望你们不要因为受了那次惊吓而一直存有戒心，和
平恢复后请你们再来日本。我们也非常希望今生能有机会
去一次欧洲，说不定哪天能到汉堡去拜访你们，特别是我
们想把小女培养成钢琴方面的人才，如果情况允许的话，
将来想送她到德国去进修音乐。

幸子又附笔说明另外寄出了一个包裹，里面是送给露丝玛莉的
绸子衣料和一把舞扇。

第二天幸子拿了信稿去拜访海宁格夫人，请她帮忙翻译成德
文。过了几天，她有事去大阪，顺便到心斋桥那边的"美浓屋"买
好了绸子衣料和舞扇。

6月上旬的星期六和星期日两天，贞之助请雪子看家，把悦子
也交给她，自己和幸子去奈良踏青赏绿。从去年直到今年的整整一
年当中，两个妹妹的事情此落彼起，轮番发生，幸子的神经简直快
要崩溃了。贞之助这样一是为了犒劳一下妻子，二来也是因为他们
长久没有两人单独在一起了，这次他想终于可以不受外来干扰好
好享受一下夫妇二人生活了。于是，星期六晚上住宿在奈良旅馆[1]，
第二天早上从春日神社[2]游览三月堂[3]、大佛殿等故都的西部。中午
时分，幸子的耳根内侧红肿起来，感觉痒得厉害，鬓发一触碰到那
里，就痒得受不了，那种痒类似荨麻疹的痒。今天上午她们穿行在
春日山长满新绿的树丛中，贞之助用徕卡照相机给她拍了五六张取

1   位于奈良市高畑町奈良公园东南角，明治四十二年（1909 年）开业。
2   位于奈良市春日野町，为藤原氏祭祀先祖的地方。
3   东大寺法华堂的异称，建于天平二十年（748 年），因每年三月在此处举办法华
     会故而得名。

景树下的照片，说不定是那时候被蠓虫叮咬了。幸子想，初夏季节登山，头上应该戴个东西以防虫子叮咬，后悔没有带条头巾出来。晚上回到旅馆，去药房买石炭酸药膏，药房的人说没有这种药，只好买了些止痒水，可是止痒水一点都没有效果。夜里，幸子痒得实在难受，一夜都没有睡好觉。第二天上午离开旅馆前，找人去药房买了氧化锌油[1]涂在患处才出门。夫妇两人在上本町分手，贞之助直接去事务所，幸子自己回家。直到那天晚上，幸子才感觉耳根子不痒了。贞之助下班回到家里，也不知道他想干什么，一个劲地让幸子给他看看耳朵，他把幸子拉到露台上的明亮地方，仔细察看，然后说："嗯，你这个不是蠓虫叮的，是臭虫咬的。"幸子问："什么？是在哪里被咬的呢？""奈良旅馆的床上咬的。今天早晨我这里也发痒，你看，"他边说边卷起袖子给幸子看他的两只手臂，"这就是臭虫咬的印迹，你耳根上也有两个这样的印迹。"幸子拿起折叠镜子一照，果真有两处叮咬的印迹。

"真的是臭虫咬的。那个旅馆对旅客一点也不关切，服务态度那么糟糕，床上还有臭虫，算个什么旅馆呀！"想到难得的两天旅游，却让臭虫搞得意兴索然，幸子心里的气不打一处来，但是生气也没有用。

贞之助说："要不我们再旅行一次，把这次补回来吧。"可是六七两个月都没有机会，直到 8 月下旬他公出去东京，便建议在东海道沿线找个地方玩一玩。正好幸子早就期盼游览富士五湖，于是这事就定下来了。贞之助先去东京，幸子晚两天动身，约好

1　用氧化锌和植物油混合制成的白色泥状油膏，具有收敛作用，可用于皮肤急性炎症的治疗。

在"滨屋"会合，从新宿出发前往目的地，回来的时候绕道御殿场。幸子离开大阪时，听从丈夫的建议坐了三等车的下铺，贞之助跟她说："夏天最好坐三等卧铺，车厢里不像二等车那样密不透风，风'飕飕'地吹进来，比二等车要舒服多了。"那天白天碰上防空演习，幸子有生以来第一次被赶下车去传递消防水桶，因为劳累过度，坐在车上瞌睡不止，还做梦也梦到防空演习。她梦见了像是芦屋的厨房，又像是特别时髦的美式厨房，空袭警报一响，那些东西突然自己就"劈里啪啦"地崩碎了，亮晶晶的碎片撒满一屋子。她告诉雪子、悦子和阿春，说那里危险，叫她们赶快跟着自己逃到餐厅，可是餐厅的餐具架上那些咖啡杯、啤酒杯、玻璃杯还有葡萄酒和威士忌等也"嘭嘭嘡嘡"地破碎开来，她又说这里也危险，于是逃上二楼，可是二楼屋子里的电灯泡也"乒乒乓乓"地破碎了，最后她领着全家人逃进只有木制家具的屋子，刚刚喘上一口气，就惊醒了。差不多的梦做了一个接一个，终于天亮了。不知道谁在清晨摇下了车窗，一粒煤渣刮进幸子的右眼里，怎么也弄不出来，难受得她直淌眼泪。9点钟到了滨屋旅馆，可是贞之助一早就出去办事了，为了弥补昨晚的睡眠不足，幸子让服务员摊开铺盖，自己睡了一会儿。可是因为眼睛里有煤渣，一眨眼就痛，总是不由自主地流泪，洗眼或点眼药水都不见效，只得请旅馆掌柜带她去找附近的眼科大夫，将眼睛里的煤渣弄了出来，并且在右眼上戴上一个眼罩。大夫对她说："今天一天就不要取下来了，明天再来一次。"贞之助中午后回到旅馆，问幸子怎么回事，幸子答道："都是听您的话，结果倒了大霉了，以后再也不坐三等卧车了。"

"从奈良那次起，我们订的旅馆就老是不顺利。"贞之助笑了笑说，"我还得出去办点事，今天把事情办完，准备明天一早就出发。你的眼罩要戴多久啊？"

"眼罩只戴今天一天。不过大夫叮嘱说，要是不注意的话，怕弄伤眼珠，所以让我明天再去一次呢。如果明天出发的话，大夫那里怎么办？"

"眼睛里进点灰没什么大不了的，大夫想着赚钱，总是夸大其词，这点小毛病马上就会好的。"贞之助说完又出去办事去了。

幸子趁丈夫不在给涩谷的大姐打了个电话，告诉大姐，自己随同贞之助出差来东京，打算在这里停留一天，因为眼睛出了点小毛病，戴着眼罩，待在旅馆里很是无聊，想请姐姐屈尊到旅馆来聊聊。大姐回说很想见一面聊聊，可是有点事情分不开身，问起妙子后来的情况怎么样了。幸子告诉她，妙子现在身体已经基本康复了，继续将她赶出家门好像不太妥当，虽然没有公开认可，但私下里已经允许她进出芦屋了，详情电话里讲不方便，要不了多久还会来东京看望大姐的——幸子说完便挂断了电话。

一个人待在旅馆里实在无聊，等到太阳西落，街道上有了荫凉地方，便去银座那边散步。看到街头悬挂着《深夜造就历史》[1]的广告招牌。这是部老片子，幸子已经看过了，可她一时心血来潮，走进电影院又看了一遍。也许是由于只用一只眼睛观赏的缘故，查尔斯·博耶的脸看不分明，那双极富魅力的眼睛也没有平常那样漂亮了。幸子看到一半就摘下了眼罩，她的眼睛不知不觉间已经完全好了，眼泪也不淌了。晚上，她对丈夫说："真像您说的，眼睛已经全好了。当大夫的总是爱夸大其词，拖一天好一天。"

1　弗兰克·鲍沙其导演、查尔斯·博耶主演的美国电影，1937 年公映。

之后的两天中，夫妇两个人住在河口湖畔的富士观光旅馆，充分补偿了上次奈良旅行的失败。两人逃出暑热的东京，深深地呼吸着富士山麓秋天的凉爽空气，时不时在湖畔的马路上逍遥徜徉，或者躺在旅馆二楼的床上欣赏窗外的山景，单单这样就已经令人心满意足了。像幸子这样生长在京阪地区难得来关东的人，对于富士山的好奇心类似于外国人对富士山的憧憬。那种心情不是东京人所能想象的。她特地挑了这家旅馆，当然是因为被"富士观光"这个名目吸引，来到这里一看，富士山正好对着旅馆的大门，近在咫尺，几乎迫至眉头。像这样来到富士山近旁，和它朝夕相亲，尽情欣赏它那时刻变幻的容貌，幸子有生以来还是第一次。

　　这家旅馆是幢用白木建造的宫殿式建筑，这一点和奈良旅馆没什么两样，其他方面就完全不同了。奈良旅馆用的建筑材料虽然也是白木，但因年代久远，脏里脏气的给人一种阴暗的感觉，而这家观光旅馆的墙壁和柱子等到处都是新的，看了就让人心旷神怡，这是因为它新盖没多久，同时也由于山上的空气格外鲜澄。到来后的第二天，幸子吃完午饭仰卧在床上，直瞪瞪地望着天花板。从一边的窗口望出去是富士山顶，从另一边的窗口望出去则是四面湖水环抱的起伏的漫岗，幸子不禁凭空想象起从未到过的日内瓦湖畔的美景，脑子里闪现出拜伦的诗篇《西庸的囚徒》[1]，仿佛自己来到了遥远的异国，不是因为眼前的山水异样，而是因为空气触及肌肤时的感觉不一样。她感觉自己犹如置身于清澈的湖底，呼吸着周围的空气，有种喝下一大口汽水似的舒

---

[1]　拜伦所著长诗，创作于1816年，西庸即西庸城堡，位于瑞士日内瓦湖中的石岛上。

爽。天空中飘过一片片浮云，被遮蔽了的太阳时而露出脸来，照得屋子里的粉墙亮得耀眼，仿佛脑袋都晶莹透彻了。这家旅馆直到最近还住满了前来避暑的游客，8月20日后人才一下子少下来，目前游客不多，宽敞的旅馆空荡荡的，寂静得杳无声息。置身在如此宁静的环境中，对着室内时明时暗的光线，幸子甚至忘记了时间的存在。

"悦子他爸……"

丈夫大概也沉浸在和她同样的心境之中。贞之助躺在旁边那张床上，品味着周遭的宁静，长时间默默地凝视着天花板，此时，他站起身踱到面向富士山的窗边。

"悦子他爸，真有意思，您过来看这个。"

贞之助回过头，只见幸子支起身子半坐在床上，正端详着枕边床头柜上那只外壳镀镍的暖水瓶。

"哎，您过来这边看。从暖水瓶外壳上看，映在上面这间屋子，简直就像座宽敞的宫殿呢。"

"噢？怎么啦，怎么啦？"

暖水瓶晶亮的外壳宛如一面哈哈镜，室内明亮的一切，甚至极小的东西都映现在上面，呈现出有趣的屈曲姿态。因为变形，客房显得格外高敞，坐在床上的幸子则变得特别渺小，看上去仿佛在很远的地方似的。

"您来看看暖水瓶上我的模样呀。"幸子一面说着，一面摇头举手，"哈哈镜"中的幸子也摇头举手，她映在暖水瓶上的人影宛似栖身在水晶球里的妖精、龙宫里的神女，又或是王宫里的妃子。

贞之助很久没有看到妻子这样天真妩媚的举动了，夫妇两人不知不觉中又回到了十几年前新婚旅行时的那种气氛中。当时他们住的是宫下的富士屋旅馆，第二天驱车游览了芦湖¹。也许是景致的极度相似，才使得他们重又回到了过去那个世界的吧。

这天晚上，幸子在丈夫耳边悄悄说："我们以后也经常这样旅行吧。"贞之助对此没有异议。夫妇两人拉拉杂杂说了许多私房话，末了扯到了女儿以及姐妹关系这样的现实话题上，幸子不想错过丈夫如此心情舒畅的机会，便劝说他和妙子照照面。贞之助马上接口道："这个我也明白，以前是我对末子姑娘太苛严了，对她那样的人苛严过了头，反而会使她更加往坏的方面发展，结果还是让我们自己更加为难，以后对她还是和雪子妹妹一视同仁好了。"

二十六

"旧婚旅行"之夜的谈话很快就实现了。刚进入9月，贞之助和妙子就见了面。他们已经半年多没见面了。前一阵子妙子虽然已经被允许进出芦屋，但她总是回避着贞之助，这天晚上贞之助才正式让她同席，他们夫妇两个、悦子、雪子加上妙子，五个人和和乐乐地围坐在一张餐桌上吃饭。幸子和雪子因为不久之前阿春才告诉她们从奥畑家老奶妈那里听来的那些话，所以心里对妙子仍存有疙瘩，不能完全释怀，不过她们已经决定彻底忘掉那些不愉快的事情。她们既没有将那些事情告诉贞之助，也不打算当面去质问妙子，因为她们觉得对此自己也应该负上一半的责任，今后只能尽量用同胞之情去感化这个逆反的妹妹。姐妹两人事先并没有商议过，

1　位于神奈川县境内富士山大涌谷的火山湖。

却不约而同地抱着这样的想法，因而餐桌上的氛围十分融洽，许久以来莳冈家那种低落消沉气氛竟然有了一种瓦解消融[1]的感觉，大人们喝酒都比平时喝得多了些。

"小阿姨今天晚上就留下来住吧！"悦子说道，贞之助他们几个也一起劝妙子不要回公寓，妙子终于留下来。悦子兴高采烈地说："小阿姨今晚睡在我屋子里，和阿姨还有我三个人一起睡。"类似这种时候，悦子一兴奋，便忘乎所以地闹喳起来。

妙子也完全恢复了原先那股子魅力。之前生病时，幸子看到她极度委顿——脸色发暗，毫无血色，皮肤松弛，好像得了花柳病似的，幸子感觉她短时间内康复不了，不可能再像以前那样精力充沛了。可是想不到这才没过多久，她又成了一个脸颊丰腴、生气勃勃的时尚姑娘了。不过贞之助顾忌到长房的体面，认为暂时还是不住在一块儿的好，所以妙子照旧住在甲麓庄的公寓里，但每天至少有半天时间待在芦屋这边。妙子以前住的楼上那间六席的房间仍然留给她使用，她近来经常关在那间屋子里，趁阳光好的时候坐在窗前低头踩缝纫机，幸子帮她从外面揽来了不少订单。她本来就喜欢裁制西服，一干起来就十分投入，晚饭总是匆匆地扒拉几口便又上楼继续干活去了。幸子的初衷是尽量让妙子在金钱上不要再去麻烦奥畑，尽管没有明说，但她时常会拉些活儿来交给妙子做，不过，看到妙子没早没晚地干，她又不由得心生怜惜。心想，这个妹妹生性活泼好动，静坐不下，她要是误入歧途，一定会陷得很深、走得很远，但她也确实有热爱工作的一面，只要引导得法，她就会向好的

1　中国古人认为天地间有阴阳二气，每年至夏至日，阳气尽而阴气始生；至冬至日，则阴气尽而阳气开始复生，谓之"一阳来复"。

-604-

方向成长。她有天赋，有一双灵巧的手，不管学习什么她都能在很短的时间内掌握要窍，学舞蹈，她也舞得很好，制作布娃娃，她也做得很出色；裁制西服，她也如此专心投入。这个不到三十岁的姑娘，竟然拥有那么多的技能。

"末子姑娘，真是精力充沛呀！"晚上八九点钟时幸子听到楼上的缝纫机还在响，便走上楼来，"悦子会睡不着觉了。早点歇手吧，劲使过了头，会腰酸背痛的呢。"

"嗯，不过我想今天把它赶出来。"

"明天再接着干吧，用不着这么拼命呀。"

"嘻嘻，"妙子笑着说，"我想多挣些钱呀。"

"末子姑娘，你要用钱的话就跟我说，那几个零用钱我还是拿得出来的。"

自从丈夫最近开始和某军需用品公司搭上了关系，幸子的手头也宽裕起来了，家庭开支比以前阔绰了不少。雪子的生活费用几乎完全不需长房贴补，都由二房负担了。丈夫还说了，既然雪子的生活全由二房负担，也应该给妙子一些生活费，所以此刻正好碰上这样的时机幸子就这样讲了。可是妙子听过也就过去了，并不想领受幸子的好意，她似乎生来就有种讨厌求人资助的骄矜。

幸子和雪子不清楚妙子后来同奥畑的交往情况。尽管她每天都来芦屋，但有时候是傍晚来了，晚上回去，有时候是上午来了，下午又突然走了，几乎每天都如此，剩下的约半天时间大概是在其他什么地方消磨的。那么，她会不会去找阿启约会呢？又或许和别的什么人约会？两个姐姐暗暗担心，但又不便直接问她。她们的想法和奥畑家的老奶妈一样，既然时到今日，倒不如让她和阿启早日成婚，但她们知道直截了当地催婚不是上策，所以只能期盼妙子渐渐地回心转意。

就在这时候，10月初的一天，妙子带回来一个消息，说奥畑可能不久要去满洲。

"啊，去满洲？"幸子和雪子不约而同地问。

"听起来确实有点滑稽。"妙子笑着说道。

其实妙子也不太清楚此事。这次满洲的官员来日本，打算招募二三十人充任"满洲皇帝"的随员。说是随员，但并不是式部官[1]或侍从官那样的高级官员，不过是"皇帝"身边伺候的类似听差那样的人员，因此对才能和学问等也没有很高的要求，只要身世清白、容貌端正、懂得基本的礼貌规矩、注重边幅修整就可以了。换句话说，只要是长相周正、举止文雅的公子哥儿，哪怕低能儿也无妨。对阿启而言，这真是一份再合适不过的差事了。所以他的兄长们都说，既然有这样一份工作，不管怎样也应该应募，去满洲在"皇帝"身边做随员，名声好听，工作又不难，最适合启三郎了。假如启三郎愿意去的话，家里就和他恢复亲缘关系，作为给他的送别礼物。

"这倒真的是一桩美差呀，不过阿启拿定主意了没有啊？"

"他大概还没有拿定主意。周围的人都在劝他，可是他本人无论如何也不说一个去字。"

"那是可以理解的，因为叫旁人看起来，一个船场出身的少爷，竟然流落到满洲去。"

"可是阿启现在已经穷得叮当响了，连西宫那个家也快住不起了。大阪那边没有人愿意雇他，太失身份的活儿他又不愿意干，像

1　指在宫内省掌管祭礼、仪式等的官员。

满洲那样美的差事哪里找得到第二份呢？"

"这话没错，那种差事不是谁都干得了的，只有阿启才能胜任。"

"就是嘛。听说薪水还相当高呢，所以我也极力劝他去。哪怕不长期干也行，只要干个一两年，他兄长们也高兴，自己的名声也好，不管怎么样都应该去争取一下呀。"

"一个人去有点凄苦，不晓得那个老奶妈会不会跟他一块儿去？"

"她倒是说了想跟他一块儿去，可是她还有儿子孙子，跟着他一块儿去那么远的满洲，好像不太现实。"

"末子姑娘跟他一块儿去吧。"雪子说，"为了让阿启振作起来重新做人，这一点牺牲不是应该的吗？"

"……"妙子突然显出了不高兴的样子。

"就算半年也好，暂时跟他去那边安个家，只要末子姑娘开个口，说不定他就愿意去了。也算帮一个忙嘛，我想末子姑娘不至于说不愿意吧？"

"真的，末子姑娘你就帮他一下，怎么样？"幸子也说。

"这样的话，阿启的兄长们也会感激你的。"

"我认为现在是和阿启分手的好机会。"妙子压低了嗓门，但是语气却很坚定，"如果跟着他去的话，那就永远也没办法跟他了结关系了。让他一个人去满洲最好，所以我才尽力劝他去。可是阿启就因为这层原因，无论如何都不肯去。"

"喂，末子姑娘，"幸子说，"我们并不是在情分上非要逼迫你跟阿启结婚。刚才你雪姐不也说了吗？你只不过暂且陪他去那边一块儿生活一年半载，等到他开始踏踏实实做人了，你要是不愿意，再独自回来不就行了吗？"

"连满洲那么远的地方都跟着一块儿去了，不是更加分不了手了吗？"

"你可以和他好好地讲清道理，如果他还是不能谅解的话，那时你就一走了之好了。"

"我要是那样做的话，他肯定丢掉差事，不顾一切地来追我的。"

"那倒也有可能。不过考虑到你们过去的情分，我觉得即使分手，你也应该为他做点什么呀，不这样好像有点说不过去。"

"可我完全没有必要为了阿启跑去满洲一趟，我不欠他什么情。"

幸子觉得再说下去，双方肯定会争吵起来，便停了嘴不再说什么。

"你能说一点都不欠人家的情吗？"雪子忍不住还是在说，"末子姑娘和阿启这么多年来的关系，尽人皆知啊。"

"我早就断绝这种关系了，可是他死乞白赖地跟我纠缠个不停，哪里有什么情分，有的只是麻烦。"

"末子姑娘，你不是也在经济上给阿启添了许多麻烦吗？我这样说也许不中听，在金钱方面你不是一直有求于他吗？"

"笑话！绝对没有这样的事。"

"真的吗？"

"我要他的钱做什么？我自己能挣钱养活自己，在邮局里有存款，雪姐不是晓得的吗？"

"虽然你这么说，可外面的人却不是这样看的呀，就是我也一次都没有见过末子姑娘的存折或者零用账。你到底有多少收入，实际情况我们一无所知。"

"首先，你们把阿启看得那么能耐就大错特错了，事实正好相反，我觉得他将来还不得不靠我供养他呢。"

"既然这样，我问你，"雪子尽量不把视线投向妙子，她两手把玩着桌子上一只插着花的小花瓶，不紧不慢地说着，态度镇定，看不出一点兴奋的样子，声音也一如平常，摩挲着小花瓶的手指一点也没有颤抖，"去年冬天，你在'隆新'定做的那件驼绒大衣，不是阿启花的钱吗？"

"这个当时我不就说过了吗？那件大衣花了三百五十块钱，是我变卖了一件蔷薇色的外褂，还有一件波涌花纹[1]配花朵图案的和服才买下来的。"

"可是阿启的奶妈说那件大衣是阿启给你付的账，她还把'隆新'的收据拿出来给我们看了呢。"

"……"

"还有，她说那件法兰绒的晚礼服也是他给你买的。"

"那种人的话希望你们不要相信。"

"我也不愿意相信她的话，可是老奶妈照着她手里那些账单说出来的，末子姑娘要是认为她是在撒谎，你拿得出什么可以反驳她的账目来给我们看看吗？"

妙子仍像平常一样泰然自若，脸色不变，但是被雪子这样一讲，她只顾盯着雪子的脸，一声不吭了。

"据那个老奶妈说，这种情况不是现在才有的，好多年前就这样了。不光是西服，那时候末子姑娘手上的戒指、化妆包、宝石别针等，全都是阿启送的，她一件件都记得清清楚楚哩。她还说，阿启被家里赶出家门，原因就是他为了末子姑娘，从店铺里偷了珠宝出来。"

1　日本的一种传统花纹或图样，由波形竖曲线构成，大多配以花鸟、云彩等，一般用作和服衣料上的图案。

"……"

"末子姑娘既然这么想和阿启断绝关系，不是早就可以一刀两断了吗？就说板仓那个时候，不就是一个好机会吗？"

"那时候你们不是不赞成我和阿启断绝关系吗？"

"因为那时候我们都希望你和阿启结婚，所以不赞成你和他断绝关系。要是我们早晓得你一面和板仓私订终身，一面又在金钱方面利用阿启，我们也早就改变主意了。"

幸子对雪子的话深表赞同，她觉得有必要对妙子说几句这样的重话。不过她自己毕竟没有勇气揭穿那些事情。她一面默默地听着，一面佩服雪子竟然能当面向妙子挑明这些事情。幸子想起五六年前，她亲眼看到雪子有一次也像现在这样揪住辰雄姐夫一顿猛怼。想不到平时那样腼腆沉默的人，不知怎么地竟然也有如此厉害的一面。雪子那次完全不像平时那样唯唯诺诺的，她思路理然地质问辰雄，问得他张口结舌，无言以对。

"当然了，阿启也许是没什么本事，可是你叫他那样一个没本事的人去偷店铺里的东西，现在却在这儿讲这种毫无情义的话。不过，有句话必须交代清楚，末子姑娘不要误会，老奶妈不是忌恨你，只是因为阿启为了末子姑娘而做出了那样的事情，所以她说无论如何希望末子姑娘能成为他家少爷的太太。我们得知了这些情况之后，当然也希望你能和阿启结婚。"

"……"

"能利用的时候就利用人家，一旦失去了利用价值，就说人家是个无能的公子哥儿，有了好差事就叫他独自一个人去满洲，亏你怎么能说出这样的话来！"

不知道妙子是无言辩解，还是她认为即使辩解也无济于事，竟任凭雪子怎么说，一句也不反驳。雪子絮絮叨叨地讲个没完，口气始终一如平常那样平静，妙子却不知道什么时候已经默默地淌眼泪了。尽管如此，她还是照常面无表情，好像并不觉得自己脸上挂满了泪水。隔了一会儿，她突然站起身来冲出屋子，"砰"的一声重重地关上房门，整个屋子都震动了。随后，又听到外面的大门发出"砰！"的一声。

二十七

　　这次吵嘴发生在吃午饭之前，贞之助和悦子都不知道，阿春也正好有事外出了，并且两个人自始至终都没有大声嚷嚷，只是关在餐厅里用平常的话音针锋相对，所以连女佣们都没有注意到。不过刚才那声砰然巨响却非同小可，吓得阿秋跑到走廊上来察看。走廊里一个人也没有，她将餐厅门推开一道缝往里觑视，发现刚才还在里面的妙子不见了，幸子和雪子正从餐具柜的抽屉里拿出桌布，擦拭着小花瓶。

　　"有什么事？"幸子问。

　　"没什么事。"正想缩回脑袋的阿秋慌忙回答。

　　"末子姑娘刚才回去了，午饭只有太太和我两个人吃。"雪子吩咐道。

　　"像今天这样的重话早就应该对她讲几句了。"雪子对幸子说了这样一句话后，似乎就把这件事情忘记了。所以当天上午发生的一幕，贞之助和悦子完全没有察觉。第二天妙子一整天都没有来芦屋，悦子和阿春都觉得奇怪。悦子问："小阿姨今天怎么了，是不是感冒啦？"

"末子姑娘今天难得缺席吧。"幸子若无其事地说，不过她心里却在暗暗担心妙子从此以后可能不再来了。谁承想第三天，妙子仿佛什么事情也没有发生过似的又来了，并且若无其事地跟雪子说着话，丝毫看不出有什么芥蒂。雪子也高高兴兴地应和着。提起奥畑时，妙子说："看来他大概不去满洲了。"雪子只附和了一句："是吗？"之后谁都不再提起这件事情了。

又过了几天，幸子和雪子在元町街头偶然遇见井谷，听到一件意外的事——井谷要出让美容院，自己再度赴美进修最时新的美容技术。朋友中间有人劝她，眼下正是世界大乱的时候，担心日本和美国之间可能发生冲突，最好稍等一段时间再去。但井谷觉得光等待也没有用，日美间发生冲突的可能性并不会因此而消弭，而即使发生冲突，也不见得马上就会爆发，所以她打算赶在冲突爆发之前快去快回。最近出国护照很难办，她因为有特殊门路，已经把护照办妥了，预定在美国待个半年至一年。才离开一年半载，按说也没有必要将美容院出让，不过她近来一直想去东京发展，所以就趁现在这个机会离开神户，回国后就直接在东京再开业。她的这个计划幸子姐妹倒不是第一次听说，去年她因中风而长期卧病在床的丈夫去世时，已经听她说起过。现在她丈夫的周年死忌已经过了，可以下决心实行这个计划了。她风风火火地办妥一切，准备不久就离开神户，美容院的继承人已经选定，出让手续也办好了，连轮船的舱位都预定好了。井谷说："这件事情要是在朋友中间传开的话，肯定要举行欢送会什么的。可是现在这样的时局，我想还是免了吧。况且，这次走得匆忙，实在没有时间领受各位的好意，恕我失礼，就不挨家挨户上门辞行了，还望各位朋友体谅。"

　　这天晚上，幸子和贞之助商量："不管井谷自己怎么说，她那家美容院在神户相当有名，她也算得上是位名流了，说不定会有人给她举行一个欢送会。我在想，她为雪子说过几次媒，即使别人家不举行欢送会，我们也得设席单独欢送她一下呀。"第二天一早，幸子却收到井谷寄来的一张铅印告别通知书，上面写着坚决辞谢所有送别活动，并且写着明天即乘坐夜车动身去东京，登船前宿寓帝国饭店[1]，实在没有时间应酬了。于是幸子决定，就今明两天内，姐妹三个带上礼物去送行，除此之外也没有其他办法了。因为礼物不好挑选，当天没有去成，第二天早晨贞之助上班后，幸子和雪子正在商量究竟送什么礼物好，井谷倒登门来了。

　　"哎呀呀，您这么忙还亲自光临，我们姐妹三个正打算今天去拜访你呢。"

　　"不敢当，客套就免了吧。而且三位即使去的话，我的店铺也出让了，我在冈本的家也让给我弟弟和弟媳了，他们今天晚上就搬过去，屋子里弄得乱七八糟的，不成样子了，所以我就亲自上门来辞行喽。时间紧迫，别处我哪儿都不去了，唯独您这里要是不来的话，就实在说不过去啦。再说，我还有件事情想奉告呢。"

　　"还是先请进里面坐吧。"

　　井谷看了一下手表说："那么，我就打扰一二十分钟吧。"她边说边走进了会客厅。

　　"我在美国不会待很久，马上就要回来的，但是神户今后可能

1　　位于东京千代田区内幸町，明治二十三年（1890 年）开业，是日本代表性的酒店。

就不会再回来了。想到这个，真有点舍不得呢。尤其是府上几位，恕我说句不知自忖的话，不管是太太、雪子小姐还是末子小姐，都是我最最亲近的人。"井谷说起话来依旧是快人快语，滔滔不绝，仿佛要在短短的时间内把她想说的话统统倒出来，"莳冈家三位外人看起来十分相像，可是各有各的个性和特点，都是我的好姐妹。说老实话，神户这个地方倒没什么好特别留恋的，可是想到打算一直交往下去的莳冈太太你们几位的友情，想到今后不能再像以前一样亲密了，真是莫大的遗憾。今天能够见到两位，我很高兴，只可惜没见到末子姑娘。""末子姑娘马上就来，给她打个电话。"幸子正要站起来，井谷欠身说道："不用打电话了，尽管有些遗憾，还是请代我向末子姑娘问声好吧。"随后她说："在神户是不能再相见了，不过离登船还有十天，不晓得三位能不能来东京一叙？"紧接着她又解释道："不是要三位去东京送行的意思，其实我是想在东京给你们介绍一位朋友。"

井谷说到这里稍停了片刻，然后继续说道："本来我还有点犹豫，已经忙乎得这样七荤八素的了，似乎不应该当着雪子小姐的面谈论这样的事情。可是一想到自己离开神户前最大的遗憾就是没能尽心尽力促成雪子小姐的亲事……真的，我绝不是说奉承话，世上难得找到像雪子小姐这样的好姑娘了，家里又有这样好的姐妹，我总觉得自己没有尽到应尽的责任。所以直到现在，还是在想着尽可能看到雪子的亲事能有点眉目，也算了却我的一件心事，这样我也可以安心地出国了。事情是这样的，我有个建议，想请府上斟酌考虑——对方的姓名想必你们应该也听说过，就是明治维新时的华族功臣御牧子爵，当年为维新奔走出过力的是上一代御牧广实，现在的户主是广实的儿子广亲。此人年龄已经很大了，曾经也在政界活跃过一个时期，属于贵族院研究会¹一派的，如今在先祖之地京都的别墅过着隐居生活。我因为一个偶然的机会认识了他的庶子御牧实，这个人早先读的是学习院²，据说是东京大学理学院肄业的，后来中途退学去了法国，在巴黎学过一阵子绘画，研究过法国料理，还搞过些其他东西，但是都没有长久坚持下去。后来又去了美国，进了一个不怎么有名气的州立大学学航空，总算在那里毕了业。毕业后，他没有回日本，在美国到处晃荡，还去过墨西哥和南美的一些地方，中间有段时间收不到国内汇去的汇款，他迫于生计还当过旅馆的厨师和侍应，然后又回过头来搞美术、画油画、搞建筑设计，凭借他生就的灵气和不甘安定的性格，基本上什么样的活儿他都干过了，唯独他正儿八经学的航空专业却是一出校门就被他彻底丢掉了。八九年前他回到日本，也没有固定的职业，仍是到处闲荡，几年前有个朋友盖房子，他凭兴趣帮朋友做了个设计，结果出乎意料居然大获好评，渐渐地有人认可了他这方面的才能，他也因此来了劲，索性在西银座的一座大厦里开设了一家事务所，像模像样地做起了建筑设计这行。不过他的设计西洋格调太浓厚了，又豪华又费钱，加上战事的影响，越来越没活儿了，不到两年的工夫，事务所就关门大吉，所以他现在还是处于没事干的状态——他的经历大致就是这样子。这次倒不是他本人突然想到要娶媳妇，而是周围的朋

1　明治二十四年（1891 年）由日本贵族院中子爵议员为中心成立的一个派系，其后一部分伯爵议员也加入，成为贵族院中占据近四成席位的大派系，该派以反对党派政治、拥护非立宪的特权政治为特征。

2　由日本宫内省所辖专门培养华族子弟的特殊教育机构，明治十年（1877 年）设立，设有初等学科和高等学科，高等学科毕业者无须考试可直接升入大京帝国大学。战后被改造为私立学校，现仍有学习院大学。

友为他操心，觉得非让他成家立业不可。据我所知，他今年四十五岁，因为在国外待的时间长了，已经习惯于过那种无拘无束的独身生活，回来后也没怎么想着结婚，一直到现在都没有遇到一个适合做妻子或者接近他的理想妻子的人。其实不用说，在国外生活那些年，说完全不近女色肯定是不现实的，回国后有一阵子也曾经在新桥、赤坂一带[1]游冶，花天酒地地放荡过，不过这种情况也就到去年为止，现在他的经济能力已经不容许他涉足那些地方了。他年轻时从子爵父亲那里分到一笔财产，那笔钱维持了他半生的放荡生活。他这个人只会花钱，不懂得积攒，所以大部分财产都被他花光，剩不下几个钱了。其实他想搞建筑设计，虽说晚了一点，但他还是想通过这个谋生自立。要不是碰上这样的时局，说不定还真的能捣出一番名堂来哩，可惜现在遭受挫折了。不过他这个人倒是很有股贵族子弟常有的那种做派，善交际，说话又风趣，兴趣广泛，还自诩是个艺术家，属于天生的乐天派，所以他从来不为这些挫折而烦恼。这次之所以要让他娶媳妇，也是朋友们觉得他生活过于随意、马虎，替他着急，认为这样下去不行，才起劲地想让他赶快有个家。"

据井谷说，她和御牧认识是通过她的女儿光代。光代去年从女子大学毕业，在东京的《女性日本》杂志当记者，杂志社社长国岛权藏十分器重御牧实，因为国岛位于赤坂南町的宅邸正是由御牧设计的，房子建成后国岛非常满意。以后御牧得以经常造访国岛家，国岛夫人对他也十分宠爱。御牧在西银座的设计事务所，和《女性日本》杂志社近在咫尺，所以他经常去那儿晃悠，和杂志社的记者

---

1 东京新桥、赤坂一带在明治初期以前曾是较低级的花柳之地，明治中期后才因新政府一些高官光顾和邻近政府所在地永田町而逐渐繁华起来。

编辑们混得熟了，尤其和井谷的女儿熟络，开口闭口"阿光、阿光"的，而井谷女儿同样很受国岛夫妇的宠爱，几乎被当成家里人看待了。有一次，井谷去东京，光代领她去赤坂南町拜访社长，正好那天御牧也在场，他说说笑笑地很会制造气氛、逗人开心，尽管两人是第一次见面，但一下子就无拘无束地亲近起来了。井谷在东京没有什么生意上的事情要办，因为女儿深得国岛夫妇的赏识，所以去年一年就曾去了东京三次，每次都去国岛府上拜访，其中两次都碰上御牧。据光代说，国岛夫妇喜欢赌博，经常通宵玩纸牌、桥牌或者麻将，有时候御牧和光代也被拉去充当"搭子"。井谷一方面说做母亲的夸赞自己女儿未免让人见笑，一方面却忍不住夸赞女儿性格爽利，颇有博弈的潜在天赋，不像二十多岁的人，而且好胜心强，非常有毅力，即使一两个晚上不睡觉，白天照样不影响上班，精力丝毫不减，甚至干得比别人还有劲，说不定这就是社长夫妇看中她的原因吧。这次井谷为了出国的事情去过东京两三次，拜托国岛帮忙为她办理护照以及其他相关事宜，又和御牧见了几次面。最近在国岛家里，经常当着御牧的面谈论起他娶媳妇的话题，国岛夫妇自然是最热心的。国岛也认识御牧的父亲，他说过，只要御牧找到合适的人愿意结婚，他准备去说服御牧的父亲让他再给御牧一笔钱，以确保新婚夫妇维持现有的生活水准。国岛也没有放过偶尔造访的井谷，他问井谷："你有没有合适的人？要是有的话，务必请你帮忙介绍一下。"

井谷一口气讲到这里，停顿了一下，看了看手表说："时间不多了，我就抓紧说了啊。当时我听了这话，马上就想到，这应该就是莳冈家雪子小姐的理想姻缘。可惜时机真不巧，假如我不去美国的话，一定会当场应承下来，说：'还真有一位合适的小姐，我一定介绍。'然后马上帮你们牵线搭桥介绍。只是我来去匆匆，还有其他事情要办理，所以这个话头就没有接。回到神户后，心里还是惦记着这件事，总觉得这门亲事要是错过了就太可惜了，我得想法成全呀，所以才把这些情况奉告你们，供你们做个参考。刚才我已经说了，对方今年四十五岁，比您先生还年轻一岁，相貌一看就是在国外生活多年的样子，头发秃了，皮肤也不白皙，绝对称不上美男子，不过人很精神，看得出来毕竟是出身名门啊。体格健壮，感觉稍稍胖了一点。他自夸说，从来没有生过病，任何劳累都不在话下，看上去确实很健康。其次，最重要当然是财产，家里在他学生时代就分了家[1]，他拿到了几十万元钱，不过时至今日几乎已经分文不剩了。听说他后来又央求过他父亲几次，有一两次也弄到了几个钱，不过那些也都被他花光了。有钱的时候拼命挥霍，一觉醒来又囊中羞涩，所以他父亲说：'那个浑小子无论给他多少钱都无济于事，在金钱方面他是毫无信誉可言。'国岛也说他：'到了四十五岁的年纪还是个光棍，成天游手好闲的，实在太不应该了，难怪他的子爵父亲和社会上都不信任他。所以说，首先得让他成个家，不管每个月挣多少钱，只要有个固定职业，凭自己的能力总能挣到一份稳定的收入。这样的话，他的子爵父亲也放心了，多少还会贴补他一些。当然得时不时地贴补一下，但数额不用太多，真的就是多少贴补一下就行了。依我看，御牧这个人，要是让他设计一幢精巧、大气的住宅，一定能发挥出他的优秀天赋。我觉得他完全能够成为一个出色的住宅建筑设计大师，我也很乐意竭尽我的绵薄之力帮助

---

1 日本近世的华族称号只有拥有爵位的男性户主才能世袭，与户主同一户籍的人员即作为家庭成员可以享受华族的礼遇，分家之后户籍不同，就不再享受华族的所有待遇，与普通平民无异。

他。只不过眼下时局不好，他生活上有点困难，但这也只是一时的，用不着悲观。所以我要去说服子爵，叫他答应办三件事情：第一，拿出一笔结婚费用；第二，购置结婚住房；第三，今后两三年给予新婚夫妇生活补贴。我估计多半是能说服他的.'情况大致就是这样。也许您还有些不太满意的地方，不过对方毕竟是初婚，虽说是庶子，说到底也是名门出身，身上有着藤原氏的血脉，亲戚全是些知名人士，而且他完全没有需要供养长辈的负担。对了，我还漏说了一件事，他的生母——也就是子爵的偏房，一生下他就去世了，他对生母一点印象也没有。他兴趣很广泛，本人通晓法国和美国的语言以及文化等，这些都是他的长处，我认为也符合府上的要求，不晓得你们觉得怎么样？我和御牧认识时间不长，你们这边还可以好好调查调查，不过从我和他的几次接触来看，他这个人待人和蔼可亲，没有明显的缺点，只是酒量很大，我曾亲眼看见他喝醉过两次，他喝醉了酒更有意思，一样引人发笑。所以说，我觉得要是错过了这门亲事就太可惜了，我是无论如何不死心，就想着再替府上做一回月老。说是做月老，其实因为对方特别善于交际，也用不着我多费事，只要第一次给双方做个介绍，以后嘛，反正有国岛夫妇从中撮合，要是双方有意，他们自然会妥为安排的。还有我的女儿光代也可以奔走效劳。别看她年纪不大，却是个爱卖弄小聪明的姑娘呢！所以也很适合做这类事情，叫她当个联络员什么的应该可以胜任的。"

井谷说到这里，抬腕看了一下手表，站起身来说："糟了糟了，本来只打算打扰一刻钟的……真是对不起了！"她接着说道，"该说的我都已经说了，接下来怎么样，请您考虑吧。还有啊，国岛社长要在东京设宴为我送别，不晓得您觉得怎么样？假如可以的话，太太和雪子小姐能不能作为神户方面的代表出席送别宴会？最好三位都去，末子姑娘也一起去，那样的话，我就请御牧先生也出席，当时候当面为你们介绍。至于成不成是以后的事，这次就算你们去东京送我，顺便和对方见上一面，不知您意下如何？您现在不用答复我，等我到了东京后也许明天就打电话来听您的回音，欢送会的日期到时候再奉告。"说完，井谷急匆匆地打了个招呼，说声再见，便挟着一阵风走了。

二十八

刚才由于井谷太匆忙，幸子竟忘记了问她今天晚上乘坐哪一趟火车动身，于是往她家里打了一个电话。井谷不在家，接电话的人说："送行方面听说一律都辞谢了。"连开车的时间都没告知便挂了。傍晚，幸子算准了井谷应该在家的时候又打了一个电话，告诉她无论如何希望再见一面，因为还想和她谈谈刚才那件事。这才问出来是晚上9点半乘坐夜间快车从三宫出发。三姐妹、贞之助、悦子，全家都去送行。自去年为已故的双亲做法事以来，姐妹三个已经许久没有打扮得花枝招展地跟着贞之助一同外出了。

姐妹几个穿戴停当、坐下一起吃晚饭的时候，悦子见妙子难得穿了一身绿底、全身印着大朵白茶花，看上去十分高级的和服，便直勾勾地看着她问道："小阿姨，你今天怎么不穿西服呢？"母亲和两个姨妈风姿绰约、光彩照人，让悦子一时间有一种每年赏樱花时的那种兴奋劲。

"怎么样，悦子，我穿和服好看吗？"

"小阿姨还是穿西服好看。"

"穿和服会显得人胖。"幸子说。

妙子近来经常穿和服。她两腿修长、线条优美，穿起西服来让人感觉有一种少女般的朝气，穿了和服腿部的优点就被遮掩掉了，还莫名其妙地显胖、显矮。一个原因是，她病愈之后食欲旺盛，吸收了过多的营养，比生病前胖了不少。另一个原因则是，据她自己说，她本来两腿很暖和，但自从生过那场病之后，不晓得什么道理，穿上西服的时候，总感觉腿上凉得受不了。

"日本女性不管年轻的时候多时髦，到了一定的年龄就不怎么爱穿西服了。像末子姑娘这样的，算是已经步入中老年的证明吧？"贞之助说，"比如井谷老板娘那样的人，在美国留过学，再加上从事美容业，照理说应该穿西服的吧，可是她不也经常穿和服吗？"

"真的，井谷老板娘总是穿和服，不过人家确实是老太婆了呀。"幸子说，"只是刚才那件事情等会儿要怎么跟她说呢？"

"这件事情我是这样想的：今天晚上不要多谈论亲事，就当纯粹是去东京参加井谷老板娘的送别会就行了。假使没有提亲这件事情，不是也要去东京送行的吗？"

"是啊，一点没错。"

"照理说，我也应该去，不过这阵子正好事情不少所以去不成，你和雪子妹妹两个人去好了，假如末子姑娘也能去就更好了。"

"让我也去吧。"妙子接口道，"正好天气暖和，一来去送行，二来还可以顺便逛逛东京，好久没去啦。今年的赏樱我都没赶上，这次再不补回来……"

妙子同井谷老板娘的交情不如幸子和雪子那样深。尽管她也是井谷美容院的常客，但因为那里收费贵，所以妙子有时候也会光顾别的美容院。雪子因为说亲的事常常麻烦到她，妙子倒是不欠她的人情，不过妙子对于井谷老板娘干脆爽快的性格，还有风风火火、敢于担事的男子汉做派一向很有好感。特别是去年她被赶出莳冈家后，不知怎么地她竟有点无地自容的感觉，过去一直很亲密的朋友突然间都以奇怪的目光看她，让她心里很不是滋味，唯独井谷老板娘待她一如既往，还是像以前那样亲热。尽管美容院这种地方说起来其实是最易传布这类八卦消息的场所，妙子之前的种种负面传闻以及个中隐情想必她早有耳闻，但是井谷却全然没有理会。她对妙子的丑闻充耳不闻，只是欣赏妙子的优点。妙子平日里就很感怀井谷对自己宽宏大量的态度，今天她竟特意上门来辞行，还提到因没有见到末子姑娘而遗憾，甚至希望自己一起去东京送行，心里更是感激不尽。对妙子来说，每次有人为雪子说亲时，自己总是被视为羞于示人、总能将一桩好好的亲事搅黄的存在，现在井谷却站在她这一边，似乎在无声地为她辩护：莳冈家有这样一个妹妹并不丢人，相反应该承认妙子的优点，大大方方地将她推介给众人，让大家知道莳冈家还有这样一个优秀的妹妹。因为井谷这番苦心，妙子觉得自己无论如何也应当参加这次东京之行。

"那末子姑娘也去吧，这种饯行宴会，人多了更热闹一些才好啊。"

"可是，关键是雪子妹妹，"幸子回头看着笑吟吟的雪子说，"好像不怎么想去呢。"

"为什么？"

"她说了：'三个人都去了，家里只剩下悦子一个人。'"

"可是雪子妹妹是非去不可的呀。反正也就去两三天时间，悦子待在家里一定会很乖的。"

"阿姨，你去吧。"悦子的口气像个大人似的，她已经慢慢懂事起来了，"我会好好待在家里的，有阿春陪我，不会寂寞的。"

"不过雪子妹妹去东京可是有一个条件的哦。"

"嗯，什么条件？"

雪子笑笑什么也没有说。

幸子说："雪子妹妹说了：'不去东京吧，觉得对不住井谷老板娘；可是去了东京，结果说不定会被一个人留在涩谷那边，所以不愿意去。'"

"那不去涩谷不就行了吗？"妙子说。

贞之助反对道："那可不行，还是得去露露脸，不然以后要是被长房晓得就麻烦了。"

"就是顾虑到这一点，雪子妹妹希望我和涩谷那边说妥，下次有机会再笃定心思地去涩谷那边，这次到时候就和我们一起回芦屋，如果我能向她保证，她就去东京。"

"雪姐这样讨厌东京，看来这次的亲事希望不大啊。"

"我也觉得肯定成不了，"悦子也说，"阿姨早晚要出嫁那是没办法的，但是最好不要嫁到东京去。"

"悦子，这种事情你懂什么？"

"要是嫁到东京那地方去，阿姨太可怜了，是不是啊，阿姨？"

"好啦，你住嘴！"幸子制止悦子继续说下去，"我想，那位御牧先生是公卿的后代，论血统是京都人，他眼下只是生活在东京而已，说不定有朝一日会回到关西来的。"

"嗯，这种可能性倒是真有的。如果我们给他在大阪一带找一份职业，他也许就能在关西安下家了。再怎么说，他身上毕竟都有京都人的血脉，这是不会错的。"

"虽说是关西人，可京都人和大阪人的气质还是相差很大的，京都女子没话说，男人就不怎么样了。"

"哎呀，你要是这么挑剔的话那就没办法啦。"

"不过那个人说不定也是生在东京的呢，再说又在法国和美国待了那么多年，可能和大多数京都人都不一样了吧？"

"东京那个地方我不喜欢，不过东京的人说不定还是好的呀。"雪子说。

贞之助建议送给井谷的礼物可以留待送别宴会之后再决定，今天晚上姑且先送一束鲜花。为了买花，吃完饭，五个人提早去了神户，在元町买了花。在站台上送鲜花的任务交给了悦子。照理会有不少人聚到候车处来送行，但由于井谷刻意隐瞒了发车时间，所以赶来的人并不多，不过还是有二三十人，包括井谷的两个弟弟——大阪的开业大夫村上博士和在国分商行工作的房次郎，以及他们的妻子。盛装赶来的莳冈家三姐妹，大衣都顾不得脱下，幸子便走到井谷身边说："今天上午屈尊光临，真的非常感谢。我和先生一说，我们对您临动身前还那样惦记着舍妹的这番情意，实在是感激得不晓得怎么表达才好呢。又听了您那番介绍，我们更加感激不尽，即使没有那件事，我们三姐妹也是应该出席欢送宴会的。"幸子说完，贞之助在旁边又再三称谢。

"啊，我真高兴，你们全家都来了。"井谷开心地说，"那么我就在东京奉候三位了。详情我明天一定打电话告诉你们。"火车起程后，井谷隔着车窗道别时，还在一个劲地作谢。

翌日晚，井谷依约从帝国饭店打来电话，告诉幸子欢送会决定大后天下午 5 点钟举行，地点就在帝国饭店内，总共九个人出席：井谷母女、国岛权藏夫妇和他们家的小姐、御牧先生以及你们三位神户方面的代表。井谷问幸子："来东京后你们住在什么地方？因为蒔冈家的长房在东京，我猜想你们可能会住到那里去，不过为了联络方便，索性住到帝国饭店来怎么样？从这个月到下个月，东京将要举办纪元两千六百年[1]纪念活动，届时所有的旅馆都会住满人，不过正巧国岛先生的亲戚预订了帝国饭店的一间客房，他愿意让给你们住，他自己住到国岛先生家里去。"听她这么一说，幸子想到这次妙子也一起去，加上雪子提出了那样的条件，假如可能的话，当然最好是不让长房知道。于是幸子马上接口道："既然这样，恕我不客气了，务必请那位先生把客房让给我们吧。我们基本上定下来乘坐明天的夜车或者后天的早车动身过去。照理说，我们应该留在东京等到开船那天去横滨送您上船的，可是三个人不能长时间离家，实在是没办法，所以参加了欢送会之后我们就打算告辞，客房只住明天和后天两晚就行了，不过还想在东京观赏一次歌舞伎，所以也可能再多住一晚。"井谷说："那我给你们买歌舞伎的戏票吧，说不定我们还能奉陪你们观赏歌舞伎演出呢。"

第二天恰好买到了由大阪始发的夜车卧铺票。三姐妹忙了整整一天，准备行装。幸子和雪子本想赶在今天去烫头发，但是井谷的美容院已经停业，她们不知道去哪家好，只得等妙子带她们上她熟悉的其他美容院。姐妹两个还在抱怨末子姑娘今天怎么来得这么迟，下午两点左右，妙子却独自烫好了头发来了。

"怎么回事，我们还在等你来带我们一起去美容院呢。"

---

1 日本在公历之外，还于明治六年（1873 年）规定，以《日本书纪》所载神武天皇即位的辛酉年（公历公元前 660 年）作为纪元元年，称为神武纪元或皇纪。昭和十五年（1940 年）为神武纪元 2600 年，同年 11 月 10 日在东京皇居前广场举行庆祝仪式，11 日至 15 日连续数日举行全国性的盛大庆祝活动。

"去东京烫多好，帝国饭店内就有美容院。"妙子满不在乎地说。

"也是哟，真的应该去东京烫。"

接下来姐妹几个讨论了一番该带哪些替换衣裳，把大小两个皮箱和一只手提包塞得满满的，等到吃完晚饭，收拾停当，时间已经很紧张了。

二十九

"抱歉，您是莳冈太太吗？"

第二天早晨，姐妹三人一走下东京站台，一个穿着西服、身材娇小的姑娘赶忙走上前来，几乎搂住了幸子，热情地招呼道："我是光代。"

"噢，井谷老板娘的……"

"好久没见到您啦。本来家母应该前来接您的，但因为实在太忙抽不开身，所以叫我代表她来接你们。"光代看到三个人手里的行李，说了声"叫个搬运夫来吧"，随即跑开去，不大一会儿，找来了一个搬运夫。

"这两位就是雪子小姐和妙子小姐吧？我是光代。真的好多年没见。家母一直承蒙几位照拂，这次三位又特地一起赶来，实在不敢当啊。昨天晚上家母提起这事，高兴得不得了呢。"

大件行李交给搬运夫后，还剩下手提包、化妆包等零星小件东西，光代说："这些东西我来拿吧！不，还是我来拿，让我来拿！"她说着便硬是从三人手上把那几样东西抢了过去，然后敏捷地穿过拥挤的人群，在前面引导着三人走出站台。

幸子她们还是在光代就读于神户县立第一高级女子中学的时候见过她一两次，所以同她并不怎么熟悉。和之前相比，她现在出落得亭亭秀秀的，要不是她自报家门，幸子她们都认不出来了。她母亲井谷虽说体形瘦削，但是身材较高，而这个姑娘以前就个子矮小，现在还是一点也没有长高。以前是一张黑黢黢的圆脸蛋、胖墩墩的身材，现在皮肤倒是变得白净多了，但脸蛋和身材反而显得缩小了，一双手长得像十三四岁的小女孩。她的身材比莳冈家三姐妹中最矮的妙子还矮五六分。和服外面罩了件大衣的妙子，身材娇小却很丰满，光代则像她母亲说的，一副爱卖弄小聪明但瘦弱无力的样子，说起话来像极了井谷，口角生风，滔滔不绝，就像一个早熟的孩子。年龄比雪子小十多岁的光代，一口一个"雪子小姐、雪子小姐"地称呼雪子，弄得雪子很不好意思，感觉也不舒服。

"光代小姐一定很忙，让您来接我们，实在是不敢当啊。"

"哪里，您客气啦。不过说实话，这个月正值两千六百周年纪念，要举办各种庆祝活动，我们杂志社确实也很忙，这种时候，母亲还让我帮她干这个干那个的……"

"听说前几天举行了阅舰式[1]？"

"是的。阅舰式的第二天，是大政翼赞会[2]的成立仪式，接着又是靖国神社的大祭，21日还有个阅兵式。这个月东京可热闹啦，

1　在军舰上举行的以海军，特别是军舰官兵为检阅对象的一种阅兵仪式。此处系指 1940 年（昭和十五年）10 月 11 日于横滨港举行的纪元两千六百周年特别阅舰式，昭和天皇登上"比睿号"军舰检阅了由一百余艘舰船组成的阅舰方队。

2　日本在第二次世界大战期间为推进所谓"新体制"运动而成立的一个极右翼组织，实为仿效纳粹德国对国民进行统制，日本由此也进入了军事法西斯主义"总力战"体制。

旅馆什么的通通住满了人。哦对了，因为这个，好多客人涌来跟旅馆预订客房呢，你们住的客房之前就预订好了，只不过条件有点差。"

"没关系，什么样的客房都行的。"

"房间小倒也罢了，里面只有两张单人床，根本没法睡嘛，后来经过交涉，总算把其中一张单人床换成了双人床。"

坐在汽车里，光代一路上不停地说着，并解释说，因为以上诸多原因，本来打算购买今天晚上的歌舞伎演出票结果没有买到，不光如此，正常购票的话十天以后的戏票都买不到，还是通过杂志社的关系才好歹弄到了后天的票。到时候家母和我陪同你们一起去观赏，好像还邀请了家母之前跟你们提到的御牧先生，不过六个座位可能不在一块儿。

"客房这么狭小啊？而且这边还没有阳光，真差劲，只好请你们委屈一下了。"

光代将三人送进屋子，放下行李，旋即离开，走到门口的时候又转过身来说道："家母现在出去了，很快就回来，她说了一回酒店就过来拜访你们。我得回杂志社去了，过后再来看望各位。有什么需要我在银座帮各位买的吗？有的话，请随时打电话给我就行了。"说罢，用涂满指甲油的小手从提包里夹出一张名片："这上面是我的电话号码。"

幸子一直着急头发还没有烫，想趁今天去烫个头发。可是昨晚坐了一夜火车，她和雪子都感觉累了，便想还是先休息一下，只是一会儿可能井谷要来，两人不能倒头大睡，只能解开腰带稍稍歇息一下。幸子觉得自己倒无所谓，她更担心的是雪子。雪子脸上那块褐斑也许因为一直注射见了效，虽然还没有完全消失，但近来比以前要淡多了，不过雪子的经期快到了，再加上一夜的乘车劳累，脸色显得有些灰暗。幸子看到雪子这副模样，便想到她每逢这种时候色斑就会特别显眼，所以绝不想让她过于劳累。

"怎么样，雪子妹妹？我们明天再去烫头发吧，今天太累啦。"

"今天去烫也没有关系。"

"欢送会是下午5点开始，所以明天还有时间的，今天还是先休息休息吧。要不还是去银座走走吧，还得买很多东西呢。"

"让我躺一下吧。"妙子一走进房间，就毫不客气地占据了一张最舒适的沙发，筋疲力竭地横靠在上面。两个姐姐说话的时候，她又脱下外面的大衣，解开和服腰带，换上了浴衣，然后横躺在双人床上。假使在以前，遇到这种场合，即使确实累了，她也不会流露出来，甚至根本不顾两个姐姐的感受，丢下她们独自兴冲冲地跑出去玩。但是最近，她之前那股子生气勃勃的劲头渐渐不见了，动不动就伸出两条腿、枕着手臂半躺下来歇息，有时还唉声叹气的，从小就不太文雅的举止变得更加粗鲁放肆。或许是身体还没有完全康复的缘故吧，不过身材看着却越来越丰腴了，不管做什么事情都感觉很吃力的样子。

"雪子妹妹也稍稍躺一会儿吧。"幸子说。

"嗯。"雪子答应着，走近妙子刚才占据的那张沙发。沙发上还搭着妙子扔在那里的大衣，雪子将它拿开，腰带也没有解，端端正正地坐了下去。房间里只有两张床，晚上她和妙子只能挤双人床睡，说是双人床，但比正常的双人床要窄。雪子不想上床去挤妙子，但又觉得单人床应该让幸子休息，所以便坐在沙发上歇一歇，没想到，一坐下去竟迷迷糊糊地睡着了。

幸子看出了雪子的心意，便爬上空着的单人床，但是只有坐在沙发上的雪子睡着了，幸子和妙子都睡不着。

"末子姑娘，趁这会儿工夫我们洗个澡吧。"

幸子和妙子轮流洗完澡，又把睡着的雪子叫醒，让她也洗了个澡，然后三人一起去餐厅吃午餐。一心等待的井谷却一直没有来，于是姐妹三人下午就去银座购买悬而未决、但又非买不可的送行礼物。三姐妹在银座商店街的展示橱窗前东看西瞧、左算右算，最终觉得送出国好友东西，时髦货并不讨巧，不如送些让外国人喜爱的日本特产更好。她们无意间在服部钟表店的地下室里看到一只精巧的螺钿珠宝盒，决定买下来作为幸子送井谷的礼物；后来在御木本商店¹ 又看到一支镶嵌着珍珠的玳瑁胸针，便买下来作为雪子和妙子合送的礼物。溜达了一阵，三个人已经累得不行了，便在科伦邦甜品店坐下来休息了一会儿，原本还想买点东西，但是妙子站起来说道："还是回去吧，回去吧。"于是 4 点半就回到了帝国饭店。走进房间一看，桌子上摆了一瓶兰花，旁边还有一张井谷的名片，上面写着："归后请即通知，等你们来一同喝茶。"

"又喝茶？刚才不是已经喝过了吗？"妙子又占据了那张沙发，一副抬她都不肯挪动的架势。幸子和雪子也很想休息，便躺在床头放松一下，谁料还没到十分钟，屋里的电话响了。

"一定是井谷老板娘打来的。"幸子拿起听筒，果然是井谷打电话来催她们过去喝茶。

"实在对不起，今天上午有事出去了。我刚刚回来，已经吩咐好准备茶点了，请几位来休息室坐坐吧。"

1　位于东京中央区银座四丁目，由人工养殖珍珠获得成功的御木本幸吉创立于明治三十二年（1899 年），珍珠饰品的销售额排名世界第一。

"好的、好的，我正想给您打电话呢。好的，我们马上就来。"

"我就免了吧？二姐和雪姐应邀去就行了。"妙子说。

"那怎么行？那样的话就对不起井谷老板娘了，末子姑娘也去吧！我们也累的呀。"幸子硬拉着懒得动弹的妙子，三个人一同来到酒店的休息室。

三十

井谷客套一番之后说道："售票处的一位先生刚才来通知说后天的戏票已经买到了，你们三位座位相连，另外还有两个座位连在一起的，我和光代坐，御牧先生只能让他独自一个人坐了。"

品茶之际，井谷从戏票又似不经意地说到了些御牧的情况。幸子她们只当作闲谈，没有说什么。从井谷的话中得知，她不仅和国岛夫妇以及御牧谈起过雪子，还将之前交给她用来提亲的雪子的照片也拿给她们看了，他们一致对雪子的容貌赞不绝口，昨天晚上在国岛家里还专门议论说照片上的人看起来一点也不像三十几岁。御牧说不用见本人，光看照片就非常满意了，只要莳冈家不反对，他已经做好娶雪子的准备了。井谷这个媒人不想只讲花言巧语、不负责任，所以她把自己知道的莳冈的家庭情况毫无隐瞒地告诉了对方，涩谷的长房和芦屋的二房之间的关系啦，大姐夫辰雄和雪子、妙子两个妻妹话不投机啦，等等。不过御牧听了却毫不介意，想法并没有发生改变。也许因为他以前有过放荡的经历，对于这类事情很能理解，也可能他是怀有一种超脱的态度，不计较那些琐事。

雪子和妙子觉察到谈话渐渐往那个方向深入下去，两个人喝完便先告辞离席，回客房去了。井谷看到两人走远，望着雪子的背影压低嗓门说道："其实我连雪子小姐脸上有块褐斑这事也讲了，总比将来被人家发现要好，所以统统交代得清清楚楚。"

"您这样什么都讲清楚太好了，我们反倒轻松了。不过雪子后来一直在注射治疗，您刚才应该也看到了，现在斑块已经很不明显了，而且大夫说结婚以后会完全消退的，这点也希望帮说明一下。"

"是的是的，这个我也讲了。御牧先生说：'原来是这样，结婚以后看着它逐渐消失，也是一种难得的体验啊。'"

"哎呀！"

"还有末子姑娘的事，我不晓得太太您是怎么想的，其实，即使外面那些传言全都是事实，我觉得也完全用不着担心。谁家都可能有个把成长不那么顺利的孩子，有也不见得一定是件坏事。御牧先生说了：'妹妹怎么样都没有关系，因为我打算娶的又不是妹妹。'"

"哎呀，像他这样通情达理的人实在难得呀。"

"人家毕竟是经历过酒色的人嘛，想必已经大彻大悟了。他还说呢：'妹妹的事情跟我一点关系都没有。把这些都毫不隐瞒地告诉我当然非常高兴，不过假如您不想讲，那就不讲好了。'"看到幸子似乎松了口气的样子，井谷又接着问道，"不过不晓得雪子小姐的想法怎么样呢？"

"是呀，这……说实在的还没有细细地问过她呢。"

说实话，幸子只是听了井谷刚才的这番话后才对这门亲事开始产生浓厚兴趣的。她们姐妹三人这次来东京，主要目的是出席欢送宴会，虽说亲事也并非没有放在心里，但那毕竟是次要的。幸子原先的想法是，一切等见了面之后再视情况做决定。这样的态度说起来不甚积极，但幸子之所以这样，主要是她对雪子的亲事抱有一定的戒心，害怕积极过头但到头来又是一场空欢喜，所以直到现在还没有当面探问雪子本人的想法。就眼前这门亲事来说，对方各方面条件听下来都不错，唯一的问题是雪子必须嫁到东京来——这一点前几天已经提到了，雪子迟疑不决，肯定也有这方面的原因。不过说穿了，时至今日，其实已经容不得雪子再任性了，何况她并没有表示绝对不愿嫁到东京来，倒是幸子舍不得妹妹嫁来东京。假如可能的话，幸子希望雪子择地而居，在京都、大阪、神户一带安家，这是幸子心底的愿望。于是她问井谷："御牧先生将来打算在哪里生活？您说他父亲要给他买房子，会买在什么地方？我这样问不是要拿房子作为条件，就是觉得他非得住在东京吗？如果在关西找到了工作，能不能住到关西呢？"井谷则答："好的、好的，这个事情目前还没有谈及，我马上去问问对方。"紧接着她又反问道："我想大概会在东京吧。难道雪子小姐不愿意住在东京吗？"幸子赶忙掩饰说："不、不，没什么，我不是这个意思……"

"那么这个事情回头再说吧。晚饭以后光代说不定会和御牧先生一起到我这里来，到时候希望你们也一块儿来我房间坐坐啊。"说完，两人便各自离去。

晚上8点钟刚过，井谷打电话来了："各位都累了吧？可是客人现在已经来了，无论如何请三位也过来。"

幸子打开箱子，取出几个衣服包袱，摊开在两张床上，先帮雪子挑好衣裳，然后自己和妙子也换了衣裳。正在换衣时，井谷又一次打电话来催促。

"请，请里面坐。"刚一敲门，光代马上走过来开了门，"屋子里乱七八糟的，真不好意思。"

屋子里堆满了五六个大大小小的皮箱、各式各样装西服的纸箱、亲朋好友送来的礼物包裹，还有各种旅途备用品，几乎占满了客房各个角落。御牧见到三姐妹走进房间，连忙从椅子上站起身，相互介绍之后，他并没有坐回到椅子上。

"我坐这里好了，你们请这里坐。"他说着，自己坐到了靠墙的暖气管上。房间里只有四把形状各不相同的椅子，三姐妹和井谷各坐一把，光代坐在床头。

"怎么样，井谷太太？客人也都到了。"御牧似乎在继续着刚才的什么话题，"观众来了这许多，您务必让我们欣赏欣赏啊。"

"说什么也不能让御牧先生您看到。"

"您别这么说嘛，反正我要送您上船的，即使您再不情愿，还是会让我看到的。"

"不过开船的时候我还是打算穿和服。"

"哦，您在船上也一直穿和服吗？"

"大概不会一直穿，不过我想尽量不穿西服。"

"这个主意好像不怎么高明哪，那您为什么要做这些西服呢？"御牧人说着回头对幸子姐妹几个说，"是这样的，请教几位一件事情，刚才我们在讨论井谷太太穿西服的问题，三位看到过井谷太太穿西服吗？"

"没有，"幸子回答，"从来没有见过，所以我们都想象不出她穿上西服究竟会是什么样子呢。"

"东京的朋友都这样说，连光代都说没有见她妈妈穿过西服。所以呢，一定要请她穿一次让我们好好欣赏欣赏。"然后御牧又转向井谷说，"怎么样，井谷太太？趁大家都在这里的时候，是不是有必要试穿一次给我们欣赏欣赏呀？"

"看您说的，难道还要让我在几位面前光身子不成？"

"哪里哪里，您换衣服的时候我们到走廊上去。"

"穿不穿西服无所谓啦，御牧先生，"光代出来打圆场了，"您可不能这样欺负我妈妈呀。"

"说起来呀，末子小姐近来也常常穿和服呢。"井谷这才好不容易脱身。

"真狡猾，您这是掉转枪口啊。"

"是呀，最近末子姑娘穿和服的时候多。"

"人家说，这是我慢慢变成个老太婆的证据呢。"妙子一口地道的大阪话接过幸子的话头说。

"我这么说也许有点失礼，"光代从头到脚打量着妙子身上那套光彩炫目的装束说道，"我觉得末子小姐穿西服肯定比穿和服好看，当然绝不是说穿和服不合适。"

"光代小姐，恕我打断一下，这位小姐不是妙子小姐吗？你为什么称呼她'末子小姐'呢？"

"哎呀，御牧先生还是京都人呢，您不晓得'末子'是什么意思吗？"

"'末子'这个称呼好像也只在大阪通用，京都一般不大说的。"

"来尝一尝这个怎么样？"井谷拿出一盒像是别人送的巧克力来招呼客人。可是大家都吃过饭了，谁也不伸手，茶倒是喝了不少。光代建议母亲招待一下御牧先生，叫酒店送了一瓶威士忌到客房来。御牧也不客套，吩咐侍应生："放在这边好了。"叫侍应生将一大瓶"角瓶威士忌"放在自己身旁。他一面慢慢喝着酒，一面和大家聊天。井谷巧妙地将谈话引向正题，顺畅地进行着。井谷先问御牧："御牧先生打算将来一定要把家安在东京吗？"由此引出御牧关于自己身世、经历的回顾以及未来的生活规划。

"刚才光代小姐说我是京都人，其实御牧家从我祖父那一代起就已经迁居到东京了，一直居住在小石川，我是在东京出生的，父亲那一辈还算是个纯京都人，但是我母亲是深川人，所以到我已经既有京都的血统，又有东京的血统。我年轻的时候对京都没什么兴趣，反而更向往欧美的生活，一直到最近才开始对自己祖上的发祥之地有了那么一点乡愁之情。说起来，我父亲上了岁数以后也很怀念京都，最后抛别小石川，回到京都嵯峨，过起了隐居的生活。想到这些，我就觉得命运这个东西真的是存在的。就拿我的兴趣爱好来说，也一点点表现出这样的倾向，我现在越来越感觉日本的古代建筑有它独到的妙处，以后有机会的话，我还是打算当一名建筑设计师。当然在这之前，我会努力研究日本的传统建筑，体会其中奥妙，把它们运用到今后的设计中去。我反复考虑过了，以后可能要在关西那一带找份职业，先把家安下来，这样会更加有利于搞建筑研究。而且，我将来想设计建造的住宅样式，跟东京比起来，也更加与关西的环境相协调。说得夸张些，我觉得我今后的前途，可能就取决于关西那个地方了。"

御牧问，假如在京都安家的话最好选择什么地方。幸子说了自己的意见，随后问御牧他父亲的别墅在嵯峨哪里，她认为，要是在京都安家，莫过于嵯峨一带，再有就是南禅寺、冈崎、鹿谷等几个地方，其他的似乎就没什么好选的了。

聊着聊着，不知不觉已近半夜。御牧将一大瓶威士忌喝掉了三分之一，仍面不改色，只是由于酒精的作用，他变得越来越幽默滑稽，时不时地冒出一句俏皮话来，逗引得大家哈哈大笑。他和光代两人像是一对默契的老搭档似的，你来我往，大胆而泼辣，众人就仿佛在听双簧表演一样，幸子姐妹几个早就驱走了白天的疲惫，睡意全消。

"哎呀，糟糕，电车快没了！"御牧慌忙站起身来，光代也随即站了起来，"我们一块儿走吧。"离开客房时，已经差不多11点了。

这天夜里，幸子姐妹都睡得很香，一直睡到第二天上午9点半后才起床。幸子等不及餐厅开饭，在房间里吃了点面包，就催着雪子赶快去资生堂美容室[1]烫头发。昨天晚上光代告诉她们，酒店楼下虽然也设有美容室，但资生堂那边烫头发用的是最新方法，用一种叫"卓多姿"[2]的烫发乳抹在头发上就可以烫了，免去了乱七八糟的电热器具在头上鼓捣的麻烦，所以光代竭力推荐她们去资生堂美容室。到了资生堂美容室一看，已经有十二三人在排队等候了，看这阵势不知道要等几个小时才能轮到。若是在神户井谷那家美容院的话，这种时候只消随便编几句理由，凭面子总能插进去先烫上的，可是在这里那一套就施展不上了。在接待室等候时，周围全是素不相识的东京太太和小姐，压根儿就没人和幸子她们搭话。姐妹两个压低嗓门说关西话还担心被人听见尴尬，心神不宁的样子仿佛置身于一群敌视者中间似的。两人悄悄听着身旁那些人絮絮叨叨闲聊的东京话：

"今天人多得不得了呢。"一个人说。

"当然啦，今天是大安日，结婚的人很多，任何一家美容院都生意兴隆呀。"另一个人搭话道。

1　指当时设于东京旧京桥区银座七丁目资生堂化妆品部三楼的美容部，因其洛可可风格的装饰和最时新的美容设备而著称。

2　美国卓多姿公司开发的一种烫发乳霜，利用其化学反应可以不采用电加热而将头发卷烫，即冷烫。

幸子这时才意识到原来今天是大安日，井谷之所以选今天举行欢送会，说不定也是为了给雪子讨个好兆头。这时候，顾客仍在不断地涌进来。幸子姐妹是12点之前到的，眼看就快到下午两点钟了，她担心可能会赶不及5点钟的欢送会了。她一面强忍着气恼，心想以后再也不来资生堂美容室了，一面焦灼地等待着。上午临出来时幸子只吃了几片面包，此时肚子已经有点饿了，可幸子更担心雪子，因为雪子平常总说自己胃口小，每次都吃得很少，所以比别人饿得更快，还常易引起脑贫血，幸子怕她烫发时忍不住，就一直观察着雪子闷声不响却一副怕冷的样子。好不容易两点过后才轮上了号，幸子让雪子先烫，等到自己烫完已经是下午4点50分左右了。刚要出门，听到一声："蒔冈太太的电话！"跑去电话间一听，原来是妙子等得焦急，从酒店里打来的。"二姐，头发还没烫好吗？马上就5点钟啦！""嗯，晓得了，刚刚烫好，马上就回来了。"在电话间甩出一口大阪话后，姐妹两个急急忙忙地跑出了资生堂美容室。

"雪子妹妹，你好好记住，以后碰到什么大安日，千万不能去陌生不熟的资生堂啦！"幸子愤愤地说。

这天晚上，幸子她们赶去赴宴时，在宴会厅的走廊里，竟然撞见五个刚刚在资生堂遇到的妇女穿着礼服从那儿走过。在欢送会的会场上幸子向井谷道歉时又再次搬出了同样的说辞："来得太迟了，真对不起……大安日这种日子，陌生的美容院绝对去不得，这回彻底记住了！"

三十一

在东京逗留的最后一天，也就是第三天的上午到下午这半天时间中，幸子她们照例非常忙碌。

幸子原来的计划是，这天留出充足的时间看戏，第二天上午去涩谷长房那边，下午外出购买纪念品，晚上乘坐夜车返回。但这个计划遭到了妙子的反对，她说来的路上已经吃足坐夜车的苦头了，现在还感觉睡眠不足，所以只想早点回家，在自己的床上美美地睡上一觉。雪子也赞成她的意见。固然，这趟旅途上大家都很累，但幸子自然明白他们的本意其实是想尽量压缩去长房那儿露面的时间，按照她们的设想，是今天上午买好东西，下午去歌舞伎座看演出之前让汽车停在道玄坂门口，抽出五六分钟时间去长房家露个面就可以了，然后明天乘坐一早的"燕子号"快车返回。两个妹妹的心情，幸子不是不理解。妙子厌恶长房就不用说了，雪子也有一年多没有回长房生活。去年10月长房通知妙子让她来东京，不然就让她同莳冈家断绝关系，叫妙子自己选择，当时对雪子也说了类似的话，只不过没有把她逼到进退不得的地步，只是隐隐约约透露了些许口风，雪子揣摩不透长房的态度究竟当真到什么程度，也就没有照做。后来长房再也没有来信催促，也一直没有提及如何处置雪子。估计一来姐夫也应付不了雪子这事，为了避免过度刺激她而暂时搁置，对她采取不闻不问的态度，再者就是雪子的抗命不来东京说不定正中长房下怀，姐夫就可以像对待妙子一样，不声不响地和雪子断绝关系。这次去长房家，大姐很可能说出一些和这事有关的话来，所以不光雪子不高兴去，幸子自己也不怎么愿意去道玄坂。说老实话，上次来富士五湖旅行的时候路过东京，幸子只和大姐通了一个电话，眼睛不舒服固然是一个原因，归根到底就是怕大姐转达大姐夫要求雪子回东京的意见，如果雪子拒绝，自己岂不就夹在中间太为难了吗？除此以外，今年4月她写信向大姐报告妙子生病的情况时，大姐很快复了信，可是幸子读了那封信后对大姐也抱有几分不满。鉴于以上种种原因，这次她本想干脆不露面，悄悄来悄悄地回去，但是正如贞之助说的，万一事后让长房知道了确实不妥。再有，想到如果这次雪子的亲事有望成功，正好趁现在这个时候得先给长房透点风。一直到前天之前，幸子对这桩亲事并没有抱多大的希望，但自从前天晚上与御牧初见，昨晚的欢送会上经介绍又结识了这桩亲事真正的媒人国岛夫妇，从而了解到他们这些人的人品以及他们身上所具有的那种令人感觉亲切、深深吸引人的特质，先前的戒心逐渐放下。在幸子的印象中，昨晚的宴会是一次不借助任何花言巧语和深思熟虑的极为自然的相亲，结果令双方都很满意。最让幸子高兴的是，御牧和国岛对待妙子都很体贴，他们敞开心扉和妙子交谈，这可以视为对方完全没有将妙子看作女家的污点，是在无声地安慰女家，而且对方的款接也非常巧妙、自然，不带做作的味道。妙子也老老实实地坦诚相见，再一次显露了她拿手的俏皮劲，博得满座的笑声。幸子看得出来，妙子甘当笑果子在宴会上与众人周旋，完全是出于她一片真诚的姐妹之情，所以幸子当时高兴得不由眼眶发热。妙子的苦心，雪子也觉察到了，所以昨晚整场宴会她也是高高兴兴、有说有笑，这在她来说是很难得的。御牧在席上一再声明他打算在京都或大阪安家。幸子觉得，雪子要是真能经由这样一些人介绍而嫁给御牧的话，把家安在关西也好关东也好，都不是问题了。

因此，今天上午幸子估摸着姐夫上班去了，便打了一个电话到涩谷，告诉大姐说井谷即将出国，他们姐妹三个来东京送别，预定明天乘坐特快火车回去，可是今天下午还得陪同井谷去观赏歌舞伎，所以只能在演出之前抽出一点时间去看望大姐。同时透露，井谷在欢送会上给雪子提了一门亲事，不过目前时机尚不成熟，等等。

姐妹三人一上午在银座东兜西转，在尾张町的十字路口来回走了三四趟，在"滨作"吃过午饭，然后在西银座的阿波屋鞋店门前坐上一辆出租车往道玄坂驶去，不过车上只有幸子和雪子两个人。原来，妙子口口声声一直在喊累喊吃不消，在"滨作"吃饭的时候还把坐垫当枕头躺了一会儿。两个姐姐上车的时候她忽然说道："我还是不去了，长房已经把我赶出家门了，我去了大姐也不好招呼我，我自己也不想上她家。"幸子劝说她："你说得也是。不过单单你一个人不去很奇怪，姐夫先不说，大姐不会跟你计较的，绝不会提赶出家门不赶出家门什么的，说是你去看她，她其实心里也肯定在想你呢，特别是你生了那场大病之后，她更想见你一面，这一点绝对想都能想象出来。所以你千万不要这样说了，跟我们一块儿去吧。"妙子仍然坚持不肯去："我真的不想去。我找个地方喝杯咖啡，先去歌舞伎座等你们好了。"于是幸子不再勉强，和雪子两人坐上汽车走了。

汽车驶到道玄坂，司机不肯停车等候，说："请二位原谅，车子不能等候的。"幸子说："最多就等十五分钟，或者二十分钟，等候的钱我们照付。"几乎是苦苦恳求才让司机将车停在大门口。姐妹两人走进楼上那间八席大的屋子，和大姐面对面坐下来，同时打量着屋内一如从前的陈设：一张红漆八腿桌、赖春水的横额、泥金棚架和架上的座钟等。除了六岁的梅子在家里,其他几个孩子都上学去了,所以家里不像以前那样吵闹了。

"我说,叫出租车开走吧。"

"回去的时候这附近能叫到车吗?"

"以前只要走到道玄坂,路过的空车多得很。乘地铁也很方便呀,从尾张町下来到歌舞伎座走不了几步路。"

"下次来再多待些时候吧,反正最近还要来的。"

"歌舞伎座这个月上演什么剧目呀?"鹤子突然问道。

"《茨木》《菊圃》,还有一些其他的。"

雪子趁梅子要下楼便说:"梅子,我们下楼去。"牵着梅子的小手下楼去了。

只剩下姐妹两人的时候,鹤子问幸子:"末子姑娘怎么样?"

"末子姑娘刚才还和我们在一起,不过她说还是回避一下的好。"

"干吗非要这样呢?来了不就好了。"

"我也这样说呀。其实这两三天都忙乎得很,她好像累得够呛,再怎么说,身体还没有彻底康复呢。"

幸子坐在大姐面前,几个月来对大姐的些许不满不知不觉便消失了。天各一方的时候,想事情容易钻牛角尖,就容易产生不满。可是此刻坐在一起,她感觉大姐还是以前的大姐,什么都没有变。刚才大姐问起歌舞伎座上演剧目的时候,幸子觉得姐妹私下偶然聚到一块儿看戏却唯独不邀请她,将她撇除在外,似乎有意使坏似的,真有点对不住大姐。不知大姐对此会做何感想?依她从不斤斤计较的性格来说,但愿不至于生气就好。不过,尽管年岁渐增,大姐少女般的天真纯粹始终不会泯灭,听到有戏看,肯定想一块儿去看的吧！再说，近来由于股票行情大跌，被长房捂了好久的股票几乎跌得一钱不值了，估计连家计也令人发愁了吧，假如不是妹妹邀请她去看戏，估计她根本没机会去看了。想到这里，幸子为了转移大姐的注意力，只好故意大谈起雪子的亲事，说什么男方已经打算娶雪子，只要女家答应，这次亲事一定能成功，也可以让姐夫、姐姐高兴和放心了，改天贞之助和男方深谈后，再专程前来和你们商议。她还说："今天的歌舞伎座演出，御牧先生和井谷母女都一起去观赏呢。"随后幸子起身告辞："那我下次再来吧。"大姐跟在她后面一同下楼，口里还说着："雪子妹妹也得大大方方地跟人家应酬应酬呀，不这样可不行。"

"这次她不像平常那样一句话也不说，倒是有说有笑的呢。看她这个样子，我觉得这次的亲事很有希望成功。"

"无论如何，希望它成功！明年她就三十五岁了对不对？"

"再见了大姐，下次再来。"守在楼下的雪子和大姐打了一声招呼，赶紧像逃跑似的抢在幸子前面跨出了门。

"再见。问末子姑娘好。"大姐一直送到大马路，靠近出租车继续说道，"井谷老板娘出国，我不去送行不大好吧？"

"应该没关系吧，反正你和她又不认识。"

"可是明知她在东京，不去和她见一面总归不大好吧。船是哪一天启航呀？"

"听说是 23 日启航。她因为不喜欢摆阔，所以特意说了，谢绝一切送行。"

"那去酒店看她一次怎么样？"

"我觉得也不用了吧。"

司机发动车子时，幸子和大姐隔着车窗还在说话，忽然发现大姐一面说话一面闪着泪花。她感觉奇怪，为什么谈到井谷大姐会掉眼泪？直到汽车起步，大姐的眼泪仍没有止住。

"大姐哭啦。"车子转过道玄坂时，雪子说道。

"真奇怪，大姐怎么会为了井谷老板娘哭呢？"

"肯定是因为别的事情，井谷老板娘的话题只不过是个掩饰罢了。"

"不晓得是不是想让我们邀请她一起去看戏？"

"对呀，她想看戏。"

幸子这才彻底明白，原来大姐是因为看不成戏而难受，起先因为自觉难为情而强忍着，后来实在忍不住了便哭了出来。

"大姐说了让我回去没有？"

"幸好没有说起，大概一门心思都想着看戏了。"

"是吗？"雪子松了口气。

戏院里的座位分成了三拨，所以相互间无法进一步了解，尽管如此，他们还是一起上了餐厅，御牧还特地利用五分钟的幕间休息时间邀请她们去走廊上放松放松。对时兴玩意儿兴趣广泛的御牧，在歌舞伎方面却几乎一无所知，就像他自己主动透露的那样，他根本看不懂传统戏，连长呗[1]和清元节[2]都分不清楚，为此还遭到过光代的嗤笑。

井谷听到幸子姐妹明天上午要乘坐特快火车回去，就说："今天晚上就要分手了，我非常高兴能给你们留下这份上好的纪念，还

1　即江户长呗，大致于18世纪上半叶已经确立，作为江户歌舞伎的伴奏音乐而产生和发展，后逐渐脱离舞台单独成为一种说唱艺术形式。

2　清元节出现较晚，由清元延寿太夫创立于19世纪初，源起于人形净琉璃（即木偶戏），曲调华丽，富有抒情性，讲究发声技巧。

有许多需要大家在一起商议解决的事情呢，只好改天让光代专程去芦屋和您联系吧。"

戏散场后，御牧提议走一走，于是六个人鱼贯向尾张町走去。井谷和幸子稍稍落在后面，井谷简单扼要地对幸子说："您亲眼看到了吧，御牧先生对这桩亲事十分积极呢。昨天晚上国岛夫妇见到雪子小姐以后，比御牧先生还要满意，所以御牧先生打算下个月去趟关西，先到芦屋的府上拜访你们，和您先生见个面。要是能得到府上的非正式承允，就再请国岛先生去和御牧先生的子爵父亲商议。"

之后，六个人又在科伦邦甜品店小憩了一会儿。御牧和光代对幸子姐妹说："那么明天上午我们来为你们送行。"双方在西银座分了手，剩下四个人步行回到帝国饭店。

井谷送姐妹三人回到客房后又坐下闲聊了少顷，然后道了声晚安便回自己房间去了。

幸子先洗澡，接着是雪子洗。幸子走出浴室，看见妙子背靠着沙发躺在铺着报纸的地毯上，身上穿的还是看戏时穿的衣服，连大衣都没有脱。她大概是跟着大家一路走回来累得支撑不住了，可是她那副筋疲力竭的样子又不同寻常，于是幸子对她说："末子姑娘，你身体是还没有彻底康复，可是其他地方不会出什么问题吧？回去以后请桟田大夫好好检查一次。"

"嗯，"妙子应了一声，又吃力地说道："不用请大夫看，我自己晓得。"

"那是哪里不舒服呢？"

妙子将脸靠在沙发扶手上，用茫然失神的眼光望着幸子说："我可能已经怀孕有三四个月了。"她的语气仍像平常一样镇定。

"你说什么？"

幸子一下子感觉透不过气来，她睁大眼睛直瞪瞪地盯着妙子，隔了好一会儿，才使劲说出这么一句话来："是阿启的孩子？"

"是三好的。二姐应该从老奶妈那里听说过这个人吧？"

"就是那个酒吧调酒师吗？"

妙子点了点头："没有请大夫检查过，不过我想一定是怀孕了。"

"末子姑娘打算把孩子生下来吗？"

"不是想不想生。如果不生下来，阿启是不会死心的。"

幸子的手指、脚尖惨白惨白的，毫无血色——这是她遭到极度惊吓时特有的生理反应。幸子意识到自己的身体在剧烈地颤抖，现在首先要做的是让自己心绪平静下来，于是她不再和妙子说话，摇摇晃晃地挨到墙边，关掉屋顶的照明灯，打开床头的台灯，钻进了被窝。雪子洗完澡出来的时候，她闭着眼睛装作睡着了。之后，妙子像是慢腾腾地站起来，走进了浴室。

三十二

毫不知情的雪子很快熟睡过去，没过多久妙子也睡着了。幸子却毫无睡意。她独自抓着毛毯的一角，擦拭夺眶而出的眼泪，前前后后思量了一整夜。手提包里有安眠药片，还有白兰地酒，但幸子知道，面对今天这种状况，这些东西是丝毫起不了作用的。

不知什么缘故，幸子每次来东京，总会碰上各色各样的倒霉事。难道是自己和东京相性不合？前年秋天，自新婚旅行后时隔九年再次远行，来到东京，却因为阿启突然来信揭发末子姑娘和板仓偷偷恋爱，害得她魂不守舍，也像今晚一样神经高度紧张，一夜都没睡好。去年初夏来东京，虽说不像这次和自己有直接关系，但是在歌舞伎座看戏的时候，妙子因板仓突然病危而被半当中叫了出去。就算不提这些事情，但是只要雪子逢到提亲相亲什么的，也总会凭空冒出些不祥的插曲，这次相亲地点偏巧又是在东京，这不由得让人感觉似乎又要出什么乱子。俗话说，有二就有三。幸子原本一直挺相信这种不祥的预感，可是今年8月第三次来东京的时候似乎很太平，和贞之助终于有了一次十分愉快圆满的旅行，所以幸子尽量说服自己往好的方面去想，认为从此可以终结与东京生性不合这样的恶缘了。说实话，对于这次相亲她之前是抱着反正不会成功的悲观念头了，所以对预感、恶缘什么的反倒没怎么当真，可是……看来东京确实是自己的厄塞之地，这次因为突发妙子怀孕这件事情，说不定雪子的亲事又要告吹。难得觅得一段十分理想的姻缘，偏偏展开于东京这个舞台，唉，只能说雪子的命不好。想到这些，幸子不禁替雪子感到可怜可悲，同时更觉得妙子可恨，一怜一恨两股复杂的心情交织在一起，难过得她止不住泪水横流。

唉！又一次……一次又一次地被这个妹妹出卖。可是这次该怪谁呢？应该责怪的不是负有监管之责的自己吗？妙子说"三四个月了"，那应该正是她大病初愈的6月份前后，要是这样的话，那阵子理应有过很厉害的孕吐现象，可是这种事情自己竟然一点也没有察觉，完全疏忽了，难道不应该怪自己太粗心大意了吗？就拿这几天来说，妙子连筷子都懒得动，稍稍做点事情就喊累，目睹这种情形，自己却做梦都没有想到她是怀孕了，真是迟钝到了何种地步？这样说起来，她近来不穿西服也是事出有因的了。在末子姑娘眼里，我们肯定被当成了天下第一大傻瓜。可是，她这么做对得起自己的良心吗？听末子姑娘刚才那口气，她怀孕并不是一时冲动，而是预先和那个三好商量好的，有计划实施的，她是把怀孕作为既成事实，不管阿启同意不同意，都要迫使他与自己断绝关系。同时也把这件事当成一个武器，好让我们同意她和三好结婚，所以才选择了怀孕这一手段。对末子姑娘来说，这或许是个绝招儿。站在她的角度来考虑，无论结果是好是坏，都只能这样了，因为除此以外想不出什么良策了。可是，难道就任由她这样做吗？自己和丈夫还有雪子妹妹，为了袒护她，不惜一再违抗长房的严厉命令，而她却对此置之不顾，一而再再而三地辜负我们的一片好意，难道非要把我们逼到没脸见人的绝境才痛快吗？我们夫妇俩丢人现眼倒也罢了，难道还非得搭上雪子妹妹，让她未来的幸福也彻底被断送吗？这个妹妹为什么非要我们姐妹再三再四地受苦遭罪呢？她今年春天生病时，雪子妹妹是怎么尽心尽力看护她的？她难道不想想，不正是雪子妹妹那份无私的亲情才让她得以很快地摆脱病危走向康复吗？我还以为昨晚欢送宴会上末子姑娘那样令人满意的配合，是为了报答雪子妹妹对自己的照顾之恩，哪承想我们实在是高估她了，昨天晚上她的表现，可以说完全出自一种醉态。这个妹妹除了她自己，从来没有为别人考虑过。幸子因为妙子的厚颜无耻和冷酷无情而怒不可遏。妙子明知幸子会因为她偷偷怀孕的事情而生气，也知道贞之助姐夫会重新改变对她的态度，雪子更是会再一次遭到相亲失败的重大打击，这一切她都估计到了，可她还是选择了这个她认为最有效的绝招儿，显然这只对她一个人有利。在妙子的人生观当中，损人利己，或许也是不得已而为之的，可为什么非要选在决定雪子人生命运的关键时刻这么做呢？换个别的时候不行吗？妙子怀孕和雪子相亲在时间上固然只是不期而然的巧合，但是妙子平素一再声称"我的亲事要等雪姐结婚以后再说""我肯定不会连累雪姐的"，假如是出自真心，至少也要等雪子的终身大事敲定之后再使出这一绝招儿吧？这些姑且就不去说了，既然知道自己已经有了三四个月的身孕，还坚决跟着来东京又是什么目的？为什么不回避呢？大概她觉得，自己是莳冈家三姐妹之一，许久未能在人前露面，感谢井谷老板娘给了这个机会，现在自己终于有机会在公开场合露面，这自然是件高兴的事情，以致自己状态不佳、极易疲困这一点都忘记了。不，她不是忘记了自己怀有身孕这一事实，她是觉得自己硬撑一下也没什么大不了的。所以便不知羞耻、厚着脸皮跟了来，后来实在难受得坚持不住了，才说出实情，而且还觉得这是个摊牌的绝好时机。骨肉至亲没把她往那方面想所以没有注意到，但是外人眼睛稍稍尖一点，很容易发现怀孕三四个月这一事实，她竟然若无其事地看戏、赴宴，现身众目睽睽之下，她怎么这样大胆？还有，眼下这段时期按理最好不要乘坐火车，长时间的旅途摇晃，一旦肚里的孩子有个闪失怎么办？即使她一点也不在乎，幸子她们岂不是又要弄得手足无措、丢人现眼吗？想到这些，幸子心里早已冷了大半截。说不定，昨天晚上在宴会上已经被人发现，我们已经在不知不觉中丢尽了脸面。

归根到底，木已成舟，已然是无法挽回的了。我再当一次傻瓜被这个妹妹捉弄也无所谓了。可既然事情瞒了我们这么久，要坦白就不能挑个更加适当的时候坦白吗？为什么偏偏挑选在这个杂乱无章的旅途一室，而且我已经疲倦不已打算上床睡觉因而一点心理准备也没有的时候，冷不丁地告诉我这件天摇地动般的可怕事情？她怎么能做到如此残忍呢？幸好我当时没有大脑一片空白、当即晕过去。可她的做法实在太绝情、太没良心了。怀孕不像其他事情，瞒是瞒不住的，迟早必须坦白。早坦白当然比晚坦白好，可是像今天这样，自己毫无心理准备，而且又是三人同住、半夜三更的，我想哭又不能哭、想发火又不能发火、想逃开又无处可逃的当口，她却来向我坦白……对这么多年来疼爱自己、悉心照顾自己的亲姐姐，居然做出这种事情，她算是我的妹妹吗？但凡有一点点同情心的话，无论如何她也应该再忍一忍，等旅行结束回家后再告诉我，那时我精神和肉体都得到恢复，对这意外打击接受起来也容易一些呀。对末子姑娘我也不敢抱有任何奢望，只要求她至少能做到这一点，这不算过分吧？

幸子沉浸在遐思迩想中，不经意间听到外面头班电车的发车声音，窗帘缝隙一点点透出亮来。她的神经已经疲惫不堪，可是眼睛依旧睁得大大的，她还在竭力思索那件事情……马上就会被人发现，必须当机立断想办法处置，可是到底怎么办好呢？不让外人知道，把这件事情偷偷蒙混过去，这样固然是好，可谈何容易？何况从妙子刚才的口气来看，她似乎并不在乎。对妙子严加斥责，叫她承认错误，然后不管她同意不同意，为了顾全莳冈家的名誉、为了不毁掉雪子的亲事，说服妙子做出牺牲，打掉肚里的胎儿，这不失为一个好办法——只是，生性软弱的幸子是绝对狠不下心去做这样的事情的。再说了，要是两三年以前，任何一家医院、任何大夫都很乐意接这种堕胎手术，但近年来社会上对于这类事情越来越苛严，所以即使妙子同意堕胎，也不是轻而易举就能做的。既然这样，另一个可行的办法就是找一个远离熟人的地方，让妙子在那里分娩，在这段时间里决不允许她再和那个三好来往，一切费用由我们负担，妙子及其生下的孩子也由我们来监督，与此同时，赶紧加快雪子的亲事进程，直到结婚典礼圆满举行。不过，要想实施这个计划，就必须向贞之助说明情由，借助他的力量，自己一个人是办不成这件事情的。想到这里，幸子心里越发郁闷。尽管丈夫对自己十分信任、疼爱，可自己怎么有脸面将妹妹一而再再而三的不端行径讲给丈夫听呢？从丈夫的立场来说，雪子和妙子不过是妻妹，他的立场和长房迥然不同，无须对她们特别照顾，可是他照顾她们却胜似亲兄长，他是出于对妻子的爱才这样做的——这么说或许有自夸之嫌，不过幸子心里确实为此很高兴也很感激丈夫。尽管如此，幸子知道丈夫对妙子不是很满意的。全家在别的事情上都做得到齐心合力，至今家里没有闹出过任何风波，唯独因为妙子的事情有时发生意见不合，为此幸子不止一次感到自己对不起丈夫。最近丈夫对妙子的态度有所改变，允许妙子进出芦屋的家了，这次三人回去还将给他带回雪子相亲有望成功的好消息，本想着让他高兴一下的，这种时候怎么能告诉他这样一个令人生气的消息呢？丈夫向来不愿让自己和雪子因为妙子的事情而为难，听到妻子的报告，说不定还会反过来劝慰妻子一番。可丈夫越是劝慰，幸子就越觉得难受。她清楚，丈夫嘴上也许会说几句不要紧啦，但心里绝不会感到痛快，所以幸子也就越发觉得自己对不起丈夫。

不过归根到底，这件事情最终只能寄望于丈夫的理解和宽宏侠义的心肠了。从某种意义上讲，幸子最担心的还是雪子，很可能这次的亲事又要因为妙子的意外怀孕而告吹。每次，雪子的亲事总是开始看似很顺利，可一到关键时刻就出现意外，结果受挫告吹。这次即使把妙子送到一个远远的温泉疗养地去，也未必能彻底阻隔别人的耳目，也许过不了多久御牧那边就会察觉到异样。简单来说，今后两家来往频繁、相互邀请碰头的机会多了，假如妙子从此不露面，不管如何遮掩，人家总会起疑心的。还有，奥畑会不会乘人不备跑出来捣一下乱呢？虽说他应该怨恨的人是妙子，牵扯不到莳冈

-651-

家其他人，但也很难说，说不定他觉得自己受了委屈、受了侮辱，而不顾一切地仇视起莳冈家所有人来，伺机报复，这也不是没有可能。他听说雪子定亲，最干脆的报复手法就是揭莳冈家的短，把妙子的丑事告诉御牧。想到这一层，幸子觉得倒不如主动坦白，老老实实将真相告诉御牧，请求对方谅解，这样做或许比较妥切。御牧曾经说过，他想娶的是雪子，妙子的事情和他没有关系，所以如果把真相挑开，总比遮遮掩掩、有朝一日事情败露来得更好，说不定到头来什么事情都没有呢？不行，就算御牧本人对这事毫不介意，可是他身边的人——他的子爵父亲还有国岛夫妇等，他们能不皱一皱眉吗？特别是子爵和子爵家的亲戚们，能容许御牧同出了这样一个胡为乱作的姑娘的家庭结亲吗？唉，看来这次的亲事又要告吹了。雪子妹妹真是可怜啊……

　　幸子唉声叹气地翻了个身。当她睁开眼睛时，不知什么时候房间里已经大亮了。旁边那张双人床上，雪子和妙子仍熟睡着，就像小时那样背对着背，脸朝幸子这边的雪子看上去睡得十分安稳，不知道她做了个什么好梦。幸子目不转睛地凝视着雪子那张白皙的脸。

三十三

　　姐妹三人从东京回家的当天夜里，贞之助就从幸子嘴里得知了妙子怀孕的事情。幸子一见到丈夫，憋在心里的那件事怎么也藏不住了（那天上午趁妙子不在的两三分钟里，幸子已经把这事告诉了雪子）。晚饭前她招呼丈夫一同上了楼，先报告了雪子的相亲经过，然后便下决心说出了妙子的事情。

"好不容易带一个好消息回来，想着让您高兴一下的，想不到又出了这样的事情，让您操心了。"

贞之助劝慰边说边哭的妻子："正好碰上雪子妹妹相亲，相信是会有一定影响的，不过亲事不见得会因此而告吹，我来想办法收拾吧。你不用这么着急，交给我来处理好了——先让我考虑两三天。"此外，贞之助没有多说什么。几天之后，贞之助把幸子叫进书房，拟出一个计划，征求幸子的意见。

首先，妙子怀孕三四个月这件事情应该不至于存疑，不过慎重起见还是请产科大夫检查一下，以确认分娩时间。说到找个地方，有马温泉一带比较方便，所幸妙子目前独自住在公寓，从今往后绝对不要让她再来家里了，可以让她趁晚上坐车去有马。至于谁陪同妙子一起去，这个问题比较麻烦，派阿春去的话，还得再三叮嘱。住在温泉旅馆期间，不用说必须隐瞒莳冈这个姓氏，得装作是其他地方的某某夫人前往温泉地疗养，一直住到她生产。在有马生产也可以，要是能确保不被人发现，提前几天住进神户合适的医院在那里生产也可以，到时候视情形再决定。实行这个计划，必须取得妙子本人和那个叫三好的男人的同意，此事由贞之助出面去说服妙子和三好。贞之助认为，既然事情已经到了这个地步，妙子和三好迟早是要结婚的，自己不会反对。不过妙子在兄长不知情的情况下与三好发生关系并怀孕，这事如果让外界知道势必会影响到另外一件事，所以希望他们两人暂时断绝来往，妙子的一切概由贞之助夫妇负责，直到她顺利生产，等到适当的时候自然会把孩子交还给三好，同意他们结婚，并且会尽力去争得长房的谅解。这一切并不需要太长时间，只要等雪子这次的亲事有了眉目、当事的任何一方做出正式决定就差不多了。贞之助打算照这样的口径去说服两个人。不管如何,暂时先将妙子藏起来,绝对不能让外界知道她怀孕。而据妙子说,迄今为止,除了贞之助和三好两人之外,只有奥畑看出了一点苗子,贞之助夫妇、雪子以及阿春等女佣知道这事,那是无法避免的,但除此以外,绝无其他人知道这件事情。

另外,贞之助知道幸子担心奥畑从中捣乱,所以他告诉幸子,准备马上就去和奥畑交涉。幸子害怕奥畑使起蛮来,不惜抛却个人名誉,不知会干出什么样的可怕事情,例如动刀子伤人、向小报提供消息中伤莳冈家等,以他的为人来说是绝对干得出来的。对于幸子的担心,贞之助回之以一笑:"你这是杞人忧天。尽管奥畑有点恶少做派,但终究是上流阶层的少爷出身,不可能做出这样的举动来。即使想捣乱,他也不敢动刀子。再说,他和妙子的关系双方家庭从来没有认可过,他对这事完全没有兴师问罪的资格。何况妙子对他没有丝毫的爱情,现在肚子里又有了三好的孩子,对奥畑来说,除了放手已别无选择。所以只要好好劝说他一番,向他道个歉说声对不起,让他死了那条心,因为他根本没有资格反抗,说不定他还是能听从劝说的。"

第二天,贞之助便按照这个计划开始了行动。他先去了甲麓庄找妙子,和她说明情况。然后去找住在神户凑川某公寓的三好,取得了他的谅解。回到家里,幸子问起三好是什么样的人,贞之助说:"没料到那个青年给我的印象很不错。尽管只和他见面还不到一小时,还谈不上仔细观察,可是跟板仓比较起来,这个青年在我看来是个正派、诚实可靠的人。我没有质问三好,可是他自己承认这件事情他应该负一半的责任,还诚恳地向我谢罪。听他的口气,他们两个做出那种事情来,不是三好勾引妙子,反倒是妙子主动挑逗的他。"三好一面辩解说他那样说或许有点卑鄙，一面又承认自己意志薄弱、缺少定力，但这件事情绝对不是他主动的，而是被当时的情势左右才犯下这个错，所以他恳请贞之助原谅。还说只要问一下末子姑娘，就知道他没有说谎。看来他的话大抵是事实。因此在这件事情上，他不仅一口应承了贞之助的要求，还对贞之助表示体谅并感谢。贞之助还转述三好的话告诉幸子，说他深知自己没有资格做末子姑娘的丈夫，但假如将来允许他和末子姑娘结婚的话，他一定保证让末子姑娘幸福。其实他暗地里感到自己有责任，为了一旦获得允许和末子姑娘结婚，已经悄悄攒下了一些钱，结婚以后想独立经营一间小酒吧，专门做上等西洋人的生意，末子姑娘将来也会靠做西服解决生计问题，夫妻两人共同工作，经济上不至于仰赖府上。

第二天，妙子便去了兵库县船越产科医院，诊断出来怀孕不到五个月，预产期应该在明年 4 月上旬。不知不觉间，妙子的身形已渐渐引人注目起来了，因此幸子按照丈夫的嘱咐，在十月底的一个夜晚，让阿春悄悄陪伴妙子去了有马温泉。一路上小心翼翼地，有意没有从熟悉的车行事先叫车，到省线本山车站那里才拦了一辆出租汽车，到了神户，又换乘另一辆车，走山路翻山直抵有马。幸子还再三对阿春叮嘱了好几条——往后五六个月内，妙子将用"阿部"这个假姓氏入住温泉区内的花坊温泉旅馆；妙子住在旅馆期间阿春不得称呼她"末子姑娘"，必须称"太太"；不得往芦屋打电话联系，要么阿春自己来芦屋，要么芦屋这边派人过去；不得将妙子的住处告诉三好，必须绝对阻止他们来往；发现什么可疑的来信、来电或者访客，务必时刻留意和防备。叮嘱完了，阿春说："现在我才敢告诉太太，其实你们去东京之前我们早就晓得末子小姐肚子大了。"幸子听后吃了一惊，问道："你们怎么会知道的？"阿春说：
"是阿照第一个觉察出来的，她说：'怎么搞的，末子小姐那副样子
好奇怪，会不会是那个了？'不过这些话只是我们几个人之间说说
的，没有对任何人讲起过。"

将妙子和阿春打发走之后，贞之助有一天回家后告诉幸子，说
他今天去造访奥畑了，然后叙说了两人摊牌的大致情形。

奥畑之前的住处位于西宫的一棵松树近旁，但贞之助去了才发
现，奥畑已经不住在那里了。向附近的住户一打听，说是这个月初
收拾东西搬到夙川的松峰别邸[1]去了。到了松峰别邸查询，又被告
知，奥畑只在那里住了个把星期就换地方了，搬到香栌园那边的永
乐公寓去了。最后，总算查实了现在的具体住址，和他见了面，虽
然谈得不是很顺利，但事情基本上还是按照之前设想的得到了解
决。贞之助先是对他说："我们很惭愧，家里出了妙子这样一个叛
逆又胡作乱为的妹妹，您和她相识一场却几同于遭了一场灾难，实
在令人同情。"奥畑一开始装作非常通情达理的样子，让贞之助放
心下来，然后若无其事地问道："末子姑娘现在在哪里？阿春有没
有跟去？"拐弯抹角地打听妙子的下落。贞之助告诉他："您不必打
听这个了，末子姑娘现在的居处连三好都不晓得。""是吗？"奥畑
低头沉思起来。贞之助又对他说："不管末子姑娘将来做什么，您
能不能都视作与己无关？"奥畑听了很不高兴："我是死了心了。不
过，府上能允许末子姑娘和那样的人结婚吗？那个人在现在这家
酒吧工作之前，听说曾经在一条外国轮船上的酒吧当过调酒师，反

---

1 大正末期建于阪急夙川站以北约六百米的西宫市殿山町的酒店式公寓，后改
建为樱花银行员工研修专用设施。

正他就是一个来历不明的人。板仓虽然身份低微，可我们毕竟晓得他的底细，三好这人父母是什么样的人、有没有兄弟姐妹，没人知道。总之，像三好那种在海上漂过的人，天晓得是什么样的底细呢。""谢谢您的忠告，这方面的事情我们会好好考虑的。"贞之助不想激怒奥畑，所以尽量说得委婉些："有件事情还望您能谅解——这可能有点一厢情愿了，就是末子姑娘的确可恨，但是她的姐姐是无辜的，能不能请您顾及她两个姐姐还有莳冈家的声誉，对末子姑娘怀孕这件事保守秘密？万一这事让外界晓得了，最受伤害的或许是至今还没有婚嫁的雪子姑娘，所以希望您能保证不要把这件事情说出去。"奥畑尽管有些勉强，但还是答应下来了："请您不要担心，我丝毫也不恨末子姑娘，更不会让两位姐姐为难的。"贞之助觉得既然事情已经谈妥，便放心地赶去大阪的会计师事务所上班去了。过了不多时，奥畑打电话到事务所，说："关于刚才那件事，我也有个请求，所以想和您见一面。假如方便的话，我现在就过去见您。"贞之助说："那我就等着您。"不大会儿工夫奥畑就来了，贞之助把他请进会客室，他在贞之助对面坐下，踌躇了好一会儿，然后摆出一副可怜兮兮的样子开口道："上午听了您的话，觉得除了彻底死心以外，我也没有别的选择了。只是相爱十年的恋人一朝分手，我心里真有说不出的凄凉，但愿您能鉴知。有一件事您也许晓得的，我为了末子姑娘，已经被家兄和亲戚们抛弃了。以前不管怎么说还能租栋小房子生活，可现在正如您今天看到的，我只能住进肮脏的公寓里独自一人过日子了，要是末子姑娘再抛弃我的话，我就真的成了一个叫天天不应叫地地不灵的穷光蛋啦！"他说话时的腔调简直像在戏台上演戏。他接着又说："这种事情我本来不想向您开口的，事实上我现在每天都在为日常的花销犯愁，尽管难以启齿，但毕竟我以前为末子姑娘垫付过一些钱，现在不知能不能归还给我？"说到这里，他竟脸红了："当然，当时为她垫钱的时候并没有想着要她还，假如我现在不是身处困境的话，绝对不会提这样的请求。"贞之助问他："既然是这样，当然应该归还。您一共垫付了多少钱？""到底多少我也说不清楚，问一下末子姑娘就晓得了——差不多有个两千来块吧。"贞之助本想让妙子核实一下，但转念一想，两千块钱作为断绝关系和封口的代价还是值的，了清了也可免得今后再有什么纠缠，于是说："那么我现在就奉还。"说罢，马上写了一张支票交给奥畑，对他说："拜托您的那件事情——替末子姑娘怀孕的事情保守秘密，还望您多多见谅！""我晓得、我晓得，您不用担心。"奥畑说完就离去了。这件事情总算解决了。

井谷的女儿光代给幸子来信，正值他们夫妇忙着处理妙子的事情的时候。在信中，光代首先感谢三姐妹路远迢迢前往东京参加她母亲的欢送宴会，同时告知母亲已经平安启程。然后说，御牧先生说11月中旬将西行，特去芦屋府上造访，希望晤见一下贞之助先生，让他鉴定鉴定人品。还说国岛先生夫妇特地叫她代他们向幸子全家问好。

又过了一星期，东京涩谷的鹤子也来信了。平常大姐不轻易写信，幸子猜想她大概有什么事吧，拆开一看，出乎意料，满纸都是些家常琐事。

幸子妹妹如晤：

　　上次久别重逢，本想好好叙一叙的，无奈时间仓促，未能如愿，实在太遗憾了。那天的歌舞伎演出很精彩吧，下次一定要邀我一起去观赏呀。

御牧先生那桩亲事后来怎么样了？我想现在就同你姐夫说似乎为时尚早，所以一直还没和他说，不过祈愿这次能圆满成功。对方是名门之后，大概用不着去调查他的家世了，假如需要的话，可来信知会，让我们去办，每次全靠贞之助妹夫奔走张罗，我们也觉得过意不去呀。

近来孩子们都长大了，不需成天照管他们，所以有时间写信了，还经常练习写毛笔字呢。你和雪子妹妹现在还去书法老师那里去学习吗？我手边没有字帖，很不好意思，你们有不要的字帖吗？有的话请寄给我，最好是有老师红笔圈点过的。

还有，我想问你们要些东西，你那里要是有不穿的旧衬衣或者贴身内衣，请寄给我好吗？即使是你不想要的，缝缝补补还能穿，哪怕是你想扔掉或者赏赐给女佣的我也要，即使不是你自己的衣服，只要是贴身穿的，雪子妹妹和末子姑娘的我也要，内裤也行。孩子都长大了，无须我多操心了，可是钱是越来越不经花了，不得不精打细算、省了又省，当个穷家真不容易呀。

今天不知怎么的忽然想起来写信，就给你写了这封信，结果满纸荒唐，就此搁笔了。期盼不久的将来你能来东京给我们带来雪子妹妹的好消息。请代向贞之助妹夫、悦子、雪子妹妹问好。

鹤子

11月5日

读完信，幸子脑海里登时浮现出上次在道玄坂家门口，大姐隔着出租车窗和自己道别时止不住掉眼泪的情景。大姐虽然信上说不知怎么的忽然想起来写信，所以才写信，讨要点物品，但说不定还是因为上次没有邀请她一同看戏去，委婉地表达心里的怨嗔吧。以前写信来，总是以大姐的身份对妹妹提意见，幸子觉得当面见到大姐时，她永远是个慈祥的大姐，可每次读信的时候却总是要挨训斥。这样一个大姐，今天却写来了这样一封信，着实让人感觉不可思议。所以，幸子只是将大姐来信要的东西打了个包给她寄去，没有立即复信。

11月中旬的一天，海宁格夫人登门来访，告诉幸子她的女儿弗莉黛儿将跟随父亲一同去柏林。夫人是不放心女儿战时前往欧洲的，可女儿为了进修舞蹈，怎么都听不进母亲的劝说。丈夫于是说，既然女儿那么想去就让她一起去吧。没办法，最好只得同意她去。幸好同行的还有不少人，路上还不至于怎么担心。既然去柏林，她一定会去汉堡看望施托尔茨一家，因此夫人问幸子，要不要带口信或者别的什么，要是有的话，可以叫她女儿捎去。今年6月幸子曾写了一封信托海宁格夫人翻译成德文，还买了一把舞扇和一段丝绸衣料寄去汉堡，但一直没有收到施托尔茨一家的回信，幸子还在为此事担心，现在正可以趁这个机会托带些东西过去。于是她对海宁格夫人说："那么在令爱启程之前我把东西送到府上去吧。"过了几天，幸子选中一只珍珠戒指作为送给露丝玛莉的礼物，另外又给施托尔茨夫人写了封信，一并送至海宁格夫人家中。

同月20日左右的一个晚上，正如光代信中预告的，御牧从嵯峨的子爵宅邸打来电话，说："昨天刚从东京来京都，计划待两三天，想趁您先生在家的时候前往拜见一面。"幸子说："只要是晚上，哪天光临都行呀。""那么就明天前往借访。"第二天下午 4 点多钟，御牧来了。提早回了家的贞之助将他请进会客厅，两人单独晤谈了三四十分钟，随后带幸子、雪子和悦子去神户的东方大饭店吃了顿烤肉，饭后将御牧送到阪急电车站才分手，御牧乘坐新京阪电车返回嵯峨。这次御牧的态度和上次在东京时毫无两样，面对初次相见的贞之助，也和往常一样的落落大方，并展示了他十分健谈和随和的性格特点。酒喝得比上次在东京时要多，饭吃完了还频频地啜饮威士忌，同时不停说笑着。最高兴的要数悦子了，她让御牧牵着手走在街上，就好像在跟关系亲近的叔叔伯伯撒娇似的，回家的路上还悄悄在幸子耳边说："阿姨要是招御牧先生做夫婿就好了。"幸子问贞之助对御牧的印象如何，贞之助想了想说："见面的印象确实不坏，好像无可挑剔，我也挺中意的。不过像这种外表非常和蔼可亲的人往往也会有难说的一面，对妻子爱发脾气啦什么的，尤其是华族子弟中这样的人不在少数，所以还不能一上来就评价太高。"随后又带着提醒的口气说道："尽管他的家世无须调查了，不过对他本人的品行、性格，还有这么多年一直没有结婚的原因等，我看还是想法调查一下的好。"

三十四

御牧是专程为了让贞之助对自己评价一番而造访芦屋的，所以谈话过程中关于亲事他只字未提，只是从建筑谈到绘画，从京都的名园名刹、父亲嵯峨宅邸里的林泉景致，一直谈到父亲广亲从祖父广实那里听来的有关明治天皇和昭宪皇太后的种种秘闻，以及西洋料理、西洋酒等，侃侃而谈，谈资丰富，同时也恰如其分地显示了自己的博学多识。十多天后一个星期日的上午，光代事先毫无预告地突然到访。她对幸子说："我因公出差来大阪，社长和御牧先生托我来府上拜访，顺便打探一下，之前的'考试'不晓得及没及格呀？"因为贞之助提醒过，所以幸子回答她说："现在正对对方的情况在调查，预计贞之助12月去东京，届时准备和长房商量之后再做答复。""您有哪些细节不放心呢？近来我们同御牧先生接触很多，优点和缺点也都非常清楚了，只要您提出来，我都可以如实奉告。我觉得这比托人调查快多了，请您务必直接和我说吧。"光代像她母亲一样，说话直截了当，咄咄逼人。幸子应付不了，只得把贞之助请了出来。既然光代这么直来直去，贞之助也就毫不顾忌地提了许多问题，一番来去之后总算弄清楚了一些事情：御牧可以说是位性情中人，表面大大咧咧非常豪爽，但出人意料的是，他这个人十分感情用事，有时候的确会闹情绪发脾气；子爵家里的长子正广和御牧是异母兄弟，两人关系不融洽，经常吵架，光代说她没有见到过，但据说吵得厉害的时候两人竟然还会动手，御牧打过他哥哥；御牧的酒品不好，喝醉了会胡闹，不过近来可能因为上了点年纪的关系很少喝到烂醉的地步，因而也不再胡闹了；他受过美国式教育，对女性很礼貌，以前即使喝醉了也从未对女性动过手，这一点是完全可以放心的。当然他很有不少其他缺点，例如，他虽然兴趣广泛、理解能力也特别强，但同时却有些浮躁，不大肯沉下来埋头钻研一件事情；为人豪爽，动不动就喜欢请人吃饭，还乐意资助，花钱是个能手，挣钱就显得拙钝了。连贞之助没有提到的问题，光代也都主动介绍了。

"听你这样一讲，御牧先生的为人我们就大致清楚了。不过坦率地讲，我们最担心的还是两个人结婚之后的生计问题，我这么说可能显得失礼，听令堂说御牧先生以前继承了一笔家财，结果生活放纵，钱也差不多败光了，他虽然尝试过许多行当，可是都没有干出什么名堂来，是不是这样？照这样说的话，即使将来有国岛先生援手让他往建筑设计方面发展，但究竟能不能成功，我们多少还是有些不放心。退一步来讲，即使他在这方面真能有所建树，但是照目前日本的这种形势，像他这类风格的建筑师可能很难生存下去的，而且我认为这种形势今后三四年都不大会有改变，他准备怎么渡过这个难关呢？尽管有国岛先生帮着说情，可以从他父亲那里得到一些生活资助，可是刚才讲的发展趋势要是五六年甚至十年都没有任何改变的话，总不能一直靠家里的资助吧？要是这样的话，他一辈子都成了子爵家的包袱，我们也不可能心安理得呀，所以在这方面有没有什么妥帖的安排好让我们稍稍放心一些呢？说了这么多放肆的话，实在对不起。其实我们对于这门亲事也很满意，基本上已经决定就定下来了，我计划下个月去东京拜访国岛先生，再听听他对这方面的意见。"光代接口说道："那是那是，我明白了，府上的担心也是理所当然的，不过关于这个我就没办法依我个人的想法给你们答复了，等我回去报告了社长，关于将来的生活保障再想一个令你们满意的办法出来吧。那么，下个月在东京再见了。"夫妇两个想留她在家吃饭，光代谢绝了："我今天晚上就乘夜车动身，你们的好意只能心领了。"

12月上旬，幸子邀请雪子去京都的清水寺[1]为妙子祈祷安产，

---

[1] 位于京都市东山区清水一丁目，寺内有子安塔，古来即有在此祈祷可保佑妇女安产的信仰习俗。

得了一张护身符。回到家，恰好三好也寄了一张中山寺[1]的安产护身符到贞之助的事务所，于是将两张护身符一并交由回家办事的阿春带回去。幸子姐妹有段时间没有见到妙子，从阿春口中得知妙子每天除了早晨和晚上出去散步，整天都老老实实待在屋内，散步也是尽量避开大路，挑行人稀少的山路走。在屋子里的时候，读读小说，有时候做个久没上手的布娃娃，缝制一些婴儿衣服，没有人给她寄信，也没有可疑的电话打来。

阿春还说，她今天遇到了基里连科。她说："刚才我从有马乘神有电车回来的时候，在神户终点站检票口那儿碰到了基里连科。"阿春只见过基里连科两三次，对方还记得她，向她微露笑容，阿春回了一个礼。基里连科开口问："您一个人吗？"阿春回答："是的，我一个人去铃兰台办点事。""莳冈先生府上各位都好吗？妙子小姐怎么样？"阿春说："还是老样子，都很好。""是吗？好久不见了，请代我向各位问好。我现在去有马。"他正要走进检票口，阿春问他："卡捷琳娜小姐有信来吗？打仗打得那么厉害，伦敦被德国轰炸，也不晓得卡捷琳娜小姐怎么样，大家都为她担心呢。""啊，是的，谢谢你们。不过请不用担心，前几天我收到卡捷琳娜的来信了，信9月份就寄出来了，信上说她家在伦敦郊外，正好在德国空军轰炸的航路上，每天从早到晚都有德国轰炸机飞来，扔下很多炸弹，她家因为有很深的防空洞，里面各种物品齐全，洞里还有电灯照明，大家躲在里面喝着鸡尾酒，又是唱歌又是跳舞，热闹得很，她说真带劲，她觉得战争一点也不可怕，所以请你转告各位放心吧。"他说罢，笑了笑走了。

1　位于兵库县宝塚市的真言宗寺院，也是祈祷妇女安产的名所。

幸子听到卡捷琳娜的消息很感兴趣，可是又担心多嘴多舌的阿春不小心说漏了妙子的行踪，于是问她："基里连科先生没有问起末子姑娘的事吗？""没有，他什么也没有问。""真的吗？阿春，你什么都没对他讲吧？"幸子仍旧不太放心，一个劲地盯问："看他的样子像不像晓得末子姑娘的事情呀？""一点都不像知道的样子。"阿春毫不迟疑地答道，这才令幸子放下心来，随后还是不停地叮嘱阿春："尽管这样，进进出出千万要留神，不能叫人看见。你自己一个人还不要紧，要是和末子姑娘一起去外出散步，说不定会被人撞见的。总之，一定要小心再小心才是。"叮嘱完了才打发阿春回去。

12月23日，将近岁暮，贞之助有事去东京出差。在这之前，他通过两三条线索调查了一下御牧的品行以及他和子爵父亲还有异母兄长之间的关系，证实光代所言不假，但是最看重的关于生计保障这一点，他拜访了国岛，可是也没有得到实实在在的保证。

"总而言之，我这就去和他父亲商议，结果如何，现在还不敢保证，但至少有两点可以向您保证：一是新婚夫妇住的房子由男家购置，二是今后一个时期内的生活花销由他父亲出。为彻底免去再被他稀里糊涂挥霍掉之虞，那笔钱可暂时由我代管，按月给付若干，这样今后生计方面绝不至于发生困难。此事请您务必相信我，交给我去办好了。我对御牧先生在建筑设计方面的才赋非常赏识，只要国情稍有改变，我一定会鼎力助他东山再起的。当然，关于这点各人看法不同，我相信现在这种情势不会太长久，即使还得挨上几年才可能有所改变，但两个人过过普通的日子肯定不成问题啦。"国岛就差没有直白地说出"尽管本人财力微薄，只要有我在，御牧先生的生活就包在我身上了"这样的话。国岛还领着贞之助参观御牧为他设计的整栋住宅，不过贞之助对建筑是外行，看不出这个究竟显现出御牧多大的才能，但既然像国岛这样拥有较高社会地位的人对他欣赏有加，而且愿意为他的前途做出担保，贞之助除了相信也别无他想了。说老实话，自己妻子幸子对这门亲事显然比国岛夫妇还热心，急切地盼望成功。尽管幸子嘴上没有明说，但贞之助知道幸子对于御牧的人品是非常中意的，且暗自高兴能攀上这样一个贵族子弟的姻亲，倘若被贞之助推翻的话，她内心的沮丧可想而知了。其实贞之助自己心里也曾产生过这样的念头，这次的亲事说不定正是一直以来梦寐以求的最理想的姻缘了。因此，他对国岛说："既然这样，就一切恭听遵命了。不过按照规矩，我们这边还是要征得长房的同意。另外，虽说妻妹本人估计绝不至于有异议，但是迄今没有明确表示过，所以还得向她问问清楚。所以，请您宽限几天，等我回去以后，把以上几点都处理完毕了，开年就以书面形式答复您。这些都不过是个形式，大体上您不妨把今天所谈视为我们的最终决定。"国岛说："那么，一俟收到尊示，我马上就转告子爵。"告辞国岛之后，贞之助随即绕道去了道玄坂，将详情报告了鹤子，要求她尽快把姐夫的意见通知自己。

刚过正月，初三这天光代又来到芦屋。她对贞之助说："新年的三天假期里我到阪急冈本的舅父家里拜年，社长托我顺便转达几句话：社长昨天因公来大阪，今天上午来京都，住在京城饭店。所以，您如果能将上次所说的回音告诉他，他想趁此机会前去拜会御牧子爵，和子爵谈妥，然后请诸位去嵯峨的子爵宅邸叙谈一下，不晓得您意下如何。社长让我来征询一下您方便不方便，要是可能的话，请您明天通知我，我和京城饭店联系。事情催得这么紧，真不好意思，不过社长说您告诉过他，征求长房和本人意向不过是形式而已，说不定我一到府上马上就能听到您的答复，所以我就来了。"

贞之助之前说的开年答复，可是心里却始终认为起码要到七草祭[1]之后了，况且涩谷的长房那边尚未来信答复。当初大姐听到这个消息非常高兴，说这次雪子妹妹总算能出嫁了吧，能嫁给那样有名望的人家，辰雄的父母家也有面子，辰雄也风光，结婚这么晚也算值了，这一切全仗贞之助妹夫劳神了。既然大姐这样说了，姐夫也应该不至于反对？估计是年末年头上诸事繁忙，所以拖到现在仍无回音，正月里总会有消息的。这样一想，贞之助觉得即使没有收到长房的回音，自己断然主张把这门亲事决定下来也没有关系，只是不征求一下雪子本人的意见总是不妥帖，会被雪子认为不尊重她，使她不愉快。所以尽管费事，也有必要请对方再静候一天，于是他向光代说明了迟复的情由，答应今晚上一定打电话去东京征询姐夫的意见，请光代延后一天，明天上午再劳驾一次，无论如何明天一定答复。不过打电话去东京只是个借口。当天晚上，贞之助拨通了打往东京涩谷的长途电话，接电话的是大姐，她说辰雄去麻布的长兄家拜年去了。贞之助问："姐夫的复信寄出了没有？他有没有意见呢？""年底一大堆事情乱七八糟的，他好像没顾得上写信，不过那桩亲事我已经详详细细跟他讲了。""那姐夫说什么？他是什么意见？"大姐结结巴巴地回答说："那个……他说身份门第什么的是没什么可说的，只是现在没有固定工作，叫人不大放心。我跟他说了：'这门亲事要是再不同意，那真是要求太高了吧？'他也觉得我说得对，听口气基本上同意了。"贞之助赶紧说："是吗？其实国

岛先生今天派人上门来催问过了。既然如此，那我就回复国岛先生说长房不反对，随后推进此事的进行了，还请姐姐姐夫谅解。不过再往下，如果还是没有姐夫的正式意见我们就不大好办了，所以请您对他说，希望他尽速写封信来明确一下吧。"说罢，贞之助挂断了电话。

雪子这边，贞之助觉得只要充分体现出尊重其本人的意见，雪子就会满意的。当天晚上，幸子去试探雪子的意见，她却并没有如预想的那样爽快答应，而是问最迟什么时候答复。幸子告诉她明天上午光代要来听回音，雪子不高兴地说："这么大的事情，难道贞之助姐夫要我一个晚上就做出决定吗？"幸子劝说道："我看雪子妹妹好像不讨厌这门亲事，以为你会答应的。"雪子说："如果贞之助姐夫和二姐叫我嫁人，我当然会嫁的。不过一个人的终身大事，哪怕给我两三天时间也好，让我做做心理准备。"雪子虽然这样说，不过心里已经有了准备。第二天上午，她磨磨蹭蹭地总算同意了，可是仍埋怨不止："是贞之助姐夫叫我一个晚上就决定的。"她脸上没有丝毫的喜色，当然更没有一句对于姐夫姐姐一心一意为自己亲事费心操持的感谢话。

三十五

光代 4 日上午来听了答复便回去了。隔了一天，6 日傍晚她又来了。她说："4 日那天我往京城饭店打电话报告了这边的回音，本打算当天晚上就乘坐夜车回东京，可是社长说：'这次亲事可是你妈妈做的月老，你作为她的代表，必须留下来。'他命令我延期两三天再回去。今天社长又打电话来，让我转给你们，和子爵的会谈顺利结束。另外，御牧家想和雪子小姐以及府上诸位见见面，要是方便的话，希望后天下午 3 点钟驾临嵯峨。男家方面有子爵和当天从东京赶回来的御牧先生、社长和我，还有一两位家住京都大阪的御牧家的亲戚。时间上似乎稍稍仓促了些，只因为社长是个大忙人，他想把事情一次办成，请你们多多谅解，切勿见怪。还有，请妙子小姐和悦子小姐也务必一起过去。"幸子告诉她长房不让末子姑娘出席这类聚会，替妙子谢绝了邀请。悦子方面，让她向学校请了假提早回家，然后一家四人应邀前去。

6 日这天，贞之助一家在新京阪电车的桂车站换车到达岚山终点站，下车后步行穿过中之岛，来到渡月桥，这一带是他们每年都来赏樱之所，所以十分熟悉。此时正值一年中的最冷时节，京都的冬天又特别阴冷，站在桥边面对大堰川河水，有种彻骨的感觉。沿着河边从三轩家向西走，右边是小督局[1]的坟，再往前去，过了游船码头，拐往天龙寺南门，就看见一个大门，门上挂着一方"听雨庵"的牌匾，这就是御牧子爵的宅邸了。来这里之前光代告诉他们详细的位置，一行人按照指点很快就找到了，原来此处竟然还有这样一个隐秘的别墅。屋子是茅草葺顶的平房，不大，不过从客厅正面可以无遮无挡地欣赏到岚山的泉石景致，美不胜收。经过国岛介绍，和主人方面各位一一通候之后，御牧说："天气是冷了点，好在今天没有风，我们去庭院走一走怎么样？请各位观览一下庭院，家父会很高兴的。"说罢他领着大家走了一圈。"从这里看出去，庭院和岚山几乎连在一起，完全感觉不到隔在中间的道路和大

1　日本第十八代天皇高仓天皇的爱妾，因美貌极受恩宠，被平清盛强令出家为尼，隐居嵯峨野，其后下落不明。

堰川，即使在人头攒动的赏樱季节，这里也安静得仿佛远离人世的仙境一样，完全听不到外面的喧闹声，家父一直以此自傲呢。院子里故意没有种樱花，但一到4月，他待在家里就可以怡然自得地观赏到对面山顶上的一片霞红。今年的樱花季节请各位一定要来，坐在客厅里打开饭盒，观赏樱花，这样的话家父不晓得会高兴成什么样子呢。"

过了一会儿，晚饭准备停当，大家先被引进旁边的茶室。茶事由园村夫人主持，她是御牧的妹妹，嫁给了大阪的一位富商园村先生。喝完茶再来到客厅进餐时，天色已经暗下来了。晚餐的品目十分讲究，熟谙京都料理的幸子猜测可能是由"柿传"[1]那类料亭外送来的。子爵广亲老人衣冠楚楚，颇有公卿气宇，脸型瘦长，面色有如象牙一样发黄，宛似舞台上的能乐演员，乍一看，和他那面孔又黑又圆的儿子一点都不相像，不过细细打量，父子两人的眼神和鼻梁还是十分的相似。两人外貌上的差距远远不及性格上的差距，儿子性格爽朗、豁达，父亲则严肃、沉毅，是个典型的京都人。老人说了声"对不起"，往脖颈上围了条灰色丝绸围巾，后背靠着电暖炉，坐在电热毯上——大概是怕伤风感冒——随后慢条斯理地和大家闲聊起来。他今年七十岁了，身板依然硬朗，对国岛和贞之助等人也很殷勤。最初大家对他似乎还有些生分，酒一落肚，满座不自然的空气便自然而然散去了。坐在父亲身旁的御牧说："人家都说我们父子一点也不像，诸位觉得呢？"他用半开玩笑的口吻细数着父子间容貌上的差异，引得哄堂大笑。贞之助起身走到老人身边敬酒，又走到国岛面前，然后一副似乎洗耳恭听先生高谈的样子在

1　位于京都市上京区西洞院，是茶道表千家流派长期倚用的怀石料理老铺。

他旁边坐了下来。席上除了悦子，女客都身穿和服，只有光代穿了一身西服，她像是感觉有点冷，屈着两只穿了薄袜子的脚文静地坐在那里。"光代，你今天怎么这么安静呀？"御牧过来一杯又一杯地给她斟酒，她说："今天你别欺负我啊……"渐渐地，终于也有了些许醉意，便又像平常那样口无遮拦地说笑起来。御牧又端着酒壶走到幸子和雪子面前说："没有白葡萄酒，对不起了，不过我晓得二位酒量很好。"他给她们两人斟上酒，两个人也不推辞，举杯落肚。尤其是雪子，别看她坐正端姿，仍像平常一样不声不响只是面露微笑，但是幸子看出来妹妹眼睛里闪着以往所没有的兴奋的烁光。御牧也留意到呆呆地夹杂在大人中间的悦子，时不时过来和她说上几句话。悦子一点也不觉得拘窘或者无聊，这个神经质的少女此时装出一副若无其事的样子，其实暗地里正在仔细观察在场的每个大人的举止、谈吐、表情甚至服饰打扮等。

8 点钟左右宴会结束，贞之助一家先行告辞。按照广实老人的安排，汽车送他们到七条车站。光代说："我也搭个车吧。"她回了冈本的舅父家。御牧说要送他们去火车站，但路线不对，光代却不管，硬是坐上了副驾驶座。汽车沿着三条大街往东拐至乌丸大街，然后向南直驶。御牧心情非常好，他一面抽着烟一面说说笑笑。这时候悦子忽然蹦出一句："叔叔姓御牧，我姓莳冈，两家的姓里都有'maki'[1]这个音。"不知道什么时候起，她已经管御牧叫"叔叔"了。"小家伙这是给我取个好口彩呀，悦子，你真聪明！"御牧显得很开心，"所以说悦子和我家有缘分哩。"光代也在一旁凑趣道："真的，雪子小姐旅行箱和手绢上的英文头字母也用不着重写了呢。"

1　日语"御牧"发音为 Mimaki，"莳冈"发音为 Makioka。

被她这样一说，连雪子也笑出了声。

第二天，国岛从京城饭店打电话来说："昨天的聚会十分愉快，看到双方满意的样子，我也很高兴。我今晚和御牧先生同车回东京，订婚以及其他一应的事情随后由井谷小姐和你们联系。另外，昨晚上广亲子爵告诉我，阪神甲子园[1]那边有一栋园村先生家出租的房子，可以出让，子爵准备买下来送给新婚夫妇，因为御牧先生已经决定在大阪或者神户一带找工作，那里离芦屋近，一切都方便。不过那栋房子暂时还住着房客，打算和对方沟通，请他们尽快搬走。"

涩谷的长房到现在还没有来信，贞之助担心长房的态度，说不定是因为长房不满雪子抗命不住回长房那里，或者另有其他原因。为了尽快让长房明确态度，这天贞之助给辰雄写了一封信：

> 此次亲事的详情想必您已经从大姐那里听说了。这桩亲事我想还说不上是最最完美的，但我觉得我们自己这方面条件亦有不足，故不宜要求过高，所以我们只能信任国岛先生，适当地推进此事。8日那天我们应邀和广亲子爵见了面——此事前几天在电话中预先向大姐报告过，两家近期即将订婚。我们夫妇越过长房自作主张定下这门亲事，我知道您或许心里不愉快。还有一事，现在说起来已经晚了一些，但我还是必须向您道歉，就是多年来、特别是去年长房一再叫雪子妹妹回去，却至今一直没有遵行，但这

---

1 位于兵库县西宫市，原为武库川旧河滩，大正十三年（1924 年）开发为建筑用地，其年为农历甲子年故名"甲子园"，全日本高中棒球联赛赛场也在此地。

绝不是我们把您的话当耳旁风，有许多客观原因使然，我想那也是事出无奈。事实上雪子妹妹本人极其不愿生活在东京，幸子同情她，除非采取强硬手段逼迫，否则真的是办不到，当然不消说我对此也有一半的责任。正因深感自己有责任，所以尽管能力有限我还是不辞辛劳为雪子妹妹的亲事奔走出力。对于一个不服从兄长命令的妹妹，兄长自然无须再负照料她之责，时至今日，也只应由为弟的负起照料她的责任了，倘若兄将此视为多管闲事，那我只能立即抽身。弟一直以来抱着这样的想法行事，所以此次亲事如蒙允准，婚事一切费用都应当由弟负担。但是，尽管这只是我们内部的事情，为了不至于产生误解，必须在此附带声明：不管怎样雪子妹妹都不是从我这里嫁出去，在任何情况下，雪子都是作为长房的姑娘嫁出去的。以上各项如蒙俯允，弟非常感谢，不知尊意如何？弟不善辞令，唯真心本意还望谅察，并祈明示。

另，因时间仓促，务望火速赐示为盼！

读到贞之助的信，辰雄似乎并没有什么不愉快。过了四五天，他寄来了一封通情达理的信：

拜读了您言辞恳切的来信，很体谅您的心情。几年来妻妹们始终对我疏远而亲近您和幸子妹妹，尽管我并不想弃之不顾，但客观上确有不周之处，凡事都烦劳你们二位，实在非常抱歉。迟迟没有去信答复雪子妹妹的婚事，别无他意，盖因这方面的事情一直都是烦劳你们二位在操持，心中深感不安，于今竟不知该如何答复您了。对于雪子不愿回长房一起生活，我从来也没有觉得您应该负有什么责任，所以也不认为您有义务负责雪子的出嫁，说句过分一点的话，这应该说都是我的不德而致使她的亲事拖延至今，不过事到如今再来追究谁的责任，已经没有任何意义了。对于此次的亲事，对方不仅是名门子弟，又蒙国岛先生这样知名人士从中撮合，加之其中详情您已经讲得如此透彻明白，所以我也没有什么好挑剔的了。今后的一切事情请您全权办理，订婚以及其他一切可都由您决定。至于结婚费用，我打算尽我之力去做，只是近来手头并不宽裕，又读到您的恳切来信，只要您不把这事当作是您的应尽义务，我说不定要借重您的鼎力相助。总之，有关费用之事我们日后再磋议。

贞之助读了信，才总算彻底放下心来。不过很快他又想到妙子的事情，担心奥畑虽然口头答应保密，可毕竟情随事迁，担心他节外生枝再提出什么无理要求来，所以想趁眼下没有任何障碍之时赶快把亲事办妥了，越早订婚越好。据光代后来传来的消息，国岛夫人不巧因重感冒发展成肺炎，一时病情严重，两家的婚事只能暂缓，国岛还郑重其事地来信说明了情况。另一方面，御牧也来信报告甲子园的房子已经由子爵家买下来交给了御牧，过户手续也办妥了，房客暂时还没有搬走，但很快就会搬走，等房客搬走后，御牧打算过去验收房子，到时候希望这边的姐姐和雪子小姐一同前去。听雨庵那边会派一个女佣看守空房子，一直到两人结婚，婚后大概还可以继续留下来给两人使用。

国岛夫人的病情时重时缓，一度陷于危笃，所幸又转危为安，到二月下旬终于离开了病床，又转去热海疗养了两个星期。夫人惦记着订婚这事，据说在病中说胡话时还在念叨。3月中旬光代又来芦屋洽商订婚事宜。首先是订婚和结婚仪式究竟在东京还是在京都举行，国岛的意见是东京小石川区至今仍有御牧子爵的宅邸，莳冈家长房也住在东京涩谷区，所以应该在东京举行仪式；订婚日期定在3月25日，婚礼则定在四月中旬举行。贞之助对于国岛的提议没有异议，于是打电话将情况通报给涩谷，长房那边因为家里被孩子们糟蹋得像猪圈一样乱糟糟的，听到消息，慌忙重新裱糊纸拉门，换上崭新的榻榻米，还把墙壁粉刷了一遍，忙得团团转。

幸子听说仪式在东京举行，心里不是很乐意，可又提不出反对的理由。3月23日，贞之助因为事务忙抽不开身，只得由幸子陪同雪子前去。25日订婚仪式一结束，国岛就拍了封电报将这个消息告诉了远在洛杉矶的井谷。27日上午10点钟左右，幸子独自一人回到家里，贞之助和悦子都不在家，她来到楼上卧室，打算躺下休息一下，却看到桌子上放着两封从西伯利亚转寄[1]来的外国来信，封口已经拆开，旁边还有一张字条，上面是丈夫潦草的字迹：

施托尔茨夫人和海宁格小姐的珍贵来信寄到了。悦子急于想知道信的内容，拆开一看，施托尔茨夫人的信是用德文写的，所以我拿到大阪请熟人帮忙译了出来，译文见另纸。

字条旁边是翻译过来的信，共七页原稿纸。

---

[1] 当时尚无日本至欧洲的直通航线，国际邮件经由西伯利亚铁路转寄是最快捷的。

三十六

亲爱的莳冈夫人：

　　早就应该给您写信向您详细汇报我这里的情况了，可是一直没有时间提笔。我们大家都经常想念您和可爱的悦子小姐。悦子小姐一定长得挺高了吧？

　　您大概也知道，德国现在严重人手不足，很难雇到女佣，从去年5月以来，我们家里雇了一个女佣，但每星期只来三个上午打扫卫生，其余的家务事，煮饭、做菜、上街买东西，还有缝缝补补、修修弄弄什么的，都得我自己操持，每天干完这些家务事到了晚上才有点空闲时间。以前会利用这段时间写信，但是现在这段时间全都花在给孩子们缝补穿破的袜子上了，满是大大小小窟窿的袜子积了都有一大筐。过去穿旧的破衣物总会扔掉，现在什么都得要节约啦。为了打赢战争，我们必须齐心协力厉行节约。听说日本人现在生活也非常节俭，我们有个好朋友休假来这里，把日本的情况讲给我们听了，这大概可以说是力争上游的新兴民族必须肩负的共同使命吧。有句俗话说：想在向阳的地方占据一席之地谈何容易，不过我们都深信，我们能够占据那一席之地。[1]

　　去年6月读到您写给我的德文信，非常高兴，衷心感谢您对我们一家的深厚感情。这次去信，说不定您又得请

1　此处仅代表作品中人物的个人观点。

哪位好朋友帮忙翻译成日文吧？但愿您的朋友辨认得出我的字迹，假如不好辨认的话，下次写信我就打字吧。您信上提到的丝绸衣料和日本扇子始终没有收到，非常遗憾，不过您送给露丝玛莉的漂亮戒指她高兴得不得了，那个戒指是您托海宁格小姐带给露丝玛莉的。海宁格小姐前些日子来信，说她近期还不知道什么时候能来汉堡。我们的一位朋友前几天在汉堡遇到了海宁格小姐，把那只戒指带回来了。戒指非常漂亮，我代露丝玛莉向您表示感谢。戒指现在由我替她收藏起来，不让她戴，等她长大后再给她。我们在日本认识的一位朋友4月份要回日本，我打算请他带点不值钱的装饰品送给悦子小姐，今后悦子小姐和露丝玛莉两个人的身上就都戴有标志着双方友情的纪念品了。战争如果结束，一切恢复正常的话，那时不知道您能不能来德国？我想悦子小姐一定很愿意了解新德国的。要是我们能在家里招待贵客住几天，我们将多么高兴呀！

我想你们都希望知道我的孩子们的情况。他们都很好，很健康。彼得11月份和同班同学去了上巴伐利亚州，他好像很喜欢那地方。露丝玛莉10月份起开始学钢琴，进步很快。弗里茨的小提琴已经拉得很不错了，三个孩子中就数他长得快，也是个活泼开朗的孩子，在学校里很有人缘，他刚读一年级的时候还把读书看得像玩游戏一样，现在已经很适应了。最近孩子们在家里也经常帮我干家务，每人分担了一部分活儿，傍晚，弗里茨给全家人擦皮鞋，露丝玛莉负责拭干净碗碟、磨餐刀。大家都在努力。彼得今天寄了封长信来，说他们宿舍里大家也都在擦皮鞋、自己缝补衣服和袜子。我觉得对年轻人来说做这类事情也是一种锻炼，不过我担心他回家以后，这些事情说不定又要推给母亲做了。

我丈夫接手了一家进口商行，眼下商行的生意已经走上正轨了，从中国和日本都有进口，不过因为是战争时期生意受到一定的限制。

今年冬天特别漫长，不过没有去年那么冷。这里很少有出太阳的日子，自从11月份以来一直是阴天。很快又将是早春时节了，想到以前住在日本的时候，气候是那么的适宜，叫人心情舒畅，所以我一直向往着像日本那样的气候。

今后如果再能听到您的消息，我们会很高兴的。请您以后来信多告知一些那里的情况吧。遗憾得很，照片禁止寄往国外。露丝玛莉这两天要写信给悦子小姐，平常她学校里作业很多，必须等到星期日才有时间写信。彼得也会从上巴伐利亚州给你们写信，那样也很好。他们那些孩子都喜欢大自然，大概待在屋外的时候很多，我觉得那样也不错，因为在汉堡这种大城市总感觉像生活在笼子里一样。

最后请代我们，特别是孩子们向悦子小姐问好。衷心祝愿您和您丈夫安好。再次感谢您对我们的亲切关怀和深情厚谊。

您的希露达·施托尔茨
1941年2月9日于汉堡

海宁格小姐的信是用浅显的英文写的，幸子还能读懂。

亲爱的莳冈夫人：

请原谅我没有早日给您去信。因为忙着找住处，实在没有时间写信，幸好我们终于住到一位年长的熟人家里了，我们和他的儿子在日本的时候就很熟。那位老人今年六十三岁，一个人住着一套大公寓房子，非常寂寞，所以希望我们和他一起住。我们真是巧遇良机，太令人高兴了。

我们经历了漫长却愉快的海上航行[1]，于正月初五到达德国。虽然在俄国境内因检疫而被禁止自由行动[2]的那段时间很不愉快，不过俄国人也算尽了最大的努力。食物很糟糕，我们每天只能吃黑面包、干奶酪、黄油和罗宋汤，从早到晚只能待在屋里玩纸牌、下棋，圣诞节前夜点上蜡烛，总算吃到了平常的那种面包和黄油。您无论如何想象不出我是多么眷念妈妈和弟弟呀。可是六天之后，我们被带到列车所在的地点，父亲和我坐上一张又大又新的双人座席，对面座位上坐着刚刚从日本访问回国的纳粹青年团的少年们[3]，我和他们聊了很多，一时忘记了旅途的遥远。

1　此处疑是谷崎润一郎的笔误。由后文可知，海宁格小姐应当是从陆路经由中国东北、俄国西伯利亚而抵达欧洲的，当时德国海军与英国海军处于交战状态，实力强大的英国海军掌握着制海权，从海路前往欧洲显然是十分危险的。

2　1910年，中国东北爆发鼠疫，此后相当长一段时间中俄两国对相互间的来往人员均进行隔离检疫，而从日本由陆路进入西伯利亚须经由中国东北。

3　昭和十五年（1940年）希特勒青年团派出六名少年前往日本参加神武纪两千六百周年纪念活动。

在柏林，我们几乎完全不觉得是在打仗。剧场和咖啡馆里挤满了人，食品充足而且很可口，事实上，我们在旅馆和餐馆吃饭时，经常因为食物太丰盛了而吃不完。气候的变化使得我们食欲大振，忍不住吃多了，所以我必须克制不能让自己发胖。近来我们接触到的不寻常的情景是街上士兵和将校很多，他们穿着军服，显得非常英俊。

从这个月起，我进了一所教授俄罗斯芭蕾舞的学校。这所学校离我家很近，步行十分钟就到了。老师是位非常和蔼可亲的太太，名叫古斯乌斯基[1]，曾经在彼得堡受过严格的芭蕾舞训练。日场的演出都是由她亲自指导的，所以我每天上午11点到12点半、下午3点到4点半都去她那里练舞，希望很快能有所长进。古斯乌斯基芭蕾舞剧团由于年长的高才生们组成，他们最近刚刚从罗马尼亚慰问演出回来，马上又要去挪威和波兰演出。希望两三年后我也能加入这个剧团。

最后，您托我带给露丝玛莉的珍珠戒指总算带到了。我正在犹豫要不要邮寄，又怕途中遗失，可巧了，两三天前父亲有位朋友从汉堡来看他，于是就将您托我带的东西交给他，请他亲手转交给露丝玛莉。今天收到施托尔茨夫人寄来的明信片，说漂亮的戒指已经收到了，露丝玛莉非常感谢您。我把明信片附在信中一同寄上。

1　其原型为塔季扬娜·格索夫斯基，俄罗斯芭蕾舞蹈家，"十月革命"后和丈夫维克多·格索夫斯基离俄国定居柏林。其设计和编排的芭蕾舞作品主要有《罗密欧与朱丽叶》《七宗罪》等。

这里的天气直到今天都很阴冷，之后大概会逐渐暖和起来。正月的气温在零下十八摄氏度，寒冷程度可想而知了。不过室内有暖气设备，所以还是挺舒适的。德国的窗子都是双层的，比日本的严实多了，所以冷风吹不进屋子。

练舞的时间到了，就此搁笔了。盼望您来信。

弗莉黛儿·海宁格

1941 年 2 月 2 日于柏林

信中还夹着一张风景明信片，这便是施托尔茨夫人寄给柏林马艾尔厄特街的海宁格小姐，告知收到戒指的明信片。

三十七

雪子在涩谷的姐夫、大姐家住到 3 月底，本来可以一直住到结婚那天，但她无论如何不想长住下去，一心想着早日回到芦屋和二姐一家多聚聚，好留个幸福的回忆，所以一到 4 月她马上就回来了。

国岛先生派人来传话说，结婚仪式决定在 4 月 29 日天长节 [1] 那天举行，宴席设于帝国饭店。御牧方面，子爵因年迈不能出席，

1　日本在第二次世界大战前对天皇诞辰的称呼，源自中国唐玄宗诞辰，昭和时天长节为 4 月 29 日。

由长子正广夫妇代表。御牧家还提出一点希望，就是尽量避免华而不实的铺张浪费，但是结婚宴会的礼法排场还须符合子爵家的身份和规度，并且就是按照这一宗旨发送的请帖。当天，御牧家在东京的亲友不用说都要来赴宴，从关西专程前去赴宴的人估计也不少，这样一来，莳冈家的人首先是大阪的亲戚，还有名古屋辰雄老家种田家的许多人，包括大垣菅野家的那位遗孀自然也都说要来参加婚礼。因此，这将成为近来规模最为盛大的一次结婚宴会。

恰好这时候，甲子园的房子腾退出来了。这天，御牧来到芦屋，邀请幸子和雪子一同去验收房子。那栋房子坐落于阪神电车线路以北约数百米的地方，是栋次新的平房。夫妇俩外加一个女佣居住，大小正合适。特别可意的是，这房子还附带一个 400 平方米左右的庭院。御牧先和幸子姐妹商量怎么布置房间，衣橱和梳妆台安放在什么位置，然后宣布了他的新婚计划：结婚当夜住在帝国饭店，第二天动身去京都，向父亲请安，当天即去奈良，花两三天时间周游一下大和古都。他还声明，这只不过是他个人的想法，要是雪子姑娘不怎么喜欢奈良，可以改变计划去箱根或热海。不等雪子说出她的想法，幸子便抢着说："请您带雪子妹妹去奈良吧，尽管我们离那里不算远，可是您大概不会想到，其实我们对于大和的名胜古迹了解不多，雪子妹妹连法隆寺[1]的壁画都没有游览过。"御牧说在奈良打算住纯日本式的旅馆，幸子虽然吃过奈良旅馆里臭虫的苦头，但还是顺着他的想法推荐了月日亭[2]。

1　位于奈良县生驹郡斑鸠町，约建于推古十五年（607 年），是世界上最古老的木造建筑。寺中的金堂壁画于昭和二十四年（1949 年）被烧毁，后复原。
2　位于奈良县奈良市春日神社东北。

御牧还告诉她们，他决定去最近在尼崎市郊区新建了工厂的东亚飞机制造厂工作。这份工作是国岛先生介绍的，因为他曾经在美国的大学里攻读过航空学，又有毕业文凭，所以具备条件。其实他大学毕业后从来没有从事过这方面的工作，对于飞机制造完全是外行。因为介绍人是国岛先生，所以工厂方面出了高薪聘用他，这让他感到有些不安，但为了度过时下的困难时期，就只好硬着头皮先抓住这份肥差再说。新婚旅行回来，他就得去上班，当一名工薪族了，不过他还是想利用空余时间研究研究关西的古代建筑，准备有朝一日重操旧业。

御牧还问到了妙子最近怎么样，幸子吃了一惊，她装作若无其事的样子答道："她今天没在家。她挺好的。"也不清楚御牧是否知道了妙子的事情，不过他没有继续提起，在芦屋待了半天便回去了。

妙子怀孕已经足月了，由阿春陪伴着从有马温泉悄悄回到神户，住进了船越医院。幸子担心被人撞见，所以坚决不去医院，连电话也不打。入院第二天的深夜，阿春偷偷跑回家报告说末子姑娘胎位不正。据医院院长说，去年去有马之前检查的时候胎位还完全正常，多半是由于乘坐汽车一路颠簸导致的胎位异常，要是早期发现还可以及时纠正，现在临近生产，胎儿已经下降至骨盆位置，就没有办法人工干预了。不过院长也保证，一定会让产妇平安分娩的，请家属不用担心，应该不会出什么事情。阿春报告完就回了医院。4月上旬的预产期已过，妙子仍没有任何动静，估计是因为第一次生产，多少会延迟几天吧。

不知不觉间，樱花都快要凋谢了，贞之助夫妇想到再过半个月雪子就要出嫁了，不由得感叹时光流逝，应该为她举办一次什么活动以留作纪念，只是今年比去年更加无趣。就说雪子婚礼当天要穿的便服，本来想定做一件新的，因为和"七七禁令"[1]相抵触，也只能托"小槌屋"帮忙设法搜求一下看谁家肯拿出藏货了；从这个月开始，大米也开始实行定量配给制[2]了。此外，菊五郎今年也不来大阪巡演了。去年赏樱还怕人看见，今年自然更加顾虑重重了。去年那次因为是每年例行节目，虽然有些敷衍但毕竟人都到齐了，13日星期日去京都玩了一天便回来，连"瓢亭"都没有去，只从平安神宫到嵯峨转了一圈。今年妙子不能参加，四个人在大泽池畔的樱花树下吃的是盒饭，用漆碗盛酒喝了一点冷酒，然后就草草回家了，说不清究竟赏了些什么。

　　贞之助一行赏花的第二天，家里那只大腹便便的"铃子"产下了三只小猫。这只十三四岁的老猫去年生产时就已经无力分娩，靠着注射催生素才产下小猫，今年它头一天的晚上就开始了胎动，却怎么也生不下来，于是家里在楼下那间六席屋子的壁橱里给它搭了一个临时的窝，然后请来兽医给它注射催生素，猫仔好不容易露出一个脑袋，幸子和雪子两人轮流用手拽拉，才帮着它生下来。姐妹两人一声不吭地为老猫助产，因为心里在暗暗地祈祷妙子也能够平安顺产。悦子装作夜里上厕所，几次下楼来从走廊偷偷觑视，幸子对她呵斥道："悦子你走开！这不是小孩子该看的。"直到凌晨4点，三只猫仔全部顺利产了下来。姐妹两个用酒精擦

1　日本政府于昭和十五年（1940年）7月7日颁布《奢侈品禁止令》，限制各种"高档消费"。

2　昭和十六年（1941年）4月1日起，日本东京、京都、大阪、名古屋、横滨、神户等地对大米供应实行定量配给，每户发放购米卡，并按照性别、年龄、职业等详细规定每人每天可购买多少粮食。

拭着沾满腥血的手，消过毒，脱下脏衣服换上睡衣，正要钻进被窝，突然电话响了起来。幸子吃了一惊，拎起话筒，果不其然是阿春打来的。

"怎么样，生了吗？"幸子急切地问。

"没有，还没呢。好像是难产！已经阵痛二十来个小时了，"阿春说，"院长先生说，因为阵痛微弱所以注射了催产素，可是眼下德国进口的药品缺货，用的是国产的，所以效果不大。末子姑娘不停地呻吟，难受得一个劲地乱折腾，从昨天起就一点东西都没吃，口里还吐一些莫名其妙的黑乎乎的东西。她哭着喊叫：'这么难受，性命难保，我这次死定啦！'院长先生说是不要紧，可是护士说了，怕她心脏支持不住。我们也不懂，可是看起来那情形真的非常非常的危险，本来说好不打电话的，现在不晓得该怎么办，就只好打了。"

听了阿春的报告，幸子仍无法判断情况究竟怎么样。她想，假如因为只是弄不到德国进口的催生素而使产妇面临危险的话，总有办法可以解决的，因为一般的医院都会为特殊病人偷偷藏一些进口药物，只要自己亲自跑去哀求院长，说不定就能让他拿出来。雪子也在一旁说道："事到如今，不能再顾忌外界的议论什么的了。"一再催促幸子赶快去医院。贞之助也起身了，他赞同雪子的意见，还说他曾当面向三好保证过由他负责末子姑娘和婴儿的安全，现在既然情况危急，绝不能置之不顾。于是，不仅叫幸子马上赶去医院，还当即通知了三好让他立即去医院。

说起神户的船越医院，虽然幸子并不认识，但她知道那里的院长是一位德高望重的资深专家，在业内外都享有很好的评价，所以去年幸子才会向妙子推荐这家医院。为了备用，幸子从家里藏有的现已成为贵重品的进口西药中，挑出"可拉明"[1]"百浪多息""倍他新"等几种注射药，全部带上去了医院。到了那里，三好已经等在病房了。妙子和幸子从去年秋天至今已经半年未见，看到幸子走进病房妙子就眼泪哗哗地说道："二姐你可来了……这次我肯定不行啦！"说罢又忍不住啜泣起来。妙子难受得手脚乱舞，嘴里仍在不停地吐着浊物，全是散发着恶臭的块状东西。三好听护士说吐出来的是胎儿体内的毒素，幸子看了看，像是刚落地的婴儿排泄出来的胎便。她立即跑进院长办公室，递上贞之助的名片，并且将随身带来的进口西药统统掏出来，说道："院长先生，我们好不容易才凑出这点药，可是无论如何也弄不到德国进口的催生素。求您在神户帮我搜求一下吧，只要有人有的话，不管出多高的价我都愿意给。"幸子故意提高嗓门，像急疯了似的喊叫着说道，终于求得院长同意拿出一支秘藏的进口催生素。院长说："其实我们医院正好备有一支这个药，真的只剩这一支了。"说来令人惊讶，那支德国催生素注射下去才五分钟，妙子就开始阵痛发作，同国产药相比较，幸子她们目睹了德制药品的优良功效。妙子随即被送进分娩室，幸子、三好和阿春坐在走廊的长椅上焦急地守候着。听到了妙子如释重负般的呻吟，随后只见院长手里托着婴儿冲出屋子飞快地跑进手术室，之后那边传出"啪嗒啪嗒"拍打婴儿的声音，足足有半个小时，却始终没有听到新生婴儿的啼哭。

妙子被送回了病房。幸子三人回到妙子病床周围，屏息静气地继续听着手术室那边的动静。过了许久，还能听到"啪嗒啪嗒"的

1　由荷兰巴塞尔公司研制的一种中枢兴奋药物，适用于中枢性呼吸及循环衰竭、中枢性中毒等的临床抢救。

拍打声。又隔了一会儿，护士走进来说："非常遗憾，婴儿临盆之前应该还是活着的，在分娩过程中夭折了。尽管我们用尽了一切办法抢救，包括府上带来的'可拉明'也用上了，可还是没能让婴儿活下来。详细情况院长马上会来说明的。我想，可以把产妇为婴儿准备的衣裳给遗骸穿上。"说完，她接过妙子在有马的时候缝制好的宝宝衣裳出去了。过了片刻，院长手里抱着死婴走进病房，汗流满面地说道："实在对不起，我失败了！因为胎儿是逆产，所以当时由我帮着助娩，结果出现了罕见的情况，助娩的时候我的手滑了一下，导致胎儿窒息了。我保证过不会发生任何问题，可还是出现了这种失误，我真的不晓得该怎么道歉才好。"幸子看到院长坦率地承认失误并且道歉，反而对他产生了好感。其实不把这种失误归咎于自身也没什么大不了的，他却态度诚恳地认错、道歉。院长又举起婴儿让大家看，说："生的是位小姐。你们看她的脸蛋多漂亮呀！我绝对不是说奉承话，我接生过不知有多少次了，从来没见过这么漂亮的婴儿，要是能活下来，将来一定是位不得了的大美人啊，想想就更觉得可惜。"说着，他又一再道歉。

婴儿身上穿的是刚才护士拿去的宝宝衣裳，黑黢黢的头发被梳得齐整、发亮，面色白净，两颊红扑扑的，让人见了不由得爱怜。三个人依次接过婴儿端详着，突然，妙子放声大哭起来，幸子、阿春还有三好也哭成一片。"活像个市松娃娃[1]。"幸子说。她凝视着死婴那惨白如蜡的面容，仿佛感觉到板仓和奥畑的怨恨在暗中作祟，想到这里，不觉不寒而栗。

---

[1] 19 世纪 40 年代以后在日本关西地区流行的一种木制娃娃，手足可活动，按下腹部会发出婴儿般的啼叫声，据传是参照江户中期歌舞伎演员佐野川市松的造型而制作的。

一个星期后，妙子出院了。贞之助的意见是，只要他们不上外面招摇，两个人在一起也无妨。妙子答应了，于是被三好接去了他那里。两个人在兵库县租了一套房子，开始正式过起了夫妇生活。4 月 25 日晚上，妙子悄悄回到芦屋，收拾了一些她自己的日用什物，同时与贞之助夫妇还有雪子告别。她来到楼上以前住的那间六席房间，只见屋子里灿然夺目地堆满了雪子的嫁妆，壁龛里则是大阪及其他地方亲友们送来的贺礼。妙子虽然事实上先于雪子成了家，但没有对外公开，谁也不知道。她从寄存在这里的众多物品中取出一部分急用的东西，用一块蔓草图案的包袱布悄悄裹起来，和大家聊了大约半个钟头便返回兵库的家去了。

妙子出院后，阿春也回到了芦屋，她对幸子说，等雪子姑娘婚礼结束之后，她要请两三天假回一趟尼崎老家。幸子猜测，大概是她父母叫她回去相亲。

最近幸子频发感慨，想到人的命运一下子就这样决定了，这个家不久就要人去楼空，变得冷冷清清，母亲嫁女儿的心情也就是如此吧？雪子更是情绪消沉。自从决定 26 日由贞之助夫妇陪同她去东京之后，眼看着日子一天天逝去，不禁悲伤自来。不知什么原因，这些天来她一直肠胃不好，一天拉稀五六次，吃了"滑刻止""遏尔稀灵"[1] 也不见收效。没等肚子好，倏间 26 日就到眼前了。这天上午，在大阪"冈米"定做的假发送到了，雪子试戴了一下然后便将它摆在壁龛。悦子放学回家看到了，一边嚷嚷着说阿姨的头真小，一边戴上它故意走进厨房给大家看，引得女佣们笑个不停。委托"小槌屋"搜求的结婚仪式后穿的便服也在同一天送来

1　当时由武田长兵卫商店（武田药品株式会社的前身）制售的止泻药。

了。雪子看到这些衣裳嘟囔着说："如果这些不是结婚的衣裳就好了。"她忽然回忆起，以前幸子嫁给贞之助的时候也全然没有一丝高兴的样子。妹妹们问幸子，幸子却说有什么可高兴的呀，然后给她们看自己写的一首诗：

云窗远岫长
含颦初试嫁衣裳
恓惶待日暮

这天雪子的肠胃仍没有好，一直到上了火车还在拉肚子。

（全书完）

译后记：

透过时间之雪
发现昭和初期的社会世象

《细雪》是日本唯美派代表作家谷崎润一郎于太平洋战争期间创作的一部长篇小说，作品围绕大阪没落望族莳冈家四姐妹的生活、婚恋展开，以三妹雪子一次次的相亲经历为主线，以四妹妙子求学受挫、与富家公子和平民青年之间的感情纠葛为起伏，串联起一个传统家族在时代激变的冲击之下多舛和身不由己的命运沉浮故事。《细雪》堪称谷崎的巅峰之作，还曾被法国文学家萨特盛赞为"现代日本文学的最高杰作"。

　　谷崎润一郎出生于东京，从旧制一高（现东京大学教养学部）英法科毕业后进入东京帝国大学（现东京大学）国文科学习，后因未缴纳学费而被退学。在学期间，谷崎就发表了处女作戏曲《诞生》、小说《刺青》等，受到永井荷风赏识，并以其重视和继承物语传统、反自然主义的创作风格而成为文坛宠儿。1923年关东大地震后，谷崎一家迁居关西，京都大阪一带秀美的自然景色、纯朴的风土人情、浓郁的古文化氛围极大地激发了他的创作灵感，从此他进入创作的旺盛期，相继发表了《痴人之爱》《卍》《食蓼虫》《春琴抄》《武州公秘话》等，将大正以来的现代主义思潮和日本的传统审美相结合，形成了独特的谷崎文学。

　　《细雪》的创作同谷崎润一郎的爱情生活密不可分。谷崎一生结过三次婚。1915年，他在二十九岁时与石川千代结婚，后来又爱上千代的妹妹，于是异想天开地打算将千代让给好友佐藤春夫，自己和妻妹结婚，不承想妻妹不愿意，遂不得已与妻子复合、推翻前诺，为此还触怒了佐藤春夫并一度与之绝交。数年后，谷崎同佐藤和好，并于1930年达成合意，谷崎与千代离婚，千代与佐藤结婚，三人还联名给亲朋好友寄发明信片，郑重声明其事，一时间舆论大哗，这便是让人啼笑皆非的"细君让渡事件"。与此同时，谷崎在一次宴会上结识了大阪某富商之妻松子，一见倾心，誓欲妻之，无奈倾慕归倾慕，但就是得不到。1931年，他同文艺春秋社的女记者古川丁未子结婚，但不久就分居，至1934年两人离婚。差不多于此前后，松子也因丈夫经商破产导致感情龃龉，最终离婚，翌年谷崎终于如愿同松子结婚。

松子是谷崎润一郎理想中的女性，也是他的崇拜对象，谷崎将两人婚后的居所命名为"倚松庵"（位于今神户市东滩区），并在这里开始了《细雪》的创作。松子夫人美丽、温婉、有教养、学识丰富，平日记日记常常使用文言文，并且随手拈来夹入几首短歌，这在她于谷崎去世后出版的随笔集《倚松庵的梦》和《湘竹居追想》中有所披露。《细雪》正是谷崎向松子夫人献上的一曲礼赞，小说中四姐妹的原型就是松子四姐妹，《细雪》中的鹤子、幸子、雪子和妙子分别对应的是森田家的四姐妹朝子、松子、重子和信子，其中幸子就是松子夫人，雪子就是重子，在谷崎的其他作品中，如《盲目物语》《春琴抄》中也能发现松子的影子。因而我们完全可以说，《细雪》是谷崎润一郎（从松子夫人身上）发现美、讴歌美的逐梦历程，也是谷崎文学理想和美学理念的集大成。其实早在与松子结婚的前一年（1934年），谷崎就曾以松子及其家族为原型写作了《夏菊》并在报纸上连载，结果受到松子夫家抗议，不得不中断连载。

谷崎润一郎开始写作《细雪》是在 1942 年。同年 5 月，日本文学报国会在内阁情报局的直接指导下成立，该会网罗了当时的大部分作家、诗人，其创会宗旨宣称是"响应国家的号召，深刻理解国策并挺身宣传和普及，以此协助国策的践行"。一时间，鼓舞士气、歌颂战争的作品迭现，投机文人纷纷以此来"报国"，而只要稍稍描写一下战争的残酷或者有削弱作战意志之嫌的作品则一律遭当局禁止刊发。从这件事当中，并结合其创会宗旨可以看出，该会事实上成了情报局的附属和外围组织，是日本法西斯的战争帮凶。不同于个别作家的自告奋勇、积极迎合（例如太宰治），谷崎润一郎此时创作绮罗粉黛、风花雪月的《细雪》，可以看作是对这种"国策文学""报国文学"的不屑和消极回避。当然，这也与谷崎一贯的处世哲学和创作态度有关。谷崎是位唯美主义者，用日本作家、批评家中村光夫的话说就是："自开始写作以来，一直就与时代背离，他对政治既不理解，也不感兴趣，虽然他有着旺盛的创作欲，但丝毫也没有作为社会的一员的自觉。"正因为如此，《细雪》仅仅在《中央公论》杂志 1943 年 1 月号和 3 月号上刊载了两期便遭到禁止，理由是所谓的"不谨慎"，也就是作品内容过于靡丽，渲染了一种奢侈的生活，而"对战争无动于衷、冷眼旁观"，不合时宜。尽管如此，谷崎仍偷偷地继续写作。1944 年，《细雪》上卷以私家版方式刊行，是非卖品，中卷和下卷分别于 1947 年和 1948 年完成并由中央公论社刊行。1949 年，中央公论社出版《细雪》全卷，出版后立即成为畅销书，并先后荣获"每日出版文化奖"和"朝日文化奖"，这部作品也为谷崎润一郎确立了其在日本文坛无可动摇的文豪地位。20 世纪 50 年代起，《细雪》被陆续译介至全世界多个国家。

《细雪》写了什么?《细雪》的时代背景是 1936 年秋至 1941 年春，谷崎润一郎在书中以类似白描的手法描写了阪神地区一个上流家庭的生活及其变化。书中，我们可以读到对大阪船场的土仓式老宅以及神户高档社区西洋式住宅的描写，可以读到四姐妹身穿传统和服与新式洋服，心心念念想吃寿司饭，同时也热衷咖啡、冰激凌等西式时髦玩意儿的模样，还可以读到蒔冈家与洋人邻居的相处、与流亡白俄的交往、与德国亲朋的酬答之类的场景。新与旧并时而存、东与西相互交融，实际上反映的是新旧的颓替更新和时代的变化发展，它不仅是蒔冈家的一段生活史，更是日本昭和初期的一段社会发展史。

　　在《细雪》中，作者笔调平缓、细腻，不厌其烦地描述蒔冈家一众女性赏花、歌咏、看戏、舞蹈、出游、捕萤、交友、宴饮等，一方面刻画了当时上流社会的日常生活细节，另一方面也反映了昭和初期的诸多社会样态，是对时代的一种记录。即使放到今天来看，结合文字背后的时代背景，我们仍能感受到当年资本主义勃兴时期日本急速向都市化、现代化迈进，渐次西化的一个缩影。

　　书中起首即写到，幸子的女儿悦子在家练习弹钢琴。日本在 20 世纪初才刚刚开始制造钢琴，这种奢侈品进入上流家庭的光景并不算长，因而这在当时还不是什么中上阶层家庭的标配，绝对属于前卫的时髦货。蒔冈家姐妹都爱看电影，幸子夫妇还有吃过晚饭去泡电影院的习惯。说起日本的电影院，最初人们称其为电气馆，最早的常设电影院诞生于明治末的 1903 年，当时在东京浅草公园六区出现了一家电气馆。稍后的 1907 年，在大阪难波也诞生了一家电气馆，所谓常设是指不同于那种与文乐、舞蹈等戏曲演出混同兼营的场所，而是专门上映电影的场所。20 世纪 30 年代正是电影业发展的黄金时期，看电影自然成为莳冈家四姐妹时尚的生活方式之一，也是她们消遣闲暇的一种手段。

莳冈家姐妹时不时会啜饮咖啡。日本关于饮用咖啡的最早记录见于涩泽荣一的《航西日记》（约写于 1867 年），这是他作为随员参加巴黎世界博览会后写下的文字，他写道："餐后，端上来一种咖啡豆煎煮后的汁汤，和以砂糖牛乳，饮之胸中甚感舒畅。"根据资料记载，至大正年间，一些饮茶店开始供应咖啡给客人饮用，并称为"可否茶店"。据酒井真人在《咖啡通》一书中所写："……据（昭和）四年 8 月的调查，目前都下（东京都）咖啡店和酒吧的数量是，咖啡店六千一百八十七家，酒吧一千三百四十四家。"这一普及趋势自那以后仍在不断加速，据小学馆《昭和·平成现代史年表》，至 1935 年，东京已有一万五千家咖啡店。冰激凌在日本的普及要略晚于咖啡。日本最早的冰激凌大概可以追溯到明治年间。1869 年，曾任遣美使节的町田房藏利用从一个在美国生活过的人那里学到的技术，尝试制作和出售类似冰激凌的冷饮制品。1899 年，东京银座的资生堂也开始销售冰激凌，但当时的售价换算成现在的日币约为八千日元一个！冰激凌在日本真正的工业化生产要迟至 1920 年才开始，因而在 20 世纪 30 年代，冰激凌仍属一种时髦玩意儿。

《细雪》中不止一处写到徕卡相机，在下卷中更是提到了镀铬的徕卡照相机。徕卡 I 型照相机正式开始工厂化生产是在 1925 年之后。1932 年，徕卡公司在既有的黑色外观相机之外，又推出了银灰色的镀铬产品，在当时被视为引领一时新潮，档次更高，价格也比同型号的黑色相机要高。书中曾有过一段美国生活经历的板仓喜欢肩挎徕卡相机，随心所欲地拍摄各种感兴趣的人、物或事，还为妙子留下了美丽动人的舞台造型，而莳冈家的幺妹妙子对各种新事物也情有独钟，这应该也是两个人互相吸引、两情相悦的原因之一。

昭和初期，也是美容院以及西洋发式在日本流行开来的时代，谷崎在《细雪》下卷中就写到了资生堂美容室。资生堂公司的前身是福原有信于1872年设立于东京银座出云町的资生堂药局，最初只是销售牙膏、洗涤剂和妇女生理用品等周边产品，后来逐渐转向化妆品、卫浴以及健康食品及医药品。1916年，资生堂成立化妆品部，1928年位于竹川町的化妆品部大楼落成，1934年在该大楼三楼开设了美容室，这就是幸子、雪子姐妹前往烫发的美容室，它以豪华的洛可可式风格内饰和时髦的美容设备名噪当时，追求时髦的女性纷纷前去烫发和美容，因此《细雪》的描写如实地再现了当时的社会流行现象。

有意思的是，莳冈家四姐妹喜爱看电影的同时更热衷于观赏传统戏剧，书中多次出现她们结伴前去剧场观看歌舞伎、文乐演出，以及排演山村舞蹈的描述，还出现尾上菊五郎、中村雁治郎等历史真实人物，他们堪称日本国宝级的戏剧大家。这样的书写透露出了谷崎润一郎自身对于日本传统文化的偏爱，早在十一岁时，他就随母亲一同观赏歌舞伎《义经千本樱》，留下了极为深刻的印象，自那时起他就深受传统艺术的影响，其处女作即是一篇戏曲作品。我们注意阅读的话，就可以发现，谷崎用于描述莳冈家姐妹观剧的文字远远多于描述她们看电影的文字，不能不说这是有意为之的。《细雪》中罗列、堆砌了一大堆时尚玩意儿和时髦的生活方式，似乎也不是为了营造一种新鲜感，而是作为一种反衬，以平静而伤感的态度慨叹日本传统的崩溃和传统文化的凋敝，从这个角度上说，《细雪》也是谷崎润一郎为日本传统文化低吟的一曲挽歌。

借用视觉艺术的欣赏感受来形容,《细雪》仿佛一幅世俗主义的写实长卷,布局疏密、近远、简繁相间,对复杂的生活情景和社会世象做了集中、生动的概括,以简练的笔法动静结合,再现了昭和初期的社会风貌,称得上是一部艺术性与真实性高度融合的作品。《细雪》很适合静下心来,啜着香茗或咖啡,慢慢读、细细品,从而忘却世间烦扰,将一个个普通的日子过成岁月静好。

陆求实

2023 年春